O SAFADO do 105

O safado do 105

1ª edição: Junho 2025

Autor:
Mila Wander

Revisão:
Gabriel Silva
Patricia Alves Santana

Projeto gráfico:
Vitor Donofrio (Paladra Editorial)

Capa:
Gisele de Souza da Silva

DADOS INTERNACIONAIS DE CATALOGAÇÃO NA PUBLICAÇÃO (CIP)

Wander, Mila
O safado do 105 / Mila Wander. — Porto Alegre : Citadel, 2025.
480 p.

ISBN 978-65-5047-628-1

1. Ficção brasileira 2. Literatura erótica I. Título

25-1709 CDD - B869.3

Angélica Ilacqua - Bibliotecária - CRB-8/7057

Produção editorial e distribuição:

CITADEL
Grupo Editorial

contato@citadel.com.br
www.citadel.com.br

MILA WANDER

O SAFADO do 105

LUCENS EDITORIAL
2025

A todos que aspiram à liberdade
e não conseguem conter o seu grito.
Que seja visceral.

PRÓLOGO

Os anjos gritaram amém. Os pássaros entoaram um cântico no mesmo ritmo de "*Aleluia, Aleluia*", e o meu sorriso evidente quase fez as minhas bochechas arderem, de tão esticada que ficou a minha pele. Desci do carro bem devagar, saboreando o gostinho doce da mudança. Fechei os olhos e inspirei profundamente.

O vento fresco soprava com uma tranquilidade que invadia o meu peito. Havia muitas árvores na rua, nada de gás carbônico em demasia. Crianças brincavam de queimada mais adiante. Uma casinha estilo Barbie bem bonitinha estava diante de mim, parecida com a que implorei para que a minha mãe comprasse quando eu tinha sete anos (mas que ela não comprou).

Era tudo mais do que perfeito: o bairro, a rua, a casa, a vida, o mundo. Piegas? Overdose de romantismo? Pode até ser, mas eu, Raissa Magalhães, curtia o momento de, finalmente, ver-me livre de toda aquela gente doida da minha família. Não nutria mágoa nenhuma, só que era complicado viver em um lugar onde não se sabia, exatamente, quando se estava conversando ou discutindo.

Foram vinte e oito e anos. Vinte e oito anos de muitos "Raissa, vai lavar os pratos e depois passe um pano na casa!"; "Aonde pensa que vai a essa hora, Raissa?"; "Raissa, já disse que não gosto dessa sua amiga e esse seu namorado é irritante"; "Raissa, você não pode ir dormir tão tarde!"; "Raissa, sai deste computador!"; "Raissa, você só pode estar louca se pensa que vai comer chocolate no jantar!"; "Raissa, Raissa, Raissa, Raissa!". Por muito tempo eu desejei não ter que ouvir meu nome, principalmente sendo gritado a todo momento e com uma demanda ou ordem logo em seguida.

Eu finalmente ia morar sozinha. Sozinha! Vou repetir mais uma vez: sozinha! A expectativa era a de que muita coisa mudaria. Teria as minhas próprias regras, planos, horários e responsabilidades. Claro que continuaria cumprindo as obrigações, só não precisaria obedecer, o tempo todo, ao comando de alguém. Também teria que pagar todas as minhas contas. Mas o preço da paz não pode ser quitado com um cartão de crédito. Tudo vale a pena quando a liberdade e a privacidade estão em jogo.

Só de pensar que teria um banheiro só meu, a felicidade era tão grande que dava vontade de chorar. É sério! Não imaginava ninguém que quisesse continuar morando com pais malucos, uma avó com amnésia, uma irmã solteira com uma filha pequena e um irmão no auge da adolescência; um cenário que só podia resultar em confusão. A minha antiga casa deveria ter um alerta do Ministério da Saúde junto à placa de boas-vindas, avisando do perigo de entrar. Tinha certeza de que, depois de vinte e oito anos de doideira, o meu cérebro não funcionava como o das pessoas normais.

Depositava muita esperança naquela nova fase da minha vida, que estava começando com estilo. E, claro, com uma casa linda, tranquilidade, calmaria... Seria quase como se eu tivesse me mudado para uma montanha habitada por monges, no Tibete. Já me sentia bem mais zen, enquanto percorria o pequeno jardim da frente do meu novo endereço.

Este é o começo da minha história, de uma Raissa radiante, que abria um largo sorriso só de sentir a brisa no rosto ou de ouvir a sinfonia de pássaros. Aconteceu comigo, mas poderia ter sido com você. Imagine-se passando por um processo de mudança revelador e de autoconhecimento. Imagine que nada no mundo poderia estar mais perfeito. Pois era o que eu vivenciava no momento em que me encaminhava para a nova morada. Afinal, tudo havia saído do jeito que idealizei.

A casa estava à venda por um preço tão pequeno que nem acreditava ainda. Ao visitá-la, realizei a compra na hora, sem ao menos pensar duas vezes. Tudo bem que era pequena e geminada – originalmente a casa era maior, só que, por causa de uma reforma, acabou dividida em duas. Como a planta era toda simétrica e o antigo proprietário precisava de dinheiro, teve a grande ideia de dividi-la em duas.

Assim, o meu sonho de "lar, doce lar" estava duplicado, apesar de a divisão entre os dois endereços ser bem clara: a casa de número 104, a minha, estava pintada num tom meio salmão, já a de número 105 era toda azul. Uma barra de proteção branca dividia o espaço da frente em duas singelas varandas. Coisa de filme mesmo.

O muro gradeado era baixo, e a portinha de madeira ficava sempre aberta, até porque não adiantaria trancá-la, qualquer sujeito podia atravessá-la com um pulo. Isso me fez lembrar de que não poderia esquecer a porta aberta, nem as janelas. Ainda bem que o bairro era seguro. Até guarda noturno havia, daqueles que apitam durante a madrugada.

Sorri pela milésima vez, enquanto virava a chave – a *minha* chave – na fechadura – a *minha* fechadura.

– Vida nova, aqui vou eu! – murmurei e ri, abrindo a porta no mesmo instante em que a porta vizinha foi aberta.

Ouvi risadas provenientes de um grupo de mulheres. Decidi esperar para saudar o meu vizinho. O corretor tinha me dito que era um homem que morava ao lado, sozinho, mas devia estar recebendo visitas. Queria falar com o sujeito. Morar ao lado de um cara poderia ser bom, traria mais segurança e eu ficaria menos neurótica.

As risadas continuaram enquanto três mulheres desciam a escada da varanda vizinha e seguiam até a portinha de madeira. Nem olharam para a minha cara, sequer notaram a minha presença. Já estava desistindo de dar um "alô" ao vizinho, quando um sujeito alto, moreno, com as costas largas e uma bela bunda saiu de dentro da casa, para acompanhar suas visitas ruidosas.

Não soube o que mais me deixou assustada: se assistir ao cara beijando as três mulheres de uma só vez – e na boca! –, se ver o seu corpo estupendo ou o fato de ele estar trajando apenas uma cueca boxer cinza.

Meu queixo caiu. Acho que a minha língua se apoiou no chão de madeira da minha varanda quando o sujeito se virou de frente para mim, depois que as garotas foram embora, mostrando uma protuberância abaixo da cintura, protegida pela cueca. Foi só isso que consegui visualizar. Juro. Não consegui tirar os meus olhos daquele belo volume.

– Ei, você é a nova vizinha? – o homem gritou, aproximando-se. Eu ainda olhava para a sua cueca. – Ei! Como é mesmo o seu nome? – Parou bem na minha frente, e eu, como que desperta de um transe, encarei o seu rosto.

Minha língua parecia bailar ao som de "Macarena" no chão da varanda. A saliva quase escorria pelos cantos da minha boca, e achei que o dia estava quente demais para o meu gosto. Devia fazer tipo uns... *500 graus Celsius*!

Ao notar meu estado de torpor, o vizinho gato sorriu de um jeito malicioso, expondo dentes brancos maravilhosos. Seus olhos escuros e as sobrancelhas grossas incitaram meu desejo mais profundo. Ele mexeu a mão diante de mim.

– Ei! Acorda!

– Caramba...

– Hã?

– Eh... Quer dizer, meu nome é Raissa... – Consegui erguer uma mão. Ele a apertou, utilizando mais força que o necessário para um cumprimento cordial. Como sua mão era quente! Minha língua continuou fazendo a dancinha ridícula da "Macarena".

O cara sorriu de um jeito ainda mais malicioso. Com sinceridade, não dava para descrever o que foi a visão daquele homem só de cueca, rindo daquele jeito. Era um absurdo, quase uma afronta às mulheres que suspiram por um príncipe sarado.

– Muito prazer, Raissa. Prazer até demais... Ah! – *Ele soltou um gemido? Sério, produção?* – Pensei que uma velhota tivesse comprado o 104.

– Acho que eu sou a velhota – murmurei, ainda sem acreditar no que os meus olhos viam.

O cara gargalhou. Colocou até uma mão na barriga, que nada mais era que um poderoso tanquinho, composto de, talvez, uns cinco gomos, que me fez perceber que lavar roupa não seria uma coisa tão ruim assim.

– De modo algum, Raissa! Você tá no ponto.

No ponto de que, Senhor?

– Desculpa, como é seu nome mesmo? – Fechei os olhos e balancei a cabeça em negativa, como que afastando meus pensamentos libidinosos. Tomei fôlego e os reabri. Precisava me concentrar. Não podia permitir que aquela energia que fazia os meus olhos serem atraídos para a cueca do meu vizinho fosse mais forte que eu.

– Você pode me chamar do que quiser... – falou com a voz meio rouca e piscou um olho. Depois, passou a língua por seus lábios grossos. Achei que eu fosse desfalecer, quando meus hormônios em ebulição transformaram aquela rápida ação de passar a língua pelos lábios, que deve ter demorado um segundo, em séculos.

– Ok, vou te chamar de Calvin.

– Calvin? – O cara fez uma careta divertida.

– Calvin Klein – concluí, olhando para a sua cueca. Ele gargalhou alto. Era a marca estampada no cós do elástico que abraçava sua cintura definida.

Sem conseguir reagir a mais nada, simplesmente virei de costas e entrei na minha nova casa sem sequer olhar para trás.

Como eu estava dizendo... Podia ter acontecido com você, mas foi comigo. E, dali em diante, descobri que morar sozinha podia significar tudo, menos tranquilidade. A minha mudança necessária não podia ser normal. Afinal, eu não era normal.

Juro que só queria paz. Queria tédio. Queria um domingo de pura *morgação* diante do Faustão, comendo pizza requentada e esperando pela segunda-feira como quem espera o ônibus passar. Mas não podia esperar por algo diferente, não depois de ter me encontrado com o Sr. Calvin Klein.

Instantaneamente, dentro do meu cérebro, aquele homem foi intitulado como “O Safado do 105”.

CASA NOVA, MÓVEIS NOVOS, VIDA NOVA, VIZINHO DELÍCIA NOVO...

Passei a manhã e a tarde inteira organizando os móveis recém-comprados e os itens que ainda estavam em caixas. A minha cozinha, no entanto, ficou incompleta, bem como a sala de estar. O único cômodo totalmente decorado e arrumado era meu quarto, com minha maravilhosa cama de casal – só para mim! – e o meu guarda-roupa cor-de-rosa com seis portas – só para as minhas roupas!

O meu banheiro também já estava pronto. Espalhei sabonetes decorativos na pia e nos diversos compartimentos do móvel novo que comprei para colocar toalhas e alguns produtos de higiene. Ficou lindo! Todo branquinho. Uma cor impensável para a minha antiga casa, já que meu irmão adolescente era um moleque que não sabia usar nada sem sujar de um jeito irreparável. Nunca pensei que ficaria tão feliz em fazer o número 2 sem ninguém batendo na porta. A alegria me atingiu em cheio e eu me peguei rindo sozinha.

Fiz uma limpeza geral ao som do Linkin Park. A casa não estava tão suja, mas ainda guardava um pouco do cheiro do antigo dono misturado à tinta. Queria que a minha casa tivesse o meu cheiro e, mesmo sabendo que levaria um tempo, aquela limpeza inicial seria muito necessária para que eu atingisse os meus objetivos.

No fim da arrumação, achei que meu "cafofo" já estava com cara de casa, afinal. Não poderia receber ninguém ainda, pois estava sem sofás ou qualquer lugar onde meus convidados pudessem se sentar, mas para o meu dia a dia corrido estava ótimo. Primeiramente, o meu lar precisava me receber, depois poderia receber os outros. Além do mais, era uma ótima desculpa para não ter que receber nenhum membro da família.

Organizei as minhas roupas no armário com carinho e dedicação. Arrumei meus lençóis e edredons novos, que espalharam seu cheirinho de limpo pelo quarto. Que delícia ter uma casa novinha! Fiquei tão empolgada com a arrumação da nova morada que me esqueci totalmente de comer. Quando me dei conta de que a fome apertava meu estômago, eram quase sete da noite. Não sabia onde poderia arranjar comida em um domingo.

Foi quando me lembrei do meu vizinho, o senhor Calvin Klein. Ele poderia me dizer se tinha alguma pizzaria ou outro delivery por perto. Só esperava não o ver novamente usando apenas cueca. Não que eu tivesse preconceito ou pensasse mal de quem fazia orgias dentro de casa. Não me incomodava de forma alguma. Até porque eu não era uma mulher careta, que ficava horrorizada com a sexualidade alheia. Cada um faz o que quer com a própria vida e o próprio prazer, certo?

Saí da minha casa e logo senti um frio absurdo. Não tinha noção que a brisa fresca da manhã seria transformada em um vento congelante. A minha antiga casa era quente. Não sabia se o inferno era ali ou se havia algum outro tipo de explicação, mas, às vezes, o tempo estava bom e a casa continuava abafada, cozinhando-nos como pedaços de carne num lento cozido.

Sorri ao descer o degrau da minha varanda e subir o da varanda do vizinho. Não sabia o que esperar daquele novo encontro, mas estava um pouco mais preparada para eventuais surpresas. O cara era gostoso e voluptuoso. Além de um tanto cretino. Precisava me acostumar com o seu jeito safado de ser.

Ele era novo – talvez até mais do que eu –, precisava mesmo curtir a vida e dar em cima da vizinha recém-chegada. Carne nova. Se quisesse viver imerso em luxúria, o problema era dele e eu nada tinha a ver com essa decisão. Desde que me fornecesse um pouco de segurança e civilidade, estaria ótimo para mim. Também seria bom se não andasse de cueca enquanto eu estivesse com visitas, afinal, nossas casas eram realmente muito próximas. Mas achei que estava me antecipando, e esse pedido, "fingir não ser um galinha assumido na frente da minha família", podia ser pauta para uma conversa futura. O primeiro dia precisava ser mais light. Não queria me tornar uma vizinha chata.

Soltei um suspiro fundo, como que me preparando para o que estava por vir – ou seja, a vontade de pular em cima do meu vizinho delícia, toda *facinha*. Sabia que ele saberia me fazer sentir um desejo imenso de transar ali mesmo, na nossa varandinha bucólica. Afinal, eu tinha hormônios que iam muito bem, obrigada. Também era heterossexual, adorava homens de todos os tipos, mas possuía uma queda por homens... grandes.

E o safado do 105 era ENORME!

Não encontrei a campainha, por isso dei algumas batidas na porta. Esperei por alguns segundos, mas nada aconteceu. Bati novamente, desta vez com mais veemência. Nada. Eu sabia que tinha gente em casa, pois as luzes estavam acesas. Decidi verificar na janela ao lado da porta. É feio bisbilhotar o interior da casa alheia, mas eu realmente precisava de uma dica sobre como arranjar comida no bairro àquela hora da noite. Não me lembrava de ter passado por uma padaria ou mercadinho pela manhã, mas podia ter me distraído, de tão excitada com a mudança que estava.

Diferentemente da minha janela, que ficava ao lado da porta e dava para a sala de estar, a do vizinho dava para a cozinha. Confesso que soltei um arquejo maluco de surpresa quando visualizei o meu querido Calvin.

– Tá de brincadeira... – murmurei, logo após a minha quase engasgada.

O Senhor Calvin Klein trajava apenas um short preto por cima da cueca, que não soube dizer se era a mesma, mas a tarja da CK ainda estava por ali. Ver o seu corpo digno de galã hollywoodiano, exposto tão deliciosamente à vontade, não foi tudo. O cara estava com fones de ouvidos enormes, cantando algo com muita empolgação – não dava para ouvir sua voz dali, já que o vidro da sua janela estava fechado –, enquanto batia uma colher de pau dentro de uma vasilha. *Para tudo!* O sujeito estava cozinhando?

Só me restou pensar sobre o que faria. Podia dar meia-volta e pegar o meu carro, seguir sem direção pelo bairro até achar algum lugar aberto. Ou podia dar umas batidinhas na janela, para chamar a sua atenção à minha presença. Às vezes eu fazia coisas sem medir as consequências, quando via... *bum!* Estava feito.

Devia ter pirado ou algo assim, pois as minhas mãos bateram na janela com força e o meu vizinho "boy magia" se assustou no mesmo instante. Ainda pensei em sair correndo, mas era tarde demais. Calvin me acharia muito louca se eu simplesmente sumisse. Não podia dar uma de louca logo no primeiro dia. Seria um mico total!

Ele sorriu daquele seu jeito sacana, com o qual já estava me acostumando, quando percebeu que era eu. Deixou a vasilha em cima de uma mesa que havia bem no meio da cozinha, tirou os fones de ouvido e veio até a janela, escancarando-a.

– Raissa, a nova vizinha do 104, o que é que manda? Quer açúcar?

Ele teve a cara de pau de me olhar como se eu fosse um pedaço de bisteca suína ao molho barbecue, pronta para ser abocanhada. Senti fome só de pensar nisso, mas devo ter corado tanto que, de repente, a visão do barbecue foi substituída por molho de tomate.

– Eh... Sabe o que é, Calvin... – Ele gargalhou diante do apelido que eu coloquei nele. Parei de falar e esperei que terminasse de rir da minha cara.

– Ai, desculpa, Raissa. Você é muito engraçada, além de gata. Pode falar.

Prendi os lábios e fiz uma careta. Não estava acostumada com tanta ousadia. Ainda mais vinda de um homem desses! Ele me deixava desconcertada só com um olhar. Ficava parecendo uma *virgenzinha* diante dele. O vizinho devia estar me achando uma caretona!

Respirei fundo e tentei me controlar. Calvin agitou os cabelos castanhos entre os dedos e se apoiou na parede ao lado da janela, deixando o músculo definido do braço esquerdo bem destacado. Continuou me hipnotizando com aquele jeito cafajeste.

– Me esqueci de fazer compras e estou com fome... – Decidi ser sucinta. – Poderia me dizer onde tem algum mercado por aqui?

Ele não respondeu logo. Continuou me olhando como se eu não tivesse dito nada. Pensei em perguntar novamente, mas aí ele abriu a boca e soltou um suspiro que mais pareceu um gemido. Alguma parte sugestiva do meu corpo deu uma vibrada. O frio foi embora de repente, como se a lua tivesse virado sol.

– Você está com muita sorte, Raissa. Aliás, a sua maior sorte foi ter comprado a casa de número 104. Sou um ótimo vizinho, sabe? – Continuou sorrindo "sacanamente". – Sou muito prendado. Adoro cozinhar. Não há um dia em que eu não prepare um prato novo. E, hoje, estou fazendo nhoque. Gosta?

Arregalei os olhos.

– G-Gosto...

Ele se aproximou da janela até deixar a cabeça do lado de fora. Precisei dar um passo para trás, pois a impressão que tive foi a de que Calvin iria me beijar ali mesmo, como se eu tivesse acabado de dizer que gosto dele e não do maldito nhoque.

– Com molho de queijo – murmurou, sem se abater. – Muito queijo derretido. Receita da minha mãe. Ela é italiana. Que Deus a tenha!

Fiquei meio sem graça.

– Sinto muito.

– Ah, eu nem a conheci. Morreu assim que me teve. Enfim, minha querida vizinha, gostaria de dividir o nhoque comigo?

Abri a boca, sem saber o que responder. Não podia aceitar, podia? Eu só queria saber onde era a padaria mais próxima. Não estava a fim de comer com um cara safado soltando indiretas, ou melhor, diretas. Apesar de ser mente aberta e de não me importar com as safadezas dos outros, gostava de manter o respeito e a sanidade, na medida do possível.

– Eu só... só queria saber se há uma padaria...

Calvin bufou, parecendo indignado.

– Amanhã eu te mostro, Raissa. Venha, vizinha, juro que não vai doer. – Dei alguns passos para trás, sentindo-me um pouco perdida. Ainda estávamos falando de um convite para jantar? – Espere aí, não fuja! Eu não mordo. Bom, posso morder, se você quiser... – Piscou um olho. Fiz uma careta. – É sério, Raissa, fica aí. Vou abrir a porta.

Não consegui raciocinar enquanto o esperava abrir a porta de sua casa. Também não pensei quando entrei devagar, sendo assistida por aquele cara enorme e gostoso, que não parava de sorrir com malícia.

A casa dele era quase a mesma coisa que a minha, só mudava a disposição dos cômodos. Sua cozinha estava no lugar da minha sala, e a sua sala, no lugar da minha cozinha. O resto era praticamente igual. E meio bagunçado também. Quero dizer, tinha roupas espalhadas pelos móveis, algumas até femininas. O sofá estava meio fora de posição, mas, tirando isso, a casa dele até que era bem normal.

O que chamou a minha atenção foi um mural de fotos na parede da sala. Calvin posava para fotos loucas, uma mais engraçada que a outra, na companhia de amigos, amigas – muitas, muitas amigas – e pessoas que achei que fossem familiares, por serem mais velhas.

– Então... Faz o que da vida, vizinha? – ele perguntou da cozinha. Já tinha voltado a machucar a massa com força, usando a potência daqueles braços fortes e grandes. Um cheiro delicioso subiu, e consegui identificar: era queijo sendo derretido.

– Sou ginecologista – respondi. O safado gargalhou alto.

– Puta merda, é o emprego dos meus sonhos! Como se sente admirando todos os tipos de vagina do mundo?

Comecei a rir sozinha. A cara de vislumbre do Sr. Klein foi muito engraçada.

– Estava brincando, Calvin! Sou analista de sistemas.

Ele deu de ombros.

– Ah... Legal. Danadinha, me pegou de jeito! Vai ver, um dia vou te pegar de jeito também! – Calvin continuou rindo, mas parei no mesmo instante.

Como reagir diante das diretas que me soltava? Não pude evitar; meu rosto esquentou de novo. Arrependi-me de ter feito aquela piada. Não devia brincar em terreno desconhecido. O cara podia ser um ninfomaníaco, sei lá.

Fui até a cozinha e me sentei em uma das cadeiras. Tentei não olhar para o corpo perfeito dele, nem observar o modo delicioso como se movia enquanto colocava a massa em um aparelho que fazia o nhoque ter cara de nhoque.

– E você, o que faz?

– Sou *chef* de cozinha em um restaurante.

Quase engasguei com a minha saliva.

– Sério? – Olhei-o sem querer, e ele já estava me olhando. Desta vez, seriamente. Não, digo, não foi tão seriamente, foi com uma expressão além da seriedade. Parecia desejo. Calvin estava me secando. Filho de uma mãe...

– Não, sou apenas um ajudante que fica lavando os pratos e preparando molhos. Mas sonhar é de graça! – Riu de um jeito divertido, e acabei rindo também. Ele parou. – Ei, é legal quando você ri. Gostei, Raissa.

– Então... Queria ser cozinheiro? – Mudei de assunto.

– É. Ainda vou ser um dia. Quem sabe...

Era engraçado ver um cara do tamanho (e do corpo) dele querendo ser cozinheiro. Sempre achei que todos os cozinheiros fossem velhos, obesos e barbudos, mas, pelo visto, estava enganada.

– Vou provar o seu nhoque, aí te digo se você é bom mesmo.

– Sou bom em muitas coisas, vizinha. Basta que prove.

Uau! Aquela foi demais para a minha calcinha. Foi difícil ver o vizinho delícia na minha frente e não imaginar as coisas nas quais ele pudesse ser bom. Confesso que, enquanto ele terminava de fazer o jantar como se nada de sacana tivesse dito, um filme pornográfico se passou pela minha cabeça, com direito a tudo o que há de mais erótico.

Quando o nhoque foi servido, eu estava quase pirando por uma “sobremesa”. Mas fui me acalmando. Precisava voltar a ser firme. Sr. Klein comeu no completo silêncio, só me olhava de vez em quando. Ainda bem.

O nhoque ao molho de queijo estava divino. Aliás, não me lembrava de ter comido um nhoque tão gostoso em toda a minha vida.

Enquanto comia, não conseguia parar de pensar no instante em que eu elogiaria o jantar. O vizinho certamente soltaria mais uma direta, e não sabia até quando suportaria aquele joguinho de sedução.

Só depois da nossa última garfada que ele voltou a falar:

– Raissa, não me mate de expectativa. Eu sou um ansioso, não sei esperar por nada. – A careta que fez não negou a sua ansiedade. Parecia um moleque. – O que achou do jantar? Pode ser sincera.

Inspirei todo o ar que me foi possível. Meu coração começou a bater depressa, e nem soube dizer o porquê.

– Perfeito, Calvin. Você cozinha muito bem! Nunca comi um nhoque tão bom... E não estou elogiando só porque estava morta de fome ou porque sou sua vizinha. Juro.

Ele gargalhou e se levantou da cadeira. Deu-me um beijo demorado na bochecha. Quero dizer, acho que era para ser na bochecha, mas na realidade foi no canto da minha boca. Não houve nenhum pedaço de mim que não tivesse ansiado por um beijo de verdade.

– Ei... Gostei de você, vizinha. Vamos ser ótimos vizinhos.

Disso eu não duvidava, Sr. Klein. Não dava para duvidar nem se eu quisesse.

SÓ QUERIA DORMIR EM PAZ

Arranjei uma desculpa qualquer para não prolongar o jantar na casa do Sr. Klein. Ele ainda tentou me empurrar uma taça de vinho, mas neguei e fiquei só com a torta alemã que havia preparado mais cedo. Estava uma delícia. Sério, Calvin cozinhava muito bem. O vizinho fisgaria qualquer mulher pelo estômago, se não tivesse a capacidade de fisgá-las por outras partes do corpo.

A primeira noite dormindo sozinha na minha casa foi bem esquisita. Não consegui pregar os olhos direito, pois estava estranhando tudo. As sombras noturnas do meu novo quarto, o colchão novo – e duro demais para o meu gosto –, o cheiro, os ruídos (ou a ausência deles). Não estava acostumada a dormir em meio a tanto silêncio. Liguei a TV e deixei-a em um volume baixo para ver se melhorava, mas ainda assim tive dificuldade.

Vi o sol nascer e ouvi um galo cantar bem distante. Só então consegui dar um cochilo. Não foi grande coisa, visto que precisava acordar às sete horas. Não podia me atrasar no trabalho, o meu chefe era um porre com relação aos horários. Mesmo assim, adorei despertar e não ter que esperar uma fila enorme para conseguir tomar um banho.

Eu me arrumei em menos de meia hora, coisa quase impossível na minha antiga casa. Meu irmão demorava horas se masturbando logo pela manhã no banheiro, a minha irmã dava banho na minha sobrinha, a minha avó inventava de lavar a sua dentadura, e os meus pais ficavam gritando ordens feito loucos, enquanto faziam o café da manhã.

O cenário do caos!

Não me importei com o fato de não ter conseguido dormir quando saí de casa vinte minutos mais cedo do que o normal. Atravessei meu novo jardim com um sorriso enorme estampado no rosto. Não havia comido nada, mas, por incrível que parecesse, ainda estava satisfeita com o nhoque da noite anterior. Sabia que teria fome mais tarde, por isso decidi ir atrás de algum mercado ou padaria por conta própria.

– Bom dia, vizinha! – A voz de Calvin me assustou, tirando-me dos devaneios. Eu estava prestes a sair para a rua. Olhei para os lados, em busca do dono daquele timbre, mas não encontrei o sujeito em parte alguma. – Aqui, ao lado da roseira!

Espremi os meus olhos e o procurei pelo jardim. Havia uma roseira com rosas vermelhas – um luxo! – perto do muro gradeado, no extremo esquerdo do terreno. Vi o Safado do 105 empunhando uma tesoura de jardim enorme.

– Bom dia, vizinho... – saudei, sentindo-me um pouco envergonhada.

Calvin pareceu não prestar muita atenção no que eu disse. Estava vestido com uma bermuda bem recatada e uma camisa de manga comprida. Tudo bem que fazia um frio gostoso àquela hora da manhã, mas depois do que vi em sua casa, achei que, por conta de alguma mutação genética, sua pele tivesse desenvolvido uma resistência similar ao couro de jacaré, fazendo-o andar parcialmente nu durante as vinte e quatro horas do dia.

– Você está muito gata... Toda importante e inteligente. Bom dia de trabalho!

Precisava me acostumar, precisava me acostumar, precisava me acostumar...

– E você? Não vai trabalhar?

– Pego mais tarde. – Piscou um olho. Quase morri.

Não soube dizer se ele tinha dito que pegaria no trabalho ou se pegaria outra coisa, só sei que dei um tchauzinho tímido e decidi voltar à normalidade da minha rotina. Achei uma padaria bem na esquina de casa e comprei algumas coisas. Havia um supermercado no outro quarteirão. Passaria por lá depois do expediente, não queria me atrasar logo no dia em que consegui sair cedo de casa.

Cheguei à empresa na hora exata. Até achei um lugar vago no estacionamento, sem precisar procurar muito. Uma maravilha! Contudo, as notícias ruins chegaram assim que sentei à minha mesa e liguei o computador. Meu celular começou a tocar. Pensei em desligá-lo, mas ignorar a minha mãe era a pior decisão que eu podia tomar.

– Oi, mãe...

– Raissa? Cadê você, minha filha?

– Eu? Estou trabalhando, oras...

– Como assim, está trabalhando? E nós? – Sua voz ficou ainda mais urgente e afetada. Ela estava nervosa logo cedo. Ferrou.

– Não estou entendendo, mãe. – Peguei uma caneta e rabisquei um coração em um bloquinho de papel colorido.

– Raissa, quem você acha que vai levar o Gui pra escola? Seu pai sai muito cedo, não dá tempo de levar, você sabe disso. Ainda tem a creche da Clarinha, e sua irmã precisa fazer umas coisas no centro da cidade.

Larguei a caneta em cima da mesa. Afundei o meu corpo na cadeira e soltei um longo suspiro. Não dava para acreditar no que a minha mãe estava dizendo. Era duro descobrir que, mesmo ganhando a minha liberdade e autossuficiência, ainda teria que bancar a motorista para um monte de gente que podia pegar um ônibus.

– Mãe, Gui tem dezessete anos. Com essa idade eu ia à escola de metrô, depois ainda pegava um ônibus. A escola dele fica bem mais perto, talvez dê até para ir andando ou de bicicleta.

– Não vou deixar meu filho andar de bicicleta no meio da rua! Ficou louca, Raissa? Ele pode cair e quebrar o pescoço!

Tudo para a minha mãe era cair e quebrar o pescoço. Eu não pude ter patins por causa disso. E também não pude ir ao parque de diversões pelo mesmo motivo. Nem subir as escadas lá de casa com pés descalços.

– Ele não vai cair e muito menos quebrar o pescoço. – Se a minha mãe soubesse que o passatempo do Guilherme era andar de skate na rua de baixo, ela teria um troço. – Eu que vou ganhar um torcicolo se tiver que dirigir para todo mundo logo cedo. Mande a Sara pegar um ônibus para ir ao centro. Ah, e a creche da Clara é na rua de trás, pelo amor de Deus! Até a senhora ou a vovó podem levá-la!

Minha mãe ficou calada durante um tempo. Depois, iniciou a sua já conhecida sessão de "eu sou uma incompreendida e ninguém me ama".

– Vai abandonar a sua família assim? Eu te criei com tanto amor, Raissa, daí você vai embora e quer se livrar de todas as responsabilidades? Perdi a minha filha, é isso?

Soltei um suspiro alto. Esfreguei as mãos na minha testa.

– Mãe, eu só quero viver a minha vida. Quero ficar sozinha e ter paz. Os meus irmãos são bem grandinhos, está na hora de cada um fazer o mesmo também.

Ela soluçou, toda dramática. Revirei os olhos.

– Tudo bem, filha... Acho que não me acostumei com a ideia de ficar sem você. Sei que precisa de privacidade... É uma mulher adulta. Cresceu tão rápido que não consegui acompanhar.

Rápido? Aqueles vinte e oito anos foram uma eternidade para mim. Não havíamos tido muitas conversas sobre a minha mudança. Na verdade, foi algo bem repentino. Juntei dinheiro desde os vinte e três anos, mas ninguém sabia. Quando dei a notícia de que havia comprado uma casa, ninguém achou que fosse mesmo verdade.

– Obrigada, mãe. Preciso ir, meu chefe está me olhando com uma cara não muito boa – menti. Não havia nem sinal do meu chefe. Ele nem tinha chegado ainda.

– Tudo bem... Bom trabalho, filha. Te amo.

– Também. Beijinho!

Um peso de mil toneladas foi tirado das minhas costas quando desliguei o telefone. Pensei que não conseguiria, mas finalmente me vi livre de tudo o que me ligava à minha família. Já não teria responsabilidade com ninguém além de mim mesma. Eles precisavam se virar sem mim.

A sensação de liberdade me acompanhou durante todo o dia. Trabalhei com certo bom humor. Senti-me uma nova mulher, pronta para mudar em todos os sentidos. Sabia que muita coisa seria diferente, mas era exatamente o diferente que eu buscava.

Estava cansada de só receber ordens. Amava a minha família, só que estava velha demais para aturar certas coisas. O meu pai odiou o fato de eu ter me mudado. Segundo ele, eu só devia sair de casa quando estivesse casada. Ainda bem que a mamãe discordou e fez meu velho, ao menos, aceitar as minhas decisões. Até porque, com sinceridade, do jeito como a minha vida amorosa estava, o tal casamento demoraria.

Procurei nos meus relacionamentos a liberdade que não encontrava em casa. Já tinha me apaixonado, quebrado a cara, tido homens loucos por mim (que quebraram a cara), enfim... Tentei de tudo um pouco, mas a vontade de ser livre nunca passou. Meus namoros foram curtos, o mais longo durou uns nove meses. De uns tempos para cá, buscava apenas um bom sexo.

Merecia transar sem pôr a minha liberdade em risco. A escolha era minha e sabia que podia mudar de opinião sem problema algum. Não daria uma de difícil caso encontrasse alguém especial. Não tinha medo de me apaixonar, mas também não era nenhuma desesperada.

Os anos podiam passar sem que eu encontrasse uma boa companhia, porque gostava de mim mesma, era feliz sozinha. Adorava ler, assistir à televisão, ir ao cinema, fazer compras. Fazia muitas coisas sem companhia e adorava. A solidão não era um problema, por isso que tinha certeza de que amaria morar só.

A ideia inicial era realizar apenas uma pequena compra, mas, depois do fim do meu expediente, acabei fazendo a feira do mês. Comprei tanta porcaria que, se a minha avó soubesse, diria que eu morreria de diabetes, como aconteceu com meu avô. Ah, como eu amava doces! Ninguém mais ficaria me pentelhando, vigiando até o que comia, então poderia devorá-los sem culpa.

Cheguei à minha casinha linda às oito e meia da noite. Não havia sinal do Safado do 105. A casa dele estava toda escura, por isso fiz o favor de ligar as luzes do jardim. Nem acreditei quando fui até a minha varanda e descobri um vaso grande ao lado da porta. Havia rosas vermelhas maravilhosas enfeitando. Achei aquele gesto tão bonitinho! Seria mais bonitinho ainda se eu não soubesse quais eram as reais intenções do Sr. Klein. Ele não tentava ser agradável, só estava dando em cima da vizinha para conseguir sexo.

Não que eu não quisesse sexo. Queria muito (até demais!), sobretudo com um cara lindo, maravilhoso e gostoso como ele. Só que o vizinho me assustava. Para mim ele era meio doido, podia ser até uma espécie de tarado. O modo como beijou aquelas três mulheres não me saía da cabeça. Também não sabia se era uma boa ideia manter relações com o vizinho. Não seria legal se misturássemos as coisas, tínhamos que manter uma convivência confortável para nós dois. Certo?

Cheirei as rosas. Sorri de um jeito bobo, como qualquer mulher faz ao receber flores. Resolvi deixá-las ali, pois a minha varanda estava vazia. O vaso deu mais vida à entrada da minha casa.

Não me estressei por ter que fazer o meu próprio jantar. Só o silêncio reinante era motivo de dádiva. Aquele foi o jantar mais silencioso da minha história. Nem o som eu quis ligar. O bairro era tão calmo que quase não passavam carros, por isso o único ruído que ouvi foi o de alguns grilos brincando no jardim.

Fui dormir muito cedo. Tomei um banho relaxante e praticamente me atirei na minha cama nova. Juntei três travesseiros e me acomodei da melhor forma que consegui. Não demorei nada a cair no sono, até porque ainda sentia os efeitos da noite insone.

Pensei que o meu despertador havia tocado, mas não. O meu quarto ainda estava escuro. Olhei o relógio de cabeceira e constatei que eram duas horas da manhã. Mas eu já me sentia satisfeita, descansada. Até podia levantar para ir trabalhar. Saber que ainda tinha algumas horas de sono me fez bem. Quero dizer, quase. Descobri o que havia me acordado dez segundos depois de ter aberto os olhos.

– Ah! Fode! Fode! Com força! – Levei um susto imenso. Cheguei até a me sentar na cama. – Fode, cachorro!

Olhei ao redor, meio desnorteada. Demorei alguns segundos para descobrir que os gemidos e os gritos não vinham da minha casa.

Ajoelhei-me na cama e coloquei os meus ouvidos na parede, acima da cabeceira.

– Ah, delícia! Que rabo gostoso! – Eu conhecia aquela voz. Era o Sr. Klein.

– Fode o meu rabo! Rápido!

Caracas! A parede começou a vibrar muito. Senti minha cama "caminhar" para trás. O barulho se tornou insuportável, mas, mesmo assim, não tirei os meus ouvidos da parede. A curiosidade falou muito mais alto do que a surpresa.

Tentei imaginar o que tanto fazia barulho, e, pelos meus cálculos, o quarto do Calvin talvez tivesse ficado bem ao lado de onde era o meu. Percebi que o ruído era causado pelas pernas de sua cama em atrito com o chão. Isso sem contar com a cabeceira, que devia estar praticando luta livre contra a parede.

Soltei um resfolego. Aquele era o sexo do cara? *Que selvagem!*

Não deu para evitar; o meu corpo se esquentou na hora, só de imaginar a cena. Ao mesmo tempo, estava claro que eu não devia estar surpresa. Não esperava romantismo e carícias suaves vindas do Calvin, ele tinha todos os sintomas de quem adorava fazer o "lepo-lepo" com força.

Os barulhos continuaram até que a mulher soltou um berro animalesco. Calvin ainda gritou para que ela "gozasse gostoso no pau dele" e só consegui imaginar como seria isso. Era demais para mim. Acho que aquela mulher não sairia viva daquela trepada. Bom, eu não sairia. Na verdade, achei que não sairia viva só de escutar.

Depois de quinze minutos sem que a selvageria tivesse cessado, decidi ir para a sala. Eu ainda não tinha sofá, por isso peguei um colchonete embaixo da cama e o forrei com um edredom. Precisei fechar a porta do meu quarto para não ouvir os dois animais no cio. E para dormir de novo? Foi uma tarefa impossível.

Revirei de um lado para o outro pelo menos umas cinquenta vezes, até descobrir o que estava me angustiando: aquele tesão dos infernos que havia encharcado a minha calcinha tão cedo (ou tão tarde!).

Só consegui ter paz para dormir quando o meu bom companheiro das horas sombrias – o meu dedo do meio da mão direita – fez o seu serviço. Bastou uma vez e pronto. Dormi como uma princesa, abandonada no cantinho da minha sala vazia.

ADMITIR A CARÊNCIA É UM PASSO IMPORTANTE PARA QUEM NÃO PRETENDE MANTER RELAÇÕES COM O VIZINHO SAFADO

Não adiantou muito o fato de eu ser uma mulher independente e livre de qualquer responsabilidade que me ligasse à minha antiga casa; acordei morrendo de torcicolo mesmo assim. Deve ter sido praga jogada pela Sara, a minha irmã. Mamãe deve ter lhe dito a história da dor no pescoço, ou então dormir no colchonete fininho não havia sido uma boa ideia.

Seja como for, trabalhei feito um zumbi na terça-feira. Não vi sinal algum do Sr. Klein pela manhã e fiquei muito grata por isso. Do contrário, certamente teríamos a nossa primeira discussão. O motivo poderia me deixar envergonhada por toda a vida, mas a minha vontade de chamá-lo de todos os nomes que não prestavam foi grande, quando me levantei e constatei que mal podia virar o pescoço para os lados.

Depois de uma manhã repleta de "ai, ai, ai", resolvi comprar alguns analgésicos na farmácia. A dor melhorou muito durante a tarde. À medida que o meu pescoço começava a se mover sem me matar de dor, percebia que o Calvin não tinha nada a ver com aquilo. Afinal, se eu levasse um cara para a minha casa, ia querer gemer sem ter que medir o volume.

Diante dessa reflexão, perdoei o Safado do 105, antes mesmo de lhe dizer que modulasse o volume do sexo animal. Prometi a mim mesma jamais tirar a liberdade dele de fazer o que quisesse em sua casa. Só assim eu teria a minha própria liberdade. Não podia tirar de alguém o que queria para mim.

Quando cheguei à minha casa, às sete da noite, novamente não havia sinal algum do Calvin. A casa dele estava escura, e, de novo, fiz o favor de ligar as luzes do jardim. As rosas vermelhas ainda estavam lá, no mesmo vaso presenteado por ele. Estavam mais cheirosas do que nunca, exalando um perfume adocicado que adorei. Não havia me lembrado de colocar um pouco de água para mantê-las, porém supus que o Calvin tivesse feito isso mais cedo. Sorri ao chegar àquela conclusão.

Fiquei feliz por não ter entrado em uma briga desnecessária com ele. Nossa relação daria supercerto, desde que mantivéssemos o bom senso e o diálogo. Renovei as promessas antes de entrar na minha querida casa; prometi ter calma e paciência diante das situações que pudessem me chatear.

Dormi cedo de novo, logo após tomar mais um comprimido do anti-inflamatório. O descanso foi muito bem-vindo e, graças aos céus, não tive surpresa alguma durante a madrugada. Acordei com o pescoço quase cem por cento. Fiz um café da manhã reforçado – deu tempo! –, tomei um banho demorado – deu tempo! – e me arrumei tão devagar que nem parecia que ia trabalhar. O bom humor tomou conta de mim novamente. Agradeci por mais um dia pelo menos umas trezentas vezes, até inspirei o cheiro das rosas que ainda "habitavam" minha varanda, antes de cruzar o jardim.

As luzes já estavam desligadas, sinal de que a rotina entre mim e o Calvin havia se estabelecido: eu ligaria as luzes à noite, ele poderia desligá-las pela manhã. Caminhei lentamente até um pé de goiaba. Estava carregado de frutos, realmente muito bonito.

Sorri. Nunca tinha reparado que o jardim era tão bem cuidado e que tínhamos praticamente um pomar. Havia um pé de pitanga e uma bananeira, além da goiabeira. O resto eram flores e plantas que não davam frutos. Não era um jardim muito grande, mas tinha uma variedade legal, com as plantinhas disponibilizadas de um modo organizado. Parecia até que um paisagista tinha passado por ali.

– Bom dia, vizinha! – Senti mãos segurarem a minha cintura. Uma boca quente encontrou algum ponto entre a minha orelha e o meu pescoço. Claro que me arrepiei. – Quanto tempo, hein? Acho que temos horários desencontrados!

Virei para trás e dei de cara com o Calvin. Meu queixo caiu. Ele usava calça jeans e uma jaqueta preta de couro por cima de uma camisa azul. Óculos escuros muito estilosos combinaram perfeitamente com o formato másculo de seu rosto. O cabelo castanho estava bagunçado. Uma delícia.

Só o tamanho daquela criatura intimidaria qualquer mulher, não precisava nem do restante. Definitivamente, não havia necessidade daquele sorriso sacana apontado para mim como se fosse uma arma – que, na real, já tinha disparado, já me sentia morta diante dele. Perdi até a capacidade da fala.

– Raissa? Aconteceu alguma coisa?

– Obrigada pelas rosas... – murmurei, embasbacada. A palavra "rosas" quase não saiu por causa de uma rouquidão repentina. Forcei a garganta, tentando me recompor. – Obrigada pelas rosas, adorei. São lindas.

– Elas combinam com você. – Ele apoiou os óculos no topo da cabeça e piscou um olho. Ver seu rosto encantador tão de perto fez meu cérebro paralisar de novo. – Como está a nova casa? Gostando?

– Sim... Ainda faltam algumas coisas, mas estou amando morar sozinha.

– É a sua primeira vez? – perguntou num sussurro.

Meu coração quase saiu pela boca. Ele tinha a capacidade de falar sobre qualquer coisa em duplo sentido ou era eu que entendia tudo pelo outro lado?

– Não... Quero dizer... Sim. – Fiz uma careta. – É a primeira vez que moro só.

– Se precisar de ajuda, Raissa, posso ser útil em todos os sentidos.

Aposto que sim.

– Obrigada, Calvin.

Ele tirou os óculos da cabeça e agitou os cabelos com as mãos.

– Não estou usando uma Calvin Klein hoje. E agora? – Juro por tudo o que é mais sagrado que ele fez que ia abaixar a calça jeans. Pelo pouco que já o conhecia, ele ia mesmo, se eu não tivesse dado alguns passos para trás e saído do transe.

– Não importa, Calvin! Você disse que eu podia te chamar do que eu quisesse, não?

– É verdade. – Deu de ombros, ainda sorrindo. – Está certo, Raissa, você é quem manda. Mas é sério, posso ajudá-la no que for preciso. Em dias de semana, chego a casa à meia-noite, mas pode me chamar a qualquer hora pela manhã. E estou completamente livre para você aos domingos.

Certo. Completamente livre para mim aos domingos.

– Bom... Vou receber alguns móveis neste sábado. Se puder me...

– Claro que posso, vizinha! – interrompeu-me com animação. Foi uma pressa bem exagerada. – As minhas manhãs de sábado são livres. Eu me esqueci de dedicá-las a você também.

Seu sorriso sacana não era capaz de morrer por nada neste mundo. Tomando uma dose de coragem – e de mais sei lá o que, acho que foi algum componente do anti-inflamatório –, aproximei-me do sujeito. Olhei para cima, pois apesar de não ser tão baixinha e estar usando saltos, Calvin ainda conseguia ser mais alto que eu. Acho que ele tinha mais de um metro e noventa ou chegava bem perto disso.

– Obrigada, Calvin... – Apertei-lhe a bochecha como se fosse uma criancinha. – Sua dedicação será recompensada.

Ri por dentro ao analisar cada detalhe de seu sorriso morrendo. O cara se modificou total. Prendeu os lábios e ficou me comendo com os olhos. Seu humor era muito fácil de ser manejado. Expliquei-me logo em seguida, só para deixá-lo desconcertado por ter levado a minha sentença para o âmbito das segundas intenções:

– Vou fazer um almoço bem legal neste sábado. Talvez não seja uma boa recompensa para um cozinheiro como você, mas sei fazer uma feijoada que, modéstia à parte, fica uma delícia.

Calvin voltou a sorrir. Tocou o meu queixo e balançou.

– Aposto que a sua feijoada é, sim, uma delícia, Raissa – murmurou.

Seus olhos me fizeram trocar a palavra feijoada bem rapidinho. Desisti de tentar entrar no jogo dele, pois eu certamente sairia perdendo. Ele era um expert em frases de duplo sentido, e, nesse quesito, a coitada aqui era apenas uma aspirante.

– Combinado, então. Bom dia pra você, Calvin! – Acenei e virei de costas, já caminhando na direção da portinha de saída.

– Bom dia, Raissa! – Ele demorou dois segundos para dizer a próxima frase: – Você tem um belo bumbum!

Corei instantaneamente. Cheguei até a parar antes mesmo de abrir a portinha. Olhei para trás. Calvin voltou a colocar os óculos e se virou na direção da varanda.

– Você também, Sr. Klein!

Ainda deu tempo de ouvir a sua gargalhada, enquanto eu tentava andar pelo curto caminho até o meu carro. Não tínhamos garagem ou qualquer estacionamento por perto, por isso eu estacionava em frente à nossa casa mesmo. A rua era larga e bem tranquila, percebi que muitas pessoas faziam o mesmo. Desconfiava de que o carro do Calvin era o Siena preto que vivia estacionado atrás do meu, exceto quando ele não estava em casa.

A minha quarta-feira foi recheada de pensamentos eróticos que envolviam Calvin e eu. Em todos os flashes que circulavam pela minha cabeça, havia os nossos corpos nus e a cama batendo contra a parede na maior velocidade. A minha loucura imaginosa só era impedida, de vez em quando, pela razão, que me alertava do perigo que significava manter uma relação baseada no sexo sem compromisso com o vizinho cafajeste.

Mesmo me considerando uma adulta madura e consciente, sabia que transar com o cara poderia me afetar de um modo irreparável. Por exemplo, não ficaria feliz em ouvi-lo com outra mulher depois que passássemos uma noite juntos. Ficaria com a sensação de ser trocada. Era diferente do que ser apenas uma vizinha. Tornar-me uma "foda-amiga" que morava ao lado era uma péssima ideia.

A comprovação de que seria loucura querer alguma coisa com o Calvin, além de uma amizade que permitia a troca de elogios sobre bundas, veio naquela madrugada. Havia me permitido dormir um pouco mais tarde por causa de um filme que passava na TV. Escutei quando a porta do vizinho abriu e fechou, sinalizando que ele tinha chegado do trabalho. Após trinta minutos de puro silêncio, ouvi gemidos atrás de mim. Coloquei meus ouvidos em alerta.

– Adoro te foder bem gostoso... – Sua voz saiu como um sussurro, mas mesmo assim consegui ouvir. Levantei-me da cama e, de novo, encostei o meu ouvido na parede. Ele não parecia estar com a mesma mulher. Aquela não gritava, só gemia baixo, vez ou outra. Percebi que a cama chacoalhava de leve, diferente da selvageria anterior.

Foi difícil, mas tomei a séria decisão de não prestar atenção nos ruídos provocados pelo vizinho. Voltei a me deitar na cama e até aumentei um pouco mais o volume da TV. Procurei me concentrar no filme, mas não consegui. Uma parte de mim ficou atenta aos gemidos que a mulher soltava, sempre constantes e discretos. Foi impossível não me excitar. Podia ouvir a respiração ofegante de Calvin, deixando a situação da minha calcinha ainda mais complicada.

Piorou quando a parede começou a reverberar um barulhão. No início foi bem de leve, quase imperceptível, mas a coisa devia ter esquentado na casa ao lado. Calvin parecia ser do tipo que começava devagar, mas se rendia ao ritmo acelerado da entrega. Os gemidos da mulher aumentaram.

– Eu realmente preciso de um homem – murmurei. Não sabia se o vizinho havia escutado, mas achava que não. Ele estava muito ocupado, diferentemente de mim, que só me ocupei em ouvir a "ocupação" dele.

A pancadaria total contra a parede do meu quarto veio mais rápido do que pude acompanhar. A mulher gemeu coisas ininteligíveis, e o Sr. Klein não parou de tecer elogios sobre a vagina dela: apertadinha, quente, gostosa, lambuzada... Enfim, pude até visualizar a periquita dela só com as descrições que ele fazia. Desejei que ela fizesse algum comentário sobre o pau dele. Seria bem mais legal imaginá-lo, mas a coitada só fazia gemer como se estivesse sentindo dor.

Depois de não sei quantos minutos suportando um tesão fora do comum e ouvindo o sexo desenfreado do meu vizinho gostoso, decidi me mudar para a sala de novo. Ele era incansável. A mulher pareceu ter gozado pelo menos umas três vezes e nada do homem gozar.

Confesso que esperava por aquele momento, mas percebi o quanto me sentia idiota e desesperada. A minha carência ultrapassava limites jamais atingidos antes.

O colchonete fez o seu serviço de me acalmar mais uma vez – assim como meu dedo –, e só então consegui ter paz para dormir. Daquela vez, tomei o cuidado de não adormecer em uma posição ruim para não detonar o meu pescoço. Ponto para mim! Acordei bem melhor, embora ainda me sentisse um pouco quebrada.

Não estava com tanto bom humor quando fui trabalhar naquela manhã de quinta-feira. Mas também não estava pensando em esculachar o meu vizinho. Tentei me manter calma. Bom, para ser sincera, pensava em uma solução definitiva que não envolvesse ter que dizer na cara dele que precisava parar de transar praticamente no meu quarto.

Eu tinha certeza de uma coisa: não havia comprado uma cama nova para nada. Precisava dormir nela e não em um colchonete tão confortável quanto uma maca de exame ginecológico. As luzes estavam apagadas, mas não encontrei o meu vizinho em parte alguma do jardim. Ele parecia se recolher nos dias em que aprontava as suas safadezas. Esperto!

Para completar a minha manhã repleta de rancor e ideias que pudessem solucionar o meu grande problema, a minha irmã Sara me telefonou. Ela nunca me ligava, exceto quando precisava de alguma coisa. Pensei em não atender, mas aí ela falaria com a mamãe e a merda seria jogada no ventilador. A culpa de tudo sempre era minha.

Achei até estranho os meus pais não terem me culpado por ela ter aparecido grávida aos dezessete anos. Aos vinte e um anos, Sara ainda era a mesma garota mimada. A diferença era que precisava criar uma garota ainda mais mimada que ela. Mas a culpa não era da minha sobrinha, a Clara. Eu a amava de paixão.

– O que foi, Sara? – fui logo perguntando.

– Credo, Rai! A pessoa morrendo de saudade e é assim que você me trata?

– Saudade? Certo... Vai logo dizendo o que você quer, estou ocupada – menti feio. Havia resolvido muitas coisas logo cedo, de modo que não tinha mais nada para fazer durante todo o expediente. Sabia que seria um daqueles raros dias em que eu teria tempo para ler um e-book inteiro no computador.

– Estou mesmo com saudade. E louca para ver a sua nova casa! Ah, irmãzinha, vou te visitar neste sábado!

– NÃO! – berrei alto demais. Olhei para os lados, esperando alguma repreensão. Veio do meu chefe um segundo depois, quando ele me olhou feio. Dei de ombros, fingindo que estava trabalhando. – Nem pensar, estarei ocupada neste sábado.

Muito ocupada sendo ajudada pelo meu vizinho safado e fazendo um almoço para ele. E eu só esperava que a minha feijoada ficasse mesmo uma delícia.

– Que mentira, Raissa! Você sempre dorme aos sábados! Passa o dia inteiro sem fazer nada!

– Preciso organizar os meus móveis, Sara.

– Ah, posso ir à noite, então! Deixo a Clara com a mamãe e vou para sua casa. E aí durmo contigo!

Era só o que faltava na minha vida: a minha irmã Sara e eu, de camarote, ouvindo o sexo selvagem do meu vizinho durante a madrugada.

– Vou sair à noite.

– Sério? Com quem? – Empolgou-se. Sara sempre ficava animada quando eu tinha um encontro. Até me ajudava a separar a roupa ideal, além de me fazer uma chapinha no cabelo.

– Não te interessa, Sara, que droga. Tenho que desligar.

Ela demorou um tempo para responder:

– Rai... Sinto a sua falta. É verdade – ela disse tão seriamente que acreditei.

– Eu te ligo no domingo. Está bem?

– Obrigada, irmã... Bom trabalho! Beijo!

– Beijo...

Se Sara e eu não fôssemos irmãs, não seríamos compatíveis para uma amizade. Eu a amava, claro, mas éramos muito diferentes. Os seus caprichos sempre me irritaram, e o fato de eu levar a culpa por causa deles não me ajudou a criar um bom sentimento em relação a ela. Bom, o fato era que não podia esconder a minha casa para sempre. Um dia teria de receber a minha família, e este dia seria aquele em que eu imploraria (de joelhos no chão e lágrimas nos olhos) para o Safado do 105 não inventar de transar com ninguém.

Foi durante aquele dia ocioso que tive uma grande ideia, baseada no princípio "olho por olho, dente por dente". Se eu podia ouvir o meu vizinho, então o meu vizinho podia me ouvir. Ele só precisava de alguém tão maluco quanto ele. A minha mãe sempre dizia que remédio para doido é um doido pior.

Sorri como um gênio que descobre o segredo da vida. Ou como uma mulher disposta a dar uma de doida.

UM SAFADO É CAPAZ DE ARRANCAR O JUÍZO DE QUALQUER MULHER

Nem esperei para escutar mais gemidos no meu quarto naquela quinta-feira à noite. Tudo porque ouvi alguém batendo palmas no jardim, quase à uma hora da manhã. Olhei pela janela de soslaio, meio temerosa porque já era bem tarde, e vi duas mulheres lindíssimas em frente à varanda do Safado do 105.

O meu corpo inteiro congelou quando ele saiu de casa e as recebeu, dando-lhes abraços e beijos intensos na boca! Conversaram um pouco, riram um bocado, até que Calvin as guiou para dentro de sua residência.

Eu não era estúpida para achar que não rolaria um ménage, por isso me antecipei e peguei o colchonete. Já estava ficando puta com a situação. O meu vizinho era um maníaco sexual incansável. E, eu, uma mulher carente que não aguentava mais ouvi-lo em ação. Não estava fazendo bem para o meu nível hormonal – que não parava de me avisar que eu precisava de um homem com H maiúsculo –, para o meu sono – metade do meu tubo de corretivo tinha ido embora, já que eu precisava disfarçar as minhas olheiras todo dia pela manhã – e, principalmente, para o meu pescoço.

Revirei no colchonete até quase três horas da manhã. Não consegui pregar o olho, imaginando o safado transando com as duas gostosonas. Eu podia ir ao meu quarto para escutá-los, mas me recusei a fazer isso. A curiosidade, daquela vez, não podia falar mais alto. Em vez de bancar a bisbilhoteira, preparei um chazinho de camomila. Abri as janelas da sala e da cozinha, pois a noite estava quente. A brisa suave da noite logo melhorou o clima abafado da minha casa, trazendo-me um pouco mais de conforto.

O relógio que pendurei na parede da cozinha me deixava frustrada. Os minutos avançavam em uma velocidade que achei ser maior que a normal, e, enquanto os meus pensamentos vagavam e eu bebericava o chá, perdi o sono. Sabia que ficaria me sentindo horrível durante o dia, mas resolvi cumprir a promessa de não me chatear. Só precisava de uma boa solução. Estava na hora de resolver o meu problema.

Eram quase cinco horas da manhã quando tive coragem de entrar no meu quarto. Esperei por algum gemido, mas nada escutei. Aliviada, tomei um banho e me arrumei lentamente para ir trabalhar. Ainda deu tempo de deitar na minha cama e cochilar durante uns quarenta minutos. O despertador me acordou às sete, e, embora aquele fosse o horário de acordar e me arrumar, decidi sair de casa de uma vez. Estava em meus planos comer qualquer coisa na padaria da esquina e passar no mercado para comprar os itens de que precisaria para fazer a feijoada do sábado.

Para a minha surpresa, assim que saí de casa, visualizei o Safado e a sua bendita cueca Calvin Klein – mas aquela era toda preta – segurando um regador e molhando as plantinhas que circundavam o pé de pitanga. Detive-me ao seu corpo exposto durante alguns minutos. A bunda enorme e redondinha ainda estava lá, dando um volume impressionante à cueca. As costas largas, os braços definidos, o tanquinho talhado pelos deuses... Aquele homem era uma espécie rara que exaltava toda a beleza masculina.

Foi impossível não o desejar, mesmo estando puta da vida com a canalhice dele. Suspirei enquanto analisava suas coxas grossas, condizentes com todo o restante. Ele estava tão absorto em regar as plantas que nem percebeu a minha aproximação. Apesar de estar me sentindo um zumbi (embora externamente parecesse uma Barbie, toda maquiada e produzida), e de ele ser o real culpado por isso, não podia deixar a situação me abalar.

Eu conhecia pouco do Calvin, tão pouco que nem sabia qual era o seu verdadeiro nome. Com muita sinceridade, o meu real desejo naquele instante não foi de brigar ou de agredi-lo com aquele regador (embora tivesse pensado nisso), mas, sim, saber um pouco mais sobre o cara safado que comia um monte de mulher diariamente. A sua história devia ser, no mínimo, interessante.

Aprumei a bolsa no meu ombro e me preparei para surpreendê-lo. Mesmo estando bem atrás do sujeito, ele ainda não havia percebido a minha presença. Segurei a sua cintura com força, logo sentindo toda a rigidez dos seus músculos.

– Bom dia, vizinho! – berrei. Ele tomou um susto tão grande que caiu para a frente, levando os meus braços consigo.

Foi um desastre. Calvin mergulhou nas plantas diante de si e eu caí bem em cima dele, batendo o rosto nas suas costas enormes e os meus joelhos em suas coxas. Meus cabelos ficaram emaranhados e presos em um galho do pé de pitanga, o que me fez soltar um grito de dor. Achei que estava no meio de um pesadelo enquanto tentava me levantar.

Calvin buscou apoio para se erguer, mas o meu peso o impedia, então ele acabou desistindo e ficou esperando que eu conseguisse sair de cima dele primeiro. As plantas e os galhos grudados na gente não ajudavam em nada, bem como os meus saltos – que, naquele instante, mais pareciam patins –, por isso me levantar foi uma tarefa demorada.

Quando finalmente fiquei de pé, com os cabelos assanhados, cheios de folhas grudadas, e com a minha roupa toda amassada, tive vontade de chorar. Calvin se levantou bem rápido depois que a maluca aqui parou de imprensá-lo contra as plantas.

– Uau! – Ele limpou a barriga, toda suja de terra e folha, com as mãos. – Que ataque foi esse? Nossa, Raissa... Assim você me mata! – Começou a gargalhar.

Praguejei vários palavrões mentalmente. Ainda tentava recuperar o meu fôlego e a minha dignidade, embora ela tivesse se perdido de vez depois daquele mico.

– Desculpa! – choraminguei.

Ele bateu uma mão contra a outra, tentando se livrar da sujeira. Olhava o próprio corpo com um sorriso divertido estampado nos lábios. Calvin ainda estava melado nas pernas e no rosto. Nunca esteve tão sexy. Eu pegaria aquele homem mesmo sujo de lama, de graxa, de farinha de rosca... Resumindo, eu pegaria aquele cara de qualquer jeito.

– Desculpa pelo que, Raissa? – Enfim, ele me olhou. Perdi-me em algum lugar dentro de seus olhos profundos. – Foi o "bom-dia" mais intenso da minha vida. Só seria mais perfeito se você estivesse só de calcinha!

Abri a boca. Não deu tempo de raciocinar muito.

– Da próxima vez, vou me lembrar disso.

Calvin parou de rir e me olhou de cima a baixo. Prendeu os lábios como se estivesse morrendo de tesão. Não pude suportar a curiosidade; dei uma bela olhada no volume da sua cueca. Não foi o suficiente para calcular o tamanho do seu RG, mas foi o bastante para que ele percebesse o que eu estava procurando.

– Da próxima vez que me agarrar entre as plantas, eu te ensino a manejar meu regador... – murmurou, tocando de leve o seu pênis por cima da cueca. *Eita!*

Meu coração disparou. Senti o sangue deixar o meu corpo enquanto dava alguns passos para trás. Calvin continuou me olhando, mas pelo menos deixou as mãos subirem pela sua barriga. Retirou mais sujeira, só que bem lentamente, de um jeito mais sensual.

– Eu sei muito bem como se rega uma planta – incitei.

– Aposto que sim, Raissa... – sussurrou. Deu alguns passos para a frente, ficando perigosamente perto de mim. Mandei a minha razão calar a boca. Ela queria que eu me afastasse e saísse correndo dali, mas não pude. – Você deve ser uma jardineira de mão cheia... – Analisou o meu corpo com um olhar cheio de malícia. – Com todo esse equipamento...

Sério, ele precisava parar com aqueles suspiros-gemidos. Eu não podia ser dona de minhas ações enquanto ele os soltasse sem pudor algum. Já era difícil me controlar em situações normais, e o cara ainda apelava! Lembrei-me da minha ideia de ser mais doida do que ele. Não sabia se aquele era o momento certo, mas eu precisava arriscar.

Olhei bem em seus olhos escuros e me aproximei, deixando o meu queixo se encostar ao seu peito firme. Sorri com malícia e não pensei em nada quando ergui uma mão e toquei a sua cueca. Fiz uma careta quando constatei que o safado, diferente de um segundo atrás, já estava excitado de verdade.

Um volume glorioso preencheu a minha mão e achei que fosse morrer antes de dizer o que eu queria. Vi os olhos dele se apertarem e outro suspiro-gemido marcar presença. Seu corpo tremelicou um pouco diante do meu toque.

– Seu equipamento de jardinagem também não é nada mal... Tenha um bom dia, Calvin Klein.

Afastei-me depressa e virei de costas, caminhando decidida até a portinha de madeira. Pude sentir seu olhar queimando a minha bunda, mas ele nada falou e eu não tive coragem de olhar para trás. A minha dose de ousadia do mês inteiro já havia atingido seu limite.

Trabalhar foi muito difícil. Não conseguia me concentrar em nada além do "regador" do Calvin, que era capaz de deixar a minha "planta" muito bem molhada. Mas tudo bem, era sexta-feira, dia de alegria. Não fui capaz de sentir sono durante todo o expediente, graças a ele. Embora não pudesse me esquecer de que também foi graças a ele que eu não tinha dormido a noite inteira.

Eu não tinha muitos amigos. Podia ser estranho dizer isso com tanta normalidade, mas para mim era mesmo natural. As minhas amigas do tempo de escola estavam todas casadas, vivendo as próprias vidas, e no curso da faculdade só tinha homem. Peguei uns sete, transei com dois e acabou que não fiz amizade com nenhum. Mas não me sentia arrependida, eu realmente aproveitei.

Sendo assim, costumava sair sozinha ou com algumas primas mais próximas às sextas-feiras. Às vezes, saía com Sara, mas era um saco ter que ficar tomando conta dela. A doida sempre exagerava na bebida. Alguns colegas de trabalho até me chamaram para um *happy hour*, mas eu tinha outros planos para aquela noite: preparar a feijoada que havia prometido ao Safado do 105.

Passei em um supermercado, depois fui direto para casa. Liguei as luzes do jardim, como de costume, e parei diante da minha porta. Olhei para o chão. As rosas vermelhas ainda estavam lá, mas daquela vez o vaso estava bem mais cheio. Percebi que todas elas eram novas e também que havia alguns ramos de outro tipo de flor: uma pequenininha, branca.

Eu gostava daquele cuidado que o Calvin me oferecia. Alguma coisa me dizia que aquele jardim havia sido ideia dele. Homem que curtia plantas só podia ser um homem sensível. Perguntei-me onde aquele cafajeste de carteirinha guardava a sua sensibilidade, e só depois de um tempo percebi que a resposta estava diante de mim: aquele jardim a representava. Era a maneira como ele a externava.

Tudo bem, eu já estava fazendo suposições românticas demais para o meu gosto. Ele provavelmente só cuidava das plantas para ter a oportunidade de exibir o seu corpo dentro de uma cueca Calvin Klein. E certamente só me presenteava com aquelas rosas para arranjar sexo, como eu havia suposto desde o princípio. Foi muito mais confortável para a minha mente aceitar que o meu vizinho era um maníaco sexual. Imaginar que ele era sensível por trás de tanta volúpia parecia loucura.

Liguei o som bem alto, aproveitando que o vizinho não estava – e, se estivesse, que se dane; antes música alta do que gemido alto – e comecei a preparar a minha deliciosa feijoada. Todo mundo da minha família se animava quando eu decidia prepará-la. Nas festas e nos churrascos era só o que o povo pedia. Pela primeira vez na vida, faria uma quantidade pequena da iguaria.

Uma nostalgia incomum tomou conta enquanto cortava todas as carnes que utilizaria. No fundo, sentia saudade da minha família. Os nossos jantares eram os melhores, mamãe fazia questão de que comêssemos juntos. Eu sempre ria bastante, mesmo estando cansada por causa de um dia exaustivo. A minha avó sempre contava uma de suas histórias, e o meu pai jamais deixava de me dar um beijo de boa-noite.

Por mais loucos que eles fossem, eram tudo o que eu tinha no mundo. Tudo o que eu era devia à presença constante de cada um deles, e sabia que, mesmo estando distante, jamais deixaria de amá-los. Precisava viver a minha vida, sim, mas será que a liberdade a que tanto almejava seria plena com um afastamento tão completo? Eu ainda não tinha ligado para a minha mãe nem para ninguém. Parecia uma filha ingrata.

Cheguei a pegar o meu celular, mas desisti. Eu precisava de um tempo maior para raciocinar sobre tudo aquilo. Talvez sentir saudade não fosse algo tão ruim, devia haver uma aprendizagem por trás da nostalgia. Não me impediria de aprender com a distância.

Enquanto cantarolava e cozinhava, abri uma garrafa de vinho que tinha comprado. Sempre me imaginei tomando vinho sozinha na minha própria casa, e aquela era a ocasião propícia. Adorava a minha companhia. Não entendia como existiam pessoas que sempre tinham a necessidade de estar com alguém para fazer tudo. Não precisava de ninguém para ser feliz. Nunca precisei.

Enquanto deixava a panela fazendo o seu serviço, decidi tomar um banho bem esperto. Aproveitei o meu momento para fazer uma hidratação no cabelo e no corpo, além de depilação completa. Sério, até fiz um desenho em formato de coração na dita-cuja. Ficou uma desgraça disforme e acabei tirando tudo, mas valeu a tentativa.

Nunca tomei um banho tão demorado. Uma nova Raissa saiu daquele banheiro, e me senti, pela primeira vez, realmente pertencente àquela casa, embora não soubesse exatamente o que de fato havia mudado em mim. O espelho me mostrou a mesma garota de sempre, mas ele nem sempre diz de verdade quem a gente é.

Envolvi o meu corpo na minha toalha verde-limão e fui conferir a panela. Um cheiro maravilhoso incensou a minha casa quando a destampei e fiquei feliz por estar dando certo. Com muita sorte, o meu vizinho querido aprovaria os meus dotes culinários. Tentei não pensar que estava preparando o jantar para um cozinheiro e que com certeza ele daria sua opinião profissional.

Ouvi um barulho na porta e corri até a janela ao lado. Uma olhadinha rápida no relógio da cozinha me fez ter a certeza de que aquela não era hora de receber visita: quase uma da manhã. Arregalei os meus olhos quando percebi o Sr. Klein diante da minha varanda, trajando apenas uma bermuda azul. Ele não percebeu a minha olhadinha pela janela, ainda bem. Teria tempo de colocar uma roupa.

Dei dois passos na direção do meu quarto e parei. A história do doido invadiu novamente o campo das minhas ideias e ri de mim mesma. Balancei a cabeça em negativa e dei mais um passo. Parei. Certo, eu já disse que às vezes faço as coisas sem pensar. A minha mente tem um parafuso a menos, por isso não me julgue. Eu nunca disse que era normal. E não me senti nada normal quando, do jeito que estava, fui até a porta e a abri.

Calvin sorria do seu jeito safado, mas tudo mudou quando reparou nas minhas condições. Eu estava ensopada. Havia gotas fartas escorrendo pelo meu cabelo e pelas minhas pernas, e a toalha pequena cobria só o estritamente necessário. Mesmo.

– Você tirou o dia para me assassinar ou é só impressão? – Calvin sussurrou, apoiando seu corpo delicioso na lateral da minha porta. Cruzou os braços na frente de seu corpo escultural e continuou a me olhar com intensidade.

– Ainda nem te ataquei... – Sorri com malícia.

Preciso ser mais doida. Preciso ser mais doida...

– Ainda.

– Então... A que devo a sua visita, vizinho? Quer açúcar? Ou quer algo mais? – Pisquei um olho. Ele fez uma careta confusa, mas depois sorriu. Era bom demais usar as mesmas armas que o seu oponente.

– Algo mais com açúcar – respondeu em um murmúrio. Descruzou os braços e deu um passo à frente. Dei um para trás. A minha razão começou a martelar o meu juízo. Não podia dar cabimento a ele, pelo amor de Deus. O cara fodeu pelo menos quatro mulheres desde a minha chegada.

– Hum... Então, estou fazendo a feijoada! – Virei de costas e andei até a cozinha, atravessando a sala vazia. Mudar de assunto foi a minha melhor opção. – Está combinado amanhã, não é? Os móveis devem chegar logo cedo.

– Senti o cheiro lá da minha casa, por isso estou aqui. Fui totalmente atraído. – Riu de leve e senti o meu coração ser *possuído pelo ritmo ragatanga*. – Ei, sua casa está ficando maneira!

Olhei para trás e o vi abrindo a porta do meu quarto. Pensei que não faria aquilo, mas o doido entrou. Ainda esperei que saísse de lá, mas ele demorava. Tomei fôlego e resolvi entrar de uma vez. Calvin estava de pé diante da minha cama, observando-a como se fosse atração turística. Para um homem como ele, devia ser mesmo. Seu parque de diversões era bem ali. E os meus pensamentos só giravam, como um carrossel sem rumo, depois entravam em uma montanha-russa e se perdiam em um trem-fantasma: a minha vontade era de sair gritando, mas na direção do monstro, não da oposta.

– Por que entrou no meu quarto?

– A gente só conhece alguém de verdade pelo quarto. Não sabia disso? – Encarou-me e sorriu com malícia.

– Não...

– É verdade. Você é organizada, controladora, mas também meiga. O guarda-roupa grande mostra que tem atitude... Que é centrada e determinada. A meiguice vem da cor. Você deve ter uns vinte e tantos anos e ainda se preocupou em deixar o rosa prevalecer no seu quarto. Já a cama... – Sentou-se nela. – Diz que você é preguiçosa. Mas nem tanto, talvez seja apenas carência... – Fiz uma careta e ele riu. – Você gosta de ser mimada, Raissa.

Deitou-se, pegando o meu travesseiro e o abraçando. Eu mal podia acreditar que aquele cara estava na minha cama, analisando a minha personalidade e acertando cada ponto. Não fui capaz de falar nada. Calvin ainda brincou com um dos meus ursinhos, que eu deixava em cima da cama só para enfeitar.

– Você é ligada à sua família – continuou. – Esses ursos comprovam. Apesar de gostar de privacidade, é uma mulher companheira e romântica. – Olhei para os lados, sem saber onde enfiar a minha cara.

Para o Calvin me conhecer melhor, a única coisa que faltava era que eu deixasse aquela toalha cair no chão.

– Acho... Acho melhor você... ir.

Calvin não se chateou com a minha sentença. Ajoelhou-se na cama e ergueu uma mão. Não entendi o que queria, mas acabei lhe entregando a minha. Puxou-me devagar, fazendo-me sentar na cama ao seu lado. Mil coisas se passaram pela minha cabeça.

– Você não gosta de se sentir invadida. Desculpe-me. – Beijou a minha mão. Perdi o fôlego. – Um dia estará no meu quarto e entenderá o quanto sou ansioso e curioso. Mas já digo de antemão que eu adorei cada detalhe de você, Raissa.

Calvin se levantou como se não tivesse dito nada. Eu havia criado raízes, estava oficialmente incapaz de me mexer. Ele pensou que tinha me conhecido, mas a verdade era que, diante de suas palavras, eu mesma passei a me conhecer melhor.

– Até mais, vizinha – disse, beijando-me a testa. Meu corpo inteiro se derreteu com a sua boca quente de encontro à minha pele fria.

Calvin caminhou até a porta do quarto e se virou antes de partir.

– Você fica uma delícia enrolada em uma toalha. Estou louco para provar da sua feijoada... Não vejo a hora. – Piscou um olho.

PASSEI A SABER MAIS SOBRE MIM DESDE QUE CONHECI MEU VIZINHO SAFADO

Devo ter passado pelo menos meia hora sentada na minha cama, refletindo sobre a cena que havia acabado de presenciar. Por fim, decidi que não valia a pena ficar pensando muito, pois obviamente era parte da capacidade do Calvin de fazer qualquer mulher cair em sua rede. Só Deus sabia os artifícios que usava para conseguir tanta mulher em tão pouco tempo. Recusava-me a acreditar que apenas a sua beleza fosse o bastante, era claro que precisa haver algo mais.

Vesti um pijama simples e apenas esperei a feijoada ficar pronta. O cheiro estava uma delícia, mas o gosto ainda precisava ser apurado, o que poderia ser feito durante a noite e a manhã do dia seguinte. Dei uma limpada na cozinha antes de me deitar. Pensei em ligar a TV, mas desisti, pois ouvi a do Sr. Klein ligada.

Não parei de pensar no sujeito nem por um segundo. Abracei o travesseiro que ele tinha abraçado, na esperança de encontrar algum cheiro que lhe pertencesse. Nada. Só o meu cheiro estava ali, e me perguntei se ele o tinha sentido. Provavelmente. Um raio de lucidez me fez compreender que aquela era a noite ideal para pôr em prática a minha grande ideia. Calvin estava sozinho, certamente não receberia ninguém.

Comecei a rir sozinha enquanto ligava o meu notebook na TV. Entrei em um site pornográfico e passei um tempão escolhendo o vídeo ideal. Confesso que fiquei envergonhada só de ler os títulos de cada vídeo, mas busquei a coragem e a maluquice que eu sabia que habitavam dentro de mim. Escolhi um vídeo chamado "fucking hard" (fodendo com força). Era a cara dele. Coloquei a minha TV no último volume e o esperei carregar. Soltei um longo suspiro e cliquei no play. Uma mulher loira e nua apareceu na tela, deixando-me corada. Nem eu mesma acreditei que estava fazendo aquilo.

Um cara enorme, se é que me entende, e nu apareceu atrás dela, esfregando-se na atriz, que soltou seu primeiro gemido. Sorri. A minha ideia era a mais perfeita de todas. Deitei-me na cama e comecei a apreciar o vídeo, como fazia de vez em quando – claro que não naquele volume, assistia no mudo, pois as mulheres desses filmes costumam gemer como se estivessem morrendo.

A foda começou rápido. Não há muita conversa: a mulher olha para a câmera, exibe o corpo, um homem pintudo aparece e eles começam a transar. Simples e prático. Nada a ver com a vida real. Tudo bem, era exatamente isso o que eu queria. Todos os sons a que eu almejava estavam reunidos ali: mulher gemendo, homem ofegando, sexos se chocando um contra o outro na maior velocidade.

Alguns minutos se passaram até que decidi me levantar. Apoiei o meu ouvido na parede, notando que a televisão do vizinho já não estava mais ligada. Será que ele tinha ido dormir? Será que estava prestando atenção nos gemidos do vídeo? A dúvida quase me deixou louca. Não demorou muito para que eu me sentisse ridícula e infantil. Devia era arranjar um homem de verdade para estar comigo naquela cama. Devia eu mesma gemer no ouvido do meu vizinho safado, e não deixar que um vídeo tosco fizesse esse papel.

Foi então que tive uma ideia maluca, como todas as outras. Baixei o volume da TV até não conseguir ouvir mais nada. Tirei o meu pijama e me deitei na cama lentamente. Soltei um suspiro enquanto tocava o meu corpo. Logo, guiei os dedos na direção da minha vagina. Nunca havia tido tanta privacidade para me masturbar. Um momento íntimo como aquele era raríssimo. Não podia esquecer que o Calvin estaria ouvindo, portanto, minha intenção era prolongar ao máximo minha aventura solitária e gritaria do jeito que sempre quis, mas nunca tive coragem.

Observei o vídeo só para me concentrar melhor, pois a verdade era que já estava excitada. E, sem querer, imaginei o meu safado favorito bem ali comigo, estimulando as minhas vontades. Foi tão fácil integrá-lo aos pensamentos que fiquei assustada. Eu o desejava tanto que estava começando a perder o controle, prova disso era a loucura que cometia a cada gemido alto que soltava.

O quarto do Calvin ainda estava muito silencioso. Nem sinal da televisão. Só consegui ouvir, além dos meus próprios gemidos, os grilos cantando em nosso jardim. Meus dedos trabalharam de modo que o meu primeiro orgasmo foi atingido depressa. Gritei como uma atriz pornô, começando a entender o porquê de berrarem tanto: elas eram livres e eu só estava experimentando aquele tipo de liberdade depois de vinte e oito anos de silêncio.

Não ousei parar. O vídeo ainda rolava solto, os meus nervos pediam mais, e o meu corpo quente implorava pelo toque. Contorci-me na cama, sentindo o lençol alisando a minha pele. Nos meus devaneios, Calvin percorria as suas mãos por mim, desvendando-me por completo.

Acelerei o movimento dos meus dedos quando senti que estava perto de novo. Fechei os olhos com força e gemi alto enquanto me contorcia, fazendo de tudo para adiar o êxtase. Não adiantou. Ele veio com força total e me contorci tanto que bati a minha cabeça na cabeceira da cama. Doeu.

– Droga... – resmunguei, ofegante.

O vídeo terminou. Demorei a me dar conta. Passei um tempo tentando me recuperar, quieta e jogada na minha cama. Estava exausta. Foi então que eu o ouvi. Calvin resfolegou alto bem atrás de mim.

– Raissa! – gritou o meu nome em um rosnado intenso, repleto de desejo. Meu sangue congelou. Os gemidos do safado não cessaram durante alguns segundos.

Ele estava se masturbando para mim?

Depois do que supus ser um orgasmo, Calvin permaneceu quieto. Eu ainda estava em estado de choque. Mal sabia o que pensar do que tinha acabado de acontecer. Seja como for, sentia-me em total desvantagem. O meu abalo foi tão grande que a minha única certeza era a de que eu tinha atirado contra mim mesma.

– Raissa? – Ouvi sua voz me chamando. Continuei muda. – Sei que está ouvindo. Não precisa ficar com vergonha... – Vergonha? Não. Pavor, talvez. Tesão. Uma vontade louca de derrubar aquela parede que nos separava. – Raissa, me desculpa... Eu não sabia que dava para ouvir. Estou tão admirado quanto você.

– Eu sabia que dava para ouvir, Calvin – falei seriamente, começando a tremer. Um calafrio invadiu o meu corpo, obrigando-me a puxar o lençol para me cobrir.

Ouvi a sua risada. Fechei os olhos. Calvin parou depois de um tempo. Ficou calado, e eu também. Meu coração ainda batia forte, mas pelo menos a respiração estava mais controlada.

– As cortinas... – ele murmurou.

– Cortinas?

– As suas cortinas. São floridas... Dá a ideia de campo. Você gosta de liberdade. É uma mulher sem preconceitos.

– Como sabe?

– Você ainda não me julgou.

Refleti a respeito. Eu o tinha julgado bastante, mas era algo que acontecia no meu íntimo. De um modo geral, não o julguei demonstrando preconceito. Jamais pararia de falar com ele ou o excluiria por ser um cafajeste.

– O que mais resta saber sobre mim?

– Não sei, Raissa – falou com uma seriedade que eu ainda não reconhecia nele. – Saber que você gozou para mim duas vezes, e de propósito, está me fazendo questionar os motivos de eu ainda não estar na sua cama. Ou de você não estar na minha.

– Deve ser porque eu ainda não sei o seu nome.

Calvin gargalhou e eu ri também. Seu senso de humor era legal. Descobri que gostava daquele jeito divertido de encarar as coisas.

– Um nome é apenas um nome. O que mais não sabe sobre mim?

– Tudo. A única coisa que eu sei é que você é um safado.

Pensei que ele ficaria chateado, mas o doido apenas riu ainda mais alto.

– Isso é tudo o que precisa saber sobre mim.

Aquiesci como se ele pudesse me ver. Bom, aquilo era o bastante. Por mais desejo que eu sentisse, saber aquela única informação sobre ele era o suficiente para a minha razão. Eu não devia me envolver com o Safado do 105.

Permanecemos em silêncio durante algum tempo. Foi ele quem decidiu falar:

– Boa noite, vizinha. Não paro de pensar na sua feijoada.

Suspirei. Pude até visualizar o sujeito piscando o olho daquele jeito sacana. Tinha certeza de que Calvin não estava falando da feijoada.

– Boa noite, vizinho.

NÃO POSSO ME ESQUECER DE QUE MEU VIZINHO SAFADO É... UM SAFADO

Acordei cedo só para não perder o costume e não me arrependi, porque as minhas entregas começaram a chegar a partir das oito horas. Nem eu tinha consciência de que havia comprado tantas coisas novas; sofás, mesa e quatro cadeiras, mesinha de centro, um rack para a sala, um outro para o meu computador e uma mesa menor para a cozinha.

Nem sinal do meu vizinho. Estava com vergonha de chamá-lo para me ajudar na montagem. O que aconteceu durante a madrugada estava me enchendo de angústia; o aperto no peito não queria passar, bem como o frio na barriga. Meu cérebro tentava dar explicações malucas para justificar as minhas atitudes, mas a verdade era que havia me arrependido de ter feito aquilo. Devia ter ficado na minha.

Por mais que eu quisesse ter esse poder, nada faria o tempo voltar, então tentava não pensar muito. Só precisava erguer a cabeça e sobreviver a uma manhã inteira com o Safado do 105 soltando as suas "indiretas diretas". Precisava ser forte e, acima de tudo, controlada. Os meus hormônios à flor da pele não podiam ser mais fortes que a minha razão, embora eu tivesse a plena convicção de que eram.

Estava tentando, sem sucesso, montar o rack da sala, acocorada no chão, suada e estressada por não entender porcaria nenhuma, quando ouvi batidinhas na porta. Ela estava aberta, por isso apenas olhei para o lado. Calvin estava sorrindo – como sempre –, seminu – como sempre –, trajando apenas uma bermuda branca e segurando alguma coisa que não consegui identificar. Ergui-me.

– Bom dia, vizinho – murmurei em um muxoxo. A vergonha esbofeteava a minha ex-cara de pau. Não dava. Sério, não dava para observá-lo sem o desejar. Era impossível. O cara era lindo demais.

Sorrindo daquele jeito, então, fazia qualquer mulher sensata – como eu – mudar de ideia em menos de um segundo.

– Bom dia, vizinha – saudou, todo contente. – Desculpa a demora, estava procurando isso. – Ergueu uma maleta preta e grande.

– O que é isso?

– Ferramentas. Você nunca vai conseguir montar isso sem uma furadeira. – Aproximou-se da bagunça que eu tinha feito. Havia pedaços infindáveis de madeira e pregos de todos os tipos espalhados pelo chão. O manual estava todo amassado, jogado em um canto. – E a minha furadeira trabalha que é uma beleza! – Piscou um olho.

Três, dois, um... E começou o primeiro round.

Mas daquela vez eu só ficaria na retaguarda. Estava decidida a não deixar que me atingisse. Soltei um suspiro enquanto ele se ajoelhava no chão e abria a tal maleta. Havia de tudo um pouco ali dentro.

– Belas ferramentas – comentei sem querer, esquecendo-me de que tudo o que eu falasse seria usado contra mim. Calvin ergueu a cabeça e sorriu com malícia, mostrando seus dentes maravilhosos e a curva perfeita da sua boca carnuda, que, por sinal, estava me chamando aos berros.

Ele tocou no espaço ao seu lado, indicando para que eu ficasse ali. Sentei-me no chão enquanto ele me analisava de cima a baixo. Encarei-o de volta. Cada partícula de mim implorava por alguma coisa que eu nem sabia o que era – ou, talvez por saber bem, tentava ignorar.

– Raissa? – murmurou o meu nome de um jeito impressionante.

– Hã?

– Está estranha... Aconteceu alguma coisa?

Balancei a cabeça. Calvin levantou mais a bermuda e se sentou nas próprias pernas. Continuou me olhando. De repente, ergueu uma mão e tocou o meu queixo.

– Você é linda. E gostosa. E legal. Não fique triste, não combina contigo, tá?

Aquiesci e suspirei. Decidi sair de perto, pois não chegaríamos a lugar algum se ficássemos tão próximos. Ele não parecia ser um cara muito difícil de desconcentrar – um rabo de saia era o suficiente. E eu queria que ele montasse aqueles móveis depressa, só assim a gente almoçaria cedo e eu estaria livre daquele ímã que me impulsionava até ele, deixando-me desesperada.

– Vou tentar montar a mesa – alertei. – Parece-me mais fácil.

– Beleza!

Bem que eu tentei me concentrar, mas observar aquele homem enorme e gostoso montando um móvel era uma cena imperdível. Fiquei me sentindo uma idiota, afinal estava pensando que o Calvin poderia se desconcentrar por qualquer rabo de saia enquanto era eu que o secava mais que secador em salão de beleza. *Deprimente!*

Liguei o som e fui até a cozinha. Deixei a feijoada no fogo para dar mais uma apurada e adiantei o arroz. Seria mais útil se organizasse o almoço enquanto tentasse montar a mesa. Descobri depois de quarenta minutos que a montagem do móvel não era tão fácil assim. Fiquei com a certeza de que tinha colocado um parafuso no lugar errado.

Estava cantarolando e muito concentrada no corte da couve quando senti um corpo quente bem atrás do meu. Mãos surgiram diante de mim, segurando as minhas e me obrigando a parar de trabalhar a faca. Foi instantâneo, meu corpo travou todo.

– Assim você vai se cortar, Raissa. – Um murmúrio perto do meu ouvido fez a minha pele se arrepiar. – Empurre a couve na direção da faca, não o contrário.

Suas mãos por cima das minhas começaram a se movimentar, obrigando-me a acompanhá-las. Tentei buscar força interior para cortar a maldita couve, mas o corpo quente daquele homem se esfregando nas minhas costas estava bem mais interessante. Arquejei e, sem querer, empinei a bunda só um pouquinho. Calvin riu com malícia. Fui tomada por uma nova onda de arrepios.

– Suas unhas precisam ficar mais perto da faca do que seus dedos... – continuou explicando. – Incline a sua mão assim... e acelere o movimento.

Não sei o que me deu. Minhas mãos continuaram lerdas, mas o meu quadril o obedeceu que foi uma beleza. Rebolei um pouco, mas parei quando senti que as coisas lá embaixo estavam ficando... animadas. Pensei que fosse morrer de tanto tesão.

– Eu acho melhor você voltar a montar o rack – sussurrei. – Sou pior em montagem do que em corte.

– Você é ótima no corte, Raissa.

– E você parece ser bom em tudo.

Calvin gargalhou. Ri um pouco também, mesmo estando com vergonha de mim e da minha capacidade de me atirar em cima do sujeito. Para o meu alívio – ou não –, ele se afastou.

– Já terminei de montar o rack da sala e o do computador. Acho que só falta a mesa.

Olhei-o de soslaio. Nem tive coragem de encarar seus olhos.

– As mesas. São duas. Uma vai ficar na cozinha.

– Acho melhor você olhar para trás.

Virei-me e dei de cara com a mesa já devidamente montada. Perguntei-me como não havia notado antes. Acho que me concentrei demais cortando a couve e cantando as músicas que ainda rolavam no meu som. Calvin riu do meu desconcerto. Olhei para ele de um jeito frustrado e piorei a situação quando deixei meus olhos navegarem até a sua bermuda, que ainda carregava um volume alto na frente. Tentei desviar o rosto, mas já era tarde demais. O safado já havia percebido o meu interesse.

– A feijoada sai daqui a pouco – mudei de assunto, voltando a cortar a couve como ele tinha ensinado. – Acho que vou fazer caipirinha, você topa?

– Topo, de boa. Ei, Raissa...

Olhei-o.

– Preste atenção na faca. Não quero que se machuque.

Como ele queria que eu prestasse atenção na faca daquele jeito? Eu só conseguia pensar sobre uma ferramenta, um regador... Enfim. Já estava confusa com tantos duplos sentidos. Tudo culpa da minha carência. Ou de mim. Ou dele. Ou daquela casa que era tão perto da dele. Ou do corretor que me convenceu a comprá-la.

No fim, ninguém era inocente.

Calvin se perdeu em algum lugar da sala enquanto eu preparava a caipirinha. Fiquei pensando se era uma boa ideia misturar vizinho safado com bebida alcoólica, mas eu já tinha oferecido e seria chato se não preparasse. Prometi a mim mesma que tomaria apenas um copo, quantidade suficiente para ficar relaxada e não bêbada. De cara, dei logo um gole tão grande que levou metade do conteúdo. Esqueci-me de que a bebida não curaria a minha excitação, muito pelo contrário, só faria ampliá-la. Deixei meu copo na cozinha e fui levar o do Calvin.

Parei assim que entrei na sala. Quase derrubei o copo no chão de tão estupefata. Calvin estava terminando de montar a mesa num canto e os sofás estavam perfeitamente dispostos, bem como a mesinha de centro e o rack. Ele teve o trabalho e o capricho de deixar tudo no lugar certinho. Mas o que me admirou mesmo foi a presença de um tapete quadrado rosa-bebê, tão felpudo que parecia um gato gigante dormindo na minha sala. A combinação das cômodas junto com o tapete era perfeita.

– Calvin... Onde... Onde arranjou esse tapete?

Ele saiu de debaixo da mesa, empunhando um martelo. Observou o tapete e, de repente, ficou muito sério.

– Posso tirar, se não tiver gostado.

– Está... Está lindo, nunca vi um tapete tão fofo! Mas... Como o conseguiu?

– Era da minha mãe.

Aproximei-me de onde ele estava.

– Calvin... Explica isso direito. Não posso ficar com esse tapete.

– Eu que não posso usar um tapete cor-de-rosa, Raissa. – Sentou-se no chão e fez uma careta. – Guardo este tapete há vinte e quatro anos, finalmente achei uma utilidade para ele.

Vinte e quatro anos? Calvin tinha vinte e quatro anos? Ou só guardava o tapete durante este tempo? Mas a sua mãe havia morrido assim que nasceu, não? Minha nossa, aquele homem estava mesmo disposto a me endoidar.

Sentei-me no chão, de frente para ele. Encarei-o e lhe ofereci o copo de caipirinha. Calvin sorriu e deu um gole.

– A sua caipirinha está uma delícia!

– Já chega, Calvin. Conte-me a história do tapete.

– Não tem muito o que contar. Fiquei com muitas coisas da minha mãe, essa casa é uma delas. – Arregalei os olhos. – Bom, na verdade, o meu pai ficou com a casa.

– O corretor não me disse nada sobre isso...

– Aquele idiota faria qualquer coisa para vender a casa, Raissa. É o meu irmão. Quando o meu pai morreu, ele quis porque quis que a vendêssemos e dividíssemos o dinheiro. – Levei uma mão à boca, passada. Calvin não se abalou. – Eu me recusei a sair daqui, então ele veio com essa história de dividir a casa ao meio.

– Oh, meu Deus... Eu... não sabia disso, Calvin. Caramba... Olha, se você quiser, eu posso dar um jeito, sei lá. Posso vendê-la para você e...

– Não, Raissa! De forma alguma! Nem pense nisso, esta casa é sua e sempre será até quando você quiser.

– Mas... Poxa vida, não estou me sentindo bem em fazer parte disso.

Ele largou o martelo de um lado e o copo de caipirinha do outro. Ergueu as mãos lentamente até segurar as laterais do meu rosto.

– Você nada tem a ver com a babaquice do meu irmão. Ele tinha direito a metade e, sinceramente, prefiro você como vizinha a morar com aquele chato.

Balancei a cabeça. Estava realmente me sentindo péssima.

– Mas esta é a casa dos seus pais...

– Eles morreram, Raissa. Ninguém leva nada no caixão. Relaxa... Ainda estou aqui, não é? Jamais irei embora, foi aqui que nasci e cresci. O resto são apenas lembranças.

Meus olhos se encheram de lágrimas. Eu não era do tipo chorona, mas aquela história me comoveu de verdade. Devia ter sido uma barra para ele. Não fazia ideia do que era viver sem uma mãe, um pai... A minha família era tudo para mim.

Segurei as mãos dele, que ainda estavam sobre o meu rosto.

– Tem certeza?

– Ei, não chore. Está tudo bem. Eu tenho certeza absoluta. – Sorriu, mas sem resquícios de malícia ou sacanagem. Fiquei vidrada naquele sorriso novo, diferente para mim. – E ficaria muito feliz se ficasse com o tapete. Não me lembro da minha mãe, mas sinto sua presença nesta casa... Meu pai dizia que ela amava morar aqui.

– Ah, Calvin... Não sei...

– Por favor, Raissa. – Encarou-me com tanta firmeza que me senti fraquejando.

– Tudo bem. Certo... Eu fico com ele, mas é só um empréstimo.

– Como quiser. Obrigado, vizinha. – Sorriu.

Tive vontade de me atirar nos braços dele. Até me visualizei passando as pernas ao redor da sua cintura e me sentando em seu colo. Queria beijar aquela boca até que se deitasse, e então transaríamos debaixo da minha mesa nova.

Dei de ombros. Eu não sabia direito os motivos de ainda não ter feito aquilo.

Depois de um segundo, lembrei-me de que o cara era um cafajeste, cretino, comedor. Um... safado. Um safado fofo, protetor, sensível, que sabia cozinhar, entendia de jardinagem, montava móveis e provavelmente fodia gostoso.

Mas, ainda assim, um safado.

APRENDER COM A VIDA É BOM, MAS APRENDER COM O SR. KLEIN É MELHOR

Calvin fez a mesma maldade que fiz com ele no domingo passado. Serviu-se de um prato gigantesco de feijoada – um homem daquele tamanho precisa de sustância para se manter –, arroz, couve e farofa e comeu sem esboçar reação alguma.

Fiquei apreensiva durante todo o almoço, que realizamos na minha sala nova, com mesa nova, pratos novos, talheres novos. Certo, isso me fez ficar contente, tirando a angústia que sentia por esperar suas críticas.

– Ai, meu Deus! – gritei quando ele deu a última garfada. – Eu me esqueci de fazer uma sobremesa! Que droga! Como sou tapada! – Dei um cascudo na minha testa.

Ele gargalhou.

– Não se preocupe, Raissa, tem pudim de morango lá em casa... Você vai amar o meu pudim.

Os três copos de caipirinha me fizeram dizer:

– Aposto que sim. Deve ser bem firme o seu pudim.

– Vai sentir a consistência mais breve do que imagina – falou baixinho, sorrindo com malícia. – Vou lá buscar.

Agarrei o seu braço. Ok, eu estava ficando bêbada.

– Não! Primeiro me diga o que achou da feijoada!

Ele segurou a mão que o tocava. Depois a alisou devagarzinho, sem desviar os olhos de mim. Não ousei me mexer. Seus dedos percorreram o meu antebraço e subiram até os ombros. Circularam o meu pescoço, e continuei sem me mexer. Só percebi que um rastro quente de desejo foi deixado na minha pele quando Calvin parou de me tocar.

– Trabalho em um restaurante que serve pratos típicos de diversas regiões do país. Os caras são muito bons... – Senti o meu corpo congelar. Sabia que ele ia me criticar pesado. – Eu me espelho neles, na verdade. Não me olhe desse jeito, Raissa...

– Desculpa, é que estou nervosa!

– Não fique nervosa... Só mordo se me pedir – sussurrou. Minha calcinha deu uma vibrada e a cor do meu rosto não deve ter melhorado muito.

– Você está me enrolando! Diga logo!

Calvin se levantou da cadeira e puxou a minha mão, obrigando-me a levantar também. Fiquei observando-o feito uma boba.

– O que eu quero dizer é que esses filhos da mãe que passaram anos estudando nossas comidas típicas ainda não conseguiram fazer uma feijoada tão saborosa quanto a sua, Raissa. – O vermelho do meu rosto deve ter dado lugar ao branco. – Estou impressionado!

– Ah, Calvin! – Não resisti. Simplesmente me atirei no pescoço do cara. Dei-lhe um abraço forte, com direito a um quase sufocamento. Ele revidou, envolvendo seus braços firmes na minha cintura. Achei que pudesse derreter feito açúcar misturada à água.

– Acho melhor você me largar, não posso usar o meu sangue para outra coisa além da digestão. Desse jeito vou ter um AVC.

Envergonhada, larguei-o depressa. Quando dei por mim, estávamos rindo da situação.

– Quero provar do seu pudim! – eu disse em meio a risadas. Rimos ainda mais, porque a gente tinha a capacidade de imaginar tudo no duplo sentido.

– Vou pegá-lo, mas preciso de um banho antes da sobremesa. Estou meio suado. Você espera?

Aquiesci. Daria um milhão por uma fungada naquele pescoço suado, aposto que o cheiro dele estava bom. Calvin me deu um beijinho na bochecha antes de pegar a sua maleta de ferramentas e sair pela porta. Ergui os meus braços, conferindo o cheiro das minhas axilas. Não estava lá tão ruim, mas eu tinha suado muito também.

Decidi fazer o mesmo que ele, mas fui impedida quando olhei para os nossos pratos sujos em cima da mesa. Era melhor dar um jeito neles antes. Foi a primeira vez que lavei pratos com um sorriso enorme nos lábios. O roteiro da minha manhã tinha ido muito bem: a minha casa estava linda, o meu almoço tinha sido satisfatório... Tudo bem que eu quase me descontrolei, mas estava viva e, o mais importante, não tinha caído de vez nas garras do Safado do 105.

Depois de deixar a cozinha habitável, fui direto para o chuveiro. Escovei os meus dentes, passei desodorante e me enrolei na bendita toalha verde-limão. Lembrei-me da noite anterior e ri sozinha. Quem diria que eu ia mesmo dar uma de doida? Para o bem ou para o mal, esperava que o comportamento do meu vizinho se modificasse, agora que ele sabia que eu podia ouvi-lo com as mulheres que levava para cama.

Saí do banheiro e entrei no meu quarto, totalmente distraída. Pendurei a toalha em um cabideiro que havia ao lado da minha televisão. Abri o guarda-roupa e congelei com o reflexo que vi no espelho interno da porta do móvel: além do meu corpo nu, Calvin estava deitado na minha cama, observando-me com um olhar, digamos, bem esfomeado.

Eu me virei para vê-lo de frente. O vizinho estava mesmo ali, vestido apenas com uma cueca Calvin Klein branca. E abraçando o meu travesseiro. Ele sorriu daquele jeito cafajeste quando nossos olhares se encontraram. E achei que eu fosse morrer.

– O que... – Olhei ao redor. Ele se levantou e ajoelhou na cama. Todo o seu corpo enorme à mostra ficou em evidência. Continuei muda, estupefata.

Calvin abriu a boca, mas desistiu de falar. Largou o meu travesseiro e se levantou, colocando-se de pé na minha frente. Deu um passo na minha direção e imediatamente dei um para trás. Minhas costas se chocaram na porta aberta do guarda-roupa. Ele continuou se aproximando, analisando-me dos pés à cabeça.

Seu sorriso há muito tinha ido embora daquele lindo rosto, dando lugar a um ar mais selvagem e bem sedutor. Quando o corpo musculoso se aproximou o bastante para se encostar ao meu, soltei todo o ar que havia juntado em meus pulmões.

Calvin ergueu uma mão e segurou o meu queixo. Encarei-o de perto. Sorriu. Minhas pernas bambearam e tive certeza de que as partes íntimas não estavam mais sequinhas. Um tesão imenso tomou conta de mim, e o safado só tinha me olhado até então.

– Você é a minha sobremesa, Raissa – murmurou e se curvou, beijando-me o pescoço lentamente. – E eu sou a sua.

Soltei um gemido fraco. Suas mãos percorreram o meu corpo vulnerável. Não fui capaz de responder, muito menos de reagir. Só permiti o seu toque quente, provocando-me arrepios intensos. Seus dedos desceram pela minha coluna e seguraram pela cintura. Depois, subiram para a minha barriga e seguraram os meus seios. A boca suave ainda brincava com o meu pescoço.

Calvin me empurrou ainda mais contra o guarda-roupa. Toquei a lateral da sua cintura e contestei o que já sabia: a pele dele era quente, e os músculos, firmes. Coloquei um dedo tímido dentro de sua cueca. Ainda não sabia como agir. Nem se era certo fazer aquilo. Nem se faria aquilo. Mentira, já estava decidido desde que o vi na minha cama. Eu tomaria aquela sobremesa até me lambuzar por inteira. Não tinha volta, estava oficialmente nas garras daquele homem. Ele havia me pegado de jeito, como prometido.

Calvin se afastou um pouco só para me observar. Segurou o meu rosto com as duas mãos e a respiração acelerada. Os olhos estavam refletindo todo o desejo que sentia e quase não acreditei que tudo aquilo era para mim.

Sem nada dizer, simplesmente juntou os nossos lábios. Sua língua quente e saborosa tomou a minha para si em movimentos loucos. Seu beijo tinha superado minhas expectativas, era incrível. Ele sabia exatamente o que fazer, de modo que fiquei tão entregue quanto jamais consegui ficar na vida com nenhum outro homem.

Deixei a boca e os lábios bem flexíveis, correspondendo a cada investida dele com muita permissividade. Envolvi os meus braços ao redor do seu pescoço e abri as minhas pernas, pendurando-me nele em um pulo. Calvin não parou. Segurou-me as coxas com as suas mãos enormes e caminhou, comigo pendurada em seu corpo, até a cama.

Depositou-me lentamente no colchão, sem nunca retirar os lábios urgentes dos meus. As minhas pernas abertas deram sinal verde para a sua ereção, e ele começou a massageá-la contra a minha vagina.

– Eu vou te foder todinha, Raissa – rosnou. Arregalei os olhos. – Mas primeiro eu quero chupar essa sua boceta até que nunca mais se esqueça de como é a minha língua nela.

Respondi com um gemido, pois o tesão atingiu um limite tão alto que achei que fosse explodir antes mesmo de começar. Suas sentenças definitivas, ditas com uma firmeza quase bruta, tiraram-me da órbita. Aquele era o meu safado favorito no auge da sua safadeza.

Calvin me deu um beijo ainda mais urgente e molhado. Apoiou seu antebraço ao redor do meu rosto e jogou o corpo totalmente contra o meu, deixando-me presa em seus domínios. O fôlego deixava o meu corpo na medida em que continuava se esfregando em mim. Virei o rosto só para gemer e ele aproveitou a chance para beijar o meu pescoço.

– Nem te comi ainda e já estou viciado – murmurou entre lambidas e mordidas que iam da minha orelha até o meu ombro. Gemi. – Vou te foder tanto ainda, Raissa... Vou te foder até te dar toda a porra que estiver em mim. Mulher deliciosa e cheirosa do caralho!

Eita! Calvin era do tipo falante e obsceno. Minha nossa senhora das vizinhas perdidas, eu estava totalmente vencida. O que é que faria com um homem daqueles na minha vida? Naquele momento, entendi os motivos – além dos óbvios – pelos quais as mulheres ficavam enlouquecidas por ele. E a gente nem tinha feito nada ainda!

Soltei um gemido alto quando ele me abocanhou um seio. Tomou o outro com as mãos firmes e o apertou. Senti sua língua estimulando meu bico, depois seus dentes brincando ao redor dele. Gemi de novo.

– Ah, Raissa, como eu amo quando geme... – Balançou a cabeça e me encarou com fúria, escolhendo o outro seio para abocanhar.

Meu coração batia tão depressa e em descompasso que cheguei a temer pela minha vida. E as coisas só pioravam. Ele deu um verdadeiro trato nos meus seios, uma coisa que eu nunca vi. Usava a língua como ninguém, mesclando os lábios e os dentes, guiando-os em movimentos loucos que não seguiam ordem alguma. Cada investida era uma surpresa. Se ele estava usando tanto gás naquele início, imaginei que tipo de ação tomaria quando descesse mais.

De repente, deu um chupão dolorido (e prazeroso) na minha barriga. Gemi, prendendo os lábios. Ele seguiu fazendo aquilo e atacou meu umbigo, lambendo-o com vontade. Sua mão deixou o meu seio e segurou a parte interna da minha coxa. Apertou. Usou o polegar da mesma mão de um jeito bem estratégico, atingindo minha vagina.

Gemi, contorcendo-me. Ouvi um resfolego exagerado partindo dele, e notei que me observava.

– Ontem você me deixou louco, Raissa – voltou a rosnar, e no mesmo instante seu polegar foi me penetrando devagarzinho. Fechei os olhos e prendi os lábios, depois os soltei por causa da falta de fôlego. Que homem era aquele? – Sonhei com o meu pau nesta boceta molhada.

Seu polegar encontrou espaço em mim. Um espasmo louco cruzou o meu corpo, fazendo-me contorcer. Calvin retirou o dedo e o chupou. Observá-lo fazendo aquilo foi indescritível. Com a mesma mão, ele enfiou o dedo indicador na minha boca. Depois, juntou com o maior de todos e me obrigou a engoli-los até o fim, fazendo movimento de vaivém. Achei que fosse engasgar, mas consegui dar conta não soube como.

– Não se preocupe, gostosa, primeiro os meus dedos e depois o meu pau. Prometo foder a sua garganta como se deve.

Quanto mais aquele homem falava, menos eu achava que conseguiria lidar com tanta safadeza e obscenidade. Podia ficar chocada, mas essa não era a palavra certa. Se eu estivesse chocada, já teria desistido. Suas palavras só me deixavam mais louca. Era como se eu quisesse apostar todas as minhas fichas para concretizar cada promessa cretina.

Calvin retirou os dedos da minha boca e os guiou até o meu sexo, penetrando-me devagarzinho, como fez com o polegar. Eu estava tão molhada que o meu corpo o recebeu perfeitamente, e um novo espasmo me fez vibrar da cabeça aos pés. Gemi.

Sem parar de me encarar nem por um segundo, aquele homem impressionante usou a outra mão para envolver os meus cabelos, prendendo-me pelo couro cabeludo. Ergueu a minha cabeça até meus seios encontrarem seu lindo peitoral. Respirei o seu hálito, percebendo o quanto estava ofegante.

Seus dedos se movimentaram depressa dentro de mim. Meus gemidos se intensificaram, até que o mais alto foi abafado por um beijo profundo. Eu não sabia se me concentrava na sua língua brincando na minha boca ou nos seus dedos brincando com o meu ponto G, só sabia que a minha vontade de gozar se intensificava a cada minuto.

Lembrei-me de que possuía mãos. Sério, eu estava esquecida, parecia uma marionete sendo manipulada por um cara experiente. De forma tímida, apalpei o seu corpo perfeito. Iniciei pelo seu peitoral e desci até os gominhos de seu abdome másculo. Precisei parar porque estava quase gozando, e também porque não conseguia direito com a sua boca sem deixar a minha.

Gritei entre os seus lábios e só assim Calvin se afastou um pouco. O êxtase tomou conta de mim, obrigando-me a fechar as pernas, expulsando-o com espasmos involuntários. Ele continuou forçando os dedos contra mim enquanto eu gritava muito alto, como uma maluca.

– Olha pra mim, Raissa! – berrou com fúria. Obedeci, sem parar de gritar. Seus olhos haviam se modificado tanto que nem parecia a mesma pessoa. – Ah, como é linda gozando... Puta que pariu! Meu pau já te quer.

Safado de uma figa. Calvin finalmente tirou os seus dedos de mim, colocando-os na própria boca. Depois, beijou-me intensamente. Meu cérebro rodopiou, acompanhando as cambalhotas que o meu estômago dava. Ergui as mãos e apertei seus cabelos castanhos. Desci pelas costas largas. Senti uma ausência absurda quando ele afastou a boca e sumiu.

Fiquei aérea durante o segundo que o safado levou para encaixar os seus lábios na minha vagina. Gritei, apavorada. Não sabia se suportaria mais. Sabia que estava só começando, porém havia gozado tão profundo que já me sentia mole.

Pelo visto, Calvin não se importou. Chupou como um louco, massageando a minha pélvis com mãos decididas. Sua língua ligeira subia e descia, ora devagar, ora numa velocidade que eu não soube explicar como conseguia atingir. Meu fogo foi reacendido em questão de instantes.

Encontrei um travesseiro acima de mim e apoiei a minha cabeça. Precisava assistir ao seu estímulo. Tinha que entender como aquele cafajeste era capaz de me deixar à beira da loucura com tanta facilidade. Notando que eu o observava, ergueu os olhos na minha direção. Senti um tiro de sedução atravessando a minha testa, confundindo-me.

– Gostoso... – gemi baixinho. – Delícia...

Vi sua boca inteira se abrir e envolver o meu clitóris, chupando-o com força. Arfei. Logo em seguida, ele voltou a usar a língua, só que a movimentando horizontalmente. Prendi os seus cabelos entre os meus dedos e fechei os olhos. Mais espasmos tomaram conta do meu corpo. Sentia que estava expelindo bastante líquido na boca dele e, mesmo assim, Calvin o tomava com insistência, sem dar uma pausa sequer.

– Eu vou gozar... – avisei um segundo antes de ser envolvida por um êxtase ainda mais intenso que o primeiro. Só sei que gritei. Usei toda a liberdade que agora eu tinha para externar o desejo que me consumia.

Calvin parou para me assistir, mantendo apenas a língua experiente de fora, pressionando o meu ponto mais sensível. Sorri quando parei de gritar. Ele também. Daquele jeito sacana que eu conhecia.

– Toda vez que gozar para mim, quero que seja na minha presença – sussurrou. Esticou os braços até alcançar os meus seios. Apertou-os com força e puxou as pontas, arrebitando-as. – É covardia fazer isso sem mim. – Levantou-se até ficar de joelhos na cama. Seus dedos alisaram a própria ereção, e então voltou a sorrir. – Meu pau te quer muito, mas a minha boca é incansável, Raissa.

Meu corpo travou. *Como assim?* Eu não aguentava mais esperar para ser dele. Precisava consumar aquela loucura de uma vez por todas. Havia desistido das explicações racionais que me impediam de transar com ele há muito tempo.

Fiz uma careta frustrada, mas Calvin apenas riu e puxou a minha perna para o lado com força, fazendo-me terminar com a barriga virada para o colchão. Depois, ele segurou a minha cintura e a puxou, erguendo o meu quadril até me deixar de quatro. Com a cara no travesseiro e os cabelos desgrenhados, achei que, agora sim, podia morrer *facinho*.

Senti aquelas mesmas mãos grandes massageando a minha bunda. Levei uma palmada forte em uma nádega. Gritei. Dedos suaves escorreram pelas aberturas, e senti gotas de suor no meu rosto. A tal boca incansável surgiu, acordando o meu desejo. Seus lábios subiram e desceram por toda a extensão e se repetiram tantas vezes que perdi as contas. Comecei a gemer com desespero.

Uma nova palmada me deixou marcas na outra nádega. Gritei novamente, e bem alto. Naquele instante, tive a certeza de que nunca havia passado por uma experiência sexual tão profunda. Seus lábios escolheram se fixar na minha vagina, mas os dedos fizeram outra escolha.

No começo, tocou-me com muita suavidade, tanta que achei que não me penetraria por ali. Eu me enganei. Calvin empurrou um dedo devagar, fazendo pausas para me estimular como se procurasse espaço.

As sensações foram muito diferentes de qualquer uma que eu já havia sentido. Seus lábios trabalhando em sincronia com os dedos foi um acontecimento impressionante. Enquanto o tempo passava e Calvin não tinha pressa alguma, eu não podia acreditar que estava prestes a entrar no clímax de novo. Mas aconteceu no instante exato em que ele penetrou o seu dedo e acelerou o estímulo no meu clitóris. Foi perfeito.

Gritei contra o travesseiro, lutando para não desabar. Calvin segurou a minha bunda com força, bebendo todo o líquido do meu prazer até o fim. Fiquei esgotada, arrasada em todos os sentidos.

– Raissa, eu não aguento mais ignorar o meu pau – o safado rosnou com a cara ainda na minha vagina, depois se afastou, retirando seus dedos. Senti toda a sua ausência, mas não me mexi.

Ouvi um ruído característico de preservativo sendo aberto. Fechei os olhos e tentei respirar. Apertei os meus dedos, franzindo o lençol abaixo de mim. Ainda estava no modo marionete ativado. Enquanto ele não me movesse, eu jamais sairia daquela posição.

Senti suas mãos segurando a minha bunda de novo. Calvin chacoalhou as minhas nádegas em movimentos circulares e só depois senti algo me invadindo. Foi devagar, aos poucos, e eu me dei conta do quanto aquele homem era enorme. Gemi quando o meu corpo atingiu o limite da elasticidade, mas mesmo assim ele ainda tentava me invadir.

Calvin começou a ofegar. Retrocedeu um pouco, mas tornou a me preencher até onde deu. A sensação de ser possuída sempre foi maravilhosa para mim, mas o que acontecia ia além da grandiosidade.

Ouvi um gemido dele. Meu coração acelerou. Movi um pouco o meu quadril, rebolando em câmera lenta. Ele gemeu de novo, mas, logo em seguida, soltou um urro selvagem. Segurou a minha cintura e forçou os nossos sexos um contra o outro. Gritei.

– Se gritar assim, eu não vou me controlar, Raissa. Vou ter que ir mais fundo e com mais força. – Mordi o travesseiro. Ele deve ter notado o meu pânico. – Vamos, Raissa, meu bem, eu não vou te comer pela metade. – Alisou toda a extensão da minha coluna. Sua voz saiu doce e firme ao mesmo tempo. – Tem muito pau pra você ainda. Quero que me engula todo, gostosa. Quero estar inteiro em você.

Respondi com um gemido alto e estridente. Empinei minha bunda e forcei ainda mais a minha vagina contra ele. Respirando fundo, tentei relaxar. Não sabia por que havia ficado tão empenhada em recebê-lo por completo, mas fiquei. Fiz o possível para abrir o espaço que, naquele instante, achei que o safado merecia.

Calvin retrocedeu umas três vezes antes que seu pau estivesse todo dentro de mim. Senti cada centímetro, e sabia que era tudo, pois sua pélvis já estava toda encostada à minha bunda. Ouvi uma sucessão de gemidos e suspiros partindo dele.

– Ah, Raissa...

O vizinho safado começou com a selvageria já conhecida – e nunca experimentada – por mim. Era muito fácil ouvi-lo fodendo outras mulheres, difícil era aguentar o tranco daquele homem incansável. Ele se movimentou tão rápido dentro de mim que a cama começou a chacoalhar, e daquela vez a parede recebeu pancadas do lado oposto ao que estava acostumada.

Meu corpo cedeu aos poucos. A elasticidade da minha abertura atingiu o ponto perfeito para recebê-lo inteiro sem me machucar, e então, quando realmente comecei a sentir prazer, achei que jamais voltaria a sentir um do tamanho daquele. Como se tudo fosse bobagem, Calvin ainda teve a ousadia de puxar os meus cabelos.

Meu corpo foi projetado para trás, mas o seu pau me empurrava para frente, e me vi diante de um espaço curto demais para mim e para o meu desejo. Minha bunda batia no seu quadril com tanta força que provocava um barulho alto. Juntando com as batidas na parede e com os meus gritos, há de se chegar à conclusão de que silêncio não combinava com aquele cara.

Depois de um tempo incalculável, Calvin decidiu mudar de posição. Movimentou as minhas pernas, virando-me de frente. Vislumbrei o seu pau enorme por alguns instantes, completamente extasiada. Estava vestido com um preservativo. Tive vontade de chupá-lo. Calvin entendeu o meu olhar guloso apontado para o seu sexo latejante. Deitou-se na cama ao meu lado e segurou os meus cabelos, guiando-me até ele.

Não pensei em muita coisa; quando percebi, já tinha me livrado do preservativo e estava sentindo o gosto daquele homem. Ele tinha uma ponta rosada deliciosa e me lambuzei dela de todas as formas que consegui. Ouvia Calvin gemer e se contorcer, e isso só me fazia chupá-lo com mais vontade.

Lambi as suas bolas e toda a extensão impressionante daquele monumento. No início, ele deixou que eu fizesse o que queria – e fiz mesmo! –, mas depois foi tomado pela ansiedade, agitando seu quadril contra a minha boca na maior rapidez.

– Essa boca faminta merece porra! – rosnou alto, agitando-se. Pensei que Calvin gozaria, mas ele parou e me afastou depressa. Vestiu o preservativo de novo. – Mas eu ainda não terminei de te foder.

O safado me puxou para si, fazendo-me ficar em cima dele. Abri as minhas pernas e o enlacei, feliz por ter a chance de tocá-lo. Aproveitei a posição ao máximo. Enquanto cavalgava em cima dele, beijei a sua boca repetidas vezes, percorrendo as minhas mãos urgentes por cada partícula daquele corpo firme e quente.

Calvin era muito afobado. Ele se erguia às vezes e puxava os meus cabelos, movimentando o quadril embaixo de mim para me estocar. Era delicioso – e em uma dessas vezes quase gozei –, porém eu gostava mais quando voltava a se deitar por completo e eu retomava o controle do movimento.

Seus olhos não largavam os meus. Mantinham a mesma segurança e firmeza, mas ao mesmo tempo exalavam suavidade. Era estranho. Calvin era um grande mistério para mim, mas nada me impediu de viver aquele nosso momento com toda a intensidade.

Nossos corpos já estavam muito suados quando ele me empurrou para o lado, deitando-me na cama. Não chegamos a nos desencaixar. Veio com o seu corpo enorme para cima de mim, investindo pesadamente em um movimento de vaivém profundo.

De todos os detalhes daquela loucura, achei aquele instante o mais intenso. Não soube se foi por causa dos seus olhos grudados nos meus, da boca procurando pela minha o tempo todo, do seu pau achando o caminho ideal para me fazer gozar ou da iluminação do quarto que estava tão perfeita que fazia o seu corpo provocar um efeito hipnotizante sobre mim. Gozei tão intensamente e o encarando tão de perto que achei que estava flutuando. O teto do meu quarto pareceu se iluminar como uma bola de fogo.

– Ah, Raissa... Que delícia! – Calvin gemeu e ofegou, acelerando o ritmo. Parou quando o meu êxtase foi embora. Ficou apenas me analisando.

Senti seus braços tremerem. De repente, ajoelhou-se e retirou o preservativo. Um jato de sêmen atravessou a minha barriga e se perdeu nos meus seios. Observei-o, estupefata. Calvin gritou o meu nome enquanto me lambuzava inteira do seu prazer.

O safado sorriu com malícia quando terminou. Deitou-se ao meu lado e me puxou para cima dele. Obedeci. Estava acabada, arrasada, fodida, extasiada e mais um monte de adjetivos que ainda nem existiam. Ele me beijou mais uma vez.

Foi um beijo doce, muito suave.

– Ei, vizinha... Obrigado pela sobremesa. – Piscou um olho.

Devo ter morrido e ressuscitado em questão de segundos.

UM BALDE DE ÁGUA FRIA SÓ É FRIO SE A GENTE ESTIVER COLOCANDO FÉ NO AQUECEDOR

Só entendi que havia adormecido quando acordei bem devagar. O meu quarto estava escuro e, como a porta estava aberta, percebi que na verdade a casa inteira tinha ficado imersa na escuridão. Meio desnorteada, procurei o meu celular na cabeceira da cama. Eram oito e meia da noite, ainda de sábado.

Partes bem sugestivas do meu corpo latejaram. O clima se mantinha frio e a minha pele estava grudenta. Estranhei a minha nudez completa. Lembranças dos momentos com o vizinho invadiram a mente com efeito retardado. Com o coração iniciando uma série de batidas frenéticas, procurei-o pela cama. Só constatei o que já sabia: eu estava sozinha.

– Calvin? – chamei. Não obtive resposta.

Soltei um longo suspiro. Não deveria me admirar. O meu vizinho era um safado, certamente tinha mais o que fazer em uma noite de sábado. Mesmo assim, ainda me levantei da cama e o procurei pela casa. Nada. A porta de saída estava fechada, mas não trancada. Suspirei de novo. A mágica havia acabado, bem como o interesse dele. O meu também foi saciado. Sabia como ele era na cama – incrível – e como seria senti-lo em mim – incrível –, agora podia ficar em paz.

Transar com o vizinho tinha sido uma experiência e tanto. Pensava nisso enquanto tomava um banho, tocando as partes do meu corpo que foram tocadas por ele mais cedo. A sensação de suas mãos me apertando ainda circulava pelo meu corpo como se fosse sangue. Pudera, o cara era avassalador. A minha carência havia diminuído bastante. No fim, senti-me na vantagem. O momento com o safado-magia só me proporcionou o bem.

Coloquei um pijama confortável e parti para a cozinha, na intenção de assaltar a geladeira. Morria de fome. O cara tinha me saciado de um jeito que nenhum alimento seria capaz de fazer, mas me deixou com o estômago vazio. Abri a porta da geladeira e tive uma surpresa logo de cara. Havia um item que não devia estar lá: uma travessa com um delicioso pudim de morango. Aquilo estava uma beleza! Sério, havia morangos vermelhinhos, chantili e muita calda escorrendo.

Um bilhete caiu nos meus pés, fazendo-me gritar de susto. Pensei que fosse uma barata. Odiava baratas. Cheguei a quebrar o dedo mindinho do meu pé esquerdo tentando fugir de uma, o maior pavor pelo qual já passei. Deixei o pudim em cima da minha mesa e peguei o bilhete, que na verdade era um pedaço de papel arrancado de um caderno de brochura. A letra era feia para burro, quase ilegível. Tentei traduzir para o português:

"Fiz ontem. Ainda não provei, mas tudo que reúne chantili e morango fica uma delícia. Só não mais que a sua 'feijoada', claro. Amei cada partícula dela, Raissa. Queria estar sentindo o seu cheiro de mulher gostosa neste instante, mas precisei ir trabalhar! Pode ter certeza de que estou pensando em você agora. Quero que pense em mim enquanto come esses morangos. Hummm... Na verdade, quero te comer com esses morangos. Guarde um para mim.

Calvin"

Ri durante um tempo, parecia uma maluca. Peguei um prato rindo, encontrei uma colher rindo e me servi do pudim rindo. Comi o primeiro morango e ri até chorar. Depois eu acho que chorei de verdade quando o sabor do pudim se misturou na minha boca, então percebi que a sobremesa do sujeito estava além da escala da perfeição.

– No que esse cara é ruim, meu Deus? – perguntei para o nada e, percebendo que não receberia uma resposta, desatei a rir.

Liguei as luzes da casa, admirando-a completa pela primeira vez. Observei o tapete felpudo e sorri. Depois, senti-me esquisita. Não era legal ficar com ele. Ser responsável, mesmo que de forma provisória, pelo tapete da mãe do Calvin não me parecia uma boa ideia. Vai que ela estivesse assistindo àquilo tudo do além e não estivesse gostando? Sentei nele e peguei uma almofada em cima do sofá. Fiz um sinal da cruz.

– Sra. Klein, espero que sua alma esteja em paz. Vou cuidar do tapete, eu juro! – murmurei. – Do seu filho também... – Fiz uma careta. Percebi que, morando sozinha, eu era mais idiota do que o comum. Acho que todo mundo é um pouco mais de si mesmo quando não tem ninguém olhando.

Terminei de comer o pudim lentamente, com a maior pena de acabar. Tentaria me contentar só com uma fatia – uma fatia bem grande, que mais pareciam três, mas eu podia chamar de uma, certo? Deixei o prato em cima da mesa de centro e me deitei de vez no tapete. Era tão confortável!

Revirei o bilhete do Calvin nos meus dedos. Li mais uma vez. Depois outra. E mais uma só para conferir se tinha deixado de entender alguma coisa. Fui tirada daquele ciclo sem fim pelo meu celular, que tocava de um jeito estridente. Corri até o quarto, quase tropeçando, e o peguei. A minha esperança maior estava voltada para um homem lindo e alto, um moreno sedutor, dono do sorriso mais cafajeste que eu já tinha visto na vida. Pensei que a ligação era dele. O que não fazia muito sentido, afinal, não me lembrava de ter lhe dado o meu número. Atendi com a voz mais sexy do mundo, ao ver que o número era desconhecido.

– Raissa? – A voz era feminina. Fazia muito barulho ao fundo, parecia estar no meio de uma festa. Meu fogo se dissipou bem rápido.

– É ela. Quem fala?

– Não reconhece a voz da sua prima? É a Lilian! Estou numa festa de arromba aqui na casa daquele cara que você pegou... O loirinho fofo, do dente pra frente!

– Quê? – Juro que não entendi nada.

– Uma festa, Rai! Só falta você! Vem pra cá, agora! Está cheio de gatinhos! O loirinho já perguntou se você vinha!

– Que loirinho, Lilian? – Balancei a cabeça.

A minha prima não tinha jeito mesmo. Não era de hoje que me ligava, me chamando para festas malucas em que todo mundo ficava bêbado e caía na piscina sem roupa no final. Conhecia um monte de filhinho de papai rico que se reunia com o único objetivo de atrair mulheres para se embebedarem junto com eles.

Já fui a uma dessas. Arrependi-me para a vida toda! Paguei o maior mico fazendo topless. Não fui a única, mas mesmo assim... Se aquele bando de mulher bêbada pulasse de uma ponte, eu tinha que pular?

– Aquele loirinho com cara de cavalo, primo do Igor! – Igor era o ex-namorado dela. – O cara deve estar malhando, Raissa! Só tem delicinha aqui, garanto!

– Lilian, eu já estou de camisola...

– Afe, Raissa, não acredito! Pelo que soube, você está morando sozinha! Sara foi quem me disse! Aliás, nem para me avisar, né?

– Foi tudo muito rápido, Li – menti. Nem sabia direito o porquê de ainda não ter contado um fato tão importante para a minha prima, que naquele instante era a única coisa mais perto de amiga que eu tinha.

– Só te perdoo se aparecer! – Ela me passou o endereço da casa do sujeito. Era em um bairro nobre, como previsto. Não o anotei em parte alguma, só memorizei. Conhecia aquela rua. Depois, era só aguçar os ouvidos e escolher a casa que estivesse fazendo mais barulho. Isso, claro, se eu fosse. – Anotou?

– Anotei. Mas ainda não sei se eu vou, Li...

– Prima, acorda! Bebida de graça, gatos à vontade, música eletrônica... Cadê a velha Raissa?

Nem eu sabia onde havia enfiado a velha Raissa. Aquela certamente era uma versão nova e que talvez não gostasse de ambientes barulhentos. Senti-me chata e careta e não gostei de nada disso. Portanto tomei uma decisão impulsiva:

– A velha Raissa está aí em trinta minutos! – Tentei me empolgar.

Lilian riu feito uma louca – já estava bêbada, com certeza – e desligou na minha cara.

Abri o meu guarda-roupa e escolhi pelo básico: vestido preto de tubinho e sandálias de saltos. Procurei meu batom vermelho para passar nos lábios. Eu tinha que ficar bonita, mesmo que não tivesse a intenção de pegar alguém. Minha cota de caras gatos já tinha estourado o limite do ano só naquela tarde.

Eram dez e meia quando estacionei o meu carro quase em frente à casa mais barulhenta. Ouvi o "tuntz tuntz" da música eletrônica, bem como visualizei luzes rodopiando em um jardim imenso, que ficava logo após grades de ferro que faziam as vezes de muro. A quantidade de carros estacionados era enorme, de modo que me achei sortuda por ter conseguido uma vaga tão perto.

Os portões estavam abertos, mas havia vários grupos de pessoas dispersos pelo jardim e também logo na entrada. Eu não conhecia uma alma sequer, só a Lilian. Atravessei os portões achando que em algum momento alguém me pararia e perguntaria quem eu era. Não aconteceu. O máximo de atenção que consegui despertar veio por parte de alguns caras, que me secaram com a cara de pau ainda maior que a minha.

Equilibrei os saltos no caminho de pedra que ia até um terraço, cheio de gente interessante, bonita e cheirosa. Percebi isso assim que alcancei a multidão e inspirei profundamente. Nem sinal da Lilian. Cheguei até uma porta de madeira, que estava aberta, dando acesso à casa. Um luxo! Nunca vi sala tão grande, parecia de novela.

Havia gente se esfregando nos sofás, nas paredes e até em cima da mesa, mas ninguém parecia se importar. Lana Del Rey começou a cantar no exato momento em que um cara gatinho surgiu com uma bandeja de bebidas. Eu nem sabia do que se tratava, mas aceitei mesmo assim.

Um gole foi o bastante: era Martini. Entrei imediatamente no clima. Tudo bem, eu estava sozinha em uma casa desconhecida, com um bando de gente que nunca vi mais bêbada, cantarolando junto com a Lana e bebendo Martini. Bom, pelo menos a Lilian tinha razão. Aquele lugar mais parecia um gatil.

Voltei para o amplo terraço, pois tinha mais gente lá (ou seja, menos chance de alguém reconhecer a penetra que havia em mim). Passei pelas pessoas e até ensaiei alguns passos. Virei o copo de Martini. Aquela era a velha Raissa. Ela ainda estava ali.

Visualizei Lilian no canto esquerdo, perto de uma pilastra. Conversava com um loiro alto e muito bonitinho. Aproximei-me. Mesmo que não quisesse atrapalhar a minha prima, não podia ficar em uma festa desconhecida por tanto tempo.

– E aí, Li! – Cheguei "chegando", empurrando o seu ombro com o meu.

Lilian se virou na minha direção e seu rosto se iluminou ao me encontrar.

– RAISSA! AMIGA! QUE SAUDADE! – Sim, ela gritou de um jeito bem esganiçado. Se a festa não tivesse me notado até então, creio que aconteceu naquele instante. Abraçou-me com força, quase me derrubando.

– Como estamos? – perguntei. Olhei o loirinho sem querer e o reconheci imediatamente. Eu já tinha mesmo ficado com aquele cara! Foi numa festa organizada pelo ex da Li. – Oi! Beleza?

– Beleza, Raissa... Quanto tempo, né? – Sorriu.

Lilian me largou e me observou atentamente.

– Mulher, que pele é essa? Você está linda! Depois me dá a marca da base! – Tocou o meu rosto suavemente. – Uau, preciso desta maciez! Urgente!

– Você também está linda, prima! – Admirei seu vestido cor-de-rosa. Caía muito bem com seus cabelos castanho-claros longos. Não menti, ela estava mesmo encantadora.

– Já vi que conseguiu bebida! – Gargalhou. – Não perde tempo, hein?

– O garçom ajudou muito! – Gargalhei também, de um jeito cúmplice. Lilian riu ainda mais. Percebi que o loirinho ficou meio desconcertado.

Confirmei o que imaginava dez minutos depois de ter encontrado Lilian. Ela logo deu um jeito de se afastar, deixando-me sozinha com o sujeito. Era óbvio que ele queria um "repeteco". Veio se chegando cheio de ânsia, achando que eu entraria na dele facinho. Enganou-se. O mar não estava para peixe naquela noite.

Dancei sem dar muita bola, apenas me mantendo perto dele por educação – e um pouquinho de pena também, coitado. O meu copo não parava vazio e nem meus pés pararam quietos. Devo ter dado muito na cara que não estava a fim de ficar com o loirinho, pois depois de um tempo ele já não estava ao meu lado. Nem sinal da Lilian, aquela cadela deveria estar latindo por aí, atrás de um cachorrão sarado. Ri de mim mesma e dos meus pensamentos. Estava ficando meio alterada. Péssimo sinal.

O garçom veio com mais uma dose. Ele era tão bonitinho que me convenceu a encher o copo. Droga! Por que a minha carne tinha que ser tão fraca? Se eu fosse um tantinho mais forte e controlada, não teria dado bola para o meu vizinho safado.

Lembrei-me dele. Daquele sorriso sacana... dos olhos escuros e profundos... do toque... Ai, meu Deus... Suspirei umas mil vezes no meio da pista de dança, sentindo-me perdida por causa das lembranças fora de hora. Pensei em ir embora. Lilian jamais descobriria o meu paradeiro mesmo. Já tinha feito a minha parte; apareci por lá, toda bonitona, provando que a velha Raissa ainda existia. Não havia mais nada para fazer no meio de tanta gente desconhecida.

O terraço da casa me trouxe uma sensação claustrofóbica. A ideia de ir para casa se tornou mais atrativa, por isso decidi acatá-la. Virei o meu copo – desperdiçar para quê? – e o deixei em cima de uma das caixas de som enormes instaladas na festa. Procurei o caminho de pedras do jardim, mas não o encontrei.

Tomei a pior decisão da minha vida. Segui pela grama verdinha e bem cortada, enterrando os meus saltos de um jeito que me fez andar como um ganso manco. Cruzei alguns arbustos e palmeiras. Estava escuro por ali, mas conseguia visualizar o portão de saída mais adiante. Era a luz no fim do túnel.

Arrependi-me de não ter procurado melhor o caminho de pedras. Continuei andando cambaleante, até que o meu salto se enterrou de verdade na grama. Não consegui mais levantar o meu pé direito. Olhei ao redor. Vi um casal se esfregando em uma palmeira logo adiante. Estavam quase se comendo. Fora eles, ninguém por perto.

– Merda... – murmurei. Tentei levantar o meu pé e nada. – Droga...

Parei e suspirei fundo. Agachei-me, mesmo estando de vestido. Abri a fivela da sandália e livrei o meu pé. Fiz o mesmo com o outro, sentindo verdadeira raiva de ter ido àquela festa. Devia estar em casa, entupindo-me de pudim de morango e esperando o safado chegar do trabalho para que cumprisse a sua promessa.

Não. Devia ter ido mesmo. Nada de comer besteira. E nada de ficar esperando pelo vizinho. Era demais até para mim. Puxei a sandália com a maior força que consegui reunir e só então ela veio com tudo. Resultado: caí sentada na grama.

– Mas é uma merda mesmo, viu? – praguejei alto demais.

Levantei-me o mais depressa que pude. Peguei as sandálias e continuei andando como se não tivesse acontecido nada. Era o que tinha restado para a minha dignidade. Dei passos mais largos, até que passei pelo casal. Eles não se pegavam mais, o cara até tinha se distanciado. Ouvi uma gargalhada que foi capaz de me deixar toda arrepiada, da cabeça aos pés. Tudo porque a reconheci.

Virei para trás. Sério, a minha vida devia virar filme. Não acreditei quando vi ninguém mais, ninguém menos que o Calvin. Ele estava vestindo uma calça jeans preta e uma camisa lilás esportiva. Fiquei um tempão observando-o, analisando o modo como ele ria e gesticulava. Às vezes tocava a mulher, que estava apoiada no tronco da palmeira.

Não soube como foi que aconteceu, mas depois de alguns segundos eles perceberam que não estavam sozinhos. Calvin se virou na minha direção e parou de rir. Continuei no mesmo lugar, com as sandálias sujas de grama nas mãos.

– Raissa? – Andou até mim lentamente, deixando a mulher sozinha. Era uma "padrãozinha" com cara de metida. Típico dele. – O que faz aqui?

– Uma prima é amiga do dono da casa – respondi sem emoção.

– Que bacana, amigos em comum! – Riu do mesmo modo sacana. Cínico. Maldito. – Karen! – Virou-se para trás. – Vem cá, quero que conheça alguém.

Dei um passo para trás, mas estaquei. A mulher veio saltitando como uma galinha pintadinha e tive vontade de cavar o meu túmulo naquele jardim. Já sabia o que escrever na lápide: "Aqui jaz Raissa, boa filha, péssima amiga e vizinha otária".

– Esta é Raissa, a vizinha de que te falei! Raissa, Karen é a minha melhor amiga.

Não consegui deixar de fazer uma careta. *Melhor amiga?* Só podia ser uma piada. Karen sorriu e ergueu uma mão, tocando-me o rosto. A minha careta se intensificou. Pensei que ela não podia ficar pior do que aquilo, mas me enganei. Quando Karen se inclinou para me beijar bem perto da boca, tive certeza de que só podia estar imersa em um sonho.

– Ela é mesmo uma maravilha, Deli! Bem que você disse. Raissa, flor, foi um prazer te conhecer! – Tocou os meus cabelos. – Vou pegar bebida pra gente! – Saiu do meu campo de visão em segundos. Calvin continuou me olhando e sorrindo como o canalha miserável que ele era. Soltei todo o ar dos meus pulmões.

– Deli?

– Você não é a única a me apelidar. Karen me chama de Deli carinhosamente. Vem de "delícia". – Gargalhou. Não senti a menor graça.

– Beleza. Estou indo para casa. – Virei de costas e dei alguns passos. Calvin puxou a minha mão, de modo que nossos corpos se chocaram. Segurou-me a cintura.

– Não tão rápido, vizinha – sussurrou do jeito rouco que me deixava louca. Desvencilhei-me de seus braços, morta de raiva. Ele me largou, fazendo uma careta. – O que houve? Está chateada?

– Não, claro que não! – Eu, na maior inocência, evitando ficar com um loirinho bem bonitinho porque tinha transado loucamente com meu vizinho cafajeste naquela tarde, e ele lá, na mesma festa, agarrando outra mulher. – Estou me sentindo ótima! – Certo, não devia fazer drama. Só que não conseguia ser tão cara de pau quanto ele.

Calvin ficou muito sério.

– Raissa... Eu pensei que soubesse que... que não somos nada. Só transamos.

– Eu sei, Calvin. Sei perfeitamente. – Balancei a cabeça, aquiescendo. Estava muito séria e ele também. Pelo menos isso. – Mas foi hoje. Será que não podia esperar vinte e quatro horas?

– Ela é mesmo uma amiga.

– Eu vi. – Ri com desdém.

– Olha, Raissa... Eu sou assim. A gente transou e foi delicioso... Na verdade, não parei de pensar em você. Foi... muito bom mesmo. Gostei de você em todos os sentidos, não tenho por que mentir quanto a isso. – Até eu me assustei com a sua seriedade. – Mas eu sou assim.

– Um safado – concluí.

– É isso aí. A liberdade é tudo que tenho. Eu a utilizo do jeito que quero. Não sou de ninguém. Não consigo ser.

Aquiesci, compreendendo-o. Eu também queria liberdade, não? Sabia perfeitamente que transar com o vizinho não significaria nada. Nem para ele nem para mim. Só fomos conduzidos pelo desejo. Usamos a nossa liberdade em nosso favor.

– Você tem razão, Calvin. Acho que... não estou acostumada a esse tipo de coisa, mas te entendo. – Dei de ombros. – Vou para casa, já estava indo.

– Está de carro? Eu te levo. – Segurou a minha mão. Não encontrei forças para me afastar.

– Estou de carro, sim. Relaxa. Divirta-se com a Karen quenga.

– Ela gostou de você. – Ele sorriu, mas eu fiz uma careta. Calvin percebeu o meu estranhamento. – Karen também gosta de liberdade, Raissa. Nós somos muito íntimos. Se um dia quiser se juntar a nós... – Seu sorriso de malícia se intensificou.

Arfei. Sério, tentava fazer aquilo não me atingir, mas, bem lá no fundo, estava decepcionada. E não soube dizer qual era o fundamento da minha decepção.

– Não, obrigada. Gosto de pênis.

Calvin gargalhou.

– Tenho amigos também. Se quiser...

Arregalei os olhos. Ele estava mesmo sugerindo aquilo? Um sanduíche de Raissa? Olhei para o céu e só pensei na Sra. Klein. A coitada devia estar desesperada lá no céu, observando as safadezas infindáveis do filho querido.

– Gosto de um pênis por vez – completei. – Tchau.

Virei de costas novamente, mas o Calvin correu até ficar na minha frente.

– Só para constar... Não sou mentiroso. Isso nunca. Eu estava trabalhando. Acabei de chegar de lá.

– Não importa... – Balancei os ombros.

– Ei, Raissa. Importa, sim. – Segurou o meu queixo. – Quero que confie em mim, sou seu vizinho.

– Beleza. Agora deixe-me ir.

Calvin me deu um selinho rápido. Não consegui me afastar. Eu estava tão atônita que nem me dei ao trabalho de desviar meu rosto.

– Chego daqui a pouco, não demoro. Juro. Estou esgotado... e a culpa é sua.

Ri, mas sem sentir a menor graça. Andei em direção ao portão quando ouvi sua voz atrás de mim:

– Gostou do pudim?

– O seu pudim tem uma bela consistência, vizinho! – respondi de volta, mas nem olhei para trás.

Sabia que ele estava sorrindo daquele jeito safado. E que estava secando a minha bunda.

UMA FOGUEIRA, UMA PAREDE E UM VERSO DE CLARICE LISPECTOR SÃO TUDO DE QUE UMA MULHER PRECISA

Na volta para casa, depois daquele encontro maluco com o meu vizinho safado, tomei a decisão de não me deixar abalar por uma coisa que eu já sabia que aconteceria. Estava na minha previsão do tempo interna. O que fiz foi a mesma coisa que colocar a roupa no varal sabendo que ia chover.

Ainda assim, cheguei à minha casa me sentindo derrotada. Abri a geladeira, cheia de fome, e dei de cara com o pudim de morango. Devorei umas três fatias enormes. Estava aérea e um pouco alterada pelo álcool, mas era a primeira vez que eu chegava tão cedo e tão sóbria depois de uma festa como aquela.

O relógio do celular marcava uma e meia da manhã quando, depois de um banho, deitei na cama, a mesma que guardava lembranças que eu queria esquecer. Foi impossível não me lembrar delas. Estava cada vez mais evidente para mim que eu precisava de colo, um tipo de consolo silencioso que eu só conseguiria receber da minha família.

Nem sabia o quanto o olhar da minha mãe poderia me fazer falta, nem o quanto a ausência do beijo de boa-noite do meu pai doeria. Até mesmo a Sara e o Guilherme rondaram os meus pensamentos. Descobri que estava morrendo de saudade de todo mundo. O pior de tudo era que fazia apenas uma semana que tinha me mudado.

Depois de pensar melhor, percebi que eu era uma mimada. Acredite, foi um grande passo para o meu autoconhecimento. Sempre pensei que fosse uma mulher madura, precocemente autossuficiente, mas pelo visto não passava de uma garotinha que não podia ver problemas e já queria ser paparicada. Antes, eu sabia o tempo todo que teria braços quentes para me consolar caso algo desse errado, contudo, naquele momento, não tinha mais nada além da minha consciência e do meu discernimento. Contava apenas com a maturidade, e acabei descobrindo que ela não era tão grande quanto imaginei que fosse.

Fechei os olhos, saboreando o gostinho estranho de descobrir quem realmente era. Sorri, porque aquela era mais uma aprendizagem que só a solidão completa poderia me oferecer. Eram engraçados os meios que a vida se utilizava para nos fazer crescer. Ver a minha história sendo construída, perceber que estava aprendendo em uma semana coisas sobre mim que não descobri em vinte e oito anos, só podia ser uma dádiva.

Gostava de ver sempre o lado bom das coisas e, embora estivesse com o meu coração apertado, coloquei na minha cabeça que todo aprendizado era doloroso. Mudar de conceitos é um processo amargo – afinal, ninguém quer descobrir que esteve errado –, imagina o de transformar o autoconceito? Certamente dói demais. E é muito solitário.

Escutei a porta da casa do vizinho se abrindo. Permaneci quieta, apenas analisando cada ruído que Calvin fazia. Fechou a porta, andou de um lado para o outro, abriu gavetas, depois se aquietou. Deve ter ido tomar banho. Depois de alguns minutos, percebi que estava bem atrás de mim, deitado em sua cama.

Era estranho demais tê-lo tão perto e tão longe. De repente, aquela parede entre nós pareceu mais grossa do que era. Talvez ela deixasse atravessar os barulhos, mas uma coisa muito importante sempre permaneceria do outro lado, distanciando-nos. Não soube dizer se isso era bom ou ruim. Se uma parte de mim atravessasse e invadisse o lado dele, estaria sendo uma Raissa que desconhecia. Mas, se ele viesse para o meu lado... Bom, isso era impossível. Quais eram as chances de um safado deixar de ser safado?

O que o faria mudar?

Calvin era muito novo. Talvez mudasse com o tempo, quem sabe quando descobrisse que a quantidade de pessoas com quem transava não era a mesma quantidade de amigos. Talvez quando descobrisse que nem todo mundo se importava com ele de verdade. Talvez quando se apaixonasse. Ou, sei lá, fazia apenas suposições.

A grande notícia era que talvez ele estivesse com a razão. Andar por aí vivendo a liberdade plena, incluindo a sexual, podia ser o maior sinal de inteligência e maturidade. As pessoas se apegam às outras com facilidade e acabam se decepcionando. Veja só o meu caso, apegada à família, descobria que era uma mimada e me encontrava em um estado de decepção que prometia gerar conflitos internos. Calvin não se apegava a ninguém, nem mesmo parecia incomodado por ser órfão. Resultado: ele andava sempre sorrindo, com um bom humor de causar inveja.

Não sabia mais o que era certo ou errado quando, de repente, ouvi a voz dele.

– Raissa? – Não ousei responder, mesmo estando arrepiada com o seu timbre suave. – Raissa? Está dormindo? – Abri a boca. Desisti de falar. Ainda estava confusa. Decepcionada. Com a derrota pairando sobre a minha cabeça. – Deve estar dormindo… Sei que está aí, posso ouvir a sua respiração.

Tampei o nariz de propósito. Depois me arrependi, pois precisei soltar um resfolego e então comprovei a minha presença. Calvin entendeu que eu o estava ignorando de propósito. Mesmo assim, não ousei dizer nada.

– Só queria te pedir desculpas. Às vezes penso que todas as pessoas são como eu e acabo as decepcionando. Não conheço outro tipo de vida além da minha, Raissa. E não quero conhecer porque já gosto desse.

Um nó se formou na minha garganta.

– Pare de se justificar, Calvin, que droga! – resmunguei, tomada pela raiva momentânea.

– Eu sabia que estava aí…

– Claro que estou. Esta é a minha casa agora.

– Que bom, vizinha! Acho que de agora em diante nunca mais vou me sentir sozinho.

Como assim? O maior comedor do planeta sentindo-se sozinho?

– É bem ao contrário. Seremos dois solitários – respondi sem emoção.

– Está se sentindo sozinha?

– Eu *estou* sozinha.

Silêncio. Pensei que o Sr. Klein tinha desistido de me importunar, mas me enganei. Acho que estava procurando no Google o que diria logo em seguida.

– "Faça com que a minha solidão me sirva de companhia. Faça com que eu tenha a coragem de me enfrentar. Faça com que eu saiba ficar com o nada e, mesmo assim, me sentir como se estivesse plena de tudo."

Arfei. Mudei de posição, ficando com a barriga para cima. Encarei o teto e pedi para que Calvin repetisse. Ele o fez, aos sussurros. Não consegui evitar: lágrimas vastas molharam o meu rosto e se perderam no travesseiro. Reparando no meu silêncio, aquele safado de uma figa repetiu as frases. Abafei alguns soluços no lençol, pois não queria que ele descobrisse que eu estava chorando.

– Muito obrigada, vizinho – murmurei, com a voz meio embargada.

– Agradeça à Clarice Lispector. – Ele riu e o acompanhei. Enxuguei mais lágrimas.

– Fala a verdade, você está com o Google aberto. – Rimos juntos.

– Não, não... Eu gosto de ler. Minha mãe tinha uma biblioteca. Ficava no lugar que agora é a sua cozinha. – Congelei automaticamente. – Ainda tenho alguns livros e pensamentos... Na verdade, ela tinha um caderno com algumas frases. Tem escrito na frente: para o meu filho... Ah, quase falei o meu nome agora!

– Por que não diz logo seu nome?

– Não sei, eu curti muito esse mistério. – Ouvi um suspiro.

– Sua amiguinha Karen-quenga sabe o seu nome?

Ele riu, provavelmente do apelido "carinhoso" que eu tinha colocado nela.

– Claro que sabe.

– Legal, então me deixe sem saber.

– Agora quero saber por que... Fiquei curioso.

– Quero ser diferente de qualquer mulher que você já tenha conhecido – admiti. Depois fechei os olhos, arrependida. *Droga!* Estava sendo dramática.

– Você já é, Raissa... Mas por que quer ser diferente?

Minhas mãos começaram a tremer. Balancei a cabeça em negativa e só depois descobri que ele não podia me ver.

– Esquece, Calvin. Vamos dormir. Pretendo visitar os meus pais logo cedo.

– Ah... Hum... Tudo bem... – Achei que ele ficou estranho. Chegou a soltar alguns suspiros que me deixaram fora de mim. Sério, parecia que ele estava assoprando bem no meu ouvido.

– O que foi?

– Nada. Vamos dormir. Boa noite, vizinha.

– Você não me disse o que tem no caderno da sua mãe.

– Ah, sim... "Para fulano de tal, mamãe já te ama sem ao menos saber a cor dos seus olhos. Não vejo a hora de te segurar em meus braços"... Ela estava me esperando, acho que estava de uns sete meses de gravidez.

Abafei um soluço. Calvin ficou em silêncio.

– Boa noite, vizinho – murmurei, com a voz embargada. Ele não respondeu.

Cheguei a duas conclusões. A primeira foi que o meu vizinho era um homem safado, muito safado mesmo. Bom, a essa eu já tinha chegado há muito tempo, mas só tive a noção geral do estrago quando fiz a besteira de transar com ele.

A segunda conclusão, que tirei depois de alguns minutos revirando na cama, era que aquele canalha, cafajeste, cachorro... aquele cara sorridente e bem-humorado, lindo de morrer... me fazia bem. E, sinceramente, não me importava se ele trepava com o mundo todo. Vi nele alguém especial, que tinha uma sensibilidade escondida em um local que eu queria alcançar, pois sabia que me traria surpresas.

Ficaria feliz em compartilhar as nossas noites separadas por uma parede. Seria como estar perto de uma fogueira. Não podia encostar muito para não me queimar, mas, se mantivesse uma distância segura, conseguiria me aquecer sempre que quisesse.

POVOAR A SOLIDÃO É TAREFA FÁCIL PARA QUEM TEM PESSOAS PARA AMAR

Saí de casa logo cedo e, pela respiração alta que escutei no meu quarto assim que despertei, Calvin ainda estava dormindo. Dirigi até a casa dos meus pais. Não havia telefonado ou deixado qualquer aviso, apenas achei que necessitava de um domingo em família. Talvez a sensação de normalidade fosse o meu melhor remédio.

Tive a certeza de ter feito a coisa certa quando encontrei os meus pais, a minha avó e os meus irmãos sentados ao redor da mesa de café da manhã. Eles quase não acreditaram quando me viram – mamãe arregalou os olhos, e a minha avó, que era bem lenta, ergueu-se da cadeira em questão de segundos. A recepção foi calorosa. Os beijos e abraços vieram de todas as partes. Não demorou até que a confusão foi instalada; todo mundo falando alto e de uma vez só. Eles jamais mudariam.

Narrei como havia sido a minha semana. Claro que não falei nada sobre a loucura com o Calvin, porém me percebi comentando sobre ele – também omiti o fato de o meu vizinho ser muito gostoso e safado –, quando papai perguntou se eu tinha feito alguma amizade no bairro. A ideia de todos irem me visitar foi levantada em algum momento. Precisei enrolar, dizendo que não estava pronta para receber visitas, mas claro que ninguém me deu bola. Marcaram um almoço para o sábado seguinte sem ao menos perguntarem se eu estaria disponível.

Bom, pelo menos havia sido um almoço. Calvin provavelmente sairia para o trabalho e todos iriam embora antes de escurecer. No fundo, eu não queria que ninguém o conhecesse. Seria muito desconcertante. Era certeza de que se juntariam para falar sobre mim daquele velho jeito chato de quem não tem o que comentar, então descobririam um assunto em comum – no caso, eu – para falar as mais diversas besteiras.

Além de tudo, não queria que a minha irmã conhecesse o meu vizinho. Eu tinha certeza de que se atiraria em cima do sujeito. Sabendo que ele não era nada seletivo, com certeza daria em merda. E, antes que ela fosse feita, eu não teria coragem de contar para a Sara que ele já tinha "dona". Quero dizer, eu não era dona dele, mas a minha irmã não podia ficar com um cara que fiquei e que por acaso era o meu vizinho, certo?

Passei o dia inteiro com eles. Almoçamos no quintal, como sempre, depois cada qual foi fazer o que mais gostava; Sara saiu com as amigas, Guilherme foi andar de skate – alegando que jogaria videogame no vizinho, mas eu o conhecia muito bem –, papai foi ler o jornal, e mamãe foi à missa com a vovó. Acabei indo com elas.

Pensei em voltar para casa, mas mamãe exigiu a minha presença no jantar, que por sinal estava divino. Senti-me orgulhosa por ter ajudado a prepará-lo. Vovó ainda decidiu fazer pudim de leite para a sobremesa e claro que logo me lembrei do Calvin. A hora da divisão do doce foi uma loucura. A discórdia era instalada na minha casa sempre que havia a presença de alguma coisa muito gostosa para ser compartilhada. Isso jamais mudaria, pelo visto.

Depois que consegui me servir do pudim, tentei desviar os pensamentos enquanto lambia a minha própria colher, mas devo ser muito idiota mesmo. Foi Sara quem acabou percebendo o meu comportamento estranho.

– No que está pensando enquanto lambe essa colher, Raissa? – perguntou assim, na maior cara de pau.

– Sara! – Papai reclamou, olhando-a feio. Guilherme começou a gargalhar.

– Sempre amei doces – defendi-me, mas não consegui fingir normalidade. Meu rosto havia superaquecido e mamãe percebeu também. Ela ergueu uma sobrancelha e ficou me analisando. Continuei comendo.

– Está de namorado novo, filha?

– Não, mãe.

– Raissa vai morrer encalhada – Guilherme comentou. – O último, aquele cara... o do cabelo espetado... – Gesticulou, arrepiando os cabelos lisos para cima. – Foi embora porque não aguentou as doideiras dela.

Obviamente ele estava falando do meu ex-namorado.

– Guilherme! – Papai reclamou de novo.

Dei de ombros. Na verdade, ele tinha ido embora porque achou uma loira de olhos azuis e peitões. Nosso relacionamento era composto apenas por muito sexo e zero diálogo. Quero dizer, não tinha como dialogar com o sujeito. Era bonito, sim, mas só isso.

– Ela só está esperando o rapaz correto. Não é mesmo, Rai? – Vovó era tão legal! – Para que ter pressa? Eu me casei com dezessete anos e me arrependo até hoje... – Parou e sorriu. Ela não gostava de falar sobre o vovô. Ele morreu há muito tempo e sequer cheguei a conhecê-lo, mas diziam que não foi um homem muito bom.

– Que nada, Vó! Acho que Raissa vai ficar para titia mesmo. – Sara observou a Clarinha, que estava sentada ao seu lado, em uma cadeira especialmente para ela. A menininha comia o pudim com tanta concentração que nem ligava para o que estávamos falando. – Eternamente encalhada.

– Melhor do que ser mãe solo – alfinetei em um resmungo. Encarei a minha irmã com seriedade. Ela me mostrou a língua, feito uma criança birrenta. Eu sabia que não deveria falar aquele absurdo, mas Sara bem que pediu.

Ninguém tinha nada que se meter na minha vida.

– Raissa! – Papai, como previsto, reclamou.

Sara ficou calada e limpou a boca da filha.

– Não fale assim com a sua irmã, Rai! – Mamãe correu em defesa de Sara. Dificilmente eu venceria algum embate contra qualquer um dos meus irmãos na frente dos meus pais. Eles eram sempre muito defendidos, privilégio que nunca tive.

– Ela que começou. Não pretendo ter compromisso com ninguém por agora, só isso. Estarei com alguém assim que mudar de ideia. – Encarei o Guilherme, para deixar claro para ele também. Mas o moleque apenas riu com ironia.

– Tá certo!

– É, Gui... Pelo menos não estou em um relacionamento sério com a minha mão direita e com as garotas da Playboy – concluí, áspera.

Ele congelou. Sorri. Mamãe olhou feio para o meu irmão.

– Ainda guarda aquelas revistas horrorosas, Guilherme? – Ela odiava descobrir as artimanhas que o meu irmão usava para ver pornografias. O computador dele já estava com todos os sites bloqueados. Coitado do garoto.

– Não!

– Claro que ainda guarda, devem estar embaixo da cama. – Sara me ajudou. Sorri mais amplamente. A gente só se juntava de verdade quando era para ficar contra o Guilherme. Coisas de irmãos.

– Vou dar uma olhada nisso. – Papai fez uma careta para ele, balançando a cabeça como se sentisse vergonha de ter um filho viciado em masturbação.

Guilherme quase soltava fumaça pelas ventas, morrendo de raiva. Depois de um segundo, senti pena dele. Eu não tinha feito aquela visita para me comportar do modo infantil como sempre me comportava quando estava com a minha família. Precisava mostrar maturidade, fazer jus à posição de irmã e filha mais velha, que morava sozinha e era independente.

– Relaxa, papai – prossegui, tentando aliviar o clima. – Ele vai fazer dezoito anos daqui a dois meses, não é nenhuma criança. Vamos mudar de assunto.

Guilherme me olhou de um jeito confuso, bem como a Sara e o meu pai. Não me importei. Vovó sorriu e me serviu mais pudim. Por um segundo, imaginei como seria ter o Calvin ao redor daquela mesa, sorrindo do jeito sacana e fazendo comentários dúbios sobre tudo, incluindo a sobremesa. Deixei uma névoa densa chamada pensamento racional dissipar tudo o que a minha mente perturbada tinha imaginado. Não era saudável pensar no meu vizinho fora de hora. Aliás, em hora alguma isso era bom.

O assunto foi devidamente desviado pela minha mãe.

Mais tarde, deixei a casa dos meus pais com a alma renovada, pronta para encarar a semana de trabalho. Também retirei do meu peito aquela sensação chata de solidão. Eu não estava sozinha, podia contar com a minha família do mesmo jeito como sempre contei. Podia voltar a curtir a minha própria companhia sem medo de ser uma pessoa solitária. Morar sozinha não significa estar sozinha.

Já era noite quando abri a portinha de madeira. O clima estava bem frio, uma brisa irritante soprava e me trazia arrepios. Liguei as luzes do jardim, mesmo já sendo tarde e tendo visto as luzes da casa do Calvin acesas. Gostava do aspecto que o jardim fornecia à noite, quando as luzinhas embutidas estrategicamente no chão faziam o seu serviço.

Para a minha surpresa, percebi que as rosas do vaso haviam sido renovadas de novo. Mas isso não foi tudo. Havia a presença de outro vaso, que era só um pouquinho maior. Flores de uma coloração incrível fizeram os meus olhos brilharem. Agachei-me para observar melhor. Não entendia nada de flores, mas aquelas eram lindas. Mal consegui identificar aquela cor, mas depois de um tempo acreditei que eram roxas.

Passei alguns segundos sorrindo para elas, como se fossem capazes de sorrir de volta. Sentei-me no chão em algum momento. Cruzei as pernas em posição de borboleta e coloquei a minha bolsa no chão. Não soube dizer o que aconteceu, acho que começava a admirar de verdade as plantas e flores daquele jardim. Nunca fui uma pessoa ligada à natureza, mas me senti conectada, como se cada folhinha pudesse me compreender.

Estava muito absorta quando senti um trambolho ao meu lado. Calvin tinha aparecido e se sentado. Encarei-o com ar confuso, depois apenas sorri. Ele sorriu de volta. Daquele jeito. Pensei que falaria alguma coisa, mas se manteve calado também.

Tive tempo de sobra para observá-lo; usava calça de moletom preta e uma camiseta de manga comprida branca. Parecia ser de um tecido bem grosso. Realmente, fazia muito frio. A minha calça e os tênis traziam conforto às minhas pernas, porém meus braços expostos não paravam de se arrepiar. Péssimo dia para usar blusa de alcinha.

Abracei a mim mesma depois de uma rajada de vento forte. Calvin sorriu ainda mais e, do nada, tirou a própria camisa. Ofereceu-me. Olhei-o torto, porém uma força interna me fez pegá-la sem questionamentos. Vesti-a e me abracei, sentindo o cheiro dele que quase me fez surtar. A visão diante de mim também não ajudava. Jamais me acostumaria com a beleza daquele homem.

– Qual é o nome dessa flor? – perguntei baixo, para não incomodar o silêncio. Toquei no vaso novo, alisando as flores com carinho.

– Você tem mesmo problemas com nomes – Calvin também falou baixo.

– Não tenho problemas com nomes. Só que tudo tem um nome, e eu queria saber.

– Por quê?

Franzi a testa.

– O nome é a primeira coisa que a gente conhece de alguém ou de alguma coisa.

Calvin riu fraco. Alisou meus cabelos do mesmo jeito como eu estava fazendo com as flores. Senti o meu couro cabeludo se arrepiar. Sério, a sensação foi esquisita, pensei que o meu cérebro esmagaria o meu crânio ou vice-versa.

– Quando conhecemos o nome, pensamos que sabemos tudo sobre aquilo. Então nos esquecemos ou ficamos com preguiça de saber o restante... – Seus dedos pararam nos meus lábios. Senti um calor fora do comum tomar conta do meu corpo. Calvin olhou para as flores. – O que achou delas?

– São lindas... Obrigada.

– E o que mais?

– São... Sei lá... Há algo nesta cor. – Dei de ombros. – Trazem uma sensação de alegria. Além de serem pequenas, singelas... Também não têm perfume, mas isso não me pareceu ruim. É como se evitassem se expor, mesmo que a cor já faça isso por elas muito bem.

– Viu só? Se você soubesse o nome, não se preocuparia em desvendar mais sobre elas.

Aquiesci, compreendendo totalmente o que ele queria dizer. Estava falando sobre si mesmo, sobre o fato de eu não saber o seu nome e de isso não ser o mais importante. Tive vontade de abraçá-lo e não me contive; envolvi meus braços ao redor do seu pescoço e depositei a cabeça em seu peito firme. Senti braços enormes me envolverem.

Calvin sussurrou, fazendo seu hálito brincar com o topo da minha cabeça:

– "A violeta é introvertida, e sua introspecção é profunda. Dizem que se esconde por modéstia. Não é. Esconde-se para poder captar o próprio segredo. Seu quase-não-perfume é glória abafada, mas exige da gente que o busque. Não grita nunca seu perfume. Violeta diz levezas que não se podem dizer."

Fechei os olhos, sentindo-me embalada pelas palavras. Sinceramente, não me passou pela cabeça o que aquele homem estava tentando fazer comigo – e, pelo visto, estava conseguindo atingir seu objetivo em cheio, fosse qual fosse ele. Não parei para raciocinar, e talvez este tenha sido o meu maior erro.

– São violetas? – *Dã*. Pergunta mais idiota impossível.

– Uhum.

– E as palavras?

– Dona Lispector.

– Sua mãe gostava muito dela. – Suspirei.

– Creio que sim. Eu também gosto.

– Acho que estou aprendendo a gostar. – Levantei um pouco a cabeça para observá-lo de perto. Seus olhos escuros analisaram cada partícula do meu rosto, até que pararam na minha boca. Calvin prendeu os lábios, mas depois sorriu de maneira sacana.

– De Clarice ou de mim?

– Dos dois.

Calvin me soltou. Ficou sério na velocidade da luz, olhando-me como se eu fosse um E.T. Levei uma espécie de susto com o seu movimento brusco, só então percebi o quanto estava sendo romântica.

– Não se preocupe, Calvin, eu sei até que ponto posso gostar de uma escritora morta e de um vizinho safado.

Ele gargalhou. Acompanhei-o, sem opção. A verdade era que eu não fazia ideia do quanto podia gostar dele – se é que podia. Mas o coitado, que era avesso a compromisso, não devia saber da minha capacidade de me perder dentro de mim mesma.

– Só estava esperando você chegar. Agora que sei que está bem... Boa noite, Raissa. – Ele estava fugindo. Era notável. Até foi se levantando na maior correria e um clima estranho se abateu sobre nós. Levantei-me também e abri a porta da minha casa. Calvin segurou a minha mão antes que eu entrasse. Voltei a minha atenção para aqueles olhos escuros maravilhosos. – Não vai me dizer boa-noite?

– Vou. Assim que estivermos em nosso quarto.

– Nosso? – Ele riu alto.

– É. Afinal, o que é uma parede de gesso?

Pensou um pouco.

– Uma coisa chata que me impede de tirar a sua roupa todas as noites. Se é que você dorme de roupa...

Eita! Devo ter ficado da cor das flores novas com aquela frase. Calvin apenas riu. E por um raio de segundo eu odiei tanto aquela parede que já cogitava pegar o meu martelo de carnes só para me livrar dela.

– Hoje eu vou dormir só de calcinha. – Recuperei o meu fôlego e tentei entrar no jogo sacana daquele cara... sacana.

Ele lambeu os lábios deliciosos, que imploravam por um beijo.

– Que cor? – Era um safado mesmo!

Olhei para o chão. Sorri.

– Violeta.

Ouvi a sua gargalhada antes de fechar a porta. Depositei o meu corpo contra a madeira, soltando um longo suspiro, e só então notei que eu ainda estava usando a camiseta dele. Pensei em devolvê-la, mas desisti. Já estava decidido: ia dormir de calcinha violeta e de camiseta branca quentinha, com o cheiro do meu vizinho delicioso, sensível e estupidamente cafajeste.

A ideia do martelo de carnes ainda estava fixa na minha cabeça.

AMIZADE NÃO É TROCA DE FAVORES

A semana foi muito corrida, tudo por causa de um novo cliente, dono de uma empresa famosa na cidade. Ele queria um sistema diferenciado para a melhoria dos processos da sua firma, e precisei quebrar a cabeça junto com os desenvolvedores. O meu chefe estava uma pilha de nervos. A grana era tão preta que ele até me ofereceu uma bonificação maravilhosa caso o cliente ficasse satisfeito.

Fiz o possível para seguir cada recomendação do chefe e dos programadores, estudando o projeto com afinco para conseguirmos liberar a tempo. Levei trabalho para casa na segunda e na terça-feira. Na quarta e na quinta, fiquei diante da minha mesa até quase dez horas da noite, pois percebi que ir para casa me atrasava muito, perdia tempo preparando o jantar e arrumando o que estivesse bagunçado.

O nível do meu estresse estava cada vez mais alto, e o da minha paciência, mais baixo. Em nenhum dia da semana tinha visto o meu delicioso vizinho e isso estava me incomodando – não devia, mas estava. Dormia tão profundamente que não escutava a sua presença em "nosso" quarto.

No fundo, nossos horários desencontrados era uma sorte tremenda. Eu não suportaria aquelas doses homeopáticas e embriagantes de Calvin, por isso decidi que o melhor mesmo era seguir em frente sem pensar na ausência dele.

Na quinta-feira, dia mais difícil, trabalhoso e estressante que já tive em meu trabalho, voltei para casa mal-humorada. A TPM não ajudava; meus nervos estavam à flor da pele, minha barriga estava inchada, sentia-me esquisita e uma espinha do tamanho de um tiranossauro havia nascido bem na minha bochecha.

Ignorei qualquer novidade na minha varanda – mentira, não ignorei, só não havia nada diferente mesmo –, entrei na minha querida casinha, atirei a bolsa no sofá, arranquei os sapatos e me joguei no tapete da Sra. Klein. Foi assim que comecei a chamá-lo.

Tirei as minhas roupas e as joguei no sofá. Terminei de calcinha e sutiã, soltando suspiros de irritação. Meu estômago roncava, pedindo algo delicioso, mas sabia que não teria ânimo, coragem ou destreza para preparar alguma coisa realmente legal.

Ouvi a porta do vizinho sendo aberta. Não sabia que o Calvin estava em casa, ainda era cedo. Levantei-me depressa na esperança de vê-lo. Cheguei até a abrir a porta, mas me lembrei de que tinha tirado as roupas no último instante. Fui até a janela e a abri, colocando a cabeça toda para fora.

Calvin estava vestindo apenas cueca e chinelos. Reconheci a Karen-quenga com ele. Trocaram algumas palavras e riram, depois ela segurou a cintura dele. Passou unhas enormes pintadas de vermelho em sua pele, e então o Calvin se inclinou para beijá-la. O meu cérebro não queria ver aquilo por mais nem um segundo, mas obriguei a mim mesma a não perder nada. Fiquei atenta aos movimentos deles e percebi que aquele beijo era bem estranho. Eles usavam muita língua, os lábios nem chegavam a se encostar. *Esquisito!*

Karen-quenga sorriu e virou de costas, caminhando até a portinha de madeira, enquanto Calvin certamente observava a sua bunda até perdê-la de vista. Ele pareceu soltar o ar dos pulmões quando ela se foi e logo deu alguns passos na direção do pé de goiaba. Continuei observando-o em silêncio.

Sr. Klein tocou nas folhas com cuidado, como se analisasse alguma coisa importante. Depois, virou-se na direção da própria varanda. A anta aqui se esqueceu de sair da janela, por isso ele me descobriu. Seu sorriso se iluminou e veio até mim em passos lentos, com o corpo másculo preenchendo a cueca de um jeito maravilhoso.

– Oi, sumida! Como estamos? – Parou bem na minha frente e se inclinou para me dar um beijo na bochecha, em cima da minha espinha jurássica.

– Estamos bem, na medida do possível. E você?

Calvin me observou com cuidado e notou que eu estava apenas de sutiã. Percebi que se aproximou um pouco para observar o restante. Debrucei-me na janela, evitando a sua ousadia. Ele riu.

– Estou ótimo... Raissa, quer me matar? – Sua voz saiu carregada pelo desejo, mas tentei ignorá-la. Calvin se aproximou bastante de mim, de modo que seu peitoral nu quase grudou na minha cara. Olhei para cima no último instante e meu queixo o tocou.

– O que eu fiz?

– Abra a porta... – murmurou baixinho, com a voz ainda afetada. Eu tremia de nervosismo. Olhos cativantes não desviaram dos meus. Achei que fosse morrer antes mesmo de me decidir se abriria a porta ou não. Balancei a cabeça em negativa. – Tudo bem, não precisa. Afaste-se.

Calvin virou de lado e levantou uma perna, buscando apoio para se sentar na beirada da janela. Afastei-me no impulso, quase sem acreditar no que o maluco estava fazendo. Ele passou primeiro uma perna e depois a outra, concluindo seu serviço com um pulo curto. Em segundos, o meu vizinho delícia tinha invadido a minha casa. A janela ampla não lhe trouxe dificuldade alguma.

Acompanhei os seus olhos atentos, que me analisaram dos pés à cabeça em uma lentidão sufocante. Dei alguns passos para trás, mas parei. Não sabia para onde fugir. Nem mesmo se queria fugir. Tentei buscar algum motivo para não o deixar avançar e o encontrei no mesmo instante.

– Aquela era a Karen-quenga? – perguntei e me sentei no sofá. Levei minhas pernas para cima e a abracei, tentando proteger a nudez parcial. Calvin saiu do transe. Sorriu e se sentou ao meu lado, de um jeito bem largado.

– Era. Veio jantar comigo hoje. – Observou as minhas pernas expostas.

– Sei. Você não devia estar trabalhando?

– Estou de folga. Raissa, você quer me matar.

– Não tenho culpa se não se cansa nunca. Karen-quenga deve ser muito ruinzinha, viu?

– Do que está falando? – Ele me olhou de um jeito confuso.

– Dessa sua cara de jacu. Não basta transar com uma mulher por dia? Pelo amor de Deus, Calvin, que mania feia de ser canalha!

Levantei-me do sofá e fui direto para a cozinha. Estava morrendo de fome, o estômago vazio me fazia ficar ainda mais estressada. Abri a geladeira e constatei que não tinha nada. Precisava fazer compras, porém havia ignorado o meu apetite durante aqueles quatro dias de muito trabalho. Fechei a geladeira e abri o armário. Tinha apenas uma caixa de cereal sem açúcar. *Droga!*

Senti a aproximação do Calvin. Fechei os olhos e contei até dez.

– O que há contigo?

– TPM. Das brabas.

O vizinho riu da situação. Continuei vasculhando o armário, mas nada interessante deu o ar da graça. Comecei a ficar desesperada, por isso fechei o armário com força e apoiei meus cotovelos na pia. Cobri o rosto com as mãos, sentindo vontade de chorar.

Calvin chegou muito perto. Tomou a liberdade de passar sua mão ao longo da minha coluna. Não pestanejei. Ganhando liberdade – dê tudo para um cara safado, menos liberdade, porque ele vai aproveitar sem dó –, Calvin veio por trás de mim, colando seu corpo grande no meu. As mãos pararam nos meus ombros e os apertaram.

– A gente não transou – falou de um jeito manso, referindo-se a Karen.

– Tá certo. – Bufei.

– Ei, Raissa... Já disse que não sou um mentiroso.

– Não quero saber, Calvin. Tanto faz. – Ele me puxou para si, de modo que fui obrigada a me reerguer. Minha cabeça foi apoiada em seu peito másculo, suas mãos percorreram a minha cintura até parar nos meus seios, por cima do sutiã. Sua boca encontrou o meu ouvido.

– Já jantou? – perguntou baixinho.

Balancei a cabeça e gemi. Foi um gemido estranho, que misturou a frustração por não ter nada gostoso para comer com o prazer de ter algo realmente gostoso para comer, mesmo sabendo que não seria nada legal cair em tentação de novo.

– Vamos à minha casa, Raissa. Prometo que você só vai sair de lá quando estiver bem alimentada. – Calvin e suas frases de duplo sentido.

A proposta era irrecusável. Nenhuma parte de mim não quis que ele me desse um trato completo. Nem mesmo o pensamento sobre a Karen minou a minha vontade de me deixar ser guiada.

– Promessa é dívida, Sr. Klein... – sussurrei com os olhos ainda fechados, concentrada em sentir suas mãos navegando o meu corpo.

Calvin riu e fez o meu corpo girar. Parei de frente para ele. Seus braços apoiaram as minhas coxas, erguendo-me até que eu me pendurasse sobre um de seus ombros completamente. Andou como se o meu peso não fizesse diferença alguma. Abriu a minha porta e seguimos até a casa dele em silêncio.

Deixei o meu cansaço ser jogado para bem longe. Eu disse que ele me fazia bem. Mais do que isso, Calvin estava disposto a me fazer bem. Não sabia até quando isso seria possível, mas o futuro precisava ficar no lugar dele. Não podia trazê-lo para o presente, do contrário viveria em uma espécie de inércia eterna.

Fui colocada em cima de sua mesa, a que ficava na cozinha. Ele me olhou como se o jantar fosse eu o tempo todo. Daria tudo para desvendar os seus pensamentos. Aqueles olhos escuros guardavam coisas que eu não conseguia compreender, mas gostava muito. Era o tipo de mistério que só me atraía ainda mais.

– Fique aí, Raissa... Vou te servir tudo o que você quer.

A promessa provocou espasmos em todo o meu corpo. Fiquei imediatamente quente, mesmo estando frio lá fora.

– O que sabe sobre o que eu quero?

Calvin sorriu e se afastou devagar, seguindo até o fogão.

– Mulher de TPM quer as mesmas coisas. Não é tão difícil assim.

– Acho que você é o único homem que sabe lidar com uma mulher em estado de fúria.

Gargalhou enquanto pegava alguma coisa dentro do armário. Não me respondeu nada, apenas colocou a comida cheirosa dentro de um prato, separando-a com uma dedicação impressionante. Não soube identificar o que era, mas confiava até de olhos fechados nos dotes culinários daquele homem.

Uma dúvida irritante me acometeu. Calvin veio com o prato e um garfo nas mãos, parando bem diante de mim. Quando me viu, fez uma careta.

– O que foi, Raissa?

Suspirei.

– Por que não transou com ela? – Arrependi-me de ter feito aquela pergunta assim que fiz. O que eu tinha a ver com a vida dele?

– Dificilmente nós transamos sem a companhia de outra mulher. Karen é lésbica. Sou o único homem com quem ela consegue se relacionar mais intimamente. Eu a ajudo com algumas mulheres que a princípio não são lésbicas.

Abri a boca. Tive a sensação de que estava vivendo em um universo desconhecido porque, sério, no meu mundo não existia esse negócio de juntar três pessoas – ou mais – para transar. A minha ideia de sexo era muito romântica, diferente daquilo.

– Suas amizades são assim? Troca de favores sexuais?

Calvin fez uma careta séria. Nunca tinha visto aquela expressão nele, pareceu irritado.

– Claro que não. Ela veio aqui hoje... e não tivemos nada. Somos muito amigos. Isso vai além da cama.

– Será? – Ele colocou o prato, que estava segurando até então, do meu lado. Ficou me observando durante um tempo, visivelmente chateado. – Desculpa, isso não é da minha conta.

Calvin aquiesceu devagar. Coçou a cabeça e voltou a pegar o prato. Pensei que não seria possível, mas seu sorriso se fez presente de novo, como se nada tivesse acontecido. Uma parte de mim quis saber se aquele tão famoso sorriso era verdadeiro.

– Eu não sei o que você quer de mim, Raissa. Temo que seja alguma coisa que não possa te dar. Seria muito triste.

– Por que acha que quero algo de você? Acredito que se acostumou demais a barganhar amizade. É por isso que não tenho amigos, não se pode esperar que alguém te dê conforto de graça.

Calvin juntou uma boa quantidade de comida no garfo. Encarou-me, ainda sério, e enfiou o talher na minha boca. Comi de um modo meio esquisito, mas logo a esquisitice deu lugar à admiração. Estava uma delícia!

– Puta merda, que divino! O que é isso?

– Moranga com filé *mignon*. É basicamente um creme feito de abóbora com pedacinhos de filé. Bom, né? – Sorriu. O papo sério pareceu ter se esvaído entre nossos dedos.

Calvin preencheu o garfo de novo. Fez questão de me servir. Senti-me uma criança indefesa e incapaz de manejar a própria comida, mas a sensação não era ruim, muito pelo contrário. Ele tinha razão sobre mim: eu gostava de ser paparicada.

– Maravilhoso! Fora do comum... Minha nossa, era tudo de que eu estava precisando. – Abri o bocão quando ele veio com mais uma garfada. Rimos juntos do meu desespero.

Foi difícil me acostumar com a velocidade dele. Eu estava com tanta fome que devoraria aquilo tudo em um segundo, mas Calvin era paciente e detalhista, queria que cada garfada estivesse com o alimento bem distribuído. Além do creme de abóbora, havia arroz e batatas, que estavam divinas.

Depois de um bom tempo, quando já estava quase no fim, ele resolveu cortar o silêncio que tinha se formado entre nós.

– Não tem amigos?

– Não.

– Por quê?

– Sou péssima com amizades. – Percebi o seu rosto se contorcendo de um jeito engraçado.

– Não parece.

– Mas sou. Acho que não acredito em amizade.

Sr. Klein juntou o resto da comida em uma só garfada e me ofereceu. Já me sentia satisfeita.

– Bom, você me fez refletir sobre isso. Acho que tem razão, a gente sempre procura uma espécie de retorno.

– Viu só?

Calvin colocou o prato sujo em cima da pia. Foi até a geladeira e remexeu algumas coisas. Fiquei observando a sua bunda enorme e redonda. Por um segundo, quis descer dali e apertá-la como se não houvesse amanhã – até imaginei ela fazendo um barulhinho tipo aqueles brinquedos de apito –, porém, quando estava quase tornando meus devaneios realidade, ele se ergueu e retirou uma torta enorme de dentro da geladeira.

Meus olhos brilharam.

– Esta é minha torta prestígio. Fiz hoje de manhã.

– Você definitivamente sabe do que uma mulher com TPM precisa.

Ouvir a sua gargalhada foi só mais uma comprovação da imensa capacidade que ele tinha de me fazer bem. Calvin pegou uma colher e um prato menor. Fatiou um pedaço enorme de torta e veio na minha direção. Novamente, parou entre as minhas pernas.

– Raissa... – Brincou com a torta, imitando um aviãozinho. Ri de leve. – É sério, não estou fazendo isso porque quero algo em troca. – Abri o bocão e me deliciei com aquela preciosidade sambando na minha língua.

Meu Deus, tudo o que esse cara faz é perfeito!

– Sei o que quer de mim, Calvin. Felizmente, posso te dar. – Encarei-o com malícia. Ele fez a mesma expressão sacana. Depois, começou a rir.

– Você melou a sua boca toda!

Eu ri junto, mas a situação piorou. Pedacinhos de torta voaram por toda parte. Ele riu ainda mais alto e tentou me limpar com o seu polegar. Seu rosto foi se aproximando gradativamente, até que precisei parar de rir. Seus olhos encararam a minha boca.

Não tive tempo de raciocinar, Calvin atirou contra o alvo demarcado pelos seus olhos. Percebi-me envolvida em um beijo profundo, repleto de línguas, lábios e tudo o que eu tinha direito. O sabor do prestígio foi dividido entre nossas salivas e o negócio ficou excitante. Não consegui mais parar.

Trouxe seu corpo para perto quando lhe abracei com as pernas. Segurei seus cabelos e senti braços quentes tomarem a minha coluna com muita precisão. Sua boca deixou a minha, mas não foi capaz de se afastar. Uma língua áspera fez trajetos que partiram do meu pescoço, fizeram parada no meu ouvido e foram descendo pelo meu colo. O meu sutiã foi aberto em algum momento, e no seguinte já não estava mais em mim. Soltei um gemido alto de prazer quando a mesma língua encontrou a ponta de um seio. Calvin parou o que estava fazendo só para me observar.

– Raissa... Sinto que vou morrer a cada vez que geme assim. – Sua mão segurou a minha, guiando-a até a sua cueca. Senti um volume impressionante entre os meus dedos. – Mas uma parte de mim nasce como se fosse a primeira vez.

Respondi com um sorriso tímido. Minha respiração já se encontrava ofegante, bem como a dele. Seu corpo quente voltou a tomar o meu e a boca retornou ao início, onde tudo começou: na minha. Calvin só se afastou para deixar claro o que faria, como se estivesse enumerando mais um item do cardápio daquela noite.

– Agora, você vai comer os meus dedos, a minha língua e o meu pau, que quase morreu de saudade da sua boceta molhada. – A voz saiu como a de um animal feroz.

A única certeza que eu tive foi a de que tudo aquilo seria mais gostoso do que "prestígio". Aliás, por mais que o Calvin fosse um bom cozinheiro, nada do que preparasse se compararia ao sabor do seu corpo feito para a luxúria possuindo o meu.

COMPREENDENDO AS CONSEQUÊNCIAS DAS MINHAS ESCOLHAS

Não soube dizer o que significava aquela suavidade circulando pela minha língua. Calvin havia iniciado um beijo selvagem, como o esperado, mas a voracidade foi diminuindo gradativamente. Os lábios pareciam desistir de investir contra os meus, contudo permaneciam constantes, jamais se distanciando. Minha pele ficou toda arrepiada. Ele foi capaz de eriçar cada pelinho do meu corpo apenas com um beijo suave.

Aquelas mãos grandes apoiaram a minha coluna como se eu fosse uma preciosidade. Foram descendo devagar e me levando junto, porém de um jeito confortável. Não fiz esforço algum, estava no estado de marionete que pelo visto ele sempre me faria ficar. Minhas costas sentiram a superfície fria da mesa. Quero dizer, acho que era eu quem estava quente demais.

Calvin curvou o seu corpo grande e musculoso inteiro, fazendo com que as nossas bocas jamais se afastassem. Senti sua ereção dura entre as minhas pernas e o abracei ainda mais forte com elas. Meus nervos à flor da pele me permitiram sentir tudo o que aquele homem fazia comigo; tomei consciência das suas mãos me tocando, da sua respiração ofegante contra o meu rosto, do seu corpo inteiro encontrando o meu em diversos pontos. Era bastante informação para processar, mas a minha mente fazia o possível para não deixar passar nada.

Entrei em uma espécie de frenesi. Nada fazia muito sentido. A luz da cozinha refletia o corpo dele de um jeito fantástico. O cheiro de comida gostosa mesclado com o perfume masculino que ele usava tirou o meu juízo, que há muito já não era grande coisa. Achei que não fosse possível que o meu coração batesse mais forte, porém aconteceu assim que os seus dedos brincaram com as laterais da minha calcinha.

Era difícil acreditar que eu seria dele outra vez, e ao mesmo tempo não me surpreendia. No fundo, sabia muito bem que não resistiria aos seus caprichos. Eu era uma fraca quando o assunto era o Calvin. Não conseguia ficar chateada como deveria, nem recuar e me preservar de algo que acabaria me machucando. Estava brincando com fogo, sabia bem disso, mas a vontade de me queimar nos braços do safado era mais forte que o meu instinto de sobrevivência.

Fui despida – o pouco de roupa que ainda me restava – com lentidão. Apesar de não estar ouvindo nada além dos grilos lá fora e das nossas respirações ofegantes, escutei uma música muito erótica, lenta, profunda. Calvin parecia fazer tudo no ritmo dela. Uma sintonia perfeita.

Fechei os olhos e me entreguei à batida silenciosa do nosso momento. O safado se afastou só quando ergueu as minhas pernas para me livrar da calcinha. As mãos continuavam comandando, firmes, precisas. De alguma forma, ele conhecia o jeito ideal de me tocar. Não era áspero, tampouco suave, só perfeito para me fazer entender que, naquele instante, eu pertencia somente a ele.

Gemi quando sua boca encontrou os dedos dos meus pés. Não fazia ideia, até então, de que acharia tão excitante um estímulo por ali. Mas foi – e muito! Podia sentir seus lábios nos meus pés, a maciez e a destreza da sua língua rodopiando cada dedo. Eu nem sabia se estavam tão limpos assim, mas, pela sua paciência e falta de pressa, não parecia se importar nem um pouquinho.

Soltei um gemido e ele parou. Abriu as minhas pernas, ainda seguindo o ritmo da música que nos envolvia. A cada centímetro que as minhas coxas ficavam longe uma da outra, desvendava aquele homem incrível entre elas, como se fosse uma cortina. Terminei exposta e ofegante, morrendo por dentro ao analisá-lo por inteiro; seu rosto afilado, misturando masculinidade e também certa inocência, talvez por ser novinho, os olhos hipnotizantes devorando o meu corpo sobre a mesa, a boca presa de um jeito lindo, os braços grandes se movimentando no mesmo ritmo de suas mãos, que acariciavam as minhas coxas, o peitoral arfando, o abdome rígido.

Era fácil demais que o meu corpo se entregasse a ele, fosse dele. A visão do paraíso me levou exatamente para lá, e embora soubesse que tudo poderia virar um inferno, meu coração batia acelerado, preenchendo meus instintos de algo além do tesão.

Sabia que não dava para voltar atrás. Fui atraída como um bichinho indefeso nas garras de um animal selvagem, que sabia caçar como nenhum outro. As grades da armadilha se fecharam, provocando um ruído grotesco que me fez entender que só um milagre me tiraria dali.

– Calvin... – gemi o único nome que conhecia daquele cara. Era difícil acreditar que alguém que eu não tinha como nomear corretamente havia me atingido tanto.

Ele soltou os lábios, deixando a boca desenhada visível. Fechou os olhos e virou o rosto. Soltou um longo suspiro e voltou a abri-los, mas não me encarou. Percebi os seus instantes de confusão, mas eles duraram muito pouco. As mãos alisaram a parte interna das minhas coxas até se encontrarem bem no meio. Gemi mais. A música ainda tocava quando ele, seguindo os passos exatos, começou a me estimular.

– Sua boceta é tão linda – murmurou, rouco. Os olhos ainda evitavam os meus. Encararam a minha vagina e lá ficaram, até que sua boca se atirou contra mim. Gritei diante da sensação sem igual. – E tão gostosa... – sussurrou entre as minhas pernas. O hálito quente se chocando na minha pele sensível me fez gemer. Lambeu toda a minha extensão e parou. – Deliciosa... Estou viciado, Raissa.

Muito safado. Muito, muito cafajeste. Eu não podia me esquecer disso. Precisava lembrar o tempo todo, mas era difícil saber até qual era o meu nome quando a sua boca me estimulava. Ele tinha razão, nomes não eram importantes. Aquele desejo que inflamava o meu corpo inteiro parecia ter muito mais valor.

Senti sua língua me torturando. Acompanhei cada trajeto que ela fez, assisti às minhas reações como se fosse uma mera expectadora. Calvin sabia o que estava fazendo. Na verdade, ele parecia saber até mesmo o que eu estava sentindo e só me fazia sentir cada vez mais, até que os meus espasmos saíram totalmente do controle.

Suas mãos ainda tentaram me segurar, impedindo o meu ventre de se contorcer, mas nem a sua força foi capaz de impedir o orgasmo intenso que irrompeu. Gritei muito alto. Pus para fora toda a loucura que era estar com aquele homem.

Calvin só voltou a se erguer depois que tomou todo o meu gozo. Continuou evitando os meus olhos, mas abriu a boca várias vezes para dizer alguma coisa enquanto seus dedos continuavam me atiçando. Eu estava tentando recuperar o ar, meu pulmão reclamava muito. Ergui os meus braços, deixando-os estirados na mesa. Encarei o teto. Senti as mãos dele remexendo os meus seios. Soltei mais um gemidinho.

– Raissa...

Encarei-o. Calvin se inclinou de lado e se abaixou um pouco. Estava tirando a própria cueca.

– Sim... – Só existia aquela palavra no meu vocabulário.

Ele se afastou e abriu uma gaveta, pegando uma série de preservativos com os envelopes grudados um ao outro. Sorri. Quem guardaria camisinhas na gaveta da cozinha? *O Safado do 105, claro!* Devia guardar pacotes como aqueles em cada compartimento de sua casa.

– Você vai gozar no meu pau até enjoar... – rosnou baixo, vestindo-se com um dos preservativos que abriu. Ainda não me olhava. – E, quando enjoar, vai gozar de novo. E de novo... Não vou parar, Raissa.

Sua promessa encheu o meu corpo de tesão e o meu peito de uma ânsia que mal foi controlada. A música que nos envolvia mudou de gênero rapidamente. Bastou que suas mãos puxassem a minha cintura com firmeza, buscando apoio. Senti seu pênis atiçando a extensão da minha vagina algumas vezes antes de me penetrar. Vi estrelas.

Calvin abriu ainda mais as minhas pernas e retrocedeu uma única vez. Tornou a me penetrar. O meu corpo estava tão relaxado e pronto para ele que não sentiu a dificuldade da primeira vez. O segundo retrocesso foi rápido, bem como a próxima investida. Depois, devo ter perdido o fôlego ou a consciência, porque seu movimento foi tão rápido que nem soube dizer como ele conseguia.

O pior de tudo era a constância. Os choques dos nossos corpos eram sempre intensos, barulhentos, e sentia o seu pênis me preenchendo daquele modo perfeito que já conhecia. A posição era confortável, de modo que só precisei fechar os olhos e gemer.

Calvin ergueu a minha perna direita e deixou a esquerda disposta na mesa. Apertou-me as coxas e continuou se movimentando na maior velocidade. A mesa de madeira pesada se mexia perigosamente, pude ouvir o barulho de alguns pratos e copos tilintando. O ruído de atrito no chão era diferente do que a cama fazia, mas também era alto, estridente. Intensifiquei os meus gemidos. Espasmos tão rápidos quanto Calvin cruzaram o meu corpo.

– Ah, Raissa... – ouvi-o resmungando, alucinado. Estava fora de si, assim como eu. – Raissa... Raissa... – Repetiu o meu nome algumas vezes, de um jeito selvagem. Gostava de ouvir aquela boca me chamando. Era um convite ao orgasmo.

Seus dedos me estimulavam também, com uma experiência incrível, mas nem precisava. Entrei no segundo êxtase depressa. Segurei a beirada oposta da mesa, tentando controlar os espasmos. Minha coluna se desgrudou da superfície. As mãos dele me empurraram de volta para ela, depois seguraram os meus seios com força.

A minha perna erguida desceu pela lateral. Seu corpo se projetou todo para a frente. Calvin voltou a me beijar, só que daquela vez sem nenhum resquício de suavidade. Seu quadril ainda balançava com destreza na direção da minha vagina.

As mãos largaram os meus seios e me prenderam o pescoço. Achei que fosse morrer sem fôlego. Calvin puxou a minha cabeça, obrigando-me a ir de encontro à sua boca fervorosa. Nossas línguas guerrearam e acho que ninguém saiu perdendo. Prendi minhas mãos nos seus pulsos, quase implorando por um socorro.

A falta de ar, por incrível que parecesse, fez uma coisa louca acontecer com o meu corpo, como se a ausência do olfato liberasse um sentido desconhecido por mim. Não acreditei quando percebi que estava gozando de novo. Foi um orgasmo mais sutil, que seria imperceptível se eu não tivesse feito questão de gritar alto. Calvin parou para me assistir. Minha vagina vibrou ao redor do seu pau. Ouvi alguns gemidos vindos dele.

– Puta que pariu, Raissa... Você me deixa louco...

– *Você* me deixa louca... – respondi aos sussurros.

Calvin sorriu daquele jeito safado. Deu-me um selinho e depois voltou a se erguer, porém me levou junto. Fiquei de pé, não me pergunte como. Acho que só consegui porque ele não me largou por nada. Beijou a minha boca de um jeito suave, voltando à doçura.

Estranho demais... Ele não se decidia. Suas atitudes deviam ser calculadas para confundir qualquer mulher. Encarou-me fixamente quando se afastou. Abriu a boca. Fechou. Os olhos mudaram, transformando-se em fendas.

Só então ele conseguiu falar, ou melhor, rosnar:

– Vou te comer por trás.

Calvin girou o meu corpo, empurrando-me na direção da mesa. Minha barriga se chocou na superfície. Senti seus braços empurrando a minha coluna, tirando-me qualquer chance de escapar. Não que eu quisesse, claro.

Ele segurou as minhas mãos por trás das minhas costas. Seu pau enorme tocou a minha bunda. A bochecha foi imprensada contra a mesa também. Fechei os olhos e esperei. Ouvi a música agitada e erótica prosseguir, sabendo que não seria poupada. Realmente, não fui. Aquele homem incrível não sabia o que era poupar. Calvin ergueu a minha perna direita, fazendo-a se apoiar na mesa, e fui invadida um segundo depois.

Os choques continuaram de onde pararam. As mãos firmes seguraram as minhas durante o tempo que usei apenas para sentir o seu corpo possuindo o meu a toda velocidade. Nada conseguiu ser processado pela minha mente além daquelas sensações maravilhosas. Ser dele era muito bom. Não havia comparativos. Sentia-me uma mulher realizada em suas mãos, sob seus comandos. Nunca havia usado a minha liberdade para uma coisa tão profunda.

Ouvi o barulho de um copo caindo no chão por causa do tremelique da mesa, e então ele foi mais devagar. Seu riso preencheu o ambiente. Algo dentro de mim sabia que ele riria daquilo e que eu o acompanharia assim que fizesse. Foi o que aconteceu.

Calvin largou as minhas mãos e me puxou pelos ombros, fazendo-me erguer, porém sem sair daquela posição. Continuou me invadindo, porém cada vez mais lento. Uma mão tomou o meu rosto, obrigando-me a observá-lo de soslaio. Vi o seu sorriso cafajeste implantado em sua face suada e corada de prazer. Mais uma vez, o meu coração encenou batidas estranhas para mim.

Calvin usou a outra mão para estimular o meu clitóris. A sensação foi tão concreta que entrei no clímax em menos de dois minutos, derretida nos braços dele. Gemi de todas as maneiras possíveis. Tinha consciência dos nossos corpos suados – o dele pelo esforço, o meu pelos orgasmos –, e isso só era mais um item para a lista de coisas que me faziam perder o juízo. Abri os olhos quando o êxtase foi embora. Ele estava me analisando fixamente. Morri diante daqueles olhos escuros tão perto dos meus.

– Sinto vontade de te foder pra sempre toda vez que você goza, Raissa – falou com uma seriedade que me espantou. – Seu gemido me enfeitiça.

Soltei um gemidinho de propósito. Ele prendeu os lábios e me empurrou de volta para mesa. A violência do movimento foi completada com o retorno da velocidade máxima dos choques. Gritei muito. Estava cansada. Não tinha mais fôlego, não havia coragem dentro de mim.

Sabia que não gozaria mais, meu corpo estava muito satisfeito. Em contrapartida, querer que aquele instante de entrega acabasse era tarefa impossível. Após alguns minutos, quando achei que podia, sim, gozar de novo – impressionante como o Calvin me fazia mudar de ideia tão depressa –, ele parou tudo e me puxou com força.

– Vem que eu vou te dar na boquinha, gostosa! – berrou enquanto retirava o preservativo, jogando-o longe, e me fazia agachar diante dele.

A minha cabeça deu um giro de trezentos e sessentas graus, de modo que não entendia mais nada. Acabei me ajoelhando no chão, meio desajeitada, e só deu tempo de ouvi-lo gemendo alto o meu nome. Seu sêmen deixou o meu rosto sujo.

Só percebi que Calvin quase arrancava os meus cabelos quando me soltou. Ergui a minha cabeça e o encarei, estupefata. Ainda não sabia o que sentir. Talvez fosse surpresa mesmo. Visualizei o seu sorriso canalha. Meu corpo reagiu daquele jeito estranho e novo, deixando-me um pouco confusa.

Sorri de volta e segurei o seu pênis. Ainda estava firme. Sem nada pensar, comecei a chupá-lo. Senti o seu gosto na minha língua e novamente o meu coração me traiu. Sabia que estava perdida. O controle não me pertencia mais.

– Sua boca é muito gostosa, Raissa, mas eu acabei de te dar muita porra mesmo. Vem cá, deixa eu te limpar...

Calvin me ergueu com cautela. Fechei os olhos e esperei. Não sabia como ele me livraria daquilo, mas a minha dúvida foi sanada quando se aproximou de mim. Abri os olhos e percebi um pedaço grande de papel-toalha em suas mãos. Usou um bocado em meu rosto, tocando-me como se eu fosse um cristal, e só assim tive ideia do quanto ele realmente havia me presenteado. Jogou os papéis em uma lata de lixo e caminhou devagar, de volta para mim. Deu-me um selinho. Observou-me.

– Gostosa...

Sorri. Suas mãos apoiaram a minha cintura e me fizeram sentar sobre a mesa de novo. Fiquei sem entender. O que ele ainda queria? A resposta estava bem ao lado. Calvin pegou o prato com a fatia de torta e um garfo. Separou um pedaço considerável. Abri a boca quando me serviu. Saboreei a torta com muita vontade.

Seria estranho se eu dissesse que tinha voltado a ficar com fome? Pois eu comeria tudo de novo. E quando digo tudo, é tudo mesmo. Seria um ciclo eterno.

– Eu gosto de você, Raissa – falou depois da terceira garfada. Não me olhou.

Guiei meus dedos até o seu queixo. Fiz seus olhos encontrarem os meus. Sério, o meu maldito coração só podia estar de brincadeira comigo. Não podia ser possível.

– Qual é, Calvin? O que você tem? Manda logo a real.

Ele abriu a boca. Arfou.

– Não quero te machucar, juro. Você é legal... Gosto mesmo de você. – Balançou a cabeça em negativa. – Mas vai ser inevitável. Eu me conheço, Raissa.

Dei de ombros. Tentei não me abalar. Só tentei.

– Deixa disso! – Sorri. Abri o bocão e ele me deu mais torta. Sorriu também, mas de um jeito estranho. – Uma pessoa só pode ser magoada quando é iludida... Ela não espera pela mágoa, aí pum! Acontece.

– Só peço que não se iluda. Eu não presto. Não sou pra você. Não sou para ninguém assim... especial como você.

Meu sangue pareceu ter se transformado em água gelada.

– Você também é especial, Calvin, só não sabe disso ainda. Por isso que sai por aí vendendo os seus valores.

– Não vendo nada. – *Epa...* Ele ficou chateado.

– Tudo bem, digamos que oferece de graça. Tanto faz, dá na mesma. Você fica sem eles de todo jeito.

Sr. Klein depositou o prato em cima da mesa. Encarou-me com chateação evidente. Culpei a minha TPM por aquele rompante.

– Só faço o que quero e o que gosto, Raissa. Sou livre. Eu não tenho mais nada... Perdi tudo! Só sobrou a minha liberdade e eu vou usá-la do jeito que quero. Nem você e nem ninguém tem o direito de me julgar.

Ergui os braços.

– Ei, ei! Não quis te ofender, Calvin.

Tentei tocá-lo, mas ele deu um passo para trás.

– É melhor você ir embora.

Olhei-o sem acreditar. Sério, a minha vida era uma piada. Deviam me contratar para a nova temporada de *Zorra Total*.

– Sabe o que é melhor? Você crescer! – proferi, já queimando de ódio. Desci da mesa. – Está na hora de agir como um homem e não estou falando de sexo. Ser homem não é ser bom de cama, Calvin. Se perdeu tudo, não é com essas amizades "ioiô" que você vai conseguir alguma coisa. Vá viver, cara! – Cutuquei-o de leve. Ele ainda me olhava com uma seriedade desconhecida. Seu rosto ficou vermelho de raiva, toda direcionada para mim. – Vá atrás do que você quer de verdade! O que está fazendo para sair da inércia? Um cozinheiro não pode lavar pratos para sempre, não é? Vai se contentar com qualquer coisa, assim como se contenta com suas vadias? Aliás, nenhuma nunca te contenta, já percebeu? Sabe por que, Calvin? Porque você vale mais do que isso.

Mal percebi que já estava chorando. Eu era mesmo patética.

– Você não me conhece. Não faz ideia.

– Lembre-se de que não sei seu nome. Talvez eu tenha descoberto muito mais sobre você do que imagina.

Virei de costas e me afastei a passos largos. Ia embora daquele jeito mesmo: como vim ao mundo. O jardim esconderia a minha nudez para quem estivesse passando na rua. Abri a porta da frente da casa de Calvin. Sua mão me puxou, impedindo-me de partir.

– É melhor assim, Raissa.

Assenti.

– Sabia que você era safado, só não sabia que era tão covarde. Sua mãe deve estar muito infeliz contigo.

Acho que consegui abalá-lo ainda mais.

– Você não tem o direito de...

– Não quero saber! Sabe por que magoa tanto as pessoas? Porque elas esperam que você seja quem realmente é, Calvin! Vou estar bem ali ao lado, esperando o momento em que irá parar de se esconder no meio de tanta canalhice.

Bati a porta do 105 na cara dele. Corri até a minha casa e tranquei tudo; portas, janelas, coração. Evitei entrar no meu quarto, não adiantaria prolongar aquela discussão sem sentido. Joguei-me no tapete da Sra. Klein e chorei.

Eu não entendia como um sexo gostoso havia se transformado em algo tão dramático. Embora não me considerasse correta, sobretudo ao proferir palavras que o magoariam, também tinha ciência de que ele não havia sido justo comigo ou consigo mesmo. De qualquer forma, não conseguia pensar direito.

Só me restava chorar mesmo.

A CULPA É SEMPRE DE QUEM NÃO CEDE PRIMEIRO

A minha sexta-feira foi uma meleca. Dormi no tapete e, claro, acordei toda quebrada. Meu pescoço voltou a doer, precisei até ingerir um anti-inflamatório. Tomei um banho rápido, não comi nada e mesmo assim me atrasei meia hora. Meu chefe quase me engoliu. Havia muito a ser feito, qualquer atraso era significativo.

Passei o dia todo sem conseguir trabalhar como deveria. Minha concentração era facilmente desvirtuada; qualquer coisa se tornou motivo para pensar no Calvin. Era involuntário. Os pensamentos apareciam sem que eu fizesse esforço.

Todas as ideias que juntei se resumiram a uma grande conclusão: ele tinha sido meio ridículo comigo. Tudo bem que o ofendi, mas foi o idiota que veio com aquele papinho de que gostava de mim e não queria me fazer sofrer. Isso logo após o sexo.

Eu não estava com paciência. Se Calvin ficasse calado e voltasse a transar com outras mulheres, não me importaria. Ok, talvez me importasse, mas seria melhor do que "pagar" de coitado. O papinho de "eu não sirvo para você" era uma palhaçada. Para mim o raciocínio era muito lógico: se me comporto de um jeito que não me faz merecer certas coisas, simplesmente mudo de atitude para fazer por onde merecê-las.

Mas ele vivia naquela ladainha por pura escolha, conformando-se em ser safado como se nada pudesse fazer para mudar. E se realmente não quisesse, se gostava de ser como era, então para que o drama? Estava tentando se desculpar por não ser quem eu supostamente queria que ele fosse? Entrei na situação sabendo onde estava me metendo. Não exigia nada dele, muito menos um compromisso, coisa que não estava em meus planos para aquele ano – talvez nem para aquela década.

Eu era quem queria ser. Realizava cada um dos meus sonhos com muita luta e determinação. Não ficava olhando para a grama do vizinho, não esperava nada cair do céu, não me lamentava pelo que ainda não havia conseguido. Com sinceridade, não entendia como alguém podia dizer a frase "eu não presto" com tanta convicção, como se fosse uma doença terminal que dependesse de um milagre para obter uma cura.

Calvin precisava entender certas coisas, rever suas prioridades. A vida ainda lhe daria pancadas fortes cedo ou tarde, se continuasse a agir assim. Tudo bem que devia ser difícil ser tão novo e lindo, ter todas as mulheres que quisesse, morar sozinho e não ter nenhum familiar com quem contar... Bastante solitário. Sua sensibilidade não lhe deixava negar as ausências. Aquelas "amizades" – na verdade, troca de favores sexuais – não preenchiam o vazio que só o amor familiar era capaz de oferecer a alguém.

Depois de muito xingar e quase morrer de raiva, comecei a sentir verdadeira pena de Calvin. Aconteceu perto do fim do expediente, quando o meu chefe já estava tão indignado que me mandou ir para casa mais cedo. Aleguei estar sentindo cólicas, pedi desculpas aos meus colegas e fui embora. Tentei não me sentir uma derrotada enquanto dirigia pela cidade. Não me arrependia de nada, afinal.

Recebi uma ligação da minha mãe e quase derrubei o celular antes de atender, estava distraída. Ela avisou que a família não poderia almoçar na minha casa nova no dia seguinte – ainda bem, porque eu nem me lembrava daquele almoço –, pois vovó tinha amanhecido adoentada. Ninguém saía da minha antiga casa enquanto um membro da família estivesse doente, era a principal regra.

Fiquei preocupada com a minha vozinha querida, mas mamãe me tranquilizou, avisando que era apenas uma gripe. Como se tratava de uma senhora de quase oitenta anos, carecia de cuidados. Concordei e avisei que faria uma visita quando ela estivesse um pouco melhor, pois não queria incomodá-la. Sabia bem que vovó era uma cabeça dura e ia querer cozinhar alguma coisa para mim se me visse por lá.

Quando desliguei o celular, percebi que teria um fim de semana inteiro pela frente. Seria um tédio completo, mas não era isso o que eu queria desde o princípio? Usaria cada segundo para cuidar de mim. Ligaria o som e abriria uma garrafa de vinho. Cantaria como se não houvesse amanhã, gozando da minha liberdade conquistada a duras penas.

Cheguei à minha casa perto das nove da noite, pois passei no supermercado antes. Percebi Calvin sentado na sua varanda, olhando para o horizonte. Estranhei, afinal, ele devia estar no trabalho. Ainda era bem cedo para o expediente de alguém que trabalhava em um restaurante ter fim.

Também era esquisito estar sozinho no escuro. No que será que estava pensando? De qualquer forma, desviei o rosto e prossegui, empunhando algumas sacolas de compras. Estava disposta a ignorá-lo até quando pudesse. Subi o degrau da minha varanda e senti um cheiro incrível. Estaquei e olhei para baixo; havia um arranjo enorme e muito perfumado, ao lado das rosas vermelhas e das violetas. Dali a pouco precisaria cobrir a minha varanda com uma estufa, de tantas flores que o Calvin me arranjava.

O mais engraçado foi o fato de aquelas serem da mesma cor das violetas. No entanto, exalavam um cheiro divino, impossível de ser ignorado. Curvei-me para observá-las, pois eram realmente muito bonitas. Deixei as sacolas no chão, alisei as flores novas e só então percebi um bilhete ao lado. Peguei-o, já sentindo o meu coração bater forte. Soltei uns trezentos suspiros antes de ter a coragem necessária para lê-lo.

A letra horrorosa do Calvin estava lá, mas daquela vez ele foi bem sucinto:

Me perdoa? C.

O mesmo coração que batia acelerado se aqueceu. Fechei os olhos e soltei mais suspiros. Já não sabia o que pensar; o certo e o errado se embaralhavam dentro do campo das minhas ideias. Não havia caminho fácil, por mais que estivesse procurando por um. Eu podia dar meia-volta e ir falar com ele. Seria muito simples.

Cheguei a descer o degrau da minha varanda, mas desisti. Talvez Calvin precisasse de um pouco mais de aprendizado. A gente aprende muita coisa com o arrependimento. Não estaria dando a chance de que ele precisava se simplesmente o perdoasse. Ele não mudaria nada. Ninguém muda de um dia para o outro.

Engoli a vontade de abraçá-lo e entrei em casa sem olhar para trás, trazendo as compras e o bilhete comigo, mal sabendo que aquele simples gesto significaria tanto para mim. A verdade foi que quase morri de saudade. O fim de semana foi do jeito que planejei, mas percebi que todos os meus planos estariam longe do meu real desejo só porque não o envolviam.

Depois daquele dia, não o vi mais. Sentia a sua presença no "nosso" quarto e só. Ele não conversava comigo sob nenhuma hipótese. Recebeu suas vadias em alguns dias da semana e eu quis morrer em cada um deles. Calvin tentou ser discreto, porém o ruído involuntário que fazia para tentar abafar os sons do sexo me deixava mais do que irritada. Eu ficava triste. Como nunca pensei que fosse ficar por um homem.

Na quinta-feira percebi a sua presença pelo jardim. Estava aguando as plantas como de costume. Era de manhãzinha e eu estava parecendo um zumbi porque decidi dormir na sala. O motivo você já conhece. Desejei-lhe um bom-dia fraco, que foi respondido com mais fraqueza ainda. Sua voz saiu comedida, fria.

Foi então que percebi que estava fazendo papel de idiota. Havia começado com a ideia do gelo para fazê-lo refletir e mudar, mas Calvin se comportava do mesmo jeito. Aliás, ele estava bem pior, porque antes ainda me tratava bem. Enfim, compreendi que eu não tinha o poder de mudá-lo. Só era uma vizinha chata que tinha comprado uma parte da casa que sempre foi dele havia menos de um mês.

Depois de uma sexta-feira vazia em que quase morri por ter tomado uma decisão equivocada, decidi seguir o meu próprio conselho.

Não podia esperar as coisas caírem do céu, não dava para me acomodar e viver como se nada de mais acontecesse. Calvin já tinha me pedido desculpas. Se eu quisesse mudar a situação, então a atitude devia partir de mim. Era a minha vez.

Resolvi pôr a minha ideia em ação no sábado de manhã. Calvin não estava no jardim, procurei-o por toda parte. Dei uma espiada em sua janela e pude vê-lo preparando alguma coisa na cozinha. Não estava com fones e não dava para escutar música alguma, então supus que me ouviria se eu batesse na porta.

Passei alguns segundos observando o modo como revirava alguma coisa no fogão, parecendo muito concentrado no que fazia. Ficava tão lindo e sexy cozinhando! Quase me esqueci do que tinha ido fazer ali.

Suspirei e voltei até a porta. Tomei ar e coragem, embora o segundo tenha sido bem mais difícil de ser tragado. Dei batidas de leve e esperei. Fechei os olhos e só os abri quando ouvi a sua porta ser aberta. Não soube explicar o que senti quando aqueles olhos me encararam novamente. Estavam serenos. Misturavam o reconhecimento e o estranhamento; pareciam os mesmos, mas alguma coisa tinha mudado. Tentei não prestar atenção em mais nada além deles. Sabia que Calvin usava apenas um short simples – que mais caía do que ficava firme em sua cintura –, porém o corpo estupendo só era uma casca que escondia o que estava em seu olhar.

Entreguei-lhe a caixinha que eu tinha em mãos. E o bilhetinho também. As palavras foram estudadas, selecionadas e escritas por mim. Calvin pegou, sem nada questionar, e foi logo abrindo o bilhete. Estava muito sério. Até demais para o meu gosto. Eu sabia de cor o que tinha escrito, mas foi incrível acompanhar a sua reação.

> *"Saudade é um pouco como fome. Só passa quando se come a presença. Mas, às vezes, a saudade é tão profunda que a presença é pouco: quer-se absorver a outra pessoa toda. Essa vontade de um ser o outro para uma unificação inteira é um dos sentimentos mais urgentes que se tem na vida".*
>
> *Clarice Lispector*

Eu perdoo. R.

Primeiro Calvin riu. Começou de levinho, mas foi se intensificando. Meu coração precisou abrir a sua porta para absorver aquele ruído saudoso. Não me lembrava de ter sentido tanto conforto por causa de um simples riso. A coisa ficou mais bizarra quando, ainda analisando seus olhos, percebi que se encheram de lágrimas.

Tentei entender o que estava acontecendo, mas Calvin abriu a caixinha, ainda rindo. Retirou de dentro o objeto que eu havia comprado na noite anterior: uma corrente de prata com um pingente indicando a letra C. Balançou a cabeça em negativa, descrente.

– Como... Como? – sussurrou, com ar confuso.

Os olhos dele perderam o brilho e deve ter feito um grande esforço para se recompor. Achei que seria melhor lhe explicar o porquê daquele presente.

– Não me importa qual é o seu nome. Eu quero o melhor do Calvin, meu vizinho safado do 105. – Finalmente, Calvin me olhou. – Não estou me iludindo, pois sei que você vale a pena. Não vou deixar de ser sua amiga. Permita que eu sinta seu perfume e admire a sua cor... Como faço com aquelas flores. Assim quem sabe possa te conhecer por inteiro... Sabe, as rosas têm espinhos e não é por isso que vou desistir de admirá-las. Respeito cada espinho, pois entendo que foi o modo que ela escolheu para se proteger.

Calvin arfou alto. Colocou a corrente por cima da cabeça e a segurou com as mãos fechadas. Continuou me olhando com bastante emoção. Mal consegui me mexer.

– Fala alguma coisa... – pedi.

Ele suspirou e sorriu com malícia logo em seguida. Minha mente rareou.

– "Suponho que me entender não é uma questão de inteligência, e sim de sentir... De entrar em contato... Ou toca, ou não toca", tia Lispector disse certa vez – murmurou com a voz rouca.

Depois daquelas palavras, simplesmente me atirei nos braços dele. Foi impossível controlar o impulso. Já não precisava de muita coisa para me incentivar a querer tocá-lo, com aquela frase, então... Se a única maneira de entendê-lo era tocando-o, que se preparasse. Seu corpo seria o meu mais novo *touch screen.*

É RARO CONHECER MAIS DO QUE A PONTA DE UM ICEBERG

Foi cena de novela. Nunca imaginei viver uma loucura daquelas; Calvin me puxou em seus braços e nos beijamos com fervor, chocando nossos corpos contra a parede, atravessando os cômodos de sua casa como dois selvagens. A saudade que eu sentia de seus lábios prometeu não ir embora tão cedo. Só isso foi capaz de me deixar assustada, pois não me lembrava de ter desejado alguém com tanta intensidade.

Seguimos pela sala carimbando as paredes, caímos no sofá desajeitadamente, continuamos nos beijando por lá até que ele nos levantou – isso tudo sem desencostar nossos lábios – e, por fim, entramos no que achei que fosse seu quarto. Não que eu tenha aberto os meus olhos para conferir. Só descobri quando fui jogada em cima de uma cama macia, com o corpo maravilhoso daquele homem sem ousar se desgrudar do meu.

Abracei-o com as pernas e os braços, sentindo-o por inteiro. Não tem como descrever o que senti quando me percebi enlaçada a ele. Desconhecia qualquer palavra apropriada para definir como o meu corpo reagia. Era mais ou menos do jeito que a Clarice havia descrito: *um dos sentimentos mais urgentes que se pode ter na vida.*

Mesmo estando com um pouco de falta de ar, não queria findar aquele beijo que tinha iniciado ainda na porta da frente. Calvin começou a me tocar com a desenvoltura já conhecida por mim. Era o seu velho modo safado de apalpar o corpo de uma mulher, misturando cuidado, dedicação e doses de desejo. Não havia nem um centímetro sequer de mim que não quisesse receber aquele toque cafajeste com toda a intensidade possível.

De repente, Calvin decidiu parar tudo (alguém deve ter clicado no *pause* diante da cena erótica, porque não é possível, foi muito repentino). Desvencilhou-se dos meus braços e se deitou ao meu lado. Só então abri os meus olhos, sentindo-me confusa e perdida. Encarei-o. Ele me pareceu tão confuso e perdido quanto eu. Soltei um suspiro em forma de interrogação.

– Desculpa, Raissa... Sei que se importa com isso. É que... – Minha careta se intensificou. – Aquela parada, sabe... das vinte e quatro horas.

Observei-o sem entender, até que o meu cérebro retornou ao funcionamento normal. Compreender o que ele estava tentando me dizer foi um baque terrível, preferia a ignorância. Cheguei a fazer uma careta, pronta para ir embora. Só depois é que um resquício de maturidade me fez ficar tranquila. Calvin tinha transado com alguém em menos de vinte e quatro horas e teve a decência de me avisar.

Era muito deprimente imaginá-lo com outra, mas eu via diante de mim uma mudança. Uma pequena e significativa mudança. Ele podia muito bem ter omitido aquela informação. Eu jamais saberia, pois realmente não tinha ouvido nada além de sua respiração na noite anterior.

– Calvin... – O safado permaneceu com o rosto meio confuso. Não dava para ter a mínima noção do que estava pensando e achei melhor não saber mesmo. – Isso foi legal. Sério.

Ele sorriu. Sorri de volta.

– Tem certeza? Eu... não acredito nisso. Quero muito... – Calei a sua boca com o meu dedo indicador. Depois, dei-lhe um selinho demorado. Ele não reagiu, apenas recebeu a minha carícia.

O meu corpo foi tomado por um impulso louco, fazendo-me subir sobre ele. Terminei com as pernas ao redor da sua cintura, inclinada sobre aquele corpo divino. Separei nossos lábios, mas o observei de muito perto. Calvin sorriu de leve.

– Obrigada por ter me avisado. Foi muito gentil. – Desci uma mão mais ousada até o volume firme que demarcava o seu short. Calvin suspirou e balançou a cabeça, provavelmente sem acreditar em si mesmo.

Decidi não atiçar mais. Depois de outro selinho molhado, sentei-me na cama, na direção oposta à nossa parede compartilhada. Dei uma bela olhada em seu quarto. Era exatamente do tamanho do meu, mas era a única coisa em comum.

– Então... Este é o seu quarto.

Levantei-me devagar e andei na direção de uma estante enorme, que tomava uma parede inteira. Estava abarrotada de livros, e foi então que percebi que o seu quarto tinha um odor característico de papel envelhecido mesclado com seu cheiro gostoso. De um modo geral, não achei ruim.

– Sim. Agora, você pode tentar me conhecer. – Ouvi a sua risada gostosa. Meus nervos sentiram todo o poder que ela tinha sobre mim.

Guiei as minhas mãos por alguns exemplares. Havia de tudo um pouco: enciclopédias, romances, suspenses de Stephen King, um acervo imenso da Agatha Christie, livros de poesia e, claro, muita coisa da Clarice Lispector. Havia os mesmos títulos dela em várias edições distintas. Fiquei encantada com a variedade.

– Você é muito metido – defini.

Calvin gargalhou e foi impossível não o acompanhar. Virei-me na sua direção a fim de observar o quarto como um todo. Passei alguns segundos admirando o seu corpo lindo deitado na cama desarrumada, mas logo procurei me restabelecer. Havia uma cômoda grande ao lado da cama. Prateleiras exibiam carros em miniaturas e alguns bonecos de super-heróis. Cocei a cabeça.

– E infantil. Acho que ainda está na puberdade. – Apontei para os bonecos. Calvin gargalhou. O que acabei de falar foi comprovado quando reparei na TV e no videogame com o joystick bem posicionado no rack, sinal de que o utilizava com frequência. – Quantos anos você tem, afinal? Doze? – Ri, daquela vez apontando para o videogame. Calvin continuou gargalhando.

– Vinte e quatro, vizinha.

– Agora, sim, vou me sentir uma velha. – Sentei-me na beirada da cama, de costas para ele. – Tenho vinte e oito.

Suas mãos massagearam a minha coluna antes mesmo de eu terminar a frase. Fechei os olhos e nem precisei me controlar para ter a pele arrepiada por completo.

– Ei, Raissa... Não confunda velhice com maturidade. Você é uma mulher madura, mas não há nada velho em você.

Virei-me depressa e o puxei para mim. Seu rosto veio de encontro ao meu e então lhe dei um beijo rápido.

– Ok... Você é metido a intelectual, infantil, bagunceiro... paciente... É, porque só um cara paciente para colecionar tantos bonequinhos. – Gargalhou. Seu rosto estava tão perto do meu que absorvi cada sopro de seu hálito quente. – Deixa eu ver o que mais... Sua janela não tem cortinas, então é um cara que gosta de acordar cedo, já que o sol bate bem deste lado... Eu me rendo, não sei conhecer ninguém pelo quarto!

– Até que está indo bem... Vamos lá, continue.

Suspirei e fechei os olhos.

– Você é muito sensível, Calvin. Os livros... As frases... As flores... Até mesmo o fato de cozinhar mostra o quanto é sentimental. Cuida do nosso jardim muito bem. Uma pessoa que curte coisas tão modestas só pode ser alguém humilde, de bem com a vida, mas muito solitária. – Calvin se afastou um pouco para me observar melhor. O rosto foi tomado pela seriedade. – Você cozinha sozinho... Cuida das plantas como se elas fossem suas companheiras. O videogame não me deixa negar, só há um joystick ali. Não há um segundo player. Suas companhias não te acompanham no que você gosta de fazer.

Ele prendeu os lábios.

– Claro que me acompanham no que eu gosto. – Sorriu de um modo sacana. Bufei, incrédula.

– Certo, digamos que você gosta muito de sexo, mas isso não é tudo. Vai dizer que é?

Calvin ponderou por alguns segundos.

– Não, mas está no topo da lista. – Aquele sorriso canalha me trazia reações opostas demais para o meu gosto. – Não preciso de companhia para fazer o restante.

Aprumei o meu corpo para vê-lo de frente. Ambos estávamos sentados na cama, mas ele tinha os pés em cima dela, enquanto os meus estavam para fora.

– Então é isso? Você não gosta de companhia? Suponho que a sua mão poderia lhe servir muito bem se fosse o caso, não?

Ele riu, mas não encontrei graça nenhuma naquilo. Por um instante, pensei em mim mesma. Adorava ficar sozinha. Achava até que afastava as pessoas por causa disso. Não tinha companhia para fazer nada de que gostava e ultimamente não fazia tanta coisa além de sobreviver. No fundo, eu não era muito diferente do Calvin.

– Só estou acostumado a ser sozinho, Raissa. Não acho ruim.

– Conte-me mais.

– Não há nada para ser contado. – Abriu os braços, sinalizando para o quarto. – Este sou eu.

Encarei-o durante um tempo. Calvin nem se mexeu, sustentou o meu olhar com serenidade. Eu ainda estava imersa nos pensamentos que diziam que tínhamos mais coisas em comum do que imaginávamos.

– Pedi demissão – murmurou assim, do nada. Arregalei os olhos.

– Sério?

– Sim... Sabe, ouvi muito do que você me falou naquele... dia. Estava muito acomodado com relação ao meu emprego. – Sorriu. – Não me olhe assim, foi o melhor a ser feito. Vou começar em outro na segunda-feira. Vai ser mais puxado, mas pelo menos vou ser um dos cozinheiros, não um mero lavador de pratos.

Caramba! Nem se tivesse caído um meteoro bem na minha cabeça eu teria ficado tão estupefata. Calvin continuou rindo enquanto me decidia se aquilo era um sonho ou realidade. Não podia ter noção da importância das minhas palavras quando as joguei na cara daquele homem. Foram mecânicas, movidas pela TPM.

– Conseguiu... algo tão rápido... assim? – Foi difícil até para falar.

Seu sorriso límpido se intensificou ainda mais.

– Muito rápido! Se soubesse que ia ser tão fácil, teria feito muito antes. Obrigado, Raissa.

Calvin me puxou pela nuca e me deu um beijo longo. A sua língua na minha era uma verdadeira provocação. Não conseguia ficar quieta diante de tanta gostosura; fiz nossos corpos se colarem de novo. Ele me apoiou pela cintura e me deitou de lado na cama. Seu corpo estava transversal ao meu, mas as bocas trabalharam com muito afinco.

– Ah, Raissa... Não dá pra crer que a sua visita ao meu quarto foi apenas para verificar a minha estante.

– Relaxa, bonitão. Espere as vinte e quatro horas para me mostrar o tamanho da sua estante. Quem mandou? – Pisquei um olho. Ele riu.

– Como você é malvada! Puta merda... Juro que vou contar cada segundo. – Deu-me uma sucessão de selinhos estalados. Comecei a rir, e ele riu muito também.

Eu não fazia ideia do que era aquilo. Tentava encontrar um espaço para a razão – nem que fosse do tamanho de uma formiguinha –, porém nenhum me parecia sóbrio o suficiente para infiltrá-la. Por um lado, faltava alguma coisa importante dentro de mim, visto que a sensação de ausência não me largava. Por outro lado, havia uma parte do meu ser que estava completa.

– Ei... – Calvin sussurrou depois que findou mais um beijo mágico que foi capaz de me oferecer. – Vou te mostrar uma coisa.

Ele andou até a estante e pegou um livro. Já sabia onde buscá-lo, o que me deixou admirada. Deu-me um exemplar de capa dura, porém sem nada escrito na frente.

– O que é? – Fui me sentando.

– O livro de pensamentos que a minha mãe deixou para mim. Não abra na primeira página, tem meu nome nela.

Fiz uma careta para ele, sentindo as mãos vacilarem. Não sabia quanta carga emocional existia naquele objeto. Sabia que era elevada por causa da seriedade com que Calvin me observou.

Abri o livro bem no meio. As páginas eram todas brancas, mas havia recortes de frases retiradas de jornais, revistas, livros... Enfim, eram diferentes tanto nas cores quanto nas letras. Parecia uma colcha de retalhos. Aproximei o livro do meu rosto, observando uma das frases – a que me chamou mais atenção. Li em voz alta:

– "Porque eu fazia do amor um cálculo matemático errado: pensava que, somando as compreensões, eu amava. Não sabia que...

– "... somando as incompreensões é que se ama verdadeiramente" – Calvin completou por mim. Fiquei admirada quando continuou, pois a frase que selecionei tinha terminado. – "Porque eu, só por ter tido carinho, pensei que amar é fácil."

Uau!

– Eu disse, não disse? Metido a intelectual de uma figa!

O vizinho gargalhou.

– Minha mãe adorava Clarice. Aprendi a ler aos quatro anos, apenas tentando ler este livro. Foi um processo muito demorado, mas decorei quase tudo. – Fiquei absolutamente surpresa. – Tenho muitas coisas que foram dela. Esta estante inteira pertencia à biblioteca. – Apontou e depois alisou os lençóis. – Esta cama foi dos meus pais e é onde provavelmente fui feito. – Riu.

E muito bem feito (ô, glória!).

– A biblioteca que era na minha cozinha?

– Exatamente. – Sentou-se ao meu lado na beirada da cama. – As coisas andam meio estranhas desde que o meu pai morreu. Acho que ainda não me acostumei.

– Quando foi isso?

– Faz três anos. Éramos só ele e eu aqui nesta casa.

– E o seu irmão?

Suspirou. Passou as mãos pelo rosto.

– É filho do primeiro casamento do meu pai. Um idiota. – Pareceu muito chateado de uma hora para outra. – Não pensou duas vezes antes de se livrar de mais da metade dos móveis, pertences... O otário não desistiu nem de vender a metade da casa, e algo me diz que não terminou por aí. Fiquei tão sem chão que não tive forças para lutar por nada.

Alisei sua pele carinhosamente. Devia ter sido uma barra das grandes. Imagine só, perder a mãe logo quando nasceu e depois o pai, aos vinte e um anos? Nem tinha ideia de quanta dor aquele coração batendo diante de mim sentiu.

– Sobre a casa, eu...

– Raissa, pare. Já disse que a casa é sua. Sinceramente, estou grato por ter sido você a comprá-la. Sei que aquele lado está em boas mãos, isso é um alívio.

Ainda me sentia um pouco culpada. Sei lá, tudo era muito complicado. Não queria ter me metido naquela briga familiar, mas ao mesmo tempo fiquei contente porque Calvin confiava em mim.

– Seu pai não se casou de novo depois que sua mãe...?

Ele negou com a cabeça.

– A morte da minha mãe meio que... acabou com o velho. Era um mulherengo completo.

Então era ali onde ficava a raiz da safadeza de Calvin. Vibrei como se tivesse terminado a combinação de um cubo mágico – nunca consegui essa proeza. Seu pai viúvo, e muito triste pela morte da esposa, entregou-se à putaria e induziu o filho mais novo a viver do mesmo modo.

– Calvin... Você sabe que... – Levei um susto tremendo quando senti o meu celular vibrando no bolso da calça. – Ai!

Sr. Klein se manteve em alerta, mas riu quando saquei o aparelho. Pedi licença e atendi sem ao menos olhar quem estava me ligando.

– Rai? Onde está?

Era a Sara. Olhei ao redor.

– Em casa. O que foi, Sara? – Gesticulei com os lábios a palavra "irmã". Calvin continuou sorrindo.

– Vovó foi internada – ela disse com a voz embargada. Pus-me de pé.

– O quê? Quando? Onde ela está? – Calvin se levantou também.

– Hoje. Ela... teve uma parada respiratória, foi... Está aqui no hospital e eu não... Não sei, Rai, você precisa vir. Mamãe está louca!

Só percebi que eu já estava chorando quando o Calvin me olhou com seriedade e ergueu uma mão para enxugar as minhas lágrimas.

– Em que hospital? – Olhei para ele e balancei a cabeça. O coitado estava confuso e ficando todo vermelho. Sara choramingou o nome do hospital. Foi desesperador. – Estou indo agora! – berrei e desliguei no mesmo instante. – É a minha avó! Está no hospital... Preciso ir... Não sei o que aconteceu...

– Ei, calma. Eu te levo. Vamos logo.

Não pestanejei. Fui arrastada pelo meu vizinho dedicado e carinhoso. Definitivamente, estava apaixonada por aquele lado especial que pertencia a ele tanto quanto o lado que eu odiava. Mas não tive tempo de pensar nisso.

Só queria saber da minha querida avó.

CHEGUEI AO EXATO LUGAR QUE ESTAVA EVITANDO O TEMPO TODO

Calvin havia colocado alguma comida no forno quando cheguei a sua casa, e fiquei muito surpresa por ele ter se lembrado de desligar tudo antes de sair, além de vestir uma camiseta e calçar chinelos. O meu desespero era tanto que só conseguia chorar, pensando no quanto podia ser grave o que estava acontecendo com a minha avó. Sara não me deu detalhes. Pudera; no estado em que nos encontrávamos, nem se ela quisesse me explicar eu iria entender.

Seguimos no carro dele, que de fato era o Siena que vivia atrás do meu Sandero. Calvin ficava murmurando o tempo todo para que eu tivesse calma. Não funcionou muito. A minha avó era uma parte muito importante de mim mesma. Difícil imaginá-la doente, mesmo sendo tão idosa. A gente nunca acha que alguma coisa mais séria pode acontecer com quem amamos, é como se eles tivessem a obrigação de serem imortais.

Eu realmente queria que fossem.

Desci do carro antes de Calvin arranjar uma vaga para estacionar. Atravessei o salão da recepção e encontrei Sara chorando em um canto, esperando a minha chegada. Abracei-a assim que nos encontramos. Ela chorou ainda mais alto.

– O que aconteceu, pelo amor de Deus? – choraminguei, tentando me manter forte diante da minha irmã mais nova. Eu sempre achava que era a minha obrigação ser mais firme do que ela, não importando o que ocorresse.

– Ela quase morreu, Rai... Foi por muito pouco!

– Não, não diga isso...

– Teria ido embora se não a tivéssemos socorrido tão depressa! Ela está na UTI agora.

Ainda não tínhamos nos largado quando senti outros braços se aproximando de nós. Era a Lilian. Abracei-a com bastante força.

– Como ela está? O que aconteceu, gente? – Sentia-me desesperada. Sabia que a minha prima Lilian trabalhava aos sábados até o meio-dia, e se estava ali só significava uma coisa: o estado de saúde da nossa avó era grave.

– Pensávamos que era uma gripe forte... – Sara tentou explicar, mas a voz chorosa quase não me permitiu entender. – Estava tudo sob controle, mas... Hoje pela manhã, vovó começou a ficar roxa. Resolvemos trazê-la ao hospital, mas a situação foi piorando no caminho... Ela suava frio, até que desmaiou.

Levei uma mão à boca.

– O médico disse que ela está com pneumonia causada por uma bactéria – completou Lilian. Olhou feio para Sara em seguida. – Ela devia estar sendo tratada há um tempo, assim evitaria o estágio em que chegou.

Oh, minha nossa. Mamãe certamente tinha inventado de medicá-la com xarope e sopa quente. Claro que não podia funcionar.

– Que estágio? – Solucei.

– A infecção piorou consideravelmente – continuou Li. – Vovó teve uma parada respiratória que quase gerou uma parada cardíaca. A sorte foi que seu coração continuou batendo...

Solucei mais umas três vezes seguidas. Lilian começou a chorar, e Sara idem. Senti mãos envolvendo a minha cintura; era Calvin. Abracei-o e abri o maior berreiro. Nem acompanhei as reações das meninas diante dele, mas ouvi sua voz falar baixinho:

– Sou o vizinho dela. Posso ajudar em alguma coisa?

– Não se pode fazer nada além de esperar a vovó reagir – disse Sara, aos prantos. Só depois que olhou melhor para o Calvin. Esbugalhou os olhos. É, ele tinha esse efeito. – Ela está em coma induzido, para que a infecção seja tratada.

Solucei com força, e as mãos de Calvin alisaram meus cabelos. Ele chegou a perguntar às meninas o que de fato tinha acontecido, e elas explicaram de novo. Fiquei inconsolável durante longos minutos, até que busquei um pouco de autocontrole. Tinha de me manter firme; a minha família precisava de alguém otimista.

Separei-me de Calvin devagarzinho. Suspirei alto e enxuguei as minhas lágrimas. Ele arrumou os meus cabelos para trás. Virei-me na direção das garotas, que ainda estavam inconsoláveis – e chocadas com a beleza do meu vizinho. Tentei não pensar no quanto era estranho que eu aparecesse, do nada, na companhia dele.

– Cadê a mamãe? – perguntei.

– Na sala de espera do hospital. A família quase toda já está lá... – disse Lilian.

– Tudo bem, vamos para lá. – No entanto, antes de seguir, virei-me para o meu vizinho. Precisava dispensá-lo, afinal toda aquela história não tinha nada a ver com ele. Não era sua obrigação continuar ali. – Calvin, eu agradeço muito por ter me trazido, mas você já pode ir.

– Tem certeza? Você ainda está pálida. Não vou te deixar assim, deixe que eu te acompanhe.

Dei de ombros, sentindo-me envergonhada por ter o peito tão rapidamente aquecido pelo seu olhar, que exalava uma preocupação genuína.

– Eu vou ficar bem – murmurei, sem graça.

– E eu vou garantir que isso aconteça.

Sua sentença me fez parar de insistir. Abri um sorrisinho meio bobo, e só então fomos guiados pelas meninas até a sala de espera. A família em peso estava presente: uma tia-avó, três tias, duas primas, um primo e um tio, que era o pai da Li. A minha avó era adorada por todos. Depois de inúmeros cumprimentos emocionados, de chororô e de uma demonstração de desespero por parte da minha mãe, a poeira abaixou e ficamos sentados em silêncio, esperando pelo incerto.

Um médico surgiu depois de tentarmos buscar informações, porém ele garantiu que a única coisa que podíamos fazer era esperar que vovó reagisse. Também nos contou que ela estava respirando com a ajuda de aparelhos, para o desespero geral.

Calvin chamou o doutor para uma conversa no canto do corredor oposto à sala de espera. Ninguém viu, somente eu. Fiquei observando-os com pesar, até que meu vizinho retornou, aproximando-se de mim lentamente.

– O que ele disse? – Calvin se sentou ao meu lado. Eu já estava com a bunda dolorida e a coluna toda quebrada por causa daquela longa espera.

– Que tudo pode acontecer, Raissa. Sua avó pode reagir e ficar perfeitamente curada, mas a infecção... Sabe, ela pode não resistir. – Seu semblante muito sério me angustiou mais. Ao mesmo tempo, fiquei grata por não ter me escondido a real situação.

Fiz uma careta de pura dor e novas lágrimas rolaram pelo meu rosto. Não tive coragem de dizer aquilo a ninguém e pedi para que ele não dissesse nada. Mamãe estava muito frágil, ainda sem acreditar no descuido. Pelo menos ninguém a culpou.

A minha família achou que o Calvin era o meu namorado, mas não deu muita atenção. Ninguém perguntou o nome dele – ainda bem, pois eu não saberia responder. Guilherme com certeza falaria alguma coisa a respeito se estivesse ali, mas mamãe achou melhor deixá-lo em casa com o papai.

Uma enfermeira sugeriu que fôssemos para casa e realizássemos um esquema de escala para que ninguém ficasse tão cansado. Só o tempo definiria a situação da minha avó. Não havia muito a ser feito.

Quase implorei para que minha mãe fosse para casa. Ela me obedeceu depois de muita relutância. Havia tanta gente para dividir os horários que fui praticamente descartada, já que trabalhava o dia todo e não podia faltar. Eu não queria ir embora, mas Calvin me convenceu usando a teimosia da minha mãe como exemplo. Golpe baixo.

Ainda deixamos Lilian em sua residência, bem como outra tia minha que estava sem carro. Dá para imaginar o meu vizinho safado dando carona para minha família? As últimas horas foram bem surreais. Quase não podia acreditar que tudo aquilo estava mesmo acontecendo.

Quando cruzamos o jardim da "nossa" casa, Calvin me apoiou pela cintura e me acompanhou até a minha varanda. Não falou nada. Peguei as chaves e não soube como e abri a porta, sem conseguir encontrar palavras para agradecê-lo por tudo.

– Ei, vizinha... Você deve estar com fome. – Alisou a minha bochecha, e mais uma lágrima deve ter molhado a mão dele. – Tem suflê de batatas lá em casa, só vou deixar dourar mais um pouco. Trago para você em um instante, tudo bem? Tome um banho e vista algo confortável.

Sorri. Minha nossa, quem era aquele homem diante de mim?

– Já fez tanto por mim, Calvin... – murmurei, com a voz rouca e chorosa. – Nem tenho como te agradecer, é sério.

Calvin sorriu daquele seu jeito safado, fazendo-me relembrar quem realmente ele era. Admiti o que a minha razão tentava discordar: estava encantada pelo meu vizinho. Havia sido enfeitiçada em todos os sentidos, mesmo sabendo que jamais daria certo.

– Quando... Quando eu ficava triste, costumava deitar no tapete da minha mãe. Sempre me trazia conforto.

– Você não o tinha guardado? – Franzi a testa.

– Sim. Eu o guardava embaixo da minha cama, até que meu pai descobriu. Ele não gostava de me ver deitado em um tapete cor-de-rosa. Dizia que era *coisa de veado* e que não iria fazer bem para uma criança de oito anos. – Riu de leve, com visível constrangimento. – Meu pai era meio machista, coisa de gente antiga.

Abri a boca, surpresa. Não sabia se tinha ficado chocada por causa daquela nova informação sobre o pai dele, sobre a sua atitude de buscar conforto em um mero tapete ou sobre o fato de eu ter feito aquilo tantas vezes, em um curto espaço de tempo, que nem acreditava que outra pessoa pudesse fazê-lo e sentir a mesma coisa. Sério, o tapete da Sra. Klein era incrível. Tinha me dado muito conforto desde que se instalou na minha sala.

– Banho, suflê de batatas e tapete – sussurrei.

– Suflê de batatas no tapete... Eu trago.

Aquiesci.

– Almofadas e lençóis – completei com ar tristonho.

– E você beijando a minha boca. – Ele sorriu. Devolvi aquele sorriso cúmplice.

A sensação que tive foi a de que estava perdendo uma pessoa e ganhando outra. Era uma troca injusta, porque ninguém substituiria o lugar que a minha avó ocupava dentro do meu peito. Mas, sei lá, foi esquisito.

Sentia-me muito triste, mas alegre. Desesperada, mas consolada. Um misto de emoções que o meu coração nunca tinha sentido. A vida estava mexendo com os meus valores, com a minha paz... Estava trocando lugares e remodelando uma existência que eu nem sabia que podia ser a minha.

* * *

Saboreamos o delicioso suflê de batatas feito pelo Calvin. Havia pedacinhos de presunto e queijo dentro... Uma delícia! Abrimos uma garrafa de vinho – segundo ele, vinho esquentava o corpo e a alma e proporcionaria a sensação de conforto de que eu estava precisando – e a tomamos quase toda. A conversa foi mínima. Tentei comer sem chorar, mas toda vez que pensava na minha vovozinha, uma lágrima caía.

– Sabe, amanhã é domingo... – Calvin comentou em certo momento. Ele estava sentado com as costas apoiadas no sofá e as pernas estiradas no tapete. Eu me mantinha quase em cima dele, deitada sobre o seu corpo. Um edredom nos cobria, visto que já estava escurecendo e a temperatura abaixava muito rápido.

– É... Por quê?

– Meus almoços de domingo são sagrados. É estranho você só saber disso agora... Tentei te convidar, mas alguma coisa sempre acontece.

Inclinei-me para observá-lo melhor.

– Do que está falando?

Calvin demorou um pouco para responder. Parecia bem pensativo.

– Meu pai trabalhava muito, Raissa, mas os domingos eram sempre meus. Pelo menos o almoço. A gente fazia churrasco em nosso quintal. Desde que ele morreu, tenho mantido a tradição. É como se ele ainda estivesse aqui.

Impressão minha ou o Calvin estava disposto a se abrir comigo? Parecia que havia aberto o livro da sua vida bem na minha frente e eu estava lendo tudo quase sem pausas.

– Espera aí. Quintal?

– Nossa casa tem um quintal nos fundos, Raissa. – Ele também estava se referindo àquelas casas como sendo uma? E pior, como sendo nossa? – Só que a porta de acesso ficou estrategicamente do meu lado.

– Sério? Poxa, não sabia. Estou surpresa.

– É... Olha, sei que está triste pela sua avó, mas eu estou cansado de fazer isso sozinho. É deprimente. – Concordei com a cabeça, imaginando que devia ser difícil mesmo. – Como falei, quis te chamar antes, mas não deu. Agora que você, além de minha vizinha, é minha amiga, pensei que podíamos... Ah, esquece.

Fiquei congelada diante da palavra "amiga". É sério, produção? Depois de tantas emoções e trocas de carícias, o cara ainda me colocava na *friendzone*? Pensando bem, o que mais podia esperar de alguém como ele? Não deveria estar surpresa.

– A gente pode fazer isso, Calvin. Não prometo ser um churrasco feliz, mas aceito o desafio. É uma coisa muito legal que você faz em memória do seu pai, vai ser uma honra fazer parte. Assim como é uma honra estar no tapete consolador da sua mãe... Enfim, é como se eu já fosse da família. – Assim que concluí, achei que tinha falado demais.

Calvin apenas riu. Ficamos um tempo calados, até que uma dúvida me corroeu:

– Calvin, por que não chama a Karen-quenga? Ela não é a sua melhor amiga?

O silêncio retornou. Achei que ele não me responderia. Seu semblante era de confusão e certo choque, e não soube o que se passava na cabeça daquele homem.

– Se você não quiser, tudo bem. Eu entendo – disse, por fim.

– Não é isso. Só queria saber por que você...

– Troca de favores – cortou a minha frase na metade. – Você tinha razão, Raissa. Só tenho troca de favores. Mas *preciso* disso. Gosto demais disso, não vai mudar.

– Tudo bem, não falei nada...

– O que quer de mim, Raissa? – perguntou de um jeito meio rabugento.

Sentei-me no tapete, afastando-me dele. Encarei-o. Calvin estava muito sério. *Droga!* Qualquer sinal de ameaça à sua liberdade e ele ficava com aquela cara de besta. Maldita aversão a compromisso!

– Sou sua vizinha e também sua amiga, não? Deixe de frescura, você troca os favores com quem quiser. Combinado?

– Achei que estivesse combinado desde o início.

O que ele estava fazendo? Propondo relação aberta? Status de relacionamento do Calvin Klein: "comendo a minha vizinha na hora que eu quiser e de quebra recebendo uns conselhos". *Parabéns, Raissa.* Conseguiu chegar exatamente aonde você não queria.

– Mas estava. – Nem acreditei que falei aquilo. – Só estou reafirmando.

Calvin sorriu com malícia. Odiei-me por dentro.

– Beleza, vizinha. Vem cá, está frio aqui. – Puxou-me de volta. Claro que fui. Fazer o quê? Também estava com frio e queria a pele quente dele na minha.

Status de relacionamento da Raissa: "alugando a vagina para o meu vizinho safado temporariamente e de quebra comendo pratos deliciosos".

Aquela merda era uma troca de favores do mesmo modo! *Argh*!

TROCANDO MAIS DO QUE MEROS FAVORES

Devo ter dormido em algum momento. A última coisa de que me lembro foi ter o corpo de Calvin embaixo do meu; sua pele quente e as mãos macias me acalentando, tentando amenizar a angústia que se instalava no meu peito. Confesso que facilitou muito.

Não conseguia sequer imaginar como aquela noite seria se o meu vizinho não estivesse comigo. Minha cabeça pilhada havia desistido de raciocinar em demasia. Ia explodir se continuasse juntando os meus problemas, sentindo a força deles sem uma separação sóbria.

O mais incrível foi quando acordei e, um pouco assustada, descobri que Calvin estava ao meu lado na minha cama, dormindo (usando short e a camisa branca de manga comprida que pertencia a ele e vivia em cima do meu travesseiro). Ainda dividíamos o edredom. Observei-o durante longos minutos.

Cada detalhe seu foi analisado. Sentindo-me perdida, comecei a me mexer. Queria acordá-lo. Embora estivesse com pena, uma olhada no relógio me fez ver que já eram quase onze horas da manhã. Fazia tempo que eu não acordava tão tarde.

Lembrei-me da situação da minha avó e logo a angústia voltou a se apossar do meu corpo. Conferi o meu celular, mas não havia nenhuma ligação. Ainda bem. Sinal de que tudo estava, na melhor das hipóteses, como no dia anterior. Mesmo assim, resolvi ligar para a minha tia, mãe da Lilian. A ligação fez Calvin despertar.

Observei sua cara de sono – e o sorriso leve apontado para mim – enquanto recebia as notícias da manhã. Segundo a minha tia, o estado de saúde da vovó era estável. Sem melhoras ou pioras, ainda respirava com os aparelhos e permanecia na UTI, onde nenhum familiar poderia visitá-la.

Prometi que passaria no hospital mais tarde, independentemente de qualquer coisa. Quando desliguei o celular, ainda deitada, sorri de volta para Calvin. Ele bocejou, espreguiçando seu corpo grande. Depois, ergueu uma mão para tocar os meus cabelos.

– Bom dia, vizinha. Como estamos?

– Bom dia, vizinho... Estamos bem. Quero dizer, nada de novo.

– Isso pode ser bom – sussurrou, ainda me olhando com intensidade. Aqueles olhos... Sério, havia alguma coisa naquele olhar que não estava me deixando ser a mesma Raissa de sempre. – Vamos torcer para que o dia fique melhor. – Fez pequena pausa. – Ah, lembrei-me de mais uma da Clarice: "A esperança e a promessa se cumprem a cada instante".

Meus olhos se encheram de lágrimas.

– Parece-me que ela sempre tem algo a dizer a respeito de tudo.

– Verdade. Deve ser bom saber o que falar quando a única coisa bem-vinda é o silêncio.

– Por meio dela, você acaba fazendo isso, Calvin.

– Acho que, depois de tantos anos, achei uma utilidade para a minha mania de decorar frases. – Ele sorriu de orelha a orelha. Fiquei calada, pois não soube o que dizer. O sentimento de gratidão se uniu a todos os outros.

Calvin riu depois de algum tempo em silêncio.

– O que foi?

– É a primeira vez que durmo na cama de uma mulher sem ter transado com ela.

– Isso pode ser bom – murmurei, repetindo suas palavras.

Calvin ficou sério também. Nem me importei. Nunca funcionava muito bem pela manhã. Em condições normais eu estaria me lamentando pelo que falei, julgando-me por, mais uma vez, mencionar algo que pudesse colocar em risco a liberdade dele.

– Vou dar uma passada no mercado – alertou, levantando-se. Retirou a camisa e a jogou na minha cara. Riu. – Pode ficar com ela. Ah, é, você já estava com ela.

Ri também, ainda que estivesse meio envergonhada.

– Gosto do seu cheiro.

Ele me analisou com o rosto distorcido.

– Tudo bem, confesso que estou guardando a calcinha e o sutiã que deixou lá em casa. – Arregalei os olhos. Não me lembrava daquelas peças. Haviam sido largadas para trás no dia em que discutimos. – Estão cheirando a mulher gostosa até hoje.

Senti o meu rosto corar. Calvin riu da minha cara, mas acabei jogando o travesseiro nele. O vizinho o jogou de volta, e com força máxima. Gargalhou como um garoto, e naquele instante percebi o quanto ele ainda era um.

Arremessei o travesseiro de novo. Ele segurou no ar e se curvou para puxar o edredom. Tentei agarrar o tecido, mas fui descoberta. Ainda usava o shortinho e a blusa fina que estava vestindo na noite anterior.

– Você é um bobo!

Calvin largou o edredom e o travesseiro no chão.

– Querida vizinha, adoraria entrar em uma guerra de travesseiros contigo, mas o dever me aguarda. Preciso estar no meu quintal antes do meio-dia.

Espreguicei-me.

– E o que devo levar para esse curioso churrasco, querido vizinho?

– Sua boca deliciosa, seu biquíni e a sua paciência para aturar um vizinho deprimido! – falou em tom de brincadeira, até mesmo rindo, mas eu simplesmente estaquei. *Deprimido? Como assim?* Fiz uma careta, mas Calvin a ignorou.

– É sério, o que levo?

– Já tenho tudo, Raissa. Só vou comprar mais carvão e gelo. – Caminhou até a porta e soltou um beijinho estalado. Depois, piscou um olho.

– Calvin!

– Oi? – Ele já tinha sumido da minha vista, porém retornou depressa.

– Por que dormiu aqui?

O homem pensou durante alguns segundos antes de responder:

– "Um amigo me chamou para cuidar da dor dele. Guardei a minha no bolso e fui". Lembrei-me dessa frase, mas, desta vez, não é da Clarice. É do meu... Hum... é de Caio Fernando Abreu.

Então ele realmente foi embora, deixando-me com cara de bocó.

Que estranho. Calvin não me beijou nem uma vez, sequer me tocou com ousadia, como sempre fazia. Será que eu estava mesmo incluída na tal *friendzone*? Não fazia ideia de como me comportar em uma espécie de relação aberta. Se é que aquilo era mesmo uma relação. Parecia-me um troço esquisito que podia ser nomeado como safadeza.

Sexo, para mim, sempre significou algo além de puro desejo. Eu não sabia apenas transar. Devia ser por isso que estava tão perdida, tão envolvida. Precisava entender que ter transado com ele duas vezes não fazia com que Calvin me pertencesse. Sexo não é pertencimento. Sexo só é sexo. Quero dizer, naquela situação, era. Infelizmente.

Fiquei na cama por bastante tempo. Estava quase dormindo de novo quando ouvi a voz do Calvin me chamando. Olhei para todos os lados antes de perceber que ele estava em seu quarto, do outro lado da parede.

– Raissa? Você vem?

Pisquei os olhos várias vezes. Levantei-me de sobressalto.

– Desculpa... Vou sim.

– Eu que te peço desculpas... Você está triste e tal... Desculpa mesmo, Raissa. Acho melhor que fique aí. – O timbre que ele usava era sério demais.

– Nem pensar. Chego em cinco minutos.

– Raissa... Eu... não fico muito bem. Foi uma péssima ideia... Acho que preciso fazer isso sozinho mesmo.

– Calvin... Já era. Estou muito envolvida.

Ouvi o seu silêncio. *Que merda, hein?* Um dia eu morreria pela minha boca grande, igual a um peixe, eu tinha certeza disso.

– Não queria te envolver... Não podia ter feito isso. Não sei onde estava com a cabeça.

Ouvi o barulho da sua cama se arrastando e depois da porta batendo. Ele tinha saído do quarto. A minha preocupação se intensificou a ponto de eu ir ao banheiro só para um xixi rápido e para escovar os dentes mais rápido ainda. Nem troquei de roupa, segui diretamente para a casa do vizinho.

Achei tolice bater a porta. Entrei como se não precisasse pedir licença. Procurei-o pela cozinha, pela sala e até mesmo em seu quarto. Calvin não estava. Apoiei o meu corpo em uma parede enquanto tentava raciocinar. Surtiu efeito: lembrei-me do quintal.

Procurei por uma porta ou passagem e a encontrei logo, no canto direito da sala, meio escondida entre uma estante repleta de DVDs e um sofá. O verde predominante me fez perder a fala. Não fazia ideia do que veria ao atravessar aquela porta, mas a surpresa completa marcou presença. Soltei uma exclamação admirada.

Havia um jardim ainda maior do que o da frente da residência. Mas aquele era diferente, composto por vários vasos de barro de todos os tamanhos. Em cada um deles havia uma planta distinta, e com flores lindíssimas, bem coloridas. O cheiro de terra molhada se tornou marcante e aspirei fundo.

No centro, alguns metros de grama verdinha convidavam qualquer ser a ficar ali para sempre. Uma piscina pequena e redonda, daquelas que se arma em um segundo, estava montada. Uma mangueira jorrava água dentro dela. No canto direito, rodeada por vasos, havia uma mesa grande de madeira. Estava equilibrada por quatro vigas e era protegida por uma estrutura de palha, tipo um guarda-sol. Ao lado, uma churrasqueira de metal já soltava fumaça.

Abri a boca, exasperada. O encantamento inicial só pôde ser quebrado quando me dei conta de que Calvin estava sentado perto de alguns vasos. Pensei que estivesse sobre a grama, mas, quando me aproximei, percebi que havia algumas pedras grandes, com a superfície achatada, lembrando banquinhos.

Aproximei-me às pressas e me ajoelhei diante dele, sentindo a grama acariciar a minha pele. Calvin projetou o corpo para trás, porém não me olhou. Apoiei meus cotovelos nas suas pernas.

– Este lugar é lindo... – murmurei, ficando nervosa ao perceber que seus olhos escuros estavam marejados. – Estou encantada. Aliás, tudo nesta casa me fascina. Não importa o que aconteça, estou exatamente onde deveria.

Calvin balançou a cabeça como se discordasse. Não ousou me olhar. Tentava tomar o controle do próprio corpo, mas eu sabia que era questão de segundos: aquelas lágrimas precisavam cair. E foi o que aconteceu. Quando a primeira escorreu, foi como se tivessem aberto a torneira da alma do meu vizinho, e ele desabou.

Tentei abraçá-lo, mas o teimoso ficava se desvencilhando, evitando-me como podia. Não desisti. Aquele cara tinha me consolado durante uma noite inteira. Que tipo de idiota seria se o visse naquele estado e não fizesse nada?

Ainda ajoelhada, obriguei-o a colocar sua cabeça no meu ombro. Calvin finalmente cedeu. Seu choro foi silencioso, controlado. Apenas espasmos tomavam o corpo dele, e fiquei com tanta pena que quase o adotei. Na verdade, bem lá no fundo, eu já o tinha adotado. Já me sentia responsável, de alguma forma. Estava envolvida demais.

– Eu só abro aquela porta aos domingos – confessou. A voz controlada me deu desespero. Não conseguia imaginar o tamanho do esforço que ele fazia para não se entregar de vez à dor. – Toda vez é isso, uma merda. Odeio este lugar! Odeio essas lembranças...

Não resisti e deixei algumas lágrimas me escaparem. Sabia que devia estar consolando meu vizinho, mas era impossível não ser tocada por aquela história triste, que envolvia um garoto órfão morando sozinho em uma casa cheia de memórias.

– Se odiasse, já teria se livrado delas, Calvin...

Ele me abraçou durante muito tempo, até conseguir se recompor. Os espasmos foram embora. Não falou mais nada. Eu ainda estava emocionada quando se separou de mim e me encarou, sorrindo como se nada tivesse acontecido.

– Vamos... Vamos comer, entrar na piscina... Vou pegar o som portátil.

– Calvin... – Segurei seus cabelos. – Prometo estar aqui em todos os domingos.

Ele deu de ombros e desviou o rosto.

– Não precisa, Raissa. Eu que preciso crescer, como você mesma disse. Essa droga um dia não vai mais me atingir. Essa é a minha promessa – falou com a voz mais dura do que aquelas pedras.

– Isso precisa te atingir, Calvin, são seus pais. Você só precisa fazer com que as lembranças te fortifiquem e não te enfraqueçam. Use as memórias a seu favor. Não queira voltar no tempo, só lute para ser melhor e os orgulhar de onde estiverem.

Ele balançou a cabeça, deixando a impaciência óbvia diante das minhas palavras.

– Não quero discursos, Raissa. Só eu sei o que é crescer sem mãe e perder o pai antes de entender o que é responsabilidade. Não sou motivo de orgulho pra ninguém. Nem quero ser. A verdade é uma só: não há quem se orgulhe de mim.

Calvin simplesmente se levantou, deixando-me plantada como aquela grama. Caminhou até a churrasqueira e remexeu em alguma coisa.

– Isso não é verdade, Calvin. Eu me orgulho de você! – falei alto demais. Ergui-me e andei devagar em sua direção.

– Até que eu te decepcione. Vai acontecer, Raissa. Não pense por um só segundo que não vai – respondeu sem me olhar, ainda mexendo em algumas coisas que estavam em cima da mesa, como garfos, pratos e travessas com carnes temperadas com sal grosso.

Acompanhei quando retirou algumas verduras e legumes de uma sacola. Colocou-os em um prato e separou uma tábua de madeira. Pegou uma faca bem grande a afiada.

– Sabe de uma coisa? Não vou discutir – alertei, sentando-me no banco de madeira comprido que circundava a mesa. – Você ainda está vivo para sentir orgulho de si. Se não quer, paciência.

– Estou bem comigo mesmo – definiu, começando a cortar os legumes com tanta rapidez e desenvoltura que fiquei completamente admirada.

– Minha nossa! Eu já teria fatiado o meu braço!

Calvin soltou uma risada. Sim, como se não tivéssemos acabado de ter uma conversa esquisita e deprimente.

– É prática. – Piscou um olho para mim. – Sabe, fiquei sonhando com aquela sua caipirinha. Os ingredientes estão ali. – Apontou com a faca na direção de uma caixa de isopor grande que ficava do outro lado da mesa.

– Que ótimo! Pelo menos não fico em desvantagem, já que venho sonhando com tudo que tenha a ver com você – soltei sem pensar.

Nem quis ver a reação dele, de tão envergonhada que fiquei. Ouvi um risinho, mas só. Fui logo até a caixa de isopor. Curvei o meu corpo e abri a tampa, descobrindo um monte de bebidas. Havia cerveja, uma garrafa de vodca e uma de cachaça. Encontrei uma sacolinha com limões, dois copos especiais e um pilão de madeira.

– É... Acho que vamos ficar bêbados! – proferi de maneira divertida, ainda analisando o que tínhamos. Senti mãos tomarem a minha cintura e um quadril másculo ser projetado bem atrás de mim.

– Raissa... Essa sua caipirinha é mesmo irresistível. – Calvin apertou ainda mais a minha pele, encaixando-se com força. Aprumei o meu corpo, sentindo-o na minha retaguarda. Sua boca quase se encostou ao meu ouvido. – Espero que mais de quarenta horas seja o suficiente para você, vizinha. Vou preparar a sua carne e cortar o tomate bem ali... – Girou o meu corpo para o lado e apontou para o espaço gramado que tinha ao lado da pequena piscina.

– Cortar... o tomate? – Ri de leve, já muito excitada. Seja lá o que significasse aquilo, eu estava doida para que acontecesse.

– É... – sussurrou com uma voz sacana no meu pé do ouvido. Arrepiei-me. Ele ainda me mantinha por trás, colada ao seu corpo. – Um tomate bem vermelhinho e lisinho... Hummm... Delicioso!

Aquela comparação inusitada me fez gargalhar. E, com isso, o clima entre nós melhorou. Calvin retomou o serviço e eu preparei a bendita caipirinha. Nada de mais sério foi mencionado. Qualquer resquício de angústia da minha parte, e de dor da parte dele, pareceu sumir depois que o vizinho pegou o som.

Sabíamos que, no fundo, nada tiraria a minha angústia ou a sua dor, mas pouca coisa podia ser mais legal do que cantar junto com o Calvin enquanto trabalhávamos em prol do churrasco. Tudo bem que era como se estivéssemos comemorando a tristeza.

Contudo, eu acreditava que existiam várias maneiras de se sentir uma dor, só havíamos escolhido a melhor: compartilhando-a com alguém especial.

UMA VEZ SAFADO, SEMPRE SAFADO

Tudo se tornou uma profusão de cores, de modo que eu parecia estar dentro de um arco-íris. Um cenário surrealista que mexia com todos os meus sentidos permaneceu diante de mim; as plantas, os vasos, as flores, a água da mangueira que jorrava na piscina. A imagem do Calvin usando uma sunga vermelha, e só. Seu corpo dourando sobre uma grande toalha azul-escura esticada na grama verdinha.

Depois de três caipirinhas, muitas risadas e fatias de carne tão macias quanto a boca daquele homem, achei que estivesse no paraíso. A sensação de alegria fez com que me sentisse culpada: não devia estar alegre. Vovó continuava no hospital, lutando pela própria vida. E, sendo bem honesta, eu sentia que estava lutando pela minha. O que, claro, era muita romantização por parte do meu cérebro.

Calvin preparou uma farofa que, meu Deus, estava uma coisa de louco. Colocou tantos ingredientes dentro dela que podia alimentar uma manada de elefantes. Nunca pensei que uma farofa pudesse ser tão perfeita.

Enquanto o observava se bronzear, sentada à mesa, só pensava em comer, comer e comer, em todos os sentidos da palavra. Havia colocado o meu biquíni, mas até então estava sem coragem de sair de perto da mesa. Devorava qualquer pedaço de carne que o Calvin, vez ou outra, colocava em uma travessa de vidro. Ele sabia qual era o momento de tirá-las da churrasqueira, como se um relógio interno o alertasse.

Não tocamos mais nos assuntos delicados – para ser sincera, tentei arrancar mais informações dele, porém não tive sucesso. Calvin se manteve meio distante. Beijou-me pouco, menos do que eu gostaria. Seu distanciamento me entristecia, pois me fazia recordar o tempo todo o tipo de relação que tínhamos.

Alguma coisa entre nós estava faltando. Dava qualquer coisa para saber o que se passava naquela cabecinha oca. Reparei em seu olhar perdido nos vasos que jaziam no lado oposto e, de repente, uma carranca apareceu em seu rosto. Eu nem me atrevi a fazer qualquer pergunta. O desânimo me atingiu depois que percebi a travessa vazia. Eu tinha comido pelo menos uns setenta por cento das carnes que ele preparou.

Terminei a minha caipirinha e suspirei. O som portátil ainda trabalhava, ajudando-me a suportar o silêncio. Olhei para mesa no intuito de encontrar mais alguma coisa que pudesse ser devorada. Ainda tinha muita farofa e alguns tomates fatiados com uma uniformidade impressionante. Só o Calvin para conseguir uma proeza daquelas.

Levantei-me e me espreguicei. Calvin olhou na minha direção, sorrindo logo em seguida. Parei um pouco só para acompanhar as suas reações e acho que me demorei demais. Nossos olhares permaneceram cruzados até que ele resolveu se levantar e caminhar até mim, exibindo aquele corpo que merecia o prêmio Nobel da sensualidade.

Parou na minha frente e me deu um selinho. Eu estava sedenta por mais, só que não tive. Calvin deu um gole na própria caipirinha e procurou por alguma coisa na mesa. Fez uma careta e me olhou, sorrindo.

– Sim, eu comi tudo – confessei de uma vez. – Acho que é a ansiedade. Ou então o seu talento de fazer qualquer comida virar manjar dos deuses.

– Você não comeu tudo. – Apontou para os tomates fatiados, rindo da minha cara, e pegou um daqueles pedacinhos para si. Deu uma mordida tão sensual que imaginei o meu próprio corpo cedendo àquela boca.

– Não gosto de tomate cru... – Acompanhei um caldinho avermelhado escorrendo pelo canto de sua boca. Ele limpou com o polegar e depois lambeu os dedos. Claro que soltei um resfolego.

– Não estão crus. Aqui tem sal, azeite e manjericão em pó – falou como se apresentasse uma receita no programa da Ana Maria Braga. – Prove um, é uma delícia... – Pegou um pedaço e me ofereceu na boca, não me dando a chance de realmente pegá-lo. Dei uma mordida pequena, levando menos da metade.

Senti o gosto meio amargoso do sal e alguma coisa que não consegui identificar. Supus ser o tal manjericão. Não achei ruim, mas talvez ficasse melhor com a farofa. Bom, aquela farofa ficava boa com tudo.

– Coma o pedaço de uma vez, assim sentirá melhor o sabor. – Calvin forçou o resto do tomate e abri o bocão. Depois daquilo, já era. Sabia que os devoraria como tinha feito com as carnes. – Viu só?

– Melhor você comer logo esses tomates. O meu apetite não conhece limites!

– O seu apetite me excita, Raissa – falou, com os olhos fixos na minha boca. Obrigou os meus lábios a remover os resquícios de tomate dos seus dedos. Foi um ato bem sensual. – Imagino mil coisas toda vez que a sua boca se mexe...

– É? Que coisas? – incitei, colocando a língua para fora. Fiz um movimento demorado contra os seus dedos, o que pareceu tê-lo deixado maluco. Era o que eu queria, remover o juízo dele de uma vez por todas.

Calvin me puxou pela cintura com uma mão e, com a outra, pegou mais um pedaço do tomate. Enfiou-o na minha boca como se me obrigasse a comer. Comecei a mastigar depressa, pois ele repetiu o feito: pegou mais um pedaço e depois outro. Riu quando me viu desesperada, com a boca repleta de tomate e os olhos esbugalhados.

– Uma delas é o meu pau preenchendo toda a sua boca, esticando os seus lábios... – Prendeu o indicador e o polegar no meu queixo, dificultando a minha mastigação. Obrigou a minha cabeça a ser erguida e o encarei de muito perto. – Ah, Raissa... É muito difícil me controlar. Juro que estou tentando, mas vou acabar me rendendo ao meu desejo.

Engoli tudo aquilo de uma só vez, mastigando menos do que deveria. Lambi os meus lábios sujos e Calvin se inclinou para passar sua língua sobre eles. Foi uma delícia.

– Por que se controlar? – sussurrei, delirando com a sua proximidade.

Calvin se afastou um pouco e largou o meu queixo. Desviou o rosto.

– Estou em dúvida. Não sei o quanto seria justo.

Não entendi do que ele estava falando. Fiz uma cara feia e esperei que continuasse, mas Calvin se afastou de vez. Andou na direção de sua toalha, e eu acompanhei o movimento fantástico daquela bunda – ele deveria colocá-la no seguro, aposto que valeria milhões. As costas largas e as coxas grossas também eram um espetáculo.

Morta de frustração, retirei o meu short e a blusa, deixando o biquíni branco à mostra. Fui até ele, sentando-me ao seu lado na toalha. A minha pele logo recebeu os raios de sol, que se tornaram bem-vindos naquele instante.

– Dúvida? Que dúvida, Calvin?

– De alguma forma, percebi que você precisa de mim. E eu confesso: preciso de você. Não vai dar certo se a gente ficar transando, sou um promíscuo assumido. Por mais que te queira... Puta merda, e eu quero muito...

– Ah, cala a boca. – Praticamente me atirei em cima do sujeito, roubando-lhe um beijo facilmente retribuído. Era oficial, eu já estava meio bêbada.

Calvin dizia algo importante sobre a nossa relação, mas naquele instante eu só precisava estar em contato com o seu corpo. E que o resto se danasse. Não conviveria em um terreno neutro com o meu vizinho safado e delicioso. Nosso sexo era inevitável. Quero dizer, eu não queria mais evitar, afinal é impossível desejar o comum depois de provar algo bom. Por mais que ele estivesse com a razão – nossa relação "amigável" estaria mais segura sem sexo –, o desejo que circulava pelo meu corpo mandava qualquer resquício dela para bem longe.

O meu vizinho safado, como todo bom safado, sequer pestanejou. As dúvidas foram embora depois que puxou as minhas pernas e me fez deitar sobre a toalha. Visualizei o céu azul, quase sem nuvens, acima de nós, sem poder acreditar que faríamos aquilo ali, ao ar livre. Por mais que não houvesse possibilidade de sermos vistos, a ideia de exposição me deixou ainda mais louca.

Delirei de tesão quando aquele corpo enorme se projetou sobre mim. Enlacei minhas coxas por cima das dele e puxei tanto os seus cabelos que não sei como ele não reclamou. A mesma boca, que virou uma necessidade para o meu juízo, investiu contra a minha sem pausas. Senti a sensação de sufocamento que o seu beijo pré-sexo carregava.

A sua mão invadiu a parte de cima do meu biquíni. Tive vontade de gemer, mas só consegui quando a sua boca deixou a minha para abocanhar o bico de um seio, que já estava exposto. Olhei o céu de novo, tendo a certeza de que podia ser levada às alturas por aquele homem. Eu perdia tudo o que restava de mim quando me tornava dele.

– Você não me deixa opções, Raissa... – Calvin rosnou enquanto apertava os meus seios um contra o outro, lambendo-os avidamente. – É te comer ou te comer. Ah... Eu adoro não ter escolha.

No fundo – certo, nem tão no fundo assim –, eu amava aquela falta de autocontrole. Adorava o fato de não ser a única a não ter escolhas; o desejo seguia um caminho solitário rumo à nossa satisfação corporal. Apenas esse apelo era ouvido, nada mais existia. A vida ao redor parecia suspensa, desimportante.

Escorreguei as mãos pelas suas costas até alcançar aquele bundão lindo. Atravessei a sunga por dentro e apertei a sua carne com vontade. Calvin soltou um gemido fraco e um riso leve, colocando a língua para fora apenas para passá-la nos meus lábios.

Com um movimento curto e rápido, inverteu as nossas posições, puxando-me para si. A primeira coisa que fez foi retirar de vez a parte de cima do meu biquíni, atirando-a na piscina ao nosso lado. Sentou-se, meio curvado, e continuou a me beijar. Guiou as mãos pela minha coluna despida. Senti os meus pelos se eriçarem, envolvidos com suas carícias sempre tão precisas.

Era mágico estar em suas mãos. Ele me tocava com o mesmo empenho que usava para cozinhar, era como se fosse uma técnica, um ato profissional calculado. Eu já podia sentir a sua ereção no meio das minhas pernas, por isso rebolei em cima dela como uma louca. Ergui a cabeça e fechei os olhos, totalmente absorvida pelas sensações.

Calvin soltou um gemido entre os meus lábios. Voltou a segurar os meus seios, mas logo decidiu ousar: uma de suas mãos brincou com a parte de baixo do biquíni, fazendo-me gemer muito. Soltei um rosnado quando um dedo mais safado resolveu conferir o nível da minha excitação. Eu estava ensopada de tesão por ele.

De repente, Calvin parou. Sorriu com malícia, mas não foi na minha direção. Seu rosto perfeito observava alguma coisa que estava além de mim. Meio perdida, olhei para trás. O coração, que já batia forte, acelerou mais ainda ao perceber a Karen-quenga nos observando próxima à porta do quintal.

– Desculpa, gente! Posso entrar? – disse de um jeito divertido, dando batidinhas na madeira e depois entrando sem esperar uma resposta. – A porta da frente estava destrancada...

Pensei em sumir dali o mais rápido possível, mas Calvin me segurou no lugar. Seu dedo prosseguiu estacionado na minha abertura quente e molhada de desejo.

– Claro, entra aí, minha linda!

Como é que é? Fala sério, produção... Não brinca comigo!

Tentei sair mais uma vez, praguejando mentalmente. A minha cara com certeza não era das melhores, porém Calvin ignorou o meu desconforto. Permaneci sobre ele, seminua, morrendo de tesão e ódio daquela filha de uma mãe. Que garota mais sem noção! Não percebeu que estávamos ocupados?

– Pensei que o churrasco tinha acabado. Está tarde, Deli, esqueceu nosso compromisso? – A mulher se sentou ao lado dele na toalha, de frente para mim. Assim, como se nada estivesse acontecendo. Observou-me com curiosidade, sobretudo os meus seios expostos. Respondi com uma careta mais feia ainda.

Calvin não ligou. Aliás, além de não ter ligado, sabe o que fez? Retirou os dedos de mim e os levou até a boca da sem-vergonha.

– Oi, moça – Karen murmurou depois de lamber os dedos do Calvin até revirar os olhos. Eu me senti ultrajada, tanto que sequer lhe respondi. Tentei me desvencilhar de novo, mas as mãos firmes do Calvin ainda me seguravam, tirando-me qualquer apoio para sair daquela posição.

– Foi mal, eu esqueci totalmente – só então o safado respondeu. Karen sorriu.

– Tudo bem, o motivo foi bem forte. Forte e delicioso. – Ela lambeu os lábios e ergueu uma mão para tocar os meus cabelos. Afastei a minha cabeça para o lado.

– Não toque em mim – alertei com seriedade.

Karen ficou com a mão no ar, até que a abaixou. Olhou para Calvin, que sorriu. Foi o seu velho sorriso safado, mas em uma versão ainda pior. Ambos pareceram conversar apenas com um olhar prolongado. Eu sabia o que se passava por aquelas mentes pervertidas – um sanduíche de Calvin Klein, no qual o pão era eu, e a fatia que ficaria embaixo. Foi por isso que usei toda a força possível para sair dos braços dele. Levantei-me de um jeito trôpego.

– Ei, Raissa, relaxa.

Não respondi. Emburrada, procurei a parte de cima do meu biquíni. Estava submersa na piscina. Absolutamente frustrada – e com muita vontade de chorar como uma criancinha que acabou de perder o doce –, fui até perto da mesa e vesti o meu short e a minha blusa. Coloquei o meu celular no bolso. Deixaria o biquíni por lá mesmo. Só queria ir embora o mais depressa possível.

– Raissa... – Calvin se levantou da toalha e tentou se aproximar. Dei um passo na direção da saída e ele segurou a minha mão. – Vamos conversar.

Meu último impulso foi olhar para a Karen. Estava de pé ao lado da toalha, observando-me como se eu fosse parte fundamental do churrasco. Seus olhos diziam que me comeria com aquela farofa. Claro, isso só me deixou ainda mais irritada.

– Vou ao hospital ver a minha avó – afirmei, evitando olhá-lo. Estava puta demais para suportar aquela cara de cínico. – Será bem mais útil que esta conversa.

Calvin não ficou nada feliz.

– Qual é, Raissa? Ninguém está te obrigando a nada.

A frase deixou os seus planos obscenos ainda mais óbvios. Seu sorriso inicial não negou a alegria que sentiu quando a amiguinha querida invadiu o quintal. Uma só não era o suficiente. Claro que não. Aquele homem era um safado da pior espécie. Meu Deus, eu não podia, em nenhuma hipótese, esquecer-me daquilo. Não importavam o seu ombro amigo, as suas lágrimas, a sua sensibilidade... Nada que me fizesse pensar o contrário.

– Por isso mesmo. Ninguém vai me obrigar a ficar – defini em um rosnado, puxando a mão que estava presa pela dele. Sem querer, olhei-o uma última vez antes de virar de costas. Estava sério, chateado com a minha atitude.

Andei a passos largos na direção da saída. Passei pela Karen e quase mostrei a língua para ela. Antes de sumir, ouvi o Calvin falar:

– Me dê notícias da sua avó, por favor!

Não pensei direito durante todo o caminho até em casa. Só sabia que me sentia menos importante que um pedacinho de lixo. Pior que o micro-organismo do cocô do cavalo do bandido. Atirei-me no tapete consolador da Sra. Klein assim que tranquei a porta. Mais uma vez, a culpa havia sido minha.

Ficar com o Calvin era a mesma coisa que pegar um maço de cigarros, ler todos os alertas do Ministério da Saúde, ficar horrorizada com as fotos de gente cheia de câncer e mesmo assim abri-lo a fim de fumar tudo. Ou seja, uma grande tolice.

O órgão entre as minhas pernas não podia vencer o meu cérebro. Pelo amor de Deus... Estava vivendo em uma série de contradições. O meu corpo precisava entrar em um consenso urgente, mas o vício era bem óbvio e qualquer viciado encontraria justificativas até se cansar – e era certo que o meu corpo faria o mesmo até encontrar um modo de continuar com a palhaçada. Apenas uma abstinência completa poderia me curar.

Era um pensamento triste, mas muito verdadeiro.

A SOLIDÃO, A DOR E EU

Naquela fatídica noite, passei pelos momentos mais solitários e sufocantes de toda a minha vida. Fui ao hospital, como prometi, constatando que os meus pais, bem como os meus irmãos, estavam desestabilizados. Não esperava encontrá-los – não decorei o horário das escalas –, mas até o Guilherme não foi poupado.

O coitado não parava de chorar, andava muito angustiado com o estado de saúde da nossa avó. As coisas saíram do controle quando ele surtou; ficou murmurando sem parar que a vovó ia morrer a qualquer instante. Papai, sem saber o que fazer, levou-o para a lanchonete do hospital.

Mamãe se angustiava mais quando via seus filhos sofrendo. Sara tentava como podia acalentá-la, mas a sua tristeza também era evidente. A minha ausência havia sido sentida durante todo o dia, e me lembrar de que estava evitando a dor só fez com que ela fosse intensificada. Mantive-me sentada em uma cadeira desconfortável, deixando a vida passar enquanto nenhum pensamento coerente me acometia.

Quando um médico apareceu, buscando por um representante da nossa família, mamãe se desesperou de vez. Estava quase fazendo um escândalo, querendo saber o que tinha acontecido. O médico pediu para que ficasse calma, mas só piorou. Sara, por fim, quase implorou para que eu fosse falar com ele, já que papai tinha saído com o Gui. Por incrível que parecesse, eu era a pessoa mais centrada disponível. Só podia ser uma piada.

Uma parte do meu cérebro não entendia por que todo mundo tinha ficado tão nervoso. Tomei fôlego, como quem estava prestes a dar um mergulho, e acompanhei o doutor. Caminhamos por alguns corredores até chegarmos a uma sala de atendimento privado.

Imaginei que ele ia propor alguma espécie de cirurgia e que para isso seria necessária a assinatura de alguns documentos.

– Qual é o nome da senhorita? Sente-se... – Apontou uma cadeira.

– Raissa... – Observei sua barba e cabelos grisalhos. O médico era um senhor com uma aparência simpática, mas o olhar permanecia firme.

– Qual é o seu grau de parentesco com a paciente?

– Neta. Sou a neta. O que aconteceu, doutor? Por favor, diga logo.

Ele reafirmou as expressões. O olhar premeditou a tragédia. Senti as lágrimas rolarem pelo meu rosto, mas prendi os lábios e tentei me controlar. A minha família estava contando comigo.

– Raissa, vou falar tudo de um jeito que entenda.

– Por favor... – Senti meus dedos congelarem de medo.

– Nesta tarde, percebemos que os antibióticos geraram um quadro de melhora na sua avó. Estávamos positivos com a recuperação dela, mas... – Soltou um suspiro, e mais lágrimas se fizeram presentes. Não fui capaz de falar nada. – Controlamos as doses para que seus batimentos cardíacos se mantivessem constantes, porém a sepse, ou seja, a infecção, estava em um estágio muito avançado.

Levei uma mão à boca, soltando um soluço que partiu do fundo da minha alma. Eu sabia que tinha acontecido. Contudo, a esperança era mesmo traiçoeira; teimava em não nos abandonar até o último segundo. Pena que aquele instante em que tudo desmorona veio depressa demais.

– Fizemos o possível, Raissa, mas a sua avó sofreu uma falência múltipla de órgãos. Eu sinto muito.

Um filme passou na minha cabeça. O médico continuou me olhando, daquela vez com pena. Perdi a fala e a capacidade de me mexer. Meu mundo inteiro congelou apenas para tentar suportar a carga emocional jogada em minhas costas. Foi esquisito, mas coloquei a culpa de tudo em mim. Jamais devia ter saído de casa. Não devia tê-los abandonado. Se eu ainda morasse com a minha família, teria levado a minha avó a um hospital desde o primeiro espirro. Sempre fui mais exigente com relação a tudo.

Balancei a cabeça afirmativamente. O médico avisou que nos daria um tempo, mas que dali a alguns minutos alguém apareceria para resolver a situação dos documentos, bem como a liberação do corpo. Voltei para a sala de espera em câmera lenta, vendo tudo embaçado. Meu corpo entrou em transe. Nada parecia real.

Sentei-me ao lado de Sara e de mamãe, que me aguardavam ansiosas. Minha mãe ainda quis se levantar quando me viu, mas Sara a controlou. Ambas souberam o que tinha acontecido quando meu olhar cruzou com os delas. Mesmo assim, esperaram o veredito.

– Vovó está no céu agora – murmurei, quase sem voz.

Mamãe desabou e não me surpreendi com sua reação. Por mais difícil que fosse perder uma avó, devia ser ainda pior perder uma mãe. Eu não queria ter ideia do que isso significava tão cedo.

Chamei uma enfermeira com urgência, que por sua vez acionou uma equipe. Levaram mamãe em uma cadeira de rodas; ela estava imersa em um meio desmaio esquisito. Pedi a Sara que a acompanhasse, alegando que avisaria o acontecido ao restante da família. A minha irmã estava desesperada, mas pelo menos eu soube que se manteria de pé para suportar toda a rebordosa.

Liguei para o meu pai. A notícia o abalou, porém senti que lamentou mais por nós do que por si mesmo. Sobretudo pelo Gui, que, quando soubesse, reagiria de uma maneira muito ruim. Depois de pelo menos umas cinco ligações – e de acompanhar lágrimas por parte dos familiares –, o meu mundo se transformou em uma longa espera.

Senti o frio que fazia no hospital congelar tudo de bom que existia em mim. Só conseguia pensar na última vez que tinha visto a minha avó. Aquela visita egoísta – afinal, só fui vê-los por causa da minha solidão – havia sido a nossa despedida e eu nem sabia. Era duro demais aceitar um adeus, e pior ainda um que poderia ter sido evitado.

Devia ter ido visitá-la durante a semana. Devia ter lhe falado mais coisas. Tê-la tratado com mais paciência. Devíamos ter ido a mais lugares juntas e ela devia ter me contado mais histórias. Não importavam os momentos que havia passado com a minha avó, nem a eternidade faria com que eles fossem suficientes.

Lembrei-me de suas últimas palavras direcionadas a mim. Eu havia dado um beijo em sua testa e murmurado o rotineiro "bença, vó". Ela sorriu, como sempre, e respondeu – como sempre também:

– Deus te abençoe, minha filha.

As recordações me fizeram cair em um choro silencioso e constante. Fui envolvida pela nostalgia completa, que se dividia com a tristeza; depois ambas se somavam, multiplicando a dor no meu peito. Chorei tanto que já estava cansada de fungar e tentar limpar o meu rosto com a blusa. Fiquei imaginando se Clarice Lispector teria uma frase boa o bastante para me trazer conforto. Depois de dois segundos, decidi parar de pensar nisso. Mesmo existindo uma boa citação, não havia ninguém ali para proferi-la.

A família se reuniu na recepção, pelo menos três andares abaixo da sala de espera da UTI. Sara me ligou depois de quase duas horas, avisando-me de que o corpo já havia sido liberado para o IML fazer o serviço. Meu pai e o meu tio se juntaram para organizar tudo o que seria necessário para realizar o velório. Como já era tarde, certamente as coisas só seriam resolvidas de verdade pela manhã.

Eu não queria decidir sobre nada daquilo. Perguntei se mamãe estava bem e, recebendo uma resposta razoável, sequer os procurei para me despedir. Fugi mesmo. Fui egoísta e, mais uma vez, abandonei as pessoas que amava. Avisei a Sara que iria para casa, mas que no dia seguinte arranjaria uma folga no trabalho para ajudar no que fosse preciso. Ela estava tão aérea que sequer ligou para o meu distanciamento.

Dirigi como uma tartaruga até estacionar em frente àquele jardim, que já não me era estranho. Nunca o número 104 me foi tão atraente. Pensei que não seria capaz de chamar aquele lugar de lar, mas depois que percebi que havia trocado a companhia dos meus familiares por aquelas paredes, compreendi, pela primeira vez desde que me mudei, que ali era a minha casa de verdade.

Deitei-me no tapete consolador e chorei alto, de um jeito que não pude fazer no hospital. A sensação de alívio trazida pelo desabafo foi muito bem-vinda. Entendi os motivos da minha escolha: eu só queria ser eu diante daquela dor. Não precisaria me controlar, muito menos consolar alguém. Não queria a cura para tanto sofrimento, apenas senti-lo como um mal necessário.

Arrastei-me até a cama, tirando as roupas pelo caminho. Os soluços se intensificaram quando afundei o meu corpo no colchão e a cabeça na camisa do Calvin, sobre o meu travesseiro. Foi naquele momento que ouvi gemidos curtos.

Droga! Noite errada, Calvin.

Ignorei o que acontecia além da minha parede. Nada abafaria o meu choro e, de fato, aqueles gemidos não conseguiram ser mais intensos do que a tristeza que eu externava em alto e bom som.

– Raissa? – Ouvi a voz ofegante do meu vizinho.

– Com quem está falan... – uma mulher tentou dizer.

Soltei um soluço ainda mais alto.

– Shhh... – Calvin a fez calar a boca. – Raissa, o que houve?

Continuei chorando com desespero. Soquei o travesseiro com raiva, sentindo que explodiria de dor, ódio, frustração, tudo junto e misturado.

– Raissa, fala comigo... Por favor!

Balancei a cabeça, negando.

– Não! – gritei. – Respeite a minha dor, pelo amor de Deus! Deixe-me chorar na minha própria casa!

– Mari, preciso que vá embora. – Ouvi-o dizer para a mulher que estava comendo. – Eu te ligo. É um assunto importante.

– Tá... – A chateação dela ficou evidente. – Me liga mesmo, gato.

– Pode deixar...

Nojo. Vergonha. Ódio. Medo. Dor. Devia existir um nome que definisse tantos sentimentos ruins juntos, assim quem sabe eu pudesse me compreender. No entanto, a palavra que chegava mais próxima era: catástrofe. Um acidente emocional gravíssimo acontecia dentro de mim.

– Raissa? – Escutei batidinhas na parede. – Foi a sua avó?

– Ela morreu! – soltei a informação com toda força. Aquele berro foi capaz de me deixar ainda mais assustada.

– Ah, meu Deus... Estou chegando aí. Abre a porta, por favor.

– Não! "Por favor" digo eu! Poupe-me de você.

– Eu sei como é isso, acredite. Sei o que é perder alguém importante... Deixe-me ajudá-la.

Soquei o travesseiro, depois o atirei contra a parede.

– Não! Eu não preciso de você, Calvin. Eu te usei tanto quanto me usou. Fingimos que nos conhecemos, mas somos dois desconhecidos. E eu não *quero* te conhecer, pois já sei tudo o que preciso saber para ter a certeza de que te quero bem longe de mim.

Calvin ficou em silêncio. Chorei em cada segundo sufocante que se arrastou. Às vezes, parava só para ouvir a sua respiração pesada, causada pela irritação que provoquei de propósito. Os seres humanos têm o péssimo hábito de serem cruéis quando algo lhes dói, só para terem o prazer de fazer o outro sofrer também.

Se bem que, naquele caso, não consegui definir quem estava sendo mais cruel. Só havia uma certeza: ali estavam duas pessoas magoadas com a vida.

– Vou te deixar em paz, Raissa. Fique bem. Sinto muitíssimo pela sua avó.

Ouvi a porta de seu quarto batendo. Tranquei a do meu coração, do contrário não seria capaz de respirar. Joguei a chave pela janela e me preparei para uma noite longa. A solidão, a dor e eu: esse, sim, era um sanduíche de Raissa aceitável.

SE ANTES ME ENTENDIA POUCO, AGORA NÃO ENTENDO MAIS NADA

Depois de uma noite horrorosa, fui ao trabalho apenas para conseguir uma folga. O meu chefe não ficou satisfeito com a notícia, mas acabou me dando dois dias. Comecei a temer pelo emprego, coisa que jamais aconteceu. Só faltava uma demissão para a tragédia ser total.

Passei o dia inteiro para lá e para cá com o meu pai e o meu tio. Não queria estar do lado da família que só lamentava, precisava ser útil. Era o mínimo que eu podia fazer pela minha avó: ajudar a deixar o seu velório nos trinques.

Confesso que foi exaustivo. No fim do dia, conseguimos com muito custo deixar tudo organizado. O corpo de vovó seria velado até o dia seguinte e o enterro seria às nove da manhã. Alguns familiares que moravam mais distante começaram a chegar à cidade. Pensei em dormir na casa dos meus pais, mas eles receberam alguns parentes.

Mamãe estava inconformada. Culpava-se pela morte da vovó e, mesmo que todo mundo a estivesse apoiando, ainda assim não parava de se lamentar. Não a julguei por estar tão desesperada. Eu mesma via o desespero da culpa se apossar do meu corpo, mas me controlava, de modo que ninguém imaginou o que se passava pela minha cabeça.

Voltei para casa com o velho ar de derrota. Estava exausta, porém sabia que não seria capaz de dormir. Tomei um banho, comi uma maçã (praticamente meu único alimento do dia) e me joguei no tapete consolador por algumas horas. Fiquei olhando para o teto, chorando baixo e assistindo à minha dor.

Tinha vencido aquele dia com garra. Nem sabia que podia ser tão madura com relação a algo tão triste quanto a morte. Pensei que desabaria. Mas ainda estava de pé. Às vezes é preciso que algo muito ruim aconteça para que a gente perceba até que ponto é possível ser forte. O meu mundo continuaria girando. Na noite passada, podia jurar que o tempo pararia por causa da minha dor, só que a verdade é que tudo permanece.

Imaginei que, se fosse eu que tivesse morrido, ia querer que a minha família seguisse em frente, sem lamentações. Vovó era o tipo de pessoa divertida que sempre compartilhava coisas boas. Ela gostava de viver, de ser feliz. Jamais desejaria a tristeza dos outros, sobretudo de sua própria família. Sendo assim, ficar triste era o mesmo que decepcioná-la. E eu não podia fazer aquilo com ela. Já bastavam a minha ausência e o meu descuido. Não a ter visitado, mesmo sabendo que estava doente, foi um erro.

Pensei em Clarice Lispector. Liguei o meu computador e fiz algumas pesquisas. Havia muitas frases e citações dela. A cada sentença que eu lia, percebia que estava apaixonada por aquelas palavras e, depois de um tempo, percebi que ela as agrupava de uma maneira singular, que supus fazer parte do seu estilo.

Reli as inúmeras frases que o Calvin já tinha me dito – foi demais reconhecê-lo naquelas linhas. Tentei não me sentir nostálgica. Tentei até mesmo sentir raiva do sujeito. Não consegui. Eu não guardava rancor. Fazia parte de mim. Com ele ou com qualquer um, eu sempre justificava os erros dos outros – mesmo que eles mesmos não conseguissem – e encontrava um modo de perdoá-los.

Uma ideia esquisita passou pela minha cabeça. Com o monitor ligado e as frases da Clarice saltando em meus olhos, olhei para o lado, na direção da parede branca, e por um instante me vi escrevendo nela. O discernimento me travou, falando-me que era loucura pichar uma parede recém-pintada, mas o meu lado adolescente falou mais alto. Peguei um pincel atômico azul, liguei o som no último volume e mandei ver. Separei as frases que julguei ter a ver comigo, incluindo as que o Calvin já havia me dito.

A atividade salvou a minha noite. Não pensei em problemas, não chorei, não me lamentei. Apenas lia, relia e escrevia, tomando cuidado para não errar. A parede foi preenchida sem pressa. Deixei as citações separadas umas das outras, pois queria que a "arte" ficasse pelo menos um pouco homogênea.

Em cima da cabeceira da minha cama, dei mais ênfase a uma frase específica:

"Liberdade é pouco. O que desejo ainda não tem nome".

Foi esquisito refletir sobre ela. Fiquei longos minutos ajoelhada na minha cama, com o pincel na mão, lendo e relendo. Não pude evitar pensar no Calvin.

Um cansaço me abateu antes de terminar o serviço, por isso decidi deixar lacunas em branco. Podia preenchê-las depois, de acordo com as minhas necessidades. Também podia comprar pincéis de outras cores. As possibilidades eram inúmeras.

Deitei-me na cama, com os pés na cabeceira, e fiquei observando o meu trabalho. Deixei o som bem baixinho, como um ruído bem-vindo para espantar o silêncio. Ainda não tinha me arrependido de ter feito aquilo. Bom, caso me arrependesse, tudo podia ser resolvido com um pouco de tinta. Não era como fazer uma tatuagem nem nada.

Vencida pelo cansaço, adormeci do jeito que estava e só acordei com o despertador. Preferia ir trabalhar. Aliás, qualquer coisa era melhor do que acordar cedo e vestir uma roupa preta para dar adeus definitivo ao corpo de alguém que você ama.

Optei por uma calça preta, sapatilhas e uma blusa estilo bata da mesma cor. Prendi os cabelos em um rabo de cavalo e dispensei o uso de qualquer maquiagem. Saí de casa já com a expressão certa para o tipo de evento que frequentaria.

Para a minha surpresa, Calvin estava na varanda, de costas para a porta, com as mãos nos bolsos de uma calça jeans preta. Aliás, também usava uma camisa preta. Abri a boca, sem entender bulhufas. Ele olhou para trás quando ouviu o ruído da minha porta. Não sorriu. Seus olhos escuros permaneceram muito sérios.

– O que está fazendo, Calvin?

– Achei que deveria ir contigo. Sei que não quer me ver nem pintado de ouro, mas... – Suspirou e abriu um sorrisinho tímido, desviando os olhos dos meus. *Cadê o meu vizinho safado e sarcástico? Aquele das frases dúbias? Quem era aquele cara que usava roupas que conseguiam cobrir seu corpo?* – Poxa, eu... já estou envolvido. Queria poder me despedir da sua avó, pois eu também torci e rezei muito por ela.

Fiz uma careta. Era mais fácil acreditar que o coelhinho da Páscoa existia.

– Não brinca comigo.

– Não estou brincando. – Fechou ainda mais as expressões.

– Você sequer a conheceu!

– Se você a amou tanto, tenho certeza de que foi uma mulher incrível.

Aquele papo estava ficando estranho. Tentei refletir, mas não consegui.

– Ela foi, Calvin, mas nem tudo que amo é incrível – soltei sem pensar. Ele desviou o rosto, que corou de imediato. Será que tinha levado aquilo como alguma indireta? Não foi a minha intenção. Não estava falando sobre ele.

Quero dizer, eu não o amava. Claro que não. Deus me livre!

– Tudo bem, Raissa... Você venceu. – Abriu os braços, derrotado. – Eu realmente odeio enterros. Não há coisa pior. Só queria que não se sentisse sozinha como aconteceu quando meus avós, depois meu pai e, por fim, a minha ex-namorada se foram.

Arregalei os olhos, acho que ficaram do tamanho de duas laranjas. Achei até que fossem sair de mim e sair rolando pelo jardim como duas bolas de pingue-pongue. Um peso de mil toneladas se instalou na minha cabeça e fiquei tão estupefata que a visão escureceu.

– Como é que é? Calvin... O que...

– Deixa pra lá, Raissa. Não preciso que tenha pena de mim. Eu nem devia ter dito isso... Só estou chateado... Não com você, comigo mesmo. – Andou na direção do jardim e acabei o acompanhando. Ele percebeu a minha aproximação. – Ninguém merece passar por isso. Não é justo. Você é uma mulher doce... Este mundo é uma merda mesmo! – Abriu a porta de sua casa e finalmente me olhou. – Olha, só quero que você não seja como eu... Quero que passe por isso da melhor forma possível. Não precisa se modificar para sustentar a dor de uma perda. Por favor, não mude.

Meus olhos já estavam cheios de lágrimas.

– Por que não se ouve? – choraminguei. – O que precisou modificar para aguentar toda essa barra? Talvez eu também não queira que você se modifique.

– Você não conheceu quem eu fui, Raissa. – Deu um passo na direção da sua porta, mas eu o impedi de entrar. – E também não quer conhecer quem sou, você tem razão... Não vale a pena.

– Não...

– Foi o que você me disse. Mas está certa, só ouço verdades saindo da sua boca.

Levei as mãos aos meus cabelos.

– Você não vai me confundir – murmurei. – Nunca mais irá me confundir com esse seu jeito de... – Parei. – Vou ao enterro da minha avó. É o melhor que eu faço. É o que me resta fazer.

Ele aquiesceu. Não estava muito feliz. Quero dizer, não parecia nada feliz. Atravessei o jardim às pressas. Senti que Calvin estava me observando, mas não olhei para trás. Precisava focar minha família, minha vida, minha dor. A culpa por não estar me acompanhando naquele momento difícil era somente dele.

Cheguei ao cemitério um pouco atrasada. A família estava toda lá. Foi um chororô absoluto. Tentei, juro que tentei, mas acabei sendo egoísta. Evitei me juntar a qualquer pessoa, sobretudo a minha mãe, que chorava copiosamente. Apenas devolvi o abraço de quem por acaso se aproximou de mim, e só.

Não quis olhar o corpo de vovó. Eu não precisava arrancar de mim a memória de seu sorriso para pôr no lugar lembranças de seu corpo inerte, sem vida. Mantive-me distante como uma sombra, andando por entre as flores e chorando. Passei despercebida, na medida do possível.

Foi papai o primeiro a notar o meu comportamento estranho. Ele se aproximou de mim e me envolveu pela cintura. Passou a mão pelos meus cabelos, beijando-me a testa. Abracei-o demoradamente.

– Você está bem, querida?

– Vou ficar...

– Sei que vai. É a mais forte.

– Não tenho tanta certeza... Parece força, mas é só covardia.

Papai me afastou um pouco, a fim de verificar os meus olhos. Era tão bom vê-lo de novo. Não sabia que sentia tanta saudade dele. Meu pai era um gatinho. Sério. Um cinquentão sarado e muito bem cuidado, com todas as características de um pai coruja. Eu o amava tanto. Comecei a chorar enquanto nos encarávamos, o que o deixou aflito.

– Ah, filha... Não consigo te ver assim. Queria poder livrar vocês de momentos como este...

– A dor faz parte, pai. Vamos todos ficar bem.

Ele sorriu um pouco. Uma tia se aproximou para lhe perguntar alguma coisa e nos afastamos. Aqueles segundos com o papai foram os mais significativos do velório. O restante nem merece ser mencionado. Nunca curti a ideia de corpos sendo enterrados. Sentia-me claustrofóbica. Todo mundo que morresse devia simplesmente evaporar, sumir no espaço, misturar-se aos pequenos átomos até que não restasse mais nada.

Voltava para o meu carro quando a minha prima Lilian apareceu de repente, com os olhos inquisitivos apontados na minha direção.

– Vamos lá, prima, agora me diga quem é aquele cardápio, porque filé e pão é muito pouco!

– Hã? – Franzi a testa.

– O seu vizinho, Rai! Como não me falou dele antes? Só não tive um troço naquele hospital porque não parava de pensar na vovó.

– Ah. Pois é.

– Como assim, "pois é"? Já pegou?

– Não estou no clima, Li. Sério. – Suspirei.

– Não, Raissa... Não vai se safar da explicação. Você está em falta comigo. Pensa que me esqueci de que me deixou sozinha naquela festa? Depois nem ligou mais! Não me contou sobre a mudança, sobre o vizinho... O que está acontecendo contigo?

Comecei a gaguejar. Meu cérebro perdeu o foco.

– Estão namorando? Foi morar com ele? Meu Deus, você está grávida?

– Que ideia, Li! Claro que não, credo! Ele é o meu vizinho, só isso.

– Então por que todo o mistério?

– Apenas me esqueci de avisar.

– Raissa... Uma pessoa se esquece de avisar muitas coisas, mas uma mudança? Que consideração você tem por mim?

– Desculpa, Lilian. É sério, eu sou esquisita. Quis fazer tudo sem plateia.

Ela assoprou a própria franja e fez uma careta emburrada.

– Não importa. Cadê o rapaz? Precisava dar mais uma olhada no sujeito. Quando liguei para ele hoje de manhã, eu...

– Quê? Você o quê?

Hahaha! Tá bom, vida, já ri. Agora parou com a gracinha, tá?

– Que voz linda que ele tem! Calvin, né? Acho que foi esse o nome que ele me disse, agora estou na dúvida...

– Como conseguiu o telefone dele?

– Naquele dia no hospital. Você sabe que não perco tempo, né? Falei para que ele me ligasse caso precisasse, maior desculpa furada! – Riu alto. Nem parecia que tinha acabado de enterrar a avó. – Mas, então, se estiver rolando algo entre vocês, diga logo ou cale-se para sempre, prima!

Perdi a paciência. Eu nem tinha me perguntado como Calvin havia tomado conhecimento do enterro, mas tudo ficou muito claro.

– Fique à vontade, priminha. – Dei de ombros. Ela também era da turma do "pega e não se apega", com certeza teriam boas fodas e nenhum problema com a falta de compromisso. – Mas vou logo dizendo que ele é um safado. Não crie expectativas.

– Adoooooooooooro! – Gargalhou.

Sorri só para ser educada. Despedi-me dela e voltei para casa. Antes, passei em um supermercado e comprei uma quantidade de doces superior à que costumava comer durante o ano inteiro. Usaria a minha folga para me entupir de açúcar. Transformaria cada cicatriz em aprendizado e cada lágrima em caloria.

HORA MARCADA PARA DIZER ADEUS

Já sabia que os próximos dias seriam difíceis. O pior foi ter que trabalhar mesmo sabendo que não estava pronta para me concentrar em nada que não fosse a minha avó. O meu rendimento só caía. Bem que tentei dar o melhor de mim, mas ninguém consegue fazer isso vivendo em sua pior versão.

As noites eram as piores. Não sei o que há com elas. Parece que a vida se cala só para ouvir todas as coisas pelas quais você se lamenta. A consciência me atingia durante as madrugadas e a minha única salvação era acrescentar mais frases à minha "parede da Clarice", com os pincéis novos que havia comprado.

Colocava música alta toda vez que sabia que Calvin estava com alguém. E ele não me poupou. Estava com o apetite – ou a safadeza – nas alturas. Tentava sempre disfarçar os sons de sexo, mas era impossível. No fundo, ele sabia que eu estava ouvindo. Não tinha como não ouvir. Mas fazer o quê? A gente cura a dor com o que pode. Eu tinha uma parede, ele, um pênis.

O tempo passava e eu me sentia cada vez mais vazia. Só melhorava um pouco quando me deitava na cama, virada para a parede, e relia tudo o que tinha escrito. Liguei para a minha família todos os dias. Eles não estavam tão diferentes de mim, mas pelo menos permaneciam juntos. Pensei umas mil vezes em voltar para casa. E então eu parava e relia a frase mais destacada da minha parede:

"Liberdade é pouco".

E como era pouco. Pensava que tudo estaria resolvido quando me mudasse. Meus problemas teriam fim, minha vida avançaria. Seria quem pensava que era. *Só que não.* Tinha outros problemas, outras inércias. Tornei-me apenas uma desconhecida com o mesmo rosto de sempre.

"O que desejo ainda não tem nome."

Estabilidade? Coragem? Maturidade? Afinal, o que eu queria? Ou melhor, do que precisava? Às vezes é melhor a gente ter o que precisa do que ter o que a gente quer. Talvez a palavra certa fosse autoconhecimento. Queria muito me conhecer por inteira. Não saber quem eu era me angustiava e de fato colocava em risco toda a liberdade com a qual sonhei a vida toda.

A minha relação com Calvin voltou a esfriar. Encontrei com ele só umas duas vezes, pela manhã. Como sempre, estava aguando as plantas com o famoso regador. Cada bom-dia que trocamos foi brochante. Ele mal olhava para a minha cara. Eu também não, mas sentia que o homem me observava quando eu virava as costas.

Tentei não pensar nele, porém, não tinha nada melhor para pensar. Sério. Família: não. Trabalho: não mesmo. Vida amorosa: piada. Amizades: *neca de pitibiribas*. Por isso, cada segundo em que não pensava na vovó era ocupado pelo meu vizinho cafajeste. Recordava-me de cada palavra, cada toque... de tudo. Percebia o quanto a minha vida era chata sem o seu bom humor constante.

Não devia estar com raiva, já que me deixei ser decepcionada. Ele me avisou. Eu que não acreditei e não levei a sério seus alertas. A raiva sofria variações de acordo com a linha do meu raciocínio. Ora ficava puta da vida e tinha vontade de sair fodendo o mundo todo só para esfregar na cara dele, ora pensava com mais calma e percebia que fazer isso seria apenas incômodo e, pior, por causa de alguém que não merecia.

Depois de muito refletir, percebi que começamos errado. Talvez tenha sido necessário fazermos um sexo louco, porém o erro se encontrava em mim e na minha ideia ultrapassada de mesclar sexo com sentimento. De criar expectativas. Não havia por que prosseguir com aquele clima chato. Precisávamos apenas deixar as coisas mais definidas. Afinal, Calvin não era uma má pessoa, só um péssimo pretendente a algo mais que não fosse uma simples amizade.

Em um domingo de manhã, abri os olhos já decidida a não deixar as coisas como estavam. Coloquei o meu biquíni branco e optei por um vestidinho transparente como saída de banho. As minhas promessas seriam cumpridas. Já Calvin não tinha nada o que cumprir, pois nunca havia me prometido nada. Sabia bem que o domingo era um dia difícil para o meu vizinho. Não custava ajudá-lo.

Peguei uma garrafa de cachaça e alguns limões dentro da minha geladeira. Não dizem que "se a vida te der limões, faça uma limonada"? Queria fazer minha famosa caipirinha. Percorri o caminho até a varanda dele. Observei pela janela, como de costume, mas não consegui vê-lo. Abri a porta da sua casa devagarzinho. Estava aberta. Acho que era costume do meu vizinho se manter tão desprotegido. Qualquer um poderia entrar ali.

Uma sensação ruim tomou conta do meu estômago só de imaginá-lo deixando a porta destrancada à noite. Tudo bem que devia facilitar para as suas mulheres entrarem e saírem quando bem entendessem, mas não deixava de ser perigoso.

– Calvin? – chamei quando cheguei à sua sala. Dei alguns passos, percebendo que aquele lugar continuava como da última vez que o vi. Não que fizesse tanto tempo assim, mas para mim pareceu uma eternidade.

Olhei por todos os lados e depois reparei que a porta do quintal estava aberta. Ainda era cedo, entre dez e onze horas da manhã, por isso não achei que já estivesse lá. Entrei devagar, tímida. Percebi que meu vizinho estava de costas para a porta, empunhando uma tesoura de jardineiro, concentrado em podar um dos tantos vasos que enfeitavam o quintal. O encanto tomou o meu corpo. Tudo me pareceu lindo demais, desde o jardineiro até o sol brilhando com força, intensificando os tons de verde e o colorido das muitas flores do lugar.

A piscina estava lá, sendo preenchida pela água da mesma mangueira. A mesa, o guarda-sol de palha, o som ligado, os bancos de pedra... A churrasqueira ainda estava desligada, mas senti um cheirinho bom de comida gostosa. Ele já tinha preparado alguma coisa. Observei aquela bunda numa sunga vermelha, as pernas torneadas e as coxas musculosas. O cabelo escuro estava meio molhado, espetado para cima. Uma coisa de louco. Mas eu precisava me controlar. Tinha de ser forte pelo menos uma vez na vida, já que havia sido covarde em todos os âmbitos até então.

Percebi uma toalha branca e comprida ao lado da piscina. Depositei a garrafa e os limões no chão, tentando não provocar nenhum barulho. Queria fazer uma surpresa. Retirei a minha saída de banho e me lembrei de que não tinha passado protetor solar.

Olhei ao redor e, por sorte, vi uma embalagem de filtro solar perto da piscina. Consegui pegá-lo sem ser descoberta. Depois de ter quase me melecado inteira com o protetor – menos as minhas costas –, comecei a ficar muito nervosa com a situação. E se ele detestasse me ver? Se me expulsasse de sua casa? Tudo podia acontecer.

– Tem como passar isso nas minhas costas, por favor? – perguntei, esticando o produto na direção dele.

Calvin levou um susto ao se virar depressa. Ofegou um pouquinho e, enfim, iluminou o rosto com seu velho sorriso safado. Uma segunda traição aconteceu dentro de mim. Sorri de volta, ainda com o filtro apontado para ele.

– Raissa? – Ele não acreditou muito que eu estivesse ali.

– Eu! Vamos, Calvin, o sol está me assando!

Ele soltou a tesoura na grama e andou até mim sem desviar os olhos. Parou no lado oposto da piscina só para lavar as mãos com a mangueira. Depois, continuou o seu percurso. E eu continuei sorrindo feito uma boba.

– Que inveja desse protetor! – O sorriso ficou ainda mais cafajeste. Achei que fosse ter uma morte súbita quando Calvin chegou perto e se ajoelhou ao meu lado.

Admirei os seus olhos, que me analisavam com alegria. Desci um pouco o olhar para a coisa que brilhava em volta do seu pescoço. Era a corrente de prata que eu havia dado a ele com a inicial C como pingente. Toquei-a e, *sem querer querendo*, também toquei a pele do seu peito forte e rijo.

Calvin pegou o tubo do protetor e, sem deixar o sorriso ir embora, colocou uma grande quantidade nas mãos. Virei-me de costas para ele, puxando os meus cabelos para frente. Fechei os olhos quando senti o seu toque.

– Eu trouxe caipirinha. Quero dizer, os ingredientes.

– Você trouxe muitas coisas, Raissa.

Frase dúbia? Só podia ser. Eu o conhecia o bastante para ter certeza.

Suas mãos percorreram a minha coluna de um jeito sensual. Prendi os lábios, tentando, em vão, controlar o meu corpo. O nível de excitação logo entrou na área vermelha – *perigo, perigo!* –, sem precisar de muita coisa. Bastou apenas o seu toque.

– Trouxe apoio e amizade – completei. Sua boca foi parar no meu ouvido.

– E o que mais? – rosnou baixo, como um gato selvagem.

– Só.

Calvin me puxou pela cintura, obrigando-me a ajoelhar junto com ele. Afundou sua boca no meu pescoço e passou as mãos pela minha barriga. Desceu pelas laterais das minhas coxas. Fechei os olhos com força, porque precisava resistir. Tinha que ficar imune aos seus ataques sempre precisos. Necessitava não sentir tantas emoções quando aquelas palmas encontravam a minha pele.

De súbito, o homem me virou de frente. Eu me vi deitada sobre a toalha em menos de dois segundos. Um corpo grande, másculo, sedutor e safado se posicionou bem em cima de mim. Pedi socorro aos céus.

– Calvin... Não... – O pedido foi patético. Era óbvio que eu queria aquilo tanto quanto ele. Se eu tivesse um pau, estaria tão duro quanto o que me cutucava entre as pernas.

Ele segurou o meu rosto, parando para me observar com calma. Eu estava desesperada. Como o vizinho podia estar tão tranquilo? Era muito injusto. Quando voltou a abrir o sorriso, daquela vez de muito perto, achei que, sim, o mundo era mesmo deprimente. Balancei a cabeça em negativa. Precisava tentar mais uma vez.

– Não vim aqui atrás de sexo, Calvin Klein. – Aquela frase me fez ter coragem para prosseguir: – Não quero isso de você. Vim prestar o meu apoio, como prometido. Vim te fazer companhia.

– Poxa, Raissa, como você mente mal. – Riu de leve, passando seus dois polegares pelos meus lábios. Seu rosto estava tão colado ao meu que era impossível não entrar em um estado febril.

Calvin se ergueu um pouco e levou uma mão à parte de baixo do meu biquíni. Gemi, fazendo uma careta. Tentei fechar as minhas pernas, mas ele não deixou. Passou um dedo por dentro, atingindo-me em cheio. Bufou.

– Se sua boceta não estivesse tão molhada, eu até acreditaria em você, vizinha. – Sorriu amplamente. Senti-me perdida, encurralada. Traída, mais uma vez, pelo desejo sufocante. *Mas que merda*! Eu precisava parar. – Nunca esperei tanto para ter alguém quanto espero para te ter, Raissa... – Tirou os dedos de mim e os colocou na própria boca. Lembrei-me da cena com a Karen-quenga. *Que ódio*!

Foi a péssima lembrança que me fez empurrá-lo, utilizando mãos e pernas.

– Não, Calvin. Não será assim!

Ele se ajoelhou na toalha. Sentei-me de novo, afastando-me o máximo que pude. Ouvi um rosnado de frustração partindo dele.

– Você é sempre tão difícil!

Difícil? Meu Deus, ele nunca me viu difícil. Mas veria a partir de então.

– Você que é fácil demais.

Calvin arquejou e se sentou ao meu lado, com as pernas flexionadas e os braços apoiados nos joelhos. Aquela tinha sido por muito pouco.

– Apenas não finjo não te desejar. É simples.

Suspirei. Mesmo meu ego estando orgulhoso por ser alvo do desejo daquele cara, o meu lado racional sabia que ele sequer era seletivo. Estar na sua mira era o mesmo que ganhar na loteria junto com mais dois milhões de pessoas. Eu precisava ser alvo de outra coisa; algo que me fizesse ganhar sozinha na Mega-Sena acumulada.

– Vai ter que fingir. Ou pelo menos aceitar que não pode ter tudo o que quer. Vou deixar as coisas bem claras, Calvin, se quiser a minha amizade, vai ter que ser só ela. Nada mais.

Ele me encarou com seriedade. Deu de ombros.

– Nada?

– Nada. Não haverá sexo, beijos... Não haverá nada que dois amigos não façam. É só isso que quero de você – menti. Uma mentira necessária para o meu futuro.

Ele apoiou as mãos para trás. Olhou para um ponto entre as suas pernas. Acompanhei-o também, por curiosidade. Um volume grotesco fazia a sunga ficar mais apertada que o normal.

– Diz isso pra ele, não pra mim. Um amigo não deve ficar de pau duro quando vê uma amiga, certo? – Gargalhou.

Mesmo quase entrando em desespero, fiz força para rir também.

– É isso ou nada. Do contrário, serei sempre a vizinha emburrada contigo. É o que quer? Que fique um clima insuportável entre a gente?

Ele se aprumou a fim de segurar a corrente de prata com as duas mãos. Pareceu-me um gesto involuntário. Será que tinha criado aquela mania? Com que frequência usava a corrente?

– Não, claro que não. Eu... eu senti muito a sua falta – disse seriamente.

Droga... Coração traiçoeiro que não conseguia ouvir certas coisas e observar certos sorrisos! Quase joguei tudo pelos ares. Sentia que estava por um triz, em cima de uma corda bamba, tentando me equilibrar no autocontrole.

– Eu também – murmurei. Calvin ergueu uma mão e apertou a minha bochecha. Largou-me rápido demais. – Como você está?

– Não, não... Como você está?

– Péssima. Dói tudo. – Dei de ombros.

– Sei como é... – Suspirou. – Vai passar. Eu assopro. – Abriu um largo sorriso.

– Conte-me tudo, Calvin.

Ele me encarou como se tivesse acabado de receber uma notícia horrível. Passou as mãos pelos cabelos ainda molhados, espetando-os mais.

– Não... Não, Raissa, por favor. Hoje não.

– Tudo bem, eu entendo. Mas talvez seja melhor desabafar. Quem era ela? Digo, sua ex?

Ele fechou os olhos. Desviou o rosto e voltou a segurar a corrente. Toquei seus cabelos com cuidado, aproximando-me mais. Colei meu corpo no seu, lateralmente. Calvin demorou tanto a mostrar reação que puxei seu rosto bonito para mim.

– Às vezes decepciono um pouco, como aconteceu contigo. Às vezes decepciono muito, como aconteceu com ela. – Continuou sem me olhar.

– O que você fez? – Sorriu.

– Não a amei. Foi isso. Não se deve namorar alguém sem amar, certo? Acredite, eu fazia o tempo todo. Chegava a ter umas três ou quatro namoradas de uma só vez.

Prendi os lábios com força. *Puta merda.* Ele não estava querendo me dizer que...

– Ela se matou? – A minha voz saiu estridente.

– Não, eu a matei, Raissa. Foi a mesma coisa. Agora vamos mudar de assunto. E a sua família?

Larguei seus cabelos e me afastei dele. A minha cara não devia ter sido nada bonita, pois sentia meu rosto pulsar, esquentar e quase explodir.

– Acho que estão bem. Quando foi isso?

– Que bom... Espero que todos superem depressa. Você também, mocinha. – Daquela vez, apertou a ponta do meu nariz. – Gosto de te ver sorrir.

– Quando foi isso? – rosnei, um pouco frustrada.

Calvin fechou as expressões.

– Alguns meses depois da morte do meu pai. Perdi o rumo, sabe? Enrolei as coisas. Ela descobriu sobre a minha promiscuidade, mas não desistiu de mim. Encheu o meu saco até que perdi a cabeça e falei que nunca a amei. Dois dias depois, ela... Eu... Nunca quis que... – Sorriu.

– Ai, meu Deus...

– Prometi a mim mesmo que nunca mais enganaria ninguém – murmurou, visivelmente perturbado. – Quem quiser ficar comigo, precisa saber como eu sou. Não tenho nada parecido com namoro, sequer fico com uma pessoa só por muito tempo. Não me envolvo, Raissa. Não posso arriscar, devo isso à memória dela.

Meus olhos se encheram de lágrimas. Mal sabia o que pensar.

– Ah, não, Raissa... Por favor, não me diga que veio aqui para sentir pena de mim, para lamentar o que passei... E pelo que fiz os outros passarem. – Suspirou. – Você precisa entender que a culpa sempre é minha. Eu faço tudo errado.

Neguei com veemência.

– Vim aqui para ser sua amiga. Uma amiga de verdade. Não falo de amizade colorida, falo de uma amizade preta e branca. Sem nuances, mas forte e definida – expliquei. – E isso significa que o tempo que gastaria fazendo sexo comigo será utilizado com muita conversa.

Ele bufou, contrariado.

– Não vejo vantagem.

– Claro que há. Não vai haver só conversas sérias! – Dei-lhe um tapinha no braço e ri, tentando fazer o clima melhorar um pouco. Calvin gargalhou. Foi tão fácil. Era simples fazê-lo rir. Seu humor se modificava em uma velocidade tão impressionante que me deixava confusa. Precisava me acostumar com aquilo. – Também podemos fazer muitas coisas, como amigos!

– O que, por exemplo, amiguinha? – ironizou, erguendo uma sobrancelha. Levantei-me da toalha em um sobressalto.

– Cair na piscina! *Simbora?* Está muito quente hoje!

Calvin me encarou de um jeito engraçado, até que, de repente, levantou-se e me empurrou na piscina. Caí de cara, seios e barriga na água gelada. Quando emergi, ouvi as gargalhadas.

– Cretino! – Ergui-me o mais depressa que pude e espirrei água congelante nele, usando mãos e pés. O coitado bem que tentou se esquivar, mas, percebendo que seria pior receber aquele gelo gradativamente, deu um mergulho. – Não vale, Calvin, eu não ia molhar meu cabelo! – gritei quando ele se sentou, já dentro da piscina.

– Desculpa aí, amiga!

Mostrei a língua para ele, mas me arrependi. Seu sorriso foi embora enquanto observava a minha boca com atenção.

– Raissa, eu queria te pedir uma coisa.

– Sim, claro. – Meus nervos quase se espatifaram por causa da apreensão.

– Aliás, duas coisas.

– Fala logo!

– A primeira é que não conte a ninguém as coisas que te falo – disse com um olhar sério. – Você é a única que sabe tanto.

Um nó subiu na minha garganta.

– Sem problemas, Calvin. Nem precisava ter me pedido isso. Tudo o que for dito ficará entre nós.

– Obrigado. – Sorriu.

– Agora, faça seu segundo pedido.

– É que... Eu tenho problemas com adeus.

– Como assim? – Franzi o cenho.

– Não estou lidando muito bem com a ideia de nunca mais te tocar. Eu queria poder fazer isso só mais uma vez.

Sentei-me de repente.

– Calvin... Não...

– Uma noite, Raissa. – Ergueu o dedo indicador. O olhar estava no modo cafajeste. – A última. Juro. Nunca mais vou te tocar depois dela. Seremos amigos, como o combinado.

Suspirei alto, tomada pelo nervosismo. A proposta era... maluca. Não podia dar certo. Só abriria mais uma cratera dentro de mim, ou pior, deixaria a aberta ainda mais funda. Ainda assim, o meu corpo quase pulou de felicidade. Talvez eu também precisasse de um adeus mais digno.

– Não! – a razão me fez dizer.

– Por favor... Eu juro. – Suspirei alto. *Merda.* – Ei... Vai ficar tudo bem. Seremos amigos, os melhores amigos do mundo. Meu pau nem vai ficar duro, você pode até ficar nua na minha frente! – falou tão rápido que parecia mais um moleque.

Jorrei água na cara dele.

– Não exagera!

Calvin revidou enquanto gargalhava. Iniciamos uma verdadeira guerra aquática. Começamos espirrando água um no outro com as mãos, até que fomos rindo e usando os pés também. No fim, estávamos de pé, chutando a água como podíamos, com nossas barrigas doendo de tanto rir. Foi divertido. Talvez o momento mais legal que já passei com ele, provando que seria melhor se fôssemos apenas amigos.

Infelizmente, o instante teve fim depressa, mas pelo menos foi um fim maravilhoso. Quero dizer, eu não devia achar maravilhoso. Não podia sentir tanto tesão quando ele me puxou ao encontro do seu corpo. As mãos permaneceram na minha cintura, porém os olhos encaravam a minha boca. Estremeci diante do seu corpo molhado, esbanjando sensualidade, pecado e excitação.

– Nesta noite, vizinha – definiu. – Diz que sim.

Fechei os olhos. Foi o meu maior erro, pois Calvin não hesitou em fazer nossos lábios se encostarem. Beijou-me com um fogo sem igual, fazendo-me sentir calor mesmo estando ensopada de água fria. As mãos subiram pelas minhas costas e agarraram os meus cabelos. Soltei um gemido. Ele precisava ser tão bom nisso?

– Diz que sim, Raissa... – murmurou entre meus lábios.

De repente, tive uma ideia que, por Deus, precisava dar muito certo. Foi um *insight* impressionante, uma reviravolta nas minhas atitudes.

– Esta noite... – Coloquei-a em ação. Nem pensei muito nas consequências, não nas que se referiam a mim mesma. Só pensei nas que o Calvin precisava sofrer.

– Em que parte da *nossa casa*? – Desceu os lábios pelo meu pescoço, numa ânsia que prometia ser insaciável. Senti o volume de seu pênis firme na minha barriga.

De novo a palavra "nossa"? Meu pai amado!

– Vai terminar onde tudo começou – defini. Ouvi seu riso contra a minha orelha.

– A gente se vê na sua cama, vizinha. Não vejo a hora... – Gemeu de propósito, fazendo-me arrepiar dos pés à cabeça. – Vou te foder como se não houvesse amanhã...

– Mas não vai ter mesmo.

– Então, imagina só como vai ser.

Ah, eu imagino, Sr. Klein.

De verdade, eu imaginava perfeitamente, como se acontecesse naquele segundo. Só não sabia se conseguiria esquecer depois, portanto, ele teria a obrigação de sumir com as minhas memórias após o último beijo. O problema maior era que eu estava determinada a fazê-lo lembrar a cada instante; daria ao meu vizinho uma noite inesquecível.

AS MELHORES COISAS DA (MINHA) VIDA

Calvin não me tocou durante todo o churrasco. A nossa despedida tinha hora marcada e ele não pareceu disposto a adiantá-la. Aproveitei a oportunidade para lhe perguntar sobre o novo emprego, já que não sabia se tinha, ou não, dado certo. Ele me contou, animadíssimo, que estava adorando o cargo de cozinheiro. Até me convidou para visitar o restaurante; era um bem conhecido na cidade, especialista em massas.

Fiquei muito feliz por ele. Sua alegria ao narrar os acontecimentos daquela semana – só os referentes ao trabalho, não me falou nada sobre as mulheres que comeu – me encheu de bom humor. Calvin via grandes possibilidades de promoção, já que o cargo de chef de cozinha era ocupado por um senhor prestes a se aposentar.

Almoçamos picanha gaúcha com baião de dois, e, claro, estava tudo uma delícia. Comi tanto que achei que fosse explodir. Calvin gostava de me ver comer. Na verdade, disse com todas as letras: "amo te ver comendo o que cozinho". Fiquei orgulhosa do meu próprio apetite – e, ao mesmo tempo, envergonhada por causa do modo carinhoso como me olhou ao dizer tais palavras.

Perto das duas da tarde, ele disse que precisava sair, mas que voltaria logo e que estaria na minha casa para nos "despedirmos". Falou isso com o sorriso mais safado do mundo. Decidimos que nosso encontro seria às sete horas. Bom, quero dizer, Calvin estabeleceu até mesmo o fim dele ao sussurrar baixinho: das sete às sete. Tremi só de pensar pelo que me esperava. Aliás, a ideia toda me deixava excitada e assustada.

Às vezes parava para pensar na loucura que estava prestes a cometer, mas tentava me manter tranquila. Seria uma noite memorável muito bem-vinda para o meu corpo e, a partir dela, estaria livre do poder que aquele homem exercia sobre mim. Mas não antes de fazê-lo entender que ele também ficaria preso ao meu poder de sedução.

O que fazer quando você sabe que vai passar a última noite com o cara mais gostoso e safado do mundo? Além de, óbvio, entrar em desespero total – porque a última noite com o Calvin mais me parecia a última da minha vida –, precisava dar um trato em mim. Já que havia uma hora marcada, podia me preparar em todos os sentidos. Não seria pega desprevenida, como das outras vezes. Teria tempo para munir todas as minhas armas.

Foi por isso que, assim que nos despedimos, segui para a minha sessão de beleza. Foi um reparo total. Fiz tanta coisa no meu corpo que nem acreditava que o Calvin pudesse fazer ainda mais: retirei todo e qualquer pelo que estava em excesso, fiz as unhas das mãos e dos pés, hidratei o corpo com um banho de óleo afrodisíaco – também tenho cartas na manga – e escovei os meus cabelos com o secador.

Já eram quase dezoito horas quando concluí a minha "sessão pré-foda", por isso tratei de fazer uma maquiagem legal. Nada exagerado. A pior parte foi decidir o que vestir. Já circulava pela minha mente a ideia de usar só lingerie, mas qual?

Depois de descartar alguns modelos, vesti um conjunto de calcinha e sutiã azul-escuro. Era bem bonito, com a cor brilhante por causa do tecido e lacinhos singelos estrategicamente costurados. Achei que o meu corpo ficou sensual, do jeito que eu queria. A calcinha era pequena, com as alças finas, mas não era fio-dental atrás. Perfeita.

Passei mais um tempão tentando descobrir o que vestiria por cima. Coloquei de tudo um pouco, desde trajes formais até modelitos de ficar em casa, bem sem graça. Por fim, lembrei-me de que aquele conjunto de calcinha e sutiã vinha com uma espécie de robe da mesma cor, feito de cetim. O tecido era leve e macio. Adorei o resultado. Estava bem escondida, mas ao mesmo tempo convidando a desvendar o que tinha por dentro.

Soltei os cabelos em frente ao espelho e fiquei admirada comigo mesma. Estava especialmente bonita. Do jeito como merecia ficar naquela noite e da maneira como o Calvin nunca tinha me visto antes.

Meu coração bateu no ritmo de uma bateria de escola de samba quando ouvi batidas na porta. O nervosismo finalmente me atingiu e me vi perdida, olhando por todos os lados. Procurava por alguma coisa que estivesse fora do lugar, mas havia feito uma arrumaçãozinha no quarto mais cedo.

Fui à sala na maior carreira e liguei o som, já preparado para tocar uma trilha sonora romântica a noite toda. Assim que a primeira música começou a tocar – um clássico do repertório romântico de Elvis Presley –, achei que Calvin sairia correndo. Entretanto, para a minha surpresa, ele bateu novamente em minha porta.

Respirei fundo pelo menos umas mil vezes. Cruzei o tapete da Sra. Klein, só então percebendo que estava descalça. *Droga*! Tarde demais. Tinha me esquecido de separar algum sapato bacana. Se bem que, o que usar naquela ocasião? Afinal, eu estava em casa; se colocasse saltos, não faria muito sentido.

Tomei fôlego e abri a porta de uma vez. Meu coração sofreu um baque pesado, senti-me em queda livre num abismo profundo. O estômago quase explodiu de adrenalina e os meus olhos se abriram bastante, até me acostumar com o que tinha na minha frente: Calvin vestido com uma cueca preta da Calvin Klein – não podia ser outra, podia? –, camiseta regata preta e a corrente de prata que lhe dei.

Ele não sorriu quando me viu. Ficou absolutamente sério, observando os meus olhos como se já estivesse me despindo. A música não ajudou. Arrependi-me de ter escolhido algo tão clichê, tão nada a ver conosco. Eu devia ter colocado música de putaria.

O meu vizinho delícia continuou me encarando, porém ergueu as mãos. Percebi uma garrafa de vinho em uma delas e um botão de rosa na outra. Uma rosa cor-de-rosa. A coisa mais linda e perfeita que já vi, tirando aquele cara na minha frente.

Calvin nada falou, nem mesmo se mexeu. Tentei absorver o que era tê-lo diante de mim, pronto para ser meu, sugerindo safadeza e libertinagem naquele vinho e ternura na rosa delicada. E a seriedade? O que sugeria? Talvez que eu não devesse levar aquele momento tão a sério quanto sabia que levaria.

Diante da falta de reação daquele homem, decidi dar vazão ao meu desejo. Como um foguete, voei ao seu encontro e colei nossos corpos. Envolvi os meus braços no seu pescoço e fiquei na ponta do pé para beijar a sua boca com a vontade armazenada de umas cem represas. Calvin estava com as duas mãos ocupadas, talvez por isso não tenha reagido ao meu toque. Sua boca obedeceu à minha e só. O restante ficou por minha conta. Utilizei a língua como pude, fazendo do beijo uma espécie de salvação para os meus sentidos; aquela boca era tudo de que eu precisava.

Comecei a tocá-lo em diversos pontos, demonstrando o quanto estava desesperada. Apertei-lhe a nuca, assanhei os cabelos, desci pelo peitoral e arranhei a camiseta com as minhas unhas recém-pintadas. Meus lábios seguiram pelo seu pescoço e minhas mãos passaram a explorar seu corpo, que permanecia inerte.

Empurrei-o contra a porta, encurralando-o em meus domínios. Explorei o que tinha por debaixo da camiseta preta. Arranhei sua pele, puxei-a, instiguei-a como pude enquanto beijava o pescoço, a orelha, o queixo... Voltando para a boca.

Sorri quando senti a sua pele se arrepiando diversas vezes seguidas, absolutamente entregue às minhas carícias. Sua falta de reação só me instigou ainda mais. Era a primeira vez que não me sentia perdida, à mercê de sua boa vontade. Muito pelo contrário, estava nítido que o perdido era ele. Finalmente consegui fazê-lo sair do topo da cadeia alimentar; estava disposta a comê-lo e não a me deixar ser comida.

Uma frase da Clarice permeou a minha mente. Afastei-me só para olhar em seus olhos. Percebi o que queria e o que imaginava: Calvin estava bem perdido.

– "Perder-se também é caminho"... – murmurei e sorri. Ele continuou sério, encarando-me com intensidade. Eu daria qualquer coisa para saber o que estava pensando a respeito de tudo aquilo, mas o seu silêncio era excitante.

Peguei a garrafa de vinho da sua mão e me virei na direção da sala. Depositei-a em cima da mesinha de centro. Pensei que Calvin tivesse entrado na minha casa, porém constatei que sequer havia se mexido. Continuou encostado à porta, esperando-me com o peito subindo e descendo, mostrando uma respiração ofegante. Apoiou a cabeça no portal e soltou um suspiro de excitação, sem desviar os olhos de mim.

Aproximei-me e segurei a rosa. Coloquei-a entre os meus seios, com o caule atravessando o sutiã. O robe ganhou um decote discreto por causa disso. Quando olhei novamente para Calvin, ele estava acompanhando os meus movimentos, ainda sem se mexer. Soltou um grunhido quando voltei a tocá-lo, daquela vez nas laterais de suas coxas. Colei nossos corpos de novo. Senti a sua ereção já firme querendo se livrar da cueca, mas tentei não dar bola. A minha promessa particular de atiçá-lo lentamente seria cumprida.

Foi uma surpresa para mim: Calvin não se mexeu ou me tocou. Estava pensando que ele ainda não tinha encostado em mim por causa das mãos ocupadas, mas, pelo visto, eu me enganei. Ele estava mesmo se deixando levar.

Lembrei-me de outra frase da Clarice:

– "De repente as coisas não precisam mais fazer sentido. Satisfaço-me em ser. Tu és?..."

Não concluí de propósito. Foi então que ele sorriu. Não de um jeito safado ou sacana, mas de um modo maravilhosamente perfeito, que indicava uma alegria que não consegui compreender.

– "... Tenho certeza que sim" – respondeu, soltando um arquejo misturado a um riso suave.

Meus braços envolveram o seu pescoço. Puxei-o para mim; para dentro da minha casa, para dentro da minha vida. Fechei a porta usando os pés. Empurrei-o como uma louca, e Calvin meio que caiu para trás, sentando-se no sofá. Puxei as suas mãos, sem dar tempo para uma pausa, praticamente o arrastando na direção do tapete.

Seu sorriso tinha morrido desde a conclusão da frase da Clarice e permaneceu morto quando abri as minhas pernas ao seu redor, sentando-me sobre a ereção pulsante. Beijei-lhe a boca com mais calma. Senti cada partícula daquele homem derretendo, e quanto mais percebia que ele cedia, mais o meu corpo vibrava de excitação.

Ergui os seus braços e Calvin sequer pestanejou. Observei os músculos definidos e contraídos por um instante, sem largar aquela boca maravilhosa. Movimentei o meu quadril lentamente. Calvin gemeu. Foi um gemido divino entre os meus lábios. Queria um bis. Desejava ter a noção do quanto as minhas carícias o estavam tirando do sério.

Minha boca fez um rastro de batom por todo seu rosto. Foi devagar. Distribuí beijos molhados, ternos, suaves. Terminei o pequeno tour em sua orelha, mordiscando-a.

– Você é meu – sussurrei, tomada pelo tesão. – Sou eu quem vai te comer todinho hoje. – Ri de mim mesma, pronta para lhe devolver as palavras: – Vou te foder com os meus dedos, com a minha boca e com a minha boceta, que já te quer muito.

Calvin arquejou alto. Sorri mais uma vez quando percebi a sua pele arrepiada. Aprumei o meu corpo, sentando-me ereta. Seus braços estavam erguidos, como se tivesse sido uma ordem minha deixá-los para cima. O peito inflamava e os olhos escuros me analisavam com desejo enraizado.

Brinquei com as fitas do meu robe. Prendi os lábios e toquei o meu próprio corpo por cima dele. Calvin ficou me assistindo, sem nada falar, sem nada fazer. Fui lenta de propósito. Enrolei bastante antes de puxar as fitas, deixando o tecido escorrer pelos ombros. Os olhos dele brilharam de luxúria quando descobriram o que eu escondia.

Não retirei o robe totalmente. Peguei a rosa do meu sutiã e passei o caule pelo meu corpo, pelos seios, minha calcinha e, depois, subi pelo rosto. Calvin continuou me assistindo, só que cada vez mais desesperado. Percebia a sua agonia pela minha falta de pressa, mas eu gostava.

Parti o caule da flor ao meio e a prendi atrás da orelha. Puxei os cabelos para frente e sorri. Calvin prendeu os lábios e balançou a cabeça. Peguei o outro pedaço do caule da rosa e o guiei pela sua boca, descendo pelo peitoral e atravessando o abdome até parar no nome "Calvin Klein" escrito no cós da cueca.

Joguei o caule fora e ergui sua camiseta. Calvin se contorceu todo, ajudando-me a tirá-la. Quando tentava passar pelos seus braços, precisei me curvar inteira e os meus seios ficaram na altura da sua boca. Ele me beijou por cima do sutiã; beijos molhados, urgentes, insaciáveis. Fiquei naquela posição por mais tempo do que realmente foi preciso, visto que consegui retirar a camiseta depois.

A sua expressão frustrada, quando tornei a me erguer, foi linda de acompanhar. Os braços continuaram para cima e, *minha nossa*, como adorei aquela vulnerabilidade! Esgueirei-me para beijar seu corpo. Passei minha língua pelos mamilos, ouvindo seus gemidos fracos que quase me levaram ao êxtase. Na medida em que a minha boca descia, Calvin gemia mais alto. A impaciência lhe atingia toda vez que meus lábios subiam em vez de descerem. E eu sorria.

Lambi o seu umbigo. Mordisquei a sua pele e, por fim, parei com o meu rosto bem na frente da sua imensa ereção. A cueca quase não conseguia segurá-la. Decidi ser misericordiosa, não sem antes lamber seu membro teso por cima do tecido. Então, minhas mãos trataram de salvá-lo de uma vez por todas.

Retirei a CK depressa, cheirando-a antes de jogá-la longe. Comecei a estimulá-lo com os meus dedos. Juntei um pouco de saliva e cuspi na ponta rosada do seu pênis delicioso. Calvin soltou um gemido, com direito a uma contorcida que me deixou louca. Tentei ter paciência durante os movimentos com as mãos, porém fui vencida. Caí de boca como se a minha vida dependesse daquela chupada.

Calvin não interferiu nos meus movimentos. Nem uma vez sequer. Juro. Ora fui lenta, ora extremamente lenta, ora fui rápida, ora muito, muito rápida mesmo. Estava no comando, e ouvi-lo gemendo estava me deixando tão fora de mim que precisei parar quando percebi que ele estava quase gozando.

– Raissa... – murmurou o meu nome, com resquícios de desespero.

– Hum? – Encarei-o, ainda sem saber o que fazer primeiro. Queria deixá-lo gozar, mas isso nos obrigaria a uma pausa. E eu não sabia se estava pronta para parar.

– “Perder-se é um achar-se perigoso.”

Sorri. Eu adorava o perigo. A sensação de medo, de não saber o que fazer, deixava-me louca. Era uma espécie de realização pessoal, como se o desconhecido me atraísse de uma forma diferenciada. Mais uma vez, Calvin me abria portas que eu nem sabia que existiam.

– "Estou tão assustada que só poderei aceitar que me perdi se imaginar que alguém me está segurando as mãos..." – falei, com medo de ter errado alguma palavra. Não sabia muitas citações, tinha decorado poucas. Só sabia direito as que eu tinha copiado na minha parede, e aquela frase foi uma delas.

Ele abaixou um braço apenas, a fim de me oferecer uma mão. Toquei-a, e cruzamos nossos dedos em um ato de pura confidencialidade. Com a outra mão, voltei a instigar. Inclinei-me para chupá-lo, daquela vez decidida: queria que gozasse. Desejava sua total rendição a mim.

Calvin voltou a se contorcer e gemer quando a minha língua percorreu sua ereção estupenda. Chupei-o com cuidado renovado, fechando os olhos para sentir todo o seu gosto. Tinha consciência de que ele me observava, porém não senti vergonha. Seus dedos ainda estavam entrelaçados aos meus, dando-me coragem e força para continuar.

Encarei-o, mas Calvin estava com a cabeça depositada no tapete, com os lábios entreabertos e os olhos fechados. Acelerei o movimento de propósito. Ele abaixou a cabeça para conferir o que acontecia entre as suas pernas e nossos olhares se encontraram. Mantive-o preso aos meus olhos.

Suas pernas começaram a tremer, bem como o abdome. Eu sabia que estava vindo e a minha ansiedade não me permitiu estender o momento. Continuei a toda velocidade, apertando seus dedos contra o meu e o seu pau contra a minha boca.

– Boca gostosa do caralho! – ele gritou um segundo antes de eu sentir seu sêmen preencher a minha boca. Soltou grunhidos que me fizeram arrepiar dos pés à cabeça. Achei esquisito recebê-lo, por isso deixei seu gozo quente escorrer.

Calvin continuou ofegante durante muito tempo depois do clímax. Ficou me assistindo, sem afastar as nossas mãos. A seriedade completa tomou conta de sua expressão antes desejosa. Comecei a realmente temer aquela seriedade.

Seus braços erguidos desceram, até que tocou os meus cabelos, abaixo de onde pendurei a rosa (que, por incrível que pareça, ainda estava lá). Sorri. Ele não. *Droga!*

– Onde aprendeu tantas frases? – perguntou baixinho.

– Foram poucas... Andei lendo. Aliás, li muito.

– Não sabia que você era assim tão... – Parou. Fiquei esperando, mas a conclusão não veio.

Sorri de nervosismo. Lembrei-me de outra frase. Ainda pensei nela por alguns segundos, antes de falar. Não queria dizer nada errado e sabia que ele saberia se eu errasse.

– "Sou como você me vê. Posso ser leve como uma brisa ou forte como uma ventania..." – Calvin acompanhou a frase só com os lábios, sem provocar nenhum ruído. – "... Depende de como e quando você me vê passar".

Ele puxou o meu rosto com cuidado. Beijei a sua boca. O gosto dele foi dividido entre nossas línguas, e aquilo foi excitante. A noite estava só começando. Eu me mantinha bem positiva, pois sentia que estava vencendo. Aquele início significou um placar de um a zero para mim. E, se dependesse da minha força de vontade, seguiríamos naquele mesmo ritmo. Precisava sair daquela como uma vencedora, pelo menos isso. Afinal, sabia que, quando tudo terminasse, perderia feio algo que nunca foi meu.

Só que eu não seria a única a perder.

– Raissa... – murmurou quando o longo beijo teve fim. – Você sabe que isso vai ter volta, não é? – Aquiesci, sentindo um tremor atravessar a boca do meu estômago. Calvin sorriu. O sorriso safado. *Ai, merda.* – Escolha um número de cinco a dez...

– Hã?

– Vamos, escolha...

– Hum... Sete?

Calvin riu de um jeito bem cafajeste. Eu não sabia o que aquela pergunta significava e ele não explicou. Depois de dois longos beijos e de uma encarada estranha, em que mantivemos nossos olhares um no outro durante uns três minutos, ele falou:

– Dois nos meus dedos, dois na minha boca e mais três no meu pau.

No início, fiquei sem entender. Mas quando a compreensão me atingiu, junto com ela veio a necessidade extrema. Foi quase um pedido de socorro aos berros que o meu corpo fez. Sabia que Calvin cumpriria os sete orgasmos prometidos, só não fazia ideia se eu aguentaria tanto. Naquele instante, porém, senti que chegaria a qualquer ápice, desde que fosse ele quem me guiasse até lá.

CORRIGINDO ERROS (SÓ QUE NÃO)

– Vamos tomar um pouco de vinho? – sugeri baixinho. Ainda não tínhamos conseguido sair do lugar; nossos beijos trocados eram bons demais para serem ignorados ou deixados para depois. Grudamos um no outro como chiclete.

– Preciso me lavar antes, está bem?

– Fica à vontade, Calvin.

O vizinho sorriu e se levantou do tapete. Peguei o vinho e fui à cozinha, aproveitei e lavei as mãos e a boca por lá mesmo. Encontrei duas taças e enchi um balde de gelo. Calvin apareceu na cozinha quando eu estava tentando abrir o vinho com o saca-rolha. Desfilou seu corpo nu delicioso até chegar bem perto. Eu estava tão embriagada pelo seu perfume que só notei que esteve ausente quando o senti novamente.

– Permita-me, vizinha linda...

Entreguei-lhe a garrafa e ele a abriu em menos de um minuto. *Sacanagem!*

Serviu-nos com aquele charme de cozinheiro experiente, depois me ofereceu uma das taças. Fizemos um pequeno e silencioso brinde antes de darmos o primeiro gole. Seus olhos não largaram os meus, de tal forma que comecei a me sentir intimidada. Calvin deve ter percebido a minha vergonha, pois sorriu e largou a taça em cima da mesa da cozinha. Pegou a minha sem pedir licença e fez o mesmo.

Mariah Carey gemia que daria qualquer coisa pelo amor de alguém naquela noite.

Não soube onde colocar as mãos até que ele ficou na minha frente e me vi apoiando-as em seus ombros largos. As mãos dele circularam a minha cintura. O meu robe ainda estava aberto, exibindo o conjunto azul-marinho. Olhando-o de perto, percebi marcas de batom em seu rosto e na altura do peitoral. Sorri.

– Nunca te disse o quanto te acho linda, Raissa. Devo pedir desculpas por isso. – Colocou mais força em seu toque. – Cometi um pecado enorme e só me dei conta quando você abriu aquela porta.

Fiquei mais envergonhada ainda. Muitos homens já exaltaram a minha beleza – que só deu o ar da graça na minha fase adulta, já que fui uma adolescente sem graça e cheia de espinhas –, mas nenhum deles me fez ficar tão sem reação diante de um elogio. Não era por falta de costume ou autoestima, era alguma coisa em seus olhos que me fazia ser uma Raissa diferente.

– Eu também te acho lindo e nunca te falei. – Calvin sorriu amplamente. – Mas você não precisa que eu diga o que já sabe, não é?

– Qualquer elogio saindo de sua boca é uma honra, vizinha. Mas me dê licença, quem está elogiando sou eu, e não terminei. – Riu de leve. Acompanhei-o.

Suas mãos subiram pelos meus seios e pararam no meu pescoço, apoiando a base do meu rosto. Depois, uma delas alisou as mechas dos meus cabelos que estavam para a frente. Seu olhar era de verdadeiro vislumbre.

– Você é mais do que linda. Por algum motivo que desconheço, a vida achou que eu merecia conhecer o que há por dentro e por fora dessa mulher incrível que você é. Estou muito feliz por ter te conhecido e mais ainda por poder te chamar de amiga. Depois desta noite, claro. – Revirou os olhos. De repente, senti-me frustrada. Não gostei da palavra "amiga" saindo de sua boca. Calvin e amizade me pareceriam opostos que não se atraíam. – Não costumo prometer nada a ninguém, mas eu prometo, Raissa, que vou ser um bom amigo para você.

Ele sorriu, mas eu não o acompanhei. A frustração me atingiu a tal ponto que me afastei para pegar a minha taça. Calvin voltou a me tocar, suas mãos escorregaram pelos meus ombros, fazendo o robe descer até a metade dos meus braços arqueados. Tomei um gole do vinho e ele se curvou para beijar o topo da minha coluna. Suspirei de desejo. Calvin continuou me beijando a pele, até que percebeu o meu silêncio. Já eu, só conseguia me perguntar em que planeta encontraria outro homem sexy como ele.

– O que houve, vizinha?

– Preciso te mostrar uma coisa – murmurei. Queria parar de temer os rumos torturantes seguidos pela minha consciência. – Venha comigo.

Tomamos o restante do conteúdo das nossas taças antes de seguirmos para o meu quarto. Calvin veio logo atrás, grudando seu corpo em mim, mas percebi que estacou quando liguei as luzes e entramos. Seu olhar parou exatamente no que eu queria lhe mostrar: a parede da Clarice Lispector.

– O que achou? – Apontei, percebendo que a confusão de frases até que estava organizada. A minha letra sempre foi redondinha, o que facilitava bastante. Também tentei abafar o azul predominante com um pouco de preto, vermelho e verde.

Calvin não disse nada. Passou por mim e atravessou o quarto como se seu corpo tivesse se transformado em um ímã que o atraía na direção da parede. Suas mãos acompanharam a minha letra. Acredito que leu todas as frases escritas, alisando a parede e refletindo. Pareceu ter entrado em um estado de reflexão profunda. Sentei-me na cama, aguardando suas reações. Demoraram uns dois minutos, mas vieram. Calvin se virou para me olhar e logo seus olhos analisaram o meu corpo.

– Você quer me matar – rosnou como se sentisse verdadeira dor. – Raissa... – Deu dois passos e me empurrou contra a cama, envolvendo seus braços e pernas em mim de um jeito louco. – Isso... Argh!

Acho que a sua incapacidade de falar o irritou. Foi melhor para mim, pois Calvin começou a me beijar com selvageria. As mãos decididas tiraram o meu robe e arrancaram o meu sutiã em dois tempos. Uma boca nervosa tomou os meus seios apressadamente e a chama que já estava acesa no meu espírito virou incêndio.

– Gostosa... gostosa... – murmurou repetidas vezes, puxando meus cabelos, explorando-me, beijando-me em tantos lugares que, antes mesmo de alcançar a minha boca de novo, eu já me encontrava sem fôlego.

Seus quadris pressionados entre as minhas pernas me impediam de fechá-las. E as coisas pioraram quando uma mão tomou a calcinha para si. Senti dedos experientes estimularem o meu clitóris com rapidez, e meus gemidos, outrora discretos, tornaram-se quase gritos. Calvin não parou. Continuou me beijando, um pouco inclinado para me fazer pirar diante de seu toque. Estava disposto a ir até o fim; a constância de seus movimentos, misturada com a precisão e a velocidade ideal, conseguiu me fazer gozar. Soltei espasmos loucos que me levaram à Nárnia sem precisar de um armário.

Ele continuou me estimulando, mesmo com meu corpo implorando para que parasse. Pensei em pedir socorro, mas a ideia soou muito ridícula, por isso apenas gritei coisas ininteligíveis. Calvin não quis saber. Seu corpo se inclinou um pouco mais para o lado. A boca continuou na minha e só a largou quando decidiu descer para os meus seios. Tentei encontrar ar, mas foi difícil mesmo com seu afastamento.

Calvin não desistiu até me ouvir gozando de novo, intensamente. Mais uma vez, surpreendi-me com o curto espaço de tempo entre os meus orgasmos. O segundo foi ainda mais louco. Meu corpo o expulsou com desespero e finalmente aquele homem mostrou um pouco de piedade. De novo, Calvin me deixou morta já no início.

E ele sequer tinha tirado a minha calcinha.

– Seus gemidos são como música para os meus ouvidos, Raissa – falou seriamente, encarando-me com olhos desejosos. – Perco o controle... Saio de mim.

Se ele perdia o controle, eu perdia toda a minha identidade – CPF, certidão de nascimento e habilitação, sério, não me sobrava nem um nome. A minha melhor opção era tentar retomar o controle. Se eu desistisse e me entregasse como das outras vezes, sabia que me sentiria perdida o tempo todo. Não que fosse algo ruim, mas aquela noite precisava ser diferente. Eu estava disposta a fazer a diferença.

Foi por isso que o empurrei contra a minha cama. Surpreso, Calvin caiu meio sem jeito e soltou um rosnado tímido quando me viu por cima do seu corpo novamente. Percebi que o seu pênis já tinha voltado a ficar duro – *que incansável!* –, e comecei a esfregar a minha calcinha nele. A atitude me fez ter certeza de onde eu queria gozar. Acho que também estava me tornando uma pessoa incansável.

Inclinei-me para sussurrar no seu ouvido:

– Seus dedos são extraordinários, Calvin, mas eu te quero em mim, agora.

Ouvi seu riso. Ri também e me ajoelhei na cama. Retirei a calcinha lentamente, observando seu pau grande ficar ainda maior diante da exposição. Lembrei-me da nossa proteção, por isso caminhei até o meu guarda-roupa para buscar alguns preservativos. Joguei-os na cama, sob o olhar divertido de Calvin.

– Mulher prevenida... – brincou, e sorri como resposta.

Realmente, mantinha-me prevenida desde que iniciei a vida sexual. Meus pais sempre foram neuróticos com a ideia de ter filhas mulheres; davam tantas recomendações e alertas que o meu maior medo era decepcioná-los com uma gravidez indesejada.

– Sempre. – Rasguei a embalagem de um preservativo e me ajoelhei na cama. Estimulei aquele membro glorioso com as mãos durante algum tempo antes de vesti-lo.

Tinha noção de seu olhar observando meus movimentos, mas só o olhei quando montei novamente em seu corpo. Estava sorridente e tinha colocado as mãos por trás da cabeça, deixando claro que não interferiria. Ainda o aticei um pouquinho antes de, com a ajuda da minha mão, fazê-lo me penetrar. Vi um sorriso e logo depois sua língua umedecer os lábios. Depois fechei os meus olhos, concentrando-me nas sensações.

Tê-lo completamente em mim chegava a ser covardia de tão bom que era. Estava tão lubrificada que não senti dificuldade em receber seu pau firme, que logo encontrou algum ponto dentro de mim que me fez gemer alto após o primeiro retrocesso. Quando afundou de novo, atingiu a raiz de toda a minha excitação, despertando a mulher decidida e louca que havia em algum lugar dentro de mim.

Apoiei os meus pés no colchão e me ergui, agachando-me sobre ele. Procurei por mais algum apoio, encontrando-o em suas coxas malhadas. Meu corpo se projetou para trás e só então reabri os olhos: Calvin acompanhava tudo, porém seus braços haviam se esticado para os lados, mantendo-se abertos para me receberem. Continuei com o movimento, sentindo seu corpo tremer e soltar espasmos bem como o meu.

Calvin fechou os olhos e entreabriu os lábios, gemendo baixo. Aquilo só me incitou a ir mais rápido. A cada choque, sentia o meu corpo reagindo de um modo diferente. Era muito tesão. Fora do comum. Nunca havia me sentido tão repleta. Nunca o movimento da entrega foi tão perfeito; era constante, empurrava-me para um orgasmo como um trator guiando entulhos. Não tinha como recuar. Gemi muito, e alto.

A cama chacoalhava, fazendo a parede da Clarice tremer. Rebolei quando percebi o meu êxtase. Queria adiar o momento ao máximo. A sorte de toda mulher é conseguir atingir vários orgasmos durante uma relação, mas eu queria dar mais importância àquele. Seria um clímax vitorioso. O primeiro provocado e controlado por mim.

– Rebola essa boceta no meu pau... – Calvin murmurou, sofrido. – Assim, gostosa... Assim você me mata.

Acelerei um pouco o movimento circular do meu quadril.

– Vou gozar gostoso nele! – avisei em meio a gemidos.

Sempre fui meio envergonhada para falar durante uma transa, mas naquele instante não liguei. Ele parecia tão à vontade que não fazer parte da putaria era uma grande besteira. Tinha mais era que entrar na onda.

– Caralho, Raissa... – gemeu, e retomei o entra e sai na maior velocidade que pude. Calvin ergueu os braços para me tocar, porém desistiu no último segundo.

Em vez disso, apoiou-se nos cotovelos, erguendo-se um pouco só para acompanhar melhor nossos sexos se chocando. Sua impaciência se tornou evidente depois de alguns minutos; chacoalhou o quadril com força, até me fazer parar de mexer. Fechei os olhos e me curvei mais ainda para trás, gemendo alto por causa da delícia que era a sua invasão. Ele não parou. Continuou se balançando, aprofundando-se em mim, e me senti tão repleta que sabia que chegaria ao ápice rápido.

– Vou gozar! – gritei como se estivesse avisando que uma bomba explodiria. No caso, meu corpo era a bomba.

Senti a vagina vibrar de um jeito estranho, prevendo um orgasmo muito intenso. Abri os olhos e o encarei feroz, recebendo seu olhar felino de volta. Meus sentidos se entregaram a todas as emoções e me deixei explodir sem nenhum freio. Gritei, absorvendo as sensações maravilhosas. Aquele orgasmo superou qualquer outro. Um espasmo atravessou a minha alma e retesei, fazendo nossos sexos se desencaixarem. Pirei quando senti uma bela quantidade de um líquido transparente sair de mim e atingir o abdome perfeito de Calvin.

Fiquei assustada, mas o êxtase prolongado ainda acontecia, fazendo-me expelir mais daquele líquido. Calvin parou tudo para me observar, estupefato. Minha respiração continuou ofegante enquanto eu tentava entender o que havia acabado de acontecer. Para mim, ejaculação feminina só acontecia em filmes pornôs. Senti-me tão molenga e arrasada que tombei para o lado, sem forças.

Calvin se sentou na cama e passou as mãos pelo corpo, espalhando o meu gozo ainda mais. Por fim, encarou-me. Balançou a cabeça, sem acreditar. A seriedade não deixou sua expressão nem mesmo quando me puxou para si. Deixei meu corpo abatido ser levado. Seu rosto parou a centímetros do meu.

– Puta que pariu – falou pausadamente, muito sério. Shania Twain começou a cantar no som da sala; uma música romântica que me fez estremecer. – Raissa... Uau! – Arfou. Apertou meus cabelos e juntou nossos narizes. Começou a rir. – Não sei o que dizer... Isso foi...

Que ótimo! Ele não era o único a não encontrar palavras. Meu cérebro ainda tentava acreditar no que tinha acabado de acontecer.

– Não diga nada. Só provei o quanto te desejo, Calvin...

– Tem certeza de que é isso o que quer?

Soltei um longo suspiro. Sabia do que ele estava falando, mas fingi que não.

– O quê?

– Quer abrir mão de nós? Desse desejo? Porra, Raissa, eu... – Segurou os meus cabelos com mais força. Riu de leve. Eu só tentava ignorar o seu pau ainda duro roçando a minha pele. – Eu... – Calvin desviou o rosto, olhando para a parede da Clarice além de mim. – Talvez eu saiba o nome do que desejo agora.

Nem precisei olhar para trás; sabia qual frase Calvin tinha lido. Pensei mil vezes antes de responder qualquer coisa. Ele utilizou aquele tempo para me abraçar e beijar ferozmente, e eu me tornei a maldita marionete de novo. Estava ainda mais cansada, porém nunca recuaria. Pelo menos não enquanto ele fosse capaz de reacender a minha chama. Livrei meus lábios dos dele quando tomei uma decisão. Nem me pergunte como consegui ser tão racional. Talvez tenha sido apenas o meu instinto de autopreservação.

– Tenho certeza, Calvin. Ainda busco o nome do que desejo, e não é deste modo que irei encontrar.

Só depois me dei conta do quanto havia soado grossa. Arrependi-me. Havia outras formas de dizer que transar com ele sem compromisso não me levaria adiante em nenhum âmbito da minha vida. Muito pelo contrário, continuar me envolvendo daquele jeito só traria dor e decepção, um retrocesso que não me apetecia.

Calvin apenas aquiesceu, mostrando pura compreensão. Não pareceu chateado, mas já era tarde: eu já estava chateada comigo mesma.

– Talvez eu só esteja tentando me livrar de mais um adeus – ele disse e sorriu.

– Continuarei bem aqui... Não vou a lugar algum. Não é um adeus, é apenas um modo de...

– Eu sei – interrompeu-me. – Desculpa, Raissa, não quero perder tempo. Se esta noite será a nossa última, então não quero desperdiçar nem um segundo. Meu pau ainda te quer... Agora, mais do que nunca.

Sorri. Arfei. Sorri de novo. Eram muitas emoções para serem carregadas por um só coração.

– Concordo...

Calvin me beijou com doçura, abusando da experiência de seus lábios. Levantou-se da cama e me levou junto. Não entendi o que queria. Achei que fôssemos voltar para a sala, mas ele, ainda me beijando, começou a empurrar meu tronco para trás.

– Vou te foder nesta parede, Raissa... – Apoiou-me contra ela, imprensando-me com seu corpo. Fiquei sem saída. Encurralada entre Clarice Lispector e Calvin Klein.

Suas mãos obrigaram as minhas pernas a se erguerem. Pendurei-me em seu corpo, fechei os olhos e esperei. A parede fria provocou arrepios na minha pele e, combinando com o tronco quente daquele homem, foi um verdadeiro choque térmico.

Calvin me penetrou com força, provocando-me um gemido profundo. Meu corpo cansado cedeu à sua invasão. Entreguei-me, joguei toda a responsabilidade em suas mãos. Ou melhor, nos seus braços, que apoiaram as minhas pernas e as mantiveram no lugar sem parecer fazer esforço.

Ocupei o lugar da cama; em vez dela, foi o meu corpo que se chocou contra a parede, embora com menos violência. Calvin ofegava, rosnava e gemia; seus músculos trabalharam até fazer com que suasse bastante. Amei de verdade acompanhar o seu corpo esquentando e as gotas de suor brotando.

Sentia muito prazer, porém a exaustão não me permitiu chegar a um novo orgasmo. Fiquei ocupada apenas em observá-lo, senti-lo, acompanhá-lo. Ver o Calvin tão disposto e ativo era estupendo. Uma grande parte de mim se deu conta de que jamais esqueceria aquela noite. Não importava o que acontecesse, seria impossível arrancar do meu peito os vestígios da nossa entrega.

Depois de longos minutos, ele me pôs de volta no chão. Pensei que me daria algum tipo de trégua, mas é claro que eu não podia esperar por algo assim vindo dele. Estava quase erguendo uma bandeira branca quando tive o meu corpo girado em cento e oitenta graus. Meus seios se encostaram na parede e um pênis duro voltou a me penetrar.

Meus cabelos foram puxados para trás até me fazer apoiar em um peitoral definido. Espalmei a parede com as duas mãos e as dele envolveram as minhas com suavidade. Calvin diminuiu o ritmo. Minha coluna grudou ao seu corpo grande e me vi lendo a frase que tinha ficado longe do meu campo de visão minutos antes.

> *"Estou melancólica porque estou feliz. Não é paradoxo. Depois do ato do amor não dá uma certa melancolia? A da plenitude."* C.L.

Sequer havia entendido a frase quando a escrevi ali, mas ela fez mais sentido do que eu gostaria. Sentia-me melancólica diante da felicidade limitada – porém tão plena quanto qualquer outra – de ser dele durante apenas o suspiro de uma noite.

Quase não acreditei quando ouvi sua voz doce sussurrar a mesma frase no meu ouvido. Meus olhos se encheram de lágrimas, isso sem contar com os arrepios que atravessaram o meu corpo. Calvin puxou a minha perna esquerda, erguendo-a de lado. Continuou em um ritmo calmo e senti frio quando nossos corpos precisaram se afastar um pouco. Ele logo tratou de aplacá-lo; nos uniu outra vez, colocando um braço à frente da minha perna erguida, a fim de me estimular.

Gemi, fechei os olhos, engoli o choro e tornei a apoiar a cabeça em seu peito. Era oficial: meu desejo havia ultrapassado o cansaço físico. Fui reacendida. Estava pronta para explodir. O safado voltou a acelerar o ritmo. O cara era incrivelmente incansável.

Gozei em silêncio, sem provocar alardes. Foi uma explosão sutil, amena, porém devastou os meus sentidos do mesmo jeito. Calvin percebeu meu êxtase por causa da vagina querendo expulsá-lo, mas ao mesmo tempo implorando pela invasão.

De repente, ele rosnou e me empurrou contra a parede. Meu rosto colou na frase lida e Calvin parou qualquer movimento, mantendo-se dentro de mim. Seu corpo trêmulo indicou que estava em pleno clímax.

– "Milhares de pessoas não têm coragem de pelo menos prolongar-se um pouco mais nessa coisa desconhecida que é sentir-se feliz" – falou aos murmúrios, depois que seu corpo parou de soltar espasmos contra o meu. Continuamos na mesma posição.

– Talvez eu seja apenas isso: uma covarde – respondi, resfolegante.

– Então somos dois, Raissa.

Ele nos desencaixou devagar. Distanciou-se muito depressa. Ainda fiquei colada à parede por alguns instantes, esperando pelo seu retorno. Não veio.

Nem sei como continuei de pé. Apenas observei Calvin retirar o preservativo recheado com o seu sêmen. Saiu do quarto sem olhar para trás. Aquele distanciamento repentino me incomodou. Voltei para a cozinha. O gelo do vinho estava quase todo derretido, mas o conteúdo da garrafa se manteve gelado. Enchi a minha taça quase até a borda e virei tudo em poucos goles.

Ouvi a porta da frente abrindo e fechando com violência. Tomei um susto. Ninguém faz ideia de como o meu coração ficou com aquela atitude dele. Ser abandonada durante aquela noite não estava em meus planos.

Senti vontade de chorar, mas me segurei. Mantive-me firme naquele estado de quase desespero; em que apenas há soluços, mas não há lágrimas. A destruição prevista pela minha razão aconteceu mais cedo. E eu nem sabia por quê. Também, não me interessava. Não tentaria compreendê-lo. Seu abandono me provocou unicamente a tristeza, e quando ela se apossa de um corpo inerte, não há lugar para mais nada.

– Ei, vizinha... Está com fome? – Pulei de susto ao ouvi-lo na cozinha. Levei uma mão à boca e abri bem os olhos para vê-lo, novamente com a cueca, segurando uma travessa de vidro. – Ainda tem aquele baião de dois. É só esquentar. Aceita?

Calvin foi até o meu fogão e abriu a portinha do forno antes mesmo da minha resposta. Fiquei incapacitada de falar. Diante do meu silêncio, ele me olhou. Franziu a testa.

– Por que está chorando? – Correu até mim com ar preocupado. Alisou os meus cabelos e arrancou alguma coisa de lá. Só depois percebi que era a rosa, ela havia se enganchado e se espatifado todinha. – Eu te machuquei?

– Achei que tivesse... ido embora – choraminguei.

Claro que me julguei uma patética. Calvin enxugou as lágrimas que caíram sem querer.

– Não... Não, não. Minha covardia não chega a tanto.

Sorri, mas continuei chorando.

– Desculpa, eu... Acho que estou sensível demais. Coisa de mulher. – Com certeza eram aquelas músicas. O som ainda trabalhava e daquela vez Roxette se lamentava por estar perdendo seu tempo.

– Não. – Calvin foi taxativo. Desviou os olhos quando o encarei. – Posso te pedir uma coisa, Raissa? Com sinceridade?

Suspirei. Não conseguiria atender a mais nenhum pedido daquele homem.

– Claro... – Alguém precisava dizer aquilo à minha boca enorme.

– Não caia no erro de se apaixonar por mim. Por favor.

Arquejei. Meu estômago parou nos meus pés, o coração foi para a bunda, e o cérebro ficou preso em algum ponto da minha axila.

– Eu... Você... Eu não...

Afe.

– Prometa, Raissa. – Calvin estava muito sério mesmo.

Tentei restabelecer a ordem e o progresso dentro do meu próprio corpo. Aquele filho de uma mãe engoliria de volta cada palavra de distanciamento que já me proferiu.

– Não sou uma criança. Sei muito bem onde os meus sentimentos devem ficar. Não amo nem odeio com facilidade.

Ele sorriu.

– Sua maturidade me espanta. – Pegou a garrafa de vinho e encheu as nossas taças. – Estou aqui. Só irei embora ao amanhecer. Sente-se melhor?

Não.

– Sim. – Entregou-me a minha taça. Um segundo brinde aconteceu.

– À nossa amizade... e à nossa última noite.

– Às promessas, que serão cumpridas – respondi com ar de desdém.

E é claro que me lembrei de que não havia prometido o que Calvin pediu. Ainda bem, pois do contrário não proporia aquele brinde. Precisava encarar a realidade. Nem o meu cérebro nem o meu coração conseguiam negar o que tanto desejava que fosse mentira. A minha burrice estava evidente, mas a vontade de revidar era maior ainda.

Naquela profunda agonia, apenas Clarice podia me entender:

"Passei a vida tentando corrigir os erros que cometi
na minha ânsia de acertar".

DE CORPO E ALMA

Depois de me lavar, vesti apenas o robe e me encontrei com Calvin no tapete da Sra. Klein. Nosso jantar estava servido na mesa de centro (ele não perdeu tempo, fez questão de deixar tudo organizado); o baião de dois, já bem quentinho, exalava um cheiro que me fez lembrar o quanto sentia fome.

Sentei-me do outro lado da mesinha de propósito, mantendo certa distância. Puxei um dos pratos, bem como os talheres, e mandei ver. Não o olhei, mas tinha consciência de que ele também comia com concentração. Uns bons dez minutos se passaram.

– Costuma gozar daquele jeito? – Fiquei admirada com o rumo de seus pensamentos, já que os meus navegavam em direções absolutamente opostas.

– Foi a primeira vez – respondi sem olhá-lo. – Não achava que fosse possível.

Ouvi seu riso e nem precisei vê-lo para saber que tinha sido um bem cafajeste.

– Claro que é. Só não é tão comum.

– Você sabe mais sobre o assunto do que eu.

O silêncio voltou depressa. Percebi que eu estava engolindo a comida quase sem mastigar (*que falta de educação, Raissa!*). Dei uma pausa, tomando um pouco do vinho.

– Não paro de pensar nisso... Ver você daquele jeito... foi sensacional.

Seria estranho se dissesse que fiquei irritada? Apesar de ter vivido uma experiência nova e intensa, não conseguia me livrar da sensação de fracasso. Finalmente entendi que, por mais que eu o atingisse, jamais seria do mesmo modo como ele me atingia. Nada adiantaria. E era por isso que eu estava tão decidida a recuar.

– Raissa? – Sobressaltei-me. – No que está pensando?

– Estava me perguntando como seria viver sem amar ninguém. Deve ser difícil.

Ainda não me sentia pronta para olhá-lo, mas seu silêncio deixou óbvio o descontentamento diante das minhas palavras.

– É muito mais fácil do que imagina.

Bati a ponta da faca na mesa, irritada e muito impaciente.

– É mentira! – resmunguei, encarando-o. Calvin segurava a sua taça e o prato jazia vazio sobre a mesinha. – Você mente para todo mundo e para si mesmo! Não é fácil coisa nenhuma. Você é um frustrado, Calvin. Perdeu todos que amou e agora acha que não pode amar mais ninguém.

Ele me olhava admirado, sem conseguir acreditar que tive a coragem de dizer aquilo. Bom, não foi o único. Eu também não acreditava. Seu rosto ferveu de raiva. As expressões se fecharam em uma carranca dura.

– Eu faço as minhas escolhas, Raissa.

– Péssimas escolhas.

– Respeito as suas! – falou um pouco mais alto também. Seu rosto ficava cada vez mais vermelho. – Que tal respeitar as minhas?

– Estou treinando. Se serei sua amiga, então meu dever é te alertar. Você não vai a lugar algum perdido desse jeito, Calvin. Ninguém chega aonde quer sozinho.

– Pensei que estivesse comigo! Eu não estou mais sozinho, estou? Tenho você.

– É diferente... – Arfei, sem entender mais nada. – Você fica me repelindo. Como quer que eu realmente esteja contigo?

Ele fez uma grande careta de confusão.

– Repelindo? Por quê? Porque eu falei para não se apaixonar por mim? – Fechei a minha boca grande, sem saber o que responder. Ele ainda esperou uma resposta, encarando-me com raiva. – Só estou tentando te proteger de mim. Não entende?

– Sinceramente? Não. Vejo fuga e não proteção. – Adiantei-me diante de seu silêncio: – Eu sei me proteger, Calvin. Mas você só sabe fugir!

Meu vizinho largou a taça em cima da mesa e se afastou um pouco. Soltou um rosnado irritado e se deitou no tapete, escondendo o rosto com as mãos. Achei aquela atitude tão infantil que guardei as minhas armas. Não adiantava discutir com alguém que não entendia as próprias razões. Aproximei-me devagar. Aquela distância estava me matando e eu só tinha uma noite para não a deixar me derrotar. Calvin sentiu a minha presença e, contra toda a lógica, puxou-me para si.

– Às vezes acho que tudo vai passar, menos a minha vontade de estar em você o tempo todo... – murmurou baixinho, oferecendo-me um beijo curto e molhado. – Não sou eu que quero fugir disso.

Tudo bem, ele estava fazendo o que fazia de melhor: tentando me confundir. Soltei um longo suspiro e ofereci um olhar impaciente. O vizinho riu, e seu hálito de vinho fez cócegas no meu nariz. Calvin completou:

– Vou aprendendo contigo... Irei me esforçar. Obrigado.

Sorri. Não era possível que eu tivesse me livrado de uma família doida só para encontrar alguém tão perturbado quanto todo mundo. Devia ter algum radar que atraía gente louca embutido no topo do meu crânio. Não sabia se tinha entendido o que o Calvin quis dizer com "vou aprendendo contigo". O que ele queria aprender? A não ser mais sozinho? A amar? A me provocar mais ejaculações?

Minha cabeça deu um nó, porém não evitei um sorriso. Fosse o que fosse, queria muito que ele aprendesse comigo. Tudo porque a minha mente cultivou algo em relação a ele. Uma coisa perigosa chamada esperança. Não podia tê-la, para não criar expectativas. E ninguém merece criar expectativas por um cafajeste de marca maior. É masoquismo.

– Gosto quando sorri, Raissa. Eu me sinto bem. Seus olhos estão brilhando. O que está pensando?

– Em nada importante.

– Às vezes eu queria ter o poder de ler tudo o que se passa na sua cabeça.

Se isso fosse possível, o coitado já teria saído correndo. E eu daria total razão, pois a minha vontade real era de abrir a porta e correr pelo meio da rua.

– Eu também – murmurei, afagando seu rosto. Ainda tinha marcas de batom nele. Percebi que Calvin sempre mantinha a barba feita. Aliás, ele sempre estava barbeado, depilado e cheiroso. Era para acabar com qualquer raça.

– E a parede? – perguntou, sentando-se no tapete, e me sentei também.

– O que tem ela?

– De onde surgiu a ideia? Adorei! Estou pensando em fazer o mesmo com a minha...

Provavelmente Calvin estragaria a coitada da parede. Sua letra horrível seria confundida com borrões indefinidos, falhas na pintura ou algo do tipo.

– Começou na noite em que vovó faleceu. Acho que é uma terapia. Escrevo as frases mais significativas para mim. Clarice tem me ajudado muito.

Calvin voltou a me olhar, sorrindo.

– Ela me ajudou a vida inteira.

– Imagino... Sobrevivi a muitas noites ruins. Na verdade, esta é a primeira noite agradável que passo depois que ela se foi. – Engoli o choro. – No fim, tudo é graças a você, Calvin. Obrigada.

Ele me puxou para si e me sentei em seu colo. A seleção de músicas já tinha acabado há algum tempo, o ambiente tomado apenas pelo ruído dos grilos era reconfortante. Afundei o rosto entre o ombro e o pescoço do meu vizinho. Senti-me perdida quando inalei seu cheiro diretamente da fonte. Meu coração gritou de desespero. Pedi aos céus para que um milagre acontecesse – seria mágico se a minha avó ressuscitasse, se o meu desejo desenfreado diminuísse e se Calvin se apaixonasse por mim. Contudo, qualquer um deles seria pedir demais.

– Você me ajudou muito também. Vamos deixar tudo na caixinha da amizade, sem agradecimentos. Como dizem, amigos são para essas coisas.

Aquiesci, mas não encontrei coragem para sair dali. Era um lugar bom demais para se estar. De repente, Calvin soltou mais uma de suas gargalhadas.

– O que foi?

– Meu pau está ficando duro!

– Credo, Calvin, controle-se! – Fingi indignação, mas caímos na gargalhada. Rebolei em cima dele só para atiçar. – Amigos não são para essas coisas...

Seu olhar desejoso retornou.

– Ainda bem que não somos amigos nesta noite.

– E o que somos?

– Amigos com sexo – falou. Gargalhei.

– Amigos com sexo e vinho – completei.

– Amigos com sexo, vinho e Clarice Lispector. – Respondi com um sorriso. – Pronto, estamos definidos. Agora, preciso de um banho!

Levantei-me e recolhi os pratos sujos. Depois daria um jeito neles. Não queria perder tempo. Encontrei Calvin me esperando em frente ao banheiro, apoiado em uma parede e com os braços musculosos cruzados.

– Amigos com sexo, vinho, Clarice Lispector e banho relaxante – ele disse e sorriu lindamente.

Sorri de volta e entrei no banheiro, sabendo que Calvin viria logo em seguida. E veio mesmo, colando seu corpo bem atrás de mim. Retirou o meu robe, preocupando-se em beijar meus ombros na medida em que iam sendo expostos.

– Se eu pudesse fazer o tempo parar... Seria nesta noite, Raissa – murmurou com os lábios grudados na minha pele. Não houve um só pedaço de mim que não se arrepiou.

Soltei um longo suspiro de desejo. Ele suspirou também. Guiou suas mãos pelo meu corpo, parando nos locais mais íntimos só para me atiçar. Entreguei-me de corpo e alma ao seu toque. Levei uma mão para trás, encontrando sua ereção firme escondida pela cueca. Massageei-a um pouco sob seus suspiros prolongados e sob as mãos que não largavam o meu corpo. Estremeci a cada carícia.

Virei-me para beijar a sua boca e retirar a cueca. Calvin cedeu fácil, tão entregue quanto eu. Meu banheiro não era tão grande assim e ficou menor com a presença daquele homem enorme. Ainda me lembrei de prender os cabelos. Entramos no boxe com sorrisinhos cúmplices estampados nos rostos, e achei legal ele respeitar o fato de eu não querer molhar meus cabelos. Ficou me protegendo do jato forte do chuveiro utilizando seu corpo, que ia sendo ensaboado por mim.

Não falamos nada durante todo o banho. Nossa linguagem foi o toque. E que toque... Sentia-me no céu. Ele também parecia se entregar às minhas investidas. Fiz questão de usar todo o meu empenho para lhe proporcionar o maior prazer possível.

Não houve sexo. Seu pênis continuou ereto – e eu também fiquei excitada o tempo todo –, mas o comando de ordem era a carícia. Parecia que queríamos nos conhecer com as mãos, entender o corpo um do outro. Foi um momento tão intenso... Ofereci tudo o que o meu peito guardava e que, infelizmente, pertencia a ele.

Não me freei, como estava fazendo até então. Sequer fingi não haver sentimento. Não fazia ideia se Calvin tinha sentido, mas o que lhe dei foi tão diferente... Fazia muito tempo que eu não oferecia algo além de corpo a um homem. Nunca me apaixonei fácil. Sabia que a escolha do meu alvo era péssima. Mas já estava feito. Ao menos tinha aquela noite. A última oportunidade.

Precisava esvaziar o meu coração ao máximo. Quem sabe assim aprendesse a preenchê-lo com outras emoções? Não era impossível. Paixão é um sentimento facilmente transferível, guiada pelo sabor da novidade. Eu só precisava me permitir mais e parar de achar que não poderia vencê-la. Aquela sensação de estar prestes a morrer era apenas uma percepção distorcida. Meu coração não pararia. Nem mesmo o tempo. Mas eu concordava com Calvin; se eu pudesse fazê-lo parar, seria naquela noite.

Foi o vizinho quem desligou o chuveiro e pegou a toalha. Envolveu-me com ela, e então eu saí para pegar outra para ele. Ao lhe entregar, não consegui encará-lo de outro jeito que não apaixonadamente. Percebi o seu rosto corar e os olhos serem desviados para um ponto qualquer. Saímos em silêncio e seguimos na direção do meu quarto.

Calvin terminou de se enxugar. Fui mais lenta e, depois que me sequei com cuidado, soltei os cabelos e o percebi já deitado na minha cama, observando-me. Meu corpo foi atraído para ele. Dei passos lentos, precisos, até me ajoelhar na cama e abrir minhas pernas ao seu redor. Encostei nossos narizes e as suas mãos tentaram colocar os meus cabelos atrás das orelhas.

– Foi a primeira vez que tomei banho com uma mulher sem transar com ela debaixo do chuveiro – disse baixinho e seriamente.

– Ando tirando algumas de suas virgindades... – Ri, mas ele apenas suspirou, continuando sério.

– Anda mesmo.

Apoiei minhas mãos em seu peitoral. Continuei olhando-o de perto. Fiz um movimento curto com o quadril, roçando nossos sexos um no outro.

– Quais faltam? Ainda temos algumas horas.

Falei aquilo em tom de brincadeira, mas Calvin estava sério. Pegou uma das minhas mãos e a apertou contra seu peito. Só depois que encontrei sentido em seu gesto: Calvin segurou a mão que estava sobre o seu coração. Passei muito tempo olhando para ela, sentindo o sangue deixar o meu corpo.

E então, Calvin riu para valer.

– Nem pensar, Raissa. Nunca vou dar a minha bunda.

Olhei-o. Franzi a testa e... caí na gargalhada.

Enquanto a mesma mão ainda ajudava a minha a apertar seu coração, a outra desceu pela minha coluna até se perder na minha segunda abertura. Dei um pulo com o toque repentino e inusitado.

– Ei! Também não estou a fim!

– É sério que você é virgem aí? – Abriu um sorriso canalha, deixando óbvias as besteiras que invadiram a sua mente safada.

– Não exatamente.

– Como assim? – Gargalhou.

– Depois de algumas tentativas frustradas, desisti. – Ri também.

Calvin ficou sério. Apertou ainda mais nossas mãos contra o seu peito e entendi o que quis dizer. Ele também havia tentado se apaixonar. E desistido.

O vizinho me empurrou para o lado e se sentou na cama. Afastamento. Fuga. Ele estava fugindo do envolvimento. Do nosso envolvimento. Devia fazer aquilo o tempo todo, com todas as mulheres que cruzavam o seu caminho.

– Calvin... Diga-me uma frase. Quero colocá-la na parede. Uma frase que lembre a nossa noite.

– Hum... – Inclinou-se um pouco para olhar a parede atrás de si. – Vou pensar em uma boa até o amanhecer.

– Certo...

Seu olhar encontrou o meu, mas desceu pelo meu corpo nu entre os lençóis. Sorriu. Ajoelhou-se na cama e puxou dois travesseiros, colocando-os um sobre o outro. Meus quadris foram puxados para cima deles. A coluna continuou no nível da cama, um pouco mais embaixo. Calvin se sentou entre as minhas pernas, sem deixar de me analisar. Senti uma coisa quente fazer o encontro das minhas coxas pegar fogo de imediato. Gemi antes mesmo de ser tocada por aquele homem impressionante.

Pensei que aquela posição me traria desconforto, mas não. Estava relaxada e pronta para o que viesse. Eu sabia o que faria. Receberia aquela boca deliciosa em mim. A pressa já me consumia e não fazia nem trinta segundos que havia sido colocada ali.

– Prepare-se para ser degustada como uma fruta suculenta... – rosnou baixinho. Passou seus dedos ao longo da vagina e gemi novamente. Meu abdome se contraiu.

Abri bem as pernas, convidando-o. Calvin se inclinou devagar até chegar bem perto. Colocou a língua para fora e a guiou de baixo para cima, pressionando-a contra mim. Meu quadril balançou um pouco e vi estrelas no teto do meu quarto. A temperatura aumentou. O safado deitou-se na cama, com o rosto entre as minhas pernas. Ergueu as mãos e acariciou os meus seios no mesmo ritmo do movimento protagonizado por sua língua experiente.

A diferença entre um cara que sabe chupar e um que não sabe vai além de qualquer evidência. Primeiro: Calvin não babava em demasia. Eu odiava caras que ficavam babando, babando, e não faziam nada além de babar. Nojento e nada excitante. Segundo: ele não se afastava. A constância em um sexo oral é muito importante. Qualquer pausa me causa irritação e impaciência. Precisava ser tocada o tempo todo, e Calvin sabia disso, pois sempre que sua boca pedia uma pausa para descansar, atiçava-me com os dedos sem me fazer sentir ausências. Terceiro: ele era muito paciente. A gente percebe quando um homem só está fazendo sexo oral por fazer. A maioria dos homens quer que o momento passe depressa – porque quer que sua vez chegue logo –, mas não Calvin. Ele parecia curtir cada segundo. Quarto: ele conhecia movimentos diferentes. Calvin se movia de várias maneiras; usava a língua, os lábios, os dedos (às vezes tudo ao mesmo tempo), chupava, lambia, ia e vinha, provocando um prazer quase insuportável.

Diante de tudo isso, temos o quinto item: não deixava a companheira ansiosa ou envergonhada. O cara fazia bem e sem pressa, então para que afobação? Não ficava me sentindo angustiada para gozar logo. A sensação de liberdade que ele me proporcionava como mulher era magnífica. Uma coisa que nunca experimentei antes.

E foi por isso que me senti uma fruta suculenta sendo degustada por aqueles lábios e língua. Tudo ficou ainda mais profundo quando ele tirou as mãos dos meus seios e procurou pelas minhas. Entrelaçamos ambas e assim permanecemos.

– Que delícia, Calvin... – murmurei entre gemidos. Não sabia se fechava os olhos ou se conferia seu rosto perfeito afundado no meu sexo. – Sua boca é... divina.

Ele riu sem deixar sua atividade. Seu hálito me provocava até demais. Voltou a pressionar a língua com força, envolvendo o meu clitóris, e me vi em um estado de quase êxtase. Gemi alto. Ele ergueu os olhos só para assistir ao meu clímax. Intensificou o movimento de propósito, revirando meus sentidos e mantendo outro ritmo em constância.

– Vai ser bem gostoso... – avisei em um tom fraco. O vizinho não parou até que explodi com intensidade, como se fosse o primeiro orgasmo da noite. Gritei o nome dele enquanto resfolegava e sofria espasmos. – Ai... Delícia! Eu amo os seus lábios, Calvin...

Acho que o fato de eu estar com a matraca aberta lhe incentivou a continuar. Ou então porque ele me prometeu sete orgasmos e faltava mais um em sua boca. Pelas minhas contas, o último provavelmente seria em seu pau. Por isso nem me dei o trabalho de fechar as pernas. Simplesmente prendi as pálpebras e tentei não me angustiar com a continuação.

Meu coração ainda batia depressa e o corpo continuava sentindo os espasmos do orgasmo anterior, mas Calvin sabia o que fazer. E era aí onde o sexto item se encaixava: Calvin não ficava satisfeito com um só êxtase. Não se cansava, não se afobava. Seu prazer também era dar prazer – coisa rara no universo masculino –, então eu só precisava me acalmar para o próximo. Foi o que fiz.

Seus movimentos se tornaram mais intensos e acelerados. A força que aplicava em mim aumentou, prova de que sua experiência lhe permitia entender que não dava mais para ser lento. O segundo orgasmo só chegaria com uma intensidade maior de movimentos, já que o primeiro meio que funcionava como um "abre-alas".

Puxei seus cabelos, mas não interferi no ritmo. Só busquei apoio e abri mais as pernas, de maneira a absorver o maior prazer que me fosse permitido. Gozei ruidosa e intensamente. Antes de concluir, puxei seu rosto para mim e ele veio sem pestanejar. Afundou-se sobre o meu corpo, trazendo sua grandeza e quentura para me envolver em todos os sentidos. Seu pênis enorme já estava duro. Abri-me para recebê-lo. Calvin não pensou duas vezes, enterrou-o em mim com um choque intenso, poderoso.

Gememos juntos.

– Droga! Raissa, você tira o meu juízo! – Ele se afastou totalmente, desencaixando-nos. Ajoelhou-se na cama e olhou para o teto, com raiva evidente.

– O que houve?

– Esqueci de colocar o preservativo. Desculpa, foi imperdoável. Eu nunca esqueço algo tão importante... – Procurou por alguma coisa entre os lençóis.

Senti-me confusa e exposta, porém, um segundo depois, já não me importava com nada. Por isso que o havia sentido com tanta perfeição; não tinha nada nos separando.

– Relaxa, Calvin. Não tenho nada, fique tranquilo. Pode vir.

Ele me olhou como se eu fosse uma louca.

– Nem pensar. Não faço sem. Nunca fiz. – Achou um pacotinho de preservativo e o abriu.

– Você tem alguma doença?

– Claro que não! Enlouqueceu? Deus me livre. Eu me cuido.

Sentei-me na cama e puxei o preservativo das mãos dele. Joguei-o contra a parede da Clarice, depois o troço se perdeu em algum lugar. Calvin ficou me olhando. Puxei suas mãos. No início, seu corpo travou, mas logo em seguida ele veio junto. Voltei a me deitar e Calvin tornou a colocar seu corpo sobre o meu.

– É a nossa última noite. Eu tenho um único pedido: goze em mim.

– Raissa... Não. – Balançou a cabeça e arfou profundamente.

– Confie em mim como estou confiando em você, Calvin. Não confia em mim?

Ele me encarou com os olhos mais perdidos que já vi na vida. Devagar, encaixou nossos corpos de novo. Resfoleguei e sorri, sentindo-me livre.

– Confio e não é pouco... – murmurou enquanto se movimentava. – Minha nossa, eu nunca senti uma boceta de verdade... – Começou a provocar choques rápidos e intensos, mas depois voltou ao ritmo vagaroso. – Como é gostosa...

Ri, amando cada sensação dos nossos sexos cedendo um contra o outro.

– Estou tirando sua virgindade mais uma vez, Calvin...

– Você é ótima nisso... – sussurrou no meu ouvido. – Estou quase dando a minha bunda a você.

Gargalhamos juntos, mas paramos quando ele acelerou. O velho modo de foder estilo Calvin Klein – *velocidade seis do Créu*, com direito a batidas na parede – estava de volta. Aguentei o seu tranco como pude, e embora estivesse cansada, amei cada segundo. Gritei, gemi e me entreguei ao máximo.

Ele me ergueu e passou os braços pela minha coluna, terminando com as mãos nos meus ombros. Fechei um pouco as pernas e apoiei os pés nos seus ombros. Calvin começou a beijar todo o meu corpo, sem sair da constância de seu ritmo. Diferente dele, eu já tinha feito sexo sem camisinha com alguns namorados fixos. Mesmo assim, a sensação de tê-lo daquele modo foi nova. Senti-me conectada a ele e feliz, embora não fosse aconselhável fazer sexo desprotegido.

– Como é quentinha... Ah, Raissa... Eu vou morrer com essa sua boceta pegando fogo no meu pau. Estou quase gozando...

Ele gozaria mesmo, pois de repente recuou, desencaixando-nos. Sentou-se sobre as próprias pernas e arfou como um alucinado. Sorri de seu desespero, abrindo bem as pernas só para provocá-lo. Ele deu uma bela olhada na minha vagina e veio com tudo, passando as mãos por baixo das minhas coxas. Empurrou os braços para cima, obrigando meus pés a seguirem para os seus ombros, e me penetrou. Comecei a gritar sem pausas por causa dos choques intensos, que ficaram ainda mais prazerosos na nova posição.

– É isso o que você quer, Raissa. Pode gritar! – rosnou, acelerando mais. Puxou meus cabelos com uma das mãos e meu rosto pendeu para o lado. Sua boca encontrou a minha, tirando meu fôlego em menos de um segundo. – Vou encher essa boceta de porra!

Seu último rosnado escancarou a porta do meu êxtase. Gozamos juntos. Senti-o quente dentro de mim, e a sensação de felicidade se intensificou. Era lindo vê-lo gozando. A careta que Calvin fazia dava um ótimo retrato. E era sempre a mesma, já conseguia reconhecê-la.

Pena que, a partir daquela noite, precisaria esquecê-la para sempre. Tentei não sentir tristeza por antecipação.

Calvin tombou para o lado, levando-me consigo. Abraçamo-nos. Ele nos cobriu com o lençol. O último beijo estava próximo, mas eu ainda podia ter o antepenúltimo e o penúltimo.

– Vamos dormir? Estou cansada... – propus, murmurando entre seus lábios.

– Não quero dormir.

– Por quê? Não está cansado?

– Não é isso. É que... Não vou tê-la ao amanhecer. – Meu coração quase parou de bater. – Tem certeza, Raissa?

Suspirei. De que adiantaria?

– Só mudo de ideia se... se prometer ficar apenas comigo, Calvin – encontrei coragem para dizer. Ele me encarou com olhos esbugalhados. Apenas esperei sua resposta.

– Eu... não posso, Raissa... Não funciono assim.

– Não pode ou não quer?

Ele pareceu refletir. Sua decepção ficou evidente.

– Não quero.

– Sei disso. Então, nada feito.

– Mas...

– Não há "mas". Chega, Calvin. Amigos, então?

Pensei que ele mudaria de ideia. Pensei que diria que ia tentar. Cheguei a achar que Calvin pudesse fazer um esforço de verdade para deixar de ser um safado. Mas eu estava enganada. Aliás, estava certa, como sempre estive o tempo todo.

– Amigos – definiu.

Depois daquela conversa, foi duro dormir. Revirei durante o restante da noite, diferentemente dele, que pegou no sono depressa. Só consegui pregar os olhos quando amanheceu. Não soube especificar a hora. Mas, quando acordei com meu despertador, Calvin não estava mais na minha cama. Já o seu cheiro estava. Ô se estava. Foi a primeira coisa que tirou o meu juízo naquela manhã.

A segunda coisa foi um bilhete. Estava bem ao meu lado, em cima do travesseiro. Não havia nada escrito, apenas uma seta grande feita com pincel atômico. Passei alguns segundos tentando entender, até que decidi olhar para onde ela apontava: a parede da Clarice Lispector.

E eis que veio a surpresa. Havia uma frase nova, escrita com uma letra feia, mas legível, em pincel vermelho, bem acima da frase da "liberdade":

"E foi tão corpo que foi puro espírito".

SINTO, LOGO INSISTO

Os meus planos para o esquecimento já vinham sendo traçados há algum tempo. Chegara a hora de colocá-los em ação, pois era a única chance que eu tinha para sair da situação o mais depressa possível, sem feridas, sem cicatrizes. Eu não queria sofrer, chorar ou me sentir sozinha. Jamais permitiria ser dominada pelas consequências dos erros que cometi com relação ao Calvin.

Fiz porque quis. Foi ótimo na hora e não precisava me arrepender de ter vivido boas experiências. Se a mágoa era inevitável – e ela estava presente porque eu era romântica demais –, tudo bem, mas sofrer por causa disso era uma escolha. Tinha de ser madura até o fim, manter a mente e o coração nos lugares certos.

Passei horas raciocinando sobre a situação, de uma forma geral. Calvin era tratado frequentemente como objeto. Comecei essa história buscando satisfação sexual e claro que me dei mal, pois somente sexo nunca me trouxe satisfação completa. Fiz algo que jamais tinha feito e descobri mais um detalhe sobre mim: eu não era uma pessoa que transava para resolver problemas, mas uma mulher que tomava o sexo como complemento para uma relação de intimidade.

Eu queria valorizá-lo e foi o que tentei fazer. Por sua história, pelas coisas boas que me fazia sentir, pela companhia, pela amizade, pela capacidade de me deixar louca. Tentei ser diferente. Tentei ir além do corpo, mas ele não quis, então o que fazer? Ajudá-lo a perceber que apenas sexo não satisfaz ninguém? Desistir? Minha autopreservação falava alto demais, era um grito quase ensurdecedor.

Aquela semana não foi fácil. A segunda-feira, principalmente, foi horrível. Não o vi antes de ir trabalhar, nem mesmo depois, quando cheguei a casa. As lembranças se mantiveram constantes, trabalhei mal, quase me esquecia de almoçar. Senti o cheiro dele grudado à minha pele e ralei o carro no muro do estacionamento da empresa. Em resumo, foi um dia para ser ignorado. Faz de conta que nem existiu.

De certa forma, senti-me inexistente durante as horas amargas que usei para me lamentar e quase me arrepender. Quanto mais o tempo passava, mais alguma coisa me dizia que aquilo seria transformado em algo maior do que realmente era. Foi então que decidi que não deixaria isso acontecer.

O primeiro item do meu plano chamado "*vou esquecer o safado do meu vizinho*" foi concretizado ainda na noite de segunda. Reuni meus lençóis, um edredom, travesseiros e todas as almofadas do sofá. Montei um lugar bem agradável no tapete da Sra. Klein. Liguei o notebook e trabalhei até mais tarde, com os fones de ouvido conectados e muitas xícaras de chá. Se Calvin resolvesse receber alguém em sua casa, seria uma decepção tão grande que era melhor nem saber, por isso montei um refúgio.

Evitei a parede da Clarice. Não adiantaria usar uma terapia que me fizesse lembrar do sujeito. A frase que ele escreveu ainda martelava o meu juízo com a força de *Mjölnir*, e o pior de tudo era não entender por que ele não quis prolongar o nosso momento.

A primeira noite no tapete da Sra. Klein foi melhor do que pensei. A estratégia funcionou que foi uma beleza; tinha tanto trabalho acumulado que não pensei em mais nada. Na hora de dormir, estava muito cansada. Meu cérebro se recusou a raciocinar, e o meu coração, a doer. A exaustão me serviu como entorpecente, o que me fez procurar por ela durante toda aquela semana.

A terça foi ainda mais esquisita. A ausência estava lá, bem como a dor, a angústia e toda aquela parafernália de péssimas sensações que me acometeram desde o "não quero" dito pelo Calvin. De novo, não o vi pelo jardim. Não conseguia deixar de me preocupar, mas ver seu carro estacionado atrás do meu me fez ter certeza de que ele devia estar fazendo o mesmo que eu: evitando um encontro entre vizinhos.

Mamãe me ligou na hora do almoço. Nem soube como atendi à ligação, mas a coitada ficou bastante preocupada já com o meu "alô" murcho.

– O que você tem, minha filha? Pelo amor de Deus, o que está acontecendo contigo? Estou muito preocupada!

– Preocupada por que, mãe? Está tudo certo... Só ando cansada.

– Raissa, você não foi à missa de sétimo dia da sua avó. Não ligou, não mandou notícias... O que anda fazendo de tão importante que não pode dar um pouco de atenção para sua família?

Ai, meu Deus! Havia me esquecido totalmente da missa de sétimo dia.

Foi no domingo, estava na minha agenda. Droga, eu só tinha pensado no vizinho safado durante todo o dia. Meus olhos se encheram de lágrimas e então era oficial: jamais conseguiria almoçar daquele jeito.

– Desculpa, mãe... Eu... eu esqueci, juro. Não foi por mal! Não há um dia em que não sinta falta da vovó! – choraminguei.

– Eu te conheço, filha. Tento te dar espaço, sei que você quer privacidade, sei que quer ficar sozinha... Mas não acha que está exagerando? Estou com saudade de você... Ainda nem vi onde está morando! Sequer fui convidada.

– As coisas só estão difíceis, está bem? Estou tentando me encontrar.

– Tudo bem, filha, mas não há desculpas. Amanhã jantaremos na sua casa. Todos nós. Só não vamos hoje porque seu pai viajou, chega amanhã cedinho. Você sabia disso? Aposto que não! Sua avó nem chegou a conhecer a sua casa e... – Mamãe continuaria a frase, mas parou para conter a emoção.

A minha culpa só fez aumentar. O aperto no peito também. Como havia sido egoísta, meu Deus! Estava afastando as pessoas que mais amava, assim, sem nenhuma justificativa aceitável. Pensei que não dava para ser livre estando presa às pessoas, mas ser presa ao amor verdadeiro também era um tipo de liberdade.

Não soube o que responder à minha mãe. Só me restou ter esperanças de que podia me redimir dos erros cometidos.

– Esperarei vocês amanhã, então. Vou preparar algo legal. Prometo, mãe.

– Vamos ter uma conversa muito séria, mocinha.

Quando a sua mãe diz isso, fuja para as colinas. Vem bomba por aí, com certeza. Ela ainda fez mil recomendações e enumerou todos os pratos que prepararia para levar no dia seguinte, pois não queria me dar trabalho na cozinha e sabia que eu não tinha muito tempo livre para preparar um jantar.

Esperei que dissesse tudo e, quando finalmente fechou a boca, murmurei:

– Certo. Até amanhã. Te amo.

– Também te amo...

Desliguei e caí no choro. O pessoal do refeitório ficou olhando para a minha cara como se eu fosse uma maluca. Alguns colegas até tentaram me consolar, o que, claro, só fez a cena ficar mais bizarra. O restante do dia no trabalho foi péssimo. O meu chefe me chamou para uma conversa séria e precisei me virar nos trinta para convencê-lo de que era apenas uma fase ruim na minha vida pessoal. O nojento sempre foi bem insensível, mas eu não fazia ideia do quanto.

Bom, o fato era que a minha vida ficava cada vez mais complicada, e em todos os sentidos possíveis. Tive certeza disso quando cheguei a casa e percebi mais um vaso somado aos demais – sem contar que as rosas vermelhas tinham sido trocadas. Aquele novo arranjo era pequenininho e, em vez de flores, tinha um cacto fofo.

Não soube o que Calvin quis dizer com aquela planta, até que achei o bilhete caído perto da porta. Soltei um longo suspiro antes de me abaixar para pegá-lo. Não estava a fim de frases profundas. Preferia que ele soltasse alguma de suas putarias. Seria mais reconfortante do que uma frase bonitinha que me fizesse derreter como sorvete ao sol ou fizesse repensar o meu egoísmo. Mas a sorte não estava do meu lado.

> *"O cacto é cheio de raiva, com dedos todos retorcidos, e é impossível acarinhá-lo: ele te odeia em cada espinho espetado porque dói-lhe no corpo esse mesmo espinho cuja primeira espetada foi na sua própria grossa carne."* (Tia Clarice)
>
> *Saudade, C."*

Passei um tempão tentando encontrar sentido (e me odiando por ter ficado derretida mesmo sem ter entendido a mensagem). O cacto pequenino trazia um significado profundo, mais até do que as rosas ou de qualquer outra planta. Só depois me liguei que talvez Calvin estivesse se comparando com o próprio cacto: trazia espinhos fincados em sua carne que lhe doíam, e talvez por isso não conseguisse levar a outra pessoa nada além de mais dor.

De qualquer forma, os espinhos que lhe pertenciam, por mais que também doessem em mim, não me impediam de sentir por ele aquela coisa estranha que vibrava em meu peito. Se não achava que eu era capaz de amá-lo por causa de seus defeitos, tinha péssimas notícias para contar. E não aconteceu porque o meu coração era grande, mas porque a minha burrice havia conseguido ser maior. Do tamanho, talvez, da saudade que, pelo visto, não era sentida apenas por mim.

Confesso que aquela saudade deixou o meu corpo abatido. As lembranças de cada toque e de seus olhos intensos me encarando de diversas formas me trouxeram lágrimas desenfreadas, e me vi escrevendo a frase nova na parede da Clarice. Como já previsto, superá-lo seria tarefa torturante e complicada.

Sentia-me caindo no fundo de um poço e não fazia ideia de como sair de lá. Ajoelhei-me na minha cama e passei longos minutos observando a parede, tomada pela solidão e pelo silêncio absoluto. Meu corpo inteiro gritava, pedindo liberdade, e o meu cérebro maquinava soluções menos covardes do que o esquecimento – porque até ele já tinha percebido o tamanho absurdo da minha capacidade de desistir.

Descobri a raiz do meu problema depois de indagações feitas para o vento. Eu estava aquele tempo todo tentando evitar o inevitável que, claro, acabou acontecendo e, mesmo assim, continuei evitando por causa do egoísmo. O mais louco de tudo era que, apesar de haver dois caminhos, eu tinha ignorado o segundo como se ele nem existisse.

A minha falta de fé e coragem me fez seguir pelo caminho fácil. O outro caminho era a conquista. A luta. A atitude de uma guerreira que não desistia do que queria. E estava óbvio o que eu desejava: Calvin. Precisava dele, e ele precisava de mim. Nós seríamos completos se ficássemos juntos. O destino tinha feito uma coisa muito boa, colocando-nos lado a lado. Nada era por acaso.

Eu só precisava vencer aquela teimosia. Tinha de ultrapassar a barreira que o impedia de ser quem realmente era: um homem sensível, talentoso, amoroso, carente... Calvin conseguia ser ele quando estava comigo. Eu o via, enxergava seu eu verdadeiro.

Naquele instante, prometi a mim mesma que seria o melhor para nós dois. Com muita inteligência – e paciência também, porque sabia que iria me estressar –, colocaria no chão cada barreira que ele levantasse. Eu também colocaria a que levantei abaixo.

Sorri e chorei de alívio quando me decidi. Seria a coisa mais perigosa e maluca que faria na vida, mas, se desse certo – quando desse certo, afinal, seja positiva –, sabia que seria feliz e livre, do jeito que sempre quis. O medo de arriscar deixou os meus sentidos aguçados, e percebi que a luta poderia me fazer uma pessoa melhor para a minha própria consciência do que o afastamento proposto anteriormente.

A primeira coisa que fiz foi pesquisar uma boa frase de efeito escrita pela Clarice. O começo do meu plano seria posto em ação, nada de esperar pelo urgente. A felicidade precisava de planos, não de moleza ou preguiça. De cara, escrevi mais uma citação na minha parede; a que demarcaria o início da fase "*tome uma atitude, queridinha*":

> *"Ser feliz é uma responsabilidade muito grande. Pouca gente tem coragem".*

Logo em seguida, peguei um pedaço de papel cor-de-rosa e escrevi outra:

> *"Resolvi não falar hoje em saudade, nem dar a entender 'saudade' por carinhos... Senão me derramaria demais e perderia o equilíbrio que é tão necessário pelo menos para se dormir de noite". (Santa Lispector)*
> *Lembre-se de que saudade é um sentimento urgente... R.*

Tentei achar algo para entregar junto com o bilhete. Revirei a casa inteira, e a única coisa que encontrei foi a camisinha não usada que eu tinha jogado no chão, naquela nossa noite de despedida. Depois, abri um velho álbum de fotografias e peguei a foto mais bacana que eu tinha, tirada pelo Guilherme em uma das nossas viagens em família: era só o meu rosto, e eu sorria amplamente por causa de uma piada tosca que ele tinha contado.

Peguei um clipe pequenininho e prendi o bilhete à foto. Ainda era cedo, sabia que Calvin não tinha chegado e que demoraria um pouco. Deixei o meu "presentinho" na sua varanda, em cima de seu tapete de boas-vindas. Esperei meu vizinho chegar, mas depois o medo de me decepcionar falou mais alto.

Se o safado aparecesse com visitas, eu sentiria ódio de mim mesma. Portanto, mais uma vez, juntei todos os meus travesseiros e me estiquei no tapete consolador da Sra. Klein. Só que, daquela vez, não me senti triste. A única dor que sentia era provocada pela saudade da minha avó, mas sabia que um dia o tempo haveria de me consolar.

O dia amanheceu mais colorido. Trabalhei com vontade, provando ao meu chefe que continuava a mesma funcionária exemplar de sempre. Sentia-me contente, com novas expectativas. Cheguei a casa, na noite de quarta-feira, carregando sacolas e mais sacolas de compras, pois tinha ido a um supermercado a fim de não passar vergonha. A minha despensa estava vazia, bem como a geladeira, e os meus pais diriam que eu não estava me alimentando direito.

Ainda deu tempo de guardar tudo, dar uma arrumada na casa e tomar um banho. Foi a conta certa para a minha querida família bater na porta. Só não sabia que eu cairia no choro quando a abrisse. Sério, foi uma cena digna de novela mexicana. Eu chorei, mamãe chorou e até Sara começou a chorar. Daí a minha sobrinha chorou porque não entendia os motivos de todo mundo estar chorando.

Papai e Guilherme tentaram brincar com a situação, mas senti que até eles estavam emocionados. A surpresa adicional da noite ficou por conta da Lilian, que soube da visita e se ofereceu para vir também. Mesmo um pouco cismada com sua presença – considerando a nossa última conversa –, adorei saber que se importava comigo.

Mamãe preparou um banquete. Tinha tanta coisa gostosa que eu só conseguia me lembrar de Calvin. Queria que ele estivesse ali. Seria desconcertante, mas uma experiência diferente. Ele precisava do clima que só uma família de verdade podia criar.

A minha família revirou a casa. Não era lá tão grande, mas cada cômodo gerava comentários, quase todos engraçados. Claro que a minha mãe odiou a "pichação" que fiz na minha parede. Já papai leu todas as frases e adorou. Guilherme comentou que eu estava ficando louca, e Sara me olhou como se concordasse. Lilian considerou legal.

O jantar foi barulhento e divertido. Comi tanto que uma bela dor de barriga era o mínimo que eu esperava para o dia seguinte, porém me permiti até o fim. Depois de horas de muito bate-papo, da sobremesa e do cafezinho, papai e mamãe me chamaram para uma conversa em particular, no meu quarto. Basicamente, pediram-me para que eu contasse tudo o que estava sentindo com relação a morar sozinha.

– Estamos preocupados com você, Raissa – disse papai, sentado na minha cama ao lado da mamãe. Estavam com as mãos dadas do jeito romântico como sempre ficavam. – Seu distanciamento está nos deixando tristes.

– Desculpem. Só estou em uma fase de mudança. Vai passar. Vou me encontrar.

– Sabemos que foi uma mudança drástica, e ainda teve a morte da vovó, mas... – O rosto da minha mãe se contorceu de angústia. Achamos que você deve estar muito sozinha, Raissa, e isso não é bom.

– Gosto de ficar sozinha. Era o que eu estava precisando. Vou ficar bem, prometo.

– Nunca vimos você se comportando de uma maneira tão esquisita. Acho que a mudança não te fez bem – mamãe insistiu. Papai me encarou significativamente e, por fim, aquiesceu, concordando com a minha mãe.

Merda! Como convencê-los de que aquela tinha sido a experiência mais válida para o meu autoconhecimento? Eu não queria entrar em tantos detalhes assim.

– A mudança me fez muito bem. Não me arrependo. Juro que vou ligar e aparecer mais vezes. – Beijei os meus dedos cruzados, como fazia quando era criança. Eles riram um pouco, mas a preocupação não saiu de seus semblantes.

– Então vamos combinar assim: você fica com a gente aos domingos. Certo?

– Não! – gritei. Mamãe até levou um susto. – Er... Meus domingos estão ocupados. Pode ser aos sábados?

– O que você faz aos domingos, Raissa? – Minha mãe nunca foi boba.

– Ajudo um amigo, que está passando por problemas.

– Que amigo?

– Meu vizinho. Aquele do hospital. – Meus pais mal tinham ligado para a presença do Calvin naquele dia, mas certamente se lembravam dele.

– Vocês estão namorando?

– Não, pai... – Revirei os olhos, soltando novo suspiro. – Só o estou ajudando. É importante. Ele me ajuda muito, então não posso deixar de ajudá-lo.

Eles ficaram me olhando, absolutamente desconfiados.

– Tudo bem, aos sábados. Sem exceção, Raissa. Se não cumprir esta promessa, juro que faço seu pai vender a casa.

– Credo, mãe! Sou independente e tomo minhas decisões. Vocês não vão mais escolher nada por mim ou me chantagear.

– Ainda sou a sua mãe. Nunca vou deixar de ser. Se eu perceber que algo está errado, trago você de volta para casa. Ouviu bem, mocinha?

Quantos anos eu tinha mesmo? Seis?

Balancei a cabeça depressa, absolutamente contrariada. Descobri que, no fundo, era daquilo que eu estava fugindo. Não queria que ninguém tomasse conta da minha vida como se não me pertencesse. Nem mesmo meus pais. Sobretudo eles. Já tinham feito o que lhes cabiam fazer, dali em diante era comigo.

– Não vou voltar para casa. Está fora de cogitação. Irei visitá-los porque sinto saudade e não por causa de uma ameaça, mãe. Não sou uma criança, não me trate assim.

Ela abriu a boca, surpresa. Pudera, nunca a contrariei antes. Sempre fui tão permissiva. Um exemplo de filha obediente. Mas me cansei.

Papai se levantou da cama e puxou mamãe junto.

– Fique tranquila, filha. Sua mãe só está preocupada. Vamos adorar te receber aos sábados. – Incapaz de falar qualquer coisa, permaneci sentada na cama, aborrecida. – Já está tarde, vamos indo, amor?

– Vamos... – Mamãe ainda estava desconcertada.

Saímos do quarto em silêncio. Aquela conversa tinha sido mais rápida do que imaginei, e desnecessária. Sara e Lilian estavam na sala, repetindo as sobremesas e conversando, enquanto Guilherme tecia comentários sarcásticos.

– Olha aí, Raissa pode comprovar! – Lilian apontou um dedo na minha cara.

– Comprovar o quê?

– Que aquele vizinho não é seu namorado! – Revirei os olhos.

– Claro que é, vi o jeito como se olhavam no hospital – Sara definiu, com ar triunfante. – Pensei que ele estaria aqui, Raissa.

– Ele não é meu namorado.

– Viu? Não falei? – Li mostrou a língua para Sara, que estava segurando a Clarinha nos braços. A coitada já tinha pegado no sono.

– Eu disse que ela era uma encalhada! – Guilherme gargalhou e lhe dei um "pescotapa" na nuca, mais forte do que calculei. – Ei! Docu!

– Problema seu!

– Sem brigas! – papai reclamou. – Vamos, pessoal? Está tarde, todo mundo vai trabalhar amanhã.

– Menos a Sara! – Guilherme fez questão de frisar. Ela o encarou com raiva evidente.

O circo demorou a ser desarmado. Mamãe e Lilian fizeram questão de deixar a cozinha limpa antes de irem embora. Juntar toda aquela gente espaçosa para fazê-los sair do lugar dava muito trabalho. Mas, por fim, abri a porta e... Calvin estava lá.

– Calvin! – Lilian gritou atrás de mim e só não se atirou em cima do sujeito porque eu estava impedindo sua passagem. – Estávamos falando sobre você... Não morre mais!

Ele riu, meio intimidado, e então precisei sair do caminho ou para deixá-lo entrar ou para permitir que o povo saísse. A segunda opção aconteceu; um turbilhão de cumprimentos foi trocado na minha varanda. Papai estava menos empolgado, observando Calvin meio de lado. Conhecia aquela expressão: ciúme puro. A única coisa que me trouxe alívio foi o fato de o safado estar miraculosamente vestido. Usava calça jeans e uma camisa preta de manga comprida, colada no corpo.

Despedi-me de todos, aproveitando os cumprimentos que davam ao Calvin. Lilian foi nitidamente a mais atirada, tocando nos braços dele a cada oportunidade, perguntando-lhe coisas que eu nem sabia de onde tinha tirado. O olhar paquerador da Sara também estava ativado, mas, por estar com nossos pais, percebi que se conteve como pôde.

Enfim, conseguimos nos livrar de todo mundo. Soltei um longo suspiro quando não consegui ver mais ninguém na calçada (mesmo que ainda pudesse ouvi-los falando alto). Tentei não encarar Calvin depressa, por isso fui subindo meu olhar aos poucos. Não adiantou. O impacto foi exatamente o mesmo, igual a todos os outros. Ele sorriu e piscou um olho, o que me atiçou a vontade de mordê-lo.

– Obrigado, Raissa.

– Pelo quê?

– Por ter falado sobre os domingos. Eu... Foi muito legal da sua parte. É... realmente muito, muito importante para mim ter a sua companhia.

Um pedaço de gelo vindo diretamente do Alasca atingiu a minha veia aorta.

– Ouviu tudo? – Seu sorriso foi a resposta. Não contive o ímpeto de atingir a minha cabeça com uma mão, oferecendo-me um cascudo dolorido.

– Senti a sua falta, amiga. Adorei a foto.

Amiga. Amiga. Amiga. Amiga...

Calvin me puxou pela cintura de repente, fazendo nossos corpos colarem. O choque me fez pirar. Sua boca terminou a centímetros da minha, e então, juntando toda a força de vontade, eu recuei, desvencilhando-me. Ele me soltou a contragosto.

– Desculpa, esqueci. E então... Como você está?

– Muito bem, e você?

Não, eu não tinha desistido. Só que recuar era uma estratégia muito boa; a melhor de todas. Calvin piraria com a minha abstinência. Ao menos era o que eu esperava.

– Ótimo. Só cansado. Trabalhei muito hoje.

– Eu também.

– Vim aqui só para te agradecer mesmo. E para dar um "oi" a sua família, antes que fossem embora.

– Beleza.

– E, claro, para te ver. *A saudade é um sentimento urgente...* – O gelo do Alasca se transformou em uma pedra do Saara.

– Obrigada, amigo. Tenha uma ótima noite! – Fiquei de ponta de pé para dar um beijo demorado na sua bochecha. Inalei seu cheiro bom por alguns segundos, reconfortando-me e ganhando forças para prosseguir.

– Está livre amanhã?

– Amanhã? – Fiz uma careta. – Só à noite mesmo.

– Eu chego à meia-noite. Posso passar aqui para te ver? Sei lá, conversar? – Sua expressão se tornou muito séria.

– Aconteceu alguma coisa?

– Não... – Mas seus olhos disseram que sim. E eu quase não pude me conter de alegria. Queria que alguma coisa tivesse acontecido, de preferência o que só acontecia nos meus sonhos.

– Combinado. – Abri a minha porta porque precisava me afastar depressa. Não podia cometer o erro de me deixar levar. Calvin tinha que sentir a minha ausência.

– Ei, Raissa... – Segurou o meu braço. Ele estava tão sério! – Espero que amigos possam imaginar. Estou imaginando muito.

É isso o que eu quero, Calvin. Que você enlouqueça com os pensamentos.

– A gente acostuma... – murmurei. Pisquei um olho, tentando ser sexy... só tentando mesmo. – Minha imaginação fértil plantou uma árvore também.

– Ah, amiga... A minha plantou uma floresta inteira.

Entrei em casa antes de processar o que tinha sido aquele sorriso safado logo após suas últimas palavras. Só percebi que o meu corpo estava fervendo de tesão quando me vi sozinha na sala, resfolegando e pedindo aos céus para conseguir atingir os meus objetivos antes que eles me atingissem.

Eu tinha a causa, a estratégia e as armas. Estava pronta para o combate.

SENTIMOS CIÚME PARA NÃO ARRISCAR PERDER

Eu podia sobreviver a mais um dia qualquer da mesma maneira como vinha sobrevivendo à minha vida, mas trabalhar, comer e respirar nunca foram tão maçantes. O engraçado de se esperar por alguma coisa é a presença da sensação horrorosa de angústia, que te impede de achar que as horas duram sessenta minutos. Parecia muito mais. Esperei pela conversa que teria com Calvin como se ela definisse o total percurso da minha trajetória. Juro que tentei conter as expectativas – não podia ser tão inocente em achar que não sofreria decepções –, só que era mais fácil conter um espirro.

Quando cheguei a casa, acendi as luzes do jardim e constatei que haveria mais quatro horas pela frente, foi bem difícil. Fiquei na esperança de encontrar alguma coisa nova na varanda, porém estava tudo igual: o vaso com as rosas vermelhas, as violetas, a lavanda – precisei procurar na internet para descobrir que aquelas flores roxinhas eram lavanda – e o cacto. Até que a entrada da minha casa estava ficando bem decorada. Graças a ele.

Estava em meus planos comer um prato de macarrão instantâneo, mas aproveitei que havia feito compras e decidi preparar algo articulado. Liguei o som e dei uma de cozinheira, tentando inventar sabores, cortando legumes com a maestria de um pinguim. Consegui me distrair por pelo menos duas horas nessa historinha de sujar panela sem necessidade para, no fim, ter o meu jantar reduzido a um risoto com cara de vômito.

Fiz uma minifaxina na cozinha e na sala de estar, mesmo que nem uma e nem a outra estivesse precisando. Sobrevivi a mais uma hora completa e utilizei alguns minutos para tomar um banho relaxante.

Lembrei-me do banho com Calvin. Na verdade, quase não podia usar aquele banheiro sem me lembrar dele.

Estava escolhendo uma roupa legal, quando ouvi barulhos esquisitos no quarto ao lado. Uma porta se fechou. Meu coração acelerou no mesmo instante, quase tive um infarto. Agucei os ouvidos.

– Não dá, Rita... Vá embora – ouvi Calvin sussurrando. O jantar deu um *looping* dentro do meu estômago e me vi correndo até a parede da Clarice.

Encostei meu ouvido em cima de uma das frases.

– Por que está agindo assim? Tento conversar contigo há tanto tempo e você sempre me corta! – a voz meio chorosa de uma mulher ecoou.

Ele tinha mesmo escolhido aquele dia para levar alguém para casa? *Puta merda, Calvin!*

– Não há o que conversar. Muito menos aqui, vamos pra sala... – Ele sabia que eu podia estar ouvindo. Levei uma mão à boca e rezei para ninguém ouvir a minha respiração ofegante de raiva e angústia.

– Não! – a mulher gritou. – Já chega! Qual é o seu problema, hein?

– Não tenho problema algum, Rita, só não quero que me siga e muito menos que venha até a minha casa sem ser convidada. Não te dei essa liberdade. – Calvin estava com um timbre sério e raivoso incrustado em sua voz. Não conhecia aquele tom. Era novo. Exalava uma raiva diferente.

– Achei que... que... – *Droga*. Ela começou a chorar mesmo.

– Sinto muito, Rita, acho melhor você ir embora e não voltar mais.

– Por que está me tratando assim?

– Nunca quis nada além de sexo, é difícil entender? – respondeu de maneira ríspida. – Achei que você estava ciente disso.

A mulher caiu no choro. Lágrimas se formaram nos meus olhos como se Calvin tivesse dito aquilo para mim. Cerrei os punhos e tentei conter um soluço.

– Seu grosso... – a coitada murmurou. Depois, aumentou a voz drasticamente. – Não vou perder mais um segundo da minha vida contigo. Otário!

Ouvi a porta abrindo e fechando depressa, com ainda mais força. O silêncio foi tão grande que, dali, deu para ouvir a porta da frente da casa dele sofrer o mesmo impacto. Por fim, o silêncio dominou. Uma lágrima escorreu e soltei um soluço involuntário.

– Raissa? – Calvin me chamou com ar de surpresa, logo após o meu vacilo.

Droga. Droga. Droga. Droga!

– Raissa... Sei que está aí.

Mil coisas se passaram pela minha cabeça antes de eu abrir a boca e murmurar alguma coisa que sequer consegui entender, muito menos Calvin. Só que a reação dele foi mais rápida; assim que comprovou a minha presença, suspirou.

– Desculpa... Não queria ouvir, mas...

– Deixa essa merda quieta – ele disse, ainda com muita raiva. – Suponho que esteja chateada comigo agora.

Fechei os olhos. Mais lágrimas inventaram de cair.

– Não.

– Por que não?

– Porque não.

Mais silêncio. Mais lágrimas. Mais medo.

– Raissa, eu juro que não magoo as pessoas porque quero. Juro... – Acreditei nele. Simples assim. Podia até visualizar as expressões do seu rosto me dizendo aquilo. Sabia que estava sendo sincero. – "*Só uma coisa a favor de mim eu posso dizer: nunca feri de propósito. E também me dói quando percebo que feri.*" Isso foi Clarice.

Soltei um longo suspiro. Só me restou pegar os pincéis atômicos em cima da minha cabeceira e encontrar um lugar para acrescentar aquela. Aos murmúrios, pedi para que Calvin repetisse devagar. Ele o fez, com a maior paciência do mundo, porém senti um pouco de tristeza também. Escrevi cada palavra imersa em um poço de amargura.

– Sabe o que eu acho, Calvin? – sussurrei assim que terminei de copiar.

– Diga.

– Que existem formas melhores de dizer que não está a fim. As pessoas têm tantos sentimentos quanto você.

– Achou que fui muito duro?

– Demais. Sua frieza me congelou daqui.

– Desculpe.

– Não é a mim que deve desculpas.

– Nem a ela, Raissa – acrescentou com certa raiva, mas depois amansou: – Eu não fiz nada. Inclusive, havia sido bem claro quanto a isso, e ela concordou, falou que só queria diversão também. Rita se iludiu sozinha.

– Você nunca correspondeu, Calvin? – fiz a pergunta com os olhos fechados e as mãos tremendo.

– Nunca. Não quero mais falar sobre isso, Raissa, por favor. Estou cansado.

Joguei o pincel de volta à cabeceira e deitei na minha cama, só que do lado inverso. Fiquei observando a parede, consciente de que nem tinha escolhido uma roupa; usava apenas calcinha e sutiã de algodão. Àquela altura, isso nem importava mais.

– Pode falar o que tinha para me dizer? – Achei por bem perguntar. Já sabia que ele não diria o que eu queria, mas ainda estava curiosa.

– Como assim?

– Ontem você me disse que queria conversar comigo...

– Ah... Não era nada de mais.

– Estou curiosa.

Ouvi seu riso e não pude deixar de sorrir. Meu coração se esquentou na velocidade da luz, como se um vulcão tivesse ativado e derramado seu magma em cima dele.

– Só era uma desculpa para te ver, Raissa.

– Ainda não viu... – murmurei. Ele ficou muito calado. Quase morri imaginando o que se passava em sua cabecinha oca. Esperei por uma resposta durante minutos intermináveis, até que me cansei. – Calvin? Está aí?

Só tive resposta um segundo depois: a porta da minha casa bateu. Sorri e pulei da cama, atravessando o meu quarto e a minha sala em pouco tempo. Abri a porta e parei só para vislumbrar aquele homem incrível sorrindo, trajando apenas a velha cueca Calvin Klein. Sorri ainda mais.

– Satisfeita, amiga? – Abriu os braços e entendi como um sinal verde para abraçá-lo.

Ele me envolveu por completo, gargalhando e dando alguns passos para trás. Senti seu corpo firme contra o meu, a quentura e maciez da sua pele e aquele cheiro de homem bom. A gargalhada só foi um adicional que me fez entender que estava louca por ele.

Larguei-o quando percebi que não podia dar tanta bandeira. Entretanto, Calvin não permitiu meu afastamento total. Puxou-me pela cintura e nos manteve grudados um no outro. Encarou-me com o sorriso ainda fixo em seu rosto perfeito.

– Tem certeza, Raissa? – Seu sorriso foi morrendo aos poucos, dando lugar a uma expressão desejosa que só me fazia pirar. – Diz ao menos que está em dúvida...

Engoli em seco. Meus planos não podiam ir por água abaixo. Eu tinha um objetivo traçado e precisava ser forte para atingi-lo. O que aconteceu com aquela mulher foi horrível e poderia facilmente acontecer comigo se eu não fosse esperta.

– Tenho certeza, amigo.

Calvin pareceu desolado. E era isso mesmo o que eu queria. Precisava da abstinência. Precisava que sentisse falta, nem que fosse apenas do nosso sexo.

– Então nunca mais atenda a porta vestida assim. Vá... – Afastou-me devagar. Balançou a cabeça, inquieto. – Vá, Raissa, antes que eu não responda por mim. Vá antes que eu arranque essa calcinha e te foda até você nunca mais querer desistir do meu pau.

Se o safado soubesse que eu não tinha desistido do seu pau (e de todo o restante), muito pelo contrário...

– Boa noite, Calvin.

Ele passou as mãos pelos cabelos e deu mais passos para trás, analisando-me. Aproveitei a chance para admirar seu corpo lindo, mas acabei me prendendo ao seu rosto; a expressão nitidamente perturbada me fez sorrir. Calvin deu meia-volta, retornando à sua casa, e fiz o mesmo. Caminhei até a minha cama, tentando fazer a excitação ir embora. Sabia que seria impossível.

– Eu tenho uma pergunta para te fazer, vizinha... – Ouvi-o depois de minutos de pura reflexão.

– Pode fazer até duas, vizinho.

– Promete não ficar chateada?

Sentei-me na cama, permanecendo em alerta.

– Prometo.

– Você poderia me avisar quando trouxer um... um cara para o seu quarto?

Fiz uma careta.

– Por que eu faria isso, Calvin?

Ele soltou um suspiro.

– Não sei. Deixa pra lá.

– Porque eu sempre ouço quando você traz alguém – eu o interrompi, meio irritada, e com razão. – Muitas vezes preciso ir dormir na sala para não ter que escutar.

– Sério?

– Sim, e nem por isso te pedi para avisar ou para não fazer mais isso. – Calvin ficou mudo. – Espero que você faça o mesmo por mim quando eu trouxer um cara.

O silêncio continuou predominante no quarto ao lado.

– Que cara? – perguntou baixo, em um tom ríspido.

– Sei lá, qualquer cara. Também tenho as minhas necessidades.

Ouvi um suspiro irritado. Cobri a minha boca logo em seguida, para que o homem não soubesse que eu queria rir alto de seu visível ciúme.

– Está saindo com alguém? – O tom ríspido se intensificou.

– Não exatamente.

– Sim ou não, Raissa?

– Não. Não no momento.

Ouvi outro suspiro. Eu devia ter dito que sim, mas não consegui mentir.

– Não. Não no momento. Mas poderia, não poderia?

– Poderia – Calvin resmungou.

– Por que eu avisaria se trouxesse alguém, Calvin? – perguntei, insistindo naquela história absurda. Começava a me chatear de verdade. Ele ainda não tinha compreendido a si mesmo. – Não entendi essa. Que diferença faz?

– Não precisa ficar nervosa.

– Não estou nervosa, só acho que tenho o direito de fazer o que quiser.

– Você tem!

– E então por que raios eu avisaria?

– Sinto muito se você não se importa, mas eu me importo – soltou rápido. Precisei conter o riso de novo. – Não quero ouvir nenhum filho da puta te comendo. Não quero ouvir ninguém te comendo, na verdade.

– Por que não?

– Porque não.

Eu sei muito bem por que, Calvin. Começa com C e termina com E: CIÚME.

Descobrir que ele sentia ciúme de mim foi a coisa mais sensacional que podia acontecer naquela noite estranha. Diante de tanta confusão emocional, ainda havia uma luz para ser seguida dentro daquele túnel tempestuoso.

– Boa noite, vizinho – saudei pela segunda vez, satisfeita com aquela resposta.

– Boa noite. – Meia hora depois, Calvin murmurou: – Raissa?

– Hum?

– Daqui a duas semanas vai fazer vinte e cinco anos que a minha mãe morreu.

– Poxa... – Não soube o que dizer.

– Ou seja, é o meu aniversário! Vou fazer uma festa. Você vem? – Calvin riu. O nó do meu cérebro virou um emaranhado que só fios de fone de ouvido conseguem fazer. Não dava para entender aquele cara. Juro que tentava, mas não conseguia.

– Cla... Claro.

– Ótimo. Agora vá dormir, vizinha linda.

Sorri. Sua voz soou doce.

– Calvin?

– Oi?

– O que quer ganhar de aniversário? – perguntei em um tom divertido. Era só para não dormir pensando na Sra. Klein. Não gostava de ser perturbada pela história lamentável da família do meu vizinho, pelo menos não durante a madrugada.

– Sua boceta enrolada em um laço – falou assim, na lata, e tive certeza de que sorriu daquele jeito cafajeste.

– Peça outra coisa, seu cachorro.

Calvin gargalhou diante do meu xingamento.

– Relaxa... Só quero a sua presença na minha festa. Combinado assim?

– Combinado.

Mas claro que eu passaria duas semanas revirando lojas e mais lojas, atrás de um presente à altura. Eu me conhecia o bastante para saber o quanto podia ser agitada, ansiosa e neurótica. Já disse que a culpa não era minha?

HOMEM SAFADO É DIFÍCIL, MAS HOMEM TEIMOSO É IMPOSSÍVEL

O sábado chegou a passos lentos e não soube dizer se foi porque as coisas no trabalho pegaram fogo ou se foi porque Calvin sumiu, levando consigo qualquer novidade na minha vida. Acordei cedo e fui à casa dos meus pais, como prometido. Mamãe já me esperava com expectativa, achando que eu não cumpriria a promessa. Ela também fez os meus irmãos não marcarem nada aos sábados, e é claro que eles detestaram, sobretudo o Guilherme, que, segundo a Sara, estava namorando uma garota do bairro.

Bom, mesmo que os meus irmãos não estivessem satisfeitos por perderem seus devidos sábados por minha causa, tentaram fazer dele um dia divertido. Começamos jogando Perfil na mesa da sala de jantar, coisa que não fazíamos há muito tempo. Até que foi legal, tivemos direito a chocolate quente e explicações inteligentes vindas do meu pai – ele sempre foi um sabe-tudo.

Depois do almoço confuso, em que todo mundo emitiu suas opiniões sobre tudo de uma vez só, assistimos a dois filmes na sala de estar. Isso, claro, depois de discutirmos sem parar sobre o filme a que assistiríamos. Até aí tudo bem. O negócio só começou a ficar estranho perto da hora do jantar. Acho que nos cansamos de fingir que a vovó não fazia falta. A única verdade era que fazia, e muita.

Suas histórias nunca mais seriam contadas e nem o delicioso bolo de fubá acompanharia o café da tarde. A cadeira de balanço do terraço jamais seria a mesma. Não soube dizer o que realmente mudou, mas, quando a noite chegou, ficamos introspectivos.

Mesmo sabendo que com o tempo poderíamos nos acostumar, nossa família não seria a mesma. Descobri que eu não possuía maturidade para lidar com perdas, talvez tenha comprovado isso quando alcancei a minha cama e chorei o que tinha deixado de chorar nos últimos dias. Depois de uma breve pesquisa, dediquei uma parte da minha parede para a minha avó, escrevendo a seguinte frase:

"Mas lembrar-se com saudade é como se despedir de novo".

Minha mente insistia em se despedir por causa da ausência de uma despedida definitiva. Queria ter dado um adeus mais digno, porém fiquei apenas com a dor da saudade. Estava chorando quando ouvi ruídos no quarto ao lado. Calei-me, abafando os soluços no travesseiro. Não adiantou. Calvin conseguiu me ouvir mesmo assim.

– Raissa? – Uma olhada no relógio me fez perceber que já era quase uma hora da manhã. Havia me lamentado durante muito tempo. – Raissa, você está bem?

– Não... – respondi com a voz esquisita. Meio esganiçada, eu diria.

– O que houve? Algum problema?

– Saudades da minha avó... – choraminguei. – Sinto falta de tudo o que eu queria dizer a ela e nunca disse.

O silêncio que Calvin faz sempre era misterioso e guardava coisas que eu sequer imaginava. Suas próximas palavras nunca eram previsíveis, em nenhum momento, em nenhuma situação. A imprevisibilidade dele me angustiava e me atraía.

– Você, eu, tapete da mamãe e um chá de camomila. Topa?

Sorri, porém mais lágrimas escorreram pelo meu rosto.

– Você chegou agora... Está cansado.

– Não importa. Chego aí em alguns minutos, só vou esquentar a água para o chá.

Como aquele homem podia ser tão especial? Era descomunal quando comparado a todos os caras que já cruzaram o meu caminho. Nenhum deles conseguia ser tão sensível, verdadeiro e prestativo. Tudo bem que nenhum era tão cafajeste, mas, naquele instante, a safadeza de Calvin não passou de um mero e insignificante detalhe.

Vesti algo mais comportado do que a minha camisola curta de seda. Não queria problemas, por isso me contentei com um short jeans e uma regata. Soltei os cabelos e lavei o rosto só para não parecer tão acabada. Pus um pouco de blush para disfarçar a palidez. Levei todos os travesseiros e um edredom para o tapete da Sra. Klein. Deixei a porta aberta. Esperei pacientemente.

Calvin apareceu alguns minutos depois, vestindo uma bermuda branca e uma camiseta azul-claro, empunhando um bule fumegante e duas canecas brancas com desenhos de *smiles*. Colocou-os em cima da mesa de centro e se sentou à minha frente para finalmente sorrir. Sorri de volta. Ainda sem dizer nada, Calvin ergueu uma mão e tocou a minha bochecha carinhosamente. Pronto. Ele não precisava fazer mais nada, o meu coração já se sentia melhor.

Seu polegar atravessou os meus lábios, depois encarou a minha boca. Meu corpo deu sinal de vida, fazendo-me perceber que estava morrendo afundada em lamentos e saudade. Ele estava me salvando aos pouquinhos, oferecendo-me sua mão para me tirar do fundo do poço.

Dedos quentes pararam de me tocar. Calvin se manteve em silêncio enquanto nos servia nas canecas. O cheiro de chá invadiu a minha sala e me fez ficar ainda mais à vontade. Deixei uma lágrima escorrer quando ele me ofereceu uma caneca. Calvin brindou e tomamos o primeiro gole juntos. Estava uma delícia.

– Queria uma frase que pudesse arrancar toda dor que está sentindo, Raissa... – murmurou, e fechei os olhos só para me deliciar com o seu timbre suave. – Mas é melhor que a sinta. É melhor que chore tudo o que precisar chorar.

Suas palavras só me fizeram prantear mais, contudo não foi algo ruim. Sobretudo quando ele decidiu envolver seus braços nos meus ombros e me puxar até que o meu rosto se afundasse em seu peito. E foi lá que chorei, consumida pela saudade.

Calvin alisou os meus cabelos com cuidado. Tomamos o chá, esperando o tempo passar e levar o meu desespero para longe. A sala começou a ficar bem fria, por isso ele usou um pé para fechar a porta.

Devolveu as canecas vazias para a mesa de centro e puxou o edredom. Deitou-se em meio aos travesseiros, levando-me junto.

O pedido de socorro do meu corpo fez o meu cérebro entender que aquilo não daria certo. Quero dizer, Calvin, tapete, edredom, vulnerabilidade... Não podia acabar bem. Ou melhor, podia acabar tão bem que acabaria mal. Afastei-me o bastante para fazer nossos corpos desgrudarem, porém continuarem próximos. Calvin me olhou com uma expressão misteriosa. Não fez nenhum comentário sobre o meu afastamento.

– Sabe... Acho que você devia passar um sábado comigo na casa dos meus pais – propus, sem fazer noção de onde havia tirado aquela ideia louca.

– Por quê?

– Não sei... Só seria legal. – *Seria?* – A gente faz coisas de família. Há quanto tempo você não faz coisas de família?

Calvin ficou bem sério, de repente. Sabia que cutucava uma ferida profunda, mas aquele momento de cumplicidade entre nós permitia qualquer coisa intensa, inclusive a abordagem de um assunto delicado.

– Muito tempo.

Aquiesci. Ergui uma mão só para iniciar uma sessão de carícia nos cabelos dele. Eram curtinhos e bem escuros, bons demais de tocar.

– Como foi a sua semana? – mudou de assunto.

– Exaustiva, e a sua?

– Idem, mas proveitosa. Estou me adaptando bem ao novo cargo. – Sorriu um sorriso límpido, que foi acompanhado pelos olhos brilhantes.

Larguei seus cabelos e me virei de lado. Ele fez o mesmo, e ficamos frente a frente, mantendo uma distância confortável.

– Sensacional! Estou na torcida... Ah, e qualquer dia desses farei uma visita.

– É... Você está me devendo. Vou cobrar, hein?

– Pode deixar!

Sorrimos um para o outro, mas fomos parando diante do silêncio constrangedor que se instalou. Quero dizer, eu fiquei meio constrangida. Ele não pareceu tanto assim. Sem querer, soltei um bocejo. Meu corpo cansado estava tão relaxado naquele tapete que fiquei sonolenta. O chá devia ter ajudado também.

– Vou te deixar dormir. – Calvin tentou se levantar, porém o impedi, espalmando uma mão no seu peitoral definido. Olhamos juntos para ela.

– Não vá – sussurrei.

O vizinho segurou a mesma mão com firmeza, e um segundo foi o bastante para que resolvesse voar para cima de mim, pousando o seu corpo enorme sobre o meu. Soltei um gritinho curto de susto, mas o safado não hesitou.

– Se eu ficar, não vou ignorar o meu desejo – disse com a voz repleta de excitação. Fez um movimento capaz de roçar o que tinha na sua bermuda contra a minha perna. Arregalei os olhos, perdendo-me completamente. Era um baita volume. – Estou tentando respeitar a sua decisão, mas não me provoque. Não me toque assim, não me olhe assim... Não fale, não respire, não viva perto de mim, Raissa... Qualquer coisa que faça me deixa muito excitado.

Sua boca estava tão perto da minha que eu não precisava de quase nada para dar adeus aos meus planos.

– Calvin...

Ele fechou os olhos e prendeu os lábios. Voltou a me olhar, porém chateado. Não soube explicar direito as suas reações. Mantive-me estática, com medo até de piscar.

– Eu não acredito que você não me quer, Raissa. É difícil demais de aceitar.

Senhor, era isso o que ele pensava? Que eu não o queria e por isso o evitava? *Que tolice!* Era justamente o contrário; só o estava evitando por querê-lo em demasia. Meu desejo era tão grande que chegava a ser perigoso, tanto para ele quanto para mim.

Pensei tanto antes de responder qualquer coisa que perdi a minha deixa. Calvin roçou seu corpo no meu, devagar. Senti todo o seu tamanho e quentura me tirando do sério. Os braços circularam o meu rosto e continuei sem me mexer.

Precisei buscar muita força de vontade.

– Não se faça de desentendido, Calvin. Sabe o que está acontecendo e sabe os motivos da minha rejeição. – Empurrei-o, utilizando minhas mãos, que tremiam de nervosismo. Ele se afastou de imediato, ajoelhando-se no tapete. Sentei-me. – Não vivo como você. Não funciono assim – repeti suas mesmas palavras.

Calvin ficou chateado, só que a irritação não foi a única coisa que pude constatar em seu olhar. Havia algo mais.

– Como você funciona? Queria entender.

– Não sou mulher para ser dividida com outras. Não me satisfaço com uma noite nem com mil, porque não é só sexo o que busco. Quero um homem, não uma transa.

Seus olhos se escureceram bastante. A seriedade fez sua mandíbula firmar até deixar óbvio que estava cerrando os dentes.

– Você sabe que eu só...

– Eu sei! – Adiantei-me. – Não busco o que quero em você. É por isso que somos amigos.

Calvin arfou, chacoalhando a cabeça, e depois sorriu. Desviou os olhos.

– Certo.

Levantou-se, e daquela vez eu que não era doida de impedi-lo. Ainda sentada, tomei coragem para fazer a pergunta que sempre rondava entre nós:

– Tem certeza, Calvin?

Ele parou de tentar juntar o bule e as canecas. Encarou-me, surpreso.

– O quê?

– Você tem certeza? – perguntei de novo, olhando-o decididamente.

Calvin sorriu, mas de um jeito que não convenceu ninguém. Começava a achar que aquele sorriso constante nada mais era do que uma máscara que escondia dor, sofrimento e angústia. Ele se curvou, beijando-me a testa. Juntou as coisas e abriu a porta.

O teimoso e safado de uma figa teve a coragem de responder:

– Tenho, Raissa.

Deu de ombros antes de realmente ir, deixando-me com duas saudades para dar conta. E eu dei. Sabe por quê? Porque eu o faria engolir cada certeza. Seu arrependimento seria tão grande que me pediria perdão até bem depois de eu desculpá-lo.

NOS LIMITES DA PACIÊNCIA E DA ESPERANÇA

Calvin não acreditou muito quando entrei no quintal desfilando o meu biquíni branco e a minha canga da bandeira do Brasil. Estava prontíssima: tinha a pele protegida pelo protetor solar, uma garrafa térmica com caipirinha e o ânimo renovado. Acordei realmente disposta naquela manhã.

O safado sorriu, surpreso, durante todo o meu trajeto até a mesa, que já exibia carnes temperadas, prontas para ir à churrasqueira, e verduras recém-cortadas. Peguei dois copos e os enchi de caipirinha, como ele fizera na noite anterior com o chá.

Brindamos e só então reparei que Calvin trajava um avental branco de cozinheiro por cima da velha sunga vermelha. Sinceramente, vê-lo daquele jeito me fez classificá-lo como o homem mais sexy do ano.

– Pensei que não viria... – falou depois de alguns goles e de passar as costas das mãos pelos lábios sorridentes.

– Por que eu não viria? – Desamarrei o nó da minha canga sob seu olhar curioso. Fingi que estava pouco me importando.

– Sei lá, você está triste. Sei que se esforça para estar aqui...

Coloquei a canga em cima do banco, sentindo-me ótima por ter conseguido sua total atenção para o meu corpo, e parei para lhe oferecer um sorriso amigável.

– "Um amigo me chamou para cuidar da dor dele, guardei a minha no bolso. E fui..." – citei, com ar divertido.

– Você é impressionante, vizinha.

– Obrigada, você também é. – Pisquei um olho para provocar. Calvin prendeu os lábios, analisando a minha pele exposta. – Por falar nisso, qual é o cardápio de hoje?

Não conseguia conter minha fome. Ouvi seu riso animado – era o que sempre soltava quando falávamos sobre comida, cozinha e afins.

– Fiz aquela farofa de que você gostou!

– Oba! – Ergui os braços. Procurei a bendita farofa pela mesa e a encontrei dentro de uma vasilha. – E os tomates?

– Aqui! – Calvin me ofereceu uma pequena travessa de vidro. Peguei um tomate com a mão mesmo e o levei até a boca. Como previsto, estava bem temperado e derretia, explodindo seus sabores de um jeito viciante. Sério, até os tomates do vizinho eram divinos. Estavam sempre bem vermelhinhos.

– Delícia!

– Isso é porque ficou faltando um tempero especial neles.

– Mesmo? Qual?

– A minha saliva.

Fiz cara de bocó enquanto ouvia seu risinho safado perturbar o meu juízo. Joguei-lhe um pano de prato no rosto e Calvin gargalhou.

– Ainda bem que você não cuspiu nos tomates. Eca!

– Oh, não, não... A minha saliva precisa se unir ao tomate enquanto ele estiver na sua boca. – Gesticulou como um profissional dando aula de Gastronomia. – É assim, e somente assim, que funciona.

– Sei. Tá certo!

Tentei parecer tranquila e divertida, mas a verdade era que o meu coração estava quase saindo pela boca. Não era fácil resistir àquele homem. Às vezes – quase sempre – o que eu queria era jogar tudo para o alto e pular em seus braços.

Calvin sentiu que a graça foi embora depois que não consegui mais rir da situação. Peguei outro tomate e o devorei, e ele bebeu mais da caipirinha, porém mantendo olhos felinos apontados na minha direção.

– Sua caipirinha é inesquecível, vizinha. Sou viciado nela.

Seus olhos me deram a certeza de que o cafajeste não estava falando da caipirinha coisa nenhuma.

– Sou viciada na sua carne, na farofa, nos tomates e em tudo o que você fa... cozinha. Mas vamos ao que interessa: você está bem?

Calvin balançou a cabeça positivamente.

– Eu estava pensando naquilo que me disse.

– Sobre o quê?

– Sobre os sábados com a sua família. Sabe, eu... posso trocar o sábado pelo domingo e ganhar uma folga. Pode ser no sábado que vem, sei lá...

Encarei-o, estupefata. Não dava para acreditar. Calvin queria usar a sua única folga na semana para ficar comigo e com a minha família doida? Ele só podia estar zoando com a minha cara.

– É sério?

O coitado coçou a cabeça de um jeito desconcertado. Nem parecia a mesma pessoa de um minuto atrás. Aquele cara tímido na minha frente era o garoto órfão e sensível, que sentia falta de seus pais e de ter uma família comum.

– Se você não se importar...

– E o churrasco do domingo, Calvin? Vai quebrar a tradição?

Ele deu de ombros. Desviou o rosto para refletir um pouco. Ficou admirando o além por alguns instantes.

– Quem se importa? É tolice.

– Não é tolice coisa nenhuma. Você sabe que não é.

– De que adianta, Raissa? Nada vai fazer mudar o que aconteceu... – Calvin depositou o copo na mesa com força exagerada. Dei um pulinho de susto, mas me recompus. Ele afiou uma faca gigantesca, chocando-a contra uma pedra.

Levantei-me do banco e me aproximei com cautela. Calvin largou a faca e pegou a tampa de uma vasilha para atiçar o fogo da churrasqueira. Parei perto o suficiente para fazê-lo desistir de tentar se esquivar do assunto.

– É importante. Sei que é. Estou aqui por causa da importância dessa tradição. Não quero que passe por isso sozinho.

– Estive sozinho durante tanto tempo, por que acha que vai doer menos agora?

– Não está doendo menos? Nem um pouquinho? – A minha pergunta foi feita com mais dramaticidade do que pretendia. – Porque se não estiver, então estou sendo inútil. Ou melhor, estou sendo um estorvo, já que só faço comer.

Calvin não me olhou. Não soube o que se passava na sua cabecinha oca e teimosa.

– Raissa... Claro que você não está sendo um estorvo. Esqueça isso, eu gosto de tê-la aqui. – Desfez o nó do avental e o retirou, exibindo toda a sua protuberância corporal. – É só que... Sempre penso no que você me fala. Não sei o que há com a sua boca, mas levo em consideração cada sílaba que sai dela. – Enfim me encarou, e o mundo virou de cabeça para baixo no mesmo instante. Ou foi meu cérebro que deu cambalhota? – Eu não sei o que é ter uma família há anos. Às vezes, acho que nunca soube. Meu pai era muito bom para mim, sempre tive tudo o que quis... Mas ele nunca foi muito presente. Exceto aos domingos, como já te disse.

Diante dessa confissão, além do cérebro fora de órbita, aquele velho nó foi plantado na minha garganta. Precisei juntar coragem para não cair no choro e fazer drama.

– Vou avisar aos meus pais que você estará lá no sábado.

Calvin sorriu um pouco, e percebi seus olhos brilhantes, meio marejados.

– Será que vão se importar?

– Claro que não. Eles são loucos, mas amam receber visitas. Só espero que não se importe com a vergonha que certamente irão nos fazer passar.

– Você se importa?

– Nem um pouquinho.

Encerramos o assunto, pois Calvin pegou um garfo e começou a preencher a grelha com fatias de carne. Voltei a me sentar à mesa, porém me mantive mais perto dele.

Além da carne esplêndida, Calvin ainda preparou pão de alho e assou cebola e batata na brasa. Tudo estava divino e comi como uma condenada, sequer desacelerei na comilança quando fui tomar sol. Tudo porque Calvin me servia igual a uma rainha enquanto eu estava deitada na canga. Em uma das vezes que se aproximou, empunhando uma bandeja cheia de pedacinhos de picanha, acocorou-se diante de mim e falou:

– Que fique claro, Raissa, sua presença faz doer menos. Você é tudo, menos inútil na minha vida.

Claro que fiquei me achando. Eu tinha certeza absoluta de que éramos o melhor um para o outro, suas recentes palavras eram mais uma prova disso.

Durante o churrasco, conversamos, ouvimos várias músicas e, depois de um tempo, resolvi ajudá-lo com as plantas do quintal, molhando-as com o seu famoso regador. Enfim, descobri o porquê de ele gostar tanto de fazer aquilo. Era relaxante.

– Raissa, saia do sol. Sua pele está ficando muito queimada – falou baixo, em algum momento.

– Estou usando protetor, não se preocupe. E você? – Observei-o. A pele morena estava do mesmo jeito de sempre.

– Também. Relaxa.

– Se eu relaxar mais do que isso, vou ter um orgasmo – murmurei sem querer, e ele se levantou só para me olhar de perto. Sorriu com malícia, obviamente. – É bom fazer isso. Gostei!

– Que bom, vizinha. Agora temos uma atividade em comum. E nem é sexo!

Gargalhamos juntos, mas eu tinha ficado meio sem graça.

– Fazemos muitas coisas em comum! Este churrasco, por exemplo. – Apontei para a churrasqueira do outro lado do jardim.

– Sim, mas estamos fazendo a mesma coisa agora. Concentrados unicamente nas plantas.

– Eu me concentro na sua comida... Mas é comendo e não cozinhando! – Ri da minha própria gula. Calvin ficou me olhando de um jeito esquisito.

Sua aproximação sempre fazia os meus batimentos cardíacos acelerarem, era incrível. O meu corpo reagia diferente à sua presença; eu me sentia viva, pronta para encarar qualquer obstáculo. O fato de ele me fazer tão bem ainda me espantava. Será que um dia me acostumaria com tanta sedução?

Sobrevivi a um domingo sem sequer encostar no Calvin. Fiquei decepcionada por ele não ter tentado nada, perguntando-me sem parar se tinha feito algo errado. Temia ser colocada na *friendzone* e nunca mais ser tirada de lá. Seria lamentável. Precisava investir mais pesado, atiçar, provocar até tirá-lo do sério e recuar na hora certa.

A minha primeira chance veio logo à noite, quando, depois de passar o fim da tarde lavando algumas roupas, fui tomar um banho. Assim que desliguei o chuveiro e me enxuguei com a toalha, percebi o quanto a minha pele estava queimada pelo sol. Choraminguei por causa da ardência, praguejando por não ter ouvido Calvin quando ele me alertou da exposição. *Porcaria!*

Vesti a parte de baixo de um *baby doll*, cobri meus seios com a toalha e liguei o ventilador do quarto. Com os olhos lacrimejando, fiquei de costas para o vento, sentada na cama.

– Calvin! – gritei. Não ouvi nada, mas sabia que ele não tinha saído. Avisou que tiraria um cochilo, pois estava cansado por causa da semana exaustiva. – Calvin!

Ouvi um arquejo exasperado.

– O que foi, Raissa? O que está acontecendo?

– Desculpa! Não é nada demais, é só que... minhas costas estão pegando fogo! Não consigo nem me mexer direito!

– Putz, eu te avisei pra sair do sol! – resmungou, evidentemente chateado, fazendo com que eu me sentisse ainda mais estúpida. – Fique onde está.

Obedeci. Calvin apareceu três minutos depois. Abriu a minha porta sem bater e se sentou atrás de mim em silêncio. Não tive coragem sequer de me virar para olhá-lo, pois sua presença já me deixava no limite da agonia. Ouvi o ruído do creme saindo de um tubo e continuei calada, só preocupada em segurar a toalha sobre os meus seios.

Mãos leves como plumas começaram a me tocar, espalhando algo refrescante na minha pele. Resmunguei um pouquinho.

– Merda, Raissa... Tenho boas e más notícias – ouvi seu murmúrio. Fechei os olhos com força. – Qual delas quer primeiro?

– Ai... A ruim. Depois me consolo com a boa.

Calvin riu de leve.

– A ruim é que você virou um sorvete napolitano. Tem as cores vermelha, preta e branca aqui nas suas costas.

Comecei a rir bastante e ele me acompanhou. Soltei mais um resmungo por causa de um movimento brusco que fez. Senti mais creme sendo despejado logo em seguida, e a minha pele recebendo um alívio muito bem-vindo.

– E a boa?

– A boa é que você pegou um bronze incrível. – *Ai, Senhor.* Eu conhecia aquele timbre. Nem precisava encará-lo, sabia que estava todo desejoso. Mas era isso o que eu queria, certo? – O desenho do seu biquíni está... perfeito.

Arfei. Senti um calor extremo na nuca e só então me dei conta de sua aproximação. Ele estava com o rosto bem ali, inalando o meu cheiro. As mãos desceram pelos meus braços.

– Calvin...

Não teve jeito. O safado não me ouviu, devia ter entrado em estado de transe. Senti suas mãos alisarem os meus braços e seguirem para as minhas mãos. Foi tudo muito rápido e, ao mesmo tempo, em câmera lenta. Ele segurou minhas palmas e as afastou devagar, com muita cautela, até fazer a toalha cair. Expus-me. Soltei um arquejo de desejo e desespero, afinal, não era a minha pretensão ir tão longe. Só queria atiçá-lo, mas o que ele fazia era me atiçar, deixando-me propícia a uma recaída.

Não demorou para ele encontrar os meus seios. Massageou-os com desenvoltura, sempre com movimentos longos e vagarosos. Soltou inúmeros gemidinhos no meu pé do ouvido. Brincou com os meus bicos, e a minha calcinha vibrou de tanta excitação.

– Calvin...

– Raissa... Cala a boca... Não se negue.

As mesmas mãos ternas desceram pela minha barriga até parar em um ponto abaixo do meu umbigo. Apenas uma mão desceu mais, invadindo-me por dentro do short.

– Calvin... Não. Não faça isso. – Agora converta esta frase para a afirmativa e lerá o que eu realmente queria dizer.

– Shh... Só quero senti-la de novo. Juro... Não farei nada. – Um dedo afoito me tocou perfeitamente, acendendo a chama que eu tentava a todo custo manter controlada. Virei incêndio de um segundo para o outro. – Gostosa... Que saudade... – Seu hálito se chocou contra os meus ombros doloridos. Senti uma dorzinha aguda prazerosa, que, combinada com o que acontecia lá embaixo, era gasolina pura.

Mas eu precisava me manter firme.

– Se você continuar, vou ficar chateada, Calvin. Sei que não mudou de ideia, e eu também não mudei – meu último resquício de juízo me fez dizer. Sabia que ele recuaria. E, se não recuasse, melhor ainda para mim; tudo estaria resolvido.

O safado se afastou tão devagar quanto havia se aproximado. Gemeu de frustração.

– Pegue este creme. – Ofereceu-me o tubo de uma loção. Só consegui ver sua mão e o objeto, nada mais. Até porque nossa posição não permitia. – É seu. Use-o todos os dias, pela manhã e à noite. Vai evitar que descasque.

Droga! Ele estava recuando.

– Muito obrigada, vizinho.

Senti seus lábios beijando o meu pescoço. Curvei-me um pouco para o lado, abrindo passagem.

– "Por enquanto eu te prendo, e tua vida desconhecida e quente está sendo a minha única íntima organização" – sussurrou com a voz rouca. Não houve um pelo meu que não tivesse se eriçado. – Quero ler esta frase na sua parede amanhã.

Passei tanto tempo olhando para a parede – depois de, claro, ter acrescentado a maldita frase que ele sussurrou –, sentindo a pele queimada resfriando de alívio, que dormi em algum momento, meio desajeitada. Quero dizer, tombei para o lado e fiquei em uma posição que livrou as minhas costas do contato com o lençol.

Acordei quebrada. Quase morri para colocar um sutiã, mas não podia trabalhar com os seios desprotegidos. Passei a semana inteira evitando dormir de costas. Era um saco ter que ficar de bruços, mas na quarta-feira já me sentia bem melhor. Quero dizer, relativamente, porque Calvin decidiu escolher aquela semana para exibir toda a sua promiscuidade – e para me evitar como se eu fosse uma doença contagiosa.

Não houve um só dia em que ele não tenha levado uma mulher para sua casa, e, na quinta-feira, vi duas – reconheci apenas a Karen--quenga, não sabia quem era a outra sujeita – saindo de fininho logo de manhã cedo de sua casa.

Estava cansativo demais esperar por uma mudança, mas um resquício de fé me fez refletir que, talvez, somente talvez, Calvin estivesse fazendo aquilo de propósito. Só para me azucrinar o juízo e me fazer ceder depressa, com medo de perder a vez. Se fosse isso, estava funcionando. Eu acho. Quero dizer, talvez funcionasse, assim que o meu ódio mortal fosse embora. Porque, com sinceridade, quando o cara que você faz de tudo para conquistar vai procurar consolo no corpo de outra qualquer é, no mínimo, deprimente.

É difícil compreender a mente de um safado. Os miolos dele funcionam diferentes dos de um cara comum, e principalmente dos meus. O tico e o teco que habitavam o meu cérebro brigaram um com o outro o tempo todo, e a minha semana se resumiu a uma espera irritante. Sabia que Calvin iria comigo para a casa dos meus pais, e só me restava desejar que o sábado chegasse logo para que eu pudesse tentar compreender o que tinha sido aquela doideira cretina durante a semana.

A minha vontade de arranjar um "batedor de parede" particular, ou seja, outro homem, só fazia aumentar. Calvin merecia um tratamento de choque. Mancomunei a ideia durante tanto tempo que ela começava a não ser mais tão absurda.

Afinal, até onde eu iria por ele?

RETRATOS DE UMA SAUDADE

O Sr. Klein já me aguardava na varanda. Eram oito horas da manhã do sábado e ele provavelmente tinha dormido tarde por causa da visitinha que recebeu em sua casa na noite anterior. Dormi no tapete, claro, e acordei cedo.

As reflexões que me acometeram variavam. Terminei a noite compreendendo que eu era, antes de tudo, uma mulher de luto. Não podia sair por aí frequentando festas e dando para qualquer sujeito, até porque isso não fazia o meu estilo. Além do mais, se gostava de alguém, se o queria para mim, então para que procurar por outro? E de que me adiantaria mesmo? Meu amor-próprio era a escolha mais coerente.

Descobri mais duas coisas: a primeira era que eu gostava demais de mim para deixar de ser quem era por causa dos outros; a segunda era que não me contentava com qualquer coisa. Eu tinha demorado anos juntando grana para comprar aquela casa. Aconteceu com o carro, com o meu computador e, aos quinze anos, com o novo CD dos Backstreet Boys. Era uma mulher incapaz de desistir de algo que queria muito.

Podia ser uma qualidade, porém, naquela semana, mais me pareceu um defeito.

– Bom dia, vizinha! Ia bater na sua porta agora mesmo. – E eu me perguntei como, pois ele segurava uma travessa de vidro enorme com as duas mãos.

– Bom dia! – Eu trajava uma saia jeans velha, blusa de manga curta e chinelos, enquanto ele vestia calça, camisa polo e tênis. – Tem certeza de que vai assim?

– Assim como?

– Você está muito arrumado, Calvin! Coloca uma bermuda e chinelos, ficará mais confortável para passar o dia. Lá em casa não tem frescura!

Calvin afastou a travessa para olhar a si mesmo.

– Volto em um minuto. Segura isto.

Peguei a travessa. *Que troço pesado!*

Enquanto ele atendia às minhas recomendações, tentei saber do que se tratava o conteúdo da travessa, mas um papel-alumínio arrumado com esmero, de modo a vedar bem seu conteúdo, impediu-me de xeretar. Calvin retornou pouco tempo depois, trajando exatamente o que lhe pedi. Sorri.

– Pronto? – perguntou, apontando para si mesmo, buscando a minha aprovação.

– Está ótimo. Vamos?

– Pode ser no meu carro? – Pegou a travessa de volta.

Ele estava tão sério! Não havíamos nos encontrado nem uma vez durante a semana. A saudade que eu sentia dele era enorme, mas estava um tanto decepcionada.

– Por mim, tudo bem.

– Ótimo.

Era oficial: Calvin não agia como o mesmo de sempre. Cadê o sorriso safado? Onde estavam seus olhares maliciosos? E as piadinhas? As frases de duplo sentido?

Seguimos em silêncio em seu carro, exceto pelas informações curtas que eu lhe dava sobre o caminho até a casa dos meus pais. Foi a coisa mais esquisita do mundo.

– Como soube a hora de acordar? – perguntei quando o silêncio quase aniquilou o meu juízo.

– Eu não dormi. Ouvi você mexendo em seu guarda-roupa.

A noite com a mulher da vez devia ter sido mesmo ótima. Só ouvi o comecinho, quando ele pediu para que ela o “chupasse até esfolar seu pau”.

– Não está cansado?

Calvin parou em um sinal vermelho. Evitou me olhar, mas fiquei observando-o descaradamente. Parecia um pouco abatido – se bem que, se eu tivesse passado a noite em claro, certamente estaria muito pior, começando pelas olheiras de urso panda.

– Estou bem – murmurou.

– Certo. – O silêncio retornou e, junto com ele, o meu desespero. Nunca foi tão desconcertante estar na presença do meu vizinho. Sua mudança drástica de humor me deixou… triste. – Tem certeza de que quer fazer isso?

– Isso o quê?

– Ir à casa dos meus pais.

– Está arrependida de ter feito o convite? – resmungou.

Quem era aquele homem chato e carrancudo?

– Não. Claro que não.

– Esperei por este dia a semana inteira, Raissa – completou com a voz baixa, reflexiva. Foi o suficiente para que o meu coração acelerasse em descompasso. Encarei o seu perfil durante muito tempo, até que se cansou de fingir que não estava percebendo o meu olhar sobre ele. – O que houve?

– Eu é que pergunto! O que você tem?

– Nada.

– Eu te conheço, Calvin. O que há contigo? – Fui meio impaciente. Ele prendeu os lábios e franziu a testa, chateando-se também.

– Vai implicar, Raissa?

Como é que é? Que timbre alto era aquele? Parecia que estávamos iniciando uma briga. Eu não tinha feito nada para que ele falasse comigo daquele jeito.

– Vou! Até que me diga a verdade!

Calvin soltou resmungos indefinidos.

– Fico assim nesta época do ano. Desculpa. Só quero me distrair hoje.

A minha cara foi a de uma leiga que estava tentando compreender a Teoria da Relatividade. Como assim, época do ano? Calvin era uma fruta para ter época? Pensava que essa coisa de mudar de humor só cabia às mulheres que sofriam de TPM.

– Por quê?

Ele soltou um suspiro resignado.

– Quarta é o meu aniversário. Por isso – falou com seriedade e depois usou uma estratégia para desviar o assunto: – A festa será na sexta. Você vai, não é?

Ah, o aniversário. Devia ser horrível nascer no dia da morte de sua mãe. Talvez isso explicasse seu comportamento durante a semana. Se bem que aquele exagero não tinha justificativa.

– Vou. – Olhei para uma placa indicando o nome do bairro. – Vire à esquerda, por favor. É logo ali adiante.

Calvin obedeceu, mas continuou estranho. Decidi que detestava, de todo o meu coração, vê-lo tão modificado. Gostava do seu modo divertido, brincalhão e safado. Um aniversário devia ser motivo de alegria e não daquela carranca fechada.

O clima continuou estranho até estacionarmos em frente à casa da minha família. Percebi que ele estava nervoso.

– Relaxa, eles não mordem... – Recebi um sorrisinho amarelo como resposta.

Todos já estavam nos esperando. Mamãe tinha adorado a ideia de receber o meu vizinho, mas papai ficou com o pé atrás quando expliquei meus motivos pelo telefone. Havia deixado claro que o Calvin era órfão e precisava de um dia em família. Papai só aceitou porque parecia cruel demais negar.

Sara, que tinha hormônios femininos tão flamejantes quanto os meus, amou a ideia. E deixou claro quando abraçou Calvin e lhe encheu de perguntas invasivas. Morri de vergonha por causa de sua cara de pau enorme, porém a perdoei. Afinal, até a Clarinha tinha simpatizado com o meu vizinho safado.

Como eu esperava, a família o recebeu com a empolgação de sempre, todo mundo falando alto e de uma só vez, tecendo comentários vergonhosos, como o que o meu pai soltou sobre estarmos "disfarçando o namoro como fazem as celebridades". Sem contar os intermináveis questionários que Calvin teve de responder enquanto o obrigavam a comer o bolo que a mamãe tinha feito. Tomamos um segundo café da manhã obrigatório.

Calvin, então, mostrou o que tinha na travessa embrulhada: uma lasanha enorme que era receita de sua mãe. Ele jurou que era a melhor do mundo. Claro que mamãe ficou toda impressionada quando descobriu que o meu vizinho era cozinheiro – fiquei sabendo somente naquele instante que o Calvin tinha feito faculdade de Gastronomia e depois se especializado em massas, inspirado pela origem italiana de sua mãe.

Depois do impacto inicial, os jogos tiveram início. Sara propôs que jogássemos Imagem & Ação. Sempre fui péssima. Ficava parecendo uma louca e era motivo de piada na família. Dito e feito. O povo não me poupou nem um pouquinho: riram tanto de mim – inclusive Calvin – que obriguei todos a trocarem de jogo depois da primeira partida.

Pegamos o baralho quando a minha mãe foi preparar o almoço. Calvin preferiu acompanhá-la. Os olhos dele brilhavam quando o assunto era cozinhar. Fiquei na sala jogando buraco, porém bem ligada no papo que acontecia na cozinha. Calvin ensinou tantos truques novos à mamãe que ela ficou toda soltinha. Não parava de o elogiar e o deixar envergonhado, principalmente quando disse que ele era um genro incrível. Até eu corei. E fiquei esperançosa porque ele só respondeu um "obrigado", sem se dar ao trabalho de negar nosso suposto relacionamento.

Dei graças a Deus porque todos na sala estavam concentrados demais no jogo e não prestaram atenção nesse diálogo constrangedor entre panelas. O cheiro delicioso que começou a sair da cozinha despertou o apetite de todos. Papai foi conferir o que cheirava tão bem e voltou dizendo que Calvin e mamãe estavam exagerando no banquete.

Depois de muitas partidas, Guilherme sugeriu que fôssemos jogar alguma coisa no quintal. Improvisamos uma rede de vôlei utilizando os fios do varal da mamãe. Papai não quis jogar por causa de uma dor crônica que tinha na coluna, por isso ficou apenas tomando conta da minha sobrinha. Chamamos Calvin para formarmos duplas, e ele apareceu todo alegrinho.

Sara praticamente o obrigou a formar dupla com ela. Resultado: perderam feio. Não pelo Calvin, que jogou bem e quase sozinho. Mas Sara sempre foi péssima em qualquer jogo que precisasse de uma bola, fosse com as mãos ou com os pés. A louca saía correndo toda vez que a bola ia ao seu encontro, morrendo de medo.

Após um set de vinte e cinco pontos, paramos por causa do cansaço. Foi a conta certa para mamãe anunciar o almoço. Gui e Calvin haviam tirado suas camisas, para não as sujar, e talvez por isso o meu irmão tenha engrenado uma conversa sobre musculação com a visita.

O almoço estava uma coisa de louco. Mamãe e Calvin tinham exagerado no capricho dos pratos. Além da lasanha cheirosíssima, havia dois tipos de salada, arroz, lombo ao molho madeira, purê de batatas, purê de abóbora e batata frita. Um supermenu! Por causa do jogo, ficamos com uma fome animalesca, ou seja, não sobrou quase nada para o jantar. Mas sobraram elogios à mamãe e ao Calvin, que ficou parecendo um menino aplicado que tirou 10 na escola, todo orgulhoso, sorrindo de orelha a orelha.

Senti-me feliz ao notar o quanto a minha família estava lhe fazendo bem. Sabia que eu tinha modificado muitas coisas na vida daquele homem, e por um instante tive a certeza de que havia feito a melhor escolha quando escolhi não desistir dele.

Já estava nos meus planos que iríamos assistir a filmes após o almoço. Papai e mamãe, no entanto, avisaram que visitariam uma tia minha. Pediram-nos mil desculpas, dizendo que estariam de volta para o jantar. Eles levaram a Clarinha, para nos deixar mais à vontade e despreocupados.

Guilherme nos convenceu a assistirmos ao filme no meu antigo quarto, que tinha ar-condicionado. A minha cama ainda estava intacta, bem como o guarda-roupa – vazio – e a cômoda – também vazia. Resumindo: nada foi mexido. Mamãe ainda tinha esperança de que eu voltasse para casa. Eu sabia disso.

Sara pegou colchonetes e lençóis. Determinou que Calvin e eu ficaríamos na minha cama, e ela e Gui nos colchonetes dispostos no chão. Constrangedor. Depois que apagaram as luzes, foi perturbador ficar sentada ao lado de Calvin. Não ousamos nos deitar como o Gui e a Sara fizeram. O filme teve início e tentei prestar atenção, mas o clima obviamente chato me incomodou.

Calvin começou a me encarar uns dez minutos depois. Disfarcei como pude, mas chegou um momento em que virei o rosto para observá-lo de volta. Ele não sorriu. Seu olhar foi se transformando, e a expressão de desejo retornou. Apesar da situação, suspirei. Ele ainda me desejava. Não fui abandonada na *friendzone*.

Calvin se esgueirou pela cama, de modo a se deitar por trás de mim. Abri espaço e fui junto, sem pensar duas vezes. Terminamos de conchinha, de frente para a TV, e suas mãos quentes percorreram os meus braços devagar. Estremeci. Achei um lençol que a Sara havia trazido e nos cobri. Apoiei a minha cabeça no seu braço esquerdo, que me prendeu por baixo. Seu hálito alcançou o meu pescoço, e por lá ficou, atiçando-me.

Estar envolvida pelos seus braços me deu uma sensação perfeita de proteção, conforto e confiança. O filme que se danasse, tê-lo era melhor. Depois de tantas batalhas que travei, só me restava conquistar aquele homem – quase – perfeito.

Virei-me de frente para ele, girando o meu corpo sem pressa. Fui envolvida em todos os sentidos; com mãos, pernas, lábios e língua. Calvin me beijou com lentidão. O choque de nossas bocas me causou um tremor incomum, jamais sentido. Não me lembrava de ter beijado alguém com tanta calma, como num movimento de câmera lenta, e tão excitante. Fiquei molhada de imediato.

Tentamos não provocar ruído, mas Calvin soltou alguns gemidos baixinhos. Acho que os meus irmãos não ouviram, pois o áudio do filme estava bem alto. Ainda devagar, ele me puxou para si, como se o fato de estarmos grudados um ao outro não fosse o bastante. Colocou parte de seu corpo sobre o meu. Fechei os olhos ao sentir sua ereção dura no meu quadril. Desci uma mão para pegá-la. Ele arfou quando a alcancei.

Aticei-o um pouquinho, porém decidi largá-lo. Não podíamos ir muito longe naquelas condições, certo? Aliás, meu plano era não chegar a parte alguma enquanto ele não jurasse que ficaria apenas comigo. Calvin sabia disso, mas não recuou.

– Você me faz querer mudar de ideia com relação a tudo... Tudo... – seu sussurro foi baixo, quase um suspiro prolongado.

Abri os olhos só para conferir que eu não estava sonhando. Era bom demais para ser verdade. Custei a acreditar. Quase pedi para que repetisse, mas seus olhos me disseram a verdade. Sua seriedade exagerada foi o bastante.

– Mude... Por favor, mude. – Eu sei, pareci desesperada. Bom, eu estava. Calvin prendeu os lábios e fechou os olhos. Reabriu-os e fez uma careta esquisita.

– Você não merece ser magoada. – Seus dedos massagearam os meus lábios. – Eu não mereço você, Raissa.

Senti uma vontade louca de chorar. Eu estava dando murro em ponta de faca?

– Claro que merece...

– Raissa, me escuta... – interrompeu-me em um cochicho. – Não sirvo para isso. Você quer um homem e merece amor, sou apenas um menino que não sabe amar.

– Cresça e aprenda de uma vez por todas, Calvin. Por favor.

Foi naquele instante que Gui nos atirou um travesseiro, mandando-nos parar de cochichar. Calvin me largou depois disso. Tentei assistir ao filme para não entrar em depressão, mas o tédio me tomou por completo e me fez adormecer. Só acordei quando as luzes foram reacendidas. Quero dizer, Sara tentava me acordar, mas só abri os olhos quando o Gui acendeu a luz. A minha irmã também tentou acordar o Calvin – ele pegou no sono deitado atrás de mim, porém sem me tocar. Recebemos inúmeras reclamações por não termos acompanhando o maldito filme.

Como os meus pais ainda não haviam chegado, Sara e Guilherme se dispersaram. Ela se enfiou no quarto para receber a ligação de uma "amiga". Já Gui se recusou a ficar segurando vela – palavras dele –, e tratou de ligar seu computador, dando adeus ao mundo real.

Era claro para mim que não podia ficar sozinha com Calvin dentro do meu quarto, por isso o chamei para a sala de estar. Um ambiente mais neutro e menos impactante. Se bem que, ao dar uma bela olhada nas fotos exibidas nos móveis e estantes, o impacto aconteceu dentro de mim. Ver retratos da minha família completa, incluindo a vovó, causou-me uma tristeza profunda. Pensei em disfarçar ligando a TV e fingindo normalidade, mas Calvin percebeu a minha inquietude. Sentado ao meu lado no sofá, observou as mesmas fotos que meus olhos tentavam ignorar.

Ele se levantou e chegou mais perto de uma estante. Segurou vários porta-retratos, e percebi que não parava de sorrir. Aquilo me confortou. A dor que me invadia foi suavizada diante de sua presença e seu gesto me deu vontade de fazer o mesmo por ele.

– As fotos são as coisas mais dolorosas que podemos guardar... – falou baixinho, e sua voz doce consolou meu coração. – Se as mantivermos, seremos perseguidos pela nostalgia. Se nos desfizermos delas, a culpa é que nos perseguirá.

– Isso foi uma frase da Clarice?

– Não... Mas posso dizer uma agora: "Fotografia é o retrato de um côncavo, de uma falta, de uma ausência". – Aquiesci, mas Calvin não me viu. Estava de costas para mim, devolvendo um porta-retratos para o seu lugar de origem. – Nunca soube o que fazer com elas. – Virou-se para retornar ao sofá.

Sentou-se ao meu lado de novo.

– No meu caso, há muita gente compartilhando uma só saudade. Deve ser difícil sentir e decidir o que fazer sozinho.

Calvin me olhou com o mesmo ar de tristeza.

– É muito difícil.

– Ainda bem que você não está mais sozinho.

Seu rosto se iluminou. Um meio sorriso brotou em sua face, e foi naquele instante que percebi estar mais apaixonada do que tinha imaginado. Ergui as mãos, e ele entendeu o recado, aproximando-se e me envolvendo em um abraço consolador tanto para mim quanto para ele. Não falamos nada, embora tenhamos permanecido grudados durante um tempo considerável.

Foi ele que nos afastou, não sem antes me dar um beijo terno na testa. Ficou me encarando, acho que pensando no que diria.

– Faz muito tempo que não me sinto assim – confessou.

– Assim como?

– Protegido. Acolhido. Sabe, meu pai era filho único. Meus avós morreram e a família da minha mãe está na Itália. Perdi totalmente o contato com todos. – Meus olhos se encheram de lágrimas. Nem queria imaginar como era a sensação de estar sozinho no mundo. – Estava acostumado com a solidão, mas sinto que ela acabou de ir embora. E só agora percebo o quanto ela me incomodava.

Calvin segurou uma das minhas mãos e entrelaçamos os dedos. Lembrei-me de uma frase linda da Clarice e pensei muito antes de dizê-la:

– "Mas chegará o instante em que me darás a mão, não por solidão, mas como eu agora..."

Calvin sussurrou o restante, junto comigo:

– "Por amor..."

Eu me arrependia de muitas coisas na vida. A lista era imensa, que envolvia tanto a minha avó quanto o fato de ter gostado de *RBD* na adolescência. Mas não me arrependi de ter soltado aquela citação. Mesmo que Calvin tivesse me olhado de uma maneira estranha, depois de passar séculos só me encarando, mesmo que balançasse a cabeça negativamente e, por fim, tivesse largado a minha mão. Não me arrependia.

Ouvimos um barulho na porta; os meus pais chegaram. Foi uma verdadeira confusão. Eles tentavam nos contar como havia sido a visita, mas Clarinha começou a chorar, sabe-se lá o porquê, e, como sempre acontecia, a casa se tornou um hospício. As coisas só se acalmaram quando Calvin foi ajudar a mamãe a preparar o jantar. Papai foi com o Guilherme assistir a um jogo de futebol na sala, e Sara sumiu com Clara. Fiquei sozinha, sentada à mesa de jantar, tentando entender a intensidade dos meus sentimentos.

Era muito cedo para defini-los. Era cedo até mesmo para senti-los daquele jeito tão forte. Só sabia que tinha ido mais longe do que jamais fui.

Milagrosamente, jantamos em silêncio. Não sei se o clima fúnebre que eu sentia era pela ausência da vovó ou por conta da tristeza que se instalou em mim, provocada pela morte da minha sensatez. Calvin agiu com naturalidade, salvo pelo fato de ter voltado a me ignorar. Não me importei. A minha prioridade, naquele instante, era compreender a mim mesma. Aquela frase acabou me atingindo muito mais do que atingiu a ele.

Decidimos voltar para casa logo após o jantar. Meus pais queriam alugar o Calvin por ainda mais tempo, porém inventei um bocado de desculpas para despistá-los. Fizeram o coitado prometer que voltaria em breve para uma nova visita.

O silêncio que pairou no carro durante todo o percurso de volta foi capaz de tirar o meu fôlego. Desci do veículo assim que Calvin estacionou e cruzei o jardim depressa. Estava fugindo mesmo, e daí? Não queria me decepcionar, como sabia que aconteceria caso deixasse que ele começasse a falar sobre a maldita citação.

– Raissa! – ouvi-o chamar. Destranquei a minha porta e a abri. – Raissa, espere! – Não pude fingir que não tinha ouvido. Eu me virei para esperá-lo. – Eu te pedi tanto... – disse, irritado, quando me alcançou. – Você prometeu que não se apaixonaria. Por que deixou acontecer? – Seu desespero ficou evidente.

Fiz um gesto com a mão, pedindo para que parasse. Estava cansada de discutir.

– Não me tome como uma adolescente ou como uma de suas *vadiazinhas*. Faça-me o favor. Foi só a merda de uma frase.

Seu olhar confuso se desesperou.

– Não foi só uma frase. Não foi e eu sei disso, Raissa.

– O que eu posso fazer, Calvin? O que eu pude fazer? Não finja que fui a única a cair nessa armadilha. Você que fica insistindo... Você que me olha desse jeito, como se fosse me comer. Foi você que estragou tudo, Calvin, sinceramente. – Nem soube onde terminavam as verdades e começavam as mentiras, só sabia que havia bastante das duas.

– *Eu?* – Ele fez uma careta, talvez tão feia quanto a minha.

– Sempre quis o seu respeito e sua amizade, mas pelo visto amor não é a única coisa que não sabe dar a alguém.

Seu desespero aumentava e eu me sentia uma grande hipócrita.

– Raissa... Eu tentei. Tentei ser seu amigo, mas não posso evitar te desejar!

– Deseja a mim e a torcida do Flamengo, não é mesmo? – bufei, muito irritada. Não havia engolido aquela semana de promiscuidade. – Conta outra, Calvin. Olha, deixa isso quieto. Finja que essa conversa não existiu.

– Ótimo. É o que vou fazer. Boa noite, vizinha – rosnou e andou na direção de sua casa a passos largos.

Bufei de irritação.

– Isso, foge! Continue fazendo o que faz de melhor!

Calvin se virou para mim, indignado.

– Não estou fugindo, quem faz isso o tempo todo é você! – gritou de volta, apontando um dedo. Credo, ele estava mesmo muito puto comigo. – Nunca fugi do desejo que sinto, não sou um hipócrita!

Tive que soltar uma risada. Eu estava louca e muito nervosa.

– Mas é claro que é. Esconde todo o restante embaixo desse desejo que você compartilha com todo mundo, sem nenhum critério! – Apontei o meu dedo para ele também. – E está escondendo a porra do que sente por mim aí debaixo de toda essa safadeza!

Eu já estava aos prantos e chorei mais quando notei que Calvin marejava.

– Pare, Raissa! Você não entende nada mesmo? Qual é o seu problema?

– Qual é *o seu* problema, Calvin? – gritei, descontrolada.

– Exatamente isso, caralho, EU SOU A PORRA DO PROBLEMA.

Ele deu as costas, dando a discussão por encerrada, e aproveitei para adentrar a minha casa. Continuei chorando. Parei diante da parede à minha frente, piscando os olhos, nervosa por perceber que tudo o que eu tentava construir estava desmoronando.

– Raissa, me perdoa. Por favor. – Escutei aquela voz vinda do outro lado da parede. Meu Deus, estava *muito chorosa*. – Você é importante demais para mim, não quero que sofra, que chore... Por favor.

Funguei, tentando, em vão, conter soluços.

– Espero que tenha entendido, mais uma vez, os motivos de sermos só amigos. – Mantive a firmeza apenas para confundi-lo. Era o que me restava fazer: continuar com o jogo. Precisava restabelecer a ordem.

– Eu entendi. É melhor desse jeito, sabemos disso. Me desculpe por tudo.

– Não há o que ser desculpado. Chega dessa história.

– Isso, chega. Você é a melhor coisa que aconteceu comigo em muito tempo, Raissa... – Tive a sensação maluca de que ele realmente estava chorando. – Obrigado pelo que fez por mim hoje.

Passei um tempo calada. Enfim, decidi encerrar de vez aquela conversa:

– Boa noite, vizinho.

– Boa noite, vizinha.

Recolhi meus lençóis e travesseiros. Fui dormir no tapete da Sra. Klein, pois não queria ficar ali, arriscando piorar a situação ou ter o controle arrancado de mim. Terminei o dia sem fazer ideia se tinha dado muitos passos para a frente ou recuado quase até o ponto de partida. A lembrança do beijo longo que trocamos foi o meu porto seguro. Agarrei-me a ela com unhas e dentes, rezando baixinho para que os anjos me dessem uma chance.

Não podia me deixar desanimar, já que entendia o quanto estava envolvida. Calvin tinha chorado por mim e parecia muito afetado por tudo. Se eu falhasse naquele momento tão decisivo, não saberia mais o que fazer. Talvez sequer continuasse morando ali. Não conseguiria.

UM PRESENTE DE ANIVERSÁRIO

Acordei assustada na manhã de quarta-feira. Tive a sensação de que havia alguém circulando pelo meu quarto. Só depois me lembrei de que quase sempre havia alguém por perto, já que aquela parede e nada eram a mesma coisa. Ouvi gemidos e congelei. Calvin não tinha levado nenhuma mulher para casa durante aquela semana, e eu estava achando ótimo dormir na minha cama sem imprevistos.

Ainda sonolenta, olhei o relógio do meu celular. Constatei que faltavam cinco minutos para as sete da manhã, horário em que o meu despertador tocava. Desliguei-o antes que disparasse. Soltei um bocejo e agucei a audição, tentando saber o que exatamente acontecia no quarto ao lado. Os gemidos cessaram, porém ouvi um soluço curto seguido por uma fungada. Sentei-me na cama, com o coração já batendo forte.

Ouvi mais fungadas e gemidos curtos. Por fim, outro soluço. Demorei a compreender que o que eu escutava não eram ruídos de sexo, mas sim alguém que tentava controlar o choro.

– Calvin? – Minha voz saiu meio rouca. Limpei a garganta. – Calvin, é você?

Ninguém respondeu, mas não precisava. Eu sabia que era ele. Alguns segundos de silêncio se passaram, até que uma sucessão de soluços deixou claro que o vizinho tinha desistido de tentar se controlar. Entrou em desespero completo. Compreendi logo o porquê de estar tão arrasado: era o seu aniversário.

– Calvin...

– Pare de me chamar disso! – *Meu Deus.*

Engoli o nó na garganta, tentando controlar os batimentos cardíacos. Estava cansada de tantas emoções confusas... Minha cabeça não aguentava tanta instabilidade emocional. Não via a hora de todo aquele inferno acabar.

– Eu não sei o seu nome... – murmurei.

Preparei-me para ouvir o verdadeiro nome daquele homem. Fechei os olhos e prendi a respiração como se fosse dar um mergulho. Esperei tanto para saber nomeá-lo que a minha curiosidade havia adormecido. No entanto, ela acordou como num sobressalto, e me vi ensandecida para conhecer a última coisa que precisava saber sobre o meu vizinho.

Mas Calvin não apenas não disse seu nome, como também foi grosseiro:

– Você não sabe de nada... Nada!

– Sei que está sofrendo.

– Quem liga? – Mais soluços. *Coitado.* Deu muita pena, pois percebi que abriu o maior berreiro, mesmo que tentasse abafar o choro talvez com um travesseiro ou lençol.

– Eu ligo.

Bufou. Não respondeu nada. Tentou evitar mais alguns soluços, parecia fazer a maior força para isso, e mesmo assim não conseguia. Fiquei chateada por ele duvidar da minha capacidade de me importar com seu estado emocional.

– Chego aí em cinco minutos – avisei com firmeza. – Deixe a porta aberta.

– Você precisa trabalhar – resmungou.

– Quem liga?

– Eu ligo.

– Problema seu. Você é mais importante.

Ouvi um resfolego misturado a um risinho desdenhoso. Claro que detestei. Ele não acreditava mesmo que eu estava preocupada?

– Grande importância...

– Sim. Enorme – reafirmei.

– Você nem sabe o meu nome!

– Quem liga? – Ele ficou mudo daquela vez. – Aguente firme. Estou indo.

Praticamente pulei da minha cama. Ele continuou soluçando enquanto eu abria a porta do meu guarda-roupa. Vesti um shortinho e uma blusinha de alça, depois fui ao banheiro fazer minha higiene matinal. Coloquei água para ferver enquanto ligava para o meu chefe. Inventei duzentas mil desculpas para não trabalhar pela manhã, e ele caiu em pelo menos uma delas. Não ficou satisfeito, mas me liberou, e era isso o que importava.

Fiz chá de camomila. Despejei o conteúdo em uma garrafa térmica e peguei duas xícaras pequenas. O aperto no meu peito só fazia piorar; estava aflita, bastante preocupada com Calvin. Sempre fui péssima em consolar qualquer pessoa que fosse, mas com ele era diferente. Tudo mudava quando se tratava do meu vizinho.

Graças aos céus, ele havia destrancado mesmo a porta da frente. Entrei sem bater, atravessei a sala e o encontrei sentado no chão de seu quarto, com a coluna apoiada na parede que nos dividia. Agarrava um travesseiro com muita força. Lágrimas caíam de seus olhos, sem trégua, que fitavam o chão.

Seu péssimo estado me assustou. Berrei quando vi seus cabelos desgrenhados e o rosto vermelho, distorcido. Ele usava apenas uma samba-canção branca e a velha corrente de prata com o pingente que eu havia lhe dado.

Calvin soluçou muito assim que percebeu a minha presença. Desesperada, coloquei a garrafa e a xícara em cima de sua mesa de cabeceira e me atirei no chão. Puxei sua cabeça para mim e abracei seu tronco enorme como pude. Ele chorou forte, molhando meu ombro com suas lágrimas. Nem me importei. Esperei o desespero inicial ir embora. Demoraram alguns minutos repletos de soluços – dele –, afagos – meus – e lágrimas – minhas e dele. Tentei fazer carinho em seus cabelos, em suas costas, ombros, nuca. Chorei baixinho, compartilhando aquela tristeza que o acompanhava.

Calvin parecia muito envergonhado por estar chorando daquele jeito na minha frente. Porém, com carícias, tentei deixá-lo o mais tranquilo possível. Queria que sentisse que eu estava ao seu lado para o que desse e viesse.

– Vai ficar tudo bem... – murmurei assim que ele deu uma acalmada. – Estou aqui.

– Ah, Raissa... – Apertou bastante os braços que envolviam o meu tronco. A voz saiu carregada de dor, foi triste demais de ouvi-la.

De repente, puxou-me com força e me fez sentar em seu colo. Enterrou seu rosto lindo entre os meus seios, chorando ainda mais. Continuei lhe oferecendo afagos, carícias suaves e livres de quaisquer intenções.

Depois de alguns dias morrendo de raiva daquele idiota, tentando evitá-lo ao máximo e focando unicamente o trabalho, percebi que a única coisa que tinha ficado, além do meu ego ferido, era a saudade daquele cheiro, daquele toque, daquela pele. De pouco adiantou tentar nutrir desprezo por Calvin. Eu jamais seria indiferente a ele.

Não era uma paixão tola. Infelizmente, não era. Eu não conseguia controlar aquilo. Queria o bem total daquele homem. Suas lágrimas eram o motivo das minhas. Sua dor era a minha dor, assim como a sua alegria era a minha. Sem querer, havia mais dele dentro de mim do que nós dois podíamos calcular.

– Estou contigo... – sussurrei entre mais lágrimas. – Estou aqui... Shhh...

– Ela preferiu morrer... Ela tinha escolha e preferiu morrer! – Calvin choramingava. – A gravidez era muito arriscada, minha mãe estava definhando... O médico pediu para que abortasse, mas ela não quis!

Oh, meu Deus...

Segurei a cabeça dele e o afastei. Obriguei-o a me encarar. Um rosto distorcido de dor, quase irreconhecível, ficou apontado na minha direção. Ele também segurou a minha face, enxugando minhas lágrimas com seus polegares. Foi lindo perceber que ainda se preocupava em não me ver chorando.

– Devo ser grata a ela, então. Se a sua mãe não tivesse te salvado, se não tivesse lutado pela sua vida, eu jamais teria te conhecido.

Os lábios dele começaram a tremer. O olhar ficou perdido, aéreo. Pensei em beijá-lo, mas não queria confundir ou complicar as coisas.

– A culpa foi minha! – soluçou alto.

– Não! Quem disse isso? – Apertei seu rosto ainda mais. – Quem te falou uma coisa dessas?

– Ninguém... – Seus lábios ainda tremiam muito.

– Foi seu pai que disse isso? – Fiquei zangada ao pensar numa atitude lamentável como essa da parte do único familiar que poderia oferecer amor àquele garoto.

– Não... Não. Ele nunca disse nada... Era muito bom pra mim.

Mas eu senti que era mentira. Seus olhos mal suportaram me observar.

– Diga a verdade, Calvin! De onde você tirou tantos pensamentos terríveis? Foi ele que te falou essas coisas?

Enfim, o vizinho me encarou e confirmou com a cabeça. Prendeu os lábios como se fosse incapaz de confirmar com palavras. *Minha nossa!*

– Mas eu matei a única mulher que ele amou, é compreensível!

– Não... – Neguei freneticamente. Estava chocada com aquela merda. As dores emocionais dele eram piores do que imaginei. – Não, não é compreensível, ele não podia ter dito isso de jeito nenhum. Amor de mãe é assim mesmo, Calvin, aceite as escolhas dela. E seja feliz por ela, pelo esforço que fez por você. É o seu aniversário, não há por que ficar triste. Sua mãe não ia querer isso.

Calvin nada respondeu, mas pareceu levar as minhas palavras em consideração. Ele começou a se acalmar. Expirou e inspirou. Acompanhei-o com o movimento respiratório até estarmos tranquilos. Os dois juntos. Enxugamos as lágrimas um do outro. Por fim, Calvin ficou me observando, e seu olhar foi se transformando aos poucos. Não soube dizer o que queria transmitir.

A confusão mental fez com que eu me afastasse. Peguei a garrafa e as xícaras, oferecendo-lhe uma delas. Sentei à sua frente.

– Chá de camomila – avisei, e ele sorriu de leve. Uma fagulha de alegria e esperança surgiu em meu peito. Sorri de volta.

Enchi nossas xícaras com cuidado. O quarto dele foi tomado pelo cheirinho reconfortante do chá. Calvin continuou sorrindo. Propus um brinde, chocamos as xícaras e demos goles bem generosos.

– Feliz aniversário – murmurei.

– Obrigado. – Fez uma gracinha no meu queixo.

– Trouxe isso... – Peguei a cartinha que tinha colocado por dentro do meu short. Sim, eu sei, escrevi uma carta para ele mesmo estando chateada. Fiz isso porque não consegui achar um presente legal. – Ainda não é seu presente oficial, certo?

Calvin pegou a carta e foi abrindo. Morri de vergonha. Pensei até em pegá-la de volta. Desviei o rosto para a mesa de cabeceira, e um porta-retratos me chamou a atenção. Quase gritei. Era a minha foto ali, a que eu havia lhe dado. Apontei para ela. Não tive capacidade de falar nada.

– Gosto do seu sorriso, Raissa. – Ele sorriu de um jeito envergonhado. Meu coração desmanchou como bolinha de sabão. – Mas sim. Você falou que não era um presente? Como não? Já me presenteou hoje, vizinha. Obrigado.

O espertinho mudou de assunto de propósito. Continuei olhando para a minha cara sorridente na foto. Acho que corei sem querer. Fiz uma caretinha de dengosa, fingindo inocência, e voltei a minha atenção para a carta.

– Vamos, leia.

Calvin se esgueirou para abrir a primeira gaveta da mesa de cabeceira. Fiquei sem entender, até que retirou uns óculos de grau de dentro dela. Colocou-os e me olhou, sorrindo. Quase cuspi o chá. *Ele usa óculos! Sério, galera?* E que sexy que o filho da mãe ficava! A armação preta era bem charmosa, atribuindo-lhe um ar intelectual, maduro, e que fazia dele um homem absolutamente... comestível.

– "E uma das coisas que aprendi é que se deve viver apesar de..." – ele começou e parou. Tomou fôlego, provavelmente por ter reconhecido a frase da tia Clarice. – "Apesar de, se deve comer. Apesar de, se deve amar..." – parou novamente. Voltou a me encarar. Gesticulei para que continuasse. – "Apesar de, se deve morrer. Inclusive muitas vezes é o próprio apesar de que nos empurra para a frente."

Eu tinha escrito mais coisas após a frase. Calvin ficou só me olhando, segurando a carta com as mãos trêmulas. Pedi para que prosseguisse antes que tivéssemos um troço.

– "Apesar das desavenças, estou te escrevendo." – Calvin ergueu a cabeça e franziu o cenho. Prosseguiu: – "Desejando muitas felicidades, apesar do que te aconteceu. E apesar de levarmos vidas tão complicadas, você sempre poderá contar comigo. Afinal, apesar de tudo, te adoro mais do que imagina. Da sua vizinha, apesar de nunca conseguirmos ser uma só coisa, Raissa."

Fiquei com vergonha por ele ter lido em voz alta. Senti-me patética, abobalhada. Infantil. O meu interesse por ele era muito óbvio, e, para piorar, estava ficando cada dia mais desesperada, o que me impedia de ver as coisas por um ângulo mais amplo.

Calvin me olhou de um jeito engraçado, mas não esboçou qualquer outra reação.

– Eu também te adoro. – Meu coração bailou ao som de "Amor, I love you". É... foi brega, clichê e ridículo até para mim, por isso comecei a rir.

Só Deus sabe por que o Calvin me acompanhou. Gargalhamos juntos como dois condenados, até que ele roubou a minha xícara e a depositou, junto com a dele, na cabeceira. Levantou-se e me puxou com tudo. Ergui-me, mas fui logo de encontro ao seu corpo grande. Ainda rindo, Calvin nos jogou na cama desarrumada, que exalava o cheiro dele. Parei de rir na mesma hora.

– Ei! – berrei.

O vizinho não ligou para as minhas reclamações. Depositou seu corpo sobre o meu e parou com a boca a centímetros da minha. Ele ia me beijar, sei que ia, mas refreou.

A decisão era totalmente dele, com toda a sinceridade. Se avançasse, eu jamais recuaria. Não podia evitar. Estava cansada de ignorar o meu desejo, a carência, a vontade louca de tê-lo. Fiquei esperando e admirando seu rosto emoldurado pelos óculos *sexies*. Estava pronta para ser dele de novo. Calvin suspirou alto, ficando sério de repente. Minha respiração alta se juntou à dele.

– Você tem que trabalhar – murmurou, parecendo estar em dúvida sobre o que fazer. E isso era estranho, pois Calvin não era de ter freios em relação àquilo.

– Pedi folga pela manhã. – Será que ele percebeu a minha ansiedade? Eu nunca daria o passo definitivo, seria demais para mim, porém não via a hora de ele desistir de pensar muito. Foda-se o mundo, eu o queria.

– Por quê?

– Não podia te deixar, Calvin.

– Raissa...

Então, ele se afastou. Eu não tinha sorte mesmo! Se jogasse par ou ímpar comigo mesma, com certeza perderia. Aliás, naquela história toda, estava fadada a perder feio. Mas foi melhor assim. Calvin estava com mais juízo do que eu – pelo menos uma vez na vida, né? –, por isso se sentou na cama. Continuei deitada, ardendo de tesão e com uma carência horrível para dar conta sozinha.

– Só você mesmo para me fazer desistir de te foder. Não me aguento de tanta saudade do nosso sexo selvagem, e não poder comê-la está me matando.

Revirei os olhos, aproveitando que ele estava de costas. Falei um palavrão mexendo os lábios, mas sem emitir som, e fui me levantando devagar. Parei ajoelhada e me sentei sobre as pernas. Calvin se virou, porém, seu olhar seguiu para o meu corpo.

– Pois é. Você nunca mais vai me degustar. Amigos, lembra? Aliás, nossa última discussão envolvia o fato de você forçar a barra.

Ele riu. Nem parecia o mesmo moleque que tinha chorado como um pirralho há alguns minutos. Um homem havia retornado àquele corpaço. Prossegui, séria.

– Então não venha falando coisas bonitas e vestida dessa forma.

Olhei para o meu *look* simples de ficar em casa.

– O que é que tem?

– Olhe para você. É difícil resistir desse jeito. Não sou de ferro.

Um sentimento horrível me dominou. Ele não podia culpar as minhas roupas.

– Da próxima vez eu venho com uma burca. – Levantei da cama, pronta para dar o fora dali. Estava absolutamente revoltada. – Já que não consegue se controlar.

– Raissa, você força também, vai. Por que a culpa é toda minha sempre?

– Argh!

Atravessei a sala e abri a porta da frente.

– Raissa! – Calvin correu atrás de mim. Antes que eu pudesse sair, suas mãos pegaram o meu braço. Puxei-o de volta, livrando-me dele.

– Chega, Calvin. Estou cansada! O que pensa que sou? – Encarei-o com fúria. Ele exibia a sua melhor cara de menor abandonado, mas não me comovi.

– Desculpa... Eu sou um idiota.

– É, sim! – resmunguei, alterada. – Porra, não percebe que me esforço para ser legal contigo? Venho te ajudar na maior boa vontade, e você acha que quero te provocar?

Ele deu de ombros.

– Eu não quis dizer isso.

– O que você quis dizer, então?

– Que eu sinto a sua falta! – Congelei. – Que não suporto essa vontade de ter você, Raissa. Essa droga não passa nunca, por mais que tente ser seu amigo... Você também não ajuda!

– Eu não te ajudo?

– Neste sentido, não.

Era isso o que eu queria, não era? Enlouquecê-lo, tirá-lo do sério, fazer com que morresse de tanto desejo. Calvin estava desesperado, mas, pela discussão que tivemos no sábado, era óbvio que precisava de mais um tempo. Ele tinha que implorar por mim. Não bastava só isso, tinha também que desistir da vida de safado e, enfim, admitir que foi atingido tanto quanto eu.

– Raissa, pare com isso, vai... Não quero brigar... – Alisou meus braços, e abaixei a guarda gradativamente. – Não hoje. Nem nunca.

Encarei a corrente que lhe dei.

– Eu também não, Calvin, mas é tão difícil.

– O que é difícil, me diz? – Segurou a minha bochecha e depois levou as mãos aos meus cabelos. Quase falei que era difícil conquistá-lo, porém consegui manter minha boca traíra fechada. Permaneci muda, e ele continuou me tocando com suavidade. – Vá trabalhar, minha linda. Obrigado pelo que fez por mim hoje. Nunca vou esquecer, Raissa, falo sério. Foi o melhor presente de aniversário que ganhei... Quer dizer, não sei, compete com o carrinho de controle remoto que meu pai me deu quando eu tinha dez anos.

Rimos juntos. Calvin me abraçou forte e correspondi.

Eu estava fazendo alguma coisa errada. Aquele homem precisava acordar logo. Não percebia o que estava bem diante de seu nariz? Éramos tudo um para o outro. O cara tinha o meu retrato em sua cabeceira, gostava do meu sorriso, sentia saudade, ciúmes, desejo e ainda me adorava.

Calvin me amava e não sabia. Coitado. Ou melhor, coitada de mim. A mais fodida sempre era eu. Até quando?

VOLTANDO AO INÍCIO DE TUDO

Sabe quando a gente vai ao shopping e compra tudo o que dá na telha, sem importar o preço? Eu também não. Nunca tinha acontecido comigo, até aquela sexta-feira. Passei muito tempo desanimada; contudo, quando me vi diante de um acontecimento inevitável – a festa de aniversário de Calvin –, permiti-me torrar bastante grana com o único intuito de arrasar naquela maldita noite.

Eu sabia que teria um monte de mulher linda. Já era certo que me sentiria um peixe fora d'água, então pelo menos devia ser um peixe estiloso. As mulheres que o safado levava para a cama eram espetaculares, mas acordei a fim de ir além da beleza. Estava disposta a marcar minha presença, mesmo sabendo que ficaria por pouco tempo – pretendia ir embora no instante em que Calvin me ignorasse para dar atenção às outras convidadas. Sendo assim, fiz o possível para montar um *look* perfeito.

Agradeci aos céus porque a comemoração começaria supertarde – só mesmo o Calvin para marcar uma festa com início às onze horas da noite –, pois assim teria tempo para ir a um salão de beleza também. Pedi ao cabeleireiro um penteado para arrasar. O resultado foi uma escova benfeita e depois cachos grandes da metade dos fios até as pontas. Paguei por uma maquiagem profissional e, devo confessar, fiquei com cara de modelo de revista. Passei um tempão me olhando no espelho retrovisor do meu carro, enquanto dirigia de volta para casa, namorando a minha própria imagem. Meu ego tinha de estar lá em cima, pois precisaria muito dele.

O modelito escolhido era composto de saia preta de cintura alta, com alguns botões dourados em formato de caveira decorando as laterais, e uma blusa dourada. Era de um tecido bem leve, esvoaçante, com correntes douradas fazendo as vezes de alças. Coloquei um brinco pequeno para não ficar tão perua, mas abusei das pulseiras. Completei tudo com uma meia-calça preta, botas de cano curto e salto agulha. Nunca usei algo tão desconfortável na vida – até treinei um pouco, andando pela minha casa; não podia arriscar cair de cara no chão, pois não era assim que queria ficar conhecida na festa.

Coloquei o perfume que só usava em festas e em encontros com o Calvin. Não me considerei vulgar, muito pelo contrário, a roupa escondia tudo na medida certa. Achei que o meu diferencial seria este; não precisava me exibir para ser uma mulher bonita.

Já escutava música eletrônica no volume máximo quando fiquei pronta. Fiz questão de atrasar e de sumir das vistas do vizinho; mesmo sabendo que ele tinha conseguido folga naquele dia, evitei encontrá-lo antes da festa. Nem perguntei se o coitado precisava de ajuda, todos os meus holofotes estavam mirados na minha direção. Achei que tinha acertado em cheio ao sair de casa.

Em segundos, chamei a atenção dos que estavam circulando no jardim, homens e mulheres. Dei uma olhada geral e reparei que, de fato, havia muito mais mulheres do que homens. A diferença era gritante. Tive vontade de vomitar durante o percurso até a varanda do 105, porém continuei mantendo a postura ereta e o olhar centrado.

A porta estava aberta. Muita gente – mulheres – circulava com liberdade. Vi um grupinho sentado no sofá, fofocando sobre alguma coisa. Riram como galinhas chocas, mas pararam quando adentrei o ambiente. Procurei Calvin pela cozinha, mas só encontrei gente pegando bebida. O único rosto conhecido que encontrei até chegar ao quintal foi o da Karen-quenga, que estava de papo com uma mulher alta, magra e loira. Parecia modelo de passarela. Por um instante, achei-me medíocre.

Karen me localizou e riu, acenando de leve. Retribuí com um sorriso falso. A loiraça também se virou para dar uma conferida. Deve ter gostado do que viu, pois sorriu amplamente. Sem dúvida possuía os mesmos gostos que Karen. Passei dois segundos sentindo puro recalque e desejando não estar naquela festa. A verdade era que eu não podia competir com aquele bando de mulheres. Elas eram lindas demais, com atrativos em abundância – peitos, bocas, barrigas lisinhas à mostra –, enquanto eu só era uma garota de beleza comum, uma "bonitinha" que todo mundo achava parecida com alguém.

Ao pensar com mais clareza, coloquei todas as péssimas conclusões no lixo. Eu não era uma mulher comum. Precisava me valorizar e parar de me comparar. Foi por isso que ergui a cabeça, empinei o nariz e andei decidida até a mesa que ficava no quintal. Tinha gente de todo tipo, e muitos se balançavam no ritmo da música.

Tentei não procurar por Calvin, só para não deixar óbvio que estava perdida, contudo acabei o encontrando. Para a minha surpresa, ele já tinha me localizado. Estava com um grupo repleto de mulheres, que conversavam e gargalhavam, tocando nele de propósito. Mas Calvin parecia alheio a todas. A iluminação do jardim ajudou a tornar tudo meio surreal, principalmente depois que aquele homem decidiu andar até mim.

Não fui capaz de sorrir ou de esboçar qualquer reação, apenas o encarei. Só não me senti estúpida porque ele fez exatamente o mesmo: manteve-se incrivelmente sério enquanto se aproximava. Parou à minha frente, com toda a sua exuberância. Calvin estava tão lindo... Mais do que o normal. Vestia uma camisa preta de botões, de mangas compridas enroladas na altura dos cotovelos. O detalhe mais lindo ficou por conta dos primeiros botões, que estavam abertos, exibindo o colar que lhe dei. Parei meus olhos nesse detalhe e nem continuei a conferir o restante. Não ligava para mais nada.

Calvin olhou para os lados, todo encabulado. Quando tornou a me olhar, achei que estivesse com raiva de mim por algum motivo desconhecido. Congelei.

– É assim que não quer me provocar? – rosnou baixo para que ninguém lhe escutasse. Arregalei os olhos.

– Hã?

– Não se faça de desentendida, Raissa. Você apela e depois quer se fazer de santa.

Não compreendi seu ponto. Procurei na minha cabeça por alguma lembrança sobre todos os meus passos até ali e não achei nada pelo que Calvin pudesse me acusar. Sequer havia falado com alguém.

– O que fiz agora? – Abri os braços, indignada. Havia torrado grana e passado horas me arrumando para que ele viesse todo ignorante daquele jeito?

– Está todo mundo te olhando.

Reparei ao redor. De fato, algumas pessoas me olhavam mesmo. Mas só porque Calvin estava falando comigo, claro. As mulheres tinham parado de conversar para me analisarem como se eu fosse uma tragédia que acabava de acontecer no quintal. Havia alguns poucos homens, que também olhavam para nós. Precisei rir. Foi mais um desabafo para tentar engolir o que Calvin estava falando.

– O que é que tem? – Olhei para as minhas roupas recém-compradas. Ainda estavam com um pouco de cheiro de loja. – Não estou com os peitos de fora, como metade da sua festa está. Qual é o seu problema comigo, Calvin?

– Ultimamente, meu problema tem sido você.

Olhei para os lados, daquela vez me sentindo envergonhada. De repente, percebi um copo na mão dele. Só isso podia explicar tanta estranheza. Devia estar bêbado já. A ausência do sorriso, as expressões severas, a voz esquisita...

– Faço parte da solução, meu bem.

Peguei o copo em suas mãos e dei um gole grande. Quase cuspi tudo para fora. Aquela merda estava muito forte. Acho que era uísque misturado com alguma coisa. Engoli tudo, sentindo a barriga esquentar e a garganta arder. Calvin puxou o copo da minha mão e se aproximou mais, deixando nossos rostos muito próximos um do outro.

– Se eu pudesse, te solucionaria na minha cama.

Ai, meu Deus. Meu corpo fraquejou e não foi pouco. As pernas amoleceram consideravelmente, ninguém tem ideia da força que fiz para permanecer de pé.

– Mas não pode. – Ri com desdém.

Calvin grunhiu. Segurou o meu queixo, apertando-o um pouco. Pensei em me afastar, mas só esperei que fizesse o que estava em sua mente. Ele observou a minha boca, prendeu os lábios e soltou um longo suspiro. Os olhos ergueram até encontrar os meus. Seu toque se tornou suave.

– Desculpa... Acho que exagerei na bebida. Posso começar de novo?

– Acho bom mesmo – murmurei. – Você bêbado se transforma num ridículo.

– Não se engane, Raissa, por mais sóbrio que eu fique, você já tirou parte da minha sanidade. Só vou recuperá-la quando estiver dentro de você de novo.

Daquela vez Calvin riu de verdade. O clima pesado do princípio se desfez devagar e melhorou quando ele me deu um abraço bem apertado. Não foi nada atrevido ou qualquer coisa assim, foi só um gesto entre pessoas que se conheciam. Entre amigos.

– Posso ou não começar de novo?

– Comece...

Ele segurou as laterais do meu rosto. A expressão se modificou, só consegui encontrar vislumbre. Era o que eu queria. Aquela raiva anterior não era o meu objetivo, se bem que foi ótimo o vizinho se sentir mal por ser tão idiota.

– Você está linda, Raissa... – Passou a língua pelos lábios. Os olhos fecharam um pouquinho. – Está tão linda que eu desejaria ser o único a te olhar.

Olha o ciúme aí de novo! Não importava a fatura do meu cartão de crédito, aquelas compras tinham valido cada centavo.

– Há muitas formas de se tornar único, Calvin.

Ele me largou. Mas eu já previa.

– Raissa... – Seu olhar foi de desespero completo.

Enxerguei o medo de se entregar, coisa que nunca tinha visto antes, mas sabia que existia, sempre soube. Ter aquela certeza me fez bem. Minha luta não era em vão. Havia um homem machucado por trás de tanta safadeza.

– Esquece. Vamos curtir a festa.

Calvin voltou a me segurar, só que daquela vez foi pelos braços.

– O que está fazendo comigo, Raissa?

O cara estava descontrolado. Fazia toda aquela cena por causa da ajuda do álcool, mas havia sinceridade em seu olhar frustrado.

– Nada.

Calvin me soltou rápido.

– Nada?

Minha nossa! Sempre achei verídico o ditado que dizia que "a bebida entra e a verdade sai", mas não tinha noção do quanto. No caso de Calvin, talvez a verdade não saísse completamente, só que aquelas expressões não conseguiam esconder nada. A decepção diante do que falei foi tão grande que cresceram várias rugas em sua testa.

– Nada – assenti. – Enfim, vou pegar alguma bebida. Esse drinque que você está bebendo é muito ruim...

Afastei-me como quem não queria nada. Calvin continuou me olhando enquanto eu ia até uma caixa de isopor, ao lado da churrasqueira. Fingi que não percebi o seu olhar.

Escolhi uma garrafinha de vodca tipo *ice*. Analisei o que havia de comida em cima da mesa e constatei que tinha tanta coisa bonita que não me segurei, provei vários quitutes, mesmo sem ter noção do que se tratavam alguns deles. Estavam perfeitos.

– Raissa Magalhães... Tudo bem?

Um dos convidados veio falar comigo e fiquei alarmada por saber o meu nome e sobrenome. Espantei-me quando me virei e visualizei o corretor que me vendeu a casa. Um segundo foi necessário para que um filme passasse e eu me lembrasse de que aquele homem era, na verdade, o irmão de Calvin.

– Oi... Oi!

Ele estava sorrindo. Não identifiquei muita semelhança entre os irmãos, acho que porque o formato do rosto não tinha nada a ver. Ele parecia ter uns trinta e poucos anos. Era bem bonito também. Calvin com certeza era mais alto e sarado. Os cabelos pretos eram parecidos, contudo, os olhos do irmão eram claros, do tipo castanho-azulados.

– Não se lembra do meu nome, né? Lembra-se de mim, pelo menos?

– Sim, sim... O corretor... Irmão do Cal... – Parei. Afinal, ele não fazia ideia de quem era "Calvin". Por um instante, morri de medo de saber o nome verdadeiro do meu vizinho daquele jeito. Sempre criei a ilusão de que seria em um momento especial, repleto de beijos e juras eternas de amor, não assim, diante de um acaso. – Foi você que me vendeu a casa 104.

– É isso aí! Está gostando?

– Aham. Adorando.

Pena que você não me contou a verdadeira história por trás desta casa, seu idiota. Devia ter me falado. Se bem que... Certo, era para não ter me falado mesmo. Troco pouca coisa pela minha casinha e pelas experiências sensacionais que já vivi graças a ela.

– Espero que meu irmão não esteja te importunando. – Como eles eram diferentes no quesito postura! Calvin era descontraído, solto e leve. O irmão dele parecia fechado, sério e adulto. – Sou o Carlos. Mas por aqui todo mundo me chama de Júnior ou, se preferir... – ele ficou meio desconcertado – Caju.

– Ah... Ok. Muito prazer te reencontrar. – Sem querer, descobri o nome do meu futuro sogrinho falecido.

Carlos me deu beijinhos na bochecha.

– Perdoe-me o atrevimento, mas você está muito bonita.

Quis enfiar a cabeça no chão, igual a um avestruz. Os roteiristas da minha vida deviam estar mesmo de brincadeira. Era inacreditável que eu estivesse diante do irmão de Calvin e que ele tentasse flertar. Minha primeira reação foi verificar as suas mãos. Tentei encontrar uma aliança, qualquer coisa que indicasse que o seu comentário havia sido inofensivo, mas não achei nada. Olhei ao redor, sem graça, e vi Calvin do outro lado do quintal, observando-nos. Sua cara daria uma foto e eu faria questão de emoldurá-la só para exibi-la na sala. Ele estava revoltadíssimo.

Sorri. A oportunidade fez a cadela que vivia em mim começar a latir.

– Obrigada... Muito gentil da sua parte. – Pisquei um olho de propósito.

Carlos fez esforço para encontrar algum assunto. Comentou sobre a festa, o quintal, o clima daquela noite e, por fim, voltou a dizer que eu estava linda. Fiquei toda satisfeita. Qual mulher não gosta de ser elogiada? Foi bom descobrir que alguém reconhecia o trabalho que tive para me tornar apresentável.

Só que o irmão de Calvin me assustava. Não queria criar expectativas em outro alguém que não fosse aquele que habitava o meu coração nos últimos tempos. Mas estava fazendo sem perceber, só porque sabia que atingiria o meu alvo em cheio. A apresentação despretensiosa se transformou em uma longa conversa, entremeada pela *ice* e pelos diversos quitutes que preenchiam a mesa.

Tinha noção do Calvin nos observando de longe, vez ou outra. Ele tentava dar atenção às mulheres, cada vez mais animadas – leia-se bêbadas –, mas suas tentativas estavam frustradas. Não fui a única a perceber. Comprovei quando Carlos saiu para ir ao banheiro e me deixou sozinha por alguns minutos.

Karen-quenga se aproximou devagar.

– Oi, Raissa...

Encarei-a com indiferença. Ainda tinha a lembrança do vizinho lhe oferecendo o meu gosto de bandeja. *Que vergonha!* Aquela mulher havia quase me engolido. E eu a detestava. Tudo nela me enchia de raiva, começando pela beleza estupenda e terminando naquele sorrisinho cínico.

– E aí?

– Hum... Posso te dizer uma coisa, querida?

– Diga.

– Se eu fosse você, não faria isso.

– Faria o quê?

– Não o provoque assim. Ele gosta de você. Na verdade, não fala de outra coisa, está se tornando um chato. – Karen suspirou alto. Juntas, olhamos na direção onde Calvin estava. Ele conversava com a loira, parecendo muito interessado. Filho de uma mãe! *Ops, desculpe-me, Sra. Klein.* – Nunca o vi tão diferente. Está mudando... Aos poucos, mas está. E sei que é por sua causa, não sou boba.

Fiquei calada porque não sabia o que dizer. Podia me defender, mas me poupei do trabalho. E da mentira. Afinal, eu o estava mesmo provocando, e de propósito. Possuía um motivo forte. Cansei de ser sempre trocada e magoada.

No entanto, as palavras de Karen-quenga me fizeram sorrir. Estava conseguindo o que queria, ainda que doesse em muitos momentos. Se Calvin falava sobre mim com a melhor amiga, alguma coisa isso significava. Algum avanço aconteceu.

– Deli odeia o irmão, Raissa. Não faz isso. É demais para ele. – Aquiesci. Calvin já tinha mencionado o fato. – Promete?

– Não estou fazendo nada.

– Por favor, Raissa. Não quero que o machuque.

Ri com desdém.

– Machucar? Você não faz ideia do quanto já me machuquei nessa história.

– Tenho ideia, sim. Tento aconselhá-lo, mas ele é cabeça-dura. Você sabe disso. Se bem que... – Parou, refletindo sobre o que falaria em seguida: – Não pretendo perdê-lo. Não é vantagem para mim que ele fique com você. Ao mesmo tempo, não quero que Deli saia dessa machucado.

Claro que Karen não estava torcendo por mim. Ela queria ménages infindáveis com o Calvin. Não gostaria de perder sua fonte de prazer e o cara que lhe ajuda a conquistar belas mulheres. Com certeza, os conselhos que dava a ele não se referiam a assumir seus sentimentos. Rapidamente entendi o que ela fazia comigo. *Falsidade pura.*

– Qual é a sua, hein, Karen? Essa tentativa de dar uma de amiguinha é patética. Não vou cair nessa, então abra logo o jogo e nos poupe tempo.

Karen-quenga bufou, constrangida.

– Estou tentando te ajudar e é assim que agradece?

– Ajudar? Não subestime a minha inteligência. Sei muito bem o que quer: que eu saia do caminho. Por que se deu o trabalho de vir falar comigo?

Karen riu forte, deixando sua máscara cair. A expressão que fez deixou óbvia suas más intenções.

– Você é muito idiota, Raissa! – A forma como me olhou exalava todo o ódio que tentou esconder. – Deli vai continuar te machucando até você perder o respeito por ele. E é aí que vai ter a bela ideia de machucá-lo também. Vai conseguir, se isso envolver o irmão. E então ele nunca mais vai querer te ver, nem pintada de ouro. Ponto para mim.

Contive a minha vontade de esbofeteá-la. Foi difícil, devo acrescentar. Precisei de todo o meu autocontrole.

– Era este o seu plano?

– Não. É a minha previsão para o futuro. Nem preciso me mover para que aconteça. – Gargalhou, cínica. Imaginei-a como uma vilã da novela das nove. Vadia-mor. – Nunca vai conseguir, Raissa. Ele não é para uma desclassificada feito você. Acho bom evitar todo o estresse e partir para outra.

Desclassificada? Minhas mãos coçaram. Estava prestes a bater nela. Só faltava um fiozinho tênue para ser partido e eu deixaria a louca tomar conta do meu ser. Quem ela achava que era para me tratar daquele jeito? Enquanto eu respirava, bufando pelas narinas feito um touro, a miserável prosseguiu:

– Tenho pena de você. Tão bobinha e iludida. Sabe o que Deli planeja, de verdade? Nós três em uma cama. Ele sabe o quanto te acho deliciosa. Só está te conquistando... Te jogando em nossa rede. – Karen teve a audácia de tocar nos meus cabelos. – Você é difícil, mas não inatingível.

Como é que é?

Senti-me tão ultrajada, enojada e humilhada que não me contive. Era demais para mim. Aquela pirada só podia estar muito fora de si para dizer absurdos daqueles. Empurrei a Karen-quenga com a maior força que consegui reunir. Gritei, tomada pelo ódio, e nem conferi se todos da festa já tinham parado para nos olhar. Provavelmente sim, porém não me importei. Nada mais importava além de quebrar a cara da filha de uma mãe.

Karen caiu de costas na grama, e me pus em cima dela em um segundo, mesmo estando de saia. Desferi socos como faziam os meninos no recreio do colégio. Puxei os cabelos da louca com força, sob seus gritos e protestos. Senti as primeiras mãos tentando me tirar dali, mas as ignorei. Continuei batendo como nunca fiz com ninguém em toda a minha vida. Ela nem conseguiu se defender. Minha raiva e força eram muito maiores.

– Infeliz! – berrei. Só então percebi que estava chorando de raiva. Outras mãos surgiram; umas me pegaram por trás, outras tentavam tirar Karen do chão. – Vadia de uma figa! Puta dos infernos!

– Raissa... Raissa, pare... – Visualizei uma mão espalmada na minha frente. Era do Calvin. Não era ele quem me segurava atrás, como supus. Em vez disso, tinha se colocado entre mim e Karen. – Solte-a. Vamos, solte-a – falou para alguém que estava na minha retaguarda. A pessoa não me largou. – Solte, Carlos, que droga!

A minha respiração ofegante e entrecortada foi a única coisa que consegui ouvir até Carlos me soltar. Calvin me tomou em seus braços e me guiou para o desconhecido. Deixei-me levar, sem forças, até que me lembrei do que Karen havia dito. Fiz de tudo para me desvencilhar e consegui quando chegamos ao jardim da frente.

Uma olhada me fez perceber que não tinha muita gente por perto, provavelmente porque todo mundo havia ido ao quintal conferir a briga que estava rolando. Calvin não me olhou, mas andou até a portinha de madeira. Parou em frente a ela.

– O que aconteceu? – perguntou, muito contrariado. – Você não é disso.

– Aquela vaca... – Apontei para a varanda da casa dele. Parei e comecei a chorar sem pausas, soltando soluços e gemidos.

– O que ela te disse?

Pensei um pouco. Diria a verdade? Fiz a minha escolha.

– Que você estava tentando me conquistar só para me colocar na cama junto com ela! – berrei, desesperada. Lágrimas fartas jorraram sem pudor.

Calvin arregalou os olhos, e no mesmo instante um grupo de garotas saiu da casa dele e nos alcançou. Karen estava junto com elas. Não pensei duas vezes, alcei voo na direção da sujeita. Fui impedida pelo Calvin, que me segurou com força. Gritei de ódio.

– Eu não fiz nada com essa louca, Deli! – Karen-quenga tentou se defender, mas Calvin me abraçou e colocou seu corpo na minha frente, impedindo-me de avançar.

Cínica! Cravei minhas unhas na nuca dele, morta de raiva.

– Vá embora, Karen – Calvin ordenou.

– O quê? Deli, vai acreditar nela? Estou dizendo que não fiz nada. Ela se sentiu ameaçada e me atacou.

– É mentira. Vá embora – Calvin falou com muita rigidez.

Sorri de alívio, ainda chorando. Aquela defesa me encheu de alegria. Não precisei explicar nada para que ele me desse razão. Sinal de que confiava em mim.

– Não acredito nisso, Deli! Vai jogar fora anos de amizade? – Calvin não respondeu nada e Karen bufou. – Vou levar as garotas comigo, ouviu?

Ele me abraçou com ainda mais força.

– Pode levar. Não me importo.

Ouvi alguns cochichos, provavelmente vindos das amigas da imbecil. Não conseguia ver nada porque Calvin não deixava. Ainda estava agarrada ao seu corpo como se a minha vida dependesse disso.

– Raissa sabe o que você pretendia? – Karen prosseguiu. – Aposto que não.

– Vá embora, Karen...

– Do que ela está falando? – Ergui a minha cabeça para observá-lo. O vizinho me encarou com olhos nervosos. *Ih... Aí tem coisa.* E uma coisa não muito boa.

Desvencilhei-me, porque já premeditava nova tragédia. Analisei aquele homem, que continuou me olhando de volta com pesar.

– Não contou quantas mulheres há na festa, Raissa? – Karen-quenga riu um pouco, sendo acompanhada por algumas das vadias. Olhei para elas. – Somos vinte e cinco. Vinte e seis contigo. Mas você não conta.

Franzi a testa.

– Karen... Vá embora, agora! – Calvin falou, indignado. – Não há necessidade disso.

A infeliz o ignorou. Estava me olhando com ódio.

– Cada mulher significa uma vela no bolo dele, Raissa. Entendeu o que ia acontecer após a festa?

Balancei a cabeça em negativa. Tinha entendido direito? Não podia ser possível. Karen estava querendo me dizer que Calvin foderia com todas aquelas mulheres? Que a festa teria um bacanal? Que aquela casa viraria um harém?

– Raissa... – Calvin tentou me alcançar, mas dei passos para trás. Continuei encarando a desgraçada, que parecia se divertir com a minha reação.

Depois de alguns segundos, ela deu de ombros e abriu a portinha de madeira. Foi embora sem olhar para trás. As garotas foram com ela. Não sobrou ninguém no jardim.

– É verdade? – choraminguei, sentindo o gosto amargo da derrota se instalar na minha boca.

– Não vou negar nada. Você me conhece, sabe do que gosto.

– Ia transar com a festa inteira? – Continuou mudo. – Ia ou não?

– Ia!

– Argh! – Daquela vez, avancei para cima dele. Empurrei-o pelo peitoral, e Calvin deu vários passos para trás. Segurou meus braços com força, antes que eu começasse a lhe socar também. – Solte-me!

– Raissa... Por favor, pare. Eu não queria isso.

– Como não queria, Calvin? Merda! Não aguento mais você. Cansei!

Puxei meus braços, e ele me largou. Tudo o que podia dar errado naquela festa deu mesmo. Minha vontade era de sumir, de ir embora e nunca mais voltar.

– Eu não queria mesmo, juro. Trocaria todas essas vinte e cinco mulheres por você. Fácil. – Seu rosto estava todo vermelho, e não soube dizer se era de raiva ou vergonha. – Juro que as deixaria, Raissa. A verdade é que eu só queria você nesta noite.

Era só o que me faltava. Meu nome devia estar em primeiro lugar no *Guiness Book*. Bati o recorde de maior sequência de acontecimentos inacreditáveis que uma vida poderia atingir.

– Acha que pode me barganhar?

– Não sei, estou desesperado. Não percebeu ainda?

Levei as mãos à cabeça e puxei meus cabelos de salão. Se ele estava desesperado, então eu estava como? Qual estágio seria pior do que o desespero? Ainda não tinham inventado um nome ideal para me definir naquele instante.

– Estou percebendo muitas coisas, inclusive o quanto fui uma otária. Vá foder as suas vadias, Calvin – murmurei, sem forças. Havia me esgotado de um segundo para o outro. – Quero distância disso... De você.

– Não fala assim, por favor. Eu...

Não esperei que concluísse o raciocínio. Peguei a bolsinha preta que eu tinha comprado, retirando de lá as chaves do carro. Quando as coloquei ali, perguntei-me para que raios precisaria delas. Naquele momento, percebi que meus poderes de adivinhação eram reais. Karen deixou a portinha de madeira aberta, por isso a atravessei sem dificuldades, deixando Calvin para trás. Mas ele correu para me acompanhar.

– Para onde vai?

– Para bem longe de você. Devia ter ido para lá desde o princípio. – Não me dei o trabalho de olhar para a cara dele.

– Raissa, você está nervosa e bebeu. Não dirija assim, por favor...

Era tarde demais. Destravei o meu carro, abri a porta do motorista e entrei. Calvin não me impediu. Dei partida e saí cantando pneus, sem saber para onde ir. Não me importava. Qualquer lugar estaria ótimo, desde que fosse bem longe daquele... *safado*, e este era o adjetivo mais ameno para classificá-lo naquela noite.

QUANDO DOIS PODEM VIVER EM UM

Dirigi sem rumo durante um tempo. Peguei a estrada apenas para me distrair e pisar fundo no acelerador; quanto mais rápido, melhor. Senti-me como o personagem daquela música que, após uma desilusão amorosa, pega seu carro, segue em alta velocidade pelas curvas de uma estrada e vai se lamentando, exaltando o quanto está perdido e infeliz. Deprimente, eu sei.

Segui rumo ao interior do estado durante quase quarenta minutos. Meu coração se acalmava aos poucos. Tentava compreender o que havia acontecido. Cada detalhe foi selecionado e estudado pela minha cabeça calculista. Foi muita reflexão.

Decidi pegar um retorno para voltar à cidade, pois já estava me sentindo uma louca por ter ido tão longe. Parei em um posto de gasolina, aqueles de beira de estrada, a fim de abastecer. Comprei chocolates na loja de conveniência e, assim, o meu fim de noite se tornou um pouco melhor, embora não menos dramático.

Coloquei todas as vantagens e desvantagens da situação na balança. Por incrível que parecesse, depois que medi tudo, as coisas pareceram vantajosas para mim. Karen havia me procurado de propósito, então ela que se sentiu ameaçada com a minha presença na festa. Se fui capaz de ameaçá-la, foi porque percebeu a mudança que eu podia enxergar no Calvin. Eu o atingia. Ela sabia. Eu também. Só ele não sabia. Ainda.

Karen não podia ter feito aquela cena toda sem mais nem menos. A intenção dela era mesmo me atingir e, pior, separar-me dele, fazê-lo ficar contra mim ou o contrário, visto que fui embora morrendo de raiva. Mas, poxa... O safado mereceu, considerando seu plano mirabolante e ridículo de trepar com todas as mulheres da festa – comigo não!

Passei muito tempo imaginando como Calvin faria aquela proeza. Certamente não daria conta de todas, então elas trocariam carícias também. Estremeci com a ideia. Sem contar que se revezariam para receber a atenção dele; haveria mais de uma mulher para cuidar de cada parte de seu corpo. Uma confusão sem igual. Megalomania. Será que estavam cientes do que aconteceria? Pelo visto, sim. E aceitavam de bom grado.

Karen-quenga devia ter planejado aquilo junto com Calvin. Arranjar vinte e cinco mulheres dispostas a entrar em um harém não podia ser uma tarefa fácil – ou será que eu era inocente demais? Pensei nos homens da festa. Eram poucos, mas existiam. Participariam também? E Carlos, participaria? As dúvidas acabavam comigo.

Meu celular tocou algumas vezes. Em uma delas foi Lilian, mas eu não estava a fim de atendê-la. Não queria falar com ninguém. Logo em seguida, um número desconhecido insistiu. Atendi na quinta chamada, pois fiquei temerosa, com medo de que alguma coisa grave tivesse acontecido.

Entretanto, para minha surpresa, era o Calvin.

– Ah, Raissa... Graças a Deus! – A voz dele estava desesperada.

– Como conseguiu meu telefone?

– Peguei com a sua prima. – Ah, Lilian devia ter amado receber a ligação dele.

– Espero que você não tenha preocupado a minha família.

– Não, não falei nada. Só pedi seu telefone, juro. Raissa... Volta pra casa. Por favor.

Olhei ao redor. Já estava na cidade de novo, e as ruas, mais desertas do que quando as deixei. Devia ser perto das três da manhã.

– Volto quando eu quiser. Sou livre.

– Por favor, Raissa. Estou preocupado. Volta... Por favor. Não vou me perdoar se alguma coisa acontecer contigo.

Engoli em seco.

– Vá comer suas vadias. Preocupe-se com elas.

– Eu te avisei... Avisei mais de mil vezes... Falei que te machucaria. É a única coisa que eu sei fazer.

– Não estou machucada. Ganhei aquela briga com a sua melhor amiga, ela que quebrou a cara!

Calvin riu, mas de um jeito nervoso. Não sei por que, mas o acompanhei.

– Todos já foram embora – comentou. – Volta, Raissa.

– *Todas?* – enalteci o feminino.

– Sim. Eu... planejei esta festa há muito tempo e, mesmo sem fazer sentido, prossegui com os planos. Me perdoa, Raissa... Devia ter percebido antes.

Um lado meu teve pena, mas mandei que ficasse quietinho, reduzido à sua insignificância, mais calado que mineiro na hora do almoço.

– Percebido o quê?

– Que não faria sentido.

– O que não faria sentido, Calvin?

Parei em um sinal vermelho. Podia avançar por causa do horário, mas estava quase explodindo de ansiedade.

– Ficar sem você. Volta, Raissa... – Permaneci muda, estarrecida. Fechei os olhos, afundando no banco do carro, e lágrimas escorreram. Depois, como uma bobona, sorri. – Por favor, eu... eu...

Você o que, Calvin?

O vizinho parou de vez. Pensei em perguntar, mas o sinal ficou verde e me concentrei em dar partida.

– Estou voltando... – sussurrei.

– Obrigado.

– Não estou voltando por você.

– Não importa, desde que volte. Agora, vou desligar para que dirija com atenção. Por favor, venha devagar.

Calvin desligou e nem me deu tchau. Sentindo-me mais calma, embora com um turbilhão atrapalhando o meu pensar, voltei para casa sem maiores problemas. Estacionei em frente ao nosso jardim. Calvin estava me esperando, sentado na escadinha da sua varanda. Soltou o ar dos pulmões quando me viu e se levantou depressa.

– Desculpa... – adiantei, aproximando-me dele. – Estraguei a sua festa.

– Não me importo.

Calvin ainda vestia a mesma roupa, só que parecia meio surrada.

– Menos mal. – Parei na sua frente.

– Onde esteve? – *Que olhar esquisito era aquele?*

– Por aí. Precisava pensar.

– Conseguiu? Eu não consegui.

– Não sei direito. É complicado.

Ele aquiesceu.

– Me perdoa... – Calvin parecia envergonhado. Contudo, eu queria muito mais do que um pedido de perdão. Desejava a redenção total daquele safado. A raiva que já senti dele ultrapassou qualquer limite do possível naquela noite. Não sabia que podia sentir extremos tão intensos pela mesma pessoa.

– Perdoar pelo quê?

– Por não ter dito antes o que estava planejando.

– Que diferença faria?

Calvin cerrou os olhos. Evitou me encarar. Os lábios estalaram com irritação.

– Eu não sei, só sei que você sempre tem razão. Karen não podia ter feito o que fez. Não me conformo... Ela mentiu para nós dois. Raissa, juro que o que ela te falou é mentira. Acredite em mim, por favor. Eu me arrependo até hoje de ter proposto dividir você com ela. Se pudesse voltar no tempo, eu... eu...

Fiz uma careta de sofrimento.

– Da próxima vez, escolha melhor as suas amizades.

E, de preferência, mude de atitude.

– Não, já chega. Não quero amigos... Não quero troca de favores, não quero relações pretensiosas. Serei como você, uma pessoa que prefere a solidão a companhias inúteis.

– Eu não estou certa com relação a isso. Todo mundo precisa de amigos, Calvin.

– Já tenho uma amiga. – Finalmente me olhou. – Bom, se ela puder me perdoar.

Isso... Faz isso, vizinho. Maltrate a garota e depois a deixe na friendzone *de novo.*

– Não vou te perdoar por ser quem é.

Calvin arquejou. Pareceu revoltando com a minha frase.

– Tudo bem, Raissa, não sei mais o que fazer contigo. Acho melhor irmos dormir.

– Beleza. Tchau.

Entrei na minha casa sem olhar para trás, morrendo de raiva. Tomei um banho, retirando de mim todo o serviço que foi feito no salão. Joguei-me na cama, ignorando a camisa branca de Calvin, que já fazia parte fundamental da roupa de cama. Não tinha mais o cheiro dele, pois eu a lavei, mas era reconfortante vê-la ali.

Olhei a parede da Clarice. Não queria consolo. Precisava era de uma boa solução ou outra direção a ser seguida. Pensava em desistir de tudo quando ouvi sons no quarto ao lado. Calvin tinha ligado o videogame. Fiquei em silêncio, acompanhando os ruídos, esperando o sono chegar. Nem o dele e nem o meu deram as caras. Dormi com o cantar de um galo, porém com uma nova ideia. Sabia com o que presentearia Calvin.

* * *

Saí cedo para visitar os meus pais, por isso quase não dormi. Era sábado, felizmente e infelizmente. A primeira coisa que perguntaram não teve nada a ver com o meu estado físico ou emocional; minha família logo questionou sobre o paradeiro do vizinho. Um saco ter que responder o que não tinha resposta.

Fui ao shopping assim que saí de lá. Demorei um pouco, mas encontrei o que queria. Tinha dúvidas sobre qual comprar. Morria de medo de errar e presentear Calvin com uma coisa que não serviria, mas o vendedor me ajudou bastante.

Pensei em escrever outro bilhete, mas desisti. Não havia nada além a ser dito. Cheguei à minha casa perto das dez horas. Tomei um banho, vesti algo confortável e apenas esperei por ele, morrendo de medo de vê-lo com *algumazinha*, já que tinha se dado mal na noite anterior e talvez pensasse em descontar. Pedi aos céus para que chegasse sozinho e me desse a oportunidade de lhe entregar o presente.

Deitada na minha cama, olhando e relendo a minha parede – encontrando consolo, conforto e força dentro de mim mesma –, ouvi-o chegar. Calvin só abriu a porta do quarto e se jogou na cama, o que me fez pensar que estava com alguém. Fechei os olhos e esperei os ruídos. Aquela era a sua última chance. De verdade. Se estivesse acompanhado, desistiria de tudo ali mesmo e jamais entregaria o presente.

– Raissa? – A voz soou cansada. Meu coração parou por um segundo. Suspirei aliviada, porque àquela altura desistir seria mais difícil do que continuar. E olha que continuar não era brincadeira.

– Calvin – murmurei de volta, quase chorando.

– Queria tanto que você falasse o meu nome.

Cerrei o punho, tentando não ter um troço. Meu cérebro conseguiu captar um timbre estranho vindo do outro lado da parece. Percebi que ele não estava bem.

– Eu queria muito saber o nome do homem que... – *Merda se aproximando.* – Mas eu queria ainda mais saber se ele está bem.

Calvin demorou a responder. Ouvi alguns suspiros.

– Não sei... Acho que estou. Acabei de chegar do hospital.

Sentei-me na cama tão rápido que fiquei tonta.

– O que você tem? – Pareci uma maníaca desesperada. Lembrei-me logo da minha avó. Se alguma coisa acontecesse com o Calvin... Não queria nem pensar nisso.

– Acho que é só uma gripe mesmo.

– Tem certeza? – A gente também pensava que a minha avó estava com gripe. – O que está sentindo?

– Dor de cabeça, febre... Mas passou, estou medicado. Só me restou a moleza mesmo. Fui ao médico só para pegar atestado.

– Não foi trabalhar hoje? – Levantei-me e troquei de blusa.

– Não... Mal consegui sair da cama hoje.

O coitado passou o dia inteiro sozinho? *Puta merda!*

– Por que não me ligou?

– Você estava com seus pais... Não queria inco...

– Estou indo aí – interrompi-o. – Agora.

Esperei que respondesse, mas Calvin ficou calado em condescendência. Peguei o presente e fui. A porta de sua casa estava aberta, por isso entrei e caminhei até o quarto dele. As luzes estavam apagadas, mas havia um abajur que deixava o ambiente com uma agradável meia-luz. Bati na porta aberta do quarto só por educação. Sorri quando ele sorriu ao me ver. Estava deitado, vestindo só uma cueca preta.

Aproximei-me devagar, mostrando-lhe o presente. Ele sorriu ainda mais. Parecia um pouco abatido, tinha olheiras ao redor de seus olhos, mas estava bem. Pelo menos ia ficar. Não parecia que morreria.

– Demorou, mas aqui está o seu presente!

Sentei ao seu lado e lhe entreguei a embalagem. Calvin a segurou, porém continuou me observando com aquele sorriso lindo. Passou muito tempo apenas me olhando. Acho que nunca me senti tão apaixonada por alguém. Retirou a fita vermelha devagar, sem deixar o sorriso morrer. Quando livrou a embalagem, em vez de abri-la, veio com a fita na minha direção. Ergueu os meus cabelos e a passou pela nuca. Depois, fez um laço em cima da minha cabeça, como uma tiara.

Continuou me encarando. Ainda sorria. Os olhos brilhavam. Tive vontade de morrer. Mas não poderia, não naquele instante. Precisava viver para conferir aqueles olhos apaixonados apontados para mim.

Isso mesmo. *Apaixonado*. Eu venci. Só me restava dar o golpe de misericórdia.

– Obrigado pelo presente... – sussurrou, desfazendo o laço no topo da minha cabeça. Deixou a fita escorrer. Meus olhos se encheram de lágrimas. – Você é o maior presente que a vida me deu, Raissa.

Soltei um soluço-risada. Tentei segurar as lágrimas. Fiz o maior esforço possível. Calvin deixou seus dedos brincarem com o meu rosto. Sentou-se na cama, aproximando-se mais. Sabia que ele ia me beijar, mas alguma coisa faltava. Não me deixaria levar até estar realmente segura e completa.

– Vamos... Abra o presente... – Apontei.

Calvin aproximou nossos lábios.

– Estou abrindo.

Ri, afastando-me um pouco. Deixei suas mãos e lábios no ar.

– Bobinho... Abre logo! – Peguei a embalagem sobre a cama e entreguei a ele. Calvin desistiu de "me abrir". Sem demorar, retirou o objeto de dentro.

Olhou-o com uma expressão confusa. Era um *joystick* de videogame, igual ao que ele já tinha. Continuou bastante confuso, e achei que valia uma explicação:

– Será que você aceita um segundo *player*?

A sua surpresa se intensificou tanto que apenas lhe restou dizer, empolgado:

– Vou acabar contigo no *Mortal Kombat*!

Calvin praticamente voou da cama. Sua disposição retornou de um segundo para o outro. Acendeu as luzes, ligou a TV e o videogame. Achei lindo observar seu lado adolescente enquanto deixava tudo pronto para que jogássemos. Sentou-se ao meu lado, entregando-me o comando novo. Nossas pernas se encostaram uma na outra.

– Não, este é seu. Posso ficar com o antigo.

Peguei o outro e iniciamos o jogo. Sempre fui boa em jogos de luta no videogame, mas Calvin era um verdadeiro mestre. Sabia todos os comandos e, claro, acabou com a minha raça. Foi um momento superdivertido. Ele fazia palhaçadas e falava com os personagens. Entrei na sua onda também; se é para zoar, a gente zoa.

Depois dos jogos de luta, ainda jogamos um de matar zumbis e depois mudamos para um de futebol. O tempo voou. Tudo estava tão bom que eu não queria que a noite acabasse nunca. Nossos conflitos ficaram trancados num quartinho escuro, e as palavras de ordem foram diversão e amizade – quer dizer, nem tanto, pois ele tentou me beijar algumas vezes, eu que não quis. Varamos a madrugada, que foi regada a chocolate quente – feito por mim – e biscoitinhos caseiros de leite – que Calvin já tinha feito.

Quando nos cansamos, deitamos na cama. Já era tarde, porém o sono não queria nos atingir. Mantive certa distância do meu querido vizinho safado. Ainda faltava o algo mais. Não me contentaria com pouco. Havia lutado para ter o que merecia, sabia que qualquer passo em falso colocaria tudo a perder.

Calvin percebeu a minha distância e não insistiu. De repente, colocou-se de pé. Andou até a estante e retirou um dos livros da Sra. Klein. Tornou a se deitar ao meu lado.

– Quer ler um pouco?

– Leia para mim – pedi.

Peguei o livro de suas mãos. Chamava-se *A paixão segundo G.H.*, de Clarice Lispector. Já tinha ouvido falar nele, embora não soubesse do que se tratava, e fiquei logo interessada. Calvin pegou seus óculos na primeira gaveta da mesinha de cabeceira, a mesma que tinha a minha foto em cima. Que, por sinal, ainda estava lá.

Ele se deitou e me levou junto, obrigando-me a terminar com a cabeça apoiada em seu peito. Relaxei por completo. Entreguei-me ao momento singular; deu para sentir um calor delicioso tomando o meu corpo, intensificando a sensação de proteção.

– *A paixão segundo G.H...* – Leu o título bem devagarzinho, em voz alta. – Já leu?

– Ainda não... E você?

– Umas trezentas vezes. – Riu.

– Gosta dele tanto assim?

– Uhum... – Balançou a cabeça, vislumbrando a capa. Demorou para começar a leitura. Fiquei sem entender seus motivos. – Tem certeza de que quer fazer isso, Raissa?

– Claro. Por favor, leia para mim...

Um suspiro dele fez o topo da minha testa eriçar. Apenas esperei. Não sabia o que se passava naquela cabecinha oca e nem fiz comentário algum. Ele começou a ler devagar. Já no início, percebi que seria uma leitura densa, repleta de significados. Confesso que foi difícil entender o primeiro parágrafo, por isso comecei a rir.

– Ela é meio louca mesmo... – Calvin comentou, rindo junto.

– Sensacional! Adoro gente louca...

– Eu também!

– Vamos, repete este começo.

– "... Estou procurando, estou procurando. Estou tentando entender. Tentando dar a alguém o que vivi e não sei a quem, mas não quero ficar com o que vivi. Não sei o que fazer do que vivi, eu tenho medo dessa desorganização profunda." – Calvin lia muito bem. Sua entonação era bastante interessante, e me perguntei se ele já havia feito leitura em voz alta para outra pessoa. Contudo, não ousei interrompê-lo. Tentei me aprofundar, participar da mente inteligente da Clarice.

Calvin estava muito empolgado. A cada palavra que saía de sua boca, mais encantada e perdida eu ficava. Sentia-me enriquecida tanto pelas reflexivas palavras da tia Lispector quanto por aquele sentimento profundo que eu carregava no peito. Deu para sentir a magia de cada instante. Às vezes, achava que estava sonhando, vivendo uma irrealidade. Em outros segundos, achava que aquilo era a coisa mais lógica que tinha para acontecer na minha vida.

Depois de meia hora de leitura, ele se cansou. Pediu para que eu lesse, mas me recusei. Aleguei que leríamos um pouco a cada noite, assim manteríamos um ritmo frequente. Calvin concordou, mesmo que sem acreditar na minha proposta. Percebi a sua confusão, o coitado estava perdido. Sua ficha ainda não tinha caído.

Ou será que eu estava imaginando coisas demais?

Calvin colocou o livro e os óculos de volta na cabeceira. Eu ainda estava deitada sobre seu peito, e ele não havia me tocado até então; abraçou-me com suavidade e brincou com os meus cabelos. O clima instantaneamente esquentou. Percebi o meu corpo se excitando, desejando seu toque, seus beijos, sua total entrega.

– Meus pais perguntaram por você.

Não podia vê-lo naquela posição, por isso fixei meu olhar na TV desligada.

– Eles são ótimos. Você tem muita sorte.

– Sim. – Era a mais pura verdade.

Achei Calvin meio tristinho depois que disse aquilo. Não foi a minha intenção, só comentei sobre os meus pais para que se sentisse bem-vindo. Jamais queria vê-lo desamparado de novo.

– Meu pai teve câncer na próstata. Foi difícil – comentou, do nada. Fechei os olhos. Não sabia daquela informação porque não tive chance (nem coragem) de perguntar sobre como havia sido a morte de seu pai. – Passei um tempão cuidando dele. Eu o vi definhando aos poucos, mas então teve uma recuperação boa. Voltou a trabalhar, e achei que o velho fosse durar mais alguns anos.

– O que aconteceu?

– Em um belo dia, saiu para o serviço, sofreu um infarto e nunca mais voltou. Nada a ver com o câncer, que ele tinha vencido.

– Poxa vida...

– Fico na dúvida se é pior ver alguém morrendo devagar ou saber de uma morte rápida, repentina. Experimentei dos dois mundos e foi... terrível.

– Eu imagino, Calvin. – Entrelacei meus dedos nos dele. Queria prestar apoio e solidariedade. Sabia que, para ele, era difícil tocar no assunto.

– Muitas vezes me pego pensando que preferia ter ido no lugar dele – confessou.

Meu corpo congelou com aquela ideia absurda.

– Não fale assim.

– É a verdade. Bom, era a verdade... Agora não é mais.

– Por quê?

– Você me fez mudar de ideia.

Engoli em seco. Levantei o rosto para encará-lo. Parecia perturbado.

– Calvin... Por que está me falando isso agora? Não quero que esta noite acabe triste. Não quero te deixar mal.

Ele alisou o meu lábio inferior.

– Você me faz muito bem. – Meu cérebro derreteu todo, deve ter ficado igual a uma ameba. Olhos escuros me atingiram em cheio. – É só que... Era o que faltava.

– Faltava? Para o quê?

– Para você saber tudo o que é relevante sobre mim. – Seus dedos saíram dos lábios e foram para os meus cabelos de novo. Fiquei parada que nem uma estátua. – Agora você é a única pessoa no mundo que realmente me conhece.

Não soube o que dizer, por isso apenas sorri, emocionada. Orgulho e honra me definiram. Sem querer, olhei o relógio na cabeceira. Eram cinco da manhã. Suspirei.

– Está tarde... Ou cedo, sei lá. Você precisa descansar. – Conferi a temperatura dele. Toquei a sua testa e o pescoço, constatando que estavam um pouco quentes. – Está febril, Calvin. Vou buscar água para que tome seu remédio.

Levantei-me, e por um segundo achei que não permitiria a nossa distância. Quase não me largou, mas me deixou fazer o que pretendia. Fui à cozinha e peguei o copo com água. Ele apareceu com o remédio na mão, quando eu já ia voltar para o quarto. Tomou-o na minha frente. Sorri mais uma vez, satisfeita com sua obediência.

– Boa noite, Calvin. Ou melhor, bom dia.

Largou o copo em cima da pia e me olhou de um jeito estranho.

– Bom dia. Me perdoa, Raissa... Desculpe por tudo e... – *Meu Deus*, ele estava desesperado. – Obrigado... Por tudo.

– Amigos são pra isso. – Pisquei um olho.

Touché. Golpe de misericórdia dado com sucesso.

Dei as costas e saí de sua casa sem demoras. Fui embora antes que a prudência me deixasse e eu me atirasse de vez nos braços dele. Atravessei nossas varandas, percebendo que sim, havia amanhecido. O clima estava friozinho, e a manhã, ainda meio escura. O jardim dava um frescor ao ar.

Inspirei com vontade, renovando o meu fôlego. Entrei na minha casa, fechei a porta e parei. Soltei todo o ar que havia inspirado, como se tivesse ficado sem respirar não durante aqueles segundos, mas ao longo do tempo em que estive com Calvin.

Ouvi batidas na porta e logo fiquei alarmada. Na verdade, tomei uma espécie de susto. Sequer pensei em conferir pela janela, escancarei tudo.

Era Calvin. Olhava-me seriamente.

– Caio.

Franzi o cenho e olhei para baixo. Juro que não entendi. Cheguei a achar que alguma coisa havia "caído" no chão. Depois de um segundo foi que percebi o que tinha de fato caído: a máscara dele e o meu coração, que fez a dança da minhoca no piso.

– Hã?

– Meu nome é Caio, Raissa.

Levei uma mão à boca para conter um soluço. Meus olhos se encheram de lágrimas, e as derrubei no instante seguinte.

– Eu... Eu... – gaguejei feio.

– Sei muito bem como eu quero que este dia termine... Ou comece.

Sua seriedade quase não entrou em acordo com o que fez logo em seguida; tomou-me em seus braços e me deu um longo beijo de novela, com direito a lábios frenéticos, línguas saudosas e rostos que não se decidiam em qual lado ficar.

Pulei sobre ele sem pensar duas vezes, e Caio – *ai, meu Deus, eu sei o nome dele!* – segurou meus cabelos ondulados e castanhos. Andou até o meu quarto, levando-me junto. Não consegui respirar ou parar de beijá-lo. Nossos corpos foram atirados na cama. Suas mãos percorreram a minha pele branca por debaixo da blusa, e, em questão de segundos, ele me despiu. Gemi quando sua boca encontrou o meu pescoço.

– Que saudade... Que saudade, Raissa...

Gemi mais alto. Ele parou só para me ver. O castanho-escuro de seus olhos fitou o esverdeado dos meus.

– Caio... – proferi o seu nome pela primeira vez na vida. Ele sorriu, emocionado. Eu também estava. Havia parado de chorar apenas para beijá-lo.

Por menos importante que fosse um nome, sabê-lo me fez criar um valor incrível em relação a ele. Um nome era só um nome, e continuaria sendo, mas poder definir o dono dos meus desejos, pensamentos e coração foi maravilhoso.

– Raissa, eu... eu... – Esperei com ansiedade, mas o vizinho parou. Seus olhos confusos deram lugar à firmeza, e só tive a certeza de que ele não falaria o que eu queria quando soltou: – Eu vou te foder até você gritar o meu nome por tantas vezes quanto deixou de gritar até agora.

Afundou a sua boca na minha, impedindo-me de reduzir a pena que me impôs com tanto desejo enraizado. Mas tudo bem, porque eu teria tempo de sobra. Era domingo, e os meus domingos sempre seriam dele.

É isso aí, Clarice. Liberdade é pouco. O que eu desejo tem nome e se chama Caio.

BREGA E CLICHÊ, POR ISSO ADORÁVEL

Calvin – ele sempre seria Calvin para mim? – parou o que estava fazendo para me observar com calma. Senti seu coração acelerado contra meus seios e pirei. Não soube dizer se aquele coração batia apenas pelo tesão, mas algo muito forte me dizia que não. Havia muito mais que desejo entre aquelas quatro paredes.

Nossas respirações ofegantes tomaram o ambiente. Encaramo-nos de um jeito que me fez entender que eu, de fato, havia conseguido. Valera a pena todo o sacrifício, todas as lágrimas, a paciência – e a falta dela também. Se eu tivesse agido diferente, talvez nem estivesse ali. Cada passo foi necessário, cada tropeço, na verdade, foi um degrau. Aquele homem não precisou dizer nada para deixar óbvia a sua gratidão pela minha insistência.

E eu mesma me agradecia. Conquistei-o sem perder a minha identidade. Não precisei fazer nada além de ser eu mesma, com todas as qualidades e defeitos. Calvin me conhecia como ninguém, e eu o conhecia bastante para saber que o que existia por detrás daqueles olhos não passava de um complemento do meu ser.

– "Não me lembro mais qual foi o nosso começo..." – sussurrou, e cada pelinho do meu corpo se eriçou. Prendi os lábios para conter um soluço. – "Sei que não começamos pelo começo..." – Caio parou. Abriu a boca e fez esforço para continuar.

Desviou os olhos pela primeira vez desde que entrou por aquela porta. Devia ser difícil para ele. Nenhuma virgindade é simples de ser tirada, sobretudo a do coração. Toquei o seu queixo másculo e puxei seu rosto para que tornasse a me encarar.

Seus olhos perdidos pediam socorro. Abri um sorriso.

– "Já era amor antes de ser" – concluí para ele.

Os mesmos olhos perdidos se esbugalharam, surpresos por eu conhecer aquela frase, que nem mesmo era de Clarice, mas que muitos sites atribuíam a ela. Juro que os vi se encherem de lágrimas. Ele era sensível, tão carente de amor e consideração! Era o meu homem, e eu tinha muito a oferecer. Estava disposta a começar a me doar, de verdade.

– Eu te amo muito, Caio.

Continuou me analisando, porém se esqueceu de piscar. Manteve-se impassível, mas não me enganava: senti seu coração bater ainda mais depressa. Em um momento ele teve de piscar, e, quando aconteceu, as lágrimas caíram, atingindo minhas bochechas. Logo em seguida, uma boca urgente invadiu a minha com vontade. Foi um longo beijo, correspondido com toda a intensidade que consegui reunir. Acariciei suas costas, trazendo-o para perto, mesmo que não fosse fisicamente possível.

Nunca beijei alguém sentindo tanto amor. Perguntei-me se Calvin podia sentir aquilo e tive a comprovação quando parou e afundou o rosto entre o meu ombro e o colchão. Sua pele fervia. Não soube dizer se era da febre, mas espasmos leves tomaram o seu corpo inteiro, até que se intensificaram.

Calvin tremeu tanto que o segurei com força. O coitado estava chorando em silêncio, deixando apenas o seu corpo chacoalhar sobre o meu.

– Cal... Caio – murmurei. – Não chore. Estou aqui. Sempre vou estar.

As tremidas aumentaram diante de minhas palavras. Fiquei um pouco espantada, não sabia direito o que fazer. A sensibilidade e carência dele me comoviam. Alisei seus cabelos, como forma de consolo, por algum tempo. Calvin limpou as lágrimas no lençol.

Encarou-me com os olhos vermelhos depois que se recompôs. Sorriu. Foi lindo. Foi perfeito. Seus lábios brincaram com os meus. Não chegou a ser um beijo, foram apenas carícias deliciosas. Desceu devagar, atravessou o meu pescoço e colo, parando em meus seios. A chama do amor se juntou à chama do desejo. Suspirei fundo.

Lábios vagarosos trabalharam nas pontas dos meus seios e foram logo substituídos por uma língua saborosa. Fechei os olhos e me concentrei em relaxar. A emoção precisava de equilíbrio para que continuássemos; se transássemos sem um tempo para o relaxamento, certamente teríamos um troço. A lentidão foi se tornando bem-vinda. Caio me desvendou por inteira com a boca e as mãos. Cada segundo de entrega total fez o meu corpo agradecer pelo esforço realizado para chegar até ali.

Amei os seus novos gestos. Eles misturavam a safadeza de sempre com um algo mais, que era novo, mas que eu buscava nele. O misto de sensações foi incrível. Gemi seu novo nome diversas vezes e senti que ele vibrava de tesão e alegria em cada uma delas. Com olhos desejosos apontados para o meu corpo, Calvin se ajoelhou na cama. Puxou as laterais da minha calcinha e me despiu devagar – acho que ele nunca havia removido a parte íntima de uma mulher com tanta paciência.

Abri as pernas com um pouco mais de pressa. Arquejei de excitação. Estava pegando fogo, e eu queria ser apagada por ele, só para ser reacendida e apagada de novo. Calvin sempre me proporcionava um ciclo quase infinito de desejo e luxúria.

Depositou a palma na minha vagina e continuou me comendo inteira com os olhos, até que pararam sobre os meus. A expressão se tornou felina. Sua mão em posição safada chacoalhou um pouco e eu me contorci inteira. Soltei todo o ar dos pulmões, sentindo todos os meus nervos se concentrarem no que acontecia entre as minhas pernas.

Caio parou de novo e esperou. Nada em mim soube responder pelo que ele esperava. De repente, soltou-me. Pisquei os olhos, meio desnorteada. Passou as mãos pela sua barriga-tanquinho perfeita e parou na faixa da cueca. Despiu-se, sem parar de me olhar. Meu coração ficou ainda mais acelerado diante da cena sexy.

No próximo segundo, só consegui visualizar um pau enorme, duro e latejante apontado para o teto do meu quarto. Caio retirou a cueca e balançou o próprio pênis em um movimento másculo.

– "A saudade é um sentimento urgente"... – murmurou em um rosnado e mirou a ponta de seu pau na minha entrada. Antes de me penetrar, no entanto, cutucou meu clitóris com experiência, depois espalhou o líquido da minha excitação ao longo da vagina. Usou o mesmo líquido para lubrificá-lo também. *Que delícia!*

Penetrou-me tão devagar quanto me despiu, de forma tal que senti cada centímetro sendo invadido. Abri bem as pernas e, entre gemidos, consumamos o desejo e o amor.

– Que saudade... – Caio suspirou. Inclinou-se para colocar seu corpo todo em cima de mim. Abriu-me mais, apoiando meus joelhos nas laterais de seu tronco.

Iniciou um movimento perfeito de vaivém. Gemi baixinho. Seu rosto foi enterrado, de novo, no meu ombro, e lá ficou. Escutei seus gemidos baixos e a respiração alta, que mexeram com os meus sentidos. A saudade não havia sido só minha. Atender aos pedidos do meu corpo era mesmo questão de emergência – Clarice sabia bem das coisas –; o meu grito de socorro foi calado pelo corpo dele me possuindo.

– Caio... Caio... – ofeguei enquanto me contorcia sob sua pele quente. Puxei seus cabelos, e ele veio me beijar. – Caio... – Apertei suas costas com força.

Depois de alguns minutos, pressenti um orgasmo.

– Repete aquilo... – implorou em um murmúrio. – Repete, por favor, Raissa...

– Eu te amo, Caio... – Mais gemi do que falei. – Te amo muito, muito, muito... – Ele prendeu os lábios e chocou nossos sexos com força. Gritei.

Franziu a testa e fez beicinho. Seus braços grandes me apoiaram as coxas e ergueram minhas pernas, passando-as pelos seus ombros. Acelerou o movimento. Gritei tanto e tão alto que acho que a vizinhança toda escutou. Mas tudo bem, talvez eles estivessem acostumados a ouvir gemidos vindo daquela casa.

– Raissa... Eu... Ah! – Agitou-se. A parede vibrava junto com a cama, e entrei em um êxtase louco. Acho que Caio veio junto, no mesmo instante, pois berrou o meu nome como se ele fosse o próprio grito de socorro. – Eu... Eu...

Calvin parou aos pouquinhos. Por fim, retornou à vagareza inicial. Tive pena. O coitado não conseguia dizer o que queria.

– Shh... – Toquei seus lábios. Ele ainda ia e vinha dentro de mim. – Na hora certa.

Aquiesceu, condescendente.

– Desculpa... – Parou de vez, mantendo-se preso ao meu corpo.

– Ei, não se preocupe.

Caio pareceu constrangido com o fato de não conseguir responder. Bom, eu o entendia. Não podia pressioná-lo por uma resposta tão cedo. Por hora, bastava que soubesse dos meus reais sentimentos.

Minhas pernas foram abaixadas depois de um tempo, e nos desencaixamos. Ele se ajoelhou e desviou os olhos só para admirar a parede da Clarice. Sentou-se na cama. Levantei-me para acompanhá-lo, mas ele se deitou do lado oposto a cabeceira e me puxou junto. Apoiei a cabeça em seu peito.

Ficamos em silêncio por alguns minutos, até que me cansei de esperar por alguma coisa que eu nem sabia o que era. Ergui-me para observá-lo de perto. Calvin ainda olhava a parede, mantendo um sorriso terno estampado nos lábios. A paixão estava evidente em sua expressão, e de uma forma tão linda que eu me sentia maravilhada. Caio ficava ainda mais lindo apaixonado.

Achei que aquele seria um ótimo momento para soltar a frase que eu vinha guardando há algum tempo. Em vez de falar, no entanto, peguei o pincel na cabeceira e acrescentei à minha parede. Sabia cada palavra de cor, pois tinha feito questão de decorá-la. Ele esperou que eu terminasse para ler, com uma voz sussurrada deliciosa.

– "Quando pudesse sentir plenamente o outro estaria salva e pensaria: eis o meu porto de chegada." – Virei-me para olhá-lo, ajoelhada na cama. Caio estendeu a mão, e eu a peguei prontamente. Puxou-me para si. Deitei sobre o seu corpo suado de prazer, sem deixar de encará-lo. Ofeguei. – Você é o meu porto de chegada, Raissa.

Não sabia explicar o que sentia diante daquelas palavras. Calvin me puxou de volta e me deu mais um beijo louco, só para selar o que tinha acabado de dizer. Meus pensamentos voaram para o passado, quando confessou que odiava quando alguém se apaixonava por ele. Bom, aqueles gestos não pareciam de ódio, muito pelo contrário. Era amor correspondido, eu tinha certeza.

Passei minhas pernas ao redor do seu corpo, já sedenta por mais. Caio me fazia assim; tão insaciável e safada quanto ele. Beijei seu pescoço, ávida pelo cheiro bom e saudoso. Lambi a corrente de prata por cima de sua pele. Parei só um pouco para raciocinar: eu havia, sem querer, adivinhado a verdadeira inicial de seu nome. *Doideira, não?* No entanto, sempre acreditei que nada na vida era coincidência.

Caio passou as mãos ao longo da minha coluna e parou na minha bunda. Apertou as nádegas com desejo, fazendo-me soltar um gemido fraco. De repente, puxou-me pelas coxas e me ergueu rápido. Sentou-se na cama e depois ficou de pé, carregando-me consigo até o banheiro. Fui eu que abri o boxe e o chuveiro, visto que ele estava ocupado demais me apalpando e beijando o meu colo.

Fui colocada no chão, mas ele deixou uma de minhas pernas erguida. Serviu-se com o sabonete líquido e me limpou com suavidade. Seus dedos leves e experientes me levaram às alturas diante daquele gesto protetor. Calvin conhecia bem o meu corpo.

Observei a sua concentração com cuidado. Ele percebeu a curiosidade e sorriu quando me encarou. Abaixou a minha perna quando terminou o serviço; na mesma hora, percebi a sua ereção. Sorri tam bém, chacoalhando-a.

– Não parei de pensar naquele banho... Enlouqueci com as lembranças dele... – murmurou enquanto guiava as mãos pelo meu corpo. Arrepiei-me.

Ele não me deu chance de responder. Empurrou-me contra a parede e tornou a levantar as minhas pernas. Meu modo marionete sempre se ativava quando aquele homem me tocava, era impressionante. Fechei os olhos e me preocupei apenas em sentir suas mãos, lábios, língua, pele e, por fim, seu pênis me invadindo com fome.

Nossos orgasmos, de novo, foram atingidos quase no mesmo instante. Demorou um pouco mais, tanto para ele quanto para mim, porém foi perfeito. O banheiro pareceu menor para nós dois, e foi muito louco ouvir os ecos dos nossos gemidos em êxtase.

Logo após o sexo veio uma nova onda de carícias. Estávamos dispostos a repetir a dose; tentamos deixar o momento bem parecido com o nosso primeiro banho. Ofereci tudo o que tinha guardado dentro de mim para ser dele. Recebi em troca a mesma dosagem de carinho e algo além, que só podia ser o amor que ele nem sabia que podia oferecer. Mas o sorriso estampado toda vez que me olhava deixou claro o quanto estava feliz por estar ali comigo, proporcionando-me tanta felicidade e prazer.

Caio desligou o chuveiro depois de um dos momentos mais intensos da minha vida. Enxugou-me com uma toalha e usou a mesma em si. Pensei que voltaríamos para o quarto, mas não. Ele pegou os lençóis, forrou o tapete da Sra. Klein e nos aconchegou na sala. Deitamos abraçados, e Calvin nos cobriu.

Fiquei um tempão com a cara afundada em seu peitoral. Estava quase adormecendo quando percebi sua inquietação. Ele se remexeu e balançou a perna em um tique nervoso que me deixou nervosa também.

– O que foi? – perguntei baixo.

– Nada não...

– Me fala, Cal... Caio. Por favor.

– Estou com medo – disse tão baixo que eu quase não consegui ouvir.

– De que, meu bem? – Ergui a cabeça para o observar. Ele estava com uma ruga de preocupação fincada na testa.

– Nada não, Raissa...

– Fala.

Suspirou. Tocou meus cabelos com as duas mãos.

– De você ir embora.

Acho que a minha pressão deu uma abaixada brusca. Perdi até o foco.

– Não vou a lugar algum...

– Nem para o céu? – Resfoleguei com as ideias que se passavam por aquela mente ferida. – Eu não aguento perder mais do que já perdi.

Imprensei as laterais do seu rosto com as minhas mãos.

– Ei... Não vai.

– Como sabe?

– Deus não faria isso com a gente. Ainda tenho tudo pra te dar.

Ele sorriu e me abraçou forte. Bem que tentei raciocinar sobre a dor que aquele garoto órfão sentia. Afinal, havia perdido todos que prezava. Para ele, amar devia ser sinônimo de perder. Isso era triste, mas eu só sentia cansaço. Peguei no sono em seus braços, e podia dizer com total convicção: nada seria como antes.

CORRENDO RISCOS PARA SER FELIZ

Acordamos tarde naquele domingo. Foi um dia preguiçoso: despertávamos sonolentos e voltávamos a dormir. Aconteceu pelo menos umas três vezes. Na primeira vez, decidimos migrar para cama, pois o tapete nos deixava meio quebrados. A regra era ficarmos colados um no outro o máximo possível.

Meu sono foi regenerador. Não dormia tão bem desde que vovó morreu. A pele quente do meu vizinho reparava cada cicatriz – algumas que ele mesmo havia aberto, então nada mais justo que ajudasse a fechá-las –, livrava-me do medo e me trazia conforto.

Eram quase três horas da tarde no meu relógio de cabeceira quando despertei de vez. Calvin já estava acordado, alisando-me os cabelos com suavidade. Acreditei que tivesse despertado há algum tempo. Sorriu quando me viu de olhos abertos.

– Bom dia, vizinha. – Deu-me um selinho com lábios ressecados, tanto os meus quanto os dele. Mas não foi ruim. Quando existe sentimento, qualquer beijo, qualquer toque, qualquer palavra é bem-vinda. O amor transforma tudo em magia.

– Bom dia, vizinho. Está melhor?

Conferi sua temperatura. Nem sinal da febre.

– Você me curou – sorriu ao dizer. Virou-me de costas e me abraçou. Envolveu-me por inteira com o seu corpo grande.

– Hoje não vai ter churrasco?

– Não tem problema. A gente pode transformar o almoço em um jantar. É isso aí, um jantar! – Ficou empolgado, de repente. – O que acha?

– Acho perfeito.

– Com você, tudo fica.

Sorri de orelha a orelha. Espreguicei-me, dengosa, e me levantei devagar. Parei para olhar a parede. Meus olhos seguiram para a única frase que ele tinha escrito nela: "E foi tão corpo que foi puro espírito". Suspirei, sorrindo de novo, e senti as mãos dele massageando as minhas costas. Puxei meus cabelos para cima, fechando os olhos. Parecia um sonho, mas era a realidade construída com sacrifício.

– Uma frase para a nossa noite... – sussurrei, concentrada em sua massagem.

– Hum... Deixe-me ver... – Demorou alguns segundos para murmurar: – "Mas há a vida que é para ser intensamente vivida. Há o amor..." – Levou seus lábios ao meu ouvido. – "Que tem que ser vivido até a última gota. Sem nenhum medo. Não mata."

Precisei de um minuto completo para me recompor. Não queria abrir o berreiro e estragar o momento romântico. Esgueirei-me e peguei um pincel atômico na cabeceira. Entreguei-o a Calvin, que entendeu o recado. Ele se ajoelhou na cama e preencheu mais um dos espaços em branco daquele mural. Fiquei apenas admirando a sua linda bunda de academia enquanto escrevia com seus garranchos.

– Ainda bem que não mata. – Ri um pouco. – Senão eu já estaria enterrada.

Ele se virou e me olhou com pavor evidente. *Ops.* Esqueci que não podia brincar com aquelas coisas. O coitado realmente tinha medo de que eu batesse as botas. Por um segundo, pedi à vida para que me desse tempo para fazê-lo entender que amar não é perder. Caio guardou o pincel quando terminou de rabiscar a parede. Levantou-se de vez da cama e me fez levantar também. Abraçou-me. Foi um abraço de urso panda, uma coisa apertada e gostosa, de estalar os ossos.

– Vou preparar o nosso jantar. Preciso de uns ingredientes, acho que vou ao mercado.

– Quer ajuda?

– Não... Não, quero te fazer uma surpresa. Posso?

– Claro que pode. – Ele já tinha me feito tantas surpresas que não sabia como ainda não o colocaram dentro de um Kinder Ovo.

– Ótimo. Coma alguma coisa agora, o menu surpresa vai demorar um pouco.

O que será que o meu vizinho safado delícia estava planejando? A minha mente sem noção imaginou um pedido de casamento com direito a aliança dentro da taça de champanhe. Colocava muito mais do que carros na frente dos bois, sonhava acordada com uma coisa que nunca foi prioridade para mim.

Jamais desejei marcha nupcial, véu e grinalda. A liberdade que desejava não me permitia pensar em me prender a ninguém. Por isso sequer tinha amigos e havia planejado a minha fuga da família durante anos. Entretanto, lá estava eu, mudando mais um conceito e repensando a minha vida, tudo por causa dele.

Calvin ficou pronto para me largar.

– Melhor eu ir logo... Senão é capaz de demorarmos um pouco mais na cama.

– Eu não reclamaria...

Segurou a minha cintura e olhou para o meu corpo, parecendo reparar pela primeira vez que eu estava nua.

– Nunca vi mulher mais provocante... Acho que você vai me matar de desejo, Raissa. – Puxou-me com força. – Jamais vou te negar pau.

O que veio a seguir todo mundo já sabe. Dá para imaginar o que acontece quando atiço o bicho feroz com vara curta. Caio voltou mesmo para a cama, seguindo minhas recomendações, porém a lentidão da madrugada havia cessado. Nosso sexo foi selvagem, com batidas na parede, gritos e orgasmos loucos.

Marcamos um horário de encontro. Ele queria mesmo fazer uma espécie de jantar especial lá no quintal do Sr. Klein. Sequer questionei, estava envolvida de corpo e alma em nossa nova situação romântica. Eu tinha alguns trabalhos para fazer (presentinho de fim de semana que o chefe me deu), mas não consegui me concentrar nem por um segundo. Só suspirava e sorria sozinha como uma adolescente apaixonada.

Passei o finzinho da tarde e início da noite apenas preocupada em ficar bonita. Não usei nada exagerado, afinal estávamos em casa.

Soltei os cabelos, molhei os lábios com *gloss* e pronto. Investi pesado apenas no cheiro: passei óleo hidratante no corpo inteiro, além do perfume de "ficar com Calvin" em pontos estratégicos.

Cheguei ao quintal no horário combinado: nove da noite. A casa de número 105 estava aberta, como previsto. Encontrei Calvin terminando de acender as tantas velas que enfeitavam a mesa de madeira, deixando o ambiente sob uma meia-luz confortável e serena. Os vasos com plantas e flores, junto com a grama, deram um efeito romântico ideal. Os pratos, as taças e o cheiro de comida boa, que me atraía tanto quanto o corpo daquele homem, tudo conspirou para que eu perdesse o juízo.

Calvin usava o velho avental por cima de uma bermuda preta e uma camiseta branca, que deixava seus braços à mostra. Estava bem simples, como eu. Seus cabelos molhados do banho recém-tomado me chamaram a atenção, mas não tanto quanto os lábios que sorriram ao notar a minha presença.

– Jantar à luz de velas? Não sabia que curtia clichês, Cal... Caio!

Ele gargalhou e retirou o avental.

– Nem eu!

Puxou-me pela cintura como se eu já lhe pertencesse e me beijou rápido.

– Você é muito cheirosa, vizinha!

– Obrigada, você também. – O safado tinha a capacidade de sempre exalar cheiro de homem gostoso, parecia magia.

Calvin lambeu os lábios e fez careta, estranhando o sabor de morango do meu *gloss*. Creio que foi de propósito que me beijou de novo, daquela vez com mais intensidade. Ouvi uma musiquinha irritante ao longe, parecendo tocar em outra dimensão. Só a entendi quando ele se separou de mim e sacou o celular do bolso. Olhou a tela e me encarou. Seu rosto ficou todo vermelho.

Droga! Era uma mulher a fim de dormir com ele, sem dúvida.

Esperei pela reação dele diante do telefonema. Dei alguns passos para trás e admirei a mesa posta – ele colocou guardanapo de tecido enfeitando o prato, produção? –, só para lhe dar espaço. Um ruído me chamou a atenção; Caio retirou a bateria do celular.

Sorri de orgulho. Ele ergueu sua mão como um perfeito cavalheiro e me fez sentar no banco de madeira. Encarei as taças, os talheres grandes e o prato branco com o guardanapo de linho enfeitando. Calvin pegou uma garrafa de vinho branco, que estava descansando em um balde de gelo. Abriu-a e nos serviu.

– Vou buscar o nosso jantar. Aguente firme – murmurou no meu ouvido, por trás de mim. Bom, aguentar eu ia, mas aguentar firme já era pedir demais.

Ele trouxe várias travessas diferentes: uma com salada, outra com a farofa que eu tanto amava, arroz soltinho, torta de frango e uma com carnes fatiadas, regadas a um molho branco que supus ser de queijo. Fez meu prato como se fosse tirar foto. Senti-me paparicada. Aquele homem estava me estragando.

Depois, Caio fez o seu prato do mesmo jeito e, para minha surpresa, sentou-se bem ao meu lado. Brindamos com nossas taças, mesmo que eu já tivesse tomado vários goles enquanto ele trazia o jantar.

– Ao quê? – questionei, querendo que a proposta do brinde partisse dele.

– À liberdade, à felicidade e a nós dois.

Sorri. Dei um gole tão grande que parecia que eu tomaria os três itens do brinde, não somente o vinho. Comemos com calma. Quero dizer, apenas fingi não estar louca para devorar tudo como um animal. Perguntei-me como ele havia conseguido preparar tudo em poucas horas. Eu jamais conseguiria. Talvez porque devia estar acostumado a trabalhar com o tempo apertado, afinal, em um restaurante é necessário fazer maravilhas no menor tempo possível.

Meu vizinho devia considerar sagrada a hora de comer, pois quase nunca falava nada. Permanecemos em silêncio, apenas nos deliciando e nos olhando o tempo todo. Eu estava tão feliz que a sensação me trazia alívio, antes de qualquer coisa. O prazer de saber que estive certa e fiz as melhores escolhas me fez ter a consciência de que havia amadurecido com aquela história.

– Sei no que está pensando, Raissa – Caio disse após nossos pratos estarem vazios. – Tem sobremesa, sim.

Ri alto e ele também. Poxa vida, o vizinho me achava uma morta de fome!

– Na verdade, não estava pensando na sobremesa... Embora tenha ficado mais contente agora!

– No que pensava, então?

– Em você...

Sorriu, meio sem graça. Alisou um pouco a minha bochecha.

– Não me olhe assim – pediu.

– Assim como?

– Assim. Eu me sinto perdido dentro dos seus olhos. É uma coisa estranha que aperta o meu coração... Fico sem ar. – Levou a mão até o peito. Eu ia abrir a boca para dizer alguma coisa, mas ele se levantou em um salto. – Merda! Esqueci de ligar o som! Nosso silêncio é tão bom que parece música... Desculpa, vizinha.

Calvin, pare de me deixar ainda mais apaixonada, por favor!

Por pouco meu estado não viraria questão patológica. Meus quatro pneus já estavam arriados por ele. Analisei-o enquanto ligava o aparelho de som. Uma música bacana começou a tocar. Era "Tão bem", do Lulu Santos. Caio sorriu e se aproximou com a mão erguida. Toquei-a de leve e ele me puxou, fazendo-me levantar. Abraçou-me.

– Foi de propósito? Digo, a música?

– Claro que sim. Escuto essa música para pensar em você. Ou, sei lá, penso em você e escuto essa música. – Achei que começaríamos a dançar, mas só ficamos abraçados, estáticos. Afundei o meu rosto em seu peito. – Já não sei mais qual é a ordem... Você não sai da minha cabeça, Raissa.

Ergui o meu rosto só para beijá-lo. Ele correspondeu, deixando os lábios leves para aumentar a suavidade do beijo.

– Ainda está com medo? – perguntei baixinho entre seus lábios.

– Muito. Tenho medo de tudo... São tantos medos... – Suspirou. – Não tem medo algum?

– Não.

– Você é corajosa. Queria ter a metade da sua coragem e ousadia, Raissa. Sabe, eu... Neste momento, estou morrendo de medo de não ser o que você precisa. Ou de não saber ser. – Suspirou de novo.

– Confio em você, por isso não tenho medo.

– E se eu te decepcionar? Juro que não quero, mas... Não sei como agir. – Calvin me soltou depressa. Distanciou-se, fechando as expressões. – Não quero...

– O que não quer? – Fiz careta.

– Te decepcionar.

Voltei a me sentar no banco. Fechei os olhos. Um cansaço esquisito tomou conta de mim. Senti mãos quentes na minha nuca. Ele se sentou ao meu lado e me puxou para si. Fui. Somente fui.

– Tenha paciência comigo, como sempre teve – pediu em um murmúrio. – Eu vou tentar... Vou tentar porque, pior que a ideia de te decepcionar, é a ideia de te perder.

Olhei-o. Ele estava sério. Eu também. Lulu terminava a música com maestria e eu só tinha uma conclusão sobre ela: aquele homem me fazia bem e eu queria fazer exatamente a mesma coisa por ele.

– Se me permitir tentar, é claro. – Segurou o meu rosto. – Espero que sim. Você me dá mais chances do que eu dou a mim mesmo. É difícil confiar em mim, mas confio em você como nunca confiei em ninguém. Só me resta acreditar que posso ser bom o bastante para ficar contigo. – Ganhei um selinho. – Vou buscar a sobremesa.

Não consegui responder. Havia arriscado tudo e seria muito burra se desistisse logo após ter conseguido. Entendia as consequências. Não sabia se conseguiria suportá-las, mas o medo não me atingia. Sempre fui mais teimosa do que medrosa.

Calvin deixou o quintal. Lulu Santos me disse para que eu fosse pelo coração e que, se era loucura, então era melhor não ter razão. E foi o que fiz; dei adeus à razão, que havia apertado meu freio interno, e saí do jardim. Meu caminho já estava traçado. Alcancei o quarto dele e retirei as roupas, ficando apenas de calcinha e sutiã brancos.

Esperei que me procurasse. Depois de alguns minutos, chamou o meu nome com certo receio. Acredito que Calvin achou que eu tivesse desistido e ido embora. Mas, se tivesse feito isso, eu não seria eu.

– Aqui! – chamei.

Caio entrou no quarto devagar, segurando uma vasilha com algo que supus ser sorvete. Sorriu daquele jeito safado quando me viu, contudo sua safadeza ficava linda por causa dos olhos que brilhavam. Não me cansaria jamais de admirá-lo.

– Você é a minha sobremesa – falei, ajoelhando-me na cama. – Eu sou a sua.

Ele deu alguns passos para a frente. Depositou a vasilha sobre um dos móveis e voltou a atenção para mim. O olhar já estava modificado pelo desejo. *Safado incansável!* E o pior era que eu estava ficando igualzinha a ele.

– "Sou um coração batendo no mundo" – sussurrou antes de se atirar em mim.

Fiquei em dúvida se o que disse era mesmo uma frase. Supus que sim.

Nós dois e Clarice Lispector tínhamos tudo a ver.

MODIFICANDO MEU STATUS DE RELACIONAMENTO

Quando eu disse que as coisas não seriam mais as mesmas, não estava mentindo ou exagerando. A primeira semana pós-redenção do safado foi marcada por mudanças muito bruscas – assustadoras até – e detalhes bem sutis.

Tudo começou na manhã de segunda-feira, quando fui acordada na hora certa para trabalhar. Entretanto, não foi o meu despertador horroroso que fez o serviço sujo, e sim o Calvin, que me acordou com beijos ardentes e suaves. Percebi que estava em seu quarto, enlaçada entre os lençóis da cama dele.

Acordar com Calvin era uma emoção por si só, mas ele não se contentava com pouco e fez questão de preparar o café da manhã para tomarmos juntinhos. Essa rotina se estendeu durante toda a semana. Ora comíamos na casa dele, ora na minha, dependendo da cama que escolhíamos para dormir.

O bom-dia oficial, que acontecia no jardim – enquanto ele soltava frases dúbias, empunhando o regador e exibindo seu corpo em uma Calvin Klein –, passou a acontecer na varanda – minha ou dele, dependendo de onde acontecia o desjejum. Eu ia trabalhar nas nuvens e demorava séculos para cair na real.

Percebi que Calvin usava mais roupas. Não enquanto estávamos entre quatro paredes, claro, porém percebi que não se exibia no jardim, como fazia em quase todas as manhãs. Achei sua atitude digna e morri de orgulho de seu empenho em virar um "homem sério". Não havia sido uma questão discutida, deixei-o à vontade para mudar, ou não, o que julgasse necessário.

Por causa de nosso romance, minha varanda ficou mais enfeitada que carro alegórico de escola de samba. As flores mais lindas do quintal foram colocadas ali, e Caio cuidou delas como ninguém – o vizinho disse que a minha única obrigação era admirá-las e tentar sentir o que ele sentia quando me admirava. Nem preciso dizer o quanto estava adorando cada palavra carinhosa que me dizia. E não foram poucas.

Nunca pensei que um homem safado pudesse ser um romântico, entretanto, evitei falar de novo que o amava. Estava decidida a não pressionar uma resposta. Caio precisava dizer quando se sentisse preparado.

Dormimos juntos durante todas as noites. Assim que chegava do trabalho, comíamos alguma coisa e conversávamos sobre besteiras. Chegamos a ler algumas páginas de *A paixão segundo G.H.*, mas não queríamos diminuir o tempo que tínhamos para fazer amor. Não estava acostumada com aquele ritmo acelerado, mas até que me adaptei bem. Afinal, como não o desejar todos os dias? Minha consciência sabia que em algum dia eu estaria cansada ou dolorida, mas meu corpo implorava para que descobrisse qual era esse limite.

Na sexta-feira, cheguei a casa com um sorriso no rosto. Liguei as luzes do jardim em meio a suspiros, admirei as flores da varanda por alguns minutos e entrei, pronta para esperá-lo. Fui direto ao meu quarto e, de repente, ouvi barulhos no quarto ao lado.

– Calvin? – Os ruídos cessaram assim que a minha voz se fez presente. O silêncio reinante me deixou irritada e tensa. – Calvin?

Nada. Fiquei preocupada porque tinha certeza de que ouvira passos e gavetas batendo. Busquei na memória e constatei que o carro dele não estava no lugar de sempre quando estacionei. Era cedo ainda. Comecei a sentir medo de verdade. E se fosse um assaltante? Calvin tinha mania de deixar a casa aberta.

Pensei em ligar para polícia, por isso peguei o meu celular. Digitei o 1 e o 9 e parei. No último instante, resolvi ligar primeiro para o próprio Calvin. Não estava a fim de pagar um mico daqueles, atrapalhando o trabalho da polícia por causa de uma besteira. Nunca havia ligado para ele até então, e fazê-lo na hora de seu expediente me causou vergonha. Seu celular chamou, chamou e ninguém atendeu.

Liguei mais umas três vezes e nada. Desliguei tudo e voltei ao quarto, reparando se escutava algum ruído de novo.

Estava morrendo de medo, com o coração acelerado, as mãos trêmulas e o ouvido esmagado contra a parede da Clarice. Fiz esforço para escutar alguma coisa. Quando aconteceu, levei um susto que quase me fez bater a cabeça no teto. Ouvi uma das portas da casa dele se fechando. O barulho foi meio distante, fazendo-me constatar que não havia sido a porta do quarto, mas a da frente.

Com os nervos em frangalhos, corri até a sala. Atravessei o tapete da Sra. Klein e verifiquei pela janela. Não podia sair de casa e me colocar indefesa para um assaltante, por isso me esgueirei até conseguir ver alguma coisa – ou alguém – do lado de fora.

Enxerguei as costas de uma mulher. A luz acesa do jardim facilitou a minha vida e agradeci aos céus por ter feito daquele ato a minha rotina. Pelos cabelos pretos, lisos e longos dela, além das pernas e de parte da bunda expostas por um short mínimo, supus se tratar da Karen-quenga.

Meus nervos se inflamaram de vez. O que aquela doida estava fazendo na casa do Calvin? Tentei ver se segurava alguma coisa – de repente ela poderia ser uma assaltante batedora de carteira –, mas não havia nada em suas mãos.

Recuperei-me do susto inicial quando ela alcançou o portãozinho de madeira e se atrapalhou para abrir o ferrolho. Achei que fosse a minha deixa, embora não soubesse direito o que fazer. Só sabia que não deveria deixar barato aquela invasão.

Abri a minha porta e corri na direção dela.

– Ei! – berrei, e Karen se virou com espanto, colocando as mãos no peito. Tinha os olhos esbugalhados. – O que está fazendo aqui?

Sua expressão assustada deu lugar a um sorriso de deboche. Fiz cara de nojo. Era isso mesmo o que ela me causava: verdadeira repulsa. Não entendia como Calvin tinha coragem de trepar com ela.

– Oi, Raissa! – Falsidade era seu nome.

– "Oi" nada, o que faz aqui?

– Não é da sua conta!

Empurrei-a, indignada, e ela deu alguns passos para trás. O sorriso de deboche morreu assim que percebeu que eu podia, sem problema algum, terminar o que tinha começado na festa de aniversário. E, daquela vez, não teria ninguém para nos separar.

– Melhor me dizer o que estava fazendo, Karen. Melhor para você. – A ridícula apenas riu da minha cara. – Vou chamar a polícia! Invasão domiciliar é crime, sabia? – Dei alguns passos para a frente só para intimidá-la. Karen recuava conforme eu avançava.

– Não invadi nada. – Tirou um molho de chaves do próprio bolso. Chacoalhou-o na minha cara. – Você é tão bobinha que não consigo deixar de sentir pena, Raissa. Tenho as chaves desta casa há anos. Deli me deixa entrar quando eu quiser!

Arregalei os olhos.

– Devolva esta chave! – Ergui a mão. – Ele não quer mais saber de você! Cara de pau de uma figa... Como tem coragem de aparecer aqui depois do que fez?

Ela guardou as chaves no bolso de novo. Senti meu rosto esquentando de raiva.

– Acha que uma amizade como a nossa vai acabar assim? – Bufou. – Eu o conheço, Raissa, você só pensa que o conhece. Não sei o que Deli pretende contigo, mas não vejo a hora de ele se cansar da sua chatice.

– Não vai acontecer – resmunguei. A verdade era que eu não fazia ideia. Calvin podia, sim, facilmente sentir-se cansado da minha chatice. – Agora, me dê a droga da chave!

Empurrei-a novamente, e Karen quase perdeu o equilíbrio. Para a minha surpresa, a quenga-mor decidiu revidar; voou para cima de mim e me puxou os cabelos. Gritei de susto e de dor. Segurei suas mãos e ela me largou depressa.

– Conheço muita gente, Raissa – rosnou, ofegante. Colocou todas as garras para fora. – Melhor tomar cuidado por onde anda. Um acidente pode acontecer contigo.

– Está me ameaçando?

Ergueu as mãos em rendição e voltou a sorrir.

– Longe de mim, querida. Você está tão apaixonada que ficou cega. Espero que esteja se iludindo bastante... Sua queda vai ser memorável e faço questão de assistir.

Virou as costas e cruzou o portão, como se tivesse saído vencedora. Aquilo me irritou tanto que corri até ela. Puxei-lhe os cabelos, trazendo-a para mim, e enfiei a mão no seu bolso. Roubei as chaves do 105 e a empurrei. Ela caiu no chão da calçada e bateu os joelhos, por isso soltou um urro de dor.

– Seu veneno não me atinge, cobra! – Permaneci com a frieza de quem acabava de engolir um cubo de gelo. – Suas ameaças não me põem medo.

Karen tentou se levantar, mas não conseguia. Gemia de dor, ainda de costas para mim. Não esperei a sua recuperação. Voltei para casa a passos largos, sem olhar para trás. Tranquei a porta e só então caí no choro.

Eu parecia forte, mas era só uma máscara, um escudo. Morria de medo do mal que aquela louca podia nos fazer. E sabia que não devia negligenciar suas ameaças. Tinha assistido a muitos filmes para ter certeza do que gente como ela era capaz.

Caio me ligou meia hora depois. Ficou espantado quando viu três ligações minhas – e pedindo mil desculpas por não ter atendido, pois não andava com o celular quando estava trabalhando – e perguntou o que havia acontecido. Achei melhor não dizer nada por telefone, sendo assim, passei um tempão esperando que chegasse do serviço para desabafar o aperto que havia se instalado em meu peito desde que aquela mulher surgiu.

Caio retornou quando eu não sabia mais o que pensar. Como todos os dias daquela mágica semana – pelo menos até surgir uma bruxa periguete para quebrar o encanto do meu conto de fadas moderno –, o vizinho bateu na minha porta antes mesmo de atravessar a dele. Seu sorriso lindo foi capaz de trazer luz aos meus pensamentos obscuros. No entanto, o mesmo sorriso foi embora rápido, e me vi perdida na escuridão.

– O que aconteceu, Raissa? – Puxou-me para si e o abracei forte. Prendi os lábios para não cair no choro, pois queria me fazer de forte.

– Aquela filha de uma puta... – murmurei, inalando seu cheiro. – Aquela vaca que você escolheu para chamar de amiga...

Caio segurou os meus ombros e me afastou no susto.

– O que a Karen fez desta vez? Ela esteve aqui?

– Estava na sua casa, bisbilhotando suas coisas! Pensei que fosse um assaltante, mas era ela... – Algumas lágrimas se formaram em meus olhos e Caio me olhou com mais desespero, segurando-me firme nos ombros. – A maldita tem a chave da sua casa. Mandei que me entregasse, mas ficou fazendo graça. Falou tanta merda que deve ter adubado nosso jardim!

Eu mesma ri do que falei, mas o pequeno esforço fez as lágrimas caírem. Caio não me acompanhou na risada sem graça. Balançou a cabeça em descrença, com raiva notável.

– Me desculpa, Raissa... – Sua respiração ficou ruidosa. Os ombros subiam e desciam sem pausas. Caio estava com *muita raiva mesmo*.

– A culpa não é sua. A louca que é uma ridícula. Ela até me ameaçou! Disse para que eu tomasse cuidado, pois um acidente podia acontecer comigo.

– O quê?!

Ai, meu Deus. Ele se transformou totalmente. A cara de indignação e do "sei-lá-mais-o-quê" que fez me deixou espantada.

– Ela é muito cara de... – continuei, mas fui interrompida.

– Por que não me disse antes? Por isso que me ligou, não foi? – rosnou alto. – Essa merda não vai ficar assim.

Deu passos para trás e retirou do bolso as chaves de seu carro. Ele ia procurá-la. Será que cometeria uma loucura? Precisava impedi-lo.

– Caio... – Fui até ele, usando a minha voz mais doce e convincente. – Caio... Meu amor, não fique nervoso. Recuperei as chaves à força. Estão comigo. – Sorri e pisquei o olho para ver se o clima tenso se dissipava. Não adiantou muita coisa.

Ele bufou. Por um instante achei que, apesar de estar me olhando, não conseguia me enxergar de verdade.

– Entre em casa e tranque a porta. Não saia até eu voltar, Raissa.

– O que vai fazer? – Agarrei o pescoço dele. Não podia deixar que se enrolasse por causa do que houve.

– Faça isso. Por favor – disse de um jeito frio que não condizia com seu abraço quente.

– Não. Vou contigo.

– Raissa...

– Não vou deixar que faça merda, Calvin! – Nem me dei o trabalho de corrigir seu nome. Escapuliu. Ele também não corrigiu, mas tentou se afastar. Não o soltei.

– Ninguém vai te ameaçar assim. Ninguém ameaça a minha namorada. Vou fazer com que ela entenda quem é que precisa tomar cuidado.

O que falou, olhando no fundo dos meus olhos, foi capaz de me deixar mole. Soltei-o por pura falta de força. Caio não havia me pedido em namoro. Estávamos, sim, vivendo uma relação diferente, mas que não tinha nome. Perceber que me considerava uma namorada me fez esquecer tudo, inclusive a quenga ameaçadora vilã de novela.

Encarei-o, de queixo caído. Caio ainda estava nervoso, inquieto e meio envergonhado também. Acho que a palavra escapuliu de sua boca tanto quanto o seu apelido tinha escapulido da minha.

– Apenas faça uma ligação, se te fizer melhor – propus com o timbre ameno. – Não quero que a veja. Não precisamos disso. Karen só quer aparecer. Vai ser pior se dermos bola às suas investidas.

Ele prendeu os lábios e segurou o meu rosto. Pareceu refletir muito. Apertou-me, mas depois soltou devagar. Deu-me um beijinho bem gostoso, porém rápido demais.

– Tem razão. Eu a conheço... Sei como é explosiva, mas nunca fez mal a uma mosca.

Não tinha tanta certeza assim da benevolência de Karen, mas se Calvin tinha... Só me restava confiar. Com os olhos bem abertos, claro.

– Exatamente.

– Não está chateada? – Voltou a apertar o meu rosto. Seus olhos escuros se acalmaram um pouco. Fiquei satisfeita com sua capacidade de sempre me escutar.

– Claro que estou. Odeio aquela idiota.

Caio continuou sério mesmo depois que eu ri.

– Não está chateada comigo?

– Claro que não, meu bem. Por que estaria?

– Porque a Karen tinha a chave da minha casa. Fui eu que dei acesso a ela, Raissa.

– Está no passado. Já foi corrigido.

– Nunca devia ter feito isso... Ter dado a ela o direito de invadir a minha vida. – O coitado se reprimia mesmo, deu para ver a dor em seu olhar.

– Ei... Sem estresse.

Calvin sorriu e segurou os meus cabelos aos poucos, até que todo ele estava preso por uma só mão. Puxou-os, obrigando-me a erguer a cabeça para encará-lo de perto.

– Nunca achei que encontraria alguém que aceitasse tanto os meus defeitos.

Sorri porque o que disse era verdade. Aceitava coisas que nem todo mundo aceitaria, mas só porque fazia uma coisa rara: refletia sobre os "porquês" de as pessoas serem como são. Um defeito acaba se tornando apenas uma consequência, e é mais fácil lidar com ela.

– Quem seria você sem seus defeitos?

– Um cara bem melhor, eu acho.

– Não. – Balancei a cabeça. – Seria um cara bem longe de ser você. E eu não o amaria tanto.

Caio riu com suavidade, cortando de vez o clima tenso. Notei que se emocionou.

– "Até cortar os próprios defeitos pode ser perigoso. Nunca se sabe qual é o defeito que sustenta nosso edifício inteiro" – murmurou sorrindo.

– Clarice?

– Sempre.

Eu tinha cada vez mais orgulho da nossa trilha literária.

– Vamos... Vamos pôr essa frase nova na nossa parede. – Peguei suas mãos e o puxei na direção da minha porta.

A nossa noite podia terminar como todas as outras. Não me importaria. Ah, antes que me pergunte, usei a palavra “nossa” de propósito, porque naquela altura já não existiam diferenças e nem paredes entre o 104 e o 105.

Os números se transformaram em detalhes.

UM PASSO PARA A DESISTÊNCIA

– Bom dia, vizinha... – Já estava ficando mal-acostumada. Aquela voz rouca sussurrando no meu ouvido se tornou obrigatória para as minhas manhãs, virou parte da rotina como escovar os dentes.

Sorri de leve. Mesmo sendo segunda-feira, início também da nossa segunda semana como namorados, não ousaria reclamar por ter que ir trabalhar. Principalmente depois de um domingo perfeito ao lado dele, com direito a churrasco, caipirinha e tudo de bom e do melhor que só aquele homem me proporcionava.

O episódio com Karen-quenga passou longe da minha mente. Calvin me confirmou que nada havia sido roubado, e não fiz mais questionamentos. Queria esquecer que ela existia.

– Bom dia, vizinho... – Virei-me para lhe dar um selinho. Estávamos na minha cama, nus e cobertos por um edredom quentinho. Não dava vontade de sair dali nunca. Se pudesse, ficaria em seus braços até o fim dos tempos.

Espreguicei-me. Senti mãos macias tocarem o meu corpo com sintomas de posse. Caio me tocava daquele jeito urgente desde as ameaças da vadia, na sexta-feira. Alguma coisa em seus olhos me pedia socorro, só que tentei ignorar seu grito silencioso durante todo aquele tempo. Não queria dar cabimento ao medo; precisávamos seguir em frente sem nos preocuparmos com as sombras. Sentei-me na cama e me espreguicei de novo.

– Vai achar estranho se eu te fizer um pedido? – Seu tom soou firme.

Olhei-o, meio desconfiada.

– Depende do pedido. Não posso ficar na cama hoje, tenho muito serviço.

Ele sorriu, mas foi um sorrisinho sem graça.

– Por mais que eu te queira o tempo todo, jamais te prejudicaria no trabalho. – Sentou-se na cama. – É outra coisa... Sei que vai achar esquisito, mas eu... queria que não usasse o seu carro hoje.

Fiz uma careta. A minha cara estava inchada de sono e preguiça, portanto a feiura deve ter se elevado. Até Calvin fez uma careta também, acho que assustado com a minha.

– Por quê?

Uma ruga de preocupação se instalou em sua testa. Caio pensou tanto no que diria que achei que não fosse dizer nada. Apenas esperei, já prevendo algo ruim.

– Não temos garagem... Seu carro não tem alarme... Qualquer um pode sabotar o...

– Ei, ei... Espera aí, Caio. Acha mesmo que a vadia da Karen quer me matar? – Balancei a cabeça em descrença. – Porque, se sim, é mais válido irmos à polícia. Não vou viver com medo, preciso trabalhar e ter liberdade para ir e vir.

– Não sei de mais nada, Raissa. A minha razão diz que tudo isso é bobagem, Karen não seria tão burra e maníaca assim, mas não consigo me afastar do medo. Deixe eu te levar hoje. Por favor.

– E como vou voltar? Você estará no trabalho quando acabar meu expediente.

– Venha de ônibus.

Minha careta se intensificou. Precisaria pegar dois ônibus para voltar para casa, sem contar o desconforto de me transformar numa sardinha enlatada. Qualquer meio de transporte público daquela cidade virava uma zona em horário de pico.

– Não – fui taxativa. Levantei-me só para que a discussão acabasse. Abri a porta do meu armário e separei as roupas que usaria.

– Eu te dou o dinheiro do táxi – Caio propôs, ainda sentado na cama. Virei-me só para olhá-lo com uma careta. – Raissa, me ajuda...

Ele estava entrando em surto. Eu conhecia aquela expressão de desespero. Era angustiante. Não aguentava vê-lo daquele jeito.

– Vou ficar bem. Prometo que mando uma mensagem quando chegar. Também mando quando sair de lá e quando estiver em casa.

– Não é o suficiente. Não é uma medida preventiva.

Suspirei alto. Larguei as roupas e fui até ele, ajoelhando-me na cama. Segurei suas mãos, olhando no fundo de seus olhos temerosos. Pensei no que falar. Tantas coisas se passaram pela minha cabeça. Uma chuva de informações, frases de efeito e tudo o que havia de mais louco que meu cérebro conseguiu processar. Por fim, achei que devesse lhe dizer o que estava sentindo.

– Não gosto de ter a minha liberdade ameaçada. – Ele colocou mais força em nossas mãos. Deu para perceber a sua mandíbula ficando rígida. – Mas entendo que não é apenas a minha... Deixei de ser eu para sermos nós. – Sorri. – Então, *nossa* liberdade está sendo ameaçada pelo *seu* medo.

Calvin negou com a cabeça. Desviou os olhos e tentou largar nossas mãos, eu que não deixei. Ouvi seu suspiro ruidoso e uma nova tentativa de nos separar. Conseguiu.

– É por isso que evitei o tempo todo... – resmungou, levantando-se. Procurou suas roupas, que estavam espalhadas pelo quarto e começou a se vestir. – É por isso que me mantive longe de toda essa merda.

Suas palavras me deixaram atônita. Soube bem do que estava falando: Caio tinha evitado se apaixonar por causa do medo que sentia de perder. Era mais confortável não ter que se preocupar com alguém além de si mesmo. Senti-me culpada. Se eu não tivesse insistido tanto, ele não precisaria estar preocupado comigo. Nem com ninguém.

Continuaria vivendo aquela vidinha que para ele estava boa até demais, não é? Não. Sua vida não estava boa coisa alguma. É preciso correr riscos para ser feliz. Viver é assim, nenhuma felicidade é segura. Não se pode renegá-la ou evitá-la por medo.

Fiquei calada, saboreando as ideias e ganhando novos conhecimentos sobre o quanto a vida era um risco. Apenas o fato de respirar já era um ato audacioso; pensando bem, todas as coisas nos levavam à morte. *Para morrer só basta estar vivo*, já dizia a minha avó. Mas ninguém fica feito louco esperando pela hora do juízo final. Deve ser horrível pensar na partida a cada suspiro, e tive certeza de que Calvin fazia isso.

Ajoelhada na cama, percebi sua movimentação pelo quarto até que saiu. O barulho da porta da frente veio em seguida, deixando-me espantada. Será que ele desistiria? Talvez minhas tentativas estivessem fadadas ao fracasso. Não havia somente a safadeza para ser curada... Aliás, a safadeza era apenas uma consequência de algo maior. Calvin não era apenas um safado, mas alguém que tinha tanto medo de tudo que não conseguia viver como as pessoas comuns.

Precisávamos ter uma conversa séria, mas o trabalho me chamava. Talvez lhe dar um tempo fosse a resposta certa. Nunca pensei no que aconteceria depois de sua redenção, só me importei em chegar até ela. Usei estratégias limpas, fui apenas eu mesma, mas mesmo assim foi um jogo arriscado. Se eu não tivesse me esforçado, nada daquilo estaria acontecendo. A culpa aumentou. Só me restou tentar ficar calma.

Fiz a minha higiene matinal e me organizei para trabalhar. Engoli um copo de iogurte – o desjejum mais fraco que tive desde o começo do "namoro" – e saí de casa fazendo o maior esforço para não o procurar. Atravessei o jardim morrendo de vontade de cair no choro. Minha consciência me chamava de manipuladora barata, mas meu coração dizia que eu tinha feito a coisa certa e que ninguém obriga ninguém a sentir amor.

Uma grande parte de mim dizia que eu devia confiar no que sentíamos, que não era por acaso, que tudo ficaria bem quando Caio amadurecesse um pouco mais. O problema era uma parte irritante de mim que não parava de se sentir uma merda.

Levei um susto quando cheguei, totalmente distraída, até o meu carro. O capô estava aberto e havia a metade de um ser humano fuçando em seu interior, no motor. Reconheci as pernas e a bermuda branca: era Calvin.

– O que está fazendo? – Aproximei-me.

– Verificando os freios... – resmungou.

– Caio...

Não soube o que falar. Depois de um minuto, quando pareceu satisfeito, ergueu-se e fechou o capô, provocando um barulhão. Calvin, enfim, olhou-me. Tinha as mãos e os braços um pouco sujos de graxa.

– Farei isso todas as manhãs até comprarmos um alarme.

– Caio...

– Raissa, é sério. Não me impeça de te proteger. Não quero tirar a sua liberdade, só quero que fique segura... Por favor, me entenda!

Meu sentimento de culpa só se intensificou. Deixar que me protegesse era o mínimo que eu podia fazer para não me sentir tão péssima por tê-lo manipulado.

– Certo. Tudo bem, tudo bem. – Dei-me por vencida.

– Amanhã você pode usar o meu carro e deixar o seu comigo que eu resolvo tudo.

– Está bem, mas eu compro o alarme. Essas coisas são caras.

Ele fez uma careta linda de insatisfação. No entanto, apenas resmungou:

– Como quiser.

Calvin passou por mim sem falar nada. Quase podia ver uma nuvem de fumaça saindo da sua cabeça. Ele tinha mesmo ficado com raiva e eu, triste com o seu distanciamento e com o fato de não receber o meu beijo de despedida.

Dei de ombros, conferindo se ele não ia mesmo olhar para trás. Assim que chegou à portinha de madeira, Caio parou. Vibrei quando ele se virou e me encarou com aqueles mesmos olhos de menino perdido. Fez o mesmo percurso de volta para mim, só que com mais pressa. Parou na minha frente e se curvou, fazendo nossos lábios se encostarem. Evitou me tocar por causa da mão suja. Aspirei seu cheiro com muita vontade.

– Tenha um bom dia... – Deu-me um selinho demorado e desceu seus lábios pelo meu colo. – Fique bem... Por favor, mantenha-se bem. Não se esqueça de me enviar aquelas mensagens.

Circulei meus braços ao redor de seu pescoço. Ele não podia me tocar, para não sujar a minha roupa, mas não significava que eu devia ficar parada. Beijei-o com ternura, sentindo as dúvidas e confusões se dissiparem dentro do campo das minhas ideias. Tudo fazia mais sentido quando seus lábios estavam grudados aos meus.

Afastei-me devagar.

– Fique bem também... Tchau, vizinho! – Dei um beijinho estalado em sua bochecha, andei na direção da porta do motorista e a abri.

– Ei, Raissa... – Parei para olhá-lo. – Eu... Eu... – *Meu pai eterno!* Quase desabei de ansiedade. Calvin se calou. *De novo!* Ficou apenas me olhando, até que emendou: – Nunca fiz isso antes. Nunca me preocupei tanto... Não sei se vai dar certo. Não se anime muito comigo.

– O seu medo não pode tirar a nossa liberdade, nem a nossa positividade, Caio. – Pisquei um olho e sorri, fingindo tranquilidade. Na verdade, estava morrendo de medo. Ele tinha me contaminado.

Mais uma vez, trabalhei o dia todo de um jeito aéreo. As coisas só ficaram legais quando a noite chegou e, com ela, a esperança. Calvin apareceu na minha porta com um vaso de flores para colocar em cima da mesa da sala. Depois de um tempo, percebi que ele estava esquisito. A seriedade, as poucas palavras, o senso de humor abalado... Tentei deixar o clima leve, mas Calvin não relaxou nem por um segundo.

Jantamos na casa dele, e pensei que ficaríamos por lá durante toda a noite. Estava preparada para um sexo reparador antes de dormir, até que ele soltou as duras palavras:

– Vou te deixar em casa hoje.

Caio não quis ouvir minha resposta. Abriu a porta do 105 e esperou sem olhar para mim. Eu podia questionar, berrar e reclamar, mas não o fiz. Simplesmente saí, não lhe dando a chance de se despedir. Depressa, alcancei a minha porta. Tranquei-a e me afastei só para não ouvir suas batidinhas insistentes.

Ele havia me deixado chateada com o distanciamento. O pior foi não conversar comigo a respeito; apenas tomou uma decisão sozinho e me descartou como se eu fosse de plástico. Não era assim que desejava que as coisas funcionassem. Queria um relacionamento de cumplicidade, diálogo, problemas resolvidos no mesmo dia, se possível na mesma hora.

Fui para meu quarto e me ajoelhei na cama, encarando a parede da Clarice. Como o ser humano é chato e ingrato! Nunca está satisfeito com nada! Havia desejado tanto que aquele homem me assumisse... Naquele instante, só queria o que fosse melhor para nós dois, mas eu realmente não sabia o que era.

– Raissa... – ouvi sua voz do outro lado da parede. Fechei os olhos. – Raissa... Eu...

– Você o quê? – O cansaço não me fazia nada bem.

– Estou tentando. Juro. Mas é tão difícil!

– Por que não conversa comigo? Pensei que fôssemos amigos também. – Uma lágrima inventou de escorrer. Enxuguei-a.

– É difícil conversar contigo. Sou tão idiota e você é tão linda e inteligente... – Notei o ar desesperado em seu tom. – Você parece tão segura, eu só tenho dúvidas e mais dúvidas.

– O que tanto te incomoda?

– Não ter controle sobre você... E também querer esse controle. Sei que está errado, mas eu queria te colocar dentro de uma bolha, de um lugar seguro que me garantisse que nunca te perderia. – Congelei diante de suas palavras tão honestas e angustiadas. – Eu tenho muito medo de tudo, você não faz ideia. A vida nunca foi justa comigo, de forma que sei que vou te perder cedo ou tarde. Às vezes acho que é melhor entender isso e me conformar logo. Mas eu não quero nos machucar. – A pausa que ele fez me deu tempo para enxugar outra lágrima. – É complicado acreditar que nasci para ser feliz. Estou a um passo da desistência sempre... Fico em cima de uma corda bamba o tempo todo. Me desculpe, Raissa.

Era duro demais me dar conta de que o compreendia. Podia até sentir aquela dor.

– Eu que te peço desculpas, Caio. – Assustei-me com o timbre firme que encontrei não sei onde. – Se for para te trazer sofrimento, prefiro ficar distante mesmo.

Eu estava desistindo? Por que tão rápido? Precisava haver alguma solução... Mas qual? Quantas consequências! Sequer havia pensado nelas... *Que erro irreparável cometi!*

– É covardia demais desistir antes de tentar? – Aquela pergunta nos deixou em silêncio por alguns instantes.

– É. Mas eu compreendo.

– Você sempre me compreende.

– É porque eu te amo. – Não queria ser tão dramática e tornar tudo mais difícil do que já era, porém precisei desabafar. Estava prestes a explodir. – Juro que só queria te fazer feliz. Não pensei em outra coisa... Minha intenção sempre foi essa. Queria ser feliz contigo também. Na minha cabeça, tudo seria perfeito.

– Eu sou muito imperfeito para a sua cabeça.

– A minha cabeça não é perfeita. Se fosse, eu não teria caído no erro de imaginar uma perfeição que não existe.

– Raissa Lispector.

Ficamos calados. Passaram-se eternos segundos até que começamos a rir. No meu caso, ri e chorei, sem saber se sentia graça ou tristeza. De repente, Calvin parou. Continuei porque, no fundo, eu era uma bocó. Parei apenas quando a sua voz falou com seriedade:

– "Queria que você, sem uma palavra, apenas viesse"... A verdadeira Lispector.

Calei-me. Meu corpo vibrou de esperança.

– Ela sabe mesmo das coisas.

– Shhh... Sem uma palavra.

O que me restava fazer? Pouca coisa fazia sentido quando o desejo entrava em jogo. E o que invadiu o meu coração, depois daquele pedido, foi além do desejo. Não dava para ignorar o chamado. Foi por isso que corri. Saí de casa quase me esquecendo de fechar a porta, atravessando a dele – que estava aberta – até alcançar seu quarto.

Caio estava de pé, com a cabeça apoiada nas costas da parede de Clarice. Sorriu quando me encontrou. Seu humor foi modificado, embora tudo estivesse igual. Os problemas permaneceram no mesmo lugar. Mas, por um segundo, o peso deles não nos atingiu. Éramos mais fortes? Maiores? Tomamos coragem? De onde vinha aquela força?

Possuía consciência de que o meu rosto estava tomado por lágrimas, porém consegui sorrir mesmo assim. Calvin me puxou pelos braços, jogando-me na cama. Dei um gritinho, que foi logo abafado pela sua boca. Enroscamo-nos do jeito exato como nossos corpos conhecidos gostavam de fazer.

– Eu te quero tanto, mas tanto... – disse baixo enquanto guiava a boca para algum ponto abaixo do meu queixo. – Tanto, tanto... Que a minha única opção é fazer por onde pra te merecer. Você precisa de um homem corajoso. É isso o que eu quero ser, Raissa, por você. – Parou tudo só para olhar nos meus olhos. Acho que enlouqueci de tanto amor. – O meu desejo me obriga a amadurecer.

– Só o desejo?

Ele balançou a cabeça em negativa.

– Você sabe que há muito em mim que não consigo dizer. E garanto que há mais do que imagina.

Abracei-o com força, beijando-o. Naquela noite, continuamos invictos. O sexo que fizemos foi reparador, como tinha sido o meu desejo desde o início. O meu erro foi só querer pular a parte do diálogo. Nenhuma transa substitui uma conversa; ela só serve para reafirmar o que foi dito.

Nossa semana manteve o padrão de qualidade da primeira. A novidade foi ter ido trabalhar com o carro dele, na terça – morrendo de medo de fazer alguma merda. Por fim, o alarme foi instalado no meu carro – Caio pagou mesmo –, e ele enfim ficou tranquilo com relação a uma tentativa de homicídio.

No sábado, acordei cedo para visitar os meus pais. Estranhei porque o vizinho não estava na minha cama, como o tinha deixado durante toda a madrugada. Encontrei-o na cozinha, de banho tomado, vestido como se fosse sair e preparando ovos. Sabia que ele só pegava no serviço mais tarde, por isso fiquei desconfiada.

– Para onde vai?

Caio se assustou com a minha presença repentina, pois estava bem distraído. Sempre ficava quando cozinhava.

– Visitar os sogrinhos. – Sorriu.

– Sério?

– Não gostou da ideia? Troquei a minha folga de novo.

Qual homem deste planeta trocaria o único dia de folga para visitar a família da namorada?

– Amei a ideia! Eles vão adorar te ver de novo!

Dito e feito. O escândalo lá em casa foi generalizado. Mamãe foi a mais empolgada, talvez por saber que receberia ajuda na cozinha. Papai desconfiou porque chegamos de mãos dadas. Sara quase não conteve a emoção – e os gritos – quando percebeu que estávamos juntos. Mesmo que já tivéssemos feito o desjejum, o povo nos obrigou a tomar chá de erva cidreira com o bolo de fubá que mamãe tinha feito.

Lembrei-me de vovó. O gosto estava parecido, com certeza se tratava da mesma receita. Um nó na garganta me impediu de comer tudo. Caio percebeu a mudança no meu humor e apertou a minha mão com força, enquanto conversava com mamãe sobre a melhor forma de se preparar um lombo suíno, provável prato que rolaria no almoço.

– O que você tem, filha? – meu pai perguntou. Olhou-me de um jeito estranho, e todos ao redor da mesa fizeram o mesmo.

– Nada. Por quê?

– Está muito calada.

– É verdade, ela ainda não falou nenhuma merda hoje – completou Guilherme, que estava estressado porque meus pais não o deixaram ir a um churrasco.

Mostrei a língua para ele.

– Ah, até parece. Não sou como você...

– Ela sente saudade da avó – Calvin falou por mim e o pessoal o olhou com surpresa, inclusive eu. – Todos sentimos, até eu que nem a conheci.

Cada um deles pareceu ter vestido roupas de velório. Foi uma coisa unânime e instantânea. Falar da vovó ainda nos entristecia. Ninguém soube direito o que dizer. Foi mamãe quem suspirou alto e murmurou:

– Queria que a tivesse conhecido, Calvin. – Detalhe que a minha família ainda o chamava assim. Congelei, pois não soube como explicar que o nome dele não era aquele. – Ela teria te adorado, como todos nós.

Caio não a corrigiu. Acho que precisávamos combinar sobre como daríamos a notícia. Ninguém podia chamá-lo assim para sempre, certo?

– Perder alguém é muito difícil. Sei bem disso.

– Já perdeu alguém? – Sara foi a que teve a maior cara de pau para perguntar.

– Sim. Meus avós... Meus pais... E por aí vai.

– Verdade? – Papai ficou surpreso.

– Cristo! – Minha mãe se espantou.

Caio olhou para mim com certo receio. Foi a minha vez de apertar suas mãos. Acho que lhe dei forças, visto que começou a contar sobre as suas dores. Iniciou pela mãe. Em seguida, partiu para os avós – descobri que sua avó, que tinha ajudado a criá-lo, morreu quando ele tinha sete anos. O avô faleceu de desgosto menos de um ano depois. Caio concluiu falando do pai e da angústia que foi lutar contra o câncer por pelo menos dois anos. Omitiu a morte da ex-namorada.

Todos ficaram bem abalados. Até Guilherme olhava para meu vizinho com pena durante a narrativa triste e desastrosa. Quando concluiu, no entanto, senti que Caio estava mais leve. O desabafo havia sido bem-vindo. E eu sabia que aquilo faria com que a minha família ficasse ainda mais próxima a ele.

Tive certeza disso quando a mamãe disse, tocando o ombro dele com carinho:

– Nós somos simples, mas estamos de braços abertos, Calvin. – Sorriu para ele. – Estamos felizes em tê-lo em nossa família. Ninguém substitui quem já foi embora, mas temos muito carinho por você.

– É... – completou papai, que ficou com tanta pena que parou de nos olhar com ar desconfiado e enciumado. – Espero que faça a Rai feliz. Você é um rapaz do bem.

Caio e eu nos entreolhamos e sorrimos.

– Rapaz do bem? Ai, papai, que caretice! – reclamou Sara. – Não ligue, Calvin, sem pressão!

– É, daqui a pouco vão te obrigar a casar com essa chata – claro que foi o Gui quem disse isso. – Mas eu não ligo, cara, você é o namorado mais legal que a Rai já teve. Ela nunca foi muito seletiva, sabe?

Dei uma cotovelada no braço dele, corando de vergonha. Guilherme gemeu, e todo mundo riu. O dia seguiu conforme indicava a previsão do tempo na casa da família Magalhães: pessoas falando alto, comentários absurdos, intrigas entre os irmãos e gargalhadas. Jogamos na sala de estar até a hora do almoço. Assistimos a filmes e, no fim da tarde, fomos à missa. Pensei em deixar Calvin em casa, mas ele quis ir.

Fiquei surpresa com a atenção que dedicou ao sermão do padre. Entrou em um estado de reflexão tão profunda que não fui capaz de desvirtuar sua concentração. Ele só me deu bola quando a missa finalmente teve fim. Percebi que curtiu aquele momento.

Voltamos para a casa dos meus pais. Estávamos cansados, mas só podíamos ir embora depois de jantarmos, caso contrário cabeças rolariam. Calvin ajudou mamãe na cozinha e, juntos, prepararam a melhor canja que já tomei em toda a minha existência. Foi durante o jantar que a campainha tocou. Não esperávamos visitas, e me surpreendi quando percebi Lilian invadindo a nossa sala depois que o Gui abriu a porta.

O pior de tudo foi assistir ao impacto que aconteceu quando ela viu que Calvin estava presente. Havíamos paralisado o jantar e nos levantado para recebê-la, mas minha prima só quis saber de pular no pescoço do vizinho e lhe fazer perguntas desconfortáveis.

Sua inconveniência foi tanta que até mamãe e papai, seres desligados para esse tipo de coisa, estranharam. Principalmente quando ela foi convidada a se sentar conosco: Lilian escolheu a cadeira ao lado de Calvin, obrigando-me a sentar do outro lado, já que ninguém quis ser indelicado com ela. Detestei tanto o seu comportamento que tudo me irritou, incluindo o fato de Caio dar atenção a ela, mesmo sendo por educação. Fiquei esperando que desse um fora, mas não aconteceu. E eu só evitei fazê-lo porque não queria deixar meus pais preocupados.

Após o longo jantar, inventei uma desculpa qualquer para ir embora. Todos notaram a minha falta de paciência – menos Lilian –, e não fizeram objeção à nossa partida. O caminho de volta para casa foi feito em silêncio. Caio estava tranquilo e relaxado, diferente de mim. O que mais me chateou foi ele ter ignorado o meu humor péssimo. Quero dizer, era óbvio que eu não estava bem.

Assim que estacionou o carro, Caio resolveu conversar. Mas já era tarde, meu termômetro interno tinha se desregulado.

– O que você tem, Raissa?

– Porra nenhuma.

Saí do veículo e cruzei a portinha de madeira. Escutei-o atrás de mim.

– Ei... Ei... – Caminhei até a minha varanda sem dar muita bola. Caio se colocou diante de mim. – Sei que a Lilian foi bem inconveniente hoje, mas...

Suspirei fundo. Ele não tinha nada a ver com a personalidade da minha prima, com seu jeito oferecido. Com certeza intensifiquei a dramaticidade da situação porque sabia quais eram as intenções dela.

– Só estou cansada, Caio. Muito. Deixa essa merda pra lá, aquela garota é uma invejosa, sempre quis tudo o que é meu.

Ele assentiu devagar. Achei bom não ter discordado de mim. Fiquei feliz por ter a sua compreensão naquela história, sinal de que eu não deveria ficar preocupada.

– Também estou cansado, mas esse dia com a sua família valeu a pena. Nunca me senti tão acolhido.

Não evitei sorrir. O dia tinha sido ótimo, e a minha prima não o estragaria. Precisava relaxar mais, afinal a culpa não era dele pela escrotice de Lilian.

– É só o começo, lindo.

Calvin me abraçou apertado e concordou.

– Sim, é só o começo. Na sua casa ou na minha?

– Na minha.

– Hum... Quero te chupar inteirinha – disse com a voz rouca, e corei um pouco. Ele era tão específico, às vezes. – O que acha de gozar gostoso na minha língua?

– Sinceridade?

– Por favor.

– Acho perfeito.

Gargalhou, cheio de malícia, no meu ouvido. Foi naquele instante que percebi que ele sempre seria um safado. A diferença era que agora ele era o *meu safado*. Só meu. Depois daquilo tudo, eu merecia uma chupada que só ele sabia como dar.

Arrancaria todas as sensações ruins com aquele homem entre as minhas pernas.

O ÚLTIMO SUSPIRO ANTES DO CRUEL MERGULHO

Acordei sorrindo ao constatar, através da janela do meu quarto, que o dia estava ensolarado. Esperei por ele com paciência – mentira, quase surtei para que chegasse depressa –, fazendo mil planos mirabolantes para que o meu encontro com Caio fosse perfeito. No fim, a perfeição estaria na simplicidade: comeríamos churrasco – eu mais do que ele –, tomaríamos caipirinha – ele mais do que eu –, conversaríamos e faríamos as mesmas coisas que sempre fazíamos aos domingos.

Vesti o biquíni, preparei a famosa caipirinha e fui ao encontro do meu amado. A saudade não cabia no meu peito. Estava tão mal-acostumada que não encarei bem a nossa terceira semana. Tudo porque Caio modificou seus horários no trabalho em virtude da promoção – sim, ele havia sido promovido a chef de cozinha! *Que orgulho!* Agora saía mais tarde, às duas da manhã, todos os dias.

Segundo ele, valia a pena. Tinha mais responsabilidades, porém menos trabalhos manuais – colocava todo mundo para fazer o que quisesse –, além de ganhar o triplo do que antes, como um simples cozinheiro. Felicidade era o nome para o que eu estava sentindo, afinal havia um dedo meu por ali, mas nenhuma alegria está livre de consequências. Passamos a semana inteira sem nos ver. Caio chegava em casa tão tarde que eu já tinha ingressado no décimo primeiro sono, e eu saía tão cedo que ele não conseguia mais acordar comigo.

Aquela dura semana havia sido tediosa. Quanto mais o tempo passava, mais percebia a minha dependência daquele homem. O entendimento sobre a minha nova condição me deixou assustada, pois não fazia ideia do quanto gostava dele, apesar de, desde o início, saber que não era pouco.

Trocamos mensagens de uma forma exagerada que só os apaixonados fazem. Adorava, claro, e respondia na mesma hora. Ai de mim se não respondesse. Teve uma vez que Caio quase surtou com tantas ligações, só porque não respondi a uma mensagem que mandou quando estava em reunião na empresa. O meu namorado era um cara sufocante, mas eu amava ser paparicada e me sentir protegida, por isso não enxergava problemas.

Na sexta-feira, quando já não me aguentava de tanta solidão, acatei a ideia quando alguns colegas de trabalho me chamaram para um *happy hour* em um barzinho. Foi a primeira vez que saí com eles e até que me diverti. Prometi que faria de novo. Não era saudável viver esperando para ver uma pessoa; precisava manter outros círculos, pois entendia que ninguém podia ficar sem amigos, nem que fossem apenas colegas.

Lilian me chamou para sair no sábado, porém recusei. Não sairia com ela nunca mais. Daria um gelo tão grande que faria com que compreendesse que não era bem-vinda na minha vida, mesmo sendo da família. Quando alguém me decepcionava era difícil me fazer voltar atrás. Talvez por isso não acreditava em amigos: cedo ou tarde, eles sempre me decepcionavam. Ou era eu que dava valor demais a eles? Bom, não sabia. Nunca aprendi a gostar de ninguém pela metade.

Invadi o quintal do Sr. Klein com cautela. Caio abanava a churrasqueira com a tampa de alguma vasilha, de costas para mim. Trajava a velha sunga vermelha e, pelo laço amarrado na cintura, supus que também usava o avental. Meu coração se encheu de júbilo ao vê-lo. Dei alguns passos para a frente, adiando o momento do encontro só para dar tempo de me recompor.

Em silêncio, coloquei a garrafa térmica com a caipirinha em cima da mesa de madeira. Não soube como ele não me viu. Estava distraído, observando a brasa e a fumaça como se fossem a coisa mais interessante do mundo. Retirei a canga e a dobrei sobre o banco. Ajustei o laço do biquíni e, quando olhei para Caio de novo, ele já me olhava.

O sorriso que me ofereceu foi de tirar qualquer fôlego. Derreti como margarina em fogo alto: em questão de segundos. Fiquei parada, estarrecida. Não soube devolver o sorriso, muito menos dizer algo interessante. Meu papel de boba foi encenado com êxito.

Calvin retirou o avental, depositando-o em algum ponto da mesa. Meu olhar foi desviado para o seu corpo esculpido pelos deuses. Demorei-me contando os gominhos de seu abdome, depois voltei para seu sorriso, que ainda estava ali. Ele lambeu os lábios e, de imediato, modificou o tal sorriso. O resultado foi uma careta de cafajeste. Eu, que já estava alucinada, quase morri diante daquela cena sexy.

– Oi, vizinha... Veio provar da minha picanha? – Aproximou-se devagar.

– Da sua picanha, do seu tomate, da sua farofa... De tudo a que eu tenho direito. Quero ver se você sabe fazer um churrasco, vizinho.

Ele riu bastante. Não o acompanhei. Ainda me encontrava hipnotizada, e mais por causa de seu riso safado. Calvin parou na minha frente. Arquejei, mal podendo aguentar a curta espera para que começasse a me tocar. O que aconteceu no instante seguinte: depositou as mãos nas laterais da minha cintura e me puxou para si, encostando nossos corpos. Pensei que me beijaria, mas apenas me analisou de perto.

Senti suas palmas firmes descerem até as minhas nádegas. Apertou-as com força, separando-as. Meu corpo foi projetado para ele, e envolvi meus braços em seu pescoço.

– Seu filé é de primeira, vizinha... Qualquer churrasco fica perfeito com uma carne tão saborosa.

Gemi, pois ele fez um movimento excitante demais na minha bunda. Sua boca tocou, de leve, a minha pele até parar no meu ouvido. Uma língua foi passada por ali e pirei. Os arrepios que soltei foram parar no meio das minhas pernas, como se tivesse um canal que ligasse cada região do meu corpo à vagina.

– Safado – murmurei em um gemido. Senti sua ereção já firme ser esfregada em mim. Caio riu com suavidade, provocando-me mais arrepios.

– Vou te comer até me fartar. E depois que já estiver farto, vou te comer de novo, porque tudo que é bom merece bis. E porque nunca terei o suficiente de você.

Devo ter morrido e ressuscitado em questão de segundos. Fui beijada com tanta intensidade que pude sentir com total certeza o tamanho do desejo que ele sentia. Era tão grande que não cabia dentro de nós; aquilo explodiria a qualquer momento.

– Quase morri de saudade, Raissa... – Mal deu tempo de concluir a frase, Caio iniciou outro beijo, que me pareceu a continuação do primeiro. Nem respondi que também quase enlouqueci de saudade. Não queria perder tempo separando nossos lábios.

Caio puxou uma das minhas pernas, equilibrando-a na lateral de sua cintura. Senti ainda mais a sua excitação. O beijo que misturava tesão e saudade só se intensificava, e pulei em seus braços totalmente; envolvi-o com as duas pernas, terminando pendurada em seu corpo. Caio me levou até a mesa de madeira, buscando apoio. Obrigou-me a sentar nela, mas não achou o bastante. Empurrou-me até me fazer deitar, projetando seu corpo na minha direção para não deixar nossos lábios pararem de trabalhar.

Apertei a sua nuca com as duas mãos. Ele arfou e começou a me tocar por inteira. As mãos experientes, que juntavam safadeza e suavidade, atravessaram a minha pele até se perderem abaixo do umbigo. A boca ávida desceu para os seios com selvageria, e vi a parte de cima do biquíni ser afastada nos dentes. Gemi, totalmente entregue às sensações.

Calvin empurrou a parte interna das minhas coxas, obrigando-me a abrir bem as pernas. Meus pés descalços se apoiaram na beirada da mesa, e as mesmas mãos urgentes voltaram a me atiçar por cima do biquíni. Meus seios foram sugados sem pena, na medida em que alguns dedos se aventuravam lá embaixo, conferindo a minha excitação e me deixando mais excitada.

Foi duro manter as pernas abertas, mas tentei ficar imóvel, sentindo cada toque. Minha cabeça estava nas nuvens e piorou quando Caio decidiu puxar as cordinhas do biquíni. A exposição a qual fui submetida não foi incômoda; muito pelo contrário, quase morri de vontade de me entregar até o meu limite.

– Que saudade dessa boceta molhada... – rosnou com a boca ainda trabalhando nos meus seios. Chupava forte. – Puta merda, eu amo essa boceta, Raissa...

Não entendia a sua facilidade em dizer que amava tal parte do meu corpo e a dificuldade de dizer que *me amava.*

Um dedo escorreu para dentro de mim sem rodeios. Estava tão lubrificada que não houve dificuldade. Gemi o seu nome enquanto sentia um segundo dedo me penetrando com cuidado. Calvin parou o que estava fazendo só para me observar de perto. Analisou os meus olhos e depois conferiu o que acontecia entre as minhas pernas. Lambeu os lábios e encarou o fundo dos meus olhos.

Seus dedos se moveram e soltei um gemido alto, seguido por vários espasmos. Não sabia como aquele safado conseguia, mas parecia conhecer o meu corpo tão bem que era capaz de atingir um ponto dentro de mim que me levava ao extremo êxtase. Com a outra mão, ele puxou a minha nuca, fazendo-me sentar. Agarrou os meus cabelos e me beijou com força, quase machucando nossos lábios.

O movimento com os dedos foi retomado, e daquela vez em maior velocidade. A boca dele abafou o meu primeiro grito, mas o segundo preencheu o quintal. A constância de sua invasão foi obtida e cada choque me trazia um novo espasmo. Olhei para baixo na maior dificuldade, pois a mão dele ainda agarrava meus cabelos pelo couro cabeludo, e observei o trabalho de seus dedos. Era incrível. E foi mais incrível ainda quando, depois de um minutinho, atingi um orgasmo louco e ruidoso.

Chamei seu nome repetidas vezes, até não conseguir falar. Retomei o silêncio quando percebi que Caio não pararia. Meu desespero se tornou evidente através dos meus olhos. Ele não teve dó. Não sabia como a sua mão não doía, certamente sairia dali com uma tendinite de tanto que agitava aqueles dedos dentro de mim.

Novos espasmos se apossaram do meu corpo. Não acreditei que estivesse tão perto de um segundo orgasmo, e mal tinha feito trinta segundos do anterior. Ele voltou a me beijar com selvageria, tirando-me o fôlego e o juízo de uma só vez. Ofegante e desestabilizada, um arrepio intenso cruzou a última fibra do meu ser, trazendo-me o êxtase. Gozei feito louca, sentindo que expelia mais líquido do que o primeiro clímax.

Caio me largou só para analisar a minha vagina. Fiz o mesmo. Um segundo foi necessário para que tivesse certeza de que Caio estava mesmo a fim de sair dali com uma bela tendinite.

– Não... Não... – implorei aos murmúrios, desesperada. – Não consigo...

Tentei fechar as pernas para expeli-lo, mas ele não permitiu.

– Consegue! – rosnou. Observei seu braço com os músculos enormes quase explodindo, a pele chegou a ficar vermelha por causa do esforço.

Fechei os olhos.

– Não... consigo...

Um espasmo inacreditável fez meu quadril retesar. Caio sentiu aquilo, pois me respondeu com um risinho malicioso, provando-me que eu conseguiria atingir o terceiro e não demoraria nada. Gemi muito quando meu corpo soltou mais daqueles espasmos. Os gemidos viraram gritos assim que senti o poder do terceiro êxtase. Bateu à minha porta em um ritmo acelerado, fazendo-me abri-la no auge do desespero. Sabia que seria intenso. Sabia que viria com ainda mais força, por menos provável que fosse.

– CAIO! – gritei em um rosnado animalesco e gozei com tanta intensidade que senti como se fizesse xixi. A curiosidade me fez acompanhar o exato instante em que tive uma ejaculação.

Calvin não tirava os olhos, parecia encantado e satisfeito, mas sem parar o que estava fazendo. Minhas pernas amoleceram, a fraqueza me atingiu e um filete de suor escapuliu pela lateral do meu rosto.

Quase morri de alívio quando finalmente desacelerou, até que parou por completo. Retirou os dedos e os lambeu como se fosse doce. Por um instante achei que teria descanso, mas estava enganada. Calvin me empurrou de volta para mesa e me deitei sem entender direito o que ainda queria comigo.

O vizinho se curvou e, segurando os meus seios com as duas mãos, mergulhou a boca na minha vagina como se ela não tivesse feito nada até então. Fechei os olhos e busquei tranquilidade. Foi difícil. Meu mundo ainda girava, porém continuaria girando até que, como prometido, ele se fartasse.

Fui degustada como se fosse uma sobremesa. Se bem que, do jeito que ele me lambia e sugava, parecia mesmo era o prato principal. Caio tomou o meu gozo, pois me percebi quase seca depois que cansou de me chupar. Demorou pacas. Recusei-me a gozar, pois não aguentaria a pressão que viria depois. Tentei me controlar e usar o momento apenas para deixar a chama acesa e o coração pronto para novas investidas.

Só depois percebi que a ideia foi idiota. Caio não gostou do fato de eu não ter gozado, porque me ergueu e me colocou ajoelhada em um dos bancos, com o corpo projetado na mesa. Achei que começaria a foder, mas me surpreendi quando senti a sua língua, daquela vez fazendo dueto com um dedo afoito que instigava a segunda abertura.

Ainda achava estranho ser invadida por ali, mas ele me deixava tão à vontade que não recuei. Caio começou só instigando, atiçando e provocando – foi quando senti um desconhecido desejo de me entregar por trás –, depois que penetrou um dedo e tornou a coisa tão deliciosa que a minha única opção foi deixar o quarto orgasmo dar as caras.

Terminei morta e lambuzada, jogada na mesa, toda suada, acabada e já satisfeita. Mas eu sabia que tinha muito mais, portanto não adiantava fraquejar. Precisava, ou melhor, *queria* aguentar as investidas do meu homem insaciável.

Calvin me ergueu e girou até me deixar em pé novamente, de frente para ele. Beijou-me com certa suavidade.

– Vou te mostrar como é que se faz um churrasco, Raissa.

Como se ele já não tivesse mostrado...

Caio abaixou a sunga até a metade das coxas, deixando sua ereção livre. Toquei-a com firmeza, fazendo com que preenchesse a minha mão. Estava pulsante e linda como sempre. Pensei em chupá-la, mas ele não queria conversa: tomou-me em seus braços e ergueu as minhas pernas. Fez um movimento para me penetrar fundo. Gritei, apoiando-me em seus ombros. Enterrei a cabeça em seu pescoço, meio sem forças, relaxei e deixei que coordenasse tudo. Calvin começou a me balançar em cima dele.

A velocidade ganhou o selo de qualidade "by Calvin" em menos de um minuto. Nossos sexos se chocavam tão depressa e provocavam um ruído tão grande que achei que os vizinhos estavam escutando. Somado com os meus gemidos e os gemidos dele, então...

Caio me abraçou e me surpreendeu ao mexer os quadris com habilidade. Meu único trabalho foi manter as pernas bem abertas e me concentrar na sensação maravilhosa que era a sua invasão. Mordi um ponto de seu ombro enquanto observava cada músculo daquele corpo perfeito trabalhando em prol do nosso prazer.

Depois de dois minutos, já não era a única pessoa suada no recinto.

– Caralho, Raissa... Não posso gozar rápido... – Caio me afastou depressa, devolvendo-me ao chão. Sua respiração ofegante repousou perto do meu ouvido, e foi seguida por uma língua que estava a fim de me provocar: recebi outra lambida na orelha. – Às vezes eu não sei nem por onde começo a te comer... – sussurrou. – Vem comigo.

Calvin terminou de tirar a sunga, e também de arrancar a parte de cima do meu biquíni, que por incrível que pareça, ainda estava lá! Segurou a minha mão e me guiou rumo ao desconhecido. Atravessamos, nus, parte do gramado até chegarmos perto da piscina. Havia uma toalha já aberta e estendida sobre a grama verdinha, e foi diante dela que paramos. Olhou para mim sob a luz forte do sol e fez uma careta.

– Passou protetor solar? – Assenti. – Ótimo, vamos passar de novo. – Apanhou o tubo de protetor que vivia entre a toalha e a piscina. Revirei os olhos, mas não fiz nenhum comentário. Caio exagerava na proteção.

Fez questão de espalhar o produto em todo o meu corpo, e de uma forma erótica. Fiquei com aquele cheiro característico de que nunca gostei, mas ele não ligou, pois às vezes parava só para cheirar minha pele, que queimava mais por causa do desejo do que pelo sol.

Sabia que ele já tinha passado protetor, mas fui tão exagerada quanto ele e espalhei o produto em seu corpo. Caio recebeu cada carícia provocante com um sorrisinho bobo. A verdade era que ele também gostava de ser mimado. De qualquer forma, aquela pausa foi muito bem-vinda.

Caio se sentou na toalha e me levou junto, fazendo-me ficar por cima. Aproveitei a deixa para empurrá-lo até que se deitasse. Beijei a sua boca, depois desci do mesmo jeito como tinha feito comigo. Lambi seus mamilos que já estavam durinhos, ouvindo seus arquejos excitantes. Suas mãos repousaram na minha bunda e lá ficaram.

Seu corpo perfeito sob o sol era ainda mais esplêndido e, usando as palavras dele, pude me fartar à vontade. Suguei cada parte daquela pele, que me fez tanta falta, até chegar ao seu pau. Estava louca para chupá-lo, mas ainda fiz charminho, atiçando a região ao redor sem pressa.

Caio não pareceu tão calmo assim. Seu desespero pela minha boca crescia, mas para a sua felicidade não consegui demorar em atender seus apelos. Abocanhei-o com gula e o chupei. Ele se esforçou para não comandar a velocidade durante alguns minutos, mas as mãos que prenderam os meus cabelos foram intencionais: começou a puxá-los e soltá-los, ajudando-me a entrar em seu ritmo.

– Que saudade dessa boca faminta, Raissa... – soltou aquele rosnado repleto de tesão, que era capaz de me deixar arrepiada. – Adoro o seu apetite... Vai, gostosa... Engole o meu pau!

O mais engraçado foi que, depois de um período de silêncio, Calvin voltou a ser falante. Achei que nunca mais o veria no modo supersafado eloquente de novo. Quanto mais ele gemia e falava putaria, mais louca de tesão eu ficava.

De repente, puxou meus cabelos. Pareceu tomar fôlego, e só então compreendi que evitava entrar no clímax. Fui puxada para cima dele. Abri as pernas ao seu redor, já nos encaixando. Gemi baixinho quando todo aquele seu imenso pau estava dentro de mim. Cavalguei devagar, ajudada pelas suas mãos, que me tomaram pela cintura.

Calvin respeitou o meu ritmo. Comandei o movimento durante um longo tempo; ora ia devagar, ora rápido, ora parava para rebolar e sentir seu membro tremelicando. Num dado instante, apoiei meus pés na toalha e me inclinei para trás, deixando as mãos sobre suas coxas. Continuei em um ritmo acelerado que fez nossos sexos se chocarem, fazendo um barulho delicioso de ser escutado.

Calvin decidiu interferir. Apoiou as pernas e chacoalhou o quadril, intensificando o nosso ritmo. Sentia-me repleta, envolta no vaivém, relaxada e pronta para receber outro orgasmo. Ele deve ter sentido que meu clímax estava chegando, pois se sentou na toalha e, apoiando uma mão atrás e a outra na minha cintura, acelerou a velocidade. O resultado não podia ter sido diferente: entrei em um êxtase tão louco quanto todos os outros.

– Ah! Goza no meu pau, cachorra! – urrou. Era oficial: os vizinhos ouviram. Não é possível que ninguém no raio de um quilômetro não tivesse escutado aquele grito selvagem vindo do quintal. O pior foi que gemi ainda mais alto.

Atirei o meu corpo para a frente assim que voltei ao planeta Terra. Abracei-o com fervor, beijando-lhe a boca. O beijo foi retribuído com suavidade. Ele aproveitou para tocar os meus seios e descer as mãos, apertando-me até deixar um tapa dolorido em uma nádega. Vibrei, principalmente porque ainda estávamos dentro um do outro.

Caio me depositou meio de lado na toalha. Como uma marionete, fui manuseada por aquele homem. Ele veio por trás de mim, de lado também, e ergueu uma das minhas pernas até me deixar bem exposta. Penetrou-me profundamente.

Pensei que começaríamos do zero e com calma, mas devia aprender a não esperar que fosse paciente. Com as costas arqueadas e a pele de Caio encostada a minha, deliciei-me com o seu pau insistente voltando a me atiçar. O sujeito era tão bom no que fazia que não importava a posição, sempre encontrava uma maneira de ser viril ao extremo, decisivo e provocador. Um safado de marca maior, que fazia do sexo quase uma arte.

A sensação de preenchimento me tirava do sério. Cometi o erro de gemer pedindo para que me fodesse. Calvin virou bicho. Rosnou e se movimentou ainda mais depressa, como se já não estivéssemos indo rápido o bastante. Juro que já estava quase gozando de novo, até que fui empurrada contra a toalha. Meu rosto e os seios sentiram a grama abaixo dela, e em seguida só senti um corpo másculo e suado em cima de mim, na retaguarda.

Calvin me deixou parecida com uma formiguinha indefesa enquanto me fodia e me protegia da luz do sol. Puxou os meus cabelos e cheirou o meu pescoço diversas vezes. Fechei os olhos, mantendo-me atenta às sensações. O orgasmo que não tinha vindo na posição anterior resolveu bater na porta de novo. Deixei-o entrar.

– Vou gozar, Caio...

– Goza... Vou também... – murmurou, ofegante. – Agora... Raissa!

Fui um segundo depois. Gozamos juntos, em sintonia. Só lamentei não ver seu rosto, mas senti cada partícula dele desmanchando. Meu corpo cansado permaneceu quieto, esperando o safado sair de cima. Ele não saiu.

– Nunca mais vamos passar tanto tempo sem nos ver, Raissa. Isso não existe... Eu fiquei louco sem você. – Sua voz saiu ofegante.

– Concordo... – balbuciei, sem forças.

Sua boca explorou o meu pescoço em alguns pontos. Relaxei de vez. Não era uma posição incômoda, muito pelo contrário. Caio apoiava seu corpo em algum lugar que não era em mim, pois não estava tão pesado.

– Onde esteve na sexta-feira? – perguntou com a voz diferente. Assim, do nada. Fiquei logo em alerta.

– Eu avisei... Mandei uma mensagem, não viu?

– Claro que vi. Quero saber onde esteve e com quem esteve, só isso.

– Qual a parte de "no bar, com uns colegas de trabalho" você deixou de entender? – Só depois que falei foi que percebi que havia sido grossa.

Ele bufou, contrariado.

– Em que bar e com quais colegas, Raissa... Foi isso que perguntei.

– Um que tem perto do trabalho – disse com a voz mais suave. Não sabia bem os motivos de ter ficado tão na defensiva. – E bem... Você não conhece meus colegas, não adianta citar nomes.

– Gostaria de saber os nomes dos colegas que te deixaram fora de casa até quase quatro da manhã.

Congelei. Pensei em sair da posição, mas sabia que seria inútil. Tinha um trambolho enorme sobre mim e com um pau gigantesco ainda me invadindo.

– Marcou a hora que cheguei? – Nem eu mesma fazia ideia. Realmente, procurei me divertir. Conversei, tomei dois drinques, até dancei um pouquinho.

– Claro.

– Pensei que estivesse dormindo.

– Eu estava. Você me acordou ao fazer barulho para pegar suas roupas no armário. Estava bêbada?

– Claro que não. – E era verdade.

– Mas bebeu?

– Sim.

– Bebeu e depois pegou o carro?

Droga. Aquela conversa daria em merda.

– Foi. Qual é, nunca fez isso? Vai me multar?

– É incrível como uma mulher tão inteligente possa ser tão irresponsável – falou com a voz comedida. – Eu gostaria de participar de suas decisões, Raissa.

– Que decisões? – Fiz uma careta.

– A decisão idiota de sair, embebedar-se e dirigir perigosamente por aí.

– Ei, espera aí, eu...

– Isso não pode se repetir – foi taxativo.

Sua arrogância me fez ao menos tentar me afastar. Consegui. Sentei na toalha tropegamente e ele se ajoelhou sobre ela. Observou-me com seriedade. Acho que trocaram o cara com quem eu estava transando. Não era o mesmo. Certeza absoluta.

Abri a boca para dizer alguma coisa, porém nada saiu. Ainda refletia sobre a situação. Tudo bem, bebida e direção era uma mistura perigosa e irresponsável. Nesse ponto, Caio tinha total razão, ainda mais por morrer de medo de que alguma coisa acontecesse comigo. Contudo, ele não tinha o direito de controlar a minha vida. Se quisesse sair novamente com os meus colegas, não via problema algum em fazê-lo.

– O que não pode se repetir?

– Essa sua despreocupação consigo mesma. Acha que pode me mandar uma mensagem e pronto, tudo ficará bem? Que pode sair com quem quiser, chegar a hora que quiser...

– Eu *posso* sair com quem quiser e chegar a hora que quiser.

Ele me olhou como se eu fosse louca.

– Ah, então posso fazer o mesmo, certo?

– É diferente. Não tenho a mesma maldade que você tem. Não saí para transar, saí para espairecer.

– Por que acha que eu só saio para transar?

– Porque você é um safado! – deixei escapulir. Nem sabia de onde vinha tanta indignação. Caio estava sendo sufocante, certo, mas será que eu ajudava?

O problema todo foi não acreditar que estava sendo alvo de desconfiança, nem que fosse mínima. Caio se assustou um pouco com as minhas reações e ficou parado, mudo, com os olhos bem abertos.

– É o que acha de mim. – Não foi uma pergunta.

Caio se levantou devagar, intrigado. Levantei-me também.

– Desculpa... Mas só por isso. – Fiz questão de deixar claro: – Não vou pedir desculpas pela sua desconfiança. Você tem razão, não devia ter bebido e dirigido... Mas o direito de sair continua sendo meu.

– Certo, Raissa... Deixa pra lá. Não quero discutir. – Obviamente, ele ainda estava bem chateado. Seria pior se não resolvêssemos aquilo de uma vez. As coisas precisavam ser transparentes para nós dois.

– Não... Espere.

– Chega. Está vendo? – Abriu os braços. – Não sirvo pra isso. Achava que estava certo em querer saber onde e com quem você estava, e por que chegou tão tarde, mas pelo visto só sou um imbecil que não sabe como agir.

– Não, também não é assim...

– E como é, então, Raissa? – Sua indignação se tornou tão visível que me machucava. – Não faz ideia de como me senti quando cheguei em casa de madrugada e você não estava.

– Caio... Pare.

– Puta merda, eu tento, Raissa. Olha... Quer saber? Saia com quem quiser, faça a porra do que quiser, só me deixe em paz.

Engoli em seco. Balancei a cabeça em negativa. Não dava para chegarmos ao nosso limite em cada discussão.

– Caio...

– Afinal, o que somos? O que porra é isso entre a gente? Eu me considero o seu namorado e na minha cabeça devo satisfações, sim, a você.

Não consegui elaborar um pensamento coerente, por isso continuei muda. Sentia-me certa e errada ao mesmo tempo. O fato de ele ter dito para que eu fizesse o que quisesse e o deixasse em paz me magoou.

Diante do meu silêncio, ele prosseguiu:

– Se você acha que não me deve nenhuma satisfação, então não posso fazer nada. Não há o que ser feito.

– Vai ser assim? Sem acordos, sem conversa?

– O que mais você quer que eu faça? Lógico que não é o que eu quero, Raissa, mas é o que *você* quer, está deixando bem claro.

Ele entendeu tudo errado, mas era certo que eu não havia me explicado direito. Encontrei forças para elaborar soluções, em vez de me entregar a uma tragédia sem sentido, a troco de nada.

– Eu não quero isso. Não quero brigar e nem que se sinta mal. Olha... – Aproximei-me e segurei seus ombros. Precisava ser sincera e honesta. – Na próxima sexta, quando você sair do trabalho, encontre-me no bar. Vou te apresentar a todos os colegas, e então, quando eu quiser sair de novo, você saberá exatamente onde estou e com quem estou. – Caio deu de ombros. – E a regra serve para você. Quando quiser sair, apresente-me a pessoa e o local antes. Combinado?

Concordou com a cabeça, e só assim suspirei aliviada.

– Sem bebidas e direção – sugeriu.

– Sem bebidas e direção. Prometo. Desculpa pelo que falei... E pela irresponsabilidade.

– E você me perdoe por... sei lá, por não saber me portar direito nessa relação.

Sorri. Ao menos tive certeza da seriedade com que aquele homem levava a nossa convivência a dois.

– Você foi ótimo, Caio. Sério. E, no fundo, tem razão... Claro que devo satisfações a você. Sou sua namorada.

Nós dois sorrimos um para o outro. Colocar uma nomenclatura definitiva fez com que me sentisse ótima.

– Eu sou muito ciumento – admitiu, arquejando. – Só com você que percebi isso. Meu Deus, quase morri de ciúmes.

– Também sou ciumenta, mas tudo precisa de limite. Coloque uma coisa na sua cabeça: eu sou sua, meu amor. – Segurei seu rosto e sorri. Só então percebi as minhas próprias lágrimas. – Somente sua. Não preciso de mais ninguém. Não quero ninguém além de você.

Caio assentiu, emocionado.

– Idem. – Aquela resposta curta, para mim, foi o bastante para me tranquilizar.

Ganhei um beijo. Depois outro e mais outro... E mais um bocado durante todo o dia. E incontáveis quando nos encontramos na cama dele, após o churrasco a limpeza que ajudei a fazer em sua casa.

A pequena discussão nos aproximou, tornou-nos mais íntimos. Estabelecer certas regras era necessário, por isso estava feliz com a nossa evolução como casal. Pedimos desculpas um para o outro. Ele prometeu que não mencionaria um fim toda vez que se deparasse com frustrações. Prometemos que conversaríamos sobre o que nos incomodasse.

Não havia como algo dar errado, se houvesse diálogo. Certo?

* * *

Na segunda, meu chefe me chamou para sua sala no finzinho do expediente. Procurei na memória alguma coisa errada que eu tivesse feito, para ir logo pensando em uma justificativa afiada. Toda vez que me chamava em horários incomuns era para me dar alguma notícia deprimente. A última foi o rompimento de um contrato com um cliente importante, que, ainda bem, não havia sido culpa minha.

– Sente-se, Raissa – pediu e se sentou à sua mesa. Sentei-me do outro lado. O assunto era mesmo sério. Ele costumava me deixar em pé. – Vou direto ao ponto, certo?

– Por favor. – Cruzei as pernas e fiz cara de intelectual.

– Seu rendimento tem caído muito. Não sei por onde anda a sua cabeça, mas desde a morte de sua avó que as coisas vêm mudando...

– É... Foi um baque. Estou tentando me ajustar.

O idiota piscou os olhos repetidas vezes. *Ai, ai, ai...* Não vinha coisa boa.

– O fato é que a empresa está cortando gastos. Não podemos esperar que você se ajuste. A situação não é boa, Raissa... A crise está aí, batendo à nossa porta.

Tudo era culpa da crise. Faltava água para os funcionários por causa da crise. Não tinha vaga no estacionamento por causa da crise. Se um desenvolvedor derramava café era por causa da crise, e era por causa dela que um gato miava no telhado. Sério, aquele cara só podia estar de brincadeira comigo.

– Estou aqui há cinco anos. Sempre mantive o...

– Sabemos, e foi por isso que esperamos tanto. Mas não dá. Você não está atendendo às expectativas da empresa.

A empresa não atende às minhas expectativas e nem por isso estou dando piti.

De repente, levei um susto. O que aquele homem tentava me dizer?

– Estou sendo demitida, é isso?

– Infelizmente.

Choveu partículas de Raissa por todo o chão daquele escritório.

– Mas... o... o senhor nem me advertiu e...

Bufou de um jeito desdenhoso.

– Venho te dando mil advertências. Você sempre inventa uma desculpa.

– Eu... não... Não, eu só...

– Pagaremos pelo seu aviso prévio, pois não estamos interessados na sua permanência. Passe no RH e verifique toda a papelada necessária para o seu desligamento.

– Mas... o senhor...

– Agora, se me der licença, tenho uma reunião daqui a pouco. – Levantou-se, já me expulsando. – Junte suas coisas e pode ir.

Enxotada. Fui desligada sem nenhuma consideração, sem uma justificativa cabível. Claro que fiquei meio aérea por causa de questões pessoais, mas nunca deixei de entregar os trabalhos no prazo. *Puta merda...* O que eu faria?

Comecei arrumando as minhas coisas; um estojo com canetas coloridas, um espelho pequeno, uma agenda e um batom. O restante pertencia à empresa. Peguei a minha bolsa e, sem acreditar no que havia acontecido, fui ao departamento de Recursos Humanos. A mulher que trabalhava lá me tratou muito melhor. Foi bem compreensiva e me explicou como funcionavam todos os direitos que eu tinha.

Uma quantia bacana seria depositada na minha conta. Adorei ver aqueles números girando, porém, saber que não teria mais nada depois que aquilo tudo se transformasse em um monte de zeros fez com que percebesse o quanto estava perdida. Só sobreviveria por alguns meses. Nada mais que isso.

Precisava de um emprego novo com urgência. De preferência, com um chefe mais agradável e compreensivo. Era isso. Arranjaria outro emprego. Tudo ficaria bem. As coisas seriam ajeitadas. Não era difícil encontrar alguma coisa na minha área, o mercado de TI girava rapidamente.

Fui embora sem me despedir de ninguém. Não precisava pagar aquele mico. Sentia-me derrotada, com que cara falaria com os colegas? Tudo bem que tínhamos passado uma noite agradável na sexta-feira, mas nenhum deles era meu amigo. Para ser bem sincera, ninguém era meu amigo. Só me dei conta disso quando entrei no meu carro e afundei o rosto no volante. Não tinha ninguém para ligar e dar a notícia.

Opa... Tinha, sim. Caio.

Mas ele estava trabalhando àquela hora. Não podia incomodá-lo com os meus problemas, ou podia? Pensei em outro número e logo veio o da casa dos meus pais. Mamãe surtaria quando soubesse. Papai iria me fazer voltar a morar com eles, certeza absoluta. *Caramba...* Não podia dizer nada a minha família. Precisava arrumar outro emprego antes que soubessem da demissão.

Misturei um choro copioso com soluços e balbucios que maldiziam o mundo inteiro. A sensação de derrota, fracasso, vergonha e de tudo de ruim me fez entrar em um estado deprimido. O pior era que aquilo tudo podia ter sido evitado. Se eu não fosse tão perturbada... Poxa, precisava descontar minhas angústias no trabalho?

Sabia que a culpa daquilo não havia sido somente da minha avó. A morte dela me abalou muito, sem dúvida, mas meu comportamento era um subproduto da paixão adolescente. Aquela montanha-russa de emoções que se tornou a minha vida acabou me prejudicando mais do que podia calcular.

No entanto, não podia culpar o meu vizinho. O coitado não seria responsabilizado pela minha falta de senso. Pensar nele me fez tomar uma decisão: precisava de um abraço com urgência. Sabia que ficaria todo preocupado, mas não dava para adiar e também não podia dar a notícia por telefone.

Tentando manter a calma, dirigi até um endereço inusitado: o restaurante em que Caio trabalhava. Conhecia o lugar só pelo nome, mas nunca havia frequentado. Fiquei empolgada quando percebi que era um estabelecimento chique, com direito a estacionamento com manobristas de terno. *Um luxo!*

Estacionei sem a ajuda deles, pois avisei que seria rápido. Liguei o meu mais novo alarme e agradeci por estar vestida com roupas legais. O ambiente era mesmo bem fino. Alcancei uma pequena calçada e andei devagar, daquela vez praguejando por usar um salto alto demais. Meus pés doeram na metade do caminho. Acho que a minha vida é ter os meus pés com problemas e ser surpreendida por um casal aos beijos.

Próximo a uma porta, que achei ser a dos fundos da cozinha, um casal se esfregava no maior entusiasmo. A iluminação estava boa o bastante para me fazer ter certeza do que via: Caio beijava uma garota. Abri a boca, estupefata, prestes a gritar, mas me contive quando identifiquei a sujeita. Era Lilian. Minha prima. Minha odiosa prima vadia.

Esfreguei os olhos, pois me coloquei em dúvida. Podia estar no meio de uma ilusão de ótica. Chacoalhei a cabeça, mandando os fantasmas pararem de me assombrar e de me fazer ver coisas, porém não adiantou. Caio continuava lá, beijando Lilian com empolgação. Aquela mão agarrando os cabelos dela, enquanto a outra apertava a sua cintura, não me deixava negar.

Abafei um soluço e voltei para o meu veículo correndo – nem soube como consegui. Tranquei-me em um segundo, quase enlouquecendo. Minha mente não quis raciocinar, muito menos justificar. Meu coração sangrava. O corpo explodia em lágrimas infindáveis, e foi assim que o meu mundo desmoronou de vez.

Podia fugir, dirigir sem rumo como da última vez, mas só queria ir para casa. O que não fazia sentido, já que o lugar que chamava de lar guardava lembranças que queria esquecer. Sim, esquecer. O esquecimento total e imediato era a última saída oferecida a uma esperança cansada de entrar em coma.

Dirigi sem o menor cuidado. Confesso que ultrapassei sinais vermelhos, tranquei alguns carros, fiz curvas que nunca conseguiria fazer sem o efeito do ódio e estacionei de qualquer jeito no lugar de sempre. Passei pelo jardim arrancando folhas com as mãos e me cortando com algumas delas, até chegar à varanda. Chutei um vaso. Depois outro. E mais outro. Arranquei os sapatos e chutei tudo o que vi pela frente.

Com as mãos trêmulas, tentei abrir a porta. Os soluços e as lágrimas me acompanharam durante todo o percurso. Caí em um pranto intenso quando vi o tapete da Sra. Klein. Quase sem forças, arrastei--me para o meu quarto. A minha cabeça doía fortemente. Achei que fosse desmaiar ou vomitar, ou os dois ao mesmo tempo.

– Acabou... – sussurrei para o vento, parando diante da parede da Clarice. – Acabou! – gritei bem alto. – Acabou! Droga!

Peguei alguns dos pincéis atômicos e rabisquei a parede como uma criança no pré-escolar. O ódio que me invadiu foi tão grande que apliquei força demais: os pincéis cediam contra a parede até se espatifarem em minhas mãos. Consegui riscar metade das frases, enquanto chorava, gemia, gritava e, por vezes, urrava feito louca.

Nunca senti uma dor tão absurda. Jamais me senti tão perdida, tão sozinha... tão destruída. O maldito vizinho havia me detonado, acabado comigo, com a minha esperança e sanidade. Tirou-me a capacidade de amar e de respeitar o próximo. Ele me tirou tudo, arrancou-me até de mim mesma.

Peguei o meu celular e, aos tropeços, abri uma gaveta. Estava com uma ideia em mente e a colocaria em ação o quanto antes. As coisas não podiam ficar assim. Precisava sair da inércia, corrigir os erros que cometi na minha ânsia de acertar. Sim, eu sabia, era uma frase da Clarice, mas ela não estava mais na parede. Em seu lugar, havia apenas um rabisco grotesco.

Achei o número que queria e digitei. A pessoa atendeu no segundo toque.

– Carlos? – choraminguei. – Aqui é Raissa. Preciso da sua ajuda. Urgente.

Quase não consegui ouvir a voz que me respondeu. Encarei a parede, agora sim pichada, e foi impossível não fazer uma comparação com a minha própria alma. Alguém havia me virado do avesso e destruído toda a minha essência.

A GOTA DE SORTE QUE CAI SOBRE UM AZARADO (por Calvin)

A beleza se resumia aos olhos dela. Eram duas luzes verdes, que lembravam esmeraldas, revelando a mais sublime verdade, enaltecendo o que era sincero e traduzindo o amor mais lindo que já recebi de alguém. Uma quantidade favorável daquele sentimento era digna apenas dos que tinham sorte, e nunca tive o prazer de me achar um cara sortudo.

Até então.

Não podia haver felicidade maior do que aquela que sentia quando Raissa dormia nos meus braços. O corpo nu, a pele macia e as curvas femininas me levavam ao êxtase sem fazer esforço. Não tinha dúvidas de que a mulher que respirava tão perto de mim era a mais encantadora que já conheci. Queria apagar as páginas da minha vida só para reescrevê-las a partir do momento em que aqueles lábios confessaram um amor que, não sabia como, nasceu naquele doce coração.

Talvez por isso mesmo que tenha acontecido: a bondade dela redimia os meus pecados e selecionava apenas o que eu tinha de melhor. Ela me fez mudar de ideia; mais do que isso, ela me fez mudar. Porque o seu amor me curava dia após dia, porque me aliviava, me trazia paz, me fazia esquecer o que sempre tentei e jamais consegui.

Raissa era a minha redenção, mas, de alguma maneira, sabia que acabaria perdendo aquela chance, bem como tinha perdido tudo na vida.

Não, Caio. Pare de pensar nisso. Acredite nela. Confie. Tudo vai dar certo. Chegou o seu momento de ser feliz, de compensar tantos anos torturantes.

Não podia negar, como tentei fazer, ou me esconder, como sempre fiz; havia acontecido comigo o que prometi jamais deixar acontecer. Eu me apaixonei. Ou melhor, paixão é até simples de lidar, aquilo ia além. Paixão era o que sentia pelas plantas, pela gastronomia, pela academia, pelos meus livros. O que sentia por Raissa tinha outro nome, sinal de que quebrara a minha promessa. Sim, meu pai chegou a ponto de me fazer prometer que jamais amaria uma mulher.

Mesmo que estivesse bêbado e pensando em Beatrice, sempre achei que quisesse o melhor para mim. Como fui deixar que acontecesse? Onde estava com a cabeça? Por que Raissa fazia tudo do que eu gostava, era tudo o que eu queria que fosse, falava tudo o que eu precisava ouvir, fazia qualquer coisa que me agradasse, até me convencer de que mais nada tinha sentido sem sua presença? Ela me enfeitiçou.

Sentia-me embriagado, vivendo a ilusão de que merecia ser feliz. Pura ilusão. Ou não? Será que a vida estava mesmo me dando uma chance? Ou abrira um espaço dentro de mim apenas para que as feridas se aprofundassem?

Pensava nisso quando Raissa me mandou uma mensagem, a primeira daquela segunda-feira, depois de um domingo maravilhoso ao seu lado. Avisou que tinha chegado ao serviço e me desejou um ótimo dia, pude até visualizar seu sorriso. Respondi para que se cuidasse. Pensei em escrever mais, porém travei. Quase nunca sabia o que dizer.

Meu celular andava no silencioso e já fazia três semanas que não atendia ninguém além de Raissa, apesar das insistências. Precisava me manter fiel. Minha namorada merecia total assistência. Ainda que às vezes me desesperasse, sabia que não adiantaria buscar conforto momentâneo e criar mais um motivo para dor de cabeça entre a gente.

Trabalhei nas plantas durante uma hora e ignorei mais duas ligações nesse meio-tempo. Não sabia o que fazer com elas, via-me perdido e com medo de que qualquer coisa fosse motivo para discussão. Querendo aliviar as tensões, vesti uma roupa para ir à academia. As garotas de lá já não vinham mais falar comigo; precisei de muita paciência para me desvencilhar delas, até que pararam de me assediar.

Assumir Raissa implicava deixar de assumir o meu lado cretino, e era difícil deixar de agir do jeito como agi a minha vida inteira, mas eu tentava. Tive uma ideia razoável quando voltei para casa e precisei ignorar a sexta ligação do dia: tirei o chip do meu celular e o quebrei, depois apaguei todos os números da agenda eletrônica.

Estava na hora de parar de viver por um triz. Raissa merecia um recomeço completo, a minha vida tinha que estar pronta para receber a dela. Só depois que quebrei o chip foi que me lembrei de que deveria avisá-la quando comprasse um novo.

Fiquei preocupado, pois haveria um espaço de tempo em que não estaria acessível caso alguma coisa acontecesse. Sentei-me na cama e encarei a estante da mamãe. Podia lidar com a dor e com o medo. Sentia-me positivo como quase nunca, portanto não precisava descobrir o que acabei descobrindo ao olhar aquele móvel com um pouco mais de atenção: faltava um livro.

Meus batimentos cardíacos aceleraram e me levantei para conferir. Sabia a posição de cada obra, por isso a queda foi longa quando me dei conta de que faltava justamente o livro de frases da mamãe. Procurei-o por toda parte, mas não o encontrei em lugar algum. Descartei a ideia de que talvez Raissa o tivesse pegado, pois ela nunca mexia em nada sem a minha permissão, por mais que dissesse para ficar à vontade.

Revirei o quarto, a sala e até a cozinha. Não tinha outra explicação, alguém havia roubado o meu livro. Os pensamentos rastrearam todas as lembranças, até que uma se tornou a mais satisfatória para explicar aquele sumiço: Karen. Ela esteve na minha casa e mexeu nas minhas coisas. Karen sabia o quanto aquele livro significava para mim, e o mais difícil era aceitar que estive tão enganado em relação a ela. Pensei que a conhecia, mas pelo visto não.

Puto de raiva – e não era para menos –, terminei de me arrumar e saí de casa. Em minha primeira parada, resolveria o assunto mais importante do dia: precisava recuperar o meu livro o quanto antes. Estacionei em frente ao prédio de Karen. Sabia que estaria em casa numa segunda-feira pela manhã porque ela estudava Odontologia à noite e vivia da mesada gorda que seus pais ricos lhe davam todo mês.

O porteiro já me conhecia, por isso me deu livre acesso ao prédio como se eu fosse um morador. Desde que conheci Karen – em uma festa patrocinada pelos estudantes da faculdade, que terminou no nosso primeiro *ménage à trois* –, nunca tínhamos brigado. Nem mesmo uma discussãozinha sequer. Era estranho estar com ódio de alguém em quem você confiava e de quem gostava. Infelizmente, a vida tem dessas.

Usei o elevador e apertei a campainha umas dez vezes seguidas. Minha raiva e angústia eram tão grandes que por um instante não soube o que era capaz de fazer quando ela aparecesse na minha frente. Mas quando Karen atendeu à porta, continuei parado, absorvendo o ódio para não fazer nenhuma besteira.

A mulher sorriu.

– Deli... Que bom te ver!

– Onde está o livro da minha mãe? – perguntei com a voz comedida.

– Eu não se...

– Onde. Está. O livro. Da. MINHA. MÃE? – Explodi em um segundo. – Devolva a merda do livro!

– Deli, eu...

– Devolva, Karen! – rosnei, de forma que o prédio inteiro deve ter escutado. Amansei a voz em seguida, pois não queria que achassem que eu a estava machucando. – Sei que está com você. Devolva, agora!

– Calma, Deli, calma... Está comigo, sim. Tenha calma, por favor!

– Me dê! – Não conseguia me livrar da fúria. A sensação de vulnerabilidade sempre me deixou possesso, e eu ficava vulnerável demais sem aquele livro. – Me dê, agora!

– Calma... Entra aí.

Ela caminhou até a sala, abriu a primeira gaveta de um dos móveis e retirou o livro de lá. Travei a mandíbula só para não começar a gritar.

– Deli... Vamos conversar.

– Me dê!

Karen abraçou o livro.

– Por favor... Vamos con...

– Só vou falar com você quando essa porra estiver aqui, na minha mão. – Sentei-me no sofá, ergui a mão e esperei. Karen me devolveu o livro com ar temeroso. Conferi algumas páginas e, aliviado, soltei todo o ar dos pulmões. – Nunca mais faça isso.

– Desculpa, eu não queria...

– O que deu na sua cabeça, hein? O que significa tudo isso? Ameaçar Raissa, roubar o meu livro, agir como uma louca... Pensei que eu a conhecesse!

Karen se sentou. Estava insatisfeita e nervosa, mas não me importei.

– Desculpa. Foi tudo tão rápido!

– Que história é essa de provocar um acidente? Ficou louca de vez e virou assassina?

– Ela te contou – murmurou, descrente.

– Claro que contou! Estamos namorando.

– Como é que é?

Karen sabia que eu não namorava, devia ter sido uma notícia e tanto.

– Foi isso mesmo que ouviu. Estamos juntos. Agora me diz... Qual é o seu problema conosco? Porra, Karen, tem um monte de mulher te querendo. O que quer comigo?

Não soube o que deu na maluca, mas ela começou a rir. Não achei graça naquilo, portanto apenas a observei e esperei o seu senso de humor dar lugar ao bom senso.

– Inacreditável o que acabou de me dizer! É sério?

– Muito sério.

Karen se aproximou apenas para me analisar de perto. Não a culpei. Era mesmo inacreditável, improvável, impossível. Só Raissa mesmo para fazer uma coisa tão impressionante acontecer.

– Sério quanto?

– Eu a amo.

Não soube direito como Karen reagiu. Minha mente entrou em uma nuvem escura, fazendo-me regressar ao passado. Lembrei-me do meu pai como se o tivesse visto no dia anterior. Os cabelos grisalhos, os olhos escuros pensativos. O velho era o meu melhor amigo, talvez o único que tive. Dava-me conselhos que sempre surgiam quando estava embriagado.

Naquela tarde de domingo, depois que enchemos a cara no churrasco, senti o velho esquisito. Introspectivo. Era comum que ficasse assim – ele se recolhia quando pensava na mamãe –, por isso apenas me afastei.

Meu pai me chamou para perto meia hora depois. Sentei-me ao seu lado, e ele afagou os meus cabelos como costumava fazer. Depois, deu algumas batidas no meu ombro e disse:

– Meu filho, ouça o que o seu velho vai lhe dizer com atenção... – Parou por um tempo longo, achei até que tivesse desistido de falar. Ou esquecido, já que estava bêbado. – No dia em que amar uma mulher... – Parou de novo. – Use todas as mulheres, meu filho, mas nunca deixe elas te usarem porque... no dia em que amar uma mulher... este dia vai ser o seu fim.

Como não respondi nada, ele completou:

– Prometa que não vai cometer o erro de amar uma mulher.

Eu tinha dezoito anos e nunca havia me apaixonado, era o maior canalha do Ensino Médio. Pegava geral e nunca havia namorado seriamente, só alguns rolos aos quais nunca dei valor. Não foi difícil fazer aquela promessa.

Diante do que falei para Karen, a sensação que me deu foi a de estar na beira de um abismo. Não era incomum, atingia o meu limite o tempo todo, mas foi como se, além de estar diante do tal abismo, estivesse também sem o sentido da visão. Não sabia para que lado ficava o fim e qualquer passo poderia me levar ao fundo do poço. Era a consequência que sofreria por ter descumprido uma promessa tão importante.

Pisquei os olhos e voltei a mente para casa da Karen com o coração na mão.

– ... Juro que pensei que estivesse brincando com ela o tempo todo! – Karen falava com rapidez e gesticulava de um modo agitado. – Percebi que estava mudado e gostando de ficar com ela, você mesmo me disse que estava, mas não acreditei que fosse sério, Deli.

– Sabe muito bem que eu nunca mais enganei ninguém. – Karen sabia o que tinha acontecido na última vez que brinquei com o coração de uma mulher.

– Eu sei, mas...

– Por que a ameaçou?

– Estava blefando, Deli! Ela ia me bater! Você sabe que sempre fui péssima em brigas. Não estava a fim de apanhar e nem ficar por baixo, por isso falei coisas absurdas!

Sorri. Raissa era uma guerreira mesmo.

– Deixe isso quieto. – Levantei-me do sofá, e ela também.

– Não fica bravo comigo, vai... Desculpa por tudo.

– Não estou bravo. Estou puto de raiva.

– Sei disso. É que... Poxa, ela estava te tirando de mim e conseguiu. Não queria que a gente perdesse o que nos uniu até agora. Nem soube direito como reagir.

Minha relação com Karen sempre foi transparente, porém era difícil voltar a confiar nela.

– Eu sei, mas você vai ficar bem. Será possível que sua amizade só significa sexo?

– Claro que não. Gosto de você, Caio. – Era raro que me chamasse pelo nome. Sua seriedade me deixou atento. – A gente já se divertiu muito juntos... Você me conhece. Fiz merda e agi mal, mas eu estava brincando. Acho que fiquei com raiva porque Raissa não me quis, você sabe que fico chateada quando não tenho o que quero.

– Sei.

Karen era uma mimada. Uma vez passou uma semana sem sair de casa, na maior tristeza, depois que transamos com uma mulher que, em vez de ficar a fim dela, ficou a fim de mim. Tive que me livrar da gostosa.

– Que isso não se repita. Raissa não merece ser tratada assim.

Ela concordou comigo. Logo em seguida, sorriu e me olhou diferente.

– Estou feliz por você. Ainda nem acredito... Não vou me acostumar tão cedo! Meu Deli, amando? O que Raissa fez para conseguir algo assim? Estou curiosa!

– Acho que ela foi apenas... ela. – Dei de ombros. Tentei não me sentir tão perdido e não ficar com cara de bobo, mas acho que fiz os dois. – Preciso trabalhar.

– Podemos nos ver? Queria... Sei lá, pedir perdão a Raissa. Não quero perder sua amizade, Deli. É sério.

– Vou conversar com ela. Enquanto isso, deixe as coisas esfriarem.

– Tudo bem. Desculpa pelo livro. Você tem ignorado minhas ligações desde a festa. Sabia que me procuraria atrás dele.

Olhei-a com raiva.

– Golpe baixo. Não foi engraçado.

– Eu sei, eu sei... Fica bem.

– Você também.

Deixei o apartamento com uma dúvida martelando a minha cabeça: não sabia o que fazer com Karen, já que não era tão bom de perdoar como Raissa era. Queria ser um pouco mais misericordioso, porém o rancor era um companheiro que não se afastava.

Talvez fosse só mais um sintoma da minha boa memória. Não esquecia a dor, os problemas, os traumas, o mal que fiz às pessoas e o mal que me fizeram.

* * *

Passei em uma loja e comprei um chip novo, em seguida dirigi às pressas rumo ao trabalho. Chegando ao restaurante, falei com a rapaziada da cozinha e guardei minhas coisas no armário dos funcionários. Coloquei o chip a fim de ligar para Raissa, avisando do novo número, mas o meu celular só dava erro. Fiz de tudo para que funcionasse, mas não teve jeito: o chip viera danificado.

Tentei não entrar em desespero. Raissa estava trabalhando e tudo ficaria bem. Ela almoçava todos os dias no refeitório da própria empresa, em total segurança, e só saía de lá às seis. Pegaria o celular de alguém emprestado quando fossem umas sete horas. Ela já estaria em casa. Tudo nos eixos.

O dia de trabalho no restaurante passou que nem percebi, pelo excesso de demandas que o novo cargo me proporcionava. Quando dei uma olhada no relógio, já eram quase sete horas. Esperaria apenas alguns minutos a mais para telefonar e confirmar se a minha linda estava bem. O desespero foi calado pela calma que a cozinha me passava, por isso estava *zen*, imune à angústia.

– Ei, Bressiani, tem uma garota lá fora te procurando. – Um dos garçons me chamou na cozinha. Era comum nos referirmos um ao outro pelo sobrenome, e o pessoal tinha gostado do meu por ser italiano, assim como o restaurante. Dava mais credibilidade ao estabelecimento ter um *chef* descendente de italianos.

Mais uma bela herança da mamãe.

Foi difícil esconder um sorriso. Raissa havia finalmente vindo me visitar, como sempre prometeu. Fiquei logo empolgado, quase me esquecendo de retirar o avental, as luvas e a touca. Mantive a camisa branca e a calça, também branca, do uniforme.

– Onde ela está?

– Na entrada mesmo!

A ansiedade me acompanhou durante o tempo que levei para chegar à entrada do restaurante. O movimento aumentava de novo para o jantar. Cumprimentei alguns clientes e funcionários pelo caminho, tentando despistar o gerente. Escapuli para a saída e procurei Raissa em toda parte, mas não encontrei ninguém parecida com ela. Achei esquisito.

Uma garota se aproximou de repente e demorei um pouco para reconhecer a Lilian. De uma coisa tive certeza: nada bom viria dali. Meu corpo entendeu no mesmo instante, fazendo-me reagir na defensiva.

– O que faz aqui? – Minha pergunta soou firme.

Ela balançou as mãos para a frente, ainda se aproximando. Parou perto demais, porém me afastei de imediato. Tudo bem aturá-la na frente dos pais de Raissa, pois não queria que se transformasse em confusão, mas aquilo ali já era exagero. Cansei de ser paciente com a Lilian. Ela estava me enervando.

– Por que não atende às minhas ligações?

– Por que será? – Ergui uma sobrancelha.

Mais uma doida no meu caminho. Contudo, naquele caso, a culpa era totalmente minha. Só estava pagando pela minha própria estupidez.

– Qual é o seu problema, cara? – Empurrou-me de leve.

Ignorei sua agressividade e me afastei.

– Lilian... Já chega. Vá embora.

– Vamos ter uma conversa. Você não vai escapar desta vez.

Olhei ao redor, com o velho desespero retornando. Falar com ela era a última coisa que eu queria na vida, mas Lilian não me deixava em paz nunca. Aquela bomba acabaria explodindo, e pior, machucando Raissa.

Eu não permitiria que isso acontecesse.

– Me acompanhe – pedi e caminhei ligeiramente em direção aos fundos do restaurante, atravessando parte do estacionamento. Estava bem iluminado e vazio por ali, poderíamos conversar sem causar alardes. – Fale o que quer.

– Raissa sabe o que anda fazendo pelas costas dela?

Arquejei. *Era só o que me faltava!*

– Do que está falando? – Senti o meu rosto se contorcer em uma careta confusa. Então Lilian achava que eu já estava com Raissa quando ficamos? Só isso justificaria a sua insistência para falar comigo.

– Não seja cínico. Sara me disse sábado, depois que foram embora. É verdade? Estão namorando?

Não queria dar informação alguma para aquela mulher, mas me vi sem escolhas.

– Sim, há três semanas. Como vê, é recente. Nós não estávamos juntos quando...

Mas Lilian me interrompeu prontamente:

– Coitada! Raissa se superou desta vez! Só escolhe cara errado, Deus me livre.

Senti-me completamente ofendido, mesmo que ela estivesse com razão. O desespero deu lugar à raiva.

– Fale logo o que quer. Não tenho tempo, muito menos para você.

– Ela sabe que a gente já transou?

Olhei ao redor. A sacana tinha falado alto demais. Passei as mãos pelos cabelos, desconcertado.

– Me deixe em paz.

– Foi o que imaginei. Você não contou. É um *covardezinho* de merda.

– Escute aqui...

– Escute aqui você! – gritou. – Conheço vários do seu tipo. Acha que pode usar as pessoas. Comigo não cola, cara.

– Olha, peço desculpas se te fiz pensar que queria alguma coisa – murmurei. A melhor forma de lidar com a situação era tentando manter a tranquilidade e a educação. – Transamos faz muitos anos, é passado, não achei que fosse uma informação relevante. E quando você me encontrou naquela noite, Raissa e eu não estávamos juntos, éramos apenas amigos. Como pode ver, nunca traí ninguém.

– Você não merece alguém como a Rai. Pensa que não conheço a sua fama de canalha?

Aquiesci. Ouvir aquelas verdades fez doer o que havia dentro de mim.

– Quem vai decidir isso é ela. Não você.

– Ela vai decidir quando você contar que trepou feito um louco comigo?

– Já basta, Lilian! Vá embora! – Perdi a paciência de uma vez.

– Eu vou contar! Vou contar tudo para ela!

Parei no tempo, criando raízes no chão. Imaginei Raissa descobrindo tudo e reagindo mal ao fato de sua prima e eu já termos fodido em um passado distante. Nem sequer a reconheci quando a reencontrei no hospital. Mas o pior era que havíamos ficado pouco tempo antes de Raissa e eu nos relacionarmos seriamente. Seria um baque, sem dúvida. Nunca mais voltaria a confiar em mim e jamais me perdoaria.

– Não... – sussurrei, implorando para que nada daquilo acontecesse. O mero pensamento de perdê-la me deixava desnorteado. – Por favor, não.

– Vou dizer a ela. Contarei a Raissa que nós já transamos. Acha que ela vai te perdoar? – Soltou uma risada cruel. – Eu a conheço.

Eu também a conhecia. Raissa era o ser humano mais doce do mundo, mas jamais me perdoaria. Já estava morta de ciúmes da Lilian, eu não era imbecil, percebi que soltaram farpas no último sábado, durante a visita na casa de seus pais.

Raissa jamais entenderia que antes dela eu não passava de um otário que não sabia sequer discernir com quem transaria. Ela sentiria o mesmo nojo de mim que eu estava sentindo naquele instante.

– Não... Lilian, não faça isso. – Entrei em total desespero.

– Há um modo de reverter isso, Caio. – Encarou-me de um jeito esquisito. – Sabe, eu gosto da Rai. Ela não merece um cara como você, mas gosto dela. Não quero que sofra.

– Que... Que modo?

– Beije-me.

– O quê? – Dei alguns passos para trás.

– Beije-me, Caio. Só um beijo. Quero me despedir da sua pegada.

– Você só pode estar de brincadeira, Lilian.

– Falo sério. Beije-me... Juro que irei embora. Juro que ficarei calada.

– Quem me garante? – A raiva se misturou com o desespero e então me vi quase explodindo de angústia. – Não quero te beijar nunca mais.

Ela pareceu ofendida, mas na minha vida toda vi mulheres magoadas diante de mim. Uma a mais, uma a menos, não fazia a menor diferença. Só não suportaria se respingasse na mulher da minha vida.

– Ok, se assim prefere... Irei procurá-la agora mesmo... – Lilian se virou e andou na direção do estacionamento.

Precisava pensar rápido.

Puxei sua mão, e ela veio com tudo. Nossas bocas se encostaram por um instante, de um jeito mecânico e ridículo, mas não consegui continuar. Repeli nossos corpos, morrendo de ódio do mundo.

– Não me faça rir. Este foi o seu beijo? Quero que me beije de verdade, com pegada. Igual aos tantos beijos que me deu naquela noite da calourada. Lembra-se? Eu me lembro.

Estava tentando esquecer. Queria deletar aquele erro da minha história, junto com tantos outros. Desejava não ter encontrado aquela garota na época de faculdade. Nunca adivinharia que isso me assombraria anos depois.

– Lilian, se você contar, eu juro que não respondo por mim. – Tentei ameaçá-la também, mas meu desespero evidente era uma piada para ela.

Claro que eu não metia medo em ninguém.

– Não vou! Depois do beijo, irei te deixar em paz. É uma promessa. Vamos, Caio, beije-me!

– Lilian... Não faça isso, por favor. Eu amo a Raissa. – Minha voz saiu em tom de súplica. Odiava ter a minha única chance de ser feliz nas mãos daquela mulher, e saber que fui eu mesmo que lhe ofereci de bandeja me enchia de horror.

– Ama porra nenhuma. Você não presta. Vamos, beije-me. Agora.

Eu mesmo não acreditei que tive a capacidade de fazer aquilo, mas não enxerguei outra saída. Não conseguia pensar. O que podia fazer? Raissa significava tudo para mim. Não podia sequer pensar na possibilidade remota de perdê-la ou de magoá-la. A sombra de Lilian tinha que sair de nossa vida, e depressa.

Se aquela era a única maneira, então apostaria. Desesperado, engoli em seco e a puxei pela cintura. Invadi a sua boca antes que desistisse e colocasse tudo a perder, tentando não me sentir o pior de todos os caras.

Quando achei que aquele inferno já podia acabar, afastei-me depressa. O odioso beijo serviu para um propósito interessante: comprovei que jamais conseguiria ficar com outra mulher. Foi horrível. Trair Raissa era como trair a mim mesmo.

Lilian sugou toda a minha coragem com a sua chantagem maldosa. Jamais me perdoaria por ter sido tão fraco, por nunca saber o que fazer, por não ser o que Raissa merecia. Engoli o choro enquanto esperava pelo que Lilian diria em seguida.

– Eu nunca falaria nada a ela – revelou com um sorriso cínico nos lábios. – Acha que vou me queimar com a minha prima? Gosto da Rai, diferente de você. Isso foi só para aprender a não brincar com quem não deve. – Aproximou-se um pouco e proferiu com raiva: – Eu tenho nojo de você. Espero que Raissa te dê um pé na bunda. Sofrimento é pouco para um cretino da sua espécie!

Lilian se afastou como se nada tivesse acontecido. No início, fiquei parado, calado e com receio até de me mexer. Depois, senti minhas pernas falhando e precisei me apoiar na parede. Olhei para o céu escuro, sem estrelas, e me lembrei do meu pai. Devia tê-lo escutado. Não poderia ter me aberto tanto com Raissa, permitindo que entrasse na minha vida confusa.

Enxuguei uma lágrima e suspirei, pois não queria ser um chorão também. Seria demais. O que eu podia fazer era assumir as minhas atitudes como um homem. Raissa precisava saber de tudo, incluindo o que havia acontecido naquela noite. A minha namorada saberia por mim, antes que chegasse ao seu conhecimento por terceiros.

Devia isso a ela: a verdade.

Só precisava de coragem para falar e depois resignação para implorar pelo seu perdão. Pelo menos uma vez na vida, seria um homem corajoso. Faria as coisas certas. Eu queria tanto merecê-la. Tanto...

HAVERÁ OUTRO CAMINHO PARA O AMOR QUE NÃO O FIM? (por Calvin)

O céu escuro parecia um espelho da minha alma. Entre suspiros e reflexões que só me trouxeram dor de cabeça, dei uma pausa de dez minutos para ouvir o silêncio dos fundos do restaurante, enquanto tentava me entender ou explicar o que havia acontecido.

Limpei os lábios com as mãos, para tentar apagar o beijo odioso que tinha oferecido àquela mulher. Por mais que quisesse merecer Raissa, um ser problemático como eu só conseguiria lhe trazer mais dor. Talvez ela me perdoasse por aquilo, porém o que mais eu seria capaz de fazer para chocá-la?

Entrei no restaurante com menos da metade da empolgação com a qual tinha saído, porém com o dobro de coragem e vontade de passar por aquela situação de cabeça erguida. A minha decisão de contar tudo para Raissa permaneceu firme, e, enquanto cozinhava, pensava na melhor forma de fazê-lo.

Foi perto das nove horas que levei em consideração a maldade que existia no mundo: Lilian podia já ter lhe dito tudo. Não dava para confiar em sua palavra. Não ter pensado nisso antes me fez enlouquecer de raiva por causa da minha imaturidade, acompanhada por uma espécie de inocência, consequência da inabilidade em lidar com as pessoas.

Peguei emprestado o celular de um dos cozinheiros. Já tinha decorado o telefone de Raissa. Liguei três vezes: na primeira, chamou e ninguém atendeu. Já nas outras duas, escutei a voz irritante de uma mulher me dizendo que o número estava fora da área de cobertura ou desligado. Tentei não entrar em desespero, pois não havia razão para tanto medo o tempo todo. Agir com normalidade podia ser uma solução. Devolvi o celular do cozinheiro e voltei a trabalhar.

Claro que uma parte do meu cérebro continuou processando o pavor que era não saber onde Raissa estava, tampouco se Lilian a tinha procurado, e nem mesmo se permanecia em segurança, mas toda vez que o desespero tirava o meu fôlego eu bebia um pouco de água e, respirando devagar, pensava em coisas boas. Ou em acontecimentos bons, por exemplo, nas vezes em que Raissa disse que me amava.

Era mais fácil me fazer duvidar de que o céu era azul do que das palavras dela, portanto, não precisava me preocupar. Tudo ficaria bem. Ela me entenderia. Provavelmente ficaria com raiva e me falaria poucas e boas, e eu merecia ouvir tudo, mas no fim Raissa haveria de me perdoar, porque ela me amava.

Tomei um analgésico para controlar a dor de cabeça que sempre surgia quando o desespero ameaçava fazer o meu corpo explodir em mil pedaços. Perto das onze horas, pedi de novo um celular emprestado. Liguei cinco vezes, mas o celular da Raissa continuava desligado. Com certeza havia descarregado, e ela não tinha visto. Devia estar distraída com alguma coisa ou até mesmo dormindo.

Por ser segunda-feira e o movimento costumar ser mais fraco, fechamos a cozinha à meia-noite. Eu era o último a sair dela, por isso, quando finalmente fui para casa, já era mais de uma da manhã. O alívio que senti quando vi o veículo de Raissa estacionado foi tanto que entrei numa crise de riso nervosa. Só quem já riu de alívio sabe o que senti naquele instante; o peso de uma tonelada saiu das minhas costas, então o cansaço físico me atingiu.

Saí do meu carro olhando para o dela, reparando se estava mesmo intacto. Aparentemente, sim. Dei uma olhada na rua deserta àquela hora e achei estranha a existência de um veículo estacionado na frente do de Raissa. Todos os vizinhos tinham garagem, por isso supus que a família que morava no 103 estava recebendo visitas.

Dei de ombros e atravessei o jardim. Larguei minha mochila na sala e corri para o quarto. Cheguei bem perto da parede que dividíamos, espalmando as mãos contra ela.

– Raissa? – murmurei, pois não queria assustá-la. – Raissa? – Tentei escutar sua respiração, mas não consegui. Coloquei um ouvido na parede. – Está dormindo. Vou te deixar em paz, meu anjo.

Tive vontade de gritar apenas para acordá-la, mas me controlei. Em vez disso, fui tomar um banho. Estava mais calmo; embora não escutasse nada, sabia que Raissa estava lá. Seu sono era leve, mas às vezes não o bastante para me ouvir quando eu chegava do trabalho. Prometi acordar bem cedo a fim de termos tempo para uma conversa. Precisava contar logo o que tinha acontecido, já que a demora poderia me custar caro.

O simples pensamento me devolveu o desespero, mas suspirei fundo. Sabia que a perder seria a minha ruína. Talvez tivesse sido sobre isso o alerta do meu pai: o fim cruel que acontece dentro do peito dos que perdem um grande amor. Ele falava dos afetos sempre no sentido mais pessimista, significando perda. Afinal, foi o único amor que conheceu, já que me confessou que jamais chegou a amar a mãe do meu irmão.

Eu também só conheci esse tipo de amor. Mas, se já perdi tanto e ainda estava vivo, então amar ou perder não podia ser o fim, certo? Concordava que havia um pedaço de mim que já tinha morrido com as perdas que sofri. Vivia pela metade, mas ainda existindo. Será que, perdendo Raissa, nada sobraria de mim? Podia confiar em um tipo de sorte que nunca tive?

Não havia mais saída; se não confiasse, só restaria o medo. O melhor caminho para o meu cérebro era o da confiança, o da esperança, já que nada me faria arrancar a única coisa boa que sobrara em mim: o amor que sentia pela Raissa. Era acreditar nele ou temer, e eu não queria temer. Estava cansado de ter medo de tudo, saturado de cometer erros por causa disso.

Deitei-me na cama e me cobri da cabeça aos pés. O silêncio do nosso quarto reinou no campo das minhas ideias. Sorri, pensando nela e nos beijos que trocaríamos pela manhã. Meu pau ficou duro com os pensamentos, lembrando-me das minhas necessidades. Suspirei.

– "Onde aprender a odiar para não morrer de amor?" – murmurei. Raissa continuou muda. Visualizei seu rosto e sorri. – Não, Clarice, não tenho medo da morte. Já temi tudo, menos ela. Prefiro morrer de amor a odiar essa mulher. Vai ser uma morte boa demais para alguém como eu.

Ri de mim mesmo e, vencido pelo cansaço, caí no sono, acordando às cinco e meia da manhã. A ansiedade me tirou da cama mais cedo do que o previsto. Tentei dormir mais um pouco, porém não consegui, então me levantei de uma vez para adiantar o serviço no jardim. Precisava falar com as plantas antes de conversar com Raissa.

Ouvi a porta do 104 se abrindo e logo sorri, ansioso para cumprimentá-la, mas, por uns instantes, achei que ainda estivesse sonhando. Era a única explicação que a minha cabeça processou diante do que os meus olhos visualizaram: Carlos, meu irmão, saiu na varanda acompanhado por ela. Os dois se abraçaram demoradamente, e fui invadido por uma sensação de dormência.

Carlos se afastou e apertou os ombros dela, dizendo algumas coisas que não consegui escutar. Raissa aquiesceu, e o meu irmão tocou o seu queixo. Falou mais alguma besteira e sorriu antes de lhe dar um beijo na testa. O pé de goiaba, o regador e eu acompanhamos Carlos deixar a varanda e Raissa entrar em casa.

O filho de uma mãe, enfim, viu-me no jardim. O sorriso cheio de intenções se apagou no mesmo instante; foi naquele momento que o meu corpo lembrou que eu ainda estava vivo. Dei um passo para a frente. Carlos se aproximou, mas não parou. Passou por mim na maior cara dura e murmurou uma palavra que só fez o meu vulcão interno borbulhar: "Otário".

Por um segundo, tentei controlar a minha vontade de quebrar sua cara. Foi o tempo que levei para entender o que havia acontecido: o carro que estava estacionado na frente do de Raissa pertencia a ele. O meu cálculo mental foi rápido, mas o resultado não conseguiu ser digerido.

Olhei para a varanda de Raissa, ela não estava mais lá. Virei-me novamente para as costas do meu irmão, que abria a portinha de madeira do nosso jardim. Voltei a observar a varanda, só então percebi que todos os vasos que eu havia dado a Raissa estavam caídos, quebrados, esparramados como os pedaços do meu coração ficaram ao entender que o meu irmão havia passado a noite inteira em sua casa.

O vulcão explodiu. Rosnando alto, corri até Carlos e o puxei com força pela gola da camisa. Ele se virou para mim, perdendo o equilíbrio, e eu soquei aquela cara cínica com toda a força da minha raiva. Seu corpo foi jogado para o lado, e ele conseguiu se defender do meu segundo murro, começando logo a revidar.

– Filho da puta! – Tentei lhe dar uma joelhada na barriga, mas ele conseguiu se desviar e me atingiu o nariz. Revidei com um segundo murro na cara, que tirou sangue na mesma hora. – Infeliz!

Meu nariz começou a doer muito.

– Você é muito otário, Caio! – ele gritou de volta e nos empurramos até nos separarmos. Ficamos ofegantes, encarando-nos como dois animais. Ele tinha sangue no rosto, e eu sentia muita dor. – Vou te dar uma surra, moleque! Devia ter feito isso há muito tempo, já que nosso pai nunca foi capaz!

Carlos veio para cima com tudo, distribuindo socos difíceis de serem defendidos. Apesar de eu ser mais novo e estar em forma, ele praticava uma luta que eu sempre esquecia o nome, por isso a briga foi complicada. Fiz o que pude para revidar cada investida, e estava conseguindo, porém comecei a apanhar demais quando ouvi a voz da Raissa gritando.

– Parem! Carlos, pare! – Ela correu até nós com lágrimas nos olhos, porém não me tocou. Escolheu Carlos para segurar. Ele acabou se desconcentrando e levando mais um soco meu. – Saia, Caio!

Afastei-me. A dor física e a mental se misturaram de uma só vez. Senti sangue escorrer pelo meu nariz e limpei a boca com as mãos. Elas mancharam de vermelho.

– O que esse cara estava fazendo na sua casa, Raissa? – perguntei, mas não a olhei. Continuava a encará-lo, pronto para brigar mais.

O fato de não ter recebido resposta de nenhum dos dois me deixou louco. Gritei e parti para cima dele, mas Carlos se esquivou e conseguiu socar a boca do meu estômago. Curvei-me, sem fôlego e sem forças.

– Parem! – Raissa voltou a gritar.

– Seu mimado de merda! – meu irmão falou com a voz firme e cheia de asco. Eu também tinha nojo dele desde sempre, por mais que, pelo papai, tentássemos uma convivência pacífica. – Deixe Raissa em paz! Seu imbecil, fica fazendo das suas putarias com mulher direita. Não tem vergonha na cara, não? – Ainda tentava recuperar o fôlego, com as mãos na barriga e a visão turva encarando os dois. Raissa chorava, mas não me olhou nem por um instante. – O papai não está mais aqui para te defender, otário! Você sempre foi esse mimado desprezível, o miserável filho de uma traição. Vê se cresce!

Carlos sempre jogava na minha cara que o nosso pai havia traído sua mãe para ficar com a minha, e que tinha sido bem feito ela ter morrido, só assim ele pagaria pela dor que causou. Pelo menos era o seu discurso na adolescência, e, embora meu irmão não repetisse tal absurdo há dez anos, internalizei aquilo pela minha vida toda.

Criei um ódio tão grande pelo sujeito que não cabia em mim. Falar da minha mãe era o pior de todos os insultos. Enquanto eu sofria e crescia sem amor materno, ele achava aquilo tudo muito bom. *Idiota!*

– Saia da minha casa – murmurei, cuspindo sangue. – Saia da minha frente.

Carlos olhou para Raissa e, aos prantos, ela aquiesceu, abraçada a si mesma, parecendo desamparada. Eu não acreditava que aquilo estava acontecendo. Só podia ser um pesadelo.

– Me ligue, Raissa... – meu irmão falou baixo e foi embora sem se dar o trabalho de levar em conta a minha presença.

Enxuguei mais sangue do meu rosto, achando que fosse morrer de desespero. Não conseguia raciocinar, nenhuma peça se encaixava na mente.

– Por que, Raissa? – Comecei a chorar no mesmo instante em que abri a boca, o sangue se misturando à saliva. – Por quê?

– Eu que pergunto, Caio. Por quê? – Ela não olhou para mim. Continuou abraçada a si mesma, e virou-se devagar para retornar à sua casa.

Pensei na Lilian. Ela só podia ter lhe contado tudo antes de mim. Não havia outra explicação.

– Raissa, eu não sei o que Lilian te disse, mas posso explicar.

Ela se voltou na minha direção como um animal selvagem.

– Explicar o quê? Hein? Qual é a sua grande explicação? – berrou, chorando muito. Seu rosto lindo ficou vermelho e distorcido.

O tamanho de sua tristeza me petrificou.

– Eu... Eu não...

– Vai negar? – gritou ainda mais alto. – Vai negar, Caio? Estou esperando!

– Não. – Meu corpo desesperado entrou em uma série de soluços e espasmos esquisitos. O estômago parecia pular dentro de mim. – Não... Eu nunca... Nunca quis te...

– Esqueça que eu existo! – disse com a voz firme e se virou para continuar andando.

A raiva completa se juntou à minha dor.

– Por que dormiu com ele? Por que, Raissa? Por que logo com ele? – Travei a mandíbula para não enlouquecer. Não consegui acompanhar o movimento que ela fez até me alcançar e começar a me bater nos braços e no peitoral, como uma louca.

– É isso o que acha? É ISSO? – berrou, desequilibrada. Recebi cada tapa seu, cada empurrão com resignação. Eu merecia. – Depois de tudo o que fiz, é isso o que pensa de mim? Que sou como você? Que saio fodendo com qualquer um? – Parou de repente e seus olhos apontados para mim mostravam o tamanho da decepção que lhe causei. – Maldito dia em que comprei esta casa. Maldito dia em que te conheci, Caio. Você me destruiu.

Não sei como permaneci de pé diante de suas palavras. Além de tê-la destruído, tive certeza de que fui junto. Destruí a nós dois.

– Raissa... – Não consegui parar de soluçar. – Raissa...

– Eu tenho nojo de você, deixe-me em paz. Acabou o que para você nem sequer tinha começado.

– Não... Não, Raissa, não... Por favor.

– Você não sabe amar – choramingou. – E eu não vou esperar que aprenda. Cansei. É loucura amar sozinha, é idiotice esperar algo bom de quem não sabe respeitar nem a si mesmo.

Ela balançou a cabeça, como se alegasse que não havia mais jeito, como se eu fosse um caso perdido. Simplesmente me joguei no abismo, cansado de andar ao redor dele o tempo todo. Exausto de viver por um triz. Entreguei-me de vez ao fim.

Saber que Raissa não tinha dormido com o meu irmão não me causou alívio. Uma parte de mim desejava que ela tivesse errado também, pois eu trataria de perdoá-la com todas as minhas forças. Quem sabe me sentisse menos culpado? Era idiotice, mas a dor da minha culpa era tão grande que só queria me livrar dela, nem que fosse para dividi-la com Raissa.

Mas aquela mulher era perfeita até mesmo diante da dor. Era uma guerreira que a enfrentava e não um covarde que a temia, e o meu erro se amplificou por não ter confiado nela. Tudo isso só significava que ela continuava certa: eu não sabia amar. Ou mesmo amando, não tinha ideia do que fazer com esse sentimento.

> *"Nada do que eu já fiz me agrada. E o que eu fiz com amor estraçalhou-se. Nem amar eu sabia, nem amar eu sabia."*

Apenas Clarice era capaz de me traduzir naquele instante. Pensei nisso enquanto assistia ao primeiro e único amor da minha vida se afastando. Fechou a porta de sua casa com força, deixando-me em um estado de paralisia que só refletia a minha incapacidade de fazer as coisas certas. Devia ter explicado, implorado, ficado de joelhos no chão, confessado que a amava mais do que tudo no mundo e chorado para que não me deixasse. Mais uma vez, fui travado pelo desespero.

Não estava pronto para ter alguém como Raissa.

Abri a boca para respirar, acho que passei um tempão sem fôlego, e engoli um pouco de sangue sem querer. Cuspi tudo no chão. Tentei limpar meu nariz, mas praguejei de dor, com certeza estava quebrado. As lágrimas se misturaram com toda aquela nojeira. Entrei em casa só para vestir uma camisa e pegar as chaves do carro: precisava ir ao hospital com urgência.

Cometi o erro de entrar no meu quarto e ouvi Raissa chorando alto. Meu coração terminou de ser estilhaçado. Foi como pisar em cacos de vidro.

– Raissa... Me perd...

– Cale a boca e me deixe quieta! Me deixe em paz!

Não soube como a minha cabeça não explodiu. Vi tudo girando no meu quarto por alguns instantes e achei que fosse desmaiar. Sentei-me na cama, buscando equilíbrio. Raissa abafava o choro em um travesseiro, até que não consegui ouvir mais nada. Soltei uma frase aos soluços, quase não conseguindo concluí-la:

– "Mas tantos defeitos tenho. Sou inquieta, ciumenta... áspera..." – Parei um pouco apenas para chorar. – "Desesperançosa. Embora amor, dentro de mim, eu tenha... Só que não sei usar amor... Às vezes... Às vezes parecem farpas..."

Raissa não respondeu. Depois de um segundo, percebi que ela não estava mais no quarto, devia ter saído assim que me pediu para deixá-la em paz. Olhei para o seu rosto que, ao contrário do original, sorria na minha cabeceira. Aquele sorriso sempre me fazia sorrir; no entanto, daquela vez foi bem diferente. Soltei o maior de todos os soluços e depois desatei em lágrimas.

O sangue ainda escorria, manchando meus lençóis, por isso peguei uma toalha limpa e fui resolver a única coisa que conseguiria naquele momento terrível: a minha situação física.

O FIM TALVEZ NÃO SEJA UMA ESCOLHA, MAS O QUE FAZER DEPOIS DELE, SIM (por Calvin)

Cruzei a porta da emergência àquela hora da manhã, explicando que tinha entrado em uma briga e que provavelmente havia quebrado o nariz. Uma enfermeira jovem me levou para o ambulatório. Sentia-me desnorteado, como se nada estivesse acontecendo comigo. Um pouco tonto, também. A única opção era ficar quieto, esperando o tempo passar para que a ficha caísse. Pelo visto, o nariz não era o meu único problema.

A enfermeira mexeu em vários pontos doloridos do meu rosto com um algodão, contendo algum líquido que só fazia minha cara inteira arder como se estivesse dentro de uma fogueira. Descobri que não conseguia abrir o meu olho esquerdo até o fim. O inchaço foi piorando e a dor física intensificou a psicológica até não me controlar; meu corpo tremia sem pausas por causa dos soluços que tentei conter.

Recusei-me a chorar na frente da enfermeira, mas ela ficou preocupada tanto com o meu silêncio quanto com os espasmos bizarros que me faziam pular na cadeira. Não respondi quando perguntou o meu nome. Ela conferiu nos meus documentos e, com cara de espanto, perguntou se eu tinha algum parente para quem pudesse ligar. Neguei, balançando a cabeça. Meu desespero aumentou mais ainda por realmente não ter ninguém para quem dar um maldito telefonema.

Vi as coisas girando dentro da enfermaria e respirei fundo para me acalmar. Segurei a corrente que Raissa tinha me dado. Uma segunda enfermeira apareceu para medir a minha pressão e verificar os meus batimentos; meu coração quase saía pela boca. Como eu não falava e parecia em estado de choque, elas me deitaram em uma maca.

Só me lembrava de visualizar o médico entrando no recinto e uma das enfermeiras dizendo que achava que eu desmaiaria.

Devo ter acordado alguns minutos depois, ainda deitado na maca, e a enfermeira que havia me ajudado nos ferimentos terminava de inserir uma agulha na minha mão, ligada a um tubo. O médico estava ao meu lado, analisando-me com um estetoscópio.

– Senhor Caio... O senhor se alimentou nesta manhã?

Dei de ombros. Não me lembrava de ter comido nada. Na verdade, estava tão desnorteado que sequer sabia que dia era aquele.

– Creio que entrar numa briga tão cedo lhe colocou sob muito estresse... – O médico prosseguiu: – Sua pressão normalizou, por isso vamos te dar apenas um pouco de calmante no soro. Fique tranquilo por algum tempo e, caso volte a sentir vertigem, avise-nos. Tudo bem?

Concordei com a cabeça. Precisava mesmo me acalmar. O pesadelo que vivi não podia ficar se repetindo na minha mente. As duras palavras de Raissa tinham de parar em algum ponto seguro dentro dela, um lugar onde eu pudesse analisá-las sem me sentir tão angustiado, perdido e temeroso.

– Quer ligar para alguém? – insistiu o médico. Chacoalhei os ombros. – Cida, acho melhor algum familiar acompanhá-lo – falou para a enfermeira. – Ele parece em choque. Veja o número mais usado no celular dele e peça para Samanta ligar com urgência. – A enfermeira terminava de organizar a bolsa do soro. – E aumente a dosagem.

Passei alguns minutos olhando para o teto. As palavras de Raissa se misturaram a algumas frases de Clarice, então a minha cabeça dolorida se tornou uma zona de conflito difícil de suportar. Foi assim até que o calmante fez efeito, deixando-me grogue. Fui vencido por ele aos poucos, até que adormeci.

Não soube por quanto tempo apaguei, mas quando os meus olhos abriram de novo, encontrava-me em outro lugar. Cortinas brancas me rodeavam, deixando-me alheio ao que acontecia do lado de fora. A agulha ainda estava injetada na minha mão. Pisquei os olhos, meio tonto ainda. Olhei ao redor e percebi uma pessoa sentada na única cadeira que havia ao lado da maca. Era Raissa.

Soltei um espasmo tão grande ao vê-la que chamei a sua atenção. Ela me olhou sobressaltada e se levantou no impulso. Chegou muito perto, tocou-me um pouco no braço e, com o olhar vago, distanciou-se.

– Raissa... – A voz rouca saiu em forma de sussurro. Tentei alcançá-la com a mão livre. – Você está aqui mesmo ou fiquei louco de uma vez?

Um pequeno passo nos distanciava, mas pareciam quilômetros. Meu corpo estava pesado, mas, mesmo assim, tentei me levantar. Raissa se aproximou outra vez e me impediu, empurrando-me de leve pelos ombros.

– Fique aí.

Obedeci-a. Ela me soltou, porém decidiu ficar mais perto, encarando-me. Analisei seu rosto abatido. Havia olheiras ao redor dos olhos verdes, e os cabelos cor de terra estavam despenteados, amarrados de qualquer jeito em um rabo de cavalo. Sua palidez quase me fez voltar a surtar.

– Você está bem? – perguntei, manso.

– Não sou eu quem está em um hospital. – Sua voz firme mostrava o quanto ainda estava puta comigo. – Meu número era o único na agenda do seu celular.

Ah, *isso*. Eu tinha salvado apenas o número do celular dela na nova agenda, e a coitada estava ali porque foi obrigada. Não havia mais ninguém no mundo por mim.

– A gente precisa conversar. – Tentei pegar em sua mão, a que estava esticada na maca, mas ela a afastou.

– Não. Não enquanto estiver aí.

– Quando?

– Não sei, Caio. – Sua rispidez me deixou uma sensação horrível de solidão.

– Eu posso explicar tudo, Raissa... Eu...

– Pare... Pare, não comece. – Deu alguns passos para trás, angustiada.

– Foi um mal-entendido.

Bufou. Lágrimas se formaram em seus olhos.

– Eu vi, está bem? – disse um pouco mais alto, depois olhou ao redor e controlou o timbre de sua voz. – Eu vi você beijando a Lilian. Resolvi passar lá no restaurante e... – As lágrimas dela caíram.

Sua expressão dolorida cortou o meu coração pela milésima vez naquele dia. Ele havia sido estilhaçado e pisado, mas alguém lá em cima não queria me dar trégua. Nem percebi quando minhas próprias lágrimas caíram também. Foi um movimento tão involuntário que não foi preciso qualquer tipo de esforço.

– Caralho... Eu não tenho nem um pingo de sorte. – Não podia acreditar que Raissa tinha visto aquela cena. Era azar demais para uma pessoa só.

Ela enxugou as lágrimas com as mãos e desviou o rosto.

– Olha, Caio, entendo que deve ser difícil para você, mas... É muito mais difícil para mim. Eu não vou aceitar isso. Aceito que esteja inseguro, que tenha medo, que não tenha a capacidade de dizer que ama alguém, mas eu... – Parou, pois tinha começado a alterar a voz de novo. Controlou-se ao máximo, deu para perceber. – Não aceito traição. O que você fez com a Lilian foi... – Arquejou. – Uma facada... Uma... coisa nojenta que...

– Raissa, eu não fiz nada. Foi um mal-entendido.

Encarou-me. Abriu a boca e ficou me olhando como se eu fosse doido.

– Um mal-entendido – murmurou. – Só não termino de quebrar a sua cara porque tem um monte de curativo aí atrapalhando. Sério.

– Estou falando a verdade. Você precisa saber a história do começo ao fim. Por favor.

Ela fechou os olhos e cruzou os braços. Levantou uma mão para passá-la pelo seu rosto, em um gesto nervoso, irritado e impaciente.

– Acabei de dizer que vi, Caio. Eu vi você aos beijos com a minha prima. Não foi um beijinho qualquer, um tropeço, um esbarro... – Respirou fundo, acho que para não explodir. – Foi um beijo, cacete, você estava amassando a minha prima como se ela fosse massa de modelar. – Fez um gesto apertando as mãos. – Jogou fora todo o respeito que eu teimava em ter por você.

Senti todo aquele rancor. Meus batimentos cardíacos aceleraram outra vez e a sensação de torpor retornou. Tentei controlar a minha respiração, pois o fato de ela estar ali precisava significar alguma coisa além de tanto ódio direcionado. Sua fúria me travou de novo, porém fiz o máximo de esforço que pude para não sucumbir ao medo.

– Sei que... que deve ter sido difícil de entender...

– Difícil? – Voltou a me encarar. – Olha, Caio, só estou aqui porque o seu irmão não quis vir, e com total razão. A cara dele está pior que a sua. Você afasta todas as pessoas que sobraram na sua vida e que poderiam ter algum tipo de consideração por você.

Senti-me piorando, porém não arriscaria dizer nada. Precisava ter aquela conversa, uma chance de me explicar. Se não fosse ali, onde mais seria? Ela não apenas ouviu falar algo da Lilian, Raissa tinha visto a cena toda e achado que eu realmente quis traí-la.

– Obrigado por ter vindo – murmurei. Tentei pegar sua mão de novo, porém Raissa deu mais um passo para trás.

– Não me agradeça. Só estou aqui porque é impossível deixar de amar alguém de um dia para o outro. – A sinceridade dela era uma coisa impressionante. – Mas se eu pudesse... Aliás, eu vou. Vou arrancar isso de mim como se fosse uma farpa no dedo. – Ela riu sozinha. Senti-me ainda mais arrasado e perdido.

– Você nem quer me ouvir... – Meus soluços voltaram com força total. – Droga, você nem quer ouvir a minha versão! Sou tão filho da puta assim? Que merda, Raissa, não confia nem um pouquinho a ponto de me deixar falar? Essas três semanas que passamos não foram o bastante para você entender que eu jamais faria algo assim contigo?

– Não, você não é um filho da puta, a Sra. Klein nada tem a ver com isso. E, sabe, não sei se lembra, mas nessas três semanas você teve um monte de surtos por causa do medo.

Calei-me. Abri a boca e fiz novo esforço para continuar.

– Tive medo de te perder e te perdi mesmo assim.

– É isso aí. Você me perdeu. E a culpa é sua.

– É. – Balancei a cabeça de um jeito frenético. – Toda minha.

– Agora, trate de mandar esse povo ligar pra Lilian, porque eu não quero fazer papel de idiota neste lugar.

Fiz uma careta.

– Lilian? Puta que pariu, Raissa, me escuta! – Sentei-me de uma vez, mas me deitei de novo porque quase tive um desmaio. Fechei os olhos com força. – Ela me chantageou! Droga! Não a beijei porque quis, ela disse que se eu não a beijasse, contaria para você que... que...

Tudo ficou muito silencioso. Abri os meus olhos e confirmei que Raissa ainda estava lá. Encarava-me com lágrimas nos olhos e uma expressão que misturava revolta e surpresa.

– Que... Que o quê? – Arfou.

– Me escute. Por favor, me escute até o fim.

– Que o que, Caio?

Tentei reunir um pouco de coragem. Sabia que aquele instante seria decisivo.

– Prometa que não vai embora.

Ela balançou a cabeça, negando.

– Por que a Lilian te chantageou, Caio?

– Sua prima e eu já transamos, mas foi há dois anos, durante uma festa na faculdade. – Raissa se sentou na cadeira ao lado da maca, parecendo chocada. – Não a reconheci quando nos encontramos no hospital, mas ela percebeu quem eu era e me procurou antes de a gente começar a namorar. Estávamos naquela fase da amizade, eu juro. Naquela noite, ficamos, mas foi só isso. Eu não quis prosseguir.

Raissa tirou os olhos de mim e encarou o além. Lágrimas escorreram pelo seu rosto perfeito, e decidi continuar a minha narrativa:

– Ela me procurou ontem, no restaurante, querendo me chantagear por causa do passado. Disse que, se eu não a beijasse, contaria tudo para você. Fui um idiota, sei disso... Não devia ter caído na armadilha dela, devia ter te contado antes que o pior acontecesse. Mas é que tive tanto... *tanto medo*... tanto medo de te perder, Raissa. – Ela conteve um soluço. Ainda olhava para o além. A expressão indecifrável quase me matou. – Nunca quis te magoar e, ao mesmo tempo, sabia que aconteceria.

– Aconteceu – murmurou.

– Lembre-se... "Só uma coisa a favor de mim eu posso dizer: nunca feri de propósito. E também me dói quando percebo que feri."

Raissa bufou.

– Então vocês já transaram e, depois que se viram no hospital, ficaram.

– Você e eu não éramos nada, Raissa. Não te enganei, foi passado. Um erro, uma noite nada a ver, como todas as outras que vivi sem ter sido contigo.

– Na casa dos meus pais... você... tratou a Lilian muito bem até... – Protelou aos murmúrios, como se eu não estivesse ali para ouvir sua linha de raciocínio. – E eu, toda abobada, sem saber o que tinha rolado. Ela estava toda oferecida para o seu lado... – Riu sozinha. Tive certeza de que Raissa não estava no seu estado normal. Ela sempre foi engraçada, mas aquela espécie de humor era assustadora. – Fui feita de besta. Meu Deus, como fui otária!

– Eu a tratei normalmente porque não queria confusão na casa dos seus pais. O respeito que tenho por eles é enorme.

– E o respeito por mim ficou onde? – continuou aos murmúrios, sem me olhar. Acho que ela estava em estado de choque.

– Eu devia ter te contado. Teria evitado toda essa confusão, toda essa dor.

– Você não me conta que já fodeu a minha prima... Cai numa chantagem ridícula... E ainda me acusa de ter dormido com seu irmão.

Lembrei-me de que ainda não sabia o que aquele filho de uma égua tinha feito na casa dela. Morri de medo de perguntar e piorar a situação. Melhor seria tentar esquecer aquela merda toda.

– Raissa... Raissa, olha pra mim.

Ela não me obedeceu. Praguejou baixinho, e não consegui ouvir nada. Parecia imersa em uma onda de reflexões, que só teve fim quando fechou os olhos e apoiou a cabeça entre os dedos. Fiquei tão apavorado que só tremi por inteiro, travado pelo desespero de vê-la daquele jeito. Cada lágrima que saía do seu rosto era um motivo que eu ganhava para me afastar de vez daquela mulher. Ela não merecia tanta merda.

– Me perdoa... – falei em um soluço sofrido.

Raissa passou alguns minutos naquela posição. Depois, ergueu-se, parou do meu lado e segurou a minha mão livre. Sorri. Um resquício de esperança foi o suficiente para aquecer uma chama dentro de mim. Ela continuou séria e cruzamos nossos dedos.

– Pensei no seu bem o tempo todo, desde o início. Tentei te entender, justificar o seu comportamento... Eu te conquistei de propósito, Caio. – Sua seriedade me arrancou o sorriso. – Tive consciência de tudo o que estava fazendo, pois me parecia a coisa certa: salvar aquele menino perdido que fodia com mulheres para encobrir frustrações. – Ela fez uma pausa e beijou os meus dedos. – Acredito no que me falou, mas... sabe... Neste momento, não acredito que haja felicidade para nós dois.

– Raissa... Não.

– Uma relação precisa de confiança acima de tudo, Caio. Não entende? Eu não confiei em você, e você não confiou em mim. – Suas lágrimas começaram a molhar o mesmo ponto que foi beijado. – Esse medo doentio que você tem, essa falta de fé. Essas burradas imaturas. Eu também tenho medo que você faça merda, e, sinceramente, como continuar nessa instabilidade? Eu que te peço perdão por ter mexido no que não devia.

– Não fala assim. Não fala assim, por favor. Me perdoa.

– Não é mais questão de perdoar, Caio. É o futuro. Você precisa aprender a confiar em si mesmo. A se amar. Eu não posso ajudar nisso. Ninguém pode, além de você mesmo.

Fui tomado pela já conhecida série de soluços.

– Me ajuda.

– Não posso... Eu também tenho que me amar.

– Você foi a melhor coisa que já me aconteceu – falei com desespero. – Nunca quis tanto viver... Juro que não... Até te conhecer.

– É disso que estou falando. Não posso completar alguém que não se completa sozinho, Caio. Você precisa se completar para que alguém possa te transbordar.

– Você me completa até me transbordar, Raissa... – Usei a mão espetada para tocar seus cabelos. Puxei-os, e ela veio para mais perto. Guiei as mesmas mãos para os seus lábios.

– Vai ser melhor para nós dois – insistiu.

Uma mágica impressionante aconteceu dentro de mim assim que aquiesci, percebendo a sinceridade do meu ato. Pode parecer esquisito, mas me senti diferente ao perceber que ela estava certa. Não sabia o que tinha sido aquilo que me invadiu, talvez um pouco de maturidade.

Eu a amava muito, queria-a para mim mais do que tudo. Só que faltava algo em nós. Algo em mim, principalmente. Não a deixava segura, afinal, não tinha segurança nem para mim mesmo. Raissa jamais se convenceria do meu amor se eu não me amasse. E, bom, nunca aprendi a gostar verdadeiramente de mim. Que tipo de futuro teríamos daquele jeito? Não podia ficar com alguém sem nutrir o mínimo merecimento.

Ao contrário de mim, ela se amava e sabia do que precisava. Não fazia ideia de como sairia daquela situação, mas o meu desejo não me deixava recuar: eu a queria e faria o possível para tê-la e merecê-la. Não como um menino birrento que toma para si um brinquedo caro, mas como um homem que trabalha para obtê-lo e usufruir dele.

Permanecemos mudos por alguns minutos – eu até me senti um pouco mais calmo –, até que vi alguma coisa se mexendo por trás da cortina. Uma pessoa apareceu de repente.

– Raissa? – Ela deu um pulo e me largou depressa. – Achei vocês!

Fiquei parecendo um bobo quando vi a mãe dela. Devo ter feito uma expressão esquisita, pois meu rosto doeu, sobretudo o nariz. Não entendi o que estava acontecendo. Raissa a abraçou meio sem jeito e logo em seguida ambas me olharam com atenção.

– Ah, Calvin... Isso está feio. – Sua mãe se aproximou e, contra toda a lógica, alisou os meus cabelos enquanto analisava o meu rosto.

– Meu filho, por que foi brigar com seu irmão? Você é tão inteligente, tão atencioso e gentil.

Uma grande interrogação apareceu no meu cérebro. Acho que travei, mas não pelo medo ou desespero. Não soube explicar direito o que senti, só que não fui capaz de falar nada.

– Ele é bem explosivo também, mamãe – Raissa explicou, voltando a se sentar na cadeira. Parecia exausta.

– Não pode ser assim, meu filho.

Abri a boca, porém só consegui gaguejar.

– Que bom que veio, mãe. Não achei que viria – Raissa falou por mim.

– Claro que vim! Calvin já é da família. – Sua mãe a olhou com um pouco de chateação e voltou a me encarar. Sorriu. – Sara foi a uma reunião na creche da Clara e Gui está na escola. Seu pai está trabalhando, então, em nome de todos, estou aqui.

Pisquei os olhos. Pronto... Caí no choro. A mãe da Raissa ficou muito assustada com a minha reação exagerada, mas fez o que eu estava precisando desde que briguei com meu irmão. Aliás, desde sempre. Uma coisa simples que fazia diferença para muita gente: deu-me um abraço bem forte.

Chorei como se fosse uma criança, sentindo-me acolhido, amado. O fato de ela se importar comigo renovou minha esperança. Nem tudo estava perdido. Podia ter feito muitas merdas e machucado Raissa de diversas formas, mas aqueles sentimentos maravilhosos ninguém seria capaz de tirar de mim. Pela primeira vez na vida, senti que tinha uma mãe, ou algo bem próximo a isso.

– Obrigado por ter vindo – choraminguei, afastando-me para não a assustar mais. Tentei enxugar umas lágrimas, porém os curativos arderam. Desisti.

Olhei para Raissa atrás de sua mãe; ela também chorava.

– Estamos bem emotivos hoje, não? Vamos melhorar esse clima? Trouxe bala de cereja e chocolate. – A mãe abriu a bolsa e retirou de lá um monte de guloseimas. Senti-me um garoto de cinco anos e foi por isso que ri. – O médico disse que você teria alta assim que acordasse. O que acha de passarmos em uma lanchonete? Está com fome?

– Mãe... – Raissa intercedeu. – A gente só quer ir pra casa.

– Ah... Tudo bem. Não faz mal. Nos vemos sábado, Calvin?

Fiquei incomodado por ela ainda não saber o meu nome. Ignorei, pois seria esquisito dizer ali. Não sabia também como Raissa reagiria ou se pretendia contar. Talvez fosse uma coisa que ela precisasse resolver, não eu. Se bem que, àquela altura, não importava tanto assim.

– É que eu vou precisar trabalhar... – neguei a contragosto. Não forçaria a barra. Raissa não achava que nós deveríamos ficar juntos. Precisava fazer com que mudasse de ideia do mesmo jeito que ela tinha me feito mudar: com dedicação e paciência. – Quem sabe em breve?

– Estaremos esperando! – O silêncio que se fez naquele pequeno espaço da enfermaria foi desconfortável. A mãe de Raissa resolveu nos tirar do constrangimento: – Vou chamar o médico. Detesto cheiro de hospital! Coma um chocolate, vai te fazer bem.

Peguei um doce e o abri sorrindo, enquanto ela atravessava de novo as cortinas.

– Obrigado, Raissa.

– Eu não sabia para quem ligar.

Coloquei o chocolate dentro da minha boca, lembrando-me de que estava morrendo de fome.

– Nem eu – falei com a boca cheia.

– Vai ficar bem?

– Vou – respondi no automático. Eu não ficaria bem, apenas tentaria ficar. Todas as dores que tive me enfraqueceram, era a hora de deixar uma grande dor me fortificar. – "Quem é capaz de sofrer intensamente também pode ser capaz de intensa alegria."

Raissa sorriu de um jeito lindo.

– Amém – murmurou.

O médico aferiu a minha pressão de novo e fez um monte de perguntas. Tentei aliviar, dizendo-lhe que só havia tido muita raiva por causa da briga. De fato, só queria ir para casa. Sabia que o meu corpo ficaria bem assim que a mente acalmasse.

Depois de uma radiografia, ouvi um bocado de recomendações para o tratamento do meu nariz – não é que ele tinha quebrado mesmo? A recuperação levaria um tempo, e eu ficaria com um curativo horrível no meio da minha cara, mas quem liga?

Raissa tinha ido ao hospital de táxi, bem como a sua mãe. Depois de me acompanharem com dedicação, não me deixaram dirigir de modo algum, tudo porque o médico me recomendou repouso – até me deu um atestado de três dias que eu ia ignorar, pois só ficaria mais louco se passasse tanto tempo sem fazer nada. Assim, foi a vizinha quem dirigiu o meu carro. Já era quase noite.

Raissa estacionou e pegou o seu próprio veículo para levar a mãe em casa. Agradeci como pude. Queria ter um tempo a mais na sua companhia, mas ela não me deu brecha. Pelo visto, não me daria mais. Comprovei isso quando cheguei à varanda e levei um susto: o tapete da mamãe estava enrolado e apoiado na minha porta. Fiquei sem reação. Não deu para calcular quanto tempo permaneci parado como uma estátua, olhando para o tapete como se fosse uma coisa extraterrena.

Cerrei os punhos e os dentes, controlando uma explosão interna. Expirei todo o ar dos pulmões e depois inspirei fundo. Nada de autoflagelamento. Nada de desespero. Juntei força e coragem para entrar em casa junto com o tapete. Não podia deixá-lo lá fora, não o tinha guardado durante tantos anos para estragá-lo. Também não podia forçar Raissa a ficar com ele. Tinha certeza de que ela havia pensado muito antes de deixá-lo ali, portanto eu precisava aceitar, principalmente que eu tinha errado e que precisaria muito mais do que seduzir para realmente tê-la.

Devia tomar um banho e comer algo mais saudável do que um simples chocolate e algumas balas de cereja, mas o cansaço, mesclado com a tristeza, só me fez ter vontade de dormir. Empurrei os móveis da sala e abri o tapete da mamãe no chão. Um alerta apitou na minha cabeça: meu pai me dizendo que ter um tapete cor-de-rosa era “coisa de veado”.

Balancei a cabeça em negativa.

Nada nem ninguém me faria deixar de sentir o conforto que aquele simples objeto sempre foi capaz de me trazer. Sendo assim, chorei até pegar no sono.

RENASCIMENTO*
(por Calvin)

Fazia tempo que não passava por uma semana tão difícil. Aquela muito se igualou às tantas nos primeiros meses após a morte do meu pai. O clima fúnebre permaneceu, como se a minha alma e o meu corpo estivessem de luto, mas já conhecia aquela dor, e saber que não poderia doer mais do que aquilo era um alívio.

Percebi que já sofria a dor do fim antes dele, e isso me trouxe uma espécie de consolo que me deixava mais conformado do que imaginei que ficaria. Aquela conformidade podia ser algo bom ou ruim. O lado bom foi manter o desespero longe; minhas lágrimas foram silenciadas, e o autoflagelamento parecia ter dado uma trégua junto com os medos. O lado ruim foi a inércia.

A rotina se tornou sufocante, tudo ficou insuportável de uma hora para outra, começando na manhã da quarta-feira. Acordei todo quebrado por ter dormido no tapete da mamãe. Decidido a fazer as mesmas coisas de sempre, fui ao jardim cuidar das plantas. Percebi que a varanda de Raissa ainda estava toda destruída.

Fiquei olhando a bagunça. Tudo o que eu mais queria era acordar e perceber que toda aquela merda havia sido um pesadelo. Desejava preparar nosso café da manhã e ver seu sorriso glorioso. Precisava sentir seu cheiro de novo, o formato dos seus lábios nos meus e aquela sensação nova de ser amado, admirado e valorizado. Mas tudo havia morrido junto com as rosas, que estavam pisoteadas.

Peguei uma vassoura em casa, disposto a aliviar aquele clima destruidor que pairou no ambiente. Congelei quando notei as violetas. O vaso delas estava quebrado, bem como todos os outros. Ajoelhei-me

* Atenção! Capítulo sensível a pessoas que possuem ideação suicida. Procure ajuda!

no chão e as toquei. Apesar de sentir uma vontade absurda de chorar, nenhuma lágrima escorreu. Dei uma olhada ao redor, achando que surtaria, mas me vi diante de um vazio ainda mais cruel do que o próprio desespero.

Eu cuidava daquelas plantas havia anos. Cada flor era cultivada com empenho. Estudava cada uma delas para que florescessem saudáveis, em um ambiente agradável. Não era justo que pagassem pela minha burrice, não tinham culpa de nada.

– Me desculpem...

Calei-me, cerrando os dentes. A raiva deu lugar à tristeza, por isso peguei a vassoura e juntei todos os destroços em um canto. Depois recolhi tudo em uma sacola grande de lixo. Parei quando vi um único vaso intacto: o pequeno cacto repleto de espinhos. Ele me representava mais do que qualquer coisa; tudo o que fazia parte de mim parecia capaz de machucar alguém.

Podia deixá-lo onde estava, mas o joguei no lixo junto com todo o resto. Depois que deixei a varanda da Raissa vazia e limpa, tudo perdeu o sentido. Desistir daquelas plantas significou uma desistência geral, por isso sequer cuidei do jardim. Fui ao trabalho com a cara toda arrebentada e dolorida. O gerente quis me fazer voltar para casa, mas conversei com ele até que permitiu que eu ficasse.

Só que cozinhar também perdeu a graça. No fim de cada expediente, percebi que minha tristeza não havia sido amenizada. A dor latejava, a impaciência me consumia, e o desânimo sufocava. Achei esquisito não conseguir me distrair cozinhando.

Depois de refletir, percebi que, pela primeira vez, não ignorei os meus problemas ou dores. Quis apenas senti-las e, talvez por isso, minha mente se recusasse a anulá-las. Seria um sinal de amadurecimento ou uma espécie de masoquismo? Não soube responder, mas ter a compreensão de que não queria fugir de mim mesmo me fez confiar no tempo.

Contudo, é muito difícil confiar nele quando o seu primeiro e único amor passa por você e sequer considera a sua presença. Aconteceu na sexta-feira à noite. Cheguei do trabalho às duas da manhã, morto de cansaço. O carro de Raissa não estava estacionado no lugar de sempre. Aliás, ficava cada vez mais difícil controlar os horários dela. Raissa saía de casa mais tarde do que antes, em horas aleatórias.

Muito esquisito!

Assim que cruzei o portão de madeira, ouvi seu carro chegar. Esperei com a passagem aberta, pronto para saudá-la, mesmo que estivesse com o coração na mão por vê-la cara a cara de novo depois de um tempo que me pareceu eterno. Ela saiu do veículo segurando as sandálias e caminhando tropegamente. Ardi como se fosse pólvora acesa. Raissa estava bêbada, usava um vestido preto curto, amarrotado, e tinha os cabelos soltos desgrenhados.

Tive tanta raiva que minha saudação foi engolida, apenas a esperei passar por mim. Ela o fez sem sequer olhar para minha cara, rebolou sensualmente até a varanda e entrou em casa, depois de ter dificuldade de usar a chave para abrir a porta. Vê-la daquele jeito acabou com o meu juízo. Não parei de pensar onde esteve e com quem esteve.

Os pensamentos me torturaram por toda aquela noite, e o tapete da mamãe nunca foi tão desconfortável. Tive vontade de gritar, de bater em alguém, de sumir... Mas eu sabia que precisava passar por aquilo. Talvez a minha culpa fosse anulada. Talvez o perdão que sempre quis viesse. Eu havia machucado tanta gente, feito tanta merda. Não podia ficar impune e ser feliz como se fosse um cara inocente.

Cada dor que eu sentia fazia o meu corpo se redimir do mal que tinha causado aos outros. Só precisava ter calma. Paciência. Coragem. Aceitar que o mundo não estava sendo injusto comigo, mas, sim, justo com as pessoas que magoei. Parar de me fazer de vítima me fez sobreviver àquela fatídica noite. Perceber que a responsabilidade de pagar pelos meus erros era minha me fez compreender que tudo fazia parte do meu processo de amadurecimento. Era necessário para me livrar de tantas desgraças, tanto medo.

Em contrapartida, perceber que Raissa não mais me pertencia, que podia fazer o que quisesse – incluindo transar com outros caras –, deixava-me surtado. O ciúme me trouxe o desespero de volta. Acho que a pior parte de perder não era a ideia de ficar sem ela, mas a de que outro cara podia fazer o que eu tanto queria.

Já era manhã de sábado e eu não tinha dormido nada, quando vi pela minha janela Raissa saindo cedo para visitar seus pais. Uma fagulha de esperança vibrou em meu peito quando percebi que logo seria domingo. Sabia que ela cumpriria a sua promessa de nunca me deixar sozinho, não importava o que acontecesse. Sempre acreditei em suas palavras.

Nós nos encontraríamos no quintal e eu a convenceria de que aqueles dias haviam sido suficientes para ter certeza de que jamais seria capaz de magoá-la de novo. Havia aprendido uma lição muito importante: todas as merdas que já fiz na vida foram resultado das minhas escolhas, não um acontecimento trágico alheio a mim.

Só a queria de volta e não aguentava mais esperar. A falta que ela me fazia era... *excruciante*. Ir até o meu quarto ainda era difícil, contudo precisei procurar o livro da mamãe na estante. Tive a ideia de ler algumas frases para não enlouquecer de vez. Puxei-o tão depressa que outros exemplares caíram no chão. Recoloquei-os na prateleira e percebi que estavam empoeirados. Fazia algum tempo que não os limpava. Como não aguentava nem sequer ver o jardim e não conseguiria mais dormir, decidi começar a limpeza grossa da casa, que costumava ser mensal, até chegar a hora de ir trabalhar.

Retirei cada livro com o maior cuidado, fazendo pilhas deles no chão. Detestava mudá-los de lugar; cada qual tinha a sua posição exata. Depois que retirei todos da estante, passei a limpar cada livro, um por um, e recolocá-los no lugar. Os minutos se passaram tão depressa que, quando me dei conta, já era hora de me aprontar para ir ao restaurante. Deixei o serviço pela metade, prometendo que o faria depois. Quem sabe na companhia da Raissa, no dia seguinte.

Nunca trabalhei tão disperso quanto naquele sábado. A minha sorte foi que consegui fazer isso sem prejudicar o resultado final. Fiquei aliviado ao ver o carro da Raissa quando cheguei a casa. Um pouco de ânimo me fez lembrar de que haveria churrasco mais tarde e de que tudo seria resolvido depois que passássemos algumas horas juntos. Eu acreditava na gente. Acreditava no meu amor e, mais do que isso, acreditava no amor dela.

A boa notícia foi que, depois de dias dormindo mal, consegui ter uma madrugada de sono profundo. A notícia ruim foi que sonhei com Raissa. Não que fosse algo ruim sonhar com ela, mas é que no sonho estávamos juntos e felizes. Ou seja, acordar e me lembrar que nada tinha sido resolvido foi uma tortura. Ao menos estava confiante no churrasco, por isso segui para um mercado logo cedo; comprei tudo do bom e do melhor.

Preparei a farofa de que ela tanto gostava com empenho, cortei os tomates com precisão exagerada, temperei as carnes e fiz um pudim de morango, lembrando-me da nossa primeira noite juntos. Era quase meio-dia quando enfim consegui levar tudo para o quintal. Destranquei a porta da frente, deixando o acesso livre para Raissa. Coloquei Lulu Santos para tocar no som, organizei a mesa de madeira de uma forma cuidadosa e tratei de ligar a churrasqueira.

O carvão já estava em brasa, mas nada de Raissa. A demora começava a me angustiar. Estava nervoso, sem saber direito o que dizer a ela. Uma coisa estranha dentro de mim me impedia de dizer que a amava, mas estava disposto a botar para fora tudo o que permanecia entalado na minha garganta.

Tirei a roupa, ficando apenas de sunga, e passei o protetor solar. O sol brilhava forte no céu quase sem nuvens. Estendi a toalha ao lado da piscina e dei uma olhada ao redor; as plantas precisavam de um pouco de atenção, mas não conseguia vê-las com os mesmos olhos. Era como se todas elas estivessem me detestando, e eu só precisasse ficar na minha para deixar toda aquela raiva passar. Ignorei-as.

Entrei na piscina, observando as carnes ficando prontas, escutei a coleção inteira do Lulu, e nada de Raissa. Desisti do som e passei a escutar o silêncio sepulcral enquanto tentava me manter confiante. Sabia que ela viria. Talvez tivesse acordado tarde ou se enrolado na caipirinha. Adorava a caipirinha de Raissa, pois nunca era igual. Ela sempre errava em alguma coisa; ou era no açúcar, ou na cachaça, até no limão conseguia errar.

Entrei em casa para ver a hora no relógio da cozinha: eram quase três da tarde. Dei uma olhada pela janela e vi o carro dela estacionado. Raissa estava em casa, então por que ainda não tinha chegado?

Pensei em chamá-la pelo quarto, mas desisti. Tive medo da indiferença. Minha mente não queria aceitar que Raissa não viria. Mantive-me confiante até o último suspiro. As carnes que assei esfriaram com o passar do tempo, os tomates começaram a murchar, e eu não sabia mais no que me agarrar para continuar esperando. Escolhi as lembranças. Lembrei-me dos olhos dela me observando, dizendo que me amava. Havia tanta verdade neles. Ou será que tinha me enganado?

Lembrei-me do dia em que falou que estaria comigo em todos os domingos. Lembrei-me dos nossos beijos, dos abraços, de cada lágrima e de cada riso, cada detalhe do que vivi ao lado dela. Havia sido pouco, mas tão intenso.

Lembrei-me do dia do meu aniversário, de como tinha me consolado logo pela manhã. De como havia me ajudado a arrumar um emprego bom, só usando as palavras certas. Lembrei-me de seu sorriso e de como ele sempre foi capaz de me salvar, aos poucos, das coisas ruins que eu sentia.

Lembrei-me das tantas noites que passamos juntos, do modo como seu corpo se encaixava no meu. A parede, o chuveiro, o regador, o tapete, os tomates, a mesa da minha cozinha, a varanda, as flores, o quintal... Tudo me trazia lembranças dela, e eu sabia que jamais as esqueceria. Jamais. Eu não podia viver sem Raissa.

Assistir ao pôr do sol nunca foi tão deprimente. O quintal foi tragado pela mesma escuridão que visitava os meus pensamentos. Compreendi que Raissa não passaria por aquela porta, perdi toda a esperança que tinha reunido durante aquela semana torturante. Uma semana de fé em vão, pois, enquanto sonhava com a nossa volta, ela já estava decidida a desistir de mim.

Sentando-me à mesa de madeira, incapaz até de chorar e quase sem enxergar um palmo à frente, a conclusão das minhas ideias me fez segurar a faca de carnes com força. Se até Raissa, uma pessoa forte, resolvida, sensata, doce, a mulher que havia dito que me amava tinha desistido de mim... era porque eu não valia mesmo a pena. E se eu não valia a pena, para que viveria?

Raspei a ponta da faca, de leve, no meu pulso esquerdo. Senti uma dor aguda, fraca e irritante. Meu corpo soltou um espasmo esquisito, uma espécie de meio soluço, e só. Não sabia como fazer aquilo. Por mais que tivesse pensado a respeito várias vezes, nunca havia chegado tão perto.

Precisava ser mais profundo.

Os olhos de Raissa invadiram a minha mente. Foi uma memória nítida, firme, que mais me pareceu real. Uma lágrima escorreu pela sua face, e então abriu a boca e disse:

– Sua mãe sofreu tanto... para isso?

Solucei alto e no mesmo instante o rosto dela se dissipou. Segurei a faca com ainda mais força. Talvez Raissa me dissesse aquilo se estivesse ali, mas não estava, e a coisa mais legal que eu podia fazer pela minha mãe era encontrá-la no além, como sempre foi o meu desejo, desde que nasci.

Senti a ponta da faca pressionando o corte superficial. Prendi os lábios, sentindo um pouco de dor.

– "O que é verdadeiramente imoral é ter desistido de si mesmo" – continuei com os devaneios. Fechei os olhos e tentei entender se queria parar de fazer aquilo por covardia ou porque realmente não queria fazê-lo. Só pararia de avançar quando soubesse, e foi por isso que deixei a lâmina se aprofundar ainda mais dentro da minha pele.

Em seguida, larguei-a.

– Não procure alguém que te complete... Jamais pense em desistir de você por causa de alguém... É imoral desistir, complete a si mesmo... Procure alguém que te transborde. – Misturei as frases como um louco.

Peguei um pano de prato e enrolei no meu braço. Encostei a testa na mesa e cerrei os dentes. Eu não queria desistir, não podia perder a minha fé por causa daquilo. Raissa me amava. Acreditava nisso. Como pude pensar em me matar e fazê-la sofrer? Como pude pensar em jogar fora a minha felicidade por nunca acreditar que podia fazer as escolhas certas? Ninguém mais sofreria por minha causa, nem eu mesmo.

Precisava começar a me respeitar, a entender o meu valor como pessoa. Sempre achei que estivesse respirando por um erro do destino, mas vivia por minha causa. Era eu que me levantava todos os dias à procura de uma distração para as dores. Tudo porque, no fundo, não queria senti-las. Sobrevivi àquela semana cruel, vencendo a dor, mantendo a fé, acreditando no meu destino com todas as forças. Precisava continuar acreditando em mim. Tentaria ser feliz até o último momento e só desistiria quando a vida me levasse à morte, não quando me empurrasse para ela.

Estava vivo, até então, pela minha única e total vontade de estar. Custei muito a descobrir, mas ali, naquele quintal escuro, compreendi mais uma coisa importante sobre mim: eu me amava. Vivi parte da vida achando que queria morrer, mas nunca quis.

Recolhi todas as coisas do quintal, na maior paciência. Guardei as comidas na geladeira, sem fazer ideia de quem as consumiria. Não soube direito o que estava sentindo; embora tivesse perdido Raissa, havia ganhado a mim mesmo. E, depois que me ganhei, passei a acreditar que tudo ficaria bem.

Estava organizando a minha cozinha quando vi Raissa através da janela. Ela conversava com o meu irmão Carlos no jardim. Toda a minha concentração foi mantida nos movimentos deles; pareciam discutir sobre alguma coisa. Raissa estava abalada, e Carlos, com curativos no rosto, questionava-a com veemência.

Abri a janela para descobrir sobre o que eles tanto falavam e só deu tempo de ouvir a voz dela dizendo:

– Estou decidida, Carlos. Faça o que for preciso, por favor!

– Mas Raissa...

– Não dá para ficar aqui assim.

Ela deu passos para trás e depois se virou na minha direção. Nossos olhos se cruzaram por alguns segundos prolongados, mas ela tratou de me ignorar; seguiu rumo à sua varanda e sumiu do meu campo de visão. Carlos também me viu. Fiz cara de poucos amigos e comecei a fechar a janela.

– Ei, Caio... Ei, espere! – Carlos correu até a minha varanda.

Pensei em fechar a janela de vez e ignorá-lo, mas a curiosidade falou mais alto.

O que aquele otário queria comigo?

Ele se aproximou, porém manteve uma distância segura.

– O que é?

Carlos tinha o rosto todo machucado, mais ou menos como o meu; a diferença era que ele não parecia ter quebrado nada.

– A gente precisa conversar.

– Não tenho nada para dizer a você.

– Cara... Deixa de ser imbecil! – Riu de um jeito sarcástico, mas logo voltou à seriedade. Fiquei observando-o, tentando descobrir como faria para esbofeteá-lo de novo.

– É essa a sua conversa? – rosnei. – Muito bem, me deixe ir até aí e então decidiremos isso de uma vez.

Ele ergueu as duas mãos.

– Não vim brigar. Deixa quieto, então... – Balançou a cabeça, concordando com alguma coisa que eu desconhecia. – Passar bem. – Saiu da minha varanda.

– Ei... Espera. – Ele se virou. – O que houve?

Carlos continuou bem sério.

– Raissa quer vender a casa.

Raissa quer vender a casa.

Raissa quer vender a casa...

Meu cérebro não compreendeu aquela frase, por isso a repetia.

Mantive meus olhos em Carlos, mas tive certeza de que havia alguma coisa estranha neles. Tudo ficou embaçado diante de mim. Não tive capacidade de abrir a boca.

– Ela quer que você compre. Eu sei que você não pode comprar, tentei explicar que, se pudesse, teria feito desde o início. Então ela reduziu o preço pela metade.

– E-Eu...

Carlos sorriu.

– Olha a sua cara de bocó. Nunca te vi se importando tanto com uma mulher. – Uma lágrima escorreu. Continuei sem fala. – Cara, eu não sei o que quer da vida, mas, se quer aquela mulher, precisa fazer alguma coisa. – Apontou para a varanda vizinha.

– Eu não sei o que fazer – murmurei.

– Qual é, desaprendeu a conquistar uma mulher? Raissa te ama. Você não merece nem o prato que come, mas ela te ama. Só consigo sentir pena... Perder o emprego, ter que vender a casa que acabou de comprar... Estar apaixonada por um vizinho otário...

– O que disse? – Quase quebrei o vidro da janela de tanta força que coloquei em minhas mãos.

– Que você é um otário.

– Não. Ela... perdeu o emprego? Quando? Como?

– Segunda-feira.

Prendi os lábios. Era loucura demais para que eu acreditasse. Não podia ser... Raissa havia perdido o emprego no mesmo dia em que me viu com Lilian?

– Raissa não pode vender a casa... Não pode.

– Ah, ela pode. E se eu fosse você tratava de comprar logo, antes que ela desista e venda para qualquer um. Pelo preço que está... não vai demorar nada.

– Não... Não.

– Venda o carro e dê de entrada.

Olhei-o como se fosse um louco. E era mesmo, por sugerir algo do tipo.

– Não vou vender o carro do papai, perdeu o juízo? Não sou como você, que barganha as coisas dele como se não significassem nada.

Deu de ombros.

– Ele morreu, Caio. A gente tem de superar.

– Superar, sim. Esquecer, nunca.

– Você não faz nenhum dos dois.

– E você já fez os dois! – berrei. – Escute aqui, Carlos, se ajudá-la a vender essa casa, juro que acabo com sua raça.

Ele riu, todo desdenhoso.

– O que posso fazer? Sou a única pessoa com quem ela está contando. Não vou enganá-la.

Bufei.

– Sei muito bem das suas intenções, filho de uma...

– Vai começar a falar de mãe? – interrompeu-me.

– Se você encostar um dedo na Raissa, Carlos... – Coloquei o meu em riste. Ele deu de ombros.

– É sério, Caio. Chega de babaquice. Ela te ama. Pelo que estou vendo, um milagre aconteceu e você finalmente aprendeu a amar uma mulher. Convença Raissa a ficar e, então, tudo se resolve.

Passei as mãos pelo meu cabelo, transtornado. Não dava para acreditar que aquilo estava acontecendo. Raissa estava desesperada, e a culpa de toda aquela merda era minha. Eu devia estar ao lado dela naquele momento, não do outro lado da parede.

Refleti um pouco, mesmo que a dor de cabeça me impedisse.

– Diga a ela que eu vou comprar. Preciso de um tempo...

– Ela não quer que demore. Pretende voltar para a casa dos pais na semana que vem.

Raissa voltando para a casa dos pais? E todo aquele lance da liberdade? Até disso estava desistindo?

– Uma semana. Só tenho uma semana.

Carlos aquiesceu. Observou as minhas expressões cada vez mais desesperadas. Não soube dizer quanto tempo se passou até que ele se aproximou novamente, apoiando a mão no meu ombro.

– Ei, mano... Você consegue. Boa sorte.

Não consegui segurar o restante das lágrimas.

– Obrigado.

Afastou-se.

– Ei... – chamei sua atenção. – Desculpa. Sua cara está feia pra burro.

– Seu nariz nunca mais vai ser o mesmo. – Sorriu.

– Não mesmo, seu idiota.

– Isso foi burrice, você sabe. Seu Carlos daria um sermão na gente se estivesse aqui.

– Coisas de irmão – sussurrei, concordando.

– É, acho que a gente sempre vai se odiar. – Júnior não podia estar mais enganado. Haveria um dia em que confraternizaríamos como verdadeiros irmãos, e demoraria menos tempo do que poderíamos imaginar naquele instante. – Vou nessa, cara... Passo aqui por esses dias.

Vi Carlos atravessar o jardim, mas a minha cabeça já estava em outro lugar, mais propriamente na nova missão. Eu tinha uma semana para reconquistar Raissa, provar que podíamos, sim, ser felizes, mostrar o quanto a amava e o quanto estava pronto para viver aquele amor.

Era tudo ou nada.

ESQUECER O INESQUECÍVEL É UMA OPÇÃO COVARDE OU CORAJOSA?

O ruim de estar na fossa, além de chorar até dormir e comer até passar mal, é que tudo faz lembrar o sujeito que você quer esquecer. Não podia respirar em paz sem recordar os momentos que passei com o meu vizinho. Todas as partes daquela casa eram habitadas pelas lembranças, e só o fato de eu estar ali era um motivo para perturbação.

Não conseguia superar, esquecer ou voltar atrás. Minha mente vivia uma espécie de teimosia desenvolvida pela razão e pelo ressentimento; uma mistura cruel que me fez manter o orgulho como se ele fosse a melhor opção. Mas se fosse só orgulho, podia culpar apenas o ressentimento e pronto. A razão vinha no mesmo pacote.

Na vida, muitas vezes precisamos tomar decisões difíceis: desistir de um grande amor pode parecer absurdo aos olhos de quem se ilude pela paixão, mas não me pareceu diante das tantas merdas que aconteceram. Continuava não achando absurdo. Por mais que estivesse doendo. Por mais que o meu corpo quase não suportasse tanta saudade e vontade de jogar tudo para os ares.

A minha força de vontade era maior do que imaginei. Queria ser forte e passar por aquilo, queria superar, pois sabia que era o melhor para nós dois. Fiz escolhas erradas. Precisava admitir e aceitar que fui ingênua. Erguer a cabeça e reparar os meus erros.

Não devia ter mexido no que estava quieto, ter lutado tanto por acreditar que eu era o melhor para Caio. O melhor para ele era um bom psicólogo ou qualquer outra coisa que o tirasse daquele mar de medo e mágoa. Eu não era a cura de ninguém. E ele não era a minha. Também precisava me completar antes de encontrar alguém que me transbordasse.

Mas como me completar vivendo naquela casa? Como me completar estando imersa em uma solidão criada por mim mesma? E eu pensava que era madura... Não passava de uma criança mimada, apaixonada pelo inexistente.

Dizem que o amor é cego, porém naquele caso ele me abriu os olhos. Fez-me compreender que amar não é tudo. Há muito além de amor para unir duas pessoas. Eu possuía muito amor, e tinha certeza de que o Caio também, mas não teríamos nada além de dor de cabeça se ficássemos juntos. A parede da Clarice, toda riscada, não ajudava.

Desde que chutei os vasos da varanda, soube que não conseguiria ficar ali. Sem emprego, paciência ou esperança, segui com a ideia firme de vender aquela casa. Procurei pelo Carlos – o coitado me consolou durante uma noite inteira, impedindo-me de cometer loucuras na noite do "acontecido" –, sabendo que seria o único que me ajudaria de verdade naquela situação. Queria soluções.

– Você vai se arrepender, Raissa... Pense com calma – Carlos dizia com tranquilidade, e eu só conseguia engolir o choro.

– Não acredito que ainda não falou com ele! Poxa, eu estava confiando em você, Carlos... Não vou vender esta casa para outra pessoa, ele tem de comprar... Ou você a compra de volta. Já combinamos o valor.

Ele pareceu muito perturbado.

– Não tenho interesse na casa, Raissa. Nem se me entregasse de graça eu ia querer. Preciso de distância disso tudo aqui.

– Eu também, que droga! Só Caio consegue morar neste lugar. Essa casa pertence a ele! Pelo amor de Deus, convença-o – proferi com firmeza. – Não posso fazer isso, você sabe. Não posso olhar nos olhos dele e dizer uma coisa dessas. Já nos magoamos demais.

– Isso mesmo! Você está muito magoada, só isso. Vai passar... E aí você vai se arrepender.

– Não. – Balancei a cabeça bem depressa. – Nós conversamos. Ele me contou sua versão, foi um mal-entendido, mas... – Bufei. – Ah, é complicado. Preciso ir embora. Não posso continuar mantendo a casa, não tenho dinheiro.

– Já falei que você vai encontrar um emprego logo.

– Fui a duas entrevistas nesta semana. Nada. Não deu em nada! – Abracei a mim mesma, desolada. – Não vou arriscar. Meus pais já sabem. Contei a minha mãe que fui demitida, estou sendo pressionada para voltar. E, quer saber, voltar para casa nunca me foi tão atraente.

Inspirei todo o ar que pude. A ideia de perder a minha liberdade só não era pior do que a ideia de perder Caio. O problema é que chega um momento em que perder é tudo de que mais precisamos para continuarmos seguindo em frente. Aceitar nosso fracasso e recomeçar do zero é uma atitude digna.

Contei apenas a mamãe que nós havíamos terminado. Pedi para que guardasse a fofoca e não falasse nada, sobretudo para Sara. E claro que omiti os reais motivos. Ela ficou chateada com a situação, e ainda mais desesperada com o fato de eu estar sozinha e desempregada. Também lamentou por ele; mamãe guardava carinho pelo Caio.

– Ele gosta de você, Raissa – disse Carlos, colocando panos quentes. – Nunca o vi assim. Caio sempre foi um canalha como o papai era. Mas ele te olha diferente. Se foi um mal-entendido, então para que o drama?

Calei a minha boca. Refleti um pouco. Ninguém me entendia. Todo mundo achava que o amor era tudo. Culpa total dos contos de fadas. Alguém disse ao mundo que era só beijar a princesa para que um "felizes para sempre" fosse garantido.

– Estou decidida, Carlos. Faça o que for preciso, por favor!

Ele me olhou com cara feia.

– Mas Raissa...

– Não dá pra ficar aqui assim. – Virei-me na direção da minha varanda.

Foi então que o vi. Caio nos observava através da janela de sua cozinha. Estava sem camisa – sim, foi a primeira coisa que percebi, atirem pedras em mim! –, e tinha o rosto repleto de curativos. Não parecia bem. Nossos olhares se cruzaram por instantes eternos, difíceis demais para o meu coração. Tive vontade de gritar, mas desviei o rosto a tempo de evitar ter um troço. Fui direto para casa. Não aguentava mais aquela situação.

Não dava para voltar atrás e me contentar com um relacionamento inconstante. Sabia que era culpada por ter procurado aquilo desde o princípio, e me doía tê-lo conquistado só para magoá-lo no fim. Mas, poxa, quem sabe aquilo lhe trouxesse maturidade? Talvez não tivesse sido uma total perda de tempo. Talvez aquele desgaste emocional nos trouxesse aprendizados importantes para o futuro. Nenhuma dor é em vão. Na verdade, nada havia sido em vão. Preferia sentir aquela dor insuportável a nunca ter passado por aquilo. Seria muito mais deprimente viver sem jamais ter sido dele.

A pior parte de todo aquele sofrimento eram as noites. Enquanto Calvin não estava em casa, até conseguia ter paciência para pesquisar empresas que tivessem vagas na minha área, mas quando eu sabia que ele estava no 105... Não conseguia fazer nada.

Na sexta-feira tive um lapso nervoso. As paredes daquela casa estavam me comendo viva; era sair dali ou morrer de amargura. Chamei Sara para ir a uma boate, coisa que não fazíamos há algum tempo. Dançamos, bebemos e curtimos a noite como se não houvesse amanhã. Quase me deixei levar pelo papo de um moreno com sorriso bonito, mas ele me lembrava tanto o Caio que fugi dele. E antes de me envolver com qualquer pessoa, mesmo sem compromisso, precisava ter um emprego.

Pelo que conhecia do vizinho, ele já havia desistido de mim. Colocava a culpa inteira em si e se martirizava por ter feito tanta besteira. Não entendia a situação como um todo, talvez não fizesse ideia dos motivos reais para termos acabado. Queria que entendesse que Lilian nada teve a ver com aquilo. A questão não era a sem-vergonhice dela, mas a insegurança e a desconfiança dele. Ou melhor, *nossa*.

Durante a semana que passou uma coisa ficou bem clara: Caio nada fez para me convencer de ficar. Estava tentando adiar a minha volta para casa, talvez esperando um milagre. Já devia ter fechado a casa e partido sem olhar para trás. Acho que, no fundo, não tinha certeza se era mais errado ficar ou ir embora. A dúvida me incomodava. De todo jeito pretendia partir no próximo sábado.

Acordei cedo na segunda-feira, apesar de não ter entrevistas marcadas. Seria mais um dia em que as paredes, sobretudo a da Clarice, ameaçariam me comer viva. Comecei a fazer o inadiável: reunir algumas caixas e iniciar de uma vez por todas o meu processo de mudança. Não levaria tudo logo de cara, só as coisas mais importantes.

Fiz uma faxina geral, o que me ajudou a manter a distração. Músicas, claro que não as românticas, ajudam muito no trabalho de casa – fica a dica. Resolvi tirar o lixo, por isso peguei dois sacos enormes e atravessei a minha varanda vazia, triste, sem o perfume das flores que antes a enfeitavam. Ao menos Caio tinha feito o que eu não tive coragem de fazer: recolher os cacos dos vasos e as flores espalhadas com fúria.

Deixei os dois sacos na calçada e voltei, atravessando o jardim depressa. Sair da minha "toca" era uma atividade perigosa, pois queria evitar ao máximo que acontecesse exatamente o que aconteceu: encontrei Calvin ao lado do pé de pitanga, empunhando o seu velho regador e usando, claro, uma cueca Calvin Klein branca.

Foi como se o tempo não tivesse passado e estivéssemos no dia em que nos conhecemos. Os mínimos segundos que demorei observando aquela figura foram suficientes para perceber que Caio me observava o tempo todo: calado, parado, quieto e sério. Suspirei, cansada de me sentir tão atraída por ele. Aquilo nunca ia ter fim?

Soltei outro suspiro e decidi ir para casa de uma vez.

– Ei, vizinha! – chamou-me e parei de imediato. Ouvir sua voz foi impactante, como se eu estivesse me afundado junto com o *Titanic*. – Bom dia!

Seu timbre alegre me chamou a atenção. Demorei muito a me virar na direção dele de novo. Meu coração, que já batia forte, quase parou quando percebi sua aproximação.

– Bom dia – respondi baixinho, sem forças. Caio sorriu diante de mim. Estava longe de ser qualquer um dos sorrisos que já tinha me oferecido. Apesar de sorrir, a tristeza estava nos seus olhos. Era um paradoxo estranho. O desânimo me afetou, mas depois senti algo diferente. Sua tentativa de ficar bem me comoveu.

– Você está muito gostosa nesse shortinho, vizinha – completou com malícia, analisando-me de cima a baixo, despindo-me com seu já conhecido olhar safado. – Ou é o shortinho que está gostoso em você... Não sei, é uma combinação perfeita.

Travei por completo. Não sabia se me indignava ou se rachava de rir. A dúvida me fez ficar indiferente. O que ele queria com aquilo? Será que não percebia que estava sendo ridículo?

Dei de ombros e continuei com o meu percurso de volta para casa, ignorando-o. Quando abri a porta e entrei, olhei para o jardim sem querer. Caio não sorria mais, havia retornado à seriedade. Segurou o colar que eu havia lhe dado de presente. Suspirei e fechei a porta antes que fizesse alguma besteira.

Não sabia o que tinha sido aquilo. Vê-lo desfilando com a Calvin Klein de novo me trouxe nostalgia. Só Deus sabia o que se passava naquela cabecinha de jerico. Será que Caio tinha voltado a ser o Calvin, o comedor exibicionista? O mero pensamento me deixou deprimida durante todo aquele dia, que custou a passar.

Pelo menos tive um pouco de sossego, já que ele passava quase o dia todo fora. Terminei de limpar a casa e de embalar as coisas. Também imprimi alguns currículos para entregar pessoalmente no dia seguinte.

À noite, fui acordada por ruídos estranhos. Havia dormido cedo pela falta do que fazer, ficar sem trabalhar era pior do que eu podia imaginar. Olhei o relógio de cabeceira: eram duas horas da manhã. Pus-me em alerta. Tentei me preparar para o pior, embora soubesse que jamais estaria pronta para algo do tipo. Nunca estive pronta, desde o início, e esse foi o meu maior erro.

Esperei os gemidos. As batidas na parede. Fechei os olhos com força e quase enlouqueci diante daquela espera cruel. Nada consegui escutar, até que os ruídos retornaram. Não soube identificar o que acontecia no quarto ao lado.

A curiosidade quase me fez chamar pelo vizinho. Quase. Cheguei a ajoelhar na cama e juntar o ar nos pulmões, até que ouvi a voz dele:

– Raissa?

Fechei os olhos. Amava ouvi-lo chamando o meu nome. Foi o bastante para que acendesse uma lareira bem no centro dos meus sentimentos congelados. Arquejei.

– Sei que está aí... Ouça. Eu... acabei de achar uma coisa na estante. Estava dentro de um livro da Clarice, *A Bela e a Fera*.

Passei as mãos pelos cabelos. O vizinho conseguiria me vencer pela curiosidade? Por que eu o estava ignorando mesmo? Não havíamos brigado. Só acabado o nosso relacionamento. Para mim, ex-namorado sempre foi sinônimo de ex-amigo, mas naquele caso era diferente. Podia lidar com aquilo. Ou não? Talvez fosse cedo demais.

– Eu... nunca tinha visto algo assim – completou, parecendo muito perturbado. – Estou sem sono, queria terminar de limpar os meus livros e...

– Fale logo o que tem aí – interrompi-o com firmeza.

– É uma carta.

– Uma carta?

– Sim... Datada de cinco anos atrás. É do meu pai.

– Do seu pai? Para você? – Fiz uma careta.

– Não. Para mamãe.

Ficamos em silêncio por alguns instantes.

– Mas... Como assim?

– Eu não sei o que tem aqui dentro. Não li. Eu... não sei se consigo. – Suspirou. Estava mesmo abalado. Acho que não era uma desculpa para falar comigo. Caio jamais brincaria com algo relacionado aos seus pais.

– Olha, Caio...

– Leia para mim, Raissa, por favor.

– Caio...

– Por favor...

– Caio! Escuta... Você precisa fazer isso sozinho. São seus pais, não os meus.

Ouvi barulho de papéis se remexendo. Ele ficou um tempo em silêncio, e esperei cada segundo, observando a parede pichada com o coração na mão. Achei que estivesse lendo, por isso levei um susto quando começou:

– "Querida Beatrice..." – Fez uma pausa. – Não posso.

– Continue. – A curiosidade matou a Raissa. Virou questão de honra: precisava saber o que tinha naquela carta. – Que nome lindo o da sua mãe...

– Sim... Eu... não escuto e nem falo o nome dela em voz alta há anos. Beatrice Bressiani – sussurrou, e minha pele se arrepiou por inteira. Finalmente sabia o verdadeiro nome da Sra. Klein, mas não era só isso. Aquela casa tinha uma energia diferente e a sentia toda vez que a mãe dele era lembrada. Eu gostava. Gostava tanto que me imaginar sem aquela força me deixou triste.

– Você tem uma foto dela?

– Várias... Estão guardadas. Não consigo vê-las. Ela era linda.

Meus olhos se encheram de lágrimas. Engoli em seco. Não podia esperar nada diferente da beleza completa de uma mulher que tinha dado à luz a um homem como Calvin. Caio.

– Continue... Estou curiosa.

– "Querida Beatrice, sei que irei me juntar a ti em breve." – Caio parou no mesmo momento em que meu coração sofreu um abalo. Acho que nossas reações foram iguais. – Raissa...

– Tente.

– "Desde que o médico me informou que essas dores insuportáveis são consequência de um câncer, tive certeza. Nada me faz mais feliz do que saber que estarei contigo em breve, minha amada..."

O pai dele queria morrer?

Aproximei-me da parede para não perder nada. Sabia que Caio vivenciava um momento complexo e me sentia pronta para qualquer uma de suas reações. Temi a sua demora em continuar a leitura.

– Caio?

– "Não temo a morte, Beatrice. Sentia raiva dela, pois foi essa maldita que te levou de mim. Não houve um dia em que não alimentei esse ódio crescente que sentia de quem te fez ir embora, porém desta vez a amargura se transformou em felicidade. Passei a amar a morte, a buscar sua amizade para que me levasse mais depressa para os teus braços, *la mia vita*. Sei que é seu dever ressarcir os anos de infelicidade: se me tirou a luz dos meus olhos, precisa me devolvê-la." – Coloquei uma mão na boca, em choque. Caio suspirou fundo e continuou: – "Sei que tenho errado e te magoado com meu comportamento obsceno. Foram anos tentando te esquecer, *mia bella*, perdoe-me por tentar arrancar do meu peito o que jamais sairá dele..."

Ok, eu já estava chorando. Pelo visto, não era a única. Ouvi um pequeno soluço, seguido de uma fungada.

– "Se eu nunca tivesse tentado te esquecer, teria sido mais feliz. Teria aceitado viver sem teu amor, pois o meu amor por você me alimentaria todos os dias. Fui um tolo, um covarde que não soube te esperar ou respeitar o louco amor que sempre senti por ti..." Raissa...

– Continue, Caio, por favor... – pedi, aos prantos.

– "Teria educado melhor o nosso amado filho. Teria lhe ensinado sobre o amor..." Não dá, Raissa. Chega.

– Caio... Você precisa disso.

– Dói demais!

– Eu sei que dói, mas é uma dor necessária. Também está doendo em mim. Imagino o quanto deve ser difícil para você...

– Nada nunca foi fácil para mim, mas eu parei de reclamar. Não vou mais procurar dores para sentir. – Senti um ar de raiva em suas palavras. – Se ele queria ir embora, muito bem, fico feliz que tenha conseguido. Foi um covarde que não soube conviver com os próprios sentimentos.

– Não fale assim dele, poxa...

– Eu te perdi, Raissa, nem por isso diria ao meu filho para que nunca amasse alguém. Muito pelo contrário, diria para que amasse o máximo que pudesse, que se entregasse e jamais fosse um idiota medroso.

Permaneci muda, estarrecida. Ele estava falando sério? Seu pai lhe disse para que nunca amasse uma pessoa? Era muita informação para processar. E a frase "eu te perdi" soou tão definitiva que tive vontade de sumir do mundo.

– Vamos, leia o resto.

Caio bufou.

– Só vou ler porque nunca mais vou ser um covarde como ele.

Não sei por que sorri. A situação era tensa, mas vê-lo tomando aquela atitude me deixou animada. Será que Caio estava mudando? Tornando-se um homem decidido e livre dos medos? Mas ninguém muda de um dia para o outro. Precisava parar de me iludir.

– É isso aí... Continue.

– "Beatrice, nosso Caio está crescendo muito depressa. Sei que ficará bem; aprendeu a não se deixar levar pelos sentimentos." – Arfou. – "Cuida das suas plantas, cozinha suas belas receitas e lê os seus livros com a mesma empolgação que eu via em ti. Quando olho nos olhos dele, é a ti que vejo: um ser humano sensível e inteligente. Às vezes acho que você partiu só para poder renascer dentro dele. É impossível não o amar da mesma forma que te amo. Você me deu um tesouro, *bella*. Se hoje vivo, é por causa do presente que deixaste antes de partir."

Sorri, e novas lágrimas molharam meu rosto. Achei que Caio fosse pausar de novo, mas ele continuou, embora com a voz embargada:

– "Só escrevi para te avisar que estarei contigo em breve. Peço-te para que continues seguindo os passos do nosso filho. Ele vai precisar da sua força, da sua luz. Sei que você está conosco, sinto sua presença nesta casa. Quando estivermos juntos, olharemos por ele, para que seja feliz como não consegui ser sem ti. Espero que nosso Caio entenda que é fruto de um amor verdadeiro. E, como tal, repleto de beleza e tristeza... na mesma medida..." – Caio começou a chorar bastante. – "Mas que nem a morte foi... capaz de fazê-lo diminuir. Nada diminui um amor de verdade, nem mesmo a distância. Do seu Carlos, para sempre. *Te voglio bene.*"

Acompanhei-o nos soluços. Lutei contra a vontade de chorar, mas não consegui me segurar. Aquela carta continha uma energia emocional enorme, e o mais estranho foi o fato de o Caio tê-la encontrado naquele momento. Parecia coisa do destino.

Cada palavra soou como um tapa na minha cara. Incrivelmente, ele se recuperou mais depressa do que eu. Isso jamais aconteceria em condições normais, o que me deixou confusa. Até que ponto o meu vizinho tinha mudado?

– Vá dormir, Raissa. Está tarde.

– Vai ficar bem?

– Claro que sim. Meus pais se amavam e me amavam. Não há o que temer.

Sorri de novo. Como ele estava transformado!

– Tem razão.

Ficamos calados por algum tempo. Ouvi sua respiração forte como se estivesse ao meu lado. Fui capaz de me excitar só com aquilo. Meu corpo ardia de saudade, de vontade, de desejo. Pensei nas possibilidades de bater em sua porta e de o empurrar até a cama, mas travei. O medo do futuro congelou as minhas ideias.

– Posso dormir aqui hoje? – Caio perguntou.

– É o seu quarto, não? Você sempre pôde.

– Obrigado. – Ouvi o ruído do seu corpo sendo atirado na cama. A parede sofreu uma pancada oca por causa disso.

Prendi meus lábios.

– Uma frase – pedi. Caio pensou.

– Toda vez que penso no fim, ainda que não seja da Clarice, essa frase vem à minha mente: "Mesmo num amor de linhas tortas como o nosso, o fim parece um erro, como um ponto-final no meio de uma frase". – Caio logo emendou, com o timbre manso: – Não vou esquecer o que não se esquece, Raissa. Eu preciso de. Eu te. Viu só? Não pode haver ponto-final no lugar errado, e a nossa frase ainda nem começou, meu bem. O fim não é esse, tenho certeza.

Chorei ainda mais, só que daquela vez em silêncio.

É sério, produção? Ele quase falou a frase mágica?

– Eu não sei o que fazer – murmurei, e era a verdade.

– Mas eu sei.

– Que ótimo. Parece o único aqui.

– Vai saber também, Raissa. Você sempre soube, na verdade.

– Espero que sim.

Silêncio.

– Boa noite, vizinha linda.

Fechei os olhos, afundando meu rosto no travesseiro.

– Boa noite, vizinho.

DEPOIS DA TEMPESTADE

A carga emocional contida na carta do Sr. Klein pai me trouxe cansaço o suficiente para cair em um sono pesado, profundo e sem sonhos. Não aguentava mais sofrer com as torturas proporcionadas pelos sonhos loucos com meu vizinho. Estava nos meus planos acordar cedo para espalhar meu currículo pela cidade, porém, quando abri os meus olhos, já eram quase onze da manhã.

Grunhi de insatisfação ao perceber que havia perdido uma manhã inteira e que poderia ter me custado um emprego novo. Tomei um banho rápido, coloquei uma roupa apresentável, peguei uma pasta contendo os meus documentos e fui à luta. Não adiantaria perder mais um dia.

Mesmo partindo, viver na casa dos meus pais sem ter o meu próprio dinheiro era como chegar ao fundo do poço ou voltar pelo menos dez anos no cronograma da minha vida. Toda vez que pensava nisso, tudo o que eu podia sentir era vontade de chorar.

A minha primeira surpresa do dia aconteceu assim que abri a porta. Até soltei um gritinho de susto e admiração quando percebi a varanda toda florida. Sério, quando digo florida é, tipo, *florida mesmo*! Havia vasos de todos os tamanhos, exibindo as mais variadas flores, com perfumes, cores e charmes distintos. Fiquei impressionada. Mais ainda porque as cores conversavam entre si. Aliás, as próprias flores pareciam me dizer alguma coisa importante, e aos berros. Meus olhos se encheram de lágrimas.

Fiquei durante um tempão tentando identificar o conteúdo de cada vaso; posso dizer que encontrei rosas vermelhas, brancas, as reconhecíveis violetas, alguns modelos distintos de cactos – eles precisavam mesmo estar ali, faziam parte de tudo. Já o restante não consegui. Fiquei apaixonada por um vaso enorme com flores amarelas, parecidas com lírios. O conjunto da obra me fez ter a ideia de que a varanda havia se tornado uma coisa muito além do que se via. Parecia a alma de alguém: a do meu vizinho. A minha. A nossa alma unificada e traduzida em cores, essências e texturas.

Levei a mão à boca, contendo a emoção. Demorei tanto a me recuperar que quase não percebi que havia pisado em um envelope. Cheia de expectativa, e com o coração doendo de tão forte que batia, agarrei o bilhete como se fosse a minha vida.

Abri e retirei de dentro um cartãozinho decorado com desenhos de flores. Aquela frase, escrita à mão e com uma letra horrorosa, fez-me rir e chorar ao mesmo tempo:

"Não quero te dar o susto do meu amor". Tia C.L.
Do simplesmente SEU, porque não aceito devolução de mim mesmo.

Desde que conheci aquele cara, estive inúmeras vezes prestes a ter um ataque cardíaco. Mas nada se comparou àquele momento. Minha vista até escureceu, e precisei entrar em casa. Sentei-me no sofá aos prantos, esperando o controle retornar ao meu corpo. Respirei como se estivesse em trabalho de parto, até me acalmar.

Guardei o cartão na bolsa, retoquei a maquiagem e tentei atravessar o jardim com calma. Tinha certeza de que, se o visse ali, me atiraria em seus braços sem pensar em nada. Aliás, atirar-me nos braços dele era pouco: estava quase arrancando minhas roupas e correndo pelada até ele. Quando o encontrasse, beijaria aquela boca até lhe engolir o cérebro, envolvê-lo-ia com minhas pernas e me entregaria até que não sobrasse vagina para contar a história. Louca? Vulgar? A verdade nem sempre é bonitinha.

O meu lado insano ainda me fez olhar ao redor para ver se Caio estava à espreita. Não o encontrei. O alívio se misturou com a decepção. Entrei no meu carro rezando para que o quebra-cabeça da minha vida se encaixasse logo. Estava difícil montar as mil peças que compunham a complexidade das ideias, dos sentimentos e daqueles acontecimentos perturbadores.

Meu dia de desempregada fissurada em leitura de classificados foi angustiante. Pulei de galho em galho igual a macaco, procurando uma oportunidade, um fio de esperança qualquer. A única coisa que consegui foi marcar uma entrevista para o dia seguinte em uma empresa de pequeno porte.

Era fim de tarde quando estacionei na frente de casa. A angústia só havia se amplificado; o meu tempo estava reduzido, e a esperança, idem. Busquei forças enquanto cruzava o jardim. Tudo o que eu precisava era de algumas horas no tapete da Sra. Klein, mas cometi a grande burrice de devolvê-lo. Sentia-me órfã, sem um porto seguro. Até que me animei um pouco ao observar a varanda decorada, mas tudo foi por água abaixo quando entrei no quarto e vi a parede riscada.

Deitei na cama sem me dar o trabalho de trocar de roupa, jogando a bolsa e a pasta com os documentos para os lados. Foi então que o meu celular tocou. Era de uma empresa de desenvolvimento de softwares, o sonho de consumo de qualquer pessoa que trabalhava na área. Quase não acreditei quando fui informada que eles estavam interessados no meu currículo – que eu não lembrava de ter enviado a eles. Queriam uma entrevista comigo na manhã seguinte para um suposto contrato imediato.

Não soube que tipo de sorte foi aquela. Fiquei tão aérea que respondi às perguntas da moça do departamento de Recursos Humanos achando que se tratava de um trote. Foi tão surreal que em nenhum momento achei que estivesse acordada. Depois que desliguei, precisei de alguns minutos para processar a informação. Eu tinha uma entrevista decisiva! Uma real oportunidade de emprego, e em um lugar que me faria ganhar o dobro do que ganhava antes.

Nem dava para acreditar nos extremos que o humor de uma mulher podia alcançar em um único dia. A minha primeira reação foi abrir uma garrafa de vinho. Estava pronta para jantar macarrão instantâneo pela milésima vez desde a demissão, mas a esperança merecia algo mais elaborado. Abri o armário e *saíram morcegos* de dentro dele. Não tinha nada comestível. A geladeira estava deprimente, dava vontade de chorar de tão vazia.

Tive uma ideia genial. Ou de jerico, vai saber. Guardei o vinho e resolvi jantar fora. Mais especificamente no restaurante onde certo vizinho com sorriso safado costumava ser o chef. Ele ia gostar de me ver lá, e eu mais ainda. Precisava agradecê-lo pelas flores e desfazer as ideias ruins daquele lugar. Não sabia o que podia ser de nós, mas o esforço que ele tinha feito naquela manhã me permitiu tomar uma atitude.

Passei uma hora me arrumando. Fiz todo o possível para estar mais diva impossível. Senti-me poderosa quando saí de casa; uma mulher de verdade pronta para ressarcir o que tinha perdido.

Fiquei toda contente quando cheguei ao restaurante. Estava lotado, tinha até fila para entrar. Pedi uma mesa, empolgada. Nem parecia que há uma semana estava aos prantos, desesperada e arrasada.

– Raissa? – Fiz cara feia e soltei todo o ar dos pulmões ao ver Karen-quenga, acompanhada pelo protótipo de Gisele Bündchen, a loira que estava na festa do Caio.

Estavam bem atrás de mim na fila.

– Oi – falei e me virei para a frente de novo.

O que a ridícula fazia ali? Será possível que não tinha nem um pouquinho de "*semancol*"? Certeza absoluta de que daria um jeito de se encontrar com Caio. Isso se já não tivessem voltado a manter contato. E coisas piores.

– Como você está? – a mulher perguntou.

– Não te interessa.

– Credo, Raissa... Não faz assim. Olha, conversei seriamente com o Caio e... – Fechei os olhos e rosnei de raiva. Foi imediato.

– Claro que conversaram. – Virei-me para ela de novo. – Deixe-me adivinhar: ele te perdoou.

A cara dela pareceu desanimada. Isso me desarmou por alguns instantes.

– Desculpa, está bem? Eu realmente achei que ele estivesse brincando contigo.

– Conta outra.

– É sério, Raissa. Nunca faria nada com você, só estava brincando e te irritando de propósito. Caio vai te explicar melhor. Foi ele que te chamou para o nosso encontro, não é?

– Que encontro?

Karen não respondeu. Mordeu o lábio inferior e pareceu desconcertada. A loira olhou para ela como se fosse matá-la, e uma parte do meu cérebro processou aquilo tudo como uma notícia ruim. Caio havia marcado um encontro com aquelas duas? Para quê? No ambiente de trabalho? E aquela história toda de ser meu?

Bufei e saí da fila, caminhando irritadíssima na direção do estacionamento. Karen correu atrás de mim e segurou a minha mão.

– Raissa, sei que vocês estão meio brigados, mas não faça isso. Vim aqui com o único intuito de ajudá-los a ficar juntos. Acredite em mim. – Seu rosto bonito estava apavorado. – Por favor, não vá embora. Ele vai amar te ver aqui.

– O quanto você sabe sobre nosso rompimento? O que ele andou te contando? – Não contive o desdém, morrendo de ódio. Não conseguia sequer olhar para a cara da sujeita. Karen não me respondeu, então rosnei baixo: – Ajudar? Só pode estar de brincadeira. Sei muito bem o que quer com ele.

– Isso mudou, Raissa. – Karen exalou arrependimento. – Ele te ama. Caramba, sou amiga dele, quero que seja feliz.

– Não sei o que você pretende com isso, nem o que ele pretende contigo, mas eu não entro em lugar algum em que você esteja.

Ela aquiesceu devagar e chamou pela amiga, que tinha ficado na fila. A mulher desfilou sensualmente até nós. Ficou nos observando.

– Tudo bem, Raissa. Vamos fazer assim, vou embora, você fica.

Bufei e ri ao mesmo tempo.

– Deixa quieto, Karen. Vá para o seu maldito encontro. Aposto que vai acabar bem até demais. – Olhei para as duas com ironia enraizada.

Ela pareceu indignada.

– É um absurdo que desconfie tanto assim do amor dele – disse baixo, com decepção evidente. – Caio errou contigo, Raissa, foi tudo muito ridículo. Quase não acreditei quando soube o que houve. Mas você também não está ajudando.

Ela meio que deu um tapa na minha cara com aquelas palavras, porém jamais deixaria que isso ficasse evidente.

– Você é que definitivamente não ajuda. Seria mais fácil se saísse de nossa vida.

– Quer que eu deixe de ser amiga dele para que se sinta segura? Acorda, garota! Aquele homem te ama e não há mulher alguma que mude isso, muito menos eu. O que está faltando para que pare de agir como se Caio fosse te trair a qualquer momento?

Segundo tapa na cara. Karen-quenga 2 x o Raissa.

– Eu não sei... – Abri os braços, com os olhos cheios de lágrimas. – Ele deve ter encontrado alguma coisa que perdi.

Karen sorriu.

– Entre naquele restaurante. – Apontou para a fila. – Esteja lá para ele.

Balancei a cabeça negativamente.

– Não vê o quanto tem razão, Karen? Como é ruim ficar com alguém sem ter confiança? Eu te vejo aqui e pronto... É o bastante para achar que vocês vão transar. Meu Deus, não posso viver assim.

Fiz de tudo para não borrar a maquiagem. Olhei para o céu para não permitir que as lágrimas escorressem.

– Ele não te deu a confiança de que você precisava, é normal que se sinta assim. A culpa não é sua. Mas Caio está mudando, vai te dar essa segurança, você vai ver. Tenha paciência.

Karen 3 x o Raissa.

Daquela vez, aquiesci. Tomei seu conselho como se fosse um comprimido. Ela estava certa. Eu vivia naquela insegurança por causa do passado, mas as coisas podiam mudar. Era só ter calma. Tudo na vida requer tempo, certo?

– Obrigada – murmurei. Karen sorriu.

– Agora, continue com as mesmas ideias que te fizeram vir aqui hoje.

– Acho... Acho melhor eu ir embora. Não estou pronta. – Dei alguns passos para trás.

– Tudo bem... Não digo que esteve aqui. Vai ser melhor. Acho que ele vai ficar muito perturbado se souber que você foi embora. Combinado?

– Certo... Valeu. – Olhamo-nos por alguns instantes. – Pode me dizer o que veio fazer aqui?

– Hum... Ele vai te dizer em breve. Pode ser?

Concordei. Estava morta de curiosidade, mas fazer o quê? Mal conseguia raciocinar. Receber conselhos de Karen parecia tão inacreditável quanto um apocalipse zumbi. Só faltava todo mundo do estacionamento começar a cantar e dançar a mesma música, como no seriado *Glee*.

– Valeu, Karen... – Fiz um sinal em forma de "V" com os dedos e saí de fininho.

Será que um dia vou entrar neste lugar?

Passei em um *drive-thru* e comprei comida suficiente para alimentar pelo menos umas três pessoas. Voltei para casa ainda sem saber o que pensar sobre o que tinha acontecido. Depois de devorar quase tudo, desisti de tirar alguma conclusão. Precisava focar a entrevista da manhã seguinte, por isso separei uma roupa legal, reorganizei os documentos e me preparei para dormir cedo.

Na manhã de quarta-feira, só saí de casa quando fiquei parecida com uma executiva bem-sucedida. Queria causar impacto, por isso vesti saia de alfaiataria cinza-escuro, blusa branca e um blazer da cor da saia. O sapato alto bege, quase da cor da minha pele, fechou o meu visual "sou séria, estou pronta para trabalhar e para ganhar bastante dinheiro". Satisfeita, tomei fôlego enquanto observava as flores da minha varanda. Prometi a mim mesma que só voltaria com um emprego.

Ergui a cabeça, encolhi a barriga e desfilei como uma *top model* até que um trambolho se pôs na minha frente, bem no meio do jardim. Bati a testa e soltei um grito de susto. Ouvi gargalhadas. Meu cérebro fritou, o coração acelerou, e o mundo ficou mais colorido quando visualizei uma fileira perfeita de dentes brancos.

– Bom dia, vizinha! Você está bem?

– Es... Estou. – Tentei me reabilitar. Aprumei a saia e tirei os tufos de cabelo que haviam grudado no batom.

Só então reparei nele. Havia retirado todos os curativos do rosto, ficando apenas com uma pequena faixa no nariz. Os ferimentos estavam melhores. Só o olho esquerdo que estava meio roxo ainda. Meus olhos logo escorregaram na direção do chão, e uma área sugestiva fez parar o meu olhar. Caio usava apenas uma CK preta. Todo o seu tamanho intimidante e delicioso me fez suspirar alto.

– Você está linda... – murmurou e soltou um daqueles suspiros-gemidos que sempre foram capazes de me deixar pronta para ficar de quatro. – Você é linda.

Ele se aproximou, porém dei um passo para trás.

– Tenho que ir, Caio...

– Eu sei. É que eu...

– Obrigada pelas flores... – interrompi-o, tentando não encarar seus olhos de muito perto. – São lindas. Perfeitas. Amei.

Ele ergueu uma mão e tocou o meu queixo. Encarei-o. Meu coração sofreu queda livre dentro de um abismo. Devo ter corado.

– Combinam contigo – murmurou. Largou-me, mas continuei sentindo seus dedos quentes em mim. – Tenho uma coisa para...

– Não posso me atrasar.

– Vai ser rápido, prometo. – Com a outra mão, ele ergueu uma caixa preta aveludada. Quase morri de vez. Só não aconteceu porque a caixinha não tinha um formato arredondado próprio para anéis; era um pouco maior, feita para abrigar um colar. Fiquei um tempão olhando para a caixa sem ousar me mexer. – Pegue, Raissa.

Saí do transe e obedeci. Abri de uma vez, suspirando. Lágrimas se formaram em meus olhos ao visualizar uma corrente linda de ouro, com um pingente maravilhoso com a inicial “R”. Depois de um tempo só tentando não chorar, percebi que era igual à que eu tinha lhe dado, com a única diferença de ser dourada, não prateada.

Uma olhada na caixa me fez responder à primeira pergunta: Caio tinha comprado a corrente na mesma loja que comprei a dele; havia o logotipo dela incrustado na parte inferior da caixa.

Ele não disse nada. Pegou a corrente em minhas mãos e virou o pingente do outro lado. Soltei um meio-soluço quando vi o nome "Caio" gravado atrás, em letras bem miúdas. Minha primeira reação foi olhar a corrente dele. O vizinho sorriu e me mostrou: havia escrito o meu nome nela. Abri a boca, espantada.

– Você...

– Posso? – perguntou, já abrindo o fecho da corrente.

Só consegui aquiescer com lentidão. Ele logo se posicionou atrás de mim. Ergui os cabelos soltos e quase pirei quando seu corpo se encostou ao meu. Tanto que o topo da minha bunda sentiu o que estava escondido naquela cueca. Arquejei, porém, continuei imóvel. Caio passou a corrente pelo meu pescoço e a fechou sem pressa, fazendo questão de me tocar o máximo possível.

Assim que terminou, soltei meus cabelos. Ele não saiu de trás de mim. Percorreu as mãos pelos meus braços, subindo pacientemente, até chegar ao meu pescoço. Afastou meus cabelos para um lado só e afundou seu rosto contra a minha pele.

– "Não há modo mais perfeito, embora inquieto, de usar o tempo: o de te esperar." – Sua voz rouca me fez fechar os olhos. Um gemido escapuliu da minha garganta.

As mãos dele voltaram a descer, daquela vez ganhando mais sensualidade. Senti-as pela minha cintura, apertando-me a carne com posse.

– Caio... – quase choraminguei. – Eu *realmente* preciso ir.

– Eu sei, meu amor. – *Ai, meu Deus!* Não aguentava ouvir aquele homem falando essa palavra. – Vai dar tudo certo. Seja apenas você.

Fiz careta. *Droga.* Ele já sabia que eu estava sem emprego? Com certeza Carlos já tinha lhe dito... O que será que haviam decidido sobre a casa? Ele já sabia que eu queria vendê-la? Aliás, como raios o sujeito sabia que eu tinha uma entrevista?

– Como você...?

– Vá, Raissa. Estou torcendo por você como torço por nós: exageradamente. – Vale ressaltar que os lábios dele ainda estavam sobre meu ouvido. Pirei o cabeçote.

Tentei me afastar, mas ele continuou segurando a minha cintura. Esfregou-se um pouco, e senti sua ereção enorme ganhando vida. Ofeguei e gemi ao mesmo tempo.

– Estou torcendo por você com firmeza... – rosnou. *E que firmeza, meu filho!* – Torço com jeito... Torço como você quiser, vizinha... – Senti o grau de safadeza no seu timbre.

Senhor! Frases dúbias àquela altura do campeonato?

De repente, Caio se afastou por completo. Senti-me como se estivesse bêbada. Até bambeei um pouco para a frente. Sua ausência abrupta me deixou desnorteada. Virei-me para encará-lo. Ele sorria. Não era um sorriso qualquer, era o sorriso safado pelo qual havia me apaixonado.

– Vá, Raissa. Posso não responder por mim se demorar mais uns... cinco segundos. – Dei um passo para trás. – Cinco... Quatro... Três...

Dei meia-volta e saí correndo. Ouvi suas gargalhas ao longe. Depois, claro, ri de mim mesma durante todo o percurso até chegar à empresa que nem acreditava que tinha se interessado pelo meu currículo.

Fizeram-me esperar durante meia hora em uma sala pequena e sufocante. Usei todo o tempo para divagar sobre as inúmeras formas de transar com o meu vizinho no meio do nosso jardim, portanto mal senti o tempo passar. Uma senhora me convidou para ir até a sua sala, então um questionário completo foi realizado.

Após um tempão de conversas intermináveis e que me deram a certeza de que a mulher realmente estava gostando de mim – ainda não conseguia acreditar que tinha uma chance naquela empresa –, fui levada para outra sala, igualmente pequena e sufocante. Esperei por quarenta minutos, contados no relógio, tempo suficiente para continuar imaginando minha história erótica com Calvin.

Por fim, a mesma mulher se sentou ao meu lado e disse que, a partir de segunda-feira, caso fosse do meu interesse, participaria de alguns treinamentos na empresa. E, se meu desempenho fosse satisfatório, eles teriam "o maior prazer" de me contratar, palavras dela. Falou, ainda, que não me preocupasse, pois esses treinamentos costumavam ser simples e que eu estava praticamente contratada por causa do meu currículo.

Agradeci-a e saí de lá com um sorriso de orelha a orelha. Minha felicidade foi tanta que a primeira coisa que fiz foi ligar para casa. Mamãe ficou contentíssima com a novidade e prometeu espalhá-la para o restante da família. Tentei ligar para Caio, mas seu telefone estava desligado. Melhor assim.

Disposta a comemorar, porém sem saber como, já que estava sozinha, decidi passar em uma loja de material de construção. Comprei um rolo daqueles de pintar parede e mais um pincel simples. Escolhi também uma tinta cor-de-rosa, do mesmo tom que sempre quis que estivesse na parede do meu quarto, mas meus pais nunca permitiram.

Minha comemoração se resumiu àquilo: terminei a garrafa de vinho, que tinha aberto no dia anterior, enquanto trajava só uma camisa larga e uma calcinha velha, pintando a parede da Clarice. O resultado ficou uma porcaria por causa do acabamento. Sujei o chão, as paredes ao lado e até mesmo o teto – sem contar que quase caí da escada de alumínio, morrendo de medo ao me equilibrar naquilo. Bom, mas pelo menos foi divertido e eu não tinha mais uma parede que traduzia as raízes da revolta.

Fiquei tão cansada depois do trabalho árduo que peguei no sono assim que escureceu. Acordei com Caio me chamando no quarto ao lado. Minha cama estava afastada da parede, por isso fiquei desnorteada antes de entender o que acontecia.

– Raissa?

– Hum...

– Desculpa te acordar... Mas estou curioso, como foi a entrevista?

Sentei-me devagar, olhando a parede cor-de-rosa diante de mim.

– Acho que deu certo... – respondi sonolenta. Bocejei.

– Excelente! Sabia que conseguiria. Estou muito feliz por você.

– Obrigada. – Só depois que notei a estranheza. Juntei A mais B e tive certeza de que alguma coisa que eu não sabia tinha acontecido. – Agora me conte tudo.

– Contar o quê? – Sua voz saiu apreensiva.

– O que você fez. Primeiro uma empresa para a qual não enviei meu currículo me liga. Depois você sabe que eu tinha uma entrevista marcada. Vamos, Caio, conte-me a verdade.

– Tudo bem, eu ia contar mesmo. Nunca mais vou esconder nada, Raissa, relaxa. – Meu coração ficou do tamanho de um amendoim. – Então, depois de raciocinar um pouco, lembrei-me de que os pais da Karen são donos de uma grande empresa de desenvolvimento de softwares.

– O quê? Porra, Caio, não acredito!

– Calma, meu bem. Espere que eu conclua, por favor. – Fiquei calada, sem saber o que sentir. Caio prosseguiu: – Precisamos conversar sobre ela, mas está tarde e não quero te importunar. Por enquanto, o que precisa saber é que nós conversamos bastante e que ela ficou disposta a nos ajudar. Não sabíamos se daria certo, foi um tiro no escuro. Não precisamos convencer ninguém, Raissa, ela me disse que só pediu aos pais para que lhe dessem a chance de uma entrevista. O resto foi contigo.

Esfreguei os meus olhos. Ainda estava sonolenta, e aquelas informações me deixaram confusa.

– Não precisavam ter feito isso. Poxa vida.

Suspirei. Já era. Caio só queria me ajudar. E conseguiu. Certo?

– Está muito chateada?

– Não sei dizer.

– Tudo bem... O importante é que deu certo. Você me enche de orgulho, vizinha.

Sorri.

– Obrigada – murmurei. – Por tudo. De verdade.

– Não há o que eu não faça por você, Raissa. Fica tranquila.

Do nada, senti vontade de chorar. Meus nervos estavam à flor da pele. Podia ser TPM. Ou amor. Acho que eu sofria de amor em excesso.

– Por que a mudança? – questionei aos sussurros.

– Não mudei. Só tinha deixado de ser eu. Mas recuperei minha identidade.

– E quem é você?

– Pensei que soubesse. – Acho que ficou um pouco chateado.

– Sei quem você é. Só queria saber se você sabe.

Caio riu de leve. Suspirei de alívio. Não queria que ficasse irritado comigo.

– Não importa o que sou, apenas o que faço. Somos as nossas atitudes.

– Isso foi uma frase?

– Não... – Riu.

– Caio Lispector!

Gargalhamos juntos.

– Eu odeio essa parede – comentou, de repente.

– Eu também.

– Na minha casa ou na sua? – perguntou com a voz rouca, já transformada pelo desejo. Entrei em desespero.

– Caio... Não.

– Por quê?

– A gente terminou, lembra?

– E por que, mesmo?

– Não... Não pensei sobre isso ainda. Por favor... Preciso de um tempo. – Ri sozinha. – Estou sendo muito... chata?

– Não. Está sendo responsável. Eu amo isso em você... – *Ah! Alguém me traz um desfibrilador, por favor?* – Pense bastante, vizinha. A gente se magoou muito, eu sei. Faz tão pouco tempo...

Parece ter acontecido no século passado.

– É. – Acreditar que Caio estava sendo paciente foi complicado. Ele agia com maturidade, calma, controle. Inacreditável. Em condições normais, estaria esperneando, arranjando um modo de terminarmos juntos naquela noite. O pior de tudo era que ele conseguiria.

Ficamos calados por alguns minutos.

– Boa noite, vizinho.

– Boa noite, vizinha... Estou lendo um pouco, ando sem sono.

Voltei a me deitar na cama.

– Leia para mim.

– Sério?

– Sim. Até eu dormir.

Caio riu e começou a ler em voz alta. Devo ter dormido depois da terceira frase, sem entender bulhufas do que Clarice queria dizer. Não importava. Só queria ter a chance de dormir com aquela voz doce me embalando os sentidos.

Deixei qualquer raciocínio para depois.

FELIZES SÃO OS QUE SEGUEM O CORAÇÃO, SEM PERDER A RAZÃO

– Raissa? – Pisquei os olhos, meio atônita. – Raissa, você já acordou?

Por um instante não soube nem quem me chamava.

– Hum... Não – respondi mesmo assim, e então comecei a entender quem eu era e o que estava acontecendo. – O que houve, Caio?

– Você está demorando a acordar...

– Que horas são?

– Dez pras nove.

– Isso é considerado tarde? Credo... Estou desempregada, esqueceu?

– Não por muito tempo. Bom, é que fiz um café da manhã para a gente... – Eu estava prestes a reclamar, mas ele logo me cortou: – Um simples e inocente café da manhã, prometo.

Simples e inocente? Imaginei exatamente o oposto: um café da manhã completo, regado a sexo em cima da mesa. Não tinha culpa se aquele cara aflorava tudo o que havia de mais pervertido em mim.

– Estou indo. – Eu que não negaria uma proposta indecente logo pela manhã. Não fiquei louca e estava morrendo de carência. Ótima mistura para uma recaída.

Soltei muitos bocejos até ficar realmente pronta. Saí de casa quase sem suportar a luz solar prejudicando os meus olhos. Parei um pouquinho para admirar a minha varanda – não conseguia passar por ela sem admirá-la –, e cruzei a varanda do 105. Bati na porta. Não queria ser indelicada. Tudo bem que tínhamos acesso à casa um do outro antes. Enfim. Bati na maldita porta. Atirem pedras em mim, se quiserem.

Não recebi resposta. Depois da quarta tentativa, desisti e abri de uma vez. Claro que estava aberta. Procurei Caio pela cozinha, mas ele não estava. Contudo, um cheiro delicioso incensava o ambiente. Não deu outra: minha barriga roncou alto. Percebi a porta do quintal aberta. Suspirei fundo antes de invadir o lugar. Caio me esperava de pé, com a mesa posta. Sorri. Impossível não se sentir feliz com uma visão do paraíso como aquela.

Meu sorriso durou um segundo, pois no outro soltei um grito de susto. Foi alto e desesperado, pois demorei a entender que dois cachorrinhos haviam surgido do além para subir em minhas pernas. Ouvi Caio se aproximando e gargalhando, certamente achando muito divertido aquele momento pastelão.

Tentei me afastar dos bichos, mas eles insistiam em ter a minha atenção. Soltei mais um bocado de gritos. Caio ria do meu desespero. Aproximou-se de vez e segurou os dois nos braços, salvando a minha vida. Aliviada, levei uma mão ao peito e o encarei com ar de surpresa. Os cachorros começaram a lambê-lo, alvoroçados.

– De quem são esses bichos, Caio?

– Não gosta?

Olhei para eles. Eram bonitinhos, eu acho. Um era marrom, e o outro, preto. Eram filhotes ainda... Muito agitados.

– Eu... Não sei...

Caio ergueu uma sobrancelha, fazendo um olhar debochado.

– Não acredito que você tem medo de cachorro, Raissa!

Fiz careta. Não tinha medo de cachorro. Claro que não. Só nunca me esqueci da vez que um vira-lata me atacou na rua, quando eu tinha onze anos. Mas não tinha medo de cachorro, certo?

– Claro que não!

– Ah, bom... – Ele se aproximou mais de mim, oferecendo-me um deles, o marrom. Pestanejei, mas tentei tomar coragem para não pagar outro mico. Segurei o cachorro, sem jeito. – Esse aí é o macho.

O cãozinho quis escalar o meu corpo, mas não deixei. Ele parou de repente. Depois, começou a lamber o meu braço. Deixei. Fazer o quê? Devo ter feito cara feia, pois Caio desatou a rir de mim.

– De qual raça são? – Eu não entendia nada sobre cães.

– Vira-lata.

Congelei. *Ai, meu Deus...*

– São... seus?

– Esta sim. – Virou o focinho do cãozinho preto para mim. – Se chama Clarice. Clarice Lispector.

Encarei-o. Logo em seguida, gargalhamos juntos.

– E este?

– Seu.

Jesus amado.

– Me... meu? – O cachorro ainda lambia os meus braços como se eu fosse um pedaço de carne. – Por... por quê?

Caio ficou meio sério.

– Estava indo ao mercado comprar itens para o nosso café. Uma garotinha estava oferecendo a quem passava, dizendo que os havia achado na rua e que seus pais não queriam ficar com eles... – Fez cara de órfão. Ele tinha de saber que aquela carinha de amolecer corações era golpe baixo! – Não pude deixá-los. Sei lá, me lembrei de nós.

– Não somos parecidos com eles, somos? Quero dizer, você nem é tão peludo...

Caio gargalhou. Estava com ótimo humor.

– Não, mas a gente podia canalizar um pouco nossas carências. Somos tão solitários... Cães são bons amigos, vamos nos dar bem com eles. – Sorriu de um jeitinho lindo. – Então me lembrei da Clarice também: "e quando acaricio a cabeça do meu cão, sei que ele não exige que eu faça sentido ou me explique".

Olhei para o cãozinho em meus braços.

– Gostei. É bom não precisar se explicar, às vezes.

Acariciei a cabeça do bicho. Ele me olhou pela primeira vez. Só me veio um nome à mente: Calvin Klein Magalhães Bressiani, mais conhecido como CK. Sério, o cachorro fez a mesma cara de abandonado que o Caio tinha feito há um segundo.

– Raissa?

Acordei do transe. *Ai, Senhor, já estava batizando o cãozinho com os nossos sobrenomes? Ferrou total!*

– Eu... Não sei cuidar de um... Não posso ficar com ele.

CK sentiu minha agitação, por isso voltou a escalar o meu corpo. Ri da agonia dele, pois era bem parecida com a minha. Certo, eu tinha gostado do bicho. Admitia. Ele era fofo e alegre. Caio me observava com olhos apaixonados. Clarice se comportava como uma mocinha nos braços dele. Acho que aqueles cãezinhos pareciam mesmo com a gente.

Suspirei fundo.

– Comprei ração, coleiras, brinquedos... Amanhã vou levá-los a um veterinário. Tomarão vacinas e um bom banho. – Acho que Caio não ouviu o que eu falei, só podia ser. Balancei a cabeça em negativa. – O quintal é grande, o jardim também... Podemos ficar com eles, Raissa.

Suspirei de novo. Caio refez a maldita cara de abandonado, exatamente a mesma que o CK fazia. Ri dos dois.

– Vamos ficar com eles, vai!

Rimos juntos durante um tempo. Caio pôs a Clarice no chão e segurou o CK, colocando-o lá também. Os dois correram pela grama.

– Já escolheu um nome para ele?

– Sim. CK, de Calvin Klein.

Caio gargalhou até dobrar a barriga. Entrei na onda, porque pouco juízo eu tinha, e muito. Ele me abraçou, de repente. Sequer me importei. Abraçamo-nos forte, e assim ficamos durante alguns minutos. Afundei meu rosto em seu peito, aspirando aquele seu cheiro bom, de homem gostoso. Do *meu* homem gostoso.

– Excruciante... – murmurou.

– Hã?

– Nada. Vamos comer alguma coisa, meu bem. – Beijou a minha testa antes de nos afastar e prometi me lembrar de procurar a palavra "excruciante" no dicionário.

Clarice e CK se davam superbem. Passaram todo o tempo do café da manhã empolgados com a mangueira. Acho que pensavam que era uma cobra. CK era todo bobão e atrapalhado, já Clarice exibia elegância até na hora de brincar. Fiquei reparando neles porque não queria olhar Caio tão de perto. Era uma tortura tê-lo na minha frente. Fiquei monossilábica, travada, inquieta e comendo feito uma porca.

– Suponho que, agora que já arranjou um emprego, não vá precisar vender a casa... – Caio falou dentre as tantas coisas que matraqueou sozinho naquela manhã. Dei de ombros, balançando a colherinha dentro da xícara de café. – Carlos me falou sobre suas pretensões.

– E o que disse a ele? – Carlos havia sumido a semana inteira.

Meu vizinho ficou sério, observando-me como se a minha presença o chateasse.

– Que eu ia comprar a casa. – Desviei os olhos, surpresa. – Vou comprar e colocá-la no seu nome, Raissa.

Voltei a encará-lo. Bufei.

– Não faz sentido.

– O que não faz sentido é você não estar mais aqui. Não percebe que este é o seu lar? – Gesticulou mostrando o quintal, como se ele fizesse parte da casa em questão. De fato, morar no 104 sempre significou morar também no 105.

– Podemos mudar de assunto?

– Até quando vai fugir, minha linda? Você sabe que é verdade.

– Caio, você vai ou não respeitar o meu tempo?

Ele se calou. Passou as mãos pelo cabelo e suspirou, buscando calma. Perdi o clima. Já tinha comido bastante, portanto parei de vez. Só dei um último gole no café – e nem me pergunte como passou pela minha garganta.

– Só queria saber o que falta para você. Apenas isso. Porque farei questão de suprir essa falta para te ter de novo, Raissa – murmurou.

Levantei-me de supetão.

– O que me falta devia estar em mim, não em você. Caio, não sou idiota, sei que está tentando, mas...

Ele se levantou também.

– Não tem jeito, é isso? Nada que eu fizer vai te fazer mudar de ideia?

Senti meus olhos marejando. Nem eu sabia o que estava faltando, só que algo faltava.

– Eu não disse isso.

– Então, há esperança. – Sorriu de um modo triste.

– Há esperança onde há amor. Sempre houve os dois – proferi. – Bom dia, vizinho. Obrigada pelo café... E pelo CK.

Por um instante, achei que Caio fosse me impedir de ir embora, mas não. Ficou plantado rente à mesa, enquanto eu pensava se levava ou não o CK comigo. Foi ele quem fez a escolha: correu até mim. Peguei-o em meus braços e o levei, rezando para que não fizesse cocô no meu sofá.

Tentei me distrair brincando com o bicho até perceber que Caio havia ido ao trabalho. Só então voltei a dar as caras no jardim; ele tinha deixado uma coleira e dois potes, um com ração e o outro com água. O pobre do CK comeu quase tudo.

Coloquei a coleira nele, disposta a passear, quando vi Clarice na varanda do 105. Estava rodeada de brinquedos, presa por uma coleira longa. CK ficou louco quando a viu. Decidi levar ambos ao passeio. Voltei para casa com algumas decisões tomadas. Deixei os bichinhos na varanda do 105 e entrei em casa já digitando o número do Carlos em meu celular. Ele atendeu de prontidão:

– Oi, Raissa! Como está?

– Oi... Bem, e você?

– Ótimo! Tem alguma notícia boa para me dar?

– Não quero mais vender a casa.

Carlos riu e assoviou.

– Foi rápido, não?

– Argh, para! Não vem com essa de "eu te avisei".

– Já se acertaram?

– Não.

– Ué... Por que a mudança, então?

– Aqui é o meu lar. Não importa o que aconteça.

Ele ficou calado por uns instantes, depois soltou:

– Sejam felizes, Raissa. Eu ia passar por aí, mas nem vou mais. Sei que se acertarão, essa casa é de vocês. Sugiro até que arranquem as paredes que foram colocadas para tornar o imóvel geminado, casem-se e me deem vários sobrinhos.

– Ei, ei! Não viaja! – Rimos bastante daquilo, mas meu cérebro pirou só de imaginar a cena. – Obrigada, Carlos... Pelo que fez por nós.

– Pode me chamar de Caju. E não há de quê, cunhada. – Revirei os olhos. – Nunca vi o meu irmão idiota realmente feliz. Algo me diz que verei em breve.

– Será?

– Com certeza. Até o dia do casamento, Raissa!

– Até. – Ignorei sua piadinha.

Aquele telefonema me deixou reflexiva. Tentava encontrar o que estava faltando. Precisava achar com urgência. Caio estava sendo tão apaixonante, tão decidido. Será que todas as dúvidas haviam ido embora? Será que, enfim, aquele relacionamento estaria seguro? Como acreditar nisso? Que espécie de mudança de rumo drástica era aquela? Pouco mais de uma semana era o suficiente? Ia durar?

Retirei todas as coisas que tinha encaixotado. Cancelei a minha partida. Foi aí que me lembrei de avisar a mamãe: liguei para ela e lhe falei sobre o cancelamento da mudança. Como Carlos, ela também perguntou se Caio e eu havíamos nos acertado e ficou meio triste em saber que não.

O vizinho não deu as caras durante toda a sexta-feira. Como eu havia deixado o CK com a Clarice na varanda dele, tomou a liberdade de deixá-los em um *pet shop*. Um bilhete na varanda avisou que eu deveria pegá-los no fim do dia. O recado foi bem sucinto, apenas informativo. Passei o dia todo me sentindo um pouco abandonada, pois já tinha me apegado aos dois. As coisas só ficaram melhores quando busquei nossos bichinhos.

Antes de dormir, reuni alguns lençóis velhos e preparei um cantinho para eles dormirem na varanda do 105. Com o tempo, não precisariam mais ficar com as coleiras. Eles eram tão comportados, quase não latiam, e ficaram ali de bom grado. Clarice foi a primeira a entender que era hora de dormir: deitou-se nos lençóis e ignorou as investidas do CK.

No sábado eu estava quase pronta para visitar os meus pais quando ouvi batidas na minha porta. Era o Caio, de banho recém--tomado e vestido como se fosse sair também. Estava segurando o CK e a Clarice pelas coleiras, ambos distraídos com um dos vasos da minha varanda.

– Bom dia, vizinha. Acha que devemos levá-los?

– Levá-los? Quem? Para onde? – Esqueci até de cumprimentá-lo.

– Clarice e CK. Para a casa dos seus pais.

– Posso levar, sim. – Ergui a mão para pegar as coleiras, mas Caio não se mexeu. Ficou me olhando até eu me sentir envergonhada.

– Está pronta? – perguntou.

– Sim. Pode deixá-los comigo. – Minha mão ainda estava erguida.

– Vamos ter que ir em dois carros, pois só vou poder ficar até o almoço. Não consegui trocar o meu dia de folga.

Não demonstrei reação alguma além de abaixar a minha mão. Só consegui imaginar aqueles lábios nos meus e a gente se atrasando porque paramos para transar.

– Certo.

Caio sorriu. Acho que pensou que seria mais difícil me convencer a deixá-lo ir. Bom, quem sou eu para impedi-lo? Minha família era apaixonada por ele e vice-versa. Jamais negaria aquele encontro, não importava se estávamos juntos ou não.

Seguimos em carros separados, mas Caio não saiu da minha cola. Estacionou atrás de mim e correu para dar tempo de abrir a minha porta. Ofereceu sua mão para me ajudar a sair do carro. Aceitei e comecei a rir daquilo.

– Seu bobo, o que está tentando fazer?

– Provando que eu vislumbro muita felicidade para a gente, sua boba.

Foi um negócio combinado, só podia. Assim que ele falou aquela frase, olhamos para a boca um do outro. Ele deu um passo para a frente e eu avancei, pronta para beijá-lo ali mesmo, no meio da rua. Só que, no mesmo instante, Guilherme apareceu no portão.

– Pai! Mãe! Eles chegaram! Estão se amassando antes de entrar!

"Puta que pariu", foi o que consegui ler nos olhos frustrados do Caio. Os meus não ficaram nadinha diferentes. Depois, claro, a gente riu muito daquilo. Ele puxou as duas coleiras com uma mão e, com a outra, segurou a minha. Chegar de mãos dadas com ele foi sensacional para mim, mas o acontecimento passou despercebido. Todo mundo ficou encantado com os bichos, sobretudo a Clarinha. Viraram os mais novos xodós da família em menos de um segundo.

A felicidade ficou evidente nos olhos do Caio, foi lindo de ver. A recepção para ele também foi bem calorosa. Embora não tivesse entendido nada, mamãe se animou com sua presença. Papai lhe deu um sermão de quase uma hora sobre o fato de ser errado brigar com o próprio irmão. Foi engraçado, confesso. Caio ouviu tudo com tanto respeito que só fiquei ainda mais apaixonada, se é que era possível.

Foi no meio da conversa que decidi fazer um comunicado à família: enfim contei sobre o verdadeiro nome do Caio. Tive que enrolar todo mundo, inventando mil situações e desculpas, mas deu certo. Quero dizer, mais ou menos. A verdade é que ninguém, além do papai – que não pareceu feliz com aquilo –, se deu o trabalho de chamá-lo por outro nome que não Calvin. Como Caio não pareceu se importar, deixei quieto. O importante era que soubessem.

Fizemos de tudo para não atrasar o almoço, já que ele ainda tinha que seguir para o trabalho. Dentre muitas conversas, risadas e o velho clima familiar que eu não me via sem, passamos uma manhã agradabilíssima. Eu estava colocando a mesa com a ajuda do papai quando a campainha tocou. Guilherme foi atender, e adivinhe quem havia resolvido dar o ar da sua graça?

Lilian.

Todos foram cumprimentá-la na maior animação, mas fiquei parada, com um prato nas mãos, imaginando uma deixa perfeita para atirá-lo na cabeça da mocreia. Não consegui reagir quando ela veio toda alegrinha para o meu lado, dando-me um abraço.

Caio veio da cozinha com uma travessa de arroz nas mãos. Olhou para Lilian, que cumprimentava a mamãe, depois para mim. Sua chateação fez com que cerrasse a mandíbula. Ele se aproximou de mim, colocando o arroz na mesa. Encarou-me como se pedisse socorro.

Eu tinha algumas opções diante de mim:

a) Realmente agredi-la com o prato.

b) Armar o barraco, chamando-a de vadia, bem cena de novela mexicana.

c) Jogar todo o arroz no cabelo dela para fazê-la se lembrar de nunca mais mexer com o que é meu.

d) Enchê-la de voadoras, socos, pontapés e uma boa puxada nos cabelos, também.

Entretanto, em vez de usar a violência, resolvi me utilizar desta opção:

e) Esbanjar a minha felicidade na cara da recalcada.

Encarei o meu homem e sorri. Ele estava tenso, muito nervoso, coitado. Mamãe tinha puxado Lilian para uma conversa sobre a minha tia, o que acabou nos dando um tempo, já que ela ainda não o tinha visto. Abracei-o. Grudei no sujeito como chiclete. Caio estranhou, porém envolveu seus braços ao redor de mim.

Virei o rosto para conferir o momento em que a louca perceberia que ele estava presente. Aconteceu. Lilian meio que se espantou, e o rosto ficou todo vermelho. Caio permaneceu olhando para mim, mas não desviei os meus olhos dela.

– Caio! Tudo bem? – berrou e se aproximou de nós.

Meu coração disparou. Como sabia o nome dele? Puta merda. Ele tinha lhe dito? Inacreditável! Passei um tempão sem saber, e o infeliz simplesmente disse a ela?

Finquei minhas unhas nas costas dele, criando forças para não o largar. Eu estava puta, mas o meu ódio pela prima do capeta era maior. Caio iria se ver comigo, mas depois. Enquanto isso, bastava que sentisse um pouco da dor que eu estava sentindo, mesmo que fosse nas costas, não no coração.

Lilian parou de se aproximar quando percebeu que eu não lhe daria qualquer chance de encostar nele.

– E aí? – Caio respondeu sem emoção.

– Não sabia que estaria por aqui hoje.

– Pois é.

Achei legal ele ter começado a mexer nos meus cabelos de uma forma carinhosa. Beijou-me o topo da cabeça. Visualizei Lilian reparando nos nossos gestos, mas disfarçando a irritação. Desviou a atenção de nós porque Sara veio cumprimentá-la. Empurrei o Caio para a sala de estar, ainda sem largá-lo. Não queria esperar para saber como Lilian sabia o nome dele. Do contrário não conseguiria almoçar ou fazer qualquer coisa que não fosse pensar sobre isso.

Larguei-o assim que ficamos sozinhos.

– Você disse o seu nome para ela? – resmunguei. Ele abriu bem os olhos.

– Ela já sabia, acho. Não falei nada, minha linda, eu juro. Acredite em mim!

Espalmei minhas mãos para a frente.

– Certo, calma. Eu acredito.

– Raissa... Por favor, não deixe ela nos separar.

Balancei a cabeça.

– Não vai. Até porque não foi ela quem nos separou.

– Eu sei.

– Não saia de perto de mim – eu disse em tom de ordem.

– Nunca, meu amor.

Acho que o meu rosto corou, ficou vermelho feito um tomate.

– O rango está na mesa, filhotes! Venham antes que esfrie! – mamãe gritou com a voz estridente.

Caio me abraçou e voltamos agarrados, prontos para exorcizar a minha prima querida. Acredito que tenha funcionado. Sentamos à mesa com as cadeiras quase coladas de tão unidas que ficaram. Ele serviu a minha comida e ficou me olhando daquele jeito apaixonado que eu adorava. Até Guilherme fez um comentário sobre as nossas caras de bocós, e a família inteira riu da gente, menos a vadia da minha prima, que sorriu amarelo.

Depois da sobremesa, Caio avisou a todos que precisava ir, pedindo desculpas por não poder ficar mais tempo e elogiando a comida da mamãe. Todos se levantaram para cumprimentá-lo, e ele circulou a mesa para não deixar ninguém de fora. Quase gargalhei quando ele pulou a Lilian, que ficou com cara feia. A família inteira percebeu, mas ninguém comentou nada.

Quando ele voltou para mim de novo, agarrou-me pela cintura e me puxou. A outra mão segurou a minha nuca com fervor e, sem que eu conseguisse raciocinar, deu-me um selinho molhado. Foi instantâneo: um fogo definitivo cresceu dentro de mim.

– Tchau, meu amor... – murmurou, encostando nossas testas.

– Tchau, meu lindo.

Ele também sorriu, emocionado.

As coisas ficaram vazias depois que ele foi embora. Ofereci-me para lavar os pratos mesmo sendo a vez da Sara, pois queria me livrar da presença de Lilian. Entretanto, a filha de uma mãe se ofereceu para enxugar a louça. Eu sabia que viria treta. Estava só esperando ela colocar as garrinhas de fora. Só demorou um segundo. Foi mamãe nos deixar sozinhas na cozinha que ela começou com a provocação:

– Então... Você e o Caio, hein? Quem diria...

Prendi os lábios e resmunguei:

– Pois é.

Tentei não imaginar a cena imunda dos dois atracados. Aquilo doía. Era um tormento, mas eu precisava vencer o meu ciúme, pelo bem da minha saúde mental.

– Preciso falar uma coisa séria contigo, Rai.

Continuei espalhando detergente nos pratos com uma esponja. Meu coração acelerou, porém prometi a mim mesma que não me abalaria. Não podia engolir o veneno dela.

– Pode falar.

– É muito sério. – Aproximou-se. Por um instante, imaginei aquele tubo de detergente enfiado na boca dela.

– Desembucha.

– Então... Sei que estão juntos há algum tempo... Eu... Poxa, é muito difícil dizer isso, Rai, mas gosto muito de você e não quero que se machuque.

Parei o que estava fazendo e olhei para a sua cara de cínica. Caramba, como a gente se engana com as pessoas! Esperava aquele tipo de comportamento vindo de alguém como Karen, mas não da minha prima, alguém com quem convivi durante anos.

O mundo pareceu ter virado do avesso. Karen havia nos apoiado, contra toda a minha lógica preconceituosa, e agora sentia o veneno de Lilian tentando me atingir.

– Diga.

– É o Caio, ele… anda te traindo.

Queimei de raiva.

– Sério?

– Sim, Rai… Eu vi…

– Quando?

– Faz um tempo, mas ele já estava contigo. Sara me confirmou. Eu o vi com outra garota…

– Está mentindo. Poupe-me, Lilian. – Perdi a paciência.

Voltei a lavar os pratos. Acho que a louca se desesperou.

– Ele não presta, Raissa, acredite em mim! Ele tentou me beijar à força!

Joguei o detergente dentro da pia e quase não enxerguei nada ao olhar para a cara da sujeita.

– Mentirosa.

– Juro! Nós… Ai, não acredito que vou dizer isso, mas… Eu não sabia que ele estava contigo, juro… – Era tão fingida que seus olhos marejaram. – Nós dormimos juntos, Raissa. Me desculpe… Eu não sabia. Quando soube de vocês, tentei tirar satisfações… Foi então que ele me beijou à força!

Ah, claro, à força. Aham. Eu vi a força que ela tinha colocado para sair dos braços dele. Tanta era a força que ela podia virar a mais nova Mulher-Maravilha, se quisesse.

Agora eu tinha outras opções diante de mim:

a) Pegar o tubo de detergente e enfiá-lo na garganta da vadia. Depois, apertaria o tubo até vê-la morrendo afogada em detergente.

b) Quebrar um prato na cabeça dela ainda era uma opção. Seria ótimo se tivesse uma amnésia com o golpe e, quem sabe assim, esqueceria de uma vez que eu existia.

c) Armar o barraco sempre estará na minha lista. Podíamos nos atracar e destruir a cozinha inteira. Eu só pararia quando ela estivesse inerte no chão.

d) Desarmá-la. Acabar com aquela putaria definitivamente.

Escolhi a letra d: a opção mais inteligente e eficaz. Além de que mamãe jamais me perdoaria se eu destruísse sua cozinha.

– Sei de tudo, Lilian – proferi com seriedade. – Sei a história inteira. Sei que dormiram juntos anos atrás e que ficaram antes de assumirmos um compromisso. Sei das suas chantagens e ameaças. Caio me contou tudo.

Ela arregalou os olhos, ficando ainda mais desesperada.

– Não sei o que ele te disse, mas...

– Você é uma mentirosa. Uma cretina da pior espécie.

– Raissa, eu...

– Conheço várias formas de te destruir, Lilian. Sei de todos os seus podres.

Ela fez cara afetada de animal selvagem tentando não se deixar acuar. Não me meteu nem um pingo de medo.

– Também conheço os seus.

– Não há nada que os meus pais não saibam ou não possam saber.

Por aquela Lilian não esperava. Eu sabia de tantas doideiras que ela havia aprontado que, se resolvesse espalhar tudo, seria o maior escândalo. Desde as tantas vezes que mentiu para titia que ia dormir lá em casa – e eu sempre encobria suas escapulidas –, encontros com homens casados, até aquela vez que ela, bêbada, aceitou fazer sexo oral em um cara por cinquenta reais, no banheiro de uma boate.

Pensando bem, eu que estive cega o tempo todo. Aquela mulher nunca prestou mesmo. Talvez por isso não tivesse lhe contado sobre a minha mudança. No fundo, também queria me distanciar dela.

– Você não ousaria...

– Ousaria, sim. Acho bom parar com essas merdas e nos deixar em paz – avisei de um jeito tão tranquilo que até me surpreendi. – Nós nos amamos. Você nunca vai conseguir o que quer.

– Só queria te abrir os olhos, Raissa...

– Oh, sim, estão bem abertos. Agora sei a vadia que você é.

– Vadia é a...

Interrompi-a usando o meu dedo indicador contra a sua boca. Usei tanta força que doeu, mas ela deve ter sentido dor também, pois deu vários passos para trás.

– Cale a sua boca – respondi baixo, mantendo o nível. – Vadia é você mesmo, sua imunda. Não venha armar barraco, não, que eu só não quebrei a sua cara ainda porque tenho pena do que vou usar para quebrá-la. Qualquer coisa vale mais do que ela – desdenhei. – Quero que saia desta casa agora, nunca mais volte. Deixe a minha família em paz, isso inclui o Caio. Eu juro que vou acabar contigo se não levar em consideração o que estou dizendo.

Ela se afastou, toda ofendida. Sua expressão exalava raiva.

– Vocês se merecem!

– Sim, nós nos merecemos. – Sorri. – Agora, faça-me o favor de nunca mais deixar que eu olhe para essa sua cara de vagabunda de novo.

Raissa 1.000 x o Lilian.

A otária saiu da cozinha batendo o pé. Voltei a lavar os pratos. Escutei ela se despedindo do pessoal na sala, alegando que tinha se esquecido de um compromisso. Um alívio imenso se instalou no meu corpo quando ela se foi. Já podia recolher a cruz e a água benta, pois o demônio havia sido exorcizado com sucesso.

FELIZES PARA SEMPRE?

Só me restava deixar o dia passar, mas foi difícil manter a calma. Não via a hora de tudo entre mim e Caio voltar a ficar bem. Aquele tempo, mesmo necessário, estava me matando. E, se era para morrer, queria que fosse de tanto tesão, com seu corpo em mim, não por causa daquela ausência insuportável.

Cheguei a casa bem cansada. Até o CK e a Clarice estavam mortos – pudera, não pararam de brincar nem por um segundo –, logo se deitaram em um canto da sala e por lá ficaram. Tratei de cuidar de mim: tomei um banho de princesa, sequei os cabelos e vesti uma camisola simples de algodão, sem calcinha. Deitei na cama e esperei pelo vizinho enquanto, olhando para o teto, pensava em tudo.

Não podia mais ter medo. Mesmo que não déssemos certo, cada segundo valeria a pena. Claro que não ficaria com ele pensando no fim. Poderia me permitir aproveitar a intensidade de cada instante ao seu lado. Ele tinha razão: havia muita felicidade para nós dois. Foi o destino que me levou até ali, e eu acreditava no meu futuro.

As linhas que Deus escreve são perfeitas, como um livro repleto de altos e baixos, aprendizagens, erros, consertos, lágrimas, sorrisos, porém com um fim emocionante. Acreditava no "felizes para sempre".

Olhando para o passado, notei que faria tudo igual. Não havia arrependimentos. Minha consciência andava de bem comigo, e a felicidade que eu merecia estava a caminho. Sorri quando ouvi o barulho da porta do 105 se abrindo. Enxuguei algumas lágrimas e me sentei na cama. Encarei a parede, esperando. Acho que Caio foi direto ao chuveiro, pois demorou uma eternidade. Já não podia mais suportar a expectativa quando senti sua presença no quarto.

– Raissa? – Fechei os olhos e voltei a sorrir. Amava aquele homem. Acho que já nasci o amando, mesmo ele não estando no mundo. "Já era amor antes de ser."

– Caio – choraminguei.

– O que houve, meu bem? Por que está chorando? – Só então percebi que eu chorava e sorria ao mesmo tempo. – Foi a Lilian, não foi?

– Não... Não. Ela está fora de nossas vidas. Não se preocupe. Ninguém vai nos separar.

– Você... bateu nela?

Credo. Minha suposta fama de barraqueira estava tão enraizada assim?

– Não foi preciso.

– O que fez, então?

– Quer mesmo falar sobre ela?

– Não, é que... Fico preocupado. Seus pais...

– Confie em mim.

– Eu confio a minha vida a você, Raissa – falou de um jeito apaixonado. Meu corpo vibrou de desejo, e o coração se aqueceu.

– Uma frase – pedi.

Caio ficou em silêncio. Quando ouvi sua voz de novo, quase morri do coração:

– Eu te amo.

Foi impossível não chorar como uma criança.

– Na minha... casa ou... na sua? – quase não consegui perguntar.

– Na nossa, Raissa. Vou repetir a frase olhando em seus olhos.

Ouvi ruídos estranhos, depois o silêncio se fez presente. Esperei ele bater na minha porta, por isso me levantei da cama. Não entendi nada quando percebi que Caio tinha voltado para o quarto. Eu ainda chorava de tanta emoção.

– Afaste-se da parede, vizinha!

Olhei ao redor. A cama ainda estava do lado oposto da ex-parede da Clarice.

– O que vai fazer?

– O que eu devia ter feito há muito tempo. Já se afastou?

– Si... Sim.

Meu Deus! Ele não faria o que eu achava que... É, ele fez. Uma explosão foi ouvida, e pedaços da parede fina de gesso voaram. Um buraco do tamanho de uma bola de futebol foi aberto. Afastei-me ainda mais.

O doido não parou. Continuou investindo contra a parede, arrancando pedaços do gesso e aumentando o buraco. Percebi que estava usando uma enxada de jardim.

Caio só ficou satisfeito quando a abertura ficou maior do que ele. Coloquei a mão na boca, estupefata. Vi quando largou a enxada e atravessou a parede, mantendo os olhos escuros fixos em mim.

Alcançou-me depressa. Puxou-me para si, e, sem demora, já me coloquei no modo marionete. Seus olhos ficaram a centímetros dos meus. Senti seu corpo grande e quente em mim, coberto apenas pela inconfundível cueca boxer.

– Eu preciso de você. Eu te amo. – Colocou os pontos-finais nos lugares certos de cada frase. – Eu te amo, Raissa... "Já era amor antes de ser."

Ele não me deu tempo para responder ou chorar. Juntou nossos lábios com o tal sentimento urgente enraizado. Beijou-me tão loucamente que tive certeza de que estava no paraíso. Tomei a liberdade de pular em seu corpo, e Caio me segurou pelas coxas, sem parar de me beijar daquele jeito incrível.

Assanhei seus cabelos, arranhei suas costas, puxei-o para mim como pude. Caio me jogou na cama e veio com tudo. Minha camisola subiu quando abri as pernas ao seu redor. Ele não demorou a descobrir que eu estava sem calcinha, com más intenções desde o princípio.

Sorriu entre os meus lábios.

– Safada!

– Aprendi com o meu vizinho do 105.

As promessas daquela noite foram seladas assim que ele me encarou com olhos maliciosos e sorriso cafajeste.

– Vou te foder tanto que o meu pau vai derreter dentro de você, minha linda.

Fazer o quê? Uma vez safado, sempre safado.

EPÍLOGO (QUATRO MESES DEPOIS)
ELA É O MEU ESPELHO
(por Calvin)

Raissa andava meio triste. Dava para ver em seus olhos que faltava alguma coisa, e saber disso me deixava desesperado. Tentei de tudo naquele domingo; como em todos os outros, fizemos nosso conhecido churrasco, com direito a farofa, tomates, carnes de primeira e sua inigualável caipirinha, que ela sempre fazia questão de preparar.

Foi a primeira vez que me recusou. Toquei seu corpo de uma maneira sensual quando me pediu para passar protetor na sua pele macia, e, percebendo minhas más intenções, recuou completamente. Aquela chatice e a falta de senso de humor não eram típicas dela. Alguma coisa importante estava acontecendo, mas não queria me dizer.

Separei aquele dia para ser especial, perfeito. Não estávamos em nenhuma data específica, não que eu me lembrasse, porém me senti livre para planejar um dia memorável para nós dois. Por isso, vê-la daquele jeito me fez recuar junto, sem saber como melhorar as coisas. A angústia me fez concordar com ela quando sugeriu que encerrássemos o churrasco uma hora antes do horário oficial para o encerramento dos nossos eventos dos domingos.

Nem Clarice e CK fizeram Raissa se animar. Quando o dia era difícil e estávamos cansados demais, sempre faziam a nossa alegria. Brincávamos com eles para tirarmos a tensão, aliviarmos o estresse e espantarmos a solidão. Sim, solidão, porque Raissa e eu nascemos para ser solitários. Estávamos juntos em todos os momentos possíveis, mas descobrimos, com a ajuda de Clarice, que há um tipo de solidão incurável: "E ninguém é eu, e ninguém é você. Esta é a solidão".

Mas não importava se viveríamos uma eterna solidão; a minha eu queria saborear junto com a dela.

– Vou tomar banho – avisou assim que terminamos de arrumar o quintal.

Tranquei a porta depois que Clarice e CK entraram e se perderam debaixo do sofá. Cheguei a pensar que aquilo fosse um convite e logo me animei, mas Raissa entrou no banheiro e trancou a porta. Foi a gota d'água para me sentir um completo imbecil. Eu tinha feito alguma coisa errada. Mas o quê? Não me lembrava.

Naqueles meses em que resolvemos morar juntos, havia sido um homem diferente; mais maduro, menos temeroso, mais confiante, menos agitado. Aquela casa ganhou vida nova depois que mandamos remover todas as paredes de gesso. A estrutura original me deixava nostálgico, mas era uma sensação boa.

Sentia os meus pais comigo. Eles estavam felizes por mim, com certeza. Pena que os pais de Raissa não ficaram tão felizes com a nossa decisão; acharam cedo demais para aquilo e encrencavam sobre o assunto sempre que tinham oportunidade.

– Raissa? – Dei batidas na porta do banheiro. – Não se esqueceu de nada aqui fora?

Ouvi o barulho do chuveiro.

– A toalha está aqui! – berrou.

– Eu estava falando de outra coisa.

– Do quê?

Suspirei.

– Deixa pra lá. Eu me enganei.

Entrei no nosso quarto. Era engraçado porque ele tinha duas portas, duas janelas e era enorme. Nosso próximo passo era fechar uma das portas e abrir outra que dava para um dos banheiros, assim teríamos uma suíte grande. Raissa gostava da ideia de um closet, e podíamos fazer um bacana por causa do amplo espaço de que usufruíamos.

Raissa vendeu a sua cama, e eu vendi o meu guarda-roupa. Compramos um armário enorme, que acomodasse todas as nossas coisas. A cama que ficou foi a minha, pois havia sido dos meus pais, e eu jamais me livraria dela. Era feita de uma madeira muito boa, além de ser espaçosa, ideal para nós dois.

O quarto tinha tanto de nós dois que dava vontade de rir, começando pela prateleira com os ursinhos dela e os meus bonecos, todos reunidos. O computador da Raissa ocupava espaço no mesmo móvel, que adaptamos, do meu videogame. As cortinas floridas continuaram sendo a essência dela, mas as mesinhas de cabeceira eram minhas: continham várias fotos, alguns livros mais importantes, a minha velha luminária... Era engraçado nos perceber naquele lugar. Emocionante, até.

Jamais imaginaria que as minhas loucuras um dia pudessem ser compartilhadas com as loucuras de outra pessoa. Eu a amava cada dia mais. Aqueles meses foram os mais inacreditáveis da minha vida; ir dormir e depois acordar com quem se ama é a sensação mais perfeita que existe.

Vivia em um estado de felicidade tão grande que mal me reconhecia. Não que a dor tivesse morrido. Meu passado nunca deixaria de doer, por mais que eu quisesse, mas sofrer ou não sempre foi uma opção. Só fiz a escolha certa: parar de me lamentar e buscar ser feliz. Quando o coração está ocupado com alegria, nada mais consegue ter espaço.

Quase nunca brigávamos. Embora eu fosse sufocante, e ela, ciumenta demais, mantivemos o diálogo como a nossa principal regra. Raissa era a primeira a saber de tudo o que acontecia comigo. Era por isso que eu não sabia o que tinha feito de errado. Depois que o medo de a perder foi controlado, passei a me concentrar em ser o melhor para ela, sem deixar de ser eu mesmo.

Raissa demorou tanto que deu tempo de eu tomar banho no outro banheiro. A gente quase nunca usava aquele, mas servia para emergências. Vesti uma cueca e, sem saber o que fazer, guardei a minha surpresa dentro dela. Aquele dia não passaria em branco, por mais que não tivesse sido como eu desejava. Eu não queria adiar o inadiável. Havia esperado demais por aquilo. Tinha certeza de que o que acontecia com a Raissa não envolvia diretamente o nosso relacionamento. Se assim fosse, ela já teria me dito, conversado comigo.

Entrei na ampla biblioteca. Raissa concordou em deixá-la no lugar original, por isso sua cozinha teve que se unir à minha do outro lado da casa. Admitia, transformar uma biblioteca em cozinha foi mais fácil do que transformar uma cozinha em biblioteca de novo, até porque foi o lugar em que mais investimos, sem dúvida. Pintamos as paredes de forma diferenciada, em tons de azul e rosa.

Trouxemos a estante da mamãe, que ocupou uma parede quase toda, algumas prateleiras e o famoso tapete. Espalhamos pufes, almofadas, uma poltrona caríssima, abajures em duas mesinhas com gavetas, que continham vários lençóis e edredons... Criamos um cenário perfeito para leitura. Até ar-condicionado colocamos para não deixarmos de ler em dias quentes. De longe, era o lugar mais incrível da casa.

Tudo ficava ainda mais perfeito com a nova parede da Clarice, que criamos de uma forma bem especial. Todas as frases importantes estavam organizadas, escritas à mão, exceto uma, que foi adaptada para nós:

"Liberdade é pouco. O que eu desejo tem alguns nomes".

Mandamos fazer um adesivo grande com essa frase, cheio de floreios. Abaixo do adesivo, penduramos um quadro branco, como esses de sala de aula, e era lá que estava a lista de nomes de coisas que desejávamos, escritas com pincel atômico.

Nossos nomes eram os primeiros. Raissa escreveu o meu, e eu, o dela. Depois, soltamos a nossa imaginação: felicidade, paz, amor, família, compromisso, saúde, maturidade, respeito, fidelidade, compreensão... A lista só fazia aumentar. Cada membro da família de Raissa escreveu uma palavra diferente. Meu irmão Carlos escreveu uma que nos fazia rir até então: sobrinhos.

A ideia me espantava um bocado, mas me deixava iluminado também. Karen escreveu uma coisa que nem Raissa nem eu pensamos: amizade. Ainda tínhamos um pé atrás com aquilo. Apesar de ter nos ajudado muito, Karen se mantinha um pouco distante para não haver confusão entre mim e Raissa. Só nos visitou duas vezes, uma para apresentar sua nova namorada – fiquei surpreso, pois Karen não costumava namorar – e a outra de passagem, só para dar um oi.

Liguei o ar-condicionado e o som. Escolhi a seleção do Lulu Santos, em volume baixo. Era costume nosso sempre ler depois do banho, ou apenas ficar na biblioteca aspirando cheiro de livro, estirados no tapete da mamãe. Às vezes, fazíamos amor ali mesmo. Bom, eu queria que aquele fosse um desses dias.

Raissa demorou tanto que eu estava quase dormindo entre as almofadas. Decidi procurá-la e a encontrei deitada na nossa cama, com a expressão visivelmente triste. Encostei a minha cabeça na lateral da porta e cruzei os braços, observando-a. Ela demorou um pouco para notar minha presença, mas sorriu de leve quando me viu.

Não sorri.

– O que há contigo?

– Eu... ainda estou pensando sobre.

– Sobre o que, meu bem? Preparei a biblioteca pra gente. Vamos? – Aproximei-me dela e ofereci uma mão. Ela aceitou e se levantou devagar, deixando-me guiá-la até o nosso reduto particular.

Raissa logo se deitou no tapete, e me deitei ao seu lado, virado para ela. Encarei-a de perto e esperei. Ficou me olhando com uma expressão muito vaga. Meu desespero se intensificou.

– Se não me contar, vou ter uma síncope. O que está te afligindo tanto?

Ela prendeu os lábios, em seguida desviou o rosto e suspirou.

– É o trabalho. – Esperei que completasse, porém se calou totalmente.

– O que tem seu trabalho?

– Nós... Estamos com algumas dívidas. Não foi fácil deixar a casa assim. – Gesticulou para o ambiente.

– Está preocupada com as dívidas? Vamos dar conta, Raissa. Fizemos todos os cálculos, lembra? – Além de unirmos nossas vidas, havíamos unido também nossos orçamentos. O que ganhávamos dava para vivermos muito bem.

– Fui promovida – soltou. Fiquei muito surpreso. O emprego de Raissa na empresa dos pais da Karen era bom demais e, pelo que ela me contava, estava gerando bons frutos. Entretanto, não esperava que algo assim acontecesse tão cedo. – Uau! Isso é ótimo, meu amor! – Sorri de orelha a orelha, mas, percebendo que ela não sorria, parei. – O que há de errado nisso, Raissa?

– Fui promovida e remanejada para a matriz... Que fica em Los Angeles.

Acho que meu cérebro parou de funcionar por alguns instantes. Devo ter tido a tal síncope sem perceber.

– Tão... tão longe... assim?

Ela se sentou. Sentei-me também, meio nervoso. O que ela estava querendo dizer? Que iria para longe? E eu? Iria junto? Mas e o restaurante? Quando a ficha caiu, quase não suportei existir. Raissa estava querendo ir embora sem mim?

Balancei a cabeça, sentindo que logo começaria a chorar. Meus olhos perderam o brilho instantaneamente. Não podia acreditar que aquilo estivesse acontecendo. Raissa não podia me deixar daquele jeito, não depois de tudo o que construímos juntos. Em contrapartida, era o seu futuro. Ela se daria muito bem na empresa, e não era qualquer empresa. Sua vida estaria feita.

– O que decidiu fazer? – perguntei logo, engolindo o choro e o desespero. Precisava suportar suas decisões. Era o que fazia um homem quando amava de verdade uma mulher, por mais que estivesse a fim de agir como um garoto e começar a espernear.

– Eu não vou. – Olhou-me intensamente. Arquejei de alívio e, sem querer, deixei uma lágrima escorrer. – Por que está chorando? – Fez uma careta.

– Por um momento, achei que fosse me deixar.

– Deixar? – Sua careta se amplificou, ficando engraçada. Sorri de nervosismo. – Isso nunca esteve em pauta, Caio Bressiani.

Puxei-a para mim e a beijei até o meu coração voltar a bater como o de uma pessoa normal.

– Fale tudo, Raissa, pelo amor de Deus – sussurrei entre os seus lábios.

– Era a minha única opção – murmurou. Suas mãos estavam tremendo. – Tentei negociar com a empresa, mas não quiseram um acordo. Eles não precisam de mim aqui... Queriam me oferecer um cargo bem inferior, então... eu me demiti.

Puta merda... Raissa estava gostando tanto daquele emprego!

– Quando?

– Sexta-feira. Vou cumprir aviso-prévio e... tchau.

Senti um gosto meio amargo na boca. Entender que a culpa toda era minha foi horrível. Eu estava prendendo Raissa, obrigando-a a ficar. Se não fosse por minha causa, certamente ela aceitaria aquela proposta. Era praticamente irrecusável.

– Vai dar tudo certo. Você vai encontrar outro emprego e...

– Aí é que está. Cansei, Caio. Não quero mais essa área, estou desgostosa, desanimada... Passei minha vida toda tentando provar a mim mesma que não tinha errado na escolha, mas... agora, aos vinte e oito, quase vinte e nove anos, vejo que não nasci para ser analista.

Segurei seus cabelos.

– O que quer ser, então?

– Aí é que está. Não sei. – Deu de ombros. – Estou cogitando outra faculdade. Gastronomia, talvez.

Afastei nossos rostos, e meus olhos quase escapuliram das órbitas. Naqueles quatro meses, fizemos tudo juntos, inclusive cozinhar. Raissa havia se tornado uma boa ajudante de cozinha. Fiquei feliz por ela ter se interessado em aprender, mas não fazia ideia de que tinha gostado tanto.

– Sério?

– Sabe, eu... estou tão ligada a você que só gosto de fazer o que a gente faz. Cuidar das flores, dos nossos animais, cozinhar, cuidar da casa... É assim que me sinto realizada. – Ela começou a chorar. – O tempo que passo no trabalho é só uma desculpa para ficar longe do que amo fazer, que é ser sua, estar contigo, para sentir saudade. É loucura, eu sei...

– Não. Não, não é loucura. Entendo... Perfeitamente.

– Estou desesperada! Temos contas para pagar, estou sem emprego e não consigo ver felicidade profissional para mim.

– Calma, Raissa...

– Falei com meus pais ontem... Abri o jogo... – disse aos prantos, começando a realmente demonstrar o quanto estava aflita. – Eles não me entendem. Estão chateados por estarmos morando juntos, acham loucura que eu faça uma faculdade nesta altura do campeonato... Eu também não teria como pagar. Podia tentar uma universidade pública, mas voltar a fazer cursinho pré-vestibular vai ser torturante. Então... Minha única saída é tentar arranjar outro emprego e me contentar.

– Raissa... Pare. Olhe para mim. – Segurei seu rosto com as duas mãos e enxuguei as suas lágrimas com os polegares. – Você não vai se contentar. Eu te conheço, não vai. Você é uma mulher que luta pelo que quer e não aceita nada diferente. Acalme-se.

– Mas, Caio, como vou...

– Psiu... Vai. Não importa como, mas vai. Estou aqui, não estou?

– Sim, você está... E as nossas dívidas também. Papai disse que...

– Seu pai está puto conosco. Ele vai dizer qualquer coisa para te convencer a voltar para casa. Estou certo disso?

Ela aquiesceu.

– Eles disseram que pagariam a minha faculdade se eu voltasse para casa, pelo menos enquanto não arranjasse um emprego na área que quero.

Meu coração voltou a acelerar. Não conseguiria viver naquela casa sem a presença dela. Raissa fazia parte daquelas paredes, era o que mantinha o teto de pé.

– Aqui é a sua casa – defini.

– Eu sei. Só não sei o que fazer.

– Não estamos morando juntos por morar, Raissa... Não estamos brincando de casinha. Você é a minha responsabilidade, bem como sou a sua.

– Caio...

– Vamos pagar as dívidas, a sua faculdade e tudo o que for preciso... Tem o seguro-desemprego, já pensou nisso? Podemos financiar a faculdade também. Sempre há um modo, meu amor, só não me faça ficar sem você.

– Eu não quero ficar sem você – choramingou. – Só que está sendo tão difícil não ter o apoio da minha família. Eles te amam, mas...

– Eu sei, Raissa. – Prendi os lábios e, de repente, lembrei-me de um detalhe importante. Já havia me esquecido dos meus próprios motivos para estar ali naquela noite. Não podia existir momento mais propício do que aquele. Sorri. – Vai ficar tudo bem. Um passo de cada vez. Daremos um jeito. Promete não se preocupar com isso?

Eu conhecia um jeito eficaz, definitivo e impressionante de fazer os pais de Raissa pararem de encrencar conosco. Ela soltou um suspiro bem profundo.

– Prometo.

Fiquei observando-a durante um tempão. Meu amor só fazia aumentar, de forma que talvez um dia eu precisasse de outro coração. Um só era pouco demais para sentir tanto.

– Gastronomia? – Sorri. Ela sorriu também.

– Sei que sou péssima...

– Ei... Não. Caramba, a minha mulher quer ser cozinheira, como eu.

Rimos juntos.

– Soa patético – resmungou.

– Soa perfeito, Raissa. Podíamos abrir um restaurante com as receitas da mamãe. Pode ser algo pequeno, só nosso... Meu Deus, a gente pode pôr o nome dela, se você quiser.

Raissa riu e chorou ao mesmo tempo.

– Está de brincadeira, né?

– Não... Estou visualizando tudo. – E estava mesmo. Quase não suportava a emoção. Podia ver as pessoas sentadas no salão, Raissa e eu dividindo uma cozinha singela, porém fantástica... – Você pode começar vendendo alguns doces na faculdade. Daria certo. Você se lembra daquela torta crocante que fizemos? Você fez a maior parte sozinha, ficou uma delícia.

– Caio... Você está viajando. Ainda acho tudo uma loucura.

– Depois pensamos em tudo. – Agarrei seus cabelos e fiz nossos corpos colarem. – Estou tão feliz que só quero te comer.

Ela me olhou, chocada. Não sabia o que havia comigo, estar feliz só aumentava o meu tesão. Além disso, havia tido uma ideia maluca e safada ao mesmo tempo. Tinha que colocar em prática antes que a nossa conversa esfriasse, afinal havia apenas uma solução para tudo.

– Você tem problemas sérios. – Ela riu de mim.

– Ajude-me a resolver um deles – rosnei em seu ouvido e guiei minha boca pelo seu pescoço até encontrar aqueles lábios saborosos.

Ela saberia me ajudar a resolver dois, na verdade. Beijamo-nos fervorosamente. Raissa se empolgou um bocado, pois me empurrou contra o tapete e apoiou suas pernas ao redor da minha cintura. Apalpei sua bunda como se fosse massa de pão. Queria arrancar aquele short, queria ela com sua boceta quente rebolando no meu pau. Queria sua boca em mim, sua pele na minha, queria fodê-la e fazê-la transbordar com nossos gozos misturados.

Ela gemeu baixinho entre os meus lábios, e meu cérebro se transformou imediatamente. Esqueci o mundo, para mim só existia aquela gostosa em cima de mim. Arranquei sua blusa de alças. Ela estava sem sutiã, uma feliz surpresa. Desci minha língua pelo bico perfeito de seu seio. Tomei ambos em minhas mãos, enquanto dava um trato completo em um deles. O outro teria sua vez em breve.

Adorava tratar aquele par de tentação como frutas saborosas, chupava-os como se estivesse me fartando num banquete. Ainda bem que aquelas frutas não tinham fim nunca, aproveitava-as até me exaurir. Raissa começou a gemer um pouco mais alto. Sentei-me embaixo dela, tomando cuidado para que ainda não sentisse o meu pau duro.

Senti suas unhas rasparem as minhas costas e me arrepiei umas trezentas vezes com seu movimento, ficando pior quando começou a passá-las pelo meu couro cabeludo, assanhando-me os cabelos. Acho que até meu pau se arrepiou, pois ele vibrou imponente, latejando de vontade de ocupar um espaço naquela mulher que foi feito especialmente para ele.

Segurei seus cabelos e trouxe seu rosto até o meu. Quase engoli seus lábios com um beijo de movimentos loucos, mesclando nossas línguas com avidez. Ela começou a apalpar o meu peitoral, abafando suspiros por causa do beijo intenso, de tirar o fôlego. De fato, depois de alguns minutos, afastamos nossas bocas por estarmos prestes a morrer sem ar.

– Eu te amo tanto... – ela disse, arfando. – Obrigada... Obrigada por estar sempre do meu lado.

– Sempre, Raissa... Se você quisesse ser astronauta, iríamos para a Lua agora mesmo. Vou te apoiar pelo resto da minha vida. – Guiei uma mão até passá-la por dentro do seu short.

Encontrei sua boceta quente começando a umedecer, e a agitei até sentir mais líquido ser fabricado. Queria aquele lugar molhado o máximo que pudesse, pronto para me receber por inteiro. Girei nossos corpos e a fiz deitar sobre o tapete. Observei seu corpo maravilhoso, combinando com uma carinha safada que eu amava.

Retirei seu short depressa, junto com a calcinha. Cheirei-os profundamente e os joguei longe.

– Safado de uma figa... – Ouvi seu murmúrio.

Sorri. Alisei meu dedo indicador em sua abertura já bem lubrificada, enquanto a observava com mais cuidado.

– A propósito, eu também te amo. – Minha voz saiu como um gemido.

Ver seu sorriso amplo me encheu de felicidade e, então, meu tesão aumentou mais ainda. Penetrei um dedo na sua vagina úmida e a senti me recebendo com suavidade, devagarzinho. Gemeu o meu nome.

Senti-me fora da realidade, como se tivesse acabado de deixar de ser eu. No entanto, sabia que aquele era Caio, como ela tinha acabado de dizer, ninguém mais ninguém menos do que ele.

– Eu sou uma boba, admita... – murmurou.

Ainda estávamos conversando? Eu só conseguia pensar em foder com ela. Como Raissa conseguia pensar em outra coisa em um momento como aquele?

Retirei meus dedos de dentro dela e só me preocupei em massageá-la por fora. Encarei o seu rosto, tentando me concentrar em respondê-la direito. Lembrei-me de uma frase da nossa "madrinha", como sempre.

– "É quase impossível evitar excesso de amor que o bobo provoca. É que só o bobo é capaz de excesso de amor. E só o amor faz o bobo." – Visualizei seu sorriso mais uma vez. – Estou me sentindo muito bobo agora, Raissa.

– Você é bobo por aceitar minhas bobagens.

Esgueirei-me no tapete até me debruçar sobre sua vagina. Raissa abriu as pernas e ficou me olhando com surpresa e ansiedade. Eu também estava ansioso. Muito, aliás. De repente, percebi que estava demorando. Queria logo que chegasse a hora, pois nunca iria fodê-la do jeito que queria sem resolver a minha situação.

Queria que gozasse sabendo o que eu tinha planejado. Queria que seu grito fosse diferente.

– Sou bobo porque te amo. Apenas.

Afundei a minha boca nela. Ouvi seu gemido alto e uma tentativa de fechar as pernas. Forcei meus braços sobre elas, impedindo de acontecer. Seria rápido e preciso. Já estava com a boca na botija, ela ia se decepcionar se eu não fosse até o fim pelo menos uma vez. Nunca sabia por onde começar com Raissa.

Chupei-a com tanto gosto que quase não consegui parar. Sentir seu cheiro, sua consistência, sua intimidade tão perto de mim era incrível. A maciez da sua pele tão sensível me causava desespero de tão delicioso que era acariciá-la. Poderia morrer chupando, lambendo, trazendo aquela mulher para mim. Não me cansava. Não me conformava quando tinha que parar.

Rosnei depois que ela gozou, gritando meu nome e coisas ininteligíveis, que naquele instante faziam mais sentido do que imaginávamos. Afastei-me no impulso e me sentei no tapete, achando que não resistiria a tanta sedução. Toquei no pau duro, que já melava um pouco a cueca, e me perguntei se a surpresa ainda estava intacta.

Bom, lá estava ela.

Depois de pensar um pouquinho sobre aquilo, quase tive um troço. Onde eu estava com a cabeça? Que ideia de jerico a minha! Não podia transformar aquele momento importante em uma coisa tosca. Será possível que o nível da minha safadeza tinha queimado alguns dos meus neurônios? Não havia outra explicação.

Raissa merecia uma coisa mais especial, com champanhe, jantar e pétalas de rosa na nossa cama. Para o meu desespero, ela veio para cima de mim, tocando o meu pau com jeito. Fodeu tudo. Como tiraria a surpresa de lá?

Tentei me afastar um pouco, mas a louca me segurou com firmeza. Usou uma mão para me empurrar contra o tapete ferozmente. Seu olhar selvagem não me deu escolhas: deitei-me sem pestanejar, porém o desespero da mudança de ideia me fez quase amolecer. Quase. A verdade era que ainda estava com um tesão dos infernos.

Ela revirou o meu pau por dentro da cueca, mas não encontrou o objeto. Meu coração batia acelerado, de excitação, ansiedade, nervosismo... Tudo junto. Raissa deixou meu pênis livre, só ele, e o agarrou com as duas mãos. Soltei um gemido que partiu do fundo das minhas entranhas. Um espasmo fez meu corpo se contorcer muito.

Raissa me olhou, e só consegui lhe devolver um olhar desesperado. Simplesmente me abocanhou. Puta que pariu... O que eu ia fazer? Pensei bastante. Mentira, pensei só um pouco, pois não dava para raciocinar direito. Por fim, achei que, no fundo, queria que fosse assim mesmo: de um jeito casual e erótico.

Não adiantaria tirá-la de cima de mim, e eu nem queria que ela saísse. Além do mais, eu tinha o elemento surpresa em mãos. Em minhas mãos não, no meu pênis, para ser mais exato. Se bem que, do jeito que as coisas iam, com certeza escorregou para as minhas bolas. Era estranho ter um futuro inteiro sobre o seu saco escrotal.

Raissa me chupava com tanta malícia que eu estava quase gozando, o problema era que eu não podia gozar. Ia ser uma meleca completa, e só pioraria a situação, que já era periclitante. Rezei para que algum deus dos desesperados na biblioteca me socorresse. Ela precisava achar logo o objeto. Eu não podia induzi-la até lá, certo? O que eu diria? "Chupa as minhas bolas com essa boca faminta, cachorra?"

Puxei o cabelo dela, tomando-o como rédea, e rosnei alto:

– Chupa as minhas bolas com essa boca faminta, cachorra!

Raissa largou o meu pau e desceu mais a minha cueca. Dobrou-a tanto que, por um instante, pensei que a porra da surpresa se esconderia de novo, mas não. Finalmente ela a encontrou.

Primeiro, Raissa fez uma careta. Devia ter achado que eu tinha ganhado uma terceira bola. Depois, ela pegou o objeto e se ajoelhou no tapete, aproveitei e me sentei para olhá-la de perto. Logo em seguida, ela o abriu: era uma caixinha pequena e retangular. O conteúdo fez o amor da minha vida levar uma mão à boca.

Não consegui falar nada. Eu sabia que precisava falar alguma coisa, mas não encontrei palavras para exprimir o que eu queria. Raissa olhou para o meu pau, ainda duro, depois para mim. Desistiu e observou a caixinha de novo. Vi o instante em que os seus olhos se encheram de lágrimas.

– Safa... – Não concluiu a palavra, mas as duas primeiras sílabas já me fizeram sorrir.

Naquele ângulo, eu não podia ver, mas a caixa trazia um par de alianças douradas. Para ser sincero, eram as alianças dos meus pais. Passei uma eternidade tentando medir o dedo da Raissa sem que ela percebesse e cheguei à conclusão de que a aliança da minha mãe caberia em seu dedo. A do meu pai ficava meio folgada em mim, mas dava.

Toquei a lateral do seu rosto e aproveitei para enxugar uma lágrima sorrateira. Sorri mais amplamente.

– Deseja ser a Sra. Klein?

Raissa abriu um sorriso mesclado com as lágrimas emocionadas.

– Milhões de vezes sim, seu safado... Meu safado!

BÔNUS (DOIS ANOS DEPOIS)

— Calma... Vai dar tudo certo, Caio. Não precisa ficar assim – meu irmão Carlos falou depois de não aguentar mais me ver andando de um lado para o outro. Dali a pouco eu abriria um buraco no chão.

Eu estava à beira de um surto, muito nervoso com o rumo dos acontecimentos. Tinha medo de que algo desse errado, afinal na minha família não havia uma experiência boa com relação àquilo. Morria de medo de perder Raissa no meio do caminho e viver o resto da vida feito o meu pai, tomado pela amargura.

Não queria que a história se repetisse de modo algum.

Nós tínhamos chegado tão longe. Morávamos na mesma casa, toda reformada, com nossos dois cachorrinhos e muito amor envolvido. Havíamos nos casado em uma cerimônia simples, mas linda, com a recepção feita no nosso restaurante italiano. A escritura do terreno, onde já existia uma casa enorme, foi achada pelo Carlos; pertencia ao nosso pai e certamente seria o local onde ele abriria um restaurante para a minha mãe, num passado que jamais chegou a existir.

Após muita confusão, Carlos me presenteou com a escritura, desistindo de vender o terreno e tornando os meus sonhos possíveis. Só faltava um último desejo a ser realizado: aquele estava prestes a sair do ventre da minha linda esposa.

Raissa teve uma gravidez tranquila, cuidadosa, e nada a impediu de correr atrás do seu desejo de engrenar na Gastronomia, porém a gravidez surpresa fez com que adiasse só um pouco a conclusão de seu curso, que fiz questão de pagar mesmo com alguns problemas financeiros. Estávamos tão felizes que eu tinha medo de que uma tragédia acontecesse naquele hospital frio e silencioso.

Nós devíamos ter optado pelo parto natural, seria menos arriscado. Mas Raissa morria de medo e preferiu a cesárea, com data marcada para não haver surpresas. Bom, eu estava desesperado, louco para receber qualquer notícia dela.

– Não fica assim, Caio, senão vou ter um troço! – Manu, a esposa do meu irmão (sim, ele se casou com sua melhor amiga, uma pessoa maravilhosa!), levantou-se da cadeira exibindo o seu barrigão.

Estava grávida de oito meses, quase parindo, mas fez questão de estar conosco naquela data tão especial.

– Daqui uns dias serei eu, e, se você não se acalmar, seu sobrinho vai nascer agora mesmo!

– Não posso, Manu – falei em tom de desculpas. – Perdi a minha mãe assim. Ela não resistiu ao meu parto e... – Voltei a me sentar numa cadeira da sala de espera, passando as mãos nos meus cabelos.

– Sua mãe está abençoando esse parto, tenho certeza – Manu disse, acariciando meus ombros e sorrindo para mim.

Sorri para ela. Graças a Manu e Raissa, o meu relacionamento com Carlos, que eu começava a chamar de Caju também, evoluíra. Já não brigávamos mais e decidimos compartilhar uma história em família com aquelas duas. Seríamos tios e pais, afinal, num curto espaço de tempo. Não poderíamos nos dar ao luxo de permanecer distantes, como se nada estivesse acontecendo.

Eu sabia que, em meio a tanta raiva, existia um amor genuíno entre irmãos. E depois do que fizera por mim, presenteando-me com o restaurante, passamos a nos dar muito bem e ser mais sensíveis um com o outro. Aquele cara bruto amoleceu muito depois que se apaixonou pela Manu, o que facilitou o processo.

Uma enfermeira surgiu na sala de espera, e logo me levantei atrás de notícias.

– Senhor Caio Bressiani?

– Sou eu! – Meu corpo inteiro sofreu um abalo enorme.

– Por favor, me acompanhe. Nasceu!

– Nasceu? – As lágrimas escorreram pelo meu rosto sem que eu sequer sentisse. Apenas notei que Manu e Carlos deram batidinhas nos meus ombros, incitando-me a seguir a enfermeira.

Tudo ficou em câmera lenta.

– Sim, o senhor quer ver a bebê?

– MAS É CLARO! – gritei sem querer, em seguida pedi desculpas e tapei a boca com as duas mãos. Enxuguei as lágrimas, tentando me conter, mas não consegui.

A enfermeira sorriu e saiu andando, então fui atrás dela a passos largos. Meu irmão e cunhada continuaram na sala de espera. Subimos no elevador até o andar da pediatria, e ela me colocou na frente de um vidro grande. Do outro lado, dava para ver fileiras e mais fileiras de nenéns que não paravam de chegar.

A mulher apontou para uma bebê que dormia no canto direito. Estava envolta pelas roupinhas que Raissa e eu havíamos comprado enquanto aguardávamos a tão esperada chegada do fruto do nosso amor.

Espalmei o vidro, maravilhado. A criança tinha cara de joelho como todos os recém-nascidos, mas aquela era minha.

A minha filha. Minha família.

Nunca mais estaria sozinho e jamais deixaria aquele pedacinho de gente passar pelas merdas que passei. Seria tão bem tratada, cuidada e educada que se tornaria, certamente, o ser humano mais lindo, humilde e bondoso da face da terra.

– Beatrice... – murmurei. Raissa e eu fomos unânimes na escolha do nome, assim que soubemos que era uma menina. – Você é tão linda, filha. Meu Deus... – Só então me lembrei de perguntar à enfermeira: – A minha esposa está bem?

– Sim, deu tudo certo. Está sendo preparada e vai para o quarto daqui a pouco. O senhor logo, logo poderá encontrá-la.

– Graças a Deus!

– Venho chamá-lo assim que liberarem a visita.

– Obrigado, obrigado!

A profissional se afastou, e eu voltei a olhar para a minha menina. Naquele momento, percebi que possuía dois grandes amores da vida. Para quem sempre viveu na solidão, o meu futuro estava se mostrando cada vez mais completo. A partir dali, tudo seria compartilhado, e eu faria o possível para fazê-las felizes.

– Eu te amo tanto, Bia… – murmurei, tornando a espalmar o vidro. – Prometo, filha, que vou ser o melhor pai do mundo. Prometo.

Enquanto eu respirasse, nada faltaria a ela. Ensinaria Beatrice a amar e ser amada, a saber o seu valor, a fazer escolhas e a ter coragem.

Era uma promessa.

AGRADECIMENTOS

À leitora Daniela Fernandes, pelo sonho louco que me fez escrever um livro tão especial. Obrigada por compartilhá-lo comigo. Espero que tenha atendido às suas expectativas. A sua ideia mudou toda a minha trajetória como escritora.

A todas as minhas leitoras betas queridas. Não consigo medir o nível da minha gratidão e nem do carinho que sinto. Vocês são as melhores amigas e incentivadoras que um autor poderia desejar. Suas lindas!

Às queridas leitoras que me acompanharam do começo ao fim no Wattpad, depois na Amazon, nas livrarias e demais plataformas. Vivi momentos de intensa alegria graças ao carinho e à empolgação de vocês. Obrigada! E, mesmo após dez anos do maior surto que já aconteceu na minha vida, ainda lembro o que fizeram por mim com todo carinho do mundo. *O safado* nunca teria chegado tão longe se não fosse por causa de vocês.

Aos lendários grupos do WhatsApp: Livromaníacas, O Safado do 105, Team Mila O Safado do 105, Safado do Bataclan, Calvetes da Mila Wander e tantos outros que foram formados graças ao nosso "Safado" favorito. Muito obrigada, gente. De coração mesmo.

Foram vocês que tornaram o fã-clube Miláticas possível. Um grupo unido pelo amor aos livros até hoje!

Espero que tenham gostado de cada linha, pois foram escritas (e reescritas!) com todo o carinho e dedicação.

Calvin forever! Que venham mais dez anos!

Beijos,

Mila Wander

REFERÊNCIAS BIBLIOGRÁFICAS

As frases citadas entre aspas, neste romance de Mila Wander, foram retiradas das obras e demais referências listadas a seguir:

ABREU, Caio Fernando. *Pequenas epifanias*. Fortaleza: Agir Editora, 1996.

BORELLI, Olga. *Clarice Lispector: um esboço para um possível retrato*. São Paulo: Nova Fronteira, 1981.

LISPECTOR, Clarice. *Um sopro de vida*. Rio de Janeiro: Rocco, 1978.

LISPECTOR, Clarice. *Água viva*. Rio de Janeiro: Rocco, 1973.

LISPECTOR, Clarice. *A descoberta do mundo*. Rio de Janeiro: Rocco, 1999.

LISPECTOR, Clarice. Entrevista a Júlio Lerner na TV Cultura, São Paulo (SP), em 1977.

LISPECTOR, Clarice. *Felicidade clandestina*. Rio de Janeiro: Rocco, 1971.

LISPECTOR, Clarice. *A paixão segundo G. H.* Rio de Janeiro: Rocco, 1964.

LISPECTOR, Clarice. *Perto do coração selvagem*. Rio de Janeiro: Rocco, 1943.

LISPECTOR, Clarice. *A cidade sitiada*. Rio de Janeiro: Rocco, 1949.

LISPECTOR, Clarice. *Onde estivestes de noite*. Rio de Janeiro: Rocco, 1974.

LISPECTOR, Clarice. *Uma aprendizagem ou O livro dos prazeres*. Rio de Janeiro: Rocco, 2020.

LISPECTOR, Clarice. *Correspondências*. Rio de Janeiro: Rocco, 2002.

LISPECTOR, Clarice. *Laços de família*. Rio de Janeiro: Rocco, 1960.

LISPECTOR, Clarice. *A hora da estrela*. Rio de Janeiro: Rocco, 1977.

MACHADO, Lucilene; NOLASCO, Edgar. *Claricianas*. Rio de Janeiro: 7 Letras, 2006.